suhrkamp taschenbuch 3109

Bedingungslos und ohne Vorurteile zelebriert Don Rigoberto seine Sinnlichkeit. Nichts und niemand kann ihn davon abhalten, am wenigsten seine geordnete, gutbürgerliche Existenz. In der geheimen Welt, von der die Aufzeichnungen zeugen, lebt er äußerste Gewagtheiten und Abenteuer, erfindet erotische Szenen und lustvolle Beschreibungen jeglicher Art von körperlicher Lust und Fetischismus als einer »privilegierten Ausdrucksform der menschlichen Eigenart«. *Die geheimen Aufzeichnungen des Don Rigoberto* – ein erotischer Roman von ungewöhnlich raffinierter Konstruktion und Suggestivität, worin auch der Humor seine kräftige Stimme hat. Vor allem aber ist dieser vom Geist der Verführung erfüllte Roman das schönste Loblied auf die Phantasie, eigentliche Herrscherin im Reich der Sinnlichkeit. In seiner Vielschichtigkeit ist der Roman zugleich eine kluge Reflexion über Kunst, Freiheit und darüber, was »erotisch« am Ende des 20. Jahrhunderts heißen kann.

»Mario Vargas Llosa bestätigt wieder einmal sein Talent als geborener Geschichtenerzähler, der in der Lage ist, die verschiedensten literarischen Stoffe wirkungsvoll und brillant in Szene zu setzen. Ein Triumph der Imagination.« *El País*

Mario Vargas Llosa, 1936 in Arequipa/Peru geboren, lebt überwiegend in London. 1996 erhielt er den Friedenspreis des Deutschen Buchhandels. Seine Bücher erscheinen im Suhrkamp Verlag.

Mario Vargas Llosa
Die geheimen Aufzeichnungen des Don Rigoberto

Roman

Aus dem Spanischen von
Elke Wehr

Suhrkamp

Die Originalausgabe erschien 1997 unter dem Titel
Los cuadernos de don Rigoberto
bei Alfaguara, Madrid
Umschlagfoto: Sven Paustian

suhrkamp taschenbuch 3109
Erste Auflage dieser Ausgabe 2000
© Mario Vargas Llosa, 1997
© der deutschen Ausgabe
Suhrkamp Verlag Frankfurt am Main 1997
Suhrkamp Taschenbuch Verlag
Druck: Ebner Ulm
Printed in Germany
Umschlag nach Entwürfen von
Willy Fleckhaus und Rolf Staudt

1 2 3 4 5 6 – 05 04 03 02 01 00

Die geheimen
Aufzeichnungen des
Don Rigoberto

O ein Gott ist der Mensch, wenn er träumt,
ein Bettler, wenn er nachdenkt . . .

Hölderlin, *Hyperion.*

Ich kann meine Lebensaufzeichnungen nicht
auf meine Taten gründen: das Schicksal hat
sie zu unansehnlich gemacht; ich gründe sie
auf meine Gedanken und Launen.

Montaigne

I. Fonchitos Rückkehr

Es läutete an der Tür, und als Doña Lukrezia öffnen ging, sah sie vor sich, im Türrahmen, vor dem Hintergrund der alten, verkrüppelten Olivenbäume des Olivar von San Isidro, den blondgelockten Kopf und die blauen Augen Fonchitos. Alles begann sich um sie herum zu drehen.

»Ich vermisse dich sehr, Stiefmutter«, zwitscherte die Stimme, an die sie sich so gut erinnerte. »Bist du immer noch böse auf mich? Ich bin gekommen, um dich um Verzeihung zu bitten. Verzeihst du mir?«

»Du, du hier?« Mit der Hand den Türgriff umklammernd, suchte Doña Lukrezia Halt an der Wand. »Schämst du dich nicht, hier aufzukreuzen?«

»Ich habe mich aus der Akademie davongemacht«, fuhr der Junge unbeirrt fort, während er auf seine Zeichenmappe und seine Buntstifte wies. »Ich habe dich sehr vermißt, wirklich. Warum bist du so blaß?«

»Mein Gott, mein Gott.« Doña Lukrezia taumelte und ließ sich auf die neben der Tür stehende Bank in imitiertem Kolonialstil fallen. Weiß wie eine Leinwand, hielt sie die Hand vor die Augen.

»Nicht umkippen!« rief der Junge erschrocken.

Und während Doña Lukrezia fühlte, wie ihr die Sinne schwanden, sah sie, daß die kindliche Gestalt die Schwelle überschritt, die Tür schloß, vor ihr auf die Knie fiel, ihre Hände ergriff und anfing, sie völlig verwirrt zu reiben: »Bitte kipp nicht um, werd nicht ohnmächtig.« Sie versuchte angestrengt, die Fassung und die Kontrolle über sich zurückzugewinnen. Bevor sie zu sprechen begann, atmete sie tief durch. Sie sprach langsam, denn sie spürte, daß ihr jeden Augenblick die Stimme versagen konnte:

»Es ist nichts, es geht schon wieder. Dich hier zu sehen war das letzte, was ich erwartet habe. Wie konntest du es nur wagen! Hast du keine Gewissensbisse?«

Fonchito, noch immer auf den Knien liegend, versuchte ihr die Hand zu küssen.

»Sag mir, daß du mir verzeihst, Stiefmutter«, flehte er. »Sag's mir, sag's mir. Zu Hause ist alles anders, seit du fortgegangen bist. Ich bin ganz oft hier gewesen, nach Schulschluß, um dir hinterherzuspionieren. Ich wollte läuten, aber ich habe mich nicht getraut. Wirst du mir nie verzeihen?«

»Nie«, sagte sie entschlossen. »Nie werde ich dir verzeihen, was du getan hast, du böser Junge.«

Aber im Widerspruch zu ihren Worten erkannten ihre großen dunklen Augen mit Neugier und einem gewissen Gefallen, wenn nicht sogar mit Zärtlichkeit, das lockige Durcheinander dieser Haarmähne, die blauen Äderchen des Halses, die Ohrmuscheln, die aus dem blonden Gelock hervorschauten, und den schmächtigen, graziösen Körper, der in der blauen Jacke und der grauen Hose der Schuluniform steckte. Ihre Nase atmete den jungen Geruch nach Fußballspielen, Süßigkeiten und Onofrio-Eis, und ihre Ohren erkannten die plötzlichen Veränderungen und die Kiekser in der Stimme, die ebenfalls in ihrer Erinnerung nachhallten. Doña Lukrezias Hände fanden sich resigniert damit ab, von den Vogel-küssen dieses kleinen Mundes befeuchtet zu werden.

»Ich hab dich sehr lieb, Stiefmutter.« Fonchito schniefte. »Und auch mein Papa, ob du es glaubst oder nicht.«

In diesem Augenblick erschien Justiniana, die geschmeidige, zimtfarbene Gestalt in einen geblümten Kittel gehüllt, ein Tuch um den Kopf gebunden und einen Staubwedel in der Hand. Sie blieb wie versteinert im Flur stehen, der zur Küche führte.

»Junger Herr Alfonso«, murmelte sie ungläubig. »Fonchito! Ich glaub es nicht.«

»Stell dir das mal vor«, rief Doña Lukrezia. »Er wagt es, hierher zu kommen, nachdem er mein Leben ruiniert hat, nachdem er Rigoberto diesen Schlag versetzt hat. Er bittet mich um Verzeihung, er vergießt Krokodilstränen. Hast du schon einmal eine solche Unverschämtheit erlebt, Justiniana?«

Aber nicht einmal jetzt entzog sie dem Jungen die schlanken Finger, die Fonchito, von Schluchzern geschüttelt, noch immer küßte.

»Gehen Sie, junger Herr Alfonso«, sagte die Hausangestellte, so verwirrt, daß sie vom Sie zum Du überging. »Siehst du denn nicht, wie wütend du die Señora machst? Auf, geh schon, Fonchito.«

»Ich gehe, wenn sie sagt, daß sie mir verzeiht«, murmelte der Junge bittend, von Schluchzern unterbrochen, das Gesicht in Doña Lukrezias Händen vergraben. »Du grüßt mich nicht einmal und beschimpfst mich gleich, Justita? Was hab ich dir getan? Wo ich dich doch auch so gern habe, an dem Tag, an dem du weggegangen bist, hab ich die ganze Nacht geweint.«

»Halt den Mund, du Lügner, ich glaub dir nicht ein Wort.« Justiniana glättete Doña Lukrezia das Haar. »Soll ich Ihnen ein Tuch mit ein bißchen Kölnischwasser bringen, Señora?«

»Lieber ein Glas Wasser. Mach dir keine Sorgen, Justiniana, mir geht's schon besser. Der Anblick dieses Rotzjungen hat mich völlig aufgewühlt.«

Jetzt löste sie schließlich, ohne Heftigkeit, ihre Hände aus denen Fonchitos. Der Junge kniete noch immer vor ihr, aber er weinte nicht mehr und schaffte es mit knapper Not, nicht erneut loszuschluchzen. Seine Augen waren gerötet, und die Tränen hatten lange Spuren auf seinen Wangen hinterlassen. Ein Speichelfaden hing aus seinem Mund. Durch den Nebel, der ihre Augen verschleierte, spähte Doña Lukrezia nach der wohlgeformten Nase, der Zeichnung der Lippen, dem kleinen hochmütigen Kinn mit seinem Grübchen, dem blendenden Weiß seiner Zähne. Sie verspürte Lust, dieses Jesuskindgesicht zu ohrfeigen, zu zerkratzen. Heuchler! Judas! Sogar Lust, ihn in den Hals zu beißen und ihm wie ein Vampir das Blut auszusaugen.

»Weiß dein Vater, daß du hergekommen bist?«

»Wo denkst du hin, Stiefmutter«, antwortete der Junge schnell, mit einem kleinen vertraulichen Unterton. »Er würde mir sonstwas tun. Ich weiß genau, daß er dich vermißt, auch wenn er nie von dir spricht. Er denkt an nichts anderes, Tag und Nacht, das schwör ich dir. Ich bin heimlich hergekommen, ich hab mich aus der Akademie davongemacht. Ich geh dreimal die Woche hin, nach der Schule. Soll ich dir meine Zeichnungen zeigen? Sag mir, daß du mir verzeihst, Stiefmutter.«

»Sagen Sie ihm das bloß nicht, werfen Sie ihn hinaus.« Justiniana war mit einem Glas Wasser zurückgekehrt. Doña Lukrezia trank ein paar Schlucke. »Lassen Sie sich nicht von seinem hübschen Gesichtchen becircen. Er ist Luzifer in Person, das wissen Sie. Er wird Ihnen wieder übel mitspielen, schlimmer als beim ersten Mal.«

»Sag nicht so was, Justita.« Es sah aus, als wollte Fonchito erneut in Tränen ausbrechen. »Ich schwör dir, daß ich es bereue, Stiefmutter. Ich wußte nicht, was ich tat, beim Allerheiligsten. Ich wollte nicht, daß irgendwas passiert. Hätte ich denn etwa wollen können, daß du fortgehst? Daß mein Papa und ich allein bleiben?«

»Ich bin nicht fortgegangen«, murmelte Doña Lukrezia vorwurfsvoll. »Rigoberto hat mich wie eine Nutte auf die Straße gesetzt. Und du warst schuld!«

»Sag nicht so was Unanständiges, Stiefmutter.« Der Junge hob entsetzt beide Hände. »Sag so was nicht, das paßt nicht zu dir.«

Trotz des Kummers und des Zorns hätte Doña Lukrezia beinahe gelächelt. Es paßte nicht zu ihr, derbe Worte zu sagen! Ein scharfsinniger, sensibler kleiner Junge? Justiniana hatte recht: eine Schlange mit Engelsgesicht, ein Beelzebub.

Der Junge brach in Jubel aus:

»Du lachst ja, Stiefmutter! Dann hast du mir also verziehen? Sag ja, sag doch ja, Stiefmutter.«

Er klatschte in die Hände; in seinen blauen Augen,

aus denen die Traurigkeit verschwunden war, glomm ein kleines wildes Licht. Doña Lukrezia bemerkte, daß Tintenflecke an seinen Händen waren. Gegen ihren Willen stieg Rührung in ihr auf. Würden ihr wieder die Sinne schwinden? Was für ein Gedanke. Sie sah sich im Spiegel des Eingangs: sie hatte ihr Gesicht wieder in der Gewalt, eine leichte Röte färbte ihre Wangen, und die Aufregung bewirkte, daß ihre Brust sich hob und senkte. Mit einer mechanischen Bewegung zog sie den Ausschnitt ihres Hausmantels zusammen. Wie konnte er so dreist, so zynisch, so falsch sein, wo er doch noch so jung war? Justiniana las ihre Gedanken. Sie schaute sie an, als würde sie sagen: ›Werden Sie nicht schwach, Señora, verzeihen Sie ihm ja nicht. Seien Sie nicht so dumm!‹ Sie trank erneut ein paar Schlucke Wasser, um ihre Verwirrung zu verbergen; es war kalt und tat ihr gut. Der Junge beeilte sich, ihre freie Hand zu ergreifen und sie abermals zu küssen, redselig:

»Danke, Stiefmutter. Du bist so gut, ich wußte es, deshalb habe ich mich getraut zu läuten. Ich möchte dir meine Zeichnungen zeigen. Und mit dir über Egon Schiele reden, über sein Leben und seine Bilder. Dir erzählen, was ich machen will, wenn ich groß bin, und tausend Sachen mehr. Hast du es erraten? Ja, Maler, Stiefmutter. Das will ich werden.«

Justiniana schüttelte besorgt den Kopf. Draußen bemächtigten sich Motoren und Hupen der Abenddämmerung von San Isidro, und durch die Vorhänge des Eßzimmers konnte Doña Lukrezia die kahlen Zweige und knotigen Stämme der Olivenbäume sehen, ein Anblick, der ihr vertraut geworden war.

Schluß mit den Schwächen, es war Zeit zu reagieren.

»Schön, Fonchito«, sagte sie mit einer Strenge, die ihr Herz schon nicht mehr von ihr forderte. »Jetzt sei so gut. Geh schon, bitte.«

»Ja, Stiefmutter.« Der Junge sprang auf. »Dein Wunsch ist mir Befehl. Ich werde immer auf dich hören, ich werde dir immer in allem gehorchen. Du wirst schon sehen, wie brav ich sein werde.«

Er hatte die Stimme und den Gesichtsausdruck von jemandem, dem ein Stein vom Herzen gefallen ist und der Frieden mit seinem Gewissen geschlossen hat. Eine goldfarbene Locke hing ihm in die Stirn, und seine Augen sprühten Funken vor Freude. Doña Lukrezia sah, wie er eine Hand in die hintere Hosentasche steckte, ein Taschentuch herauszog und sich die Nase putzte; dann, wie er seine Schultasche, seine Zeichenmappe und die Schachtel mit den Buntstiften vom Boden aufhob. Mit all dem beladen, ging er lächelnd rückwärts zur Tür, ohne den Blick von Doña Lukrezia und Justiniana zu wenden.

»Sobald ich kann, mach ich mich wieder davon und komm dich besuchen, Stiefmutter«, zwitscherte er von der Türschwelle her. »Und dich auch natürlich, Justita.«

Als die Haustür ins Schloß fiel, verharrten beide reglos, ohne etwas zu sagen. Nach einer Weile läuteten in der Ferne die Glocken der Kirche Virgen del Pilar. Ein Hund bellte.

»Es ist unglaublich«, murmelte Doña Lukrezia. »Daß er die Frechheit hat, hier in diesem Haus zu erscheinen.«

»Unglaublich ist, wie gut Sie sind«, erwiderte das Mädchen empört. »Sie haben ihm verziehen, nicht? Nach der Falle, die er Ihnen gestellt hat, damit Sie sich mit dem Señor zerstreiten. Sie werden geradewegs in den Himmel kommen, Señora!«

»Es ist nicht einmal sicher, daß es eine Falle war, daß sein kleiner Kopf etwas in der Art geplant hat.«

Sie war auf dem Weg ins Badezimmer und redete mit sich selbst, aber sie hörte, daß Justiniana ihr widersprach:

»Natürlich hatte er alles geplant. Fonchito ist zum Schlimmsten fähig, haben Sie das immer noch nicht bemerkt?«

Vielleicht, dachte Doña Lukrezia. Aber er war ein kleiner Junge, ein Kind. War er das nicht? Ja, zumindest daran gab es keinen Zweifel. Im Badezimmer befeuchtete sie sich die Stirn mit kaltem Wasser und betrachtete sich im Spiegel. Die Aufregung hatte ihre Nase spitz werden lassen, deren Flügel heftig bebten, und bläuliche Ringe umrahmten ihre Augen. Im halbgeöffneten Mund sah sie die Spitze ihrer Zunge, die sich in Sandpapier verwandelt hatte. Sie mußte an die Eidechsen und Leguane in Piura denken; die hatten immer eine ausgedörrte Zunge wie sie jetzt. Fonchitos Erscheinen hatte ihr das Gefühl gegeben, so ausgedörrt und alt zu sein wie diese prähistorischen Kreaturen der Wüsten im Norden des Landes. Unwillkürlich knüpfte sie den Gürtel auf und streifte mit einer Bewegung ihrer Schultern den Hausmantel ab; die Seide glitt wie eine Liebkosung an ihrem Körper herab und fiel sirrend zu Boden. Zusammengesunken bedeckte der Hausmantel rundum ihre Füße, wie eine riesige Blume. Während sie, heftig atmend, nicht wußte, was sie tat oder tun würde, stiegen ihre Füße über die Grenze aus Stoff hinweg und trugen sie zum Bidet, auf das sie sich niederließ, nachdem sie ihren Spitzenslip heruntergezogen hatte. Was machte sie da? Was hast du vor, Lukrezia? Sie lächelte nicht. Sie versuchte, ruhiger ein- und auszuatmen, während ihre Hände, wie selbständig geworden, die Hähne der im Boden eingelassenen Brause aufdrehten, das heiße Wasser, das kalte Wasser, es prüften, mischten, regulierten, den lauen, heißen, kalten, frischen, schwachen, kräftigen, tänzelnden Wasserstrahl stärker oder schwächer stellten. Ihr Unterleib rutschte vor, rutschte zurück, neigte sich nach rechts, nach links, bis er die richtige Position gefunden hatte. Da. Ein Schauer lief ihr die Wirbelsäule hinunter. Vielleicht war es ihm gar nicht bewußt, er hat es einfach so getan, wiederholte sie bei sich, voll Mitleid für dieses Kind, das sie in den letzten sechs Monaten so oft verflucht hatte. Vielleicht war er nicht schlecht, vielleicht nicht. Unartig, frech, altklug, verantwortungslos, tausend Dinge mehr. Aber böse nicht. ›Vielleicht nicht.‹ Die Gedanken platzten in ihrem Kopf wie Blasen in einem Topf mit siedendem Wasser. Sie erinnerte sich an den Tag, an dem sie Rigoberto kennengelernt hatte, den Witwer mit den großen Buddhaohren und der schamlosen Nase, den sie kurz darauf heiraten sollte, und an das erste Mal, als sie ihren Stiefsohn sah, einen Cherub im Matrosenanzug – blaues Tuch, goldene Knöpfe, Mütze mit Anker –, daran, was sie im Lauf der Zeit entdeckt und gelernt hatte, jenes unerwartete, phantasievolle, nächtliche, intensive Leben in dem kleinen Haus in Barranco, das Rigoberto für ihr gemeinsames Leben bauen ließ, und an die Auseinandersetzungen zwischen dem Architekten und ihrem Mann, die den Bau ihres künftigen Heims begleiteten. Es waren so viele Dinge geschehen! Die Bilder kamen und gingen, lösten sich auf, verwandelten sich, verschwammen miteinander, folgten aufeinander, und es war, als würde die flüssige Liebkosung des alerten Wasserstrahls bis in ihre Seele dringen.

ANWEISUNGEN FÜR DEN ARCHITEKTEN

Unser Mißverständnis betrifft die Konzeption. Sie sind bei Ihrem hübschen Entwurf meines Hauses und meiner Bibliothek von der – leider sehr verbreiteten – Voraussetzung ausgegangen, daß bei einem Heim das Wichtigste die Personen und nicht die Gegenstände sind. Ich kritisiere Sie nicht, weil Sie sich dieses Kriterium zu eigen gemacht haben, das unerläßlich ist für einen Mann Ihres Berufes, dem nicht daran liegen kann, von seinen Kunden abzusehen. Aber die Vorstellung, die ich von meinem künftigen Heim habe, ist entgegengesetzt. Das heißt: in diesem kleinen erbauten Raum, den ich meine Welt nenne und in dem meine Launen das Regiment führen werden, sollen meine Bücher, Bilder und Abbildungen absoluten Vorrang besitzen; wir Personen werden Bürger zweiter Klasse sein. Es sind diese viertausend Bände und die etwa hundert Gemälde und Reproduktionen, die bei dem Entwurf, mit dem ich Sie beauftragt habe, im

Vordergrund zu stehen haben. Ihre Aufgabe ist es, die Bequemlichkeit, die Sicherheit und den Spielraum der Menschen denen dieser Gegenstände unterzuordnen.

Unerläßlich ist die besondere Gestaltung des Kamins, der sich, so es mir beliebt, in ein Krematorium für überzählige Bücher und Bilder verwandeln können muß. Aus diesem Grund muß er sich nahe bei den Regalen befinden und in Reichweite meines Sitzplatzes, denn ich spiele den Inquisitor literarischer und künstlerischer Katastrophen gerne im Sitzen und nicht im Stehen. Zur Erklärung: Die viertausend Bände und hundert Bilder, die ich besitze, stellen unabänderliche Größen dar. Ich werde nie mehr besitzen, um Überfüllung und Unordnung zu vermeiden, aber es werden nie dieselben sein, denn sie werden sich ständig erneuern, bis zu meinem Tod. Was bedeutet, daß ich für jedes Buch, das ich meiner Bibliothek hinzufüge, ein anderes aussondere und daß jedes Bild – Lithographie, Holzschnitt, Zeichnung, Kaltnadelradierung, Mischtechnik, Ölgemälde, Aquarell usw. –, das Aufnahme in meine Sammlung findet, das am wenigsten beliebte unter den übrigen verdrängt. Ich verhehle Ihnen nicht, daß die Auswahl des Opfers mühselig ist und bisweilen herzzerreißend, ein hamletsches Dilemma, das mich Tage und Wochen quält und später dann in meinen Alpträumen wiederkehrt. Am Anfang verschenkte ich die geopferten Bücher und Kunstwerke an öffentliche Bibliotheken und Museen. Jetzt verbrenne ich sie; daher die Wichtigkeit des Kamins. Ich entschied mich für diese drastische Maßnahme, die die beklemmende Aufgabe, ein Opfer auswählen zu müssen, mit dem Reiz eines kulturellen Sakrilegs, einer ethischen Transgression würzt, an dem Tag, oder besser gesagt in der Nacht, in der ich begriff – nachdem ich beschlossen hatte, eine Reproduktion der bunten Campbell's-Suppendose von Andy Warhol durch einen schönen, vom Meer bei Paracas inspirierten Szyszlo zu ersetzen –, daß es ungehörig war, anderen Augen ein Werk zuzumuten, das ich im Lauf der Zeit der meinen für unwert befunden hatte. Und so warf ich es ins Feuer. Als ich sah, wie jener Druck verkohlte, empfand ich vage Gewissensbisse, ich gebe es zu. Das passiert mir jetzt nicht mehr. Ich habe Dutzende von romantischen und indigenistischen Dichtern in die Flammen geschickt und eine nicht geringere Zahl von konzeptuellen, abstrakten, informalistischen Malereien, von Landschafts-, Porträt- und Sakralbildern, um den Numerus clausus meiner Bibliothek und Pinakothek zu bewahren, ohne Schmerz, eher mit dem anregenden Gefühl, die Literatur- und Kunstkritik auszuüben, wie man sie ausüben sollte: brennend radikal, unumkehrbar. Zum Abschluß dieser Ausführung möchte ich noch hinzufügen, daß dieser Zeitvertreib mich amüsiert, aber keinesfalls als Aphrodisiakum wirkt, weshalb ich ihn für begrenzt und zweitrangig halte, für etwas rein Geistiges, das keine Rückwirkungen auf den Körper hat.

Ich vertraue darauf, daß Sie das, was Sie gelesen haben – den Vorrang, den ich Bildern und Büchern vor Zweifüßern aus Fleisch und Blut einräume –, nicht als launische Anwandlung oder als Pose eines

Zynikers betrachten werden. Nicht darum geht es, sondern um eine tiefverwurzelte Überzeugung, die Folge schwieriger, aber auch lustvoller Erfahrungen ist. Es war nicht leicht für mich, zu einer Position zu gelangen, die im Widerspruch steht zu den alten Traditionen – nennen wir sie humanistisch, mit einem Lächeln auf den Lippen – anthropozentrischer Philosophien und Religionen, für die es unvorstellbar ist, daß das reale menschliche Wesen, ein Gebilde aus vergänglichem Fleisch und vergänglichen Knochen, für weniger interessant und achtenswert gelten könnte als das erfundene, dasjenige, das in den Bildern der Kunst und der Literatur erscheint (oder, wenn Ihnen das mehr behagt, reflektiert wird). Ich erspare Ihnen die Einzelheiten dieser Geschichte und führe Sie zu der Schlußfolgerung, zu der ich gelangt bin und die ich ohne Scham verkünde. Nicht die Welt gemeiner, sich selbst fortbewegender Wesen, zu der Sie und ich gehören, interessiert mich, verschafft mir Lust und Leid, sondern jene Myriade von Wesen, die ihr Leben der Phantasie, den Wünschen und dem künstlerischen Talent verdanken und in diesen Bildern, Büchern und Reproduktionen gegenwärtig sind, die ich mit Geduld und Liebe in vielen Jahren zusammentragen konnte. Das Haus, das ich in Barranco bauen werde und das Sie unter völliger Neugestaltung des bisherigen Projekts entwerfen sollen, ist eher für sie als für mich oder meine neue, mir frisch angetraute Frau oder meinen kleinen Sohn. Die Trinität, die meine Familie bildet, was nicht blasphemisch gemeint ist, steht im Dienst dieser Gegenstände, und in diesem Dienst müssen auch Sie stehen, wenn Sie sich nach dem Lesen dieser Zeilen über das Reißbrett beugen, um zu berichtigen, was Sie falsch gemacht haben.

Was ich geschrieben habe, ist eine buchstäbliche Wahrheit, keine rätselhafte Metapher. Ich baue dieses Haus, um Leid und Lust mit *ihnen*, durch *sie*, und für *sie* zu erleben. Bemühen Sie sich, es mir gleichzutun in der kurzen Zeit, in der Sie für mich arbeiten werden.

Und jetzt zeichnen Sie.

DIE NACHT DER KATZEN

Lukrezia kam, wie verabredet, mit den Schatten der Dämmerung und sprach von Katzen. Sie selbst wirkte wie eine schöne Angorakatze unter dem raschelnden Hermelin, der ihr bis zu den Füßen reichte und ihren Körper verbarg. War sie nackt in ihrer silberfarbenen Hülle?

»Katzen, hast du gesagt?«

»Kätzchen, genauer gesagt«, miaute sie, während sie sich mit entschlossenen Schritten um Don Rigoberto bewegte, der an einen gerade in die Arena gestürmten, den Stierkämpfer taxierenden Stier denken mußte. »Miez, Miezchen, Miezekätzchen. Ein Dutzend, vielleicht mehr.«

Sie tollten auf der Bettdecke aus rotem Samt umher. Sie streckten und reckten die Pfötchen in dem Kegel aus grellem Licht, das wie Sternenstaub von der unsichtbaren Zimmerdecke herabfiel. Ein Geruch nach Moschus tränkte die Luft, und die jäh an- und abschwellende Barockmusik kam aus derselben Ecke, aus der die herrische, harte Stimme drang:

»Zieh dich aus.«

»Das nicht«, protestierte Doña Lukrezia. »Ich, hier, mit diesen Viechern? Nicht im Traum, ich hasse sie.«

»Wollte er, daß du zwischen all diesen Katzen mit ihm schläfst?« Don Rigoberto entging nicht eine einzige der Bewegungen Doña Lukrezias auf dem weichen Teppich. Sein Herz erwachte allmählich, während die Nacht in Barranco die Feuchtigkeit zu verlieren und sich mit Leben zu füllen begann.

»Stell dir vor«, murmelte sie, eine Sekunde innehaltend, um dann ihren Rundgang wieder aufzunehmen. »Er wollte mich nackt inmitten all dieser Katzen sehen. Wo sie mir doch so zuwider sind! Ich bekomme Gänsehaut, wenn ich nur daran denke.«

Nach und nach nahm Don Rigoberto ihre Umrisse wahr, hörten seine Ohren das schwache Miauen der kleinen Katzenschar. Sie traten aus den Schatten heraus, nahmen langsam Gestalt an, und ihm wurde schwindlig von den schimmernden Reflexen, dem grauen Gewimmel auf der Bettdecke, die unter dem Lichtregen in Flammen stand. Er ahnte, daß sich am Ende dieser beweglichen Extremitäten wächsern, krumm, frisch gewachsen, die kleinen Krallen andeuteten.

»Komm, komm her«, befahl der Mann in der Ecke sanft. Gleichzeitig mußte er die Musik lauter gestellt haben, denn Klavichorde und Geigen schwollen an, betäubten seine Ohren. Pergolesi!, erkannte Don Rigoberto. Er verstand die Auswahl der Sonate; das achtzehnte Jahrhundert war nicht nur das Jahrhundert der Verkleidung und der Geschlechterverwirrung; es war auch *das* Jahrhundert der Katzen. War Venedig denn nicht seit jeher eine Katzenrepublik gewesen?

»Warst du schon nackt?« Als er seine eigenen Worte hörte, wurde ihm klar, daß die Begierde sich rasch seines Körpers bemächtigte.

»Noch nicht. Er zog mich aus, wie immer. Warum fragst du, du weißt doch, daß er nichts lieber hat.«

»Du auch?« unterbrach er sie honigsüß.

Doña Lukrezia kicherte etwas gezwungen.

»Es ist immer bequem, wenn man einen Kammerdiener hat«, girrte sie, sich einen heiteren Vorwand zurechtlegend. »Aber dieses Mal war es anders.«

»Wegen der Kätzchen?«

»Was sonst. Sie machten mich total nervös. Ich pinkelte mir in die Hosen, so nervös war ich, Rigoberto.«

Dennoch hatte sie dem Befehl des Geliebten gehorcht, der in der Ecke verborgen war. Vor ihm stehend, fügsam, neugierig und erwartungsvoll, verharrte sie, ohne eine Sekunde die Horde Katzen zu vergessen, die, ineinander verkrallt, sich schamlos wälzten und leckten und in dem obszönen gelben Kreis zur Schau stellten, der sie in der Mitte der flammenden Bettdecke gefangenhielt. Als sie an ihren Knöcheln die beiden Hände spürte, die zu ihren Füßen hinunterglitten und ihr die Schuhe auszogen, spannten sich ihre Brüste wie zwei Bögen. Ihre Brustwarzen wurden hart. Mit großer Sorgfalt zog der

Mann ihr jetzt die Strümpfe aus und küßte ohne Hast, mit peinlicher Genauigkeit jedes Stückchen Haut, das er entblößte. Er murmelte etwas, von dem Doña Lukrezia zunächst glaubte, es seien zärtliche oder vulgäre Worte, die ihm die Erregung eingab.

»Aber nein, es war keine Liebeserklärung, es waren nicht die Unanständigkeiten, die ihm manchmal einfallen.« Sie ließ erneut ihr ungläubiges Lachen vernehmen, während sie in Reichweite von Don Rigoberto stehenblieb. Dieser versuchte nicht, sie zu berühren.

»Was dann«, stotterte er, gegen den Widerstand seiner Zunge kämpfend.

»Erklärungen, ein ganzer Katzenvortrag«, sagte sie noch immer lachend, kleine erstickte Schreie ausstoßend. »Wußtest du, daß die Miezen nichts mehr auf der Welt lieben als Honig? Daß sie am Hintern einen Beutel haben, aus dem man ein Parfüm gewinnt?«

Don Rigoberto witterte die Nacht mit seinen geweiteten Nüstern.

»Danach riechst du? Es ist also nicht Moschus?«

»Es ist Zibet. Katzenduft. Ich bin getränkt damit. Stört es dich?«

Die Geschichte entglitt ihm, führte ihn in die Irre, er glaubte, drinnen zu sein, und befand sich draußen. Don Rigoberto wußte nicht, was er denken sollte.

»Und wozu hatte er die Gläser mit Honig mitgebracht?« fragte er in der Furcht, es mit einem Spiel, einem Scherz zu tun zu haben, die jene Zeremonie ihrer Förmlichkeit berauben könnten.

»Um dich zu salben«, sagte der Mann und hörte auf, sie zu küssen. Er war noch immer damit beschäftigt, sie auszuziehen; mit den Strümpfen, dem Mantel, der Bluse war er fertig. Jetzt knöpfte er ihren Rock auf. »Ich habe ihn aus Griechenland mitgebracht, er stammt von Bienen des Berges Hymettos. Der Honig, von dem Aristoteles spricht. Ich habe ihn für dich aufbewahrt, im Gedanken an diese Nacht.«

›Er liebt sie‹, dachte Don Rigoberto, eifersüchtig und gerührt.

»Das nun wirklich nicht«, protestierte Doña Lukrezia. »Nein, nein und noch mal nein. Mit mir gibt es keine Schweinereien.«

Sie sagte es ohne Überzeugungskraft, entwaffnet durch den ansteckenden Willen ihres Geliebten, wie jemand, der weiß, daß er besiegt ist. Ihr Körper hatte angefangen, sie vom Gejaule des Bettes abzulenken, zu vibrieren, ihre Aufmerksamkeit zu fordern in dem Maße, wie der Mann sie von den letzten Kleidungsstücken befreite und, zu ihren Füßen kniend, sie weiter liebkoste. Sie ließ ihn gewähren und versuchte, sich der lustvollen Empfindung hinzugeben, die er ihr schenkte. Seine Lippen und Hände hinterließen Flammen, wo sie sie berührten. Die Kätzchen waren noch immer da; grau und grünlich, träge oder lebhaft, zerwühlten sie die Bettdecke; spielerisch, miauend. Pergolesi war leiser geworden, eine ferne Brise, ein langsames Verklingen.

»Um deinen Körper mit Bienenhonig vom Berg Hymettos zu salben?« wiederholte Don Rigoberto, jedes Wort buchstabierend.

»Damit die Kätzchen mich ableckten, stell dir vor. Bei dem Widerwillen, den mir so was einflößt, bei meiner Katzenallergie, bei meinem Ekel davor, mich mit irgendwas Klebrigem zu beschmieren (›Nie hat sie einen Kaugummi gekaut‹, dachte Don Rigoberto dankbar), und sei es auch nur die Fingerspitze. Begreifst du?«

»Es war ein großes Opfer, du hast es nur getan, weil . . .«

»Weil ich dich liebe«, fiel sie ihm ins Wort. »Du liebst mich auch, nicht wahr?«

›Von ganzer Seele‹, dachte Don Rigoberto. Er hielt die Augen geschlossen. Er hatte endlich den Zustand vollkommener Klarsicht erreicht, den er anstrebte. Er konnte sich ohne Schwierigkeiten in diesem Labyrinth dichter Schatten zurechtfinden. In aller Deutlichkeit, mit einem Anflug von Neid, gewahrte er das Geschick des Mannes, der, ohne sich zu beeilen oder die Kontrolle über seine Finger zu verlieren, Lukrezia von ihrem Unterrock, ihrem Büstenhalter, ihrem Slip befreite, während seine Lippen zart ihr mattschimmerndes Fleisch küßten und die Körnung spürten, die es – vor Kälte, Ungewißheit, Furcht, Ekel oder Begehren? – angenommen hatte, und den warmen Hauch, der, heraufbeschworen von den Liebkosungen, von diesen erahnten Formen aufstieg. Als er auf der Zunge, an den Zähnen und am Gaumen das krause Haarbüschel spürte und das scharfe Aroma ihrer Säfte ihm bis ins Hirn stieg, begann er zu zittern. Hatte er begonnen, sie zu salben? Ja. Mit einem kleinen Malerpinsel? Nein. Mit einem Tuch? Nein. Mit seinen eigenen Händen? Ja. Besser gesagt, mit jedem seiner langen, knochigen Finger und dem Können eines Masseurs. Sie verteilten auf der Haut die kristallklare Substanz – ihr süßer Geruch stieg Don Rigoberto, leicht widerlich, in die Nase – und prüften die Festigkeit von Oberschenkeln, Schultern und Brüsten, streiften leicht die Hüften, glitten über die Hinterbacken, senkten sich in die runzligen Tiefen, teilten sie. Die Musik von Pergolesi kehrte zurück, kapriziös. Ihre Klänge überdeckten die leisen Proteste Doña Lukrezias und die Erregung der Kätzchen, die den Honig witterten und in Vorahnung des Kommenden herumzuspringen und laut zu miauen begonnen hatten. Sie liefen auf der Bettdecke hin und her, leckten sich das Maul, ungeduldig.

»Eher hungrig«, verbesserte ihn Doña Lukrezia.

»Warst du schon erregt?« fragte Don Rigoberto keuchend. »War er nackt? Hatte er sich auch den Körper mit Honig eingerieben?«

»Ja, ja, ja, er auch«, psalmodierte Doña Lukrezia. »Er salbte mich, salbte sich, ließ sich von mir den Rücken salben, die Stellen, wo er mit seiner Hand nicht hinkam. Sehr erregend, diese Spielchen, natürlich. Er ist ja nicht aus Holz, und dir würde es auch nicht gefallen, wenn ich es wäre, nicht wahr?«

»Natürlich nicht«, bestätigte Don Rigoberto. »Mein Liebling.«

»Wir küßten uns, wir berührten uns, wir streichelten uns natürlich«, präzisierte seine Frau. Sie hatte ihren Rundgang wiederaufgenommen, und Don Rigobertos Ohren gewahrten das Rascheln des Hermelins bei jedem Schritt. Stand sie in Flammen, während sie sich erinnerte? »Ich meine, ohne uns aus der Ecke fortzurühren. Eine ganze Weile. Bis er mich aufhob und mich, über und über voll Honig, wie ich war, zum Bett trug.«

Was er sah, war so deutlich, die Schärfe des Bildes so ausgeprägt, daß Don Rigoberto voll Furcht dachte: ›Ich kann erblinden.‹ Wie diese Hippies, die in den psychedelischen Jahren, angeregt von den Synästhesien der Lysergsäure, die kalifornische Sonne herausforderten, bis die Strahlen ihnen die Netzhaut verbrannten und sie dazu verurteilten, das Leben mit dem Gehör, dem Tastsinn und der Phantasie zu sehen. Da waren die beiden, gesalbt, triefend vor Honig und Säften, hellenisch in ihrer Nacktheit und Haltung, und bewegten sich auf das Katzengewimmel zu. Er war ein mittelalterlicher Lanzenkämpfer, für die Schlacht gerüstet, und sie eine Waldnymphe, eine geraubte Sabinerin. Sie bewegte die goldfarbenen Füße und protestierte, »ich will nicht, ich mag das nicht«, aber ihre Arme umschlangen verliebt den Hals des Entführers, ihre Zunge drang mit Macht in seinen Mund ein und nahm begierig seinen Speichel auf. »Warte, warte«, bat Don Rigoberto. Doña Lukrezia hielt folgsam inne, und es war, als würde sie in diesen komplizenhaften Schatten verschwinden, während ihrem Ehemann das schmachtende Mädchen von Balthus in den Sinn kam (*Nu avec chat*), das, auf einem Stuhl sitzend, den Kopf wollüstig nach hinten geneigt, ein Bein gerade, das andere angewinkelt, die kleine Ferse auf die Stuhlkante gestellt, den Arm ausstreckt, um eine Katze zu streicheln, die oben auf einer Kommode liegt und mit halbgeschlossen Augen ruhig ihres Vergnügens harrt. Nach einigem Forschen und Suchen erinnerte er sich auch, daß er, ohne weiter darauf zu achten – im Buch des holländischen Tierbuchautors Midas Dekkers? – Boteros *Rosalba* (1968) gesehen hatte, ein Ölgemälde, auf dem eine kleine schwarze Katze, auf einem Brautbett hockend, sich anschickt, Laken und Matratze mit der üppigen, kraushaarigen Prostituierten zu teilen, die gerade ihre Zigarette zu Ende geraucht hat, sowie einen Holzschnitt von Félix Vallotton (*La paresse*, um 1896?), auf dem ein Mädchen mit kessen Hinterbacken zwischen geblümten Kissen und einer geometrisch gemusterten Decke den erogenen Hals einer aufgerichteten Katze reibt. Abgesehen von diesen ungewissen Annäherungen fand sich im Arsenal seiner Erinnerung kein Bild, das mit diesem übereinstimmte. Kindliche Unruhe erfaßte ihn. Die Erregung hatte nachgelassen, ohne ganz zu verschwinden; sie tauchte am Horizont seines Körpers auf wie eine dieser kalten Sonnen des europäischen Herbstes, seiner liebsten Reisezeit.

»Und«, fragte er, in die Wirklichkeit des unterbrochenen Traums zurückkehrend.

Der Mann hatte Lukrezia unter den Lichtkegel gelegt, sich mit Bestimmtheit aus ihren Armen gelöst, die ihn festhalten wollten, und einen Schritt rückwärts getan, ohne auf ihr Bitten zu achten. Wie Don Rigoberto betrachtete auch er sie aus der Dunkelheit. Der Anblick war ungewöhnlich und – nach Überwindung der anfänglichen Verwirrung – unvergleichlich schön. Nachdem die Tierchen zuerst erschreckt zurückgewichen waren, um ihr Platz zu machen und sie geduckt, unentschlossen, immer auf dem Sprung –

grüne, gelbe Funken, gesträubte Schnurrbarthaare –, schnuppernd zu beäugen, fielen sie nun über die süße Beute her. Sie erkletterten, belagerten, besetzten den mit Honig bestrichenen Körper unter lautem, glückseligem Miauen. Ihr Geschrei überdeckte Doña Lukrezias stockende Proteste, ihre erstickten Lacher und Ausrufe. Die Arme über dem Gesicht verschränkt, um ihren Mund, ihre Augen und ihre Nase vor den emsigen Zungen zu schützen, war sie ihnen auf Gedeih und Verderb ausgeliefert. Don Rigobertos Augen folgten den gierigen, schillernden Wesen, huschten mit ihnen über Doña Lukrezias Brüste und Hüften, glitten über ihre Knie, sogen sich an den Ellbogen fest, stiegen ihre Oberschenkel hinauf und genossen, wie diese kleinen Zungen, die flüssige Süße, die sich auf dem runden Mond ihres Bauches angesammelt hatte. Der Schimmer des mit dem Speichel der Katzen gewürzten Honigs verlieh den weißen Formen ein halbflüssiges Aussehen, und die erschreckten Zuckungen, mit denen sie immer wieder auf die anstürmenden und sich überschlagenden Tierchen reagierte, hatten etwas von der weichen Beweglichkeit der Körper im Wasser. Doña Lukrezia schwebte, sie war ein lebendiger Nachen, der unsichtbare Gewässer durchpflügte. ›Wie schön sie ist‹, dachte er. Ihr Körper mit den festen Brüsten und großzügigen Hüften, den wohlgeformten Hinterbakken und Oberschenkeln befand sich genau an der Grenze, die er bei einer weiblichen Figur mehr als alles andere bewunderte: eine Fülle, welche unerwünschte Überfülle erahnen läßt und sie doch zugleich vermeidet.

»Spreiz die Beine, mein Liebling«, bat der Mann ohne Gesicht.

»Ja, ja, spreiz sie«, flehte Don Rigoberto.

»Sie sind ganz klein, sie beißen nicht, sie werden dir nichts tun«, beharrte der Mann.

»Kamst du schon?« fragte Don Rigoberto.

»Nein, nein«, erwiderte Doña Lukrezia, die ihr hypnotisierendes Kreisen wiederaufgenommen hatte. Das Rascheln des Hermelins weckte erneut seinen Verdacht: ob sie wohl nackt war unter dem Mantel? Ja, sie war nackt. »Das Gekitzel machte mich schier verrückt.«

Aber sie hatte schließlich eingewilligt, und zwei oder drei Katzen stürzten begierig herbei, um die verborgene Seite der Oberschenkel abzulecken, die Honigtröpfchen, die im seidigen, schwarzen Haar des Venusberges glänzten. Der Chor der leckenden Mäuler klang Don Rigoberto wie Himmelsmusik in den Ohren. Pergolesi kehrte zurück, jetzt ohne Kraft, sanft, langsam seufzend. Der feste, entsalbte Körper lag still da, in tiefer Ruhe. Aber Doña Lukrezia schlief nicht, denn in Don Rigobertos Ohren drang das diskrete Geschnurre, das, ohne daß sie es bemerkte, aus ihren Tiefen aufstieg.

»Hattest du den Ekel überwunden?« erkundigte er sich.

»Natürlich nicht«, antwortete sie. Und nach einer Pause, mit Humor: »Aber das machte mir nicht mehr viel aus.«

Sie lachte, dieses Mal mit dem offenen, nur für ihn bestimmten Lachen der Nächte geteilter Intimität und zügelloser Phantasie, die sie glücklich machten.

Don Rigoberto begehrte sie mit allen Poren seines Körpers.

»Zieh den Mantel aus«, flehte er. »Komm, komm in meine Arme, meine Königin, meine Göttin.«

Aber ihn lenkte das Schauspiel ab, das sich in eben diesem Augenblick verdoppelt hatte. Der bislang unsichtbare Mann war es nicht mehr. Lautlos drang sein hochgewachsener, öliger Körper in das Bild ein. Jetzt war auch er da. Er legte sich auf die rötliche Bettdecke und umschlang Doña Lukrezia. Das Geschrei der Kätzchen, die, zerdrückt zwischen den Liebenden, mit hervorquellenden Augen, offenen Mäulern und hängenden Zungen verzweifelt zu entrinnen versuchten, zerriß Don Rigoberto das Trommelfell. Obwohl er sich die Ohren zuhielt, hörte er es weiter. Und obwohl er die Augen schloß, sah er den Mann, der sich auf Doña Lukrezia gelegt hatte. Er schien zu versinken in diesen kräftigen weißen Hüften, die ihn freudig empfingen. Er küßte sie mit der Gier, mit der die Kätzchen sie abgeleckt hatten, und bewegte sich auf ihr, mit ihr, in ihren Armen gefangen. Doña Lukrezias Hände preßten seinen Rücken; sie hob ihre Beine und schlang sie um seine; ihre stolzen Füße ließen sich auf seinen Waden nieder, die Stelle, die Don Rigoberto in Wallung geraten ließ. Er seufzte und kämpfte mit knapper Not das Bedürfnis zu weinen nieder, das ihn erfaßte. Er konnte sehen, daß Doña Lukrezia zur Tür glitt.

»Kommst du morgen wieder?« fragte er angstvoll.

»Und übermorgen und überübermorgen«, antwortete die stumme Gestalt, die sich verlor. »Bin ich denn fortgegangen?«

Die Kätzchen hatten sich von der Überraschung erholt und machten sich in einem neuen Anlauf über die letzten Honigtröpfchen her, gleichgültig gegenüber dem Gefecht, das das Paar miteinander austrug.

DER FETISCHISMUS DER NAMEN

Ich pflege den Fetischismus der Namen, und Deiner nimmt mich gefangen und raubt mir die Sinne. Rigoberto! Er ist männlich, er ist elegant, er ist ehern, er ist italienisch. Wenn ich ihn leise, ganz für mich ausspreche, läuft mir ein Schauer den Rücken hinunter, und die rosigen Fersen, die Gott mir geschenkt hat (oder, wenn Du das lieber hast, die Natur, Du gottloser Mensch), werden eiskalt. Rigoberto! Lachende Kaskade klaren Wassers. Rigoberto! Gelbe Freude des Distelfinks, der die Sonne feiert. Wo Du bist, bin auch ich. Still und verliebt. Unterschreibst Du einen Wechsel, eine Zahlungsanweisung mit Deinem viersilbigen Namen? Ich bin das Pünktchen auf dem i, das Schwänzchen des g und das Häkchen des t. Der kleine Tintenfleck, der an Deinem Daumen zurückbleibt. Trinkst Du ein Glas Mineralwasser gegen die Hitze? Ich bin das Bläschen, das Deinen Gaumen erfrischt, der Eiswürfel, der deine Zungen-Schlange erschauern läßt. Ich bin, Rigoberto, das Band Deiner Schuhe und die Oblate aus Pflaumenextrakt, die Du jeden Abend gegen Verstopfung schluckst. Wie es kommt, daß ich diese Einzelheit Deines gastroenterologischen Lebens kenne? Wer liebt, weiß und hält für Wissen, was seinen Geliebten betrifft, sakralisiert das Trivialste seiner Person. Vor Deinem Bild bekreuzige ich mich. Ich habe Deinen Namen, die mystische Zahlenlehre der Kabbalisten und die Kunst der Weissagungen des Nostradamus, um Dein Leben kennenzulernen. Wer ich bin? Jemand, der Dich liebt wie der Schaum die Welle und die Wolke die Morgenröte. Such, such und finde mich, Geliebter.

Dein, Dein, Dein
Die Namensfetischistin

II. Was Egon Schiele anstellte

»Warum interessierst du dich so sehr für Egon Schiele?« fragte Doña Lukrezia.

»Daß er so jung gestorben ist und daß man ihn ins Gefängnis gesperrt hat, das tut mir leid«, antwortete Fonchito. »Seine Bilder sind wunderschön. Ich verbringe Stunden damit, sie in den Büchern meines Papas anzuschauen. Gefallen sie dir nicht, Stiefmutter?«

»Ich kann mich nicht genau an sie erinnern. Nur an die Posen. Unnatürliche, verrenkte Körper. Nicht wahr?«

»Schiele gefällt mir auch, weil . . . weil . . .«, unterbrach sie der Junge, als wollte er ein Geheimnis enthüllen. »Ich weiß nicht, ich trau mich nicht, es dir zu sagen, Stiefmutter.«

»Du kannst dich sehr gut ausdrücken, wenn du willst, stell dich nicht dumm.«

»Weil ich fühle, daß ich ihm ähnlich bin. Daß ich ein tragisches Leben haben werde, wie er.«

Doña Lukrezia brach in Lachen aus. Aber eine Sorge erfaßte sie. Woher hatte er solche Sachen? Alfonsito betrachtete sie noch immer, sehr ernst. Nach einer Weile riß er sich zusammen und lächelte sie an. Er saß auf dem Boden des Eßzimmers, im Schneidersitz; er trug die blaue Jacke und die graue Krawatte der Schuluniform, aber er hatte sich die Schirmmütze abgenommen, die neben ihm lag, zwischen der Schultasche, der Mappe und dem Kasten mit den Buntstiften der Akademie. In diesem Augenblick kam Justiniana mit dem Teetablett herein. Fonchito empfing sie freudig.

»Geröstete Biskuits mit Butter und Marmelade«, jubelte er, plötzlich befreit von seiner Kümmernis. »Was ich am liebsten mag. Du hast daran gedacht, Justita!«

»Ich hab sie nicht für dich gemacht, sondern für die Señora«, sagte Justiniana. »Für dich keinen verbrannten Krümel.«

Sie servierte den Tee und stellte die Tassen auf das Tischchen im Wohnzimmer. Im Olivar spielten ein paar Jungen Fußball; man konnte ihre hitzigen Gestalten durch die Vorhänge sehen; Schimpfworte, Ballschüsse und Siegesschreie drangen gedämpft herein. Bald würde es dunkel werden.

»Wirst du mir nie verzeihen, Justita?« fragte der Junge traurig. »Nimm dir ein Beispiel an meiner Stiefmutter; sie hat vergessen, was geschehen ist, und wir vertragen uns genauso gut wie früher.«

›Wie früher, nicht‹, dachte Doña Lukrezia. Eine heiße Welle erfaßte sie von den Füßen bis in die Haarspitzen hinein. Sie ließ sich nichts anmerken und nahm einige Schlucke Tee.

»Das wird daran liegen, daß die Señora herzensgut ist und ich furchtbar schlecht«, spottete Justiniana.

»Dann sind wir uns ähnlich, Justita. Denn deiner Meinung nach bin ich furchtbar schlecht, oder?«

»Du schlägst mich«, verabschiedete sich das Mädchen und verschwand im Flur zur Küche.

Doña Lukrezia und der Junge verharrten schweigend, während sie die Biskuits aßen und den Tee tranken.

»Justita haßt mich nur nach außen hin«, erklärte Fonchito, als er mit dem Kauen fertig war. »Im Grunde hat sie mir auch verziehen, glaube ich. Meinst du nicht, Stiefmutter?«

»Vielleicht nicht. Sie läßt sich nicht durch deine artigen Manieren betören. Sie will nicht, daß ich noch einmal das gleiche durchmache. Ich erinnere mich zwar nicht gern daran, aber die Wahrheit ist, daß ich viel wegen dir gelitten habe, Fonchito.«

»Glaubst du denn, ich weiß das nicht, Stiefmutter?« Der Junge wurde blaß. »Deshalb möchte ich ja alles, alles tun, um das, was ich dir angetan habe, wiedergutzumachen.«

Sprach er im Ernst? Führte er eine Farce auf mit diesem altklugen Gerede? Es war unmöglich, es aus diesem kleinen Gesicht abzulesen, dessen Augen, Mund, Nase, Wangenknochen, Ohren bis hin zum Wirrwarr der Haare das Werk eines Perfektionisten zu sein schienen. Er war schön wie ein Erzengel, ein kleiner heidnischer Gott. Das schlimmste war, dachte Doña Lukrezia, daß er wie die Verkörperung der Reinheit wirkte, wie ein Ausbund an Unschuld und Tugend. ›Die gleiche Lauterkeit, die Modesto ausstrahlte‹, dachte sie in Erinnerung an den Ingenieur mit der Vorliebe für kitschige Lieder, der ihr vor ihrer Heirat mit Rigoberto den Hof gemacht hatte und den sie immer verschmäht hatte, vielleicht weil sie seine Korrektheit und Güte nicht genügend zu würdigen wußte. Oder hatte sie den armen Pluto abgewiesen, gerade weil er so gut war? Weil ihr Herz sich von den trüben Gewässern angezogen fühlte, in denen Rigoberto fischte? Bei ihm hatte sie keine Sekunde gezögert. Bei dem guten Pluto war dieser lautere Ausdruck ein Spiegel seiner Seele gewesen; bei dem kleinen Teufel Alfonso war er ein Verführungstrick, einer dieser Sirenengesänge, die aus den Abgründen erschallen.

»Hast du Justita sehr gern, Stiefmutter?«

»Ja, sehr. Sie ist für mich mehr als eine Hausangestellte. Ich weiß nicht, was ich in all diesen Monaten, in denen ich mich wieder daran gewöhnen mußte, allein zu leben, ohne Justiniana getan hätte. Sie war eine Freundin, eine Verbündete. So sehe ich sie. Ich habe nicht diese dummen Vorurteile der Leute in Lima gegenüber ihren Hausmädchen.«

Sie wollte Fonchito schon die Geschichte der überaus achtbaren Doña Felicia de Gallagher erzählen, die sich bei ihren Canasta-Tee-Gesellschaften etwas darauf zugute hielt, daß sie ihrem Chauffeur, einem kräftigen Neger in marineblauer Uniform, verboten hatte, während der Arbeit Wasser zu trinken, damit er nicht urinieren mußte und sich hätte gezwungen sehen können, den Wagen auf der Suche nach einer Toilette anzuhalten und seine Arbeitgeberin allein in diesen vor Dieben wimmelnden Straßen zu lassen. Aber sie tat es nicht, weil sie ahnte, daß sie selbst mit einer indirekten Anspielung auf eine körperliche Funktion die giftigen Wasser eines Morastes aufrühren würde.

»Soll ich dir Tee nachschenken? Die Biskuits waren ganz wunderbar«, sagte der Junge. »Wenn ich mich aus der Akademie davonmachen und herkommen kann, bin ich glücklich, Stiefmutter.«

»Du darfst nicht so viele Nachmittage versäumen. Wenn du wirklich Maler werden willst, wird dir dieser Unterricht von großem Nutzen sein.«

Warum wurde sie immer, wenn sie mit Fonchito wie mit einem Kind sprach – was er ja war –, von dem Gefühl beherrscht, einen falschen Ton anzuschlagen, zu lügen? Aber wenn sie ihn wie einen kleinen Erwachsenen behandelte, empfand sie das gleiche Unbehagen, das gleiche Gefühl von Falschheit.

»Findest du Justiniana hübsch, Stiefmutter?«

»Aber ja. Sehr peruanisch mit ihrer zimtfarbenen Haut und ihrem kessen Aussehen. Sie muß so manches Herz in der Gegend gebrochen haben.«

»Hat dir mein Papa mal gesagt, daß er sie hübsch findet?«

»Nein, ich glaube nicht. Wozu all diese Fragen?«

»Ach, nichts. Aber du bist schöner als Justita und als alle anderen, Stiefmutter«, rief der Junge. Doch er entschuldigte sich gleich erschrocken. »War es schlecht, daß ich dir das gesagt habe? Du wirst doch nicht böse werden, oder?«

Señora Lukrezia versuchte, vor Rigobertos Sohn zu verbergen, daß sie nach Luft schnappen mußte. Nahm Luzifer seine Umtriebe wieder auf? Sollte sie ihn am Ohr packen, ihn hinauswerfen und ihm verbieten wiederzukommen? Aber Fonchito schien schon vergessen zu haben, was er gerade gesagt hatte, und stöberte in seiner Mappe. Schließlich wurde er fündig.

»Sieh mal, Stiefmutter.« Er reichte ihr den kleinen Ausschnitt. »Schiele, als kleiner Junge. Sehe ich ihm nicht ähnlich?«

Doña Lukrezia betrachtete den mageren jungen Burschen mit kurzem Haar und zarten Gesichtszügen, eingezwängt in einen dunklen Anzug, wie man ihn zu Beginn des Jahrhunderts trug – mit einer Rose im Knopfloch –, der aussah, als würde der steife Hemdkragen und seine Fliege ihm die Luft abschnüren.

»Nicht im entferntesten«, sagte sie. »Du siehst ihm überhaupt nicht ähnlich.«

»Die neben ihm sind seine Schwestern. Gertrude und Melanie. Die kleinere, die blonde ist Gertrude, die berühmte Gerti.«

»Warum berühmt?« fragte Doña Lukrezia mit Unbehagen. Sie wußte nur zu gut, daß sie sich auf ein Minenfeld begab.

»Was heißt, warum?« Sein rotwangiges Gesicht zeigte Überraschung, seine Hände machten eine theatralische Geste. »Wußtest du nicht, daß sie das Modell seiner bekanntesten Aktbilder war?«

»Ach ja?« Doña Lukrezias Unbehagen wuchs. »Ich seh schon, du kennst das Leben von Egon Schiele auswendig.«

»Ich habe alles gelesen, was es über ihn in Papas Bibliothek gibt. Die Frauen haben haufenweise für ihn nackt Modell gestanden. Schulmädchen, Straßenmädchen, seine Geliebte Wally. Auch seine Frau Edith und seine Schwägerin Adele.«

»Schön, schön.« Doña Lukrezia schaute auf ihre Uhr. »Es wird spät für dich, Fonchito.«

»Wußtest du auch nicht, daß er Edith und Adele zusammen Modell stehen ließ?« fuhr der Junge begeistert fort, als habe er sie nicht gehört. »Auch als er mit Wally in dem kleinen Dorf Krumau lebte. Nackt, zusammen mit Schulmädchen. Deshalb kam es zum Skandal.«

»Das wundert mich nicht, wenn es Schulmädchen waren«, sagte Doña Lukrezia spitz. »Aber jetzt gehst du besser. Es wird schon dunkel. Wenn Rigoberto in der Akademie anruft, wird er entdecken, daß du im Unterricht fehlst.«

»Aber dieser Skandal war ungerecht.« Der Junge redete weiter, von großer Erregung erfaßt. »Schiele war ein Künstler, er brauchte Inspiration. Hat er denn nicht Meisterwerke gemalt? Was war schlecht dabei, daß er von ihnen verlangte, sich auszuziehen?«

»Ich bring mal diese Tassen in die Küche.« Señora Lukrezia stand auf. »Hilf mir mit den Tellern und dem Brotkorb, Fonchito.«

Der Junge beeilte sich, mit den Händen die auf dem Tisch verstreuten Biskuitkrümel einzusammeln. Gehorsam folgte er der Stiefmutter. Aber Señora Lukrezia war es nicht gelungen, ihn vom Thema abzubringen.

»Na ja, es stimmt, daß er mit einigen von denen, die nackt Modell standen, auch was angestellt hat«, sagte er, während sie durch den Flur gingen. »So heißt es jedenfalls. Zum Beispiel mit seiner Schwägerin Adele hat er was angestellt. Mit seiner Schwester Gerti wird er das wohl nicht getan haben, oder, Stiefmutter?«

Die Tassen in Señora Lukrezias Händen hatten zu klirren begonnen. Dieser kleine Rotzjunge besaß die teuflische Angewohnheit, das Gespräch immer so ganz nebenbei zu schlüpfrigen Themen hinzuführen.

»Natürlich nicht«, antwortete sie und fühlte dabei, wie ihre Zunge ihr kaum gehorchte. »Ganz bestimmt nicht.«

Sie hatten die kleine Küche mit ihren spiegelblanken Fliesen betreten. Auch die Wände blitzten. Justiniana beobachtete sie neugierig. Ein kleiner Schmetterling flatterte in ihren Augen und belebte ihr braunhäutiges Gesicht.

»Mit Gerti vielleicht nicht, aber mit seiner Schwägerin schon«, beharrte der Junge. »Adele selbst hat es zugegeben, als Egon Schiele tot war. Es steht in den Büchern, Stiefmutter. Er hat also mit beiden Schwestern, mit Edith und Adele, was angestellt. Vielleicht bekam er daher seine Inspiration.«

»Wer war dieser freche Kerl?« fragte die Hausangestellte. Ihr Gesicht sprühte vor Neugier. Sie nahm Tassen und Teller in Empfang und hielt sie unter den laufenden Wasserstrahl; dann tauchte sie sie in das Waschbecken, das randvoll mit schaumigem, bläulichem Wasser gefüllt war. Der Geruch nach Spülmittel füllte die ganze Küche aus.

»Egon Schiele«, murmelte Doña Lukrezia. »Ein österreichischer Maler.«

»Er starb mit achtundzwanzig Jahren, Justita«, erläuterte der Junge.

»Bestimmt ist er gestorben, weil er soviel angestellt hat.« Justiniana redete und spülte dabei Teller und Tassen und trocknete sie mit einem Geschirrtuch mit roten Rauten ab. »Benimm dich also, Fonchito, damit dir nicht das gleiche passiert.«

»Er ist nicht wegen der Sachen gestorben, die er angestellt hat, sondern an der Spanischen Grippe«, erwiderte das Kind, unempfänglich für den Humor. »Seine Frau auch, nur drei Tage vor ihm. Was ist eigentlich die Spanische Grippe, Stiefmutter?«

»Eine bösartige Grippe, denke ich mir. Sie wird aus Spanien nach Wien gelangt sein. Schön, jetzt mußt du aber gehen, es ist spät geworden für dich.«

»Ich weiß schon, warum du Maler werden willst, du Gauner«, schaltete sich Justiniana ein, die nicht zu bremsen war. »Weil die Maler mit ihren Modellen das große Leben führen, wie man sieht.«

»Mach nicht solche Scherze«, sagte Doña Lukrezia tadelnd zu ihr. »Er ist ein Kind.«

»Ein ziemlich altkluges, Señora«, antwortete sie und zeigte ihre schneeweißen Zähne in einem breiten Lächeln.

»Bevor er sie malte, spielte er mit ihnen.« Fonchito nahm den Faden seiner Gedanken wieder auf, ohne dem Dialog zwischen Hausherrin und Hausmädchen Aufmerksamkeit zu schenken. »Er ließ sie auf verschiedene Art und Weise posieren, probierte herum. Bekleidet, unbekleidet, halbbekleidet. Am liebsten hatte er es, wenn sie die Strümpfe wechselten. Rot, grün, schwarz, Strümpfe in allen Farben. Und sich auf den Boden legten. Zusammen, getrennt, ineinander verschlungen. Wenn sie taten, als würden sie sich in den Haaren liegen. Er schaute ihnen stundenlang zu. Er spielte mit den Schwestern, als wären sie seine Puppen. Bis ihm die Inspiration kam, und dann malte er sie.«

»Ein schönes Spielchen«, provozierte ihn Justiniana. »Wie das Pfänderspiel, aber für Erwachsene.«

»Schluß, aus!« Doña Lukrezia hob so sehr die

44

Stimme, daß Fonchito und Justiniana sie verblüfft anschauten. Sie mäßigte sich: »Ich will nicht, daß dein Papa anfängt, dir Fragen zu stellen. Du mußt jetzt gehen.«

»In Ordnung, Stiefmutter«, stotterte der Junge.

Er war weiß vor Schreck, und Doña Lukrezia bereute, daß sie so laut geworden war. Aber sie konnte ihm nicht erlauben, mit diesem Feuer über die Intimitäten Egon Schieles zu reden, ihr Herz sagte ihr, daß eine Falle in dieser Geschichte verborgen war, die es zu vermeiden galt. Was war in Justiniana gefahren, daß sie ihn in dieser Weise reizte? Der Junge verließ die Küche. Sie hörte, wie er im Eßzimmer seine Schultasche, seine Mappe und seine Stifte an sich nahm. Als er zurückkam, hatte er die Krawatte zurechtgerückt, die Mütze aufgesetzt und den Blazer zugeknöpft. Schon auf der Schwelle, schaute er ihr in die Augen und fragte sie ungezwungen:

»Darf ich dir einen Abschiedskuß geben, Stiefmutter?«

Doña Lukrezias Herz, das sich gerade ein wenig beruhigt hatte, beschleunigte sich erneut; aber was sie vielleicht am meisten verwirrte, war das kleine Lächeln Justinianas. Was sollte sie tun? Es war lächerlich, sich zu weigern. Sie nickte und neigte den Kopf. Einen Augenblick später fühlte sie den Schnabel eines kleines Vogels an ihrer Wange.

»Und dir auch, Justita?«

»Aber auf den Mund, paß ja auf.« Das Mädchen brach in schallendes Lachen aus.

Doña Lukrezia sah, daß der Junge sich dieses Mal über den Witz amüsierte und lachte, während er sich auf die Fußspitzen stellte, um Justiniana auf die Wange zu küssen. Es war dumm, natürlich, aber Señora Lukrezia wagte nicht, dem Hausmädchen in die Augen zu sehen, und fand auch nicht die rechten Worte, um sie zu tadeln, weil sie in ihren geschmacklosen Scherzen zu weit ging.

»Ich bring dich um«, sagte sie schließlich, halb im Ernst, halb im Scherz, als sie die Haustür ins Schloß fallen hörte. »Bist du verrückt geworden, daß du diese Scherze mit Fonchito treibst?«

»Dieser Junge hat so was«, entschuldigte sich Justiniana schulterzuckend. »Er macht, daß man den Kopf voller Sünden hat.«

»Was auch immer. Aber man darf bei ihm nicht auch noch Öl ins Feuer gießen.«

»Feuer, das haben Sie im Gesicht, Señora«, rief Justiniana mit ihrer üblichen Unverfrorenheit. »Aber seien Sie unbesorgt, diese Farbe steht Ihnen prächtig.«

BLATTGRÜN UND KUHFLADEN

Es tut mir leid, daß ich Sie enttäuschen muß. Ihre leidenschaftlichen Plädoyers für die Erhaltung der Natur und der Umwelt bewegen mich nicht. In der Stadt bin ich geboren, habe ich gelebt und werde ich sterben (in der häßlichen Stadt Lima, um es noch schlimmer zu machen), und mich aus der Stadt zu entfernen, sei es auch nur für ein Wochenende, ist ein Zwang, dem ich mich bisweilen aus familiären oder Arbeitsgründen beuge, aber immer ungern. Zählen

Sie mich nicht zu jenen Vertretern der Mittelklasse, deren höchstes Ziel der Erwerb eines Häuschens an einem Strand im Süden ist, um dort die Sommer und Wochenenden in obszöner Promiskuität mit dem Sand, dem Salzwasser und den Bierbäuchen anderer Mittelklasseangehöriger zu verbringen, die ihnen aufs Haar gleichen. Dieses sonntägliche Schauspiel von Familien, die im Angesicht des Meeres in einem Exhibitionismus *bien pensant* miteinander fraternisieren, ist für mich eines der deprimierendsten in der unwürdigen Rangliste des Herdengeistes, die dieses präindividualistische Land bereithält.

Ich vermute, daß eine Landschaft, verziert mit Kühen, die zwischen wohlduftenden Gräsern weiden, oder mit Zicklein, die an Affenbrotbäumen knabbern, Leuten wie Ihnen das Herz im Leibe hüpfen läßt und sie in die gleiche Verzückung versetzt, die ein junger Bursche empfindet, der zum ersten Mal eine nackte Frau betrachtet. Für mich hingegen ist die natürliche Bestimmung des Stiers die Stierkampfarena – mit anderen Worten, er lebt, um der Capa, der Muleta, der Pike, der Banderilla und dem Degen zu trotzen –, und die dummen Rindviecher möchte ich nur sehen, wie sie in Stücke geteilt und gegrillt, mit scharfen Gewürzen angerichtet, blutig vor mir liegen, umgeben von krossen Pommes frites und frischen Salaten, und die Zicklein zerstückelt, mürbfaserig, gebraten oder mariniert, nach den Rezepten des *seco* aus dem Norden, eines meiner Lieblingsgerichte unter den deftigen Gerichten der einheimischen Gastronomie.

Ich weiß, daß ich Ihre teuersten Überzeugungen

verletze, aber mir ist wohlbekannt, daß Sie und Ihresgleichen – noch eine kollektivistische Verschwörung! – überzeugt sind, oder sich auf dem besten Weg dazu befinden, daß die Tiere Rechte haben und womöglich eine Seele, alle, einschließlich der fieberübertragenden Malariamücke, der aasfressenden Hyäne, der zischenden Kobra und des gefräßigen Piranha. Ich erkläre Ihnen hiermit klar und deutlich, daß Tiere für mich einen gastronomischen, einen dekorativen und vielleicht noch einen sportlichen Wert besitzen (obwohl ich darauf hinweisen möchte, daß die Liebe zu den Pferden mir ebenso zuwider ist wie der Vegetarismus und ich die Kunstreiter mit ihren durch die Reibung des Sattels auf Zwergengröße geschrumpften Hoden für eine besonders schauerliche Abart des menschlichen Kastraten halte). Wenn ich auch, aus der Ferne, diejenigen respektiere, die ihnen erotische Funktionalität zusprechen, hat die Vorstellung, mit einem Huhn, einer Ente, einer Äffin, einer Stute oder irgendeiner anderen mit Öffnungen versehenen Tiersorte zu kopulieren, nichts Verführerisches für mich (sie läßt mich eher an üble Gerüche denken und mannigfache körperliche Unbequemlichkeiten vermuten), und ich hege den leidigen Verdacht, daß diejenigen, die sich an diesen gymnastischen Übungen erfreuen, im Grunde ihres Herzens – nehmen Sie es nicht persönlich – Ökologen im Zustand der Wildheit sind, Naturschützer, ohne es zu wissen, und daher imstande, sich dereinst mit Brigitte Bardot zusammenzurotten (die ich im übrigen ebenfalls in meiner Jugend liebte), um sich für das Überleben der Robben einzusetzen. Obwohl ich einmal erregende Phantasien mit dem Bild einer schönen nackten Frau hatte, die auf einem mit Kätzchen besäten Bett herumtollte, beunruhigt mich das Wissen, daß es in den Vereinigten Staaten dreiundsechzig Millionen Katzen und vierundfünfzig Millionen Hunde gibt, mehr als die Unmenge von Atomwaffen, die in einem halben Dutzend Ländern der ehemaligen Sowjetunion lagern.

Wenn ich so schon über diese Vierfüßer und Vogelviecher denke, dann können Sie sich bestimmt vorstellen, welche Gefühle in mir Ihre rauschenden Bäume, dichten Wälder, lieblichen Blätter, murmelnden Bäche, tiefen Schluchten, schneeweißen Gipfel et cetera pp. wecken. All diese Rohstoffe haben für mich Sinn und Berechtigung, wenn sie den Filter der städtischen Kultur passieren, das heißt, wenn Buch, Bild, Film oder Fernsehen sie verarbeiten und verwandeln – von mir aus kann man auch sagen: sie unwirklich machen, aber lieber wäre mir der in Verruf geratene Ausdruck: sie humanisieren. Damit wir uns verstehen: ich würde mein Leben dafür geben (was man nicht wörtlich nehmen darf, denn es handelt sich um eine offensichtlich hyperbolische Redensart), um die Pappeln zu retten, die ihre Wipfel in Góngoras *Polifemo* in die Höhe recken, oder die Mandelbäume, die seine *Soledades* weiß färben, und für die Trauerweiden der *Eklogen* von Garcilaso oder die Sonnenblumen und Weizenfelder, die ihren goldenen Honig auf den Bildern van Goghs verströmen, aber ich würde nicht eine Träne zu Ehren der von sommerlichen Feuersbrünsten vernichteten Pinienwälder vergießen, und beim Unterzeichnen des Amnestie-Dekrets für die Brandstifter, die andine, si-

birische und alpine Wälder verkohlen, würde mir
nicht die Hand zittern. Die Natur, die nicht durch die
Kunst oder die Literatur hindurchgegangen ist, die
natürliche Natur voller Fliegen, Mücken, Moder,
Ratten und Kakerlaken ist unvereinbar mit raffinier-
ten Vergnügen wie der körperlichen Hygiene und der
Eleganz der Kleidung.

Um mich kurz zu fassen, werde ich meine Gedanken – meine Idiosynkrasien – auf folgende Formel
bringen: Wenn das, was Sie die »Pest der Verstädte-
rung« nennen, sich unaufhaltsam ausbreiten und
sämtliche Wiesen der Welt verschlingen würde, wenn
der Erdball sich eruptiv mit Wolkenkratzern, metal-
lischen Brücken, asphaltierten Straßen, künstlichen
Seen und Parks, gepflasterten Plätzen und unterirdi-
schen Parkhäusern überziehen, ja der ganze Planet
sich mit Beton und Stahlträgern bedecken würde und
am Ende aus einer einzigen runden, endlosen Stadt
bestünde (allerdings voller Buchhandlungen, Gale-
rien, Bibliotheken, Restaurants, Museen und Cafés),
dann würde der Unterzeichnende, homus urbanus
bis ins Mark, diese Entwicklung begrüßen.

Aus den vorgenannten Gründen werde ich nicht
mit einem einzigen Centavo zu den Mitteln des Ver-
bands *Blattgrün und Kuhfladen* beitragen, dem Sie
vorstehen, und alles in meiner Macht Stehende tun
(was sehr wenig ist, seien Sie beruhigt), damit Sie Ihre
Ziele nicht erreichen und Ihre bukolische Philosophie von jenem emblematischen Objekt der Kultur
überrollt wird, das Sie hassen und das ich verehre:
dem Lastwagen.

In der Einsamkeit seines Arbeitszimmers, munter geworden durch die kalte Morgendämmerung, wiederholte Rigoberto aus dem Gedächtnis den Satz von Borges, auf den er gerade gestoßen war: »Am Ehebruch sind gewohnlich Zärtlichkeit und Selbstverleugnung beteiligt.« Wenige Seiten nach dem Zitat von Borges erschien der Brief vor seinen Augen, der unversehrt dem Zahn der Zeit widerstanden hatte.

Liebe Lukrezia,

Wenn Du diese Zeilen liest, wirst Du die Überraschung Deines Lebens erleben und mich vielleicht verachten. Aber das macht nichts. Selbst wenn es nur eine Möglichkeit von eins zu einer Million gäbe, daß Du meinen Vorschlag annimmst, würde ich ins kalte Wasser springen. Ich fasse im folgenden zusammen, was sonst ein stundenlanges, von überzeugender Stimmgebung und Gestik begleitetes Gespräch erfordern würde.

Seit meinem Fortgang aus Peru (wegen des Korbs, den Du mir gegeben hast) habe ich mit recht großem Erfolg in den Vereinigten Staaten gearbeitet. In zehn Jahren habe ich es zum Geschäftsführer und Minderheitsaktionär einer Fabrik von Stromleitern gebracht, die gut im Bundesstaat Massachusetts eingeführt ist. Als Ingenieur und Unternehmer ist es mir gelungen, meinen Weg in dieser meiner zweiten Heimat zu machen, denn seit vier Jahren bin ich nordamerikanischer Staatsbürger.

Um es gleich zu sagen: Ich habe unlängst auf diesen

Geschäftsführerposten verzichtet und bin dabei, meine Anteile an der Fabrik zu verkaufen, wobei ich auf einen Erlös von sechshunderttausend Dollar, mit Glück ein wenig mehr, hoffe. Ich tue es, weil man mir das Rektorat des TIM (Technological Institute of Mississippi) angeboten hat, des College, an dem ich studiert habe und mit dem ich immer in Verbindung geblieben bin. Ein Drittel der Studentenschaft ist jetzt *hispanic* (will sagen, lateinamerikanisch). Mein Gehalt wird die Hälfte dessen betragen, was ich hier verdiene. Das ist mir gleich. Ich freue mich darauf, mich der Bildung dieser jungen Leute beider Amerikas zu widmen, die das 21. Jahrhundert prägen werden. Ich habe immer davon geträumt, mein Leben der Universität zu weihen, und genau das hätte ich getan, wenn ich in Peru geblieben wäre, das heißt, wenn Du mich geheiratet hättest.

»Was soll das alles?« wirst Du Dich fragen, »warum ersteht Modesto nach zehn Jahren wieder auf, um mir diese Geschichte zu erzählen?« Ich komme zum Eigentlichen, liebste Lukrezia.

Ich habe beschlossen, zwischen meinem Fortgang aus Boston und meiner Ankunft in Oxford, Mississippi, in einer Ferienwoche hunderttausend der gesparten sechshunderttausend Dollar auszugeben. Urlaub habe ich nie genommen, nebenbei gesagt, und werde ich auch in Zukunft nicht nehmen, weil, wie Du Dich erinnern wirst, ich immer gern gearbeitet habe. Mein Job ist nach wie vor meine beste Zerstreuung. Aber wenn meine Pläne in Erfüllung gehen, wie ich hoffe, dann wird diese Woche etwas ganz Außergewöhnliches sein. Nicht der konventionelle

Urlaub mit einer Kreuzfahrt in der Karibik oder am Strand mit Palmen und Surfern in Hawaii. Sondern etwas sehr Persönliches und Unwiederholbares: die Verwirklichung eines uralten Traums. Und hier kommst Du ins Spiel, und zwar mit den besten Karten. Ich weiß, daß Du mit einem ehrbaren Herrn aus Lima verheiratet bist, der Witwer ist und Geschäftsführer einer Versicherungsgesellschaft. Auch ich bin verheiratet, mit einer Gringa aus Boston, die von Beruf Ärztin ist, und ich bin glücklich in dem bescheidenen Ausmaß, das die Ehe gestattet. Ich schlage Dir nicht vor, Dich scheiden zu lassen und Dein Leben zu ändern, beileibe nicht. Nur, daß Du mit mir diese ideale Woche teilst, die ich jahrelang im Geist gehegt habe und dank der besonderen Umstände jetzt in die Wirklichkeit umsetzen kann. Du wirst es nicht bereuen, diese sieben traumhaften Tage mit mir zu erleben, und ich verspreche Dir, daß Du für den Rest Deines Lebens voll Sehnsucht an sie zurückdenken wirst.

Wir treffen uns am Sonnabend, dem 17., auf dem Kennedy-Airport in New York; Du kommst mit dem Lufthansa-Flug aus Lima, ich aus Boston. Eine Limousine wird uns in die Suite des Hotels Plaza bringen, die bereits reserviert ist, einschließlich der genauen Angabe der Blumen, die sie mit ihrem Duft erfüllen sollen. Bis zum Abend wirst Du Zeit haben, Dich auszuruhen, zum Friseur zu gehen, Dich in die Sauna zu setzen oder Einkäufe auf der Fifth Avenue zu machen, die Dir buchstäblich zu Füßen liegt. An diesem Abend haben wir Eintrittskarten für die Metropolitan Opera, für Puccinis *Tosca*, mit Luciano Pavarotti als Mario Cavaradossi und dem Symphonieorchester des Metropolitan unter der Leitung des Maestros Edward Muller. Wir werden im *Le Cirque* zu Abend speisen, wo Du mit ein wenig Glück Mick Jagger, Henry Kissinger oder Sharon Stone begegnen wirst. Den Abend werden wir dann im Getümmel von *Regine's* beenden.

Die Concorde nach Paris startet am Sonntag zu einer angenehmen Zeit, wir werden also nicht zu früh aufstehen müssen. Da der Flug gerade nur dreieinhalb Stunden dauert – was man anscheinend kaum bemerkt dank der exquisiten Genüsse des von Paul Bocuse kreierten Mittagessens –, werden wir noch bei Tag in der Stadt der Lichter eintreffen. Nachdem wir im Ritz abgestiegen sind (Blick auf die Place Vendôme garantiert), wird Zeit sein für einen Bummel über die Seine-Brücken, bei dem wir in den Genuß eines jener lauen Abende des beginnenden Herbstes kommen werden, die Kennern zufolge die besten sind, vorausgesetzt, es regnet nicht (ich bin in meinen Bemühungen gescheitert, die Vorhersagen in bezug auf Pariser Niederschläge an diesem Sonntag und diesem Montag in Erfahrung zu bringen, denn die NASA, was soviel heißt wie die meteorologische Wissenschaft, kennt die Launen des Himmels nur vier Tage im voraus). Ich bin nie in Paris gewesen, und ich hoffe, Du auch nicht, so daß wir also auf diesem abendlichen Spaziergang vom Ritz nach Saint-Germain diese allem Anschein nach grandiose Route gemeinsam entdecken können. Auf dem linken Seine-Ufer (dem Pariser Miraflores, damit Du Dir ein Bild machen kannst) erwartet uns in der Abtei von Saint-Germain-des-Prés Mozarts unvollendetes Requiem und ein Abendessen *Chez Lipp*, der elsässischen Brasserie, wo ein Gericht namens *choucroute* obligat ist (ich weiß nicht, was das ist, aber wenn kein Knoblauch dran ist, wird es mir schmecken). Ich habe angenommen, daß Du Dich nach dem Abendessen ausruhen möchtest, um in aller Frische den intensiven Montag in Angriff nehmen zu können, so daß also dieser Abend nicht mit dem Programm Diskothek, Bar, Nachtklub oder frühmorgendliche Lasterhöhle vollgepackt ist.

Am nächsten Morgen werden wir in den Louvre gehen und der Gioconda unsere Aufwartung machen und dann zu einem leichten Mittagessen in der *Closerie des Lilas* oder der *Coupole* einkehren (ehrwürdige snobistische Restaurants in Montparnasse); am Nachmittag werden wir im Centre Pompidou ein Bad in der Avantgarde nehmen und einen Blick ins Marais werfen, ein Viertel, das berühmt ist für seine Stadtpalais aus dem 18. Jahrhundert und seine Schwulen von heute. Wir werden Tee in *La marquise de Sevigné* trinken, an der Madeleine, bevor wir mit einer Dusche im Hotel wieder zu Kräften kommen. Das Abendprogramm ist nachgerade frivol: Aperitif in der Bar des Ritz, Abendessen im Jugendstil-Dekor von *Maxim's* und krönender Abschluß in der Hochburg des Striptease, dem *Crazy Horse Saloon*, in dem die neue Revue »Heiß!« Premiere hat. (Die Eintrittskarten sind gekauft, der Tisch ist reserviert und Oberkellner und Türsteher bestochen, um den besten Platz, den besten Tisch und die beste Bedienung sicherzustellen.)

Eine Limousine, weniger spektakulär, aber raffinierter als die in New York, mit Chauffeur und Führer, wird uns am Dienstagvormittag nach Versailles bringen, damit wir das Schloß und die Gärten des Sonnenkönigs kennenlernen. Wir werden etwas Typisches (Steak mit Pommes frites, fürchte ich) in einem Bistro am Wege essen, und vor der Oper (*Othello*, von Verdi, mit Plácido Domingo natürlich) wirst Du Zeit haben für Einkäufe in der Rue du Faubourg Saint-Honoré, die gleich neben dem Hotel liegt. Wir werden – aus rein visuellen und soziologischen Gründen – ein Schein-Abendessen im Ritz einnehmen, wo, wie Kenner behaupten, der prachtvolle Rahmen und die exquisite Bedienung für die Phantasielosigkeit des Menus entschädigen. Das eigentliche Abendessen erwartet uns nach der Oper in *La Tour d'Argent*, von dessen Fenstern aus wir uns von den Türmen der Kathedrale Notre-Dame und von den Lichtern der Brücken verabschieden, die sich in den dahinströmenden Wassern der Seine spiegeln.

Der Orient-Expreß nach Venedig fährt am Mittwochmittag vom Bahnhof Saint-Lazare ab. Mit Reisen und Ruhen werden wir diesen Tag und die folgende Nacht verbringen, doch jeder, der dieses Eisenbahn-Abenteuer erlebt hat, versichert, daß die Fahrt durch Frankreich, Deutschland, die Schweiz, Österreich und Italien in diesen Belle-Epoque-Schlafwagen entspannend und lehrreich ist, daß sie aufregt, ohne zu ermüden, begeistert, ohne zu betören, und aus archäologischen Gründen sogar amüsant ist, des guten Geschmacks wegen, mit dem die Eleganz der Schlafwagen, Toiletten, Bars und Speisewagen dieses mythischen Zuges, der Schauplatz so vieler Romane und Filme in der Zwischenkriegszeit war, zu neuem Leben erweckt wurde. Ich werde Agatha Christies Roman *Mord im Orient-Expreß* in der englischen und spanischen Fassung mitnehmen, falls Du Lust hast, an den Schauplätzen der Handlung einen Blick hineinzuwerfen. Dem Prospekt zufolge sind für das Abendessen *aux chandelles* Galakleidung und tiefes Dekolleté zwingend vorgeschrieben.

Die Suite im Hotel Cipriani auf der Insel La Giudecca hat Aussicht auf den Canale Grande, den Platz von San Marco und die byzantinischen, schwangeren Türme seiner Kirche. Ich habe eine Gondel gemietet und den Führer angeheuert, der in der Agentur als der kenntnisreichste (und einzig liebenswürdige) der Lagunenstadt gilt, damit er uns am Vormittag und am Nachmittag des Donnerstags mit den Kirchen, Plätzen, Klöstern, Brücken und Museen vertraut macht, mit einer kurzen Pause am Mittag für eine leichte Stärkung – eine Pizza, zum Beispiel –, umgeben von Tauben und Touristen, auf der Terrasse des *Florian*. Den Aperitif – ein unvermeidliches Gebräu namens *Bellini* – werden wir im Hotel Danieli zu uns nehmen und dann in *Harry's Bar* zu Abend essen, ein Restaurant, das Hemingway in einem fürchterlichen Roman verewigt hat. Am Freitag werden wir den Marathon mit einem Besuch am Strand des Lido und einem Ausflug nach Murano fortsetzen, wo das Glas noch immer von Menschen geblasen wird (eine Technik, die alte Traditionen aufgreift und die Lungen der einheimischen Glasbläser stärkt). Es wird Zeit geben für Souvenirs und dafür, einen flüchtigen Blick auf eine Villa von Palladio zu werfen. Am

Abend dann Konzert auf der kleinen Insel San Giorgio – *I Musici Veneti* –, natürlich mit Stücken venezianischer Barockkomponisten: Vivaldi, Cimarosa und Albinoni. Das Abendessen werden wir auf der Terrasse des Danieli einnehmen, von wo aus wir, falls der Abend wolkenlos ist, Venedigs Laternen wie einen »Mantel aus Glühwürmchen« (ich zitiere aus den Stadtführern) erschauen werden. Unseren Abschied von der Stadt und vom Alten Kontinent feiern wir, immer vorausgesetzt, der Körper erlaubt es, liebe Lukrezia, in der Modernität der Diskothek *Il gatto negro*, die alte, reife und junge Jazzfans anzieht (ich bin es nie gewesen und Du auch nicht, aber eines der Erfordernisse dieser idealen Woche besteht darin, das zu tun, was man nie getan hat, und sich den Zwängen des mondänen Lebens zu beugen).

Am folgenden Morgen – es ist der siebte Tag, das Wort Ende erscheint bereits am Horizont – werden wir früh aufstehen müssen. Das Flugzeug nach Paris geht um zehn, so daß wir die Concorde nach New York erreichen können. Über dem Atlantik werden wir dann die Bilder und Empfindungen vergleichen, die sich uns eingeprägt haben, und diejenigen auswählen, die es am meisten wert sind, fortzudauern.

Wir werden uns auf dem Kennedy-Airport verabschieden (Dein Flug nach Lima und meiner nach Boston gehen fast gleichzeitig) und uns zweifellos nie wiedersehen. Ich glaube kaum, daß unsere Wege sich noch einmal kreuzen werden. Ich werde nicht nach Peru zurückkehren, und ich denke nicht, daß Du Dich jemals in den abgelegenen Winkel des Deep South verirren wirst, der sich ab Oktober rühmen können wird, den einzigen Rektor dieses Landes zu haben, der ein *hispanic* ist (die anderen zweitausendfünfhundert sind Gringos, Afrikaner oder Asiaten).

Wirst Du kommen? Dein Ticket erwartet Dich im Lufthansa-Büro in Lima. Du brauchst mir nicht zu antworten. Ich werde mich auf jeden Fall am Sonnabend, dem 17., am verabredeten Ort einfinden. Deine Anwesenheit oder Abwesenheit wird die Antwort sein. Wenn Du nicht kommst, werde ich das Programm allein durchführen und mich der Phantasie hingeben, daß Du bei mir bist, daß Du die Laune Wirklichkeit werden läßt, mit der ich mich in diesen Jahren in Gedanken an eine Frau getröstet habe, deren Zurückweisung zwar mein Leben verändert hat, die jedoch immer im Herzen meiner Erinnerung leben wird.

Muß ich extra betonen, daß dies eine Einladung ist, bei der Du mich durch Deine Gesellschaft ehrst, und daß damit keine andere Verpflichtung verbunden ist als die, mich zu begleiten? Ich bitte Dich keinesfalls, daß Du in diesen Tagen – mit welchem Euphemismus soll ich es sagen? – mein Bett teilst. Liebste Lukrezia: ich möchte lediglich, daß Du meinen Traum teilst. Die Suiten, die ich in New York, Paris und Venedig reserviert habe, haben getrennte Zimmer mit Schlössern und Schlüsseln, die ich, wenn Deine Skrupel es fordern, durch Dolche, Äxte, Revolver und sogar Leibwächter ergänzen kann. Aber Du weißt, daß nichts dergleichen nötig ist und daß der gute Modesto, der zahme Pluto, wie sie mich früher in der Clique nannten, in dieser Woche genauso respektvoll Dir gegenüber auftreten wird wie vor

Jahren in Lima, als er Dich zu überzeugen versuchte, ihn zu heiraten, und kaum wagte, im Dunkel der Kinosäle Deine Hand zu berühren.

Bis zum Kennedy-Airport oder bis nie, Lucre.

Modesto (Pluto)

Don Rigoberto fühlte, wie ihn die Hitze und das Zittern des Tertianafiebers packten. Was würde Lukrezia antworten? Würde sie den Brief dieses Wiederauferstandenen empört zurückweisen? Würde sie der frivolen Versuchung erliegen? In der milchigen Morgendämmerung war ihm, als erwarteten seine Hefte die Auflösung mit der gleichen Ungeduld wie sein gequälter Geist.

GEBOTE DES DURSTIGEN REISENDEN

Dies ist ein Befehl Deines Sklaven, geliebte Herrin.

Vor dem Spiegel, auf einem Bett oder Sofa, das mit handbemalten indischen Seidenstoffen oder indonesischem Batikgewebe mit kreisrunden Augen geschmückt ist, sollst Du Dich auf den Rücken legen, entkleidet, und Dein langes schwarzes Haar sollst Du offen tragen.

Du sollst das linke Bein anwinkeln. Du sollst den Kopf auf Deine rechte Schulter neigen, halb die Lippen öffnen und, während Du die rechte Hand in das Laken krallst, die Lider senken und tun, als würdest Du schlafen. Du sollst phantasieren, daß ein gelber Strom aus Schmetterlingsflügeln und zerstäubten Sternen auf Dich herabregnet und Dich spaltet.

Wer bist Du?

Die *Danae* von Gustav Klimt, natürlich. Gleich, wer ihm als Modell für dieses Ölgemälde (1907-1908) diente, der Meister hat Dich vorweggenommen, Dich erahnt, Dich gesehen, so, wie Du ein halbes Jahrhundert später, auf der anderen Seite des Atlantiks, zur Welt kommen und sein würdest. Er glaubte, mit seinen Pinselstrichen eine Frau der griechischen Mythologie zu schaffen, und schuf Dich im voraus, künftige Schönheit, liebende Ehefrau, sinnliche Stiefmutter.

Nur Du unter allen Frauen verbindest, wie in dieser bildnerischen Phantasie, die makellose Vollkommenheit des Engels, seine Unschuld und Reinheit mit einem Körper, der kühn ist in seiner irdischen Natur. Heute sehe ich ab von der Festigkeit Deiner Brüste und der Streitbarkeit Deiner Hüften, um ausschließlich der Konsistenz Deiner Schenkel zu huldigen, dem Säulentempel, an dem ich für mein schlechtes Betragen festgebunden und ausgepeitscht werden möchte.

Alles an Dir erfreut meine Sinne.

Samthaut, Aloespeichel, zarte Frau mit unvergänglichen Ellenbogen und Knien, wach auf, betrachte Dich im Spiegel, sag Dir: »Ich werde verehrt und bewundert wie nur je eine, ich werde ersehnt und begehrt wie die flüssigen Bilder der Fata Morgana vom durstigen Reisenden in der Wüste.«

Lukrezia-Danae, Danae-Lukrezia.

Dies ist eine flehende Bitte Deines Herrn, Sklavin.

»Meine Sekretärin hat bei der Lufthansa angerufen, dein Ticket liegt wirklich dort, bezahlt«, sagte Don Rigoberto. »Hin und zurück. Erster Klasse, natürlich.«

»Daß ich dir diesen Brief gezeigt habe, war das recht, Liebster?« rief Doña Lukrezia bestürzt. »Du bist doch nicht böse, oder? Da wir uns versprochen haben, nichts voreinander zu verbergen, fand ich es richtig, ihn dir zu zeigen.«

»Du hast ganz recht getan, meine Königin«, sagte Don Rigoberto, während er seiner Frau die Hand küßte. »Ich möchte, daß du fährst.«

»Du möchtest, daß ich fahre?« Doña Lukrezia lächelte, wurde ernst, lächelte wieder. »Im Ernst?«

»Ich bitte dich darum«, beharrte Don Rigoberto, mit den Lippen auf der Hand seiner Frau. »Es sei denn, die Vorstellung ist dir furchtbar zuwider. Aber warum sollte sie dir zuwider sein? Es ist zwar das Programm eines Neureichen und ein bißchen vulgär, aber heiteren Sinnes und mit einer Ironie ausgeklügelt, die nicht eben häufig ist bei Ingenieuren. Du wirst dich amüsieren, mein Liebling.«

»Ich weiß nicht, was ich sagen soll, Rigoberto«, stotterte Doña Lukrezia, gegen die Schamröte ankämpfend. »Es ist großzügig von dir, aber . . .«

»Ich bitte dich aus egoistischen Gründen, daß du annimmst«, erklärte ihr Mann. »Du weißt doch, Egoismus ist in meiner Philosophie eine Tugend. Deine Reise wird eine große Erfahrung für mich sein.«

An Don Rigobertos Augen und an seinem Gesichtsausdruck las Doña Lukrezia ab, daß er es ernst meinte. Also machte sie die Reise und kehrte am achten Tag nach Lima zurück. Am Flughafen hießen ihr Mann und Fonchito sie willkommen, dieser mit einem Blumenstrauß in Cellophanpapier und einem Kärtchen: ›Willkommen in der Heimat, Stiefmutter.‹ Sie begrüßten sie äußerst liebevoll, und Don Rigoberto, der ihr über ihre Verlegenheit hinweghelfen wollte, bestürmte sie mit Fragen über das Wetter, die Zollformalitäten, die durcheinandergeratene Zeit, den Jetlag und ihre Müdigkeit und vermied auf diese Weise jede Annäherung an die heikle Materie. Unterwegs nach Barranco erstattete er ihr haarklein Bericht über sein Büro, über Fonchitos Schule und die Frühstücke, Mittag- und Abendessen während ihrer Abwesenheit. Das Haus glänzte in übertriebener Ordnung und Sauberkeit. Justiniana hatte die Gardinen waschen und den Garten neu düngen lassen, Aufgaben, die nur am Monatsende anstanden.

Den Nachmittag verbrachte sie mit Kofferauspakken, Gesprächen mit dem Personal über praktische Fragen und Anrufen von Freundinnen und Verwandten, die wissen wollten, wie es ihr bei ihren Weihnachtseinkäufen in Miami ergangen war (dies war die offizielle Version ihres Abstechers). Es lag nicht das geringste Unbehagen in der Luft, als sie die Geschenke für ihren Mann, ihren Stiefsohn und Justiniana hervorholte. Don Rigoberto gefielen die französischen Krawatten, die italienischen Oberhemden und der New Yorker Pullover, und Fonchito paßten die Jeans, die Lederjacke und der Sportanzug wie angegossen. Justiniana stieß einen Begeisterungsschrei aus, als sie, über der Schürze, das entengelbe Kleid anprobierte, das für sie bestimmt war.

Nach dem Abendessen schloß Don Rigoberto sich im Badezimmer ein, wo er weniger Zeit als üblich mit seinen Waschungen verbrachte. Als er herauskam, fand er das Schlafzimmer im Halbdunkel vor, durchschnitten nur vom Strahl einer Wandleuchte, die die beiden Stiche von Utamaro beschien: unmögliche, wenn auch orthodoxe Paarungen eines einzigen Paares, er ausgestattet mit einer korkenzieherförmigen Rute und sie mit einem winzigen Geschlecht, zwischen Kimonos, die aufgebläht waren wie Wolken im Sturm, Papierlaternen, Schilfmatten, Tischchen mit Tee-Porzellan und vor einem fernen Hintergrund aus Brücken und einem sich dahinschlängelnden Fluß. Doña Lukrezia lag unter der Decke, nicht nackt, stellte er fest, als er neben sie glitt, sondern mit einem neuem Nachthemd bekleidet — erworben und getragen auf der Reise? –, das seinen Händen die nötige Freiheit ließ, um zu ihren verborgensten Winkeln zu gelangen. Sie drehte sich auf die Seite, und er konnte seinen Arm unter ihre Schultern schieben und sie von Kopf bis Fuß spüren. Er küßte sie, ohne sie zu erdrücken, mit großer Zärtlichkeit, auf die Augen, auf die Wangen und ließ sich Zeit, bevor er zu ihrem Mund gelangte.

»Erzähl mir nichts, was du nicht erzählen willst«, log er ihr ins Ohr, mit kindlicher Ziererei, die seine Neugier schürte, während seine Lippen der Rundung ihres Ohres folgten. »Was du willst. Oder nichts, wenn du es lieber hast.«

»Ich werde dir alles erzählen«, erwiderte Doña

Lukrezia, während sie seinen Mund suchte. »Hast du mich nicht deshalb geschickt?«

»Auch deshalb«, stimmte Don Rigoberto zu und küßte sie auf den Hals, auf das Haar, auf die Stirn, verweilte auf der Nase, den Wangen und dem Kinn. »Hast du dich amüsiert? Ist alles gut gegangen?«

»Es ist gut gegangen oder schlecht gegangen, das hängt davon ab, was jetzt zwischen dir und mir passiert«, sagte Señora Lukrezia in einem Atemzug, und Don Rigoberto fühlte, daß seine Frau sich einen winzigen Augenblick lang anspannte. »Ich habe mich amüsiert, ja. Ich habe höchste Lust erfahren, ja. Aber ich hatte die ganze Zeit Angst.«

»Daß ich böse würde?« Don Rigoberto küßte jetzt die festen Brüste, Millimeter für Millimeter, und seine Zungenspitze spielte mit den Brustwarzen, die hart wurden. »Daß ich dir eine Eifersuchtsszene machen würde?«

»Daß du leiden würdest«, murmelte Doña Lukrezia, während sie ihn umarmte.

›Sie beginnt zu schwitzen‹, stellte Don Rigoberto fest. Er war glücklich, diesen immer aktiver werdenden Körper zu liebkosen, und mußte sein Bewußtsein einschalten, um den Schwindel zu kontrollieren, der sich allmählich seiner bemächtigte. Er flüsterte seiner Frau ins Ohr, daß er sie mehr, sehr viel mehr liebe als vor der Reise.

Sie begann zu sprechen, mit Pausen, nach Worten suchend – stumme Augenblicke, hinter denen sich ein Alibi für ihre Verwirrung verstecken konnte –, aber nach und nach, angeregt von den Liebkosungen und den zärtlichen Unterbrechungen, gewann sie Vertrauen. Schließlich merkte Don Rigoberto, daß sie ihre Gelöstheit wiedergefunden hatte und bei ihrer Erzählung eine vorgespiegelte Distanz zu dem Erzählten wahrte. An seinen Körper gedrängt, stützte sie ihren Kopf auf seine Schulter. Beider Hände bewegten sich immer wieder, um Besitz von einem Körperteil, einem Muskel, einem Stück Haut des anderen zu ergreifen oder sich seiner Existenz zu vergewissern.

»Hat er sich sehr verändert?«

Er war ein wenig wie ein Gringo geworden in seiner Art, sich zu kleiden und zu reden, dauernd rutschten ihm englische Worte heraus. Aber obwohl ergraut und dicker geworden, hatte er noch immer dieses lange, tieftraurige Pluto-Gesicht und die Schüchternheit und Hemmungen seiner Jugend.

»Er wird dich wie ein Geschenk des Himmels empfunden haben.«

»Er erbleichte förmlich! Ich dachte, er würde in Ohnmacht fallen«, erinnerte sich Doña Lukrezia. »Er erwartete mich mit einem Blumenstrauß, der größer war als er selbst. Die Limousine war eine von diesen silbrigen, wie sie die Gangster in alten Filmen fahren. Mit Bar, Fernsehen, Stereomusik und, halt dich fest, mit Sitzen aus Leopardenfell.«

»Die armen Umweltschützer«, sagte Don Rigoberto begeistert.

»Ich weiß, es ist kitschig«, entschuldigte sich Modesto, während der Chauffeur, ein großer Afghane in granatroter Uniform, das Gepäck im Kofferraum verstaute. »Aber es war die teuerste.«

»Er ist fähig, sich über sich selbst lustig zu machen«, befand Don Rigoberto. »Sympathisch.«

»Auf der Fahrt zum Plaza machte er mir ein paar Komplimente, rot bis zu den Ohren«, fuhr Doña Lukrezia fort. »Wie gut ich mich gehalten hätte, daß ich noch schöner sei als zu der Zeit, da er mich heiraten wollte.«

»Du bist es«, unterbrach sie Don Rigoberto, ihren Atem trinkend. »Jeden Tag mehr, jede Stunde mehr.«

»Nicht ein einziges geschmackloses Wort, nicht eine einzige anstößige Andeutung«, sagte sie. »Er dankte mir so sehr für mein Kommen, daß ich mich wie die barmherzige Samariterin aus der Bibel fühlte.«

»Weißt du, was ich gedacht habe, während er dir diese galanten Worte sagte?«

»Was?« Doña Lukrezia drängte sich mit einem Bein zwischen die ihres Mannes.

»Ob er dich noch an diesem Nachmittag, im Plaza, nackt sehen würde oder bis zur Nacht oder bis Paris würde warten müssen«, erklärte Don Rigoberto.

»Er sah mich weder an diesem Nachmittag noch in dieser Nacht nackt. Es sei denn, er hat durch das Schlüsselloch spioniert, während ich ein Bad nahm und mich für die Oper anzog. Das mit den getrennten Zimmern stimmte. Meines ging auf den Central Park hinaus.«

»Aber er wird doch wenigstens in der Oper, im Restaurant deine Hand gehalten haben«, sagte er enttäuscht. »Mit der Hilfe von ein bißchen Champagner wird er seine Wange an deine gelegt haben, während ihr im *Regine's* getanzt habt. Er wird dich auf den Hals, auf das Ohrläppchen geküßt haben.«

Nichts dergleichen. Er hatte nicht versucht, ihre

Hand zu fassen noch sie zu küssen im Lauf dieses langen Abends, an dem er – immer aus respektvollem Abstand – gleichwohl nicht mit blumigen Worten gespart hatte. Er war sympathisch gewesen, in der Tat, hatte sich über seine mangelnde Erfahrung lustig gemacht (»Ich schäme mich zu Tode, Lucre, aber in den sechs Jahren meiner Ehe habe ich meine Frau nicht ein einziges Mal betrogen«) und ihr gestanden, daß er zum ersten Mal in seinem Leben eine Opernaufführung besuchte oder den Fuß in *Le Cirque* und *Regine's* setzte.

»Das einzige, was ich weiß, ist, daß ich Champagner namens Dom Perignon verlangen, mit der Nase eines Allergikers vorher am Weinglas schnuppern und Gerichte mit französischen Namen bestellen muß.«

Er betrachtete sie mit unermeßlicher, hündischer Dankbarkeit.

»Wenn du die Wahrheit wissen willst, ich bin aus Eitelkeit gekommen, Modesto. Außer aus Neugier, natürlich. Ist es möglich, daß du in diesen ganzen zehn Jahren weiter in mich verliebt warst, ohne daß wir uns gesehen hätten, ohne daß wir etwas voneinander wußten?«

»Verliebt ist nicht das richtige Wort«, erklärte er. »Verliebt bin ich in Dorothy, die Gringa, die ich geheiratet habe. Sie ist sehr verständnisvoll und läßt mich im Bett singen.«

»Du warst etwas Subtileres für ihn«, setzte Don Rigoberto ihr auseinander. »Unwirklichkeit, Traum, die Frau seiner Erinnerung und seiner Wünsche. Ich möchte dich so lieben wie er. Warte, warte.«

Er entkleidete sie des winzigen Nachthemdes und bettete sie wieder zurecht, so daß ihre Körper mehr Berührungspunkte hatten als zuvor. Er zügelte sein Begehren und bat sie weiterzuerzählen.

»Wir kehrten ins Hotel zurück, sobald er mich zum ersten Mal gähnen sah. Er sagte mir gute Nacht, weit von meinem Schlafzimmer entfernt, und wünschte mir süße Träume. Er führte sich so gut auf, er war so ritterlich, daß ich mir am nächsten Morgen eine kleine Koketterie mit ihm erlaubte.«

Sie hatte sich zum Frühstück in dem Raum zwischen ihren beiden Schlafzimmern barfuß und in einem sommerlichen, sehr kurzen Négligé eingefunden, das ihre Beine bis zu den Oberschenkeln entblößte. Modesto erwartete sie rasiert, geduscht und angezogen. Er bekam den Mund nicht wieder zu.

»Hast du gut geschlafen?« brachte er mit verrenktem Kiefer hervor, während er ihr half, vor den Fruchtsäften, Toastscheiben und Konfitüren des Frühstücks Platz zu nehmen. »Darf ich dir sagen, daß du sehr schön bist?«

»Halt«, unterbrach Don Rigoberto sie. »Laß mich niederknien und diese Beine küssen, die Pluto den Atem raubten.«

Auf dem Weg zum Flughafen und später, in der Concorde der Air France, während sie zu Mittag aßen, nahm Modesto wieder die Haltung aufmerksamer Anbetung an, die er am ersten Tag gezeigt hatte. Er erzählte Lukrezia ohne melodramatische Töne, wie er beschlossen hatte, auf die Lehrtätigkeit zu verzichten, als ihm klar wurde, daß sie ihn nicht heiraten würde, und auf gut Glück nach Boston zu gehen. Die schwierigen Anfänge in dieser Stadt der kalten Winter und granatroten viktorianischen Herrenhäuser, in der er drei Monate brauchte, um die erste feste Arbeit zu bekommen. Er schuftete sich die Seele aus dem Leib, aber er bedauerte es nicht. Er hatte es zur nötigen Sicherheit gebracht, zu einer Ehefrau, mit der er sich verstand, und jetzt, da mit der Rückkehr zur Universität, die er immer vermißt hatte, eine neue Phase beginnen würde, nahm eine Phantasie Gestalt an, das erwachsene Spiel, in das er sich all diese Jahre geflüchtet hatte: die ideale Woche, in der er in New York, Paris und Venedig mit Lucre den reichen Mann spielen würde. Jetzt konnte er beruhigt sterben.

»Willst du wirklich ein Viertel deiner Ersparnisse auf dieser Reise ausgeben?«

»Ich würde die dreihunderttausend ausgeben, die mir zustehen, denn der Rest gehört Dorothy«, nickte er, während er ihr in die Augen sah. »Nicht für die ganze Woche. Nur, weil ich dich beim Frühstück mit diesen nackten Beinen, Armen und Schultern sehen durfte. Das Schönste der Welt, Lucre.«

»Was hätte er wohl gesagt, wenn er außerdem deine Brüste und dein Dingelchen gesehen hätte«, sagte Don Rigoberto und küßte sie. »Ich liebe dich, ich liebe dich.«

»In diesem Augenblick beschloß ich, daß er in Paris den Rest zu sehen bekommen würde.« Doña Lukrezia entzog sich halb den Küssen ihres Ehemannes. »Ich beschloß es, als der Pilot verkündete, wir hätten die Schallmauer durchstoßen.«

»Das war das wenigste, was du für einen so wohlerzogenen Herrn tun konntest«, sagte Don Rigoberto zustimmend.

Kaum hatten sie sich in ihren jeweiligen Schlafzimmern eingerichtet – von Lukrezias Fenstern ging der Blick auf die dunkle Säule der Place Vendôme und verlor sich in der Höhe und in den schimmernden Auslagen der umliegenden Juweliergeschäfte –, brachen sie zu ihrem Spaziergang auf. Modesto hatte sich die Strecke eingeprägt und die Zeit berechnet. Sie liefen durch die Tuilerien, überquerten die Seine und gingen auf den Quais des linken Ufers nach Saint-Germain hinunter. Sie erreichten die Abtei eine halbe Stunde vor dem Konzert. Der Nachmittag war blaß und lau, der Herbst hatte schon die Kastanien verfärbt, und der Ingenieur – Führer und Stadtplan in der Hand – blieb ab und zu stehen, um Lukrezia einen historischen, städtebaulichen, architektonischen oder ästhetischen Fingerzeig zu geben. Auf den unbequemen Stühlen der für das Konzert gedrängt vollen Kirche mußten sie dicht nebeneinander sitzen. Lukrezia genoß die düstere Pracht von Mozarts Requiem. Danach, als sie an einem Tischchen im ersten Stock von *Lipp* saßen, gratulierte sie Modesto:

»Ich kann nicht glauben, daß es deine erste Reise nach Paris ist. Du kennst Straßen, Bauwerke und Adressen, als würdest du hier leben.«

»Ich habe mich auf diese Reise vorbereitet wie auf eine Abschlußprüfung, Lucre. Habe Bücher, Karten, Agenturen konsultiert, Reisende befragt. Ich sammle weder Briefmarken, noch züchte ich Hunde, noch spiele ich Golf. Seit Jahren besteht mein einziges Hobby darin, diese Reise vorzubereiten.«

»Und ich war immer ein Teil davon?«

»Ein weiterer Schritt auf dem Weg der Koketterien«, bemerkte Don Rigoberto.

»Immer du und nur du.« Pluto wurde rot. »New York, Paris, Venedig, die Opern, die Restaurants und alles übrige sind das Setting. Das Wichtige, das Zentrale du und ich, allein auf der Bühne.«

Sie kehrten im Taxi ins Ritz zurück, müde und leicht beschwipst durch den Champagner, den Burgunder und den Kognak, mit denen sie das *choucroute* erwartet, begleitet und verabschiedet hatten. Als sie sich in dem kleinen Raum zwischen den Schlafzimmern gute Nacht sagten, verkündete Doña Lukrezia ohne Umschweife:

»Du benimmst dich so anständig, daß ich auch spielen möchte. Ich werde dir ein Geschenk machen.«

»Ah ja?« Pluto schluckte. »Was für ein Geschenk, Lucre?«

»Meinen ganzen Körper«, summte sie. »Komm herein, wenn ich dich rufe. Zum Schauen, sonst nichts.«

Sie hörte nicht, was Modesto antwortete, aber sie war sicher, daß er im Halbdunkel des Raumes, während er stumm nickte, schier überfloß vor Glück. Ohne zu wissen, wie sie es tun würde, zog sie sich aus, hängte ihre Kleider auf, ging ins Badezimmer und löste ihr Haar (»Wie ich es gern habe, mein Liebling?« »Ganz genauso, Rigoberto.«), kehrte ins Zimmer zurück, löschte alle Lichter außer der Nachttischlampe und drehte diese so, daß ihr Licht, gedämpft durch einen Schirm aus Atlas, auf die

Laken fiel, die das Zimmermädchen für die Nacht zurückgeschlagen hatte. Sie legte sich auf den Rükken, leicht zur Seite geneigt, in einer schmachtenden, ungezwungenen Haltung, und bettete ihren Kopf auf das Kissen.

»Wann du willst.«

›Die Augen hat sie geschlossen, um ihn nicht hereinkommen zu sehen‹, dachte Don Rigoberto, gerührt über diese schamhafte Geste. Im bläulichen Dunkel, aus dem Blickwinkel der zögernden, sehnsüchtigen Gestalt des Ingenieurs, der die Schwelle überschritten hatte, sah er ganz deutlich den Körper mit den Formen, die, ohne Rubenssche Exzesse zu erreichen, den jungfräulichen Üppigkeiten Murillos nacheiferten, auf dem Rücken ausgestreckt, ein Knie verschoben, so daß der Schamhügel verdeckt war, das andere sich anbietend, während die ausladenden Kurven der Hüften die Masse goldfarbenen Fleisches fest in der Mitte des Bettes verankerten. Obwohl er ihn so viele Male betrachtet, studiert, liebkost und genossen hatte, sah er ihn mit diesen fremden Augen zum ersten Mal. Eine ganze Weile – unruhig atmend, mit steifem Phallus – bewunderte er ihn. Als läse sie seine Gedanken, ohne mit einem Wort die Stille zu unterbrechen, bewegte Doña Lukrezia sich ab und zu in Zeitlupe, mit der Gelöstheit von jemandem, der sich vor indiskreten Blicken geschützt glaubt, und zeigte dem respektvollen Modesto, der zwei Schritte vom Bett wie angewurzelt stand, ihre Seiten und ihren Rücken, ihr Gesäß und ihre Brüste, die enthaarten Achselhöhlen und das kleine Gebüsch des Schamhügels. Schließlich öffnete sie langsam die Beine und offenbarte das Innere ihrer Oberschenkel und den Halbmond ihres Geschlechts. ›In der Position des anonymen Modells von Gustave Courbets *L'origine du monde* (1866)‹, suchte und befand Don Rigoberto, außer sich vor Ergriffenheit, als er feststellte, daß die Üppigkeit des Bauches, die kraftvollen Schenkel und der ausgeprägte Venusberg seiner Frau Millimeter für Millimeter mit der kopflosen Frau jenes Ölgemäldes übereinstimmten, dem vornehmsten Stück seiner privaten Pinakothek. Da verflog die Ewigkeit:

»Ich bin müde, und ich glaube, du auch, Pluto. Es ist Zeit zu schlafen.«

»Gute Nacht«, erwiderte sogleich seine Stimme, auf dem Gipfel des Glücks oder der Todesqualen. Modesto wich stolpernd zurück; Sekunden später fiel die Tür ins Schloß.

»Er war fähig, sich zu beherrschen, er hat sich nicht wie ein wildes Tier auf dich gestürzt«, rief Don Rigoberto, wie bezaubert. »Du hast ihn um den kleinen Finger gewickelt.«

»Ich konnte es nicht glauben«, sagte Lukrezia lachend. »Aber dieses fügsame Verhalten war auch Teil des Spiels.«

Am nächsten Morgen brachte ein Bote ihr einen Strauß Rosen ans Bett, mit einer Karte: ›Augen, die sehn, Herz, das fühlt, Erinnerung, die bewahrt, und ein Trickfilm-Hund, der es Dir aus ganzer Seele dankt.‹

»Ich begehre dich zu sehr«, sagte Don Rigoberto entschuldigend, während er ihr mit der Hand den Mund zuhielt. »Ich muß dich lieben.«

»Dann stell dir mal die Nacht vor, die der arme Pluto verbracht haben dürfte.«

»Der arme?« sagte Don Rigoberto nachdenklich, nach der Liebe, während sie ausruhten, erschöpft und glücklich. »Warum arm?«

»Der glücklichste Mann der Welt, Lucre«, erklärte Modesto an diesem Abend, zwischen zwei Striptease-Nummern, im Gedränge des *Crazy Horse Saloon*, umgeben von Japanern und Deutschen, als sie die Flasche Champagner ausgetrunken hatten. »Nicht einmal die elektrische Eisenbahn, die ich zu Weihnachten bekam, als ich zehn Jahre alt wurde, läßt sich mit deinem Geschenk vergleichen.«

Tagsüber, während sie durch den Louvre gingen, in der *Closerie des Lilas* zu Mittag aßen, das Centre Pompidou besichtigten oder sich in den kleinen, renovierten Straßen im Marais verloren, machte er nicht die geringste Anspielung auf die vorherige Nacht. Er tat weiter seine Schuldigkeit als wohlinformierter, ergebener und hilfsbereiter Reisegefährte.

»Bei jeder Geschichte, die du mir erzählst, denke ich besser über ihn«, äußerte Don Rigoberto.

»Mir ging es genauso«, gestand Doña Lukrezia. »Und deshalb habe ich an diesem Tag einen weiteren Schritt getan, um ihn zu belohnen. Bei Maxim's spürte er während des ganzen Abendessens mein Knie an seinem. Und beim Tanzen meine Brüste. Und im *Crazy Horse* meine Beine.«

»Der Glückspilz«, rief Don Rigoberto. »Dich wie in einer Serie kennenzulernen, episodenweise, Stückchen für Stückchen. Katz und Maus, im Grunde genommen. Ein Spiel, das durchaus gefährlich war.«

»Nicht, wenn man mit einem Kavalier spielt, wie du es bist«, kokettierte Doña Lukrezia. »Ich freue mich, daß ich deine Einladung angenommen habe, Pluto.«

Sie waren ins Ritz zurückgekehrt, beschwipst und schläfrig. Im Vorzimmer der Suite verabschiedeten sie sich.

»Warte, Modesto«, improvisierte sie blinzelnd. »Ich habe eine Überraschung für dich. Mach die Augen zu.«

Pluto gehorchte sofort, wie verwandelt durch die Erwartung. Sie näherte sich, drängte sich an ihn und küßte ihn, zuerst flüchtig, wobei sie merkte, daß es dauerte, bis er auf die Lippen reagierte, die sich an seinen rieben, bis er die Vorstöße ihrer Zunge beantwortete. Als er es tat, fühlte sie, daß der Ingenieur ihr in diesem Kuß seine alte Liebe, seine Anbetung, seine Phantasie, seine Gesundheit und (wenn er eine hatte) seine Seele auslieferte. Als er sie um die Taille faßte, vorsichtig, bereit, sie beim geringsten Widerstand wieder loszulassen, erlaubte Doña Lukrezia ihm, sie zu umarmen.

»Kann ich die Augen aufmachen?«

»Du kannst.«

›Und dann schaute er sie an, nicht mit dem kalten Blick des vollendeten Libertins, eines Sade‹, dachte Don Rigoberto, ›sondern mit dem reinen, glühenden und leidenschaftlichen des Mystikers im Moment der Erhebung und der Vision.‹

»War er sehr erregt?« entfuhr es ihm, und er bereute es sogleich. »Was für eine dumme Frage. Verzeih, Lukrezia.«

»Obwohl er es war, versuchte er nicht, mich zurückzuhalten. Beim ersten Hinweis ließ er von mir ab.«

»Du hättest an diesem Abend mit ihm ins Bett gehen sollen«, sagte Don Rigoberto mahnend. »Du hast den Bogen überspannt. Oder vielleicht nicht. Vielleicht hast du das Richtige getan. Aber ja, natürlich. Das Langsame, Formale, Rituelle, Theatralische – das ist erotisch. Es war ein kluges Warten. Eile macht uns dem Tier gleich. Wußtest du, daß der Esel, der Affe, das Schwein und das Kaninchen spätestens nach zwölf Sekunden ejakulieren?«

»Aber die Kröte kann vierzig Tage und vierzig Nächte ohne Unterlaß kopulieren. Das habe ich in einem Buch von Jean Rostand gelesen: *Von der Fliege zum Menschen.*«

»Beneidenswert«, sagte Don Rigoberto bewundernd. »Du bist so klug, Lukrezia.«

»Das waren Modestos Worte«, erklärte seine Frau zu seiner Verwirrung und versetzte ihn in den Orient-Expreß zurück, der sich auf dem Weg nach Venedig in die europäische Nacht bohrte. »Am nächsten Tag, in unserem Belle-Epoque-Schlafwagen.«

Das sagte auch der Blumenstrauß, der sie im Hotel Cipriani, auf der sonnigen Giudecca, erwartete. ›Für Lukrezia, schön im Leben und klug in der Liebe.‹

»Warte, warte.« Don Rigoberto brachte sie wieder auf die Schienen zurück. »Habt ihr diesen Schlafwagen im Zug geteilt?«

»Einen mit zwei Betten. Ich oben und er unten.«

»Das heißt also . . .«

». . . daß wir uns übereinander ausziehen mußten,

77

im wahrsten Sinn des Wortes«, ergänzte sie. »Wir haben uns in Unterwäsche gesehen, wenn auch im Halbdunkel, denn ich hatte alle Lichter gelöscht, außer der Nachttischlampe.«

»Unterwäsche ist ein allgemeiner, abstrakter Begriff«, sagte Don Rigoberto unmutig. »Genauere Angaben.«

Doña Lukrezia gab sie ihm. Als es Zeit war, sich auszuziehen – der anachronistische Orient-Expreß fuhr durch deutsche oder österreichische Wälder und zuweilen durch ein Dorf –, fragte Modesto, ob er hinausgehen solle. »Das ist nicht nötig, in diesem Halbdunkel sind wir nichts als Schatten«, antwortete Doña Lukrezia. Der Ingenieur setzte sich auf das untere Bett, wobei er sich so weit wie möglich zurückzog, um ihr mehr Platz zu lassen. Sie entkleidete sich, ohne ihre Bewegungen zu forcieren oder zu stilisieren, drehte sich auf der Stelle beim Ablegen jedes Kleidungsstücks: das Kleid, der Unterrock, der Büstenhalter, die Strümpfe, der Slip. Der Schimmer der Nachttischlampe, die die Form eines Pilzes mit lanzettförmigen Zeichnungen hatte, liebkoste ihren Hals, ihre Schultern, ihre Brüste, ihren Bauch, ihre Hinterbacken, ihre Oberschenkel, ihre Knie, ihre Füße. Sie hob die Arme und ließ sich ein Nachthemd aus chinesischer Seide, mit Drachen, über den Kopf gleiten.

»Ich werde mich hinsetzen und die Beine baumeln lassen, während ich mir das Haar bürste«, sagte sie und tat gleich, was sie sagte. »Wenn du Lust hast, sie zu küssen, dann darfst du. Bis zum Knie.«

Waren es Tantalusqualen? War es der Garten der

Lüste? Don Rigoberto war zum Fußende des Bettes geglitten, und Doña Lukrezia, die sein Vorhaben erahnte, setzte sich auf den Bettrand, damit ihr Ehemann wie Pluto im Orient-Expreß den Rücken ihrer Füße küssen, den Duft der Cremes und Kölnischwasser an ihren Knöcheln einatmen, an ihren Fußzehen knabbern und die lauen Vertiefungen zwischen ihnen lecken konnte.

»Ich liebe und ich bewundere dich«, sagte Don Rigoberto

»Ich liebe und ich bewundere dich«, sagte Pluto.

»Und jetzt wollen wir schlafen«, befahl Doña Lukrezia.

Sie kamen an einem impressionistischen Morgen mit kräftiger Sonne und marineblauem Himmel in Venedig an, und während das Motorboot sie zwischen kleinen gekräuselten Wellen zum Cipriani brachte, gab Modesto, mit dem Michelin-Führer in der Hand, Lukrezia kurze Erläuterungen über die Paläste und Kirchen des Canale Grande.

»Ich bin eifersüchtig, mein Liebling«, unterbrach sie Don Rigoberto.

»Wenn du das im Ernst sagst, lassen wir es, mein Herz«, schlug ihm Doña Lukrezia vor.

»Auf keinen Fall«, lenkte er ein. »Die Tapferen sterben im Kampf, wie John Wayne.«

Vom Balkon des Cipriani, über den Bäumen des Parks, waren tatsächlich die Türme von San Marco und die Paläste am Ufer zu sehen. Mit der Gondel und dem Führer, die sie erwarteten, brachen sie zu ihrer Spazierfahrt auf. Es war ein Rausch aus Kanälen und Brücken, grünlichen Wassern und Schwärmen von Möwen, die bei ihrer Vorbeifahrt aufflogen, und dunklen Kirchen, in denen man die Augen anstrengen mußte, um die Attribute der dort hängenden Götter und Heiligen zu erkennen. Sie sahen Tizians und Veroneses, Bellinis und del Piombos, die Pferde von San Marco, die Mosaiken der Kathedrale, und sie fütterten die fetten Tauben des Platzes mit mickrigen Maiskörnern. Am Mittag ließen sie sich das obligate Foto an einem Tisch des *Florian* machen, während sie die bewußte kleine Pizza verzehrten. Am Nachmittag setzten sie die Tour fort, Namen, Daten und Anekdoten im Ohr, denen sie kaum zuhörten, eingelullt durch die schmeichelnde Stimme des Führers von der Agentur. Um halb acht, nachdem sie geduscht und sich umgezogen hatten, tranken sie im Danieli, im Salon mit den maurischen Bögen und arabischen Kissen, den Bellini und trafen pünktlich – um neun Uhr – in *Harry's Bar* ein. Dort sahen sie, wie die göttliche Cathérine Deneuve (als wäre sie Teil des Programms) am Nebentisch Platz nahm. Pluto sagte, was er sagen mußte: »Ich finde dich schöner, Lucre.«

»Und?« drängte Rigoberto.

Bevor sie das Vaporetto zur Giudecca hinüber nahmen, machten sie einen Spaziergang durch die halbleeren Gassen, bei dem Lukrezia seinen Arm nahm. Sie kamen nach Mitternacht ins Hotel. Doña Lukrezia gähnte.

»Und?« Don Rigoberto war ungeduldig.

»Ich bin so müde von dem Spaziergang und den schönen Dingen, die ich gesehen habe, daß ich jetzt kein Auge zubekomme«, klagte Doña Lukrezia. »Aber ich habe ein Mittel, das nie versagt.«

»Welches?« fragte Modesto.

»Was für ein Mittel?« echote Don Rigoberto.

»Whirlpool, abwechselnd mit kaltem und mit warmem Wasser«, erklärte Doña Lukrezia, während sie auf ihr Schlafzimmer zuging. Bevor sie darin verschwand, wies sie auf das riesige, helle Badezimmer mit weißen Fliesen und blauen Kacheln an den Wänden. »Würdest du mir die Wanne vollaufen lassen, während ich mir den Bademantel anziehe?«

Don Rigoberto wälzte sich mit der Unruhe eines Schlaflosen hin und her: »Und?« Sie ging in ihr Zimmer, zog sich ohne Hast aus und faltete Stück für Stück ihre Kleidung, als hätte sie die Ewigkeit für sich. Eingehüllt in einen Frotteebademantel und mit einem Frotteetuch als Turban, kehrte sie zurück. Das Gebrodel des Whirlpools brachte die runde Badewanne zum Knistern.

»Ich habe Badesalz hineingetan«, sagte Modesto schüchtern und erkundigte sich sogleich: »Richtig oder falsch?«

»Perfekt«, sagte sie, während sie das Wasser mit der Fußspitze ausprobierte.

Sie ließ den Mantel aus gelbem Frottee auf die Füße hinuntergleiten, stieg in die Wanne und streckte sich aus, ohne den Frotteeturban abzulegen. Sie stützte den Kopf auf ein kleines Kissen, das der Ingenieur ihr eilfertig reichte. Dann seufzte sie dankbar.

»Soll ich noch etwas tun?« hörte Don Rigoberto Modesto mit dünner Stimme fragen. »Soll ich gehen? Bleiben?«

»Wie schön das ist, wie schön, diese Massagen mit

kaltem Wasser.« Doña Lukrezia streckte Beine und Arme aus, rekelte sich vor Behagen. »Danach werde ich warmes nachlaufen lassen. Und dann ins Bett, wie neugeboren.«

»Du hast ihn bei kleinem Feuer gebraten«, knurrte Don Rigoberto anerkennend.

»Bleib da, wenn du willst, Pluto«, sagte sie schließlich, mit dem zutiefst konzentrierten Gesichtsausdruck von jemandem, der die Liebkosungen des Wassers, das seinen Körper umspielt, unendlich genießt. »Die Badewanne ist riesig, es ist Platz mehr als genug. Willst du nicht mit mir baden?«

Don Rigobertos Ohren gewahrten den seltsamen Eulenschrei? Wolfsruf? Vogellaut?, der auf die Einladung seiner Frau antwortete. Und Sekunden später sah er, wie der nackte Ingenieur in die Badewanne eintauchte. Sein Körper, an der Schwelle der Fünfzig, mit einer Neigung zur Fettleibigkeit, die er durch fast bis zum Herzinfarkt betriebene Aerobic- und Joggingaktivitäten in Schach hielt, befand sich Millimeter von dem seiner Frau entfernt.

»Was kann ich noch tun?« hörte er ihn fragen und spürte, daß seine Bewunderung für ihn im Gleichklang mit seiner Eifersucht wuchs. »Ich möchte nichts tun, was du nicht willst. Ich werde keinerlei Initiative ergreifen. Sie muß von dir kommen. In diesem Augenblick bin ich das glücklichste und unglücklichste Wesen der Schöpfung, Lucre.«

»Du darfst mich berühren«, sagte sie leise, ohne die Augen zu öffnen, im Ton eines Boleros. »Mich streicheln, mich küssen, den Körper, das Gesicht. Nicht die Haare; wenn sie naß werden, wirst du dich morgen meiner Frisur schämen, Pluto. Siehst du nicht, daß du in deinem Programm nicht die kleinste Lücke für den Friseur gelassen hast?«

»Auch ich bin der glücklichste Mann der Welt«, murmelte Don Rigoberto. »Und der unglücklichste.«

Doña Lukrezia öffnete die Augen.

»Nun sitz doch nicht so verschreckt da. Wir können nicht ewig im Wasser bleiben.«

Don Rigoberto schloß halb die Augen, um sie besser sehen zu können. Er hörte das monotone Geplätscher des Whirlpools und gewahrte das Kitzeln, die heftigen Strahlen des Wassers, den Tröpfchenregen, der auf die Fliesen spritzte, und sah Pluto, der höchste Anstrengungen unternahm, um nicht ungeschlacht zu erscheinen, während er sich an diesem weichen Körper zu schaffen machte, der sich willig berühren, liebkosen ließ und den Zugang seiner Hände und Lippen zu allen Regionen mit geschmeidigen Bewegungen erleichterte, ohne aber auf Zärtlichkeiten und Küsse zu reagieren, in einem Zustand passiven Genießens. Er spürte das Fieber, das die Haut des Ingenieurs erhitzte.

»Wirst du ihn nicht küssen, Lukrezia? Wirst du ihn nicht umarmen, auch nicht ein einziges Mal?«

»Noch nicht«, antwortete seine Frau. »Auch ich hatte mein Programm, wohldurchdacht. War er denn nicht glücklich?«

»So wie noch nie«, sagte Modesto, als sein Kopf aus der Tiefe der Badewanne, zwischen Lukrezias Beinen, auftauchte, bevor er erneut untertauchte. »Ich würde am liebsten laut singen, Lucre.«

»Er sagt genau das, was ich fühle«, sagte Don Rigoberto, um sich gleich darauf eine scherzhafte Bemerkung zu erlauben: »Konntet ihr euch nicht eine Lungenentzündung holen mit diesen thalassoerotischen Exzessen?«

Er lachte und bereute es sogleich, als er daran denken mußte, daß Humor und Lust einander abstoßen wie Wasser und Öl. »Verzeih, daß ich dir ins Wort gefallen bin«, entschuldigte er sich. Aber es war zu spät. Doña Lukrezia hatte so offen zu gähnen begonnen, daß der emsige Ingenieur notgedrungen von ihr abließ. Auf den Knien, triefend, mit sich ringelndem Haar, tat er, als finde er sich mit seinem Schicksal ab.

»Du bist müde, Lucre.«

»Auf einmal überkommt mich die Erschöpfung des ganzen Tages. Ich kann nicht mehr.«

Leichtfüßig verließ sie die Badewanne und wickelte sich in den Bademantel ein. Von der Tür ihres Zimmers her sagte sie ihm gute Nacht, mit einem Satz, der das Herz ihres Ehemannes schneller schlagen ließ:

»Morgen ist auch noch ein Tag, Pluto.«

»Der letzte, Lucre.«

»Und auch die letzte Nacht«, schloß sie und warf ihm eine Kußhand zu.

Sie begannen den Sonnabendmorgen mit einer halben Stunde Verspätung, aber sie holten sie beim Besuch in Murano wieder auf, wo Handwerker in Gefängnishemden in einer Höllenhitze das Glas in der traditionellen Weise bliesen und dekorative Gegenstände oder solche für den häuslichen Gebrauch herstellten. Der Ingenieur bestand darauf, daß Lucre, die sich weigerte, noch mehr Einkäufe zu machen, drei durchsichtige Tierchen akzeptierte: ein Eichhörnchen, einen Storch und ein Nilpferd. Zurück in Venedig, gab der Führer ihnen Erläuterungen über zwei Villen von Palladio. Statt eines verspäteten Mittagessens nahmen sie Tee mit Biskuit im *Quadri* zu sich, während sie eine blutrote Abenddämmerung genossen, die die Dächer, Brücken, Gewässer und Glockentürme in Brand setzte, und gelangten dann rechtzeitig zum Barockkonzert nach San Giorgio, so daß sie noch Zeit hatten, die kleine Insel zu besichtigen und die Lagune und die Stadt aus einer anderen Perspektive zu betrachten.

»Der letzte Tag ist immer traurig«, sagte Doña Lukrezia. »Morgen ist es zu Ende, für immer.«

»Hieltet ihr euch an der Hand?« wollte Don Rigoberto wissen.

»Ja, auch während des ganzen Konzerts«, gestand Doña Lukrezia.

»Hat der Ingenieur dicke Tränen geweint?«

»Sein Gesicht war eingefallen. Er drückte meine Hand, und seine Äuglein schimmerten.«

›Vor Dankbarkeit und Hoffnung‹, dachte Don Rigoberto. Das Diminutiv ›Äuglein‹ klang in seinen Nervenenden nach. Er beschloß, daß er von nun an schweigen würde. Während Doña Lukrezia und Pluto im Danieli zu Abend aßen und die Lichter von Venedig betrachteten, respektierte er ihre Melancholie, unterbrach ihre Plauderei nicht und litt stoisch, als er im Verlauf des Abendessens gewahrte, daß jetzt nicht nur Modesto seine Aufmerksamkeiten vervielfachte. Lukrezia offerierte ihm kleine Toastscheiben, die sie für ihn mit Butter bestrich, bot ihm auf ihrer eigenen Gabel von ihren Rigatoni an und überließ ihm bereitwillig ihre Hand, wenn er sie zum Mund führte, um seine Lippen auf sie zu drücken, einmal auf die Innenfläche, einmal auf den Handrücken, einmal auf die Finger und auf jeden einzelnen Fingernagel. Mit zusammengekrampftem Herzen und einer beginnenden Erektion wartete er auf das, was mit aller Sicherheit geschehen würde.

Und wirklich, kaum hatten sie die Suite im Cipriani betreten, faßte Doña Lukrezia Modesto am Arm, ließ sich von ihm umfassen, näherte ihm die Lippen und flüsterte, Mund an Mund, Zunge an Zunge:

»Zum Abschied werden wir die Nacht zusammen verbringen. Ich werde so entgegenkommend, so zärtlich, so liebevoll sein, wie ich es nur bei meinem Mann gewesen bin.«

»Das hast du zu ihm gesagt?« Don Rigoberto schluckte Strychnin und Honig zugleich.

»War das falsch?« fragte seine Frau beunruhigt. »Hätte ich ihn belügen sollen?«

»Es war richtig«, bellte Don Rigoberto wie ein Hund, der nicht beißt. »Mein Liebling.«

In einem unschlüssigen Zustand, in dem die Erregung im Widerspruch zur Eifersucht stand und beide sich gegenseitig verstärkten, sah er, wie sie sich auszogen, bewunderte die Ungeniertheit, mit der seine Frau es tat, genoß die Unbeholfenheit dieses glücklichen Sterblichen, der die Seligkeit nicht fassen konnte, die in dieser letzten Nacht seine Schüchternheit und seinen Gehorsam belohnte. Er würde sie besitzen, sie lieben: die Hände schafften es kaum, das Hemd aufzuknöpfen, der Reißverschluß der Hose klemmte, er stolperte beim Schuheausziehen, und als er, völlig verwirrt, im Halbdunkel in das Bett steigen wollte, wo ihn in schmachtender Position – ›*Die nackte Maja* von Goya‹, dachte Don Rigoberto, ›wenn auch mit weiter geöffneten Schenkeln‹ – dieser prachtvolle Körper erwartete, stieß er sich den Knöchel am Bettrand und rief »Auauauuuu!« Don Rigoberto vernahm mit Freuden die Heiterkeit, die der Unfall bei Lukrezia auslöste. Auch Modesto lachte, auf dem Bett kniend: »Die Aufregung, Lucre, die Aufregung.«

Die Glut seiner Lust erlosch, als er sah, wie seine Frau das Lachen unterdrückte, die statuenhafte Gleichgültigkeit aufgab, mit der sie am Tag zuvor die Zärtlichkeiten des Ingenieurs über sich hatte ergehen lassen, und die Initiative ergriff. Sie umarmte ihn, sie zwang ihn, sich neben sie, auf sie, unter sie zu legen, schlang ihre Beine um seine Beine, suchte seinen Mund, drang tief mit ihrer Zunge ein und – ›ach, ach‹, rebellierte Don Rigoberto – kauerte sich liebesbereit hin, faßte mit ihren langen Fingern das hochgeschnellte Glied, strich ihm über den Rücken und das Köpfchen, führte es schließlich an ihre Lippen und küßte es, bevor sie es in ihrem Mund verschwinden ließ. In diesem Augenblick begann der Ingenieur, sich aufbäumend in dem weichen Bett, lauthals *Torna a Surriento* zu singen, zu brüllen, zu heulen.

»Er begann *Torna a Surriento* zu singen?« Don Rigoberto richtete sich jäh auf. »In diesem Augenblick?«

»So ist es.« Doña Lukrezia brach abermals in lautes Lachen aus, beherrschte sich wieder und bat erneut um Verzeihung. »Du machst mich sprachlos, Pluto. Singst du, weil es dir gefällt oder weil es dir nicht gefällt?«

»Ich singe, damit es mir gefällt«, erklärte er, bebend und granatrot, zwischen Kieksern und Gicksen. »Soll ich aufhören?«

»Ich möchte, daß du weitermachst, Lucre«, flehte Modesto. »Lach nur, das macht nichts. Ich singe, damit mein Glück vollkommen ist. Halt dir die Ohren zu, wenn es dich ablenkt oder dich zum Lachen bringt. Aber bei allem, was dir lieb ist, hör nicht auf.«

»Und hat er weitergesungen?« rief Don Rigoberto trunken, verrückt vor Freude.

»Ohne eine Sekunde aufzuhören«, bestätigte Doña Lukrezia glucksend. »Während ich ihn küßte, während ich mich auf ihn setzte und er sich auf mich, während wir uns orthodox und heterodox liebten. Er sang, er mußte singen. Denn wenn er nicht sang – Fiasko.«

»Immer *Torna a Surriento*?« Don Rigoberto kostete die süße Lust der Schadenfreude aus.

»Jedes beliebige Lied meiner Jugend«, hauchte der Ingenieur und tat dann mit der ganzen Kraft seiner Lungen einen Sprung von Italien nach Mexiko. »Voy a cantarles un corrido muy mentadooo . . .«

»Ein Potpourri aus lauter Schmalz der fünfziger Jahre«, erläuterte Doña Lukrezia. »*O sole mio*, *Caminito*, *Juan Charrasqueado*, *Allá en el rancho grande*, sogar *Madrid* von Agustín Lara. Ach, was hab ich gelacht.«

»Und ohne diesen musikalischen Schmonzes – Fiasko?« Don Rigoberto, im siebten Himmel, bat um

Bestätigung. »Das ist das Beste der Nacht, mein Liebling.«

»Das Beste hast du noch nicht gehört, das Beste war das Ende, eine Posse, die alles übertraf.« Doña Lukrezia trocknete sich die Tränen. »Die Nachbarn klopften an die Wände, riefen bei der Rezeption an, wir sollten den Fernseher, den Plattenspieler leiser stellen, keiner konnte schlafen im Hotel.«

»Das heißt, ihr wurdet nicht fertig, weder du noch er . . .«, deutete Don Rigoberto mit schwacher Hoffnung an.

»Ich zweimal.« Doña Lukrezia brachte ihn in die Wirklichkeit zurück. »Und er zumindest einmal, ich bin sicher. Als er schon auf dem besten Weg zum zweiten Mal war, ging das Spektakel los, und es war aus mit seiner Inspiration. Am Ende lachten wir nur noch. Was für eine Nacht. Echt Ripley.«

»Jetzt kennst auch du mein Geheimnis«, sagte Modesto, als sie, nachdem die Nachbarn und die Rezeption besänftigt, ihr Lachen verstummt und ihr stürmisches Verlangen gestillt waren, eingehüllt in die weißen Bademäntel des Cipriani, zu plaudern begannen. »Macht es dir was aus, wenn wir nicht darüber sprechen? Ich schäme mich, wie du dir denken kannst . . . Nun ja . . . Aber ich möchte dir noch einmal sagen, daß ich diese Woche nie vergessen werde, Lucre.«

»Ich auch nicht, Pluto. Ich werde immer an sie zurückdenken. Und nicht nur wegen deines Konzerts, das schwör ich dir.«

Sie schliefen wie Murmeltiere, mit dem Bewußtsein der erfüllten Pflicht, und sie fanden sich rechtzeitig an der Landungsbrücke ein, um das Vaporetto zum Flughafen zu nehmen. Alitalia gab sich die größte Mühe, und sie starteten ohne Verspätung, so daß sie die Concorde von Paris nach New York erreichten. Dort verabschiedeten sie sich im sicheren Wissen, daß sie einander nicht wiedersehen würden.

»Sag mir, daß es eine furchtbare Woche war, daß du sie schrecklich fandest«, stöhnte Don Rigoberto plötzlich, während er seine Frau um die Taille faßte und sie auf sich zog. »Nicht wahr, Lukrezia, nicht wahr?«

»Warum probierst du es nicht und singst etwas, so laut du kannst?« schlug sie ihm vor, mit der samtenen Stimme ihrer schönsten nächtlichen Begegnungen. »Etwas Schmalziges, mein Liebster. *La flor de la canela, Fumando espero, Brasil, terra de meu coração*. Mal sehn, was passiert, Rigoberto.«

III. Das Spiel der Bilder

»Wie witzig«, sagte Fonchito. »Deine dunkelgrünen Strümpfe sind genau wie die eines Modells von Egon Schiele.«

Señora Lukrezia besah sich die dicken Wollstrümpfe, die ihre Beine bis über die Knie bedeckten.

»Die sind hervorragend gegen die Feuchtigkeit von Lima«, sagte sie, während sie sie mit den Fingern befühlte. »So sind meine Füße schön warm.«

»*Liegender Akt mit grünen Strümpfen*«, erinnerte sich der Junge. »Eines seiner berühmtesten Bilder. Willst du es sehen?«

»Na schön, zeig's mir.«

Während Fonchito sich beeilte, seine Schultasche aufzumachen, die er, wie immer, auf den Teppich des Eßzimmers hatte fallen lassen, spürte Señora Lukrezia die vage Unruhe, die der Junge auf sie übertrug, wenn ihn diese plötzlichen Anwandlungen packten, hinter deren harmloser Erscheinung sich immer irgendeine Falle zu verbergen schien.

»Was für ein Zufall, Stiefmutter«, sagte Fonchito, in dem Bildband von Schiele blätternd, den er aus seiner Schultasche gezogen hatte. »Ich bin ihm ähnlich, und du bist seinen Modellen ähnlich. In vielen Dingen.«

»Worin, zum Beispiel?«

»In diesen grünen, schwarzen oder braunen Strümpfen, die du anziehst. Und auch in der karierten Decke deines Bettes.«

»Donnerwetter, was bist du für ein guter Beobachter.«

»Und nicht zuletzt in der Würde«, fügte Fonchito hinzu, ohne den Blick zu heben, vertieft in die Suche nach dem Bild *Liegender Akt mit grünen Strümpfen*. Doña Lukrezia wußte nicht, ob sie lachen oder sich lustig machen sollte. War ihm das gesuchte Kompliment bewußt? Oder war es ihm nur zufällig so herausgerutscht? »Hat mein Papa denn nicht immer gesagt, daß du eine große Würde besitzt? Daß nichts, was von dir kommt, vulgär ist, egal, was du tust? Ich habe erst durch Schiele verstanden, was er sagen wollte. Seine Modelle heben die Röcke, zeigen alles, sie nehmen die seltsamsten Positionen ein, und doch wirken sie nie vulgär. Immer wie Königinnen. Warum? Weil sie Würde haben, wie du, Stiefmutter.«

Doña Lukrezia, geschmeichelt, irritiert, beunruhigt, wollte diesen Erklärungen Einhalt gebieten und wollte es auch wieder nicht. Abermals fühlte sie sich verwirrt.

»Was sagst du da, Fonchito.«

»Da ist es!« rief der Junge aus und reichte ihr das Buch. »Verstehst du, was ich meine? Nimmt sie nicht eine Pose ein, die bei einer anderen peinlich wirken würde? Aber bei ihr nicht. Sie hat eben Würde.«

»Laß mich sehen.« Señora Lukrezia nahm das Buch, und nachdem sie *Liegender Akt mit grünen Strümpfen* eine gute Weile betrachtet hatte, nickte sie: »Es stimmt, sie haben die gleiche Farbe wie meine.«

»Findest du es nicht schön?«

»Ja, sehr hübsch.« Sie klappte das Buch zu und gab es ihm rasch zurück. Wieder bedrückte sie das Gefühl, daß ihr die Initiative entglitt, daß der Junge sie zu entwaffnen begann. Aber was für ein Kampf war das eigentlich? Sie suchte Alfonsos Augen: sie blitzten schelmisch, und in seinem frechen Gesicht spielte ein kleines Lächeln.

»Darf ich dich um einen ganz großen Gefallen bitten? Den größten Gefallen der Welt? Würdest du ihn mir tun?«

›Er wird mich bitten, daß ich mich ausziehe‹, kam ihr voll Schreck in den Sinn. ›Ich werde ihm eine Ohrfeige geben und ihn nicht mehr wiedersehen.‹ Sie haßte Fonchito, und sie haßte sich selbst.

»Was für einen Gefallen?« murmelte sie, wobei sie versuchte, ihr Lächeln nicht starr wirken zu lassen.

»Leg dich wie die Frau von *Liegender Akt mit grünen Strümpfen* hin«, ließ sich die honigsüße Stimme vernehmen. »Einen ganz kleinen Augenblick, Stiefmutter!«

»Was sagst du?«

»Ohne dich auszuziehen, natürlich«, beruhigte sie der Junge, während er die Augen rollte, die Hände bewegte, das Näschen kräuselte. »In dieser Pose. Ich hätte es so schrecklich gern. Würdest du mir diesen Riesengefallen tun? Sei so gut, Stiefmutter.«

»Lassen Sie sich nicht so bitten, Sie wissen doch nur zu gut, daß Sie ihm den Gefallen tun werden«, sagte Justiniana, die hereintrat und wie jeden Tag kein Hehl aus ihrer prächtigen Laune machte. »Morgen ist Fonchitos Geburtstag, es kann doch sein Geschenk sein.«

»Bravo, Justita!« Der Junge klatschte in die Hände. »Beide zusammen bringen wir sie dazu. Machst du mir dieses Geschenk, Stiefmutter? Die Schuhe mußt du dir allerdings ausziehen.«

»Gib zu, daß du die Füße der Señora sehen willst, weil du weißt, wie hübsch sie sind«, stachelte Justiniana ihn auf, übermütiger als gewöhnlich. Sie stellte die Coca-Cola und das Glas Mineralwasser auf das Tischchen, um die man sie gebeten hatte.

»An ihr ist alles hübsch«, erklärte der Junge unschuldig. »Komm, Stiefmutter, schäm dich nicht vor uns. Damit dir nicht unwohl dabei ist, können Justita und ich danach ein anderes Bild von Egon Schiele nachstellen, wenn du willst.«

Ohne zu wissen, was sie antworten, welchen Scherz sie machen, wie sie einen Unmut vorspiegeln sollte, den sie nicht empfand, sah Señora Lukrezia sich plötzlich lächeln, nicken, während sie »Das wird dein Geburtstagsgeschenk, du launischer Bengel« murmelte, sich die Schuhe auszog, sich leicht drehte und auf dem langen Sofa ausstreckte. Sie versuchte, das Bild nachzuahmen, das Fonchito entfaltet hatte und ihr zeigte, wie ein Theaterregisseur, der dem Star der Aufführung Anweisungen erteilt. Justinianas Anwesenheit bewirkte, daß sie sich beschützt fühlte, obwohl diese Närrin sich jetzt in den Kopf gesetzt hatte, Fonchitos Partei zu ergreifen. Gleichzeitig gab die Tatsache, daß sie da war, als Zeugin, der ungewöhnlichen Situation eine gewisse Würze. Sie versuchte, das Ganze scherzhaft zu nehmen, »Ist es so richtig?«, »Nein, höher die Schulter, der Hals gereckt wie bei einem Hühnchen, der Kopf schön gerade«, während sie sich auf die Ellbogen stützte, ein Bein ausstreckte und das andere anwinkelte, um die Pose des Modells nachzustellen. Die Augen Justinianas und Fonchitos wanderten von der Reproduktion zu ihr, von ihr zu der Reproduktion, lachend die des Mädchens und die des Jungen völlig auf das Spiel konzentriert. ›Das ist das ernsteste Spiel der Welt‹, ging es Doña Lukrezia durch den Kopf.

»Sie sind es genau, Señora.«

»Noch nicht.« Fonchito fiel ihr ins Wort. »Du mußt das Knie etwas hochziehen. Ich helf dir.«

Bevor sie Zeit hatte, ihm die Erlaubnis dafür zu verweigern, hatte der Junge Justiniana den Bildband übergeben, sich dem Sofa genähert und ihr mit beiden Händen unter das Knie gefaßt, dort, wo der dunkelgrüne Strumpf aufhörte und der Oberschenkel begann. Sanft, den Blick aufmerksam auf das Bild gerichtet, hob er das Bein an und bog es zur Seite. Die Berührung der schlanken Finger in ihrer Kniekehle verwirrte Doña Lukrezia. Die untere Hälfte ihres Körpers begann zu zittern. Sie spürte Herzklopfen, Schwindel, etwas Überwältigendes, Lust und Leid zugleich. In diesem Augenblick entdeckte sie den Blick Justinianas. Die glühenden Pupillen dieses kleinen braunen Gesichts sprachen Bände. ›Sie weiß, wie mir ist‹, dachte sie voll Scham. Der Ausruf des Jungen rettete sie:

»Jetzt ja, Stiefmutter! Ist sie nicht genau gleich, Justita? Bleib eine Sekunde so, bitte.«

Vom Teppich her, im Schneidersitz wie ein Orientale, betrachtete er sie hingerissen, mit halboffenem Mund, die Augen wie zwei Vollmonde, völlig verzückt. Señora Lukrezia ließ fünf, zehn, fünfzehn Sekunden verstreichen, reglos, angesteckt vom feierlichen Ernst, mit dem der Junge das Spiel betrieb. Irgend etwas geschah. Der Stillstand der Zeit? Die Vorahnung des Absoluten? Das Geheimnis der künstlerischen Vollkommenheit? Ein Verdacht sprang sie an: ›Er ist genau wie Rigoberto. Er hat seine verschlungene Phantasie geerbt, seine Ticks, seine Verführungsgabe. Aber zum Glück nicht sein Büroangestelltengesicht, seine Dumbo-Ohren, seine Mohrrüben-Nase.‹ Es kostete sie Mühe, den Zauber zu brechen.

»Schluß jetzt. Ihr seid an der Reihe.«

Enttäuschung bemächtigte sich des Erzengels. Aber er reagierte sofort:

»Du hast recht. So war es abgemacht.«

»Dann also los«, spornte Doña Lukrezia sie an. »Was für ein Bild wollt ihr darstellen? Ich suche es aus. Reich mir das Buch, Justiniana.«

»Darin gibt's nur zwei Bilder für Justita und mich«, erklärte Fonchito ihr. »*Mutter und Kind* und *Verschränkt liegendes Paar*. Die anderen sind einzelne Männer, einzelne Frauen oder zwei Frauen. Wähl du aus, Stiefmutter.«

»Was du nicht alles weißt!« rief Justiniana verblüfft.

Doña Lukrezia prüfte die Bilder, und in der Tat, die von Fonchito genannten waren die einzigen, die sich nachstellen ließen. Das letzte verwarf sie, denn welche Wahrscheinlichkeit sollte es haben, wenn ein kleiner Junge als dieser bärtige Rotschopf auftreten würde, den der Autor des Buchs als den Künstler

Felix Albrecht Harta identifiziert hatte und der sie vom Foto des Ölgemäldes mit dümmlichem Gesichtsausdruck betrachtete, gleichgültig dem gesichtslosen Akt mit roten Strümpfen gegenüber, der wie eine zärtliche Schlange unter seinem angewinkelten Bein hindurchkroch? Bei *Mutter und Kind* gab es zumindest einen ähnlichen Altersabstand wie bei Alfonso und Justiniana.

»Ganz schön komisch, die Pose von dieser Mama mit ihrem Kindchen.« Die Angestellte tat, als wäre sie beunruhigt. »Ich nehme an, du wirst mich nicht bitten, das Kleid auszuziehen, du unverschämter Kerl.«

»Zieh dir wenigstens schwarze Strümpfe an«, antwortete ihr der Junge ernst. »Ich zieh mir nur die Schuhe und das Hemd aus.«

In seiner Stimme lag nichts Maliziöses, nicht der Anflug eines boshaften Untertons. Doña Lukrezia spitzte die Ohren, forschte mißtrauisch das frühreife Gesicht aus: nein, nicht der geringste Anflug. Er war ein vollendeter Schauspieler. Oder ein reines Kind und sie eine Idiotin, eine unreine alte Vettel? Was war nur mit Justiniana los; sie konnte sich nicht erinnern, sie in den Jahren, die sie bei ihr war, jemals so übermütig erlebt zu haben.

»Was für schwarze Strümpfe soll ich mir anziehen, wo ich doch keine habe.«

»Meine Stiefmutter soll sie dir leihen.«

Statt das Spiel abzubrechen, wie die Vernunft ihr riet, hörte sie sich sagen: »Natürlich.« Sie ging in ihr Schlafzimmer und kehrte mit den schwarzen Strümpfen zurück, die für die kältesten Abende bestimmt waren. Der Junge zog sich das Hemd aus. Er war dünn, wohlgebaut, von einer Hautfarbe zwischen weiß und gold. Doña Lukrezia sah seinen Oberkörper, seine schlanken Arme, seine Schultern mit den vorstehenden Knochen, und sie erinnerte sich. War all das damals also doch passiert? Justiniana lachte nicht mehr und mied ihren Blick. Bestimmt saß auch sie wie auf glühenden Kohlen.

»Zieh sie dir an, Justita«, drängte sie der Junge. »Soll ich dir helfen?«

»Nein, vielen Dank.«

Auch sie hatte ihre Unbefangenheit und ihr Selbstvertrauen verloren, die sie selten verließen. Ihre Finger gehorchten ihr nicht, sie zog die Strümpfe schief an. Während sie sie glättete und hochzog, krümmte sie sich zusammen und versuchte, ihre Beine zu verbergen. Sie blieb mit gesenktem Kopf auf dem Teppich sitzen, neben dem Jungen, und bewegte die Hände ohne Sinn, ohne Verstand.

»Fangen wir an«, sagte Alfonso. »Du mit dem Gesicht nach unten, den Kopf auf den verschränkten Armen, wie auf einem Kissen. Ich muß mich an deine rechte Seite pressen. Mit den Knien an deinem Bein, mit dem Kopf an deiner Taille. Nur daß ich dir bis an die Schulter reiche, da ich größer bin als der auf dem Bild. Sind wir ein bißchen ähnlich, Stiefmutter?«

Mit dem Buch in der Hand, von Perfektionsdrang erfaßt, neigte Doña Lukrezia sich über sie. Die linke Hand mußte unter der rechten Schulter von Justiniana erscheinen, das Gesicht weiter dort. »Leg die linke Hand auf ihren Rücken, Fonchito, sie soll auf ihm ruhen. Ja, jetzt seid ihr ziemlich ähnlich.«

Sie setzte sich auf das Sofa und betrachtete sie, ohne sie zu sehen, versunken in ihre Gedanken, erstaunt über das, was geschah. Er war Rigoberto. Ein verbesserter und potenzierter Rigoberto. Potenziert und verbessert. Sie fühlte sich trunken, verwandelt. Die beiden verharrten reglos, in spielerischem Ernst. Niemand lächelte. Im einzigen Auge Justinianas, das die Pose sehen ließ, blitzte nicht mehr der Schalk, schmachtende Schläfrigkeit hatte sich in ihm angesammelt. Ob sie auch erregt war? Ja, ja, wie sie, mehr als sie. Nur Fonchito – mit geschlossenen Augen, um dem gesichtslosen Kind Schieles mehr zu gleichen – tat nichts hinzu und schien das Spiel ohne Hintergedanken zu spielen. Die Atmosphäre hatte sich verdichtet, die Geräusche vom Olivar her waren verstummt, die Zeit hatte sich verflüchtigt, und das Haus, San Isidro, die Welt waren verschwunden.

»Wir haben Zeit für noch eins«, sagte Fonchito schließlich, während er sich erhob. »Jetzt ihr beiden. Was meint ihr? Es kann nur das sein, blätter die Seite um, Stiefmutter, genau. *Zwei Mädchen, in verschränkter Stellung liegend.* Beweg dich nicht, Justita. Dreh dich einfach nur um. Leg dich neben sie, Stiefmutter, mit der Schulter auf sie. Die Hand so, unter der Hüfte. Du bist die mit dem gelben Kleid, Justita. Mach sie nach. Dieser Arm so, und den rechten schiebst du meiner Stiefmutter unter die Beine. Du, mach dich ein bißchen krumm, dein Knie soll Justitas Schulter berühren. Heb die Hand, leg sie meiner Stiefmutter auf das Bein, spreiz die Finger. Ja, so. Perfekt!«

Sie schwiegen und gehorchten, bogen sich, reckten sich, drehten sich, streckten Beine, Arme, Hälse oder zogen sie ein. Fügsam? Betört? Becirct? ›Geschlagen‹, gestand Doña Lukrezia sich ein. Ihr Kopf ruhte auf den Oberschenkeln des Mädchens, und ihre rechte Hand faßte sie um die Taille. Ab und zu verstärkte sie den Druck, um ihre Feuchtigkeit und die Wärme zu spüren, die von ihr ausging; Justinianas Finger reagierten auf diesen Druck; sie senkten sich tiefer in ihren rechten Schenkel und ließen sie spüren, daß sie sie spürte. Sie war lebendig. Natürlich war sie es; dieser intensive, dichte Geruch, den sie einatmete, woher sollte er kommen, wenn nicht vom Körper Justinianas? Oder kam er von ihr selbst? Wie war es mit ihnen so weit gekommen? Was war geschehen, daß dieses Kind, ohne sich dessen bewußt zu sein – oder sich dessen sehr wohl bewußt –, sie zu diesem Spiel gebracht hatte? Jetzt war es ihr egal. Sie fühlte sich wohl innerhalb des Bildes. Mit sich selbst, mit ihrem Körper, mit Justiniana, mit dem Augenblick, in dem sie lebte. Sie hörte, daß Fonchito sich verabschiedete:

»Wie schade, daß ich gehen muß. Wo es so schön war. Aber ihr könnt ja weiterspielen. Danke für das Geschenk, das du mir gemacht hast, Stiefmutter.«

Sie hörte, wie er die Haustür öffnete, hörte, wie er sie schloß. Er war gegangen. Er hatte sie allein gelassen, ausgestreckt, ineinander verschlungen, sich selbst überlassen, verloren in einer Phantasie seines Lieblingsmalers.

Soviel ich weiß, Señora, hat die feministische Spielart, die Sie vertreten, den Krieg der Geschlechter erklärt und fußt die Philosophie Ihrer Bewegung auf der Überzeugung, daß die Klitoris moralisch, physisch, kulturell und erotisch dem Penis überlegen ist und die Eierstöcke von edlerer Beschaffenheit sind als die Hoden.

Ich gestehe Ihnen zu, daß Ihre Thesen haltbar sind. Ich beabsichtige nicht, den geringsten Einwand gegen sie zu erheben. Meine Sympathien für den Feminismus gehen tief, wiewohl sie meiner Liebe zur individuellen Freiheit und zu den Menschenrechten untergeordnet sind, was sie im Rahmen gewisser Grenzen hält, die ich genauer bestimmen muß, damit das, was ich Ihnen im folgenden auseinandersetze, einen Sinn bekommt. Ganz generell und um mit dem Naheliegendsten zu beginnen, möchte ich erklären, daß ich für die Beseitigung jedes gesetzlichen Hindernisses bin, das der Frau den Zugang zu den gleichen Verantwortungen versperrt, wie der Mann sie ausübt, und für den geistigen und moralischen Kampf gegen die Vorurteile, auf die sich die Beschränkung der Rechte der Frauen stützt, deren wichtigstes, wie ich gleich hinzufügen möchte, mir ebenso wie im Fall der Männer nicht das Recht auf Arbeit, auf Erziehung, auf Gesundheit usw. zu sein scheint, sondern das Recht auf Lust, was, da bin ich mir sicher, zu unserer ersten Meinungsverschiedenheit Anlaß geben wird.

Aber die eigentliche und, wie ich fürchte, unabänderliche Diskrepanz, die einen unüberbrückbaren Abgrund zwischen Ihnen und mir schafft – oder, um im Bereich der wissenschaftlichen Neutralität zu bleiben, zwischen meinem Phallus und Ihrer Vagina –, besteht darin, daß der Feminismus, von meiner Warte aus gesehen, eine kollektivistische Kategorie und damit ein Trugschluß ist, denn er trachtet danach, in einen homogenen Gattungsbegriff eine umfassende Gemeinschaft heterogener Individualitäten einzusperren, deren Unterschiede und Ungleichheiten zumindest ebenso relevant sind (gewiß sind sie es mehr) wie der gemeinsame klitorale und ovariale Nenner. Damit will ich ohne den geringsten zynischen Schlenker sagen, daß der Umstand, mit einem Phallus oder mit einer Klitoris ausgestattet zu sein (begriffliche Artefakte, deren Grenzen zweifelhaft sind, wie ich Ihnen im folgenden beweisen werde), mir weniger wichtig erscheint, um einen Menschen von anderen zu unterscheiden, als sämtliche übrigen Besonderheiten (Laster, Tugenden oder Fehler), die jedem Individuum eigen sind. Die Leugnung dieser Tatsache hat dazu geführt, daß die Ideologien Formen gleichmacherischer Unterdrückung geschaffen haben, die im allgemeinen schlimmer sind als die despotischen Haltungen, gegen die sie aufzubegehren suchten. Ich fürchte, daß der Feminismus in der Spielart, die Sie verfechten, diesen Weg einschlägt, falls Ihre Ideen sich durchsetzen, was, vom Standpunkt der Situation der Frau aus gesehen, nichts anderes bedeuten würde, als, derb ausgedrückt, Rotz für Schleim einzutauschen.

Dies sind für mich moralische und ästhetische

Grundsatzerwägungen, die Sie nicht mit mir teilen müssen. Glücklicherweise habe ich aber auch die Wissenschaft auf meiner Seite, wie Sie feststellen werden, wenn Sie zum Beispiel einen Blick auf die Arbeiten der Professorin für Genetik und Medizin an der Universität von Brown, Dr. Anne Fausto-Sterling, werfen, die sich schon seit einigen Jahren die Seele aus dem Leib schreit, um einer von Konventionen und Mythen verblödeten und angesichts der Wahrheit mit Blindheit geschlagenen Menge zu beweisen, daß die menschlichen Geschlechter nicht zwei sind, wie man uns hat glauben lassen – weiblich und männlich –, sondern mindestens fünf und möglicherweise mehr. Obwohl ich aus klanglichen Gründen Einwand gegen die Namen erhebe (*herms, merms und ferms*), welche Frau Dr. Fausto-Sterling für die drei Zwischenformen zwischen dem Männlichen und dem Weiblichen ausgewählt hat, wie sie von der Biologie, der Genetik und der Sexualwissenschaft entdeckt wurden, begrüße ich ihre Forschungen und die gleichgesinnter Wissenschaftler als mächtige Verbündete all derer, die, wie der zage Schreiber dieser Zeilen, glauben, daß die manichäische Teilung der Menschheit in Männer und Frauen eine kollektivistische Illusion ist, die nur so starrt von Verschwörungen gegen die Souveränität des Individuums – und damit gegen die Freiheit –, sowie eine wissenschaftliche Unwahrheit, feierlich inthronisiert von Staaten, Religionen und Rechtssystemen in ihrem traditionellen Streben, dieses dualistische System gegen eine Natur aufrechtzuerhalten, die es auf Schritt und Tritt Lügen straft.

Die griechische Mythologie in ihrer großen Freiheit wußte dies sehr genau, als sie jenes Zwischenwesen aus Hermes und Aphrodite patentierte, den jungen Hermaphroditen, der, als er sich in eine Nymphe verliebte, seinen Körper mit dem ihren verschmolz und fortan Frau-Mann oder Mann-Frau war (jede dieser Formeln stellt Frau Dr. Fausto-Sterling zufolge eine unterschiedliche Variante der Verbindung von Keimdrüsen, Hormonen und Chromosomensatz in einem einzigen Individuum dar und erzeugt aus diesem Grund Geschlechter, die verschieden sind von dem, was wir als Mann und Frau kennen, eben diese mißtönenden, krautigen *herms*, *merms* und *ferms*). Wichtig dabei ist, daß es sich hier nicht um Mythologie handelt, sondern um erschütternde Wirklichkeit, denn vor und nach dem griechischen Hermaphroditen sind diese Zwitter (weder Mann noch Frau in der gängigen Auffassung des Begriffs) zur Welt gekommen und von Dummheit, Unwissenheit, Fanatismus und Vorurteilen dazu verurteilt worden, in der Verstellung zu leben oder, im Fall der Entdeckung, verbrannt, aufgehängt, wie Ausgeburten des Teufels exorziert und, in der modernen Zeit, von der Wiege an »normalisiert« zu werden durch die Chirurgie und Genmanipulation einer Wissenschaft, die im Dienst jener trügerischen Nomenklatur handelt, die nur das Männliche und das Weibliche akzeptiert und jene zarten intersexuellen Helden – sie haben meine ganze Sympathie –, die mit Hoden und Eierstöcken, mit einer Klitoris wie ein Penis oder einem Penis wie eine Klitoris, mit Harnröhren und Vaginas ausgestattet sind und bisweilen

Spermatozoiden verschießen und gleichzeitig menstruieren, aus der Normalität in die Höllen der Anomalie, der Monstrosität oder der physischen Extravaganz verbannt. Zu Ihrer Kenntnis: diese seltenen Fälle sind gar nicht so selten; Dr. John Money von der Johns-Hopkins-Universität schätzt, daß die Intersexuellen beim Menschen vier Prozent der Neugeborenen ausmachen (machen Sie eine Rechnung auf, und Sie werden nicht umhin können festzustellen, daß sie, für sich allein, einen Kontinent bevölkern würden).

Die Existenz dieser umfangreichen, wissenschaftlich nachgewiesenen Menschheit außerhalb der Normalität (von der ich beim Lesen jener Arbeiten erfahren habe, die für mich vor allem erotisch interessant sind), für deren Befreiung, Anerkennung und Tolerierung auch ich auf meine bescheidene Art und Weise kämpfe (ich meine, aus der einsamen Ecke heraus, in der ich als hedonistischer Anarchist, Liebhaber der Kunst und körperlicher Wonnen stehe, der durch den geistlosen Broterwerb des Geschäftsführers einer Versicherungsgesellschaft gefesselt ist), ist ein Schlag für alle, die, wie Sie, hartnäckig darauf bestehen, die Menschheit hinsichtlich des Geschlechts in undurchlässige Kategorien einzuteilen: Phalli auf die eine, Kitzler auf die andere Seite, Vaginas links, Hodensäcke rechts. Dieser Herdenschematismus entspricht nicht der Wahrheit. Auch im Hinblick auf das Geschlecht weisen wir Menschen eine Vielfalt von Varianten, Unterfamilien, Ausnahmen, Eigenheiten und Nuancen auf. Will man die letzte, unübertragbare Wirklichkeit des Menschlichen in diesem – wie in jedem anderem – Bereich fassen, muß man sich von der Herde, vom Getümmel abwenden und sich auf das Terrain des Individuellen zurückziehen.

Zusammenfassend möchte ich Ihnen sagen, daß jede Bewegung, die danach trachtet, den Kampf für die Souveränität des Individuums zu transzendieren (oder in den Hintergrund zu drängen), indem sie den Interessen eines Kollektivs – Klasse, Rasse, Gattung, Nation, Geschlecht, Ethnie, Kirche, Laster oder Beruf – Vorrang einräumt, mir als Verschwörung erscheint, die das Ziel hat, der malträtierten menschlichen Freiheit noch stärkere Zügel anzulegen. Diese Freiheit erlangt ihren vollen Sinn nur in der Sphäre des Individuums, diesem warmen, unteilbaren Vaterland, das wir beide verkörpern, Sie mit Ihrer kriegerischen Klitoris und ich mit meinem bedeckten Phallus (ich bewahre meine Vorhaut, ebenso wie mein Sohn Alfonso, und bin gegen die religiöse Beschneidung der Neugeborenen – nicht gegen die, für die man sich im vernünftigen Alter entscheidet –, aus den gleichen Gründen, aus denen ich die Entfernung der Klitoris und der kleinen Schamlippen verurteile, die von vielen afrikanischen Bekennern des Islam praktiziert wird), und wir sollten sie vor allem gegen den Anspruch derjenigen verteidigen, die uns gern in diesen amorphen, kastrierenden, von jedem Machthungrigen manipulierbaren Konglomeraten auflösen möchten. Alles scheint darauf hinzudeuten, daß Sie und Ihre Anhängerinnen zu dieser Menschengruppe gehören, und deshalb ist es meine Pflicht, Ihnen meinen Einspruch und meine Mißbilligung durch diesen

Brief mitzuteilen, den ich im übrigen ebenfalls nicht auf die Post zu bringen gedenke.

Um den Leichenbitterernst meines Schreibens etwas abzumildern und es mit einem Lächeln zu beschließen, möchte ich Ihnen vom Fall des pragmatischen Androgynen Emma berichten (sollte ich vielleicht Androgynin sagen?), den der Urologe Hugh H. Young (ebenfalls von der Johns-Hopkins-Universität) anführt, der sie/ihn behandelt hat. Emma wurde als Mädchen erzogen, obwohl sie eine Klitoris von der Größe eines Penis hatte, dazu eine gastfreundliche Vagina, was ihr erlaubte, sexuelle Kontakte mit Frauen und mit Männern zu unterhalten. Als Ledige pflegte sie sie vor allem mit jungen Frauen, wobei sie die Rolle des Mannes spielte. Dann heiratete sie einen Mann und schlief mit ihm wie eine Frau, wobei diese Rolle ihr jedoch keinen so großen Genuß bereitete wie die andere; deshalb hatte sie Liebhaberinnen, die sie munter mit ihrer virilisierten Klitoris penetrierte. Dr. Young, von ihr konsultiert, erklärte ihr, es wäre ein leichtes, sie durch einen chirurgischen Eingriff nur in einen Mann zu verwandeln, schien dies doch ihrer Vorliebe zu entsprechen. Emmas Antwort wiegt ganze Bibliotheken über die Engstirnigkeit unserer Welt auf: »Sie müßten mir die Vagina entfernen, nicht wahr, Doktor? Ich glaube nicht, daß das gut für mich ist, schließlich ernährt sie mich. Wenn ich mich operieren lasse, müßte ich mich von meinem Mann trennen und mir eine Arbeit suchen. Wenn es so ist, dann bleib ich lieber, wie ich bin.« Diese Geschichte zitiert Dr. Anne Fausto-Sterling in *Myths of Gender: Biological Theories about*

Women and Men, ein Buch, das ich Ihnen nur empfehlen kann.

Leben Sie wohl und treiben Sie es, werte Freundin.

RAUSCH MIT KARAMBOLAGE

In der Stille der Nacht von Barranco richtete Don Rigoberto sich in seinem Bett mit der Geschmeidigkeit einer Kobra auf, die dem Ruf des Schlangenbeschwörers folgt. Da war Doña Lukrezia, wunderschön in ihrem tief ausgeschnittenen schwarzen Gazekleid, Schultern und Arme nackt, wie sie sich lächelnd um das Dutzend geladener Gäste kümmerte. Sie richtete Anweisungen an den Hausdiener, der die Getränke servierte, und an Justiniana, die in ihrem blauen Dreß mit gestärkter weißer Schürze Platten voll Appetithäppchen – Yucca-Schwänzchen mit Huancayo-Sauce, Käsestäbchen, Parmesanmuscheln, gefüllte Oliven – mit der Ungezwungenheit einer Hausherrin herumreichte. Doch Don Rigobertos Herz tat einen Sprung: wer nämlich alles daran setzte, in seiner indirekten Erinnerung an jenes Ereignis (er war der große Abwesende dieses Festes gewesen, von dem er durch Lukrezia und seine eigene Vorstellungskraft wußte) den ganzen Raum einzunehmen, war Fito Cebolla mit seiner sonderbaren Stimme. Schon betrunken? Auf dem besten Wege, denn die Whiskys folgten in seinen Händen aufeinander wie die Perlen eines Rosenkranzes in denen einer Betschwester.

»Da du nun mal verreisen mußtest«, sagte Doña

Lukrezia, während sie sich in seinen Armen vergrub, »hätten wir den Cocktail absagen sollen. Ich hab es dir gesagt.«

»Wieso?« fragte Don Rigoberto und paßte seinen Körper dem seiner Frau an. »Ist was passiert?«

»Einiges«, sagte Doña Lukrezia lachend, mit dem Mund an seiner Brust. »Ich werde es dir nicht erzählen. Nicht im Traum.«

»Hat jemand sich danebenbenommen?« Es kam Leben in Don Rigoberto. »Ist Fito Cebolla zu weit gegangen, zum Beispiel?«

»Wer sonst.« Seine Frau tat ihm den Gefallen. »Natürlich er.«

›Fito, Fito Cebolla‹, dachte er. Mochte er ihn oder haßte er ihn? Die Antwort war nicht einfach, denn er weckte in ihm eines dieser vagen, widersprüchlichen Gefühle, die seine Spezialität waren. Er hatte ihn kennengelernt, als man auf einer Vorstandssitzung beschloß, ihm die Verantwortung für die public relations des Unternehmens zu übertragen. Fito hatte überall Freunde, und obwohl er unübersehbar im Niedergang begriffen und auf dem Weg zum schlimmsten Sabbersuff war, verstand er sich gut auf das, was seine bombastische Ernennung nahelegte: auf Beziehungen und auf Öffentlichkeit.

»Was hat er Schreckliches getan?« fragte er begierig.

»Mich hat er befummelt.« Doña Lukrezia schämte und wand sich, bevor sie antwortete. »Justiniana hätte er fast vergewaltigt.«

Don Rigoberto kannte ihn vom Hörensagen und war sicher, daß er ihn verabscheuen würde, sobald er im Büro erschiene, um seinen Posten anzutreten. Ein Typ mit einem Leben voller sportlicher und ähnlicher Aktivitäten – sein Name verband sich in Don Rigobertos vagen Erinnerungen mit Surfen, Tennis, Golf, sowie mit Modenschauen oder Schönheitswettbewerben, bei denen er Mitglied der Jury zu sein pflegte, oder mit den Gesellschaftsspalten, in denen er oft mit seinem Raubtiergebiß und seiner an den Stränden des Planeten gebräunten Haut auftauchte, im Galaanzug oder sportlich, als Surfer, in Abend-, Nachmittags-, Morgen- und Dämmerstundenkleidung, ein Glas in der Hand und von schönen Frauen eingerahmt – ein solcher Typ konnte nur ein ordinäres, gemeines Subjekt sein. Er erwartete absolute Dummheit, Version obere Zehntausend Limas. Seine Überraschung war gewaltig, als er entdeckte, daß Fito Cebolla, der alles war, was man von ihm erwarten konnte – eitler Fatzke, Luxuszuhälter, Zyniker, Lebemann, Parasit, Ex-Sportler und Ex-Salonlöwe –, auch ein Original war, unvorhersehbar und, bis zum alkoholischen Kollaps, überaus amüsant. Er hatte früher das eine oder andere gelesen und konnte diese Lektüre nutzbringend anwenden, indem er Fernando Casós zitierte – »Es ist großartig, was in Peru nicht geschieht« – und, unter schallendem Lachen, mit warnend erhobenem Zeigefinger, Paul Groussac: »Florenz ist die Künstler-Stadt, Liverpool die Händler-Stadt und Lima die Frauen-Stadt.« (Um diese Behauptung statistisch zu untermauern, trug er ein Heft bei sich, in dem er die häßlichen und die schönen Frauen vermerkte, denen er über den Weg lief.) Als sie einmal kurz nach Beginn ihrer Bekanntschaft mit zwei Bürokollegen im Club de la Unión ein Gläschen tranken, hatten sie alle vier miteinander gewettet, wer den dünkelhaftesten Satz sagen konnte. Der von Fito Cebolla (»Jedesmal, wenn ich in Australien, in Port Douglas, bin, verschlinge ich ein Krokodilsteak und vernasche eine Ureinwohnerin«) gewann einstimmig.

In der dunklen Einsamkeit wurde Don Rigoberto plötzlich von heftiger Eifersucht erfaßt, die seinen Puls beschleunigte. Seine Phantasie arbeitete wie eine Stenotypistin. Da war Doña Lukrezia wieder. Herrlich, mit schimmernden Schultern und prächtigen Armen, aufrecht auf ihren Stöckelschuhen aus durchbrochenem Leder und ihren wohlgeformten, depilierten Beinen, plauderte sie mit den Gästen und erklärte Paar für Paar die dringende Reise, die Rigoberto an jenem Nachmittag in Angelegenheiten der Versicherungsgesellschaft nach Rio de Janeiro geführt hatte.

»Was macht uns das schon aus«, scherzte Fito Cebolla galant, während er der Hausherrin erst die Wange und dann die Hand küßte. »Was wollen wir mehr.«

Er war schlaff, trotz der sportlichen Großtaten seiner jungen Jahre, groß, hatte einen wiegenden Gang, Lurchaugen und einen beweglichen Mund, aus dem die Worte triefend vor Lüsternheit kamen. Natürlich war er auf dem Cocktail ohne seine Frau erschienen – weil er wußte, daß Don Rigoberto gerade die Urwälder des Amazonas überflog? Fito Cebolla hatte die bescheidenen Vermögen seiner ersten drei rechtmäßigen Ehefrauen durchgebracht, von denen er sich scheiden ließ, wenn nichts mehr von ihnen zu holen war, nachdem er sich mit ihnen in den besten Badeorten der weiten Welt gezeigt hatte. Als es Zeit war, sich auszuruhen, fand er sich mit seiner vierten und wahrscheinlich letzten Frau ab, deren geringes Vermögen ihm zwar keinen Luxus und keine touristischen, modischen und kulinarischen Exzesse mehr sicherte, aber ein gutes Haus in La Planicie, eine tadellose Speisekammer und genügend schottischen Whisky, um bis ans Ende seiner Tage die Zirrhose zu nähren, vorausgesetzt, er würde nicht älter als siebzig. Sie war zerbrechlich, klein, elegant und wie sprachlos vor rückwirkender Bewunderung für den Adonis, der Fito Cebolla einmal gewesen war.

Jetzt war er ein aufgedunsener Mann in den Sechzigern und bewegte sich mit einem kleinen Heft und einem Fernglas durchs Leben, mit deren Hilfe er bei seinen Streifzügen im Zentrum oder, wenn er seinen antiquierten weinroten Cadillac fuhr, an einer roten Ampel nicht nur die allgemeine Statistik (häßlich oder schön), sondern eine speziellere festhielt: die kecken Hinterbacken, die wogenden Brüste, die am besten geformten Beine, die schönsten Schwanenhälse, die sinnlichsten Münder und die bezauberndsten Augen, die der Verkehr ihm bescherte. Seine Forschung, streng und willkürlich in höchstem Grade, verwandte bisweilen einen Tag, ja eine ganze Woche auf einen einzigen Teil der vorübergehenden weiblichen Anatomien, nicht viel anders als Don Rigoberto bei der Pflege seiner Körperorgane: montags Hinterteile; dienstags Brüste; mittwochs Beine; donnerstags Arme; freitags Hälse; samstags Münder und sonntags Augen. Aus den Benotungen, von null bis zwanzig, errechnete er an jedem Monatsende einen Mittelwert.

Seitdem Fito Cebolla ihm erlaubt hatte, in seinen Statistiken zu blättern, hatte Don Rigoberto auf dem weiten Feld der Launen und Manien eine beunruhigende Ähnlichkeit mit sich selbst zu erahnen begonnen und sich nicht der Sympathie für ein Exemplar der Gattung Mensch erwehren können, das imstande war, seine Überspanntheiten mit einer derartigen Unverfrorenheit geltend zu machen (das war nicht sein Fall, denn die seinen waren verborgen und ehelich). In gewissem Sinne, abgesehen von seiner Feigheit und Schüchternheit, die Fito Cebolla abgingen, empfand er ihn als ebenbürtig. Don Rigoberto schloß die Augen – vergeblich, denn es herrschte völlige Dunkelheit im Schlafzimmer – und sah, eingelullt vom nahen Rauschen des Meeres am Fuß der Steilküste, wie die Hand mit den behaarten Fingerknöcheln, geschmückt mit dem Ehering und einem goldenen Reif am kleinen Finger, sich verräterisch auf den Hintern seiner Frau legte. Ein tierischer Klagelaut, der Fonchito hätte wecken können, zerriß seine Kehle: »Scheißkerl!«

»So war es nicht«, sagte Doña Lukrezia, während sie sich an ihm rieb. »Wir unterhielten uns zu dritt oder viert, darunter Fito, der schon viele Whiskys intus hatte. Justiniana reichte die Häppchen herum, und da wurde er unverschämt und fing an, ihr Komplimente zu machen.«

»So ein hübsches Dienstmädchen!« rief er aus, die Augen blutunterlaufen, seinen dünnen Speichelfaden im Mundwinkel, die Intonation aus den Fugen. »Eine waschechte kleine Zamba. Und so was von gut gebaut!«

»Dienstmädchen ist ein häßliches, verächtliches und leicht rassistisches Wort«, reagierte Doña Lukrezia. »Justiniana ist angestellt, Fito, wie du. Rigoberto, Alfonso und ich haben sie sehr gern.«

»Angestellte, Vertraute, Freundin, Schützling oder was auch immer, ich will niemanden verletzen«, sagte Fito Cebolla, während er mit den Augen gebannt der jungen Frau folgte, die sich entfernte. »So eine kleine Zamba hätte ich auch gern im Haus.«

In diesem Augenblick fühlte Doña Lukrezia eindeutig, machtvoll, leicht feucht und warm, eine männliche Hand an der Unterseite ihrer linken Hinterbacke, an der empfindlichen Stelle, an der sie in einer ausgeprägten Kurve zum Oberschenkel ausschwingt. Ein paar Sekunden lang gelang es ihr nicht, zu reagieren, sie wegzustoßen, sich zu entfernen oder sich zu ärgern. Er hatte sich die große Kroton-Pflanze zunutze gemacht, neben der sie standen, um die Operation durchzuführen, ohne daß die übrigen etwas davon bemerkten. Don Rigoberto wurde von einem französischen Ausdruck abgelenkt: la main baladeuse. Wie würde man das übersetzen? Die reisende Hand? Die wandernde Hand? Die vagabundierende Hand? Die dahingleitende Hand? Die flüchtige Hand? Ohne das sprachliche Dilemma gelöst zu haben, wurde er erneut von Empörung erfaßt. Ein unerschrockener Fito schaute Lukrezia mit seinem vieldeutigen Lächeln an, während seine Finger sich zu bewegen begannen und die Gaze des Kleides zerknitterten. Doña Lukrezia entzog sich mit einer jähen Bewegung.

»Ich bin in den Vorraum gegangen, außer mir vor Zorn, um ein Glas Wasser zu trinken«, erklärte sie Don Rigoberto.

»Was ist mit Ihnen, Señora?« fragte Justiniana.

»Dieser Widerling hat mich angefaßt. Ich weiß nicht, warum ich ihm nicht eine Ohrfeige verpaßt habe.«

»Es wäre besser gewesen, du hättest ihm eine verpaßt, ihm einen Blumentopf auf den Kopf gehauen, ihn gekratzt, ihn aus dem Haus geworfen«, sagte Don Rigoberto wütend.

»Ich hab sie ihm verpaßt, ihn auf den Kopf gehauen, ihn gekratzt, ihn aus den Haus geworfen.« Doña Lukrezia rieb ihre Eskimonase an der ihres Mannes. »Aber später. Vorher ist einiges passiert.«

›Die Nacht ist lang‹, dachte Don Rigoberto. Er hatte sich schließlich für Fito Cebolla zu interessieren begonnen, wie ein Insektenforscher für ein höchst seltenes Insekt, ein Sammlungsexemplar. Er beneidete dieses schwammige Stück Mensch darum, daß es seine Ticks und Phantasien so schamlos auslebte, all das, was einem moralischen Kanon zufolge, der nicht seiner war, als Laster, Fehler, Verdorbenheit galt. Aus seinem extremen Egoismus heraus hatte der Dummkopf Fito Cebolla, ohne es zu wissen, eine größere Freiheit errungen als er selbst, der alles wußte, aber ein Heuchler und obendrein noch ein Versicherungsangestellter war. (›Wie Kafka und der Dichter Wallace Stevens es waren‹, entschuldigte er sich vor sich selbst, vergeblich.) Amüsiert erinnerte Don

Rigoberto sich an jene Unterhaltung in der Bar des *César's* – er hatte sie in seinen Heften vermerkt –, bei der Fito Cebolla ihm gestanden hatte, daß nicht der bildschöne Körper irgendeiner seiner zahllosen Geliebten oder die Revuetänzerinnen der Folies-Bergère in Paris ihm die größte Erregung seines Lebens verschafft hatten, sondern das strenge Louisiana, die keusche Universität von Baton Rouge, an der sein Vater ihn in der trügerischen Hoffnung immatrikuliert hatte, er werde seinen Abschluß als Industriechemiker machen. Dort, auf der Fensterbank seines *dormitory*, sollte er an einem Frühlingsnachmittag Zeuge des gewaltigsten sexuellen Gerangels werden, seit die Dinosaurier es trieben.

»Von zwei Spinnen?« Don Rigobertos Nasenlöcher weiteten sich und bebten heftig. Seine riesigen Dumbo-Ohren zitterten ebenfalls in höchster Erregung.

»So groß.« Fito Cebolla ahmte die Szene nach, indem er alle zehn Finger streckte und einzog und obszön einander annäherte. »Sie sahen sich, begehrten sich und bewegten sich aufeinander zu, bereit, sich zu lieben oder zu sterben. Besser gesagt: sich zu Tode zu lieben. Als die eine auf die andere sprang, knisterte es wie vor einem Erdbeben. Das Fenster, das ganze *dormitory* füllten sich mit dem Geruch nach Samen.«

»Woher weißt du, daß sie kopulierten?« stachelte Don Rigoberto ihn weiter an. »Konnten sie nicht kämpfen?«

»Sie kämpften, und gleichzeitig trieben sie es, wie es sein muß, wie es immer sein müßte.« Fito hüpfte auf seinem Stuhl; seine Hände waren verschränkt, und die zehn Finger rieben sich aneinander, daß die Gelenke knackten. »Sie sodomisierten sich gegenseitig mit sämtlichen Beinen, Gliedern, Haaren und Augen, mit allem, was sie am Körper hatten. Nie hab ich so glückliche Wesen gesehen. Nie etwas so Erregendes, ich schwör's dir bei meiner seligen Mutter, Rigo.«

Die Erregung infolge des Spinnenkoitus hatte, nach seinen Worten, einer luftigen Ejakulation und mehreren kalten Duschen widerstanden. Nach vier Jahrzehnten und unzählbaren Abenteuern verwirrte ihn bisweilen noch immer die Erinnerung an die haarigen Tierchen, die sich unter dem erbarmungslosen blauen Himmel von Baton Rouge ineinander verklammerten, und selbst jetzt, wo die Jahre zur Mäßigung rieten, brachte ihn das ferne Bild, wenn es plötzlich in seinem Bewußtsein auftauchte, rascher hoch als ein Schluck *yobimbina*.

»Erzähl uns, was du im Folies-Bergère gemacht hast, Fito«, bat Teté Barriga, die genau wußte, auf was sie sich einließ. »Auch wenn es nicht wahr ist, es ist so witzig!«

»Sie provozierte ihn«, bemerkte Señora Lukrezia, die Erzählung unterbrechend. »Aber Teté hat Spaß daran, sich die Finger zu verbrennen.«

Fito Cebolla rutschte auf dem Stuhl hin und her, auf dem er, vom Whisky schon ziemlich mitgenommen, halb zusammengesackt war.

»Von wegen nicht wahr! Die einzige angenehme Arbeit meines Lebens. Obwohl sie mich genauso schlecht behandelt haben, wie dein Mann mich im

Büro behandelt, Lucre. Komm, setz dich zu uns, kümmer dich um uns.«

Seine Augen waren glasig, und seine Stimme klang heiser. Die Gäste begannen auf die Uhr zu schauen, während Lukrezia sich überwand und neben den Barrigas Platz nahm. Fito Cebolla erzählte von jenem Sommer, als er ohne einen Centavo in Paris festsaß und dank einer Freundin einen Job als Warzenhärter im »historischen Theater in der Rue Richter« bekam.

»Das kommt von Brustwarze, nicht von Hexenwarze«, erklärte er. Er zeigte eine obszöne Zungenspitze und verdrehte die lüsternen Augen, als wollte er besser sehen, was er sah. (»Und was er sah, war mein Dekolleté, Liebster.« Don Rigobertos Einsamkeit begann sich zu bevölkern und fiebrig zu werden.) »Obwohl ich der letzte Arsch – pardon – im Laden war und am schlechtesten bezahlt wurde, hing der Erfolg der Show von mir ab. Eine Riesenverantwortung!«

»Was denn für eine?« drängte ihn Teté Barriga.

»Die Brustwarzen der Revuetänzerinnen steif machen, wenn sie auf die Bühne hinausgingen.«

Zu diesem Zweck verfügte er, in seinem Verschlag in den Kulissen, über einen Eimer mit Eis. Die Mädchen, mit Federbüschen, Blumenschmuck, exotischen Frisuren, langen Wimpern, künstlichen Fingernägeln, durchsichtigen Trikots und Pfauenschwänzen herausgeputzt, Hinterbacken und Brüste entblößt, beugten sich vor Fito Cebolla hinunter, er rieb jede Brustwarze und den sie umgebenden Hof mit einem Eiswürfel ab, sie stießen einen kleinen Schrei aus und hüpften auf die Bühne, die Brüste wie Rapiere.

»Und das funktioniert?« forschte Teté Barriga, einen Blick auf ihre eigene Brust werfend, während ihr Mann gähnte. »Wenn man sie mit Eis einreibt, dann werden sie . . .?«

»Steif, hart, erigiert, ragend, stattlich, aufrecht, stolz, aufgestellt, aufgebracht.« Fito Cebollas Versiertheit in Synonymen war beträchtlich. »Sie bleiben fünfzehn Minuten so, mit der Stoppuhr berechnet.«

›Ja, es funktioniert‹, wiederholte Don Rigoberto bei sich. In der Jalousie erschien ein kleiner blasser Streif. Wieder eine Morgendämmerung fern von Lukrezia. War es schon Zeit, Fonchito für die Schule zu wecken? Noch nicht. Aber war sie nicht da? Wie damals, als sie an ihren schönen Brüsten das Rezept der Folies-Bergère ausprobiert hatten. Er hatte gesehen, wie sich diese dunklen Brustwarzen in ihren goldfarbenen Höfen aufgerichtet und sich seinen Lippen dargeboten hatten, kalt und hart wie Steine. Dieser Test hatte Lukrezia einen Schnupfen gekostet, mit dem sie ihn im übrigen ansteckte.

»Wo ist das Badezimmer?« fragte Fito Cebolla. »Ich möchte mir die Hände waschen, nicht, daß ihr denkt.«

Lukrezia führte ihn zum Flur, wobei sie vorsichtige Distanz wahrte. Sie fürchtete, jeden Augenblick erneut diesen manuellen Saugnapf zu spüren.

»Deine kleine Zamba hat mir gefallen, im Ernst«, lallte Fito, vor sich hin stolpernd. »Ich bin Demokrat, egal ob Schwarze, Weiße oder Gelbe, wenn sie gut gebaut sind. Schenkst du sie mir? Oder tritt sie mir ab, wenn dir das lieber ist. Ich zahl dir Bestechungsgeld.«

»Da ist das Bad«, bremste ihn Doña Lukrezia. »Wasch dir auch den Mund, Fito.«

»Dein Wunsch ist mir Befehl«, brabbelte er, und ehe sie sich's versah, zuckte die verfluchte Hand zu ihrer Brust. Er zog sie sofort zurück und betrat das Badezimmer. »Entschuldigung, Entschuldigung, ich hab mich in der Tür geirrt.«

Doña Lukrezia kehrte ins Wohnzimmer zurück. Die Gäste begannen aufzubrechen. Sie zitterte vor Zorn. Dieses Mal würde sie ihn aus dem Haus werfen. Sie tauschte die letzten Floskeln mit ihnen aus und verabschiedete sie im Garten. ›Das ist der Gipfel, das ist der Gipfel.‹ Die Minuten vergingen, und Fito Cebolla erschien nicht.

»Willst du sagen, daß er gegangen war?«

»Das glaubte ich. Daß er nach Verlassen des Badezimmers diskret durch den Dienstboteneingang verschwunden war. Aber nein, nein. Der Schuft war dageblieben.«

Die Besucher und der für den Abend angestellte Kellner gingen, und nachdem der Hausdiener und die Köchin Justiniana geholfen hatten, Gläser und Teller abzuräumen, nachdem sie die Fenster geschlossen, die Lichter im Garten gelöscht und die Alarmanlage eingeschaltet hatten, wünschten sie Lukrezia eine gute Nacht und zogen sich in ihre abgelegenen Schlafzimmer in einem Nebengebäude hinter dem Swimmingpool zurück. Justiniana, die im Oberstock schlief, neben Don Rigobertos Arbeitszimmer, befand sich noch in der Küche, wo sie das Geschirr in die Spülmaschine räumte.

»Fito Cebolla ist drinnen geblieben, versteckt?«

»Im Saunaraum vielleicht oder zwischen den Pflanzen im Garten. Dort hat er gewartet, bis die anderen fort waren, bis die Köchin und der Hausdiener schlafen gingen, um sich dann in die Küche zu schleichen. Wie ein Dieb!«

Doña Lukrezia saß auf dem Sofa im Wohnzimmer, müde, ohne sich von dem mißlichen Zwischenfall erholt zu haben. Der Mistkerl von Fito Cebolla würde nie wieder den Fuß in dieses Haus setzen. Sie fragte sich, ob sie Rigoberto den Vorfall erzählen sollte, als der Schrei ertönte. Er kam aus der Küche. Sie stand auf, rannte los. Was sie sah, ließ sie in der Tür des weißen Vorraums – die Kachelwände funkelten im pharmazeutischen Licht – wie angewurzelt stehenbleiben. Don Rigoberto blinzelte mehrmals, bevor er den Blick auf den kleinen blassen Streif in der Jalousie richtete, der den Tag ankündigte. Er sah sie: Justiniana, auf dem Tisch aus Pinienholz liegend, zu dem sie geschleppt worden war, mit Händen und Füßen gegen die schwammige Korpulenz kämpfend, die sie erdrückte, abschmatzte und Geräusche hervorgurgelte, die Obszönitäten waren, sein mußten. Auf der Schwelle, mit verzerrtem Gesicht, aus den Höhlen tretenden Augen, Doña Lukrezia. Ihre Lähmung dauerte nicht lange. Da war sie – Don Rigobertos Herz schlug heftig, voll Bewunderung für die Delacroixsche Schönheit dieser Furie, die nach dem ersten griff, was sie fand, dem Nudelholz – und stürzte mit Schimpfworten auf Fito Cebolla los: »Schamloser Kerl, Schuft, Scheusal, Wüstling.« Und sie schlug erbarmungslos auf ihn ein, wo immer das Nudelholz traf, auf den Rücken, auf den dicken

Hals, auf den Kopf, auf die Hinterbacken, bis sie ihn schließlich zwang, seine Beute loszulassen, um sich zu verteidigen. Don Rigoberto konnte die Schläge hören, die auf die Muskeln und Knochen des unterbrochenen Vergewaltigers niederprasselten, der, besiegt von den Prügeln und der Trunkenheit, die seine Bewegungen erschwerte, sich umdrehte, die Hände gegen seine Angreiferin ausgestreckt, stolperte, ausrutschte und wie Gelatine auf den Boden platschte.

»Schlag ihn, schlag du ihn auch, räch dich«, rief Doña Lukrezia, während sie das unermüdliche Nudelholz auf das Etwas in dem schmutzigen blauen Anzug niedersausen ließ, das sich aufzurichten suchte und die Arme hob, um die Schläge abzuwehren.

»Justiniana hat ihm den Schemel über den Kopf gehauen?« fragte Don Rigoberto vergnügt.

Sie zertrümmerte ihn, die Holzsplitter flogen bis zur Decke hinauf. Sie hatte ihn mit beiden Händen hochgehoben und mit ihrem ganzen Körpergewicht auf ihn herabkrachen lassen. Don Rigoberto sah die schmale Gestalt, den blauen Dreß, die weiße Schürze, emporgereckt, um ihm eins überzubrennen. Das dröhnende auuuuu!! des völlig verschreckten Fito Cebolla erschütterte sein Trommelfell (aber weder das der Köchin noch das des Hausdieners, noch das Fonchitos?). Er bedeckte sein Gesicht, auf seinen Händen waren Blutflecken. Einige Sekunden lang verlor er die Besinnung. Vielleicht brachten ihn die Schreie der Frauen wieder zu sich, die ihn noch immer beschimpften: »Kanaille, Säufer, schamloser Kerl, Schweinehund!«

»Rache ist süß«, sagte Doña Lukrezia lachend. »Wir öffneten die Hintertür, und er kroch hinaus. Auf allen vieren, ich schwör's dir. Wimmernd: ›Au, mein Kopf, ihr habt mir den Kopf eingeschlagen.‹«

In diesem Augenblick ging die Alarmanlage los. Ein schöner Schrecken. Aber nicht einmal da waren Fonchito, der Hausdiener oder die Köchin aufgewacht. War das glaubhaft? Nein. Aber sehr passend, dachte Don Rigoberto.

»Ich weiß nicht, wie wir sie abstellten, wir schafften es, schlossen die Tür und stellten die Anlage wieder an.« Doña Lukrezia lachte aus vollem Halse. »Schließlich beruhigten wir uns allmählich.«

Da erst konnte sie feststellen, was dieser brutale Kerl der armen Justiniana angetan hatte. Er hatte ihr Kleid zerrissen. Das Mädchen, noch immer völlig verschreckt, brach in Tränen aus. Die Ärmste. Wenn Doña Lukrezia früher in ihr Schlafzimmer hinaufgegangen wäre, hätte sie ihren Schrei nicht gehört, denn weder der Hausdiener noch die Köchin hörten irgend etwas. Der Schuft hätte sie nach Lust und Laune vergewaltigt. Sie tröstete sie, nahm sie in die Arme. »Es ist vorbei, er ist weg, wein doch nicht.« Der Körper des Mädchens, dicht an ihrem – so nahe, schien sie noch jünger zu sein –, zitterte von Kopf bis Fuß. Sie spürte ihr Herz und sah, wie sie sich bemühte, das Schluchzen zu unterdrücken.

»Sie tat mir so leid«, flüsterte Doña Lukrezia. »Er hatte nicht nur ihre Uniform zerrissen, er hatte sie auch geschlagen.«

»Er hat bekommen, was er verdiente«, ereiferte

sich Don Rigoberto. »Er ist gedemütigt und blutend abgezogen. Recht so!«

»Sieh nur, wie er dich zugerichtet hat, der Mistkerl.« Doña Lukrezia ließ Justiniana zurücktreten. Sie musterte ihre zerfetzte Uniform, sie streichelte ihr Gesicht, das jetzt keine Spur der guten Laune zeigte, die selten von ihr wich; dicke Tränen rannen ihr über die Wangen, um ihre Lippen lag ein bitterer Zug. Ihre Augen waren erloschen.

»War etwas passiert?« erkundigte sich Don Rigoberto sehr diskret.

»Noch nicht«, erwiderte Doña Lukrezia, ebenso diskret. »Jedenfalls habe ich nichts bemerkt.«

Sie merkte nichts. Sie glaubte, daß all die Erregung, Nervosität, Exaltation eine Folge des Schreckens waren, und gewiß waren sie das auch; sie floß über vor Zärtlichkeit und Mitleid, sie fühlte den heftigen Wunsch, etwas, irgend etwas zu tun, um Justiniana aus dem Zustand zu befreien, in dem sie sie sah. Sie faßte ihre Hand, führte sie zur Treppe: »Komm, zieh dir diese Sachen aus, das beste wird sein, wir rufen einen Arzt.« Als sie die Küche verließen, löschte sie das Licht im Erdgeschoß. Sie stiegen im Dunkeln, an der Hand gefaßt, Stufe für Stufe die kleine Wendeltreppe hinauf, die zum Arbeitszimmer und zum Schlafzimmer führte. Auf der Mitte der Treppe legte Señora Lukrezia ihren anderen Arm um die Taille des Mädchens. »Ein schöner Schreck, nicht?« »Ich habe gedacht, ich sterbe, Señora, aber es geht schon wieder.« Es stimmte nicht; ihre Hand preßte die ihrer Arbeitgeberin, und ihre Zähne klapperten, als sei ihr kalt. An den Händen und an der Taille gefaßt, gingen sie an den mit Kunstbänden vollgestopften Regalen vorbei, und im Schlafzimmer, hinter den Fensterscheiben, empfingen sie die Lichter von Miraflores, die Laternen des Uferdamms und die weißen Schaumkronen der Wellen, die auf die Steilküste zurollten. Doña Lukrezia knipste die Stehlampe an, die die großzügige, granatrote Chaiselongue mit Falkenfüßen, das mit Zeitschriften bedeckte Tischchen, das chinesische Porzellan, die über den Teppich verstreuten Kissen und Puffs erhellte. Im Halbdunkel blieben das breite Bett, die Nachttische, die mit persischen, tantrischen und japanischen Bildern bedeckten Wände. Doña Lukrezia ging ins Ankleidezimmer. Sie reichte Justiniana, die leicht verlegen dastand und sich mit den Armen bedeckte, einen Morgenmantel.

»Diese Kleider gehören in den Müll, man sollte sie verbrennen. Ja, besser verbrennen, wie Rigoberto es mit den Büchern und Bildern macht, die ihm nicht mehr gefallen. Zieh das an, ich seh mal nach, was ich dir geben kann.«

Während sie im Badezimmer ein kleines Handtuch mit Kölnischwasser tränkte, erblickte sie sich im Spiegel (»Wunderschön«, prämierte Don Rigoberto sie). Auch sie hatte einen gehörigen Schrecken erlebt. Sie war blaß und hatte Augenringe; die Schminke war ihr verlaufen, und der Reißverschluß ihres Kleides war kaputtgegangen, ohne daß sie es gemerkt hätte.

»Ich bin auch eine Kriegsversehrte, Justiniana.« Sie sprach durch die Tür mit ihr. »Dieser Widerling von Fito ist schuld, daß mein Kleid zerrissen ist. Ich werde mir einen Morgenmantel anziehen. Komm, hier ist besseres Licht.«

Justiniana betrat das Badezimmer und Doña Lukrezia, die gerade dabei war, mit den Füßen aus ihrem Kleid zu steigen – sie trug keinen Büstenhalter, nur einen dreieckigen Slip aus schwarzer Seide – sah sie im Spiegel über dem Waschbecken und, wiederholt, in dem über der Badewanne. Eingewickelt in den weißen Morgenrock, der ihr bis zu den Oberschenkeln reichte, wirkte sie schlanker und dunkelhäutiger. Da sie keinen Gürtel hatte, hielt sie den Morgenrock mit ihren Händen zusammen. Doña Lukrezia nahm ihr chinesisches Hausgewand vom Bügel – »das aus roter Seide, mit zwei gelben Drachen, deren Schwänze auf dem Rückenteil zusammentreffen«, forderte Don Rigoberto –, zog es sich an und rief ihr zu:

»Komm her. Bist du irgendwo verletzt?«

»Nein, ich glaube nicht, nur Kleinigkeiten.« Justiniana streckte ein Bein zwischen den Falten des Morgenrocks hervor. »Diese blauen Flecken, wo ich mich am Tisch gestoßen habe.«

Doña Lukrezia beugte sich hinunter, legte eine Hand auf den glatten Oberschenkel und rieb die dunkelviolette Haut zart mit dem in Kölnischwasser getränkten Handtuch ab.

»Das ist nichts, das vergeht wie im Fluge. Und die andere Stelle?«

Auf der Schulter und einem Teil des Oberarms. Justiniana streifte den Morgenrock zurück und zeigte ihr den blauen Fleck, der anzuschwellen begann. Doña Lukrezia bemerkte, daß das Mädchen ebenfalls keinen Büstenhalter trug. Ihre Brüste befanden sich nahe vor ihren Augen. Sie sah die Spitze der Brustwarze. Es war eine junge, kleine Brust, wohlgeformt, mit einer zarten Körnung auf dem Hof.

»Das sieht schlimmer aus«, murmelte sie. »Tut es dir hier weh?«

»Nur ein ganz kleines bißchen«, wisperte Justiniana, ohne den Arm zurückzuziehen, den Doña Lukrezia sorgsam einrieb, wobei ihre Aufmerksamkeit jetzt mehr ihrer eigenen Verwirrung galt als dem Bluterguß der Hausangestellten.

»Das heißt also«, beharrte, flehte Don Rigoberto, »da ist wirklich was passiert.«

»Da ja«, räumte seine Frau dieses Mal ein. »Ich weiß nicht, was, aber irgend etwas ist passiert. Wir waren so nah beieinander, im Morgenmantel. Nie hatte ich solche Vertraulichkeiten mit ihr gehabt. Oder vielleicht wegen der Sache in der Küche. Oder wegen was auch immer. Plötzlich war ich nicht mehr ich. Und ich stand von Kopf bis Fuß in Flammen.«

»Und sie?«

»Ich weiß nicht, wer weiß, ich glaube, nicht.« Doña Lukrezia machte es kompliziert. »Alles hatte sich verändert, das ja. Begreifst du, Rigoberto? Nach einem solchen Schrecken. Und da passierte mir so was.«

»So ist das Leben«, murmelte Don Rigoberto laut vor sich hin und hörte, wie seine Worte in der Einsamkeit des bereits vom Tageslicht erhellten Schlafzimmers widerhallten. »Das ist die weite, unvorhersehbare, wunderbare, schreckliche Welt des Begehrens. Meine kleine Frau, wie nah ich dich fühle, jetzt, da du so fern bist.«

»Weißt du, was?« sagte Doña Lukrezia zu Justiniana. »Was wir beide brauchen, um die Aufregungen des Abends zu vergessen, ist jetzt ein ordentlicher Schluck.«

»Um keine Alpträume mit diesem Fummler zu haben«, sagte die Hausangestellte lachend, während sie ihr ins Schlafzimmer folgte. Es war Leben in ihr Gesicht gekommen. »Wirklich, ich glaube, nur wenn ich mich betrinke, werde ich heute nacht nicht von ihm träumen.«

»Dann betrinken wir uns also.« Doña Lukrezia ging zu der Minibar im Arbeitszimmer. »Willst du einen Whisky? Magst du Whisky?«

»Egal was, das gleiche, was Sie trinken. Lassen Sie, lassen Sie, ich bring es Ihnen.«

»Du bleibst da«, hielt Doña Lukrezia sie vom Arbeitszimmer aus zurück. »Heute abend serviere ich.«

Sie lachte, und das Mädchen tat es ihr nach, amüsiert. Im Arbeitszimmer füllte Doña Lukrezia, ohne denken zu wollen, obwohl sie merkte, daß sie ihre Hände nicht in der Gewalt hatte, zwei große Gläser mit viel Whisky, einem Schuß Mineralwasser und zwei Eiswürfeln. Sie kehrte zurück, wie eine Katze zwischen den auf dem Boden verstreuten Sitzkissen dahinstreichend. Justiniana hatte sich gegen die Rückenlehne der Chaiselongue gelehnt, ohne die Beine anzuziehen. Sie machte Anstalten aufzustehen.

»Bleib nur sitzen«, stoppte Doña Lukrezia sie

abermals. »Rück ein bißchen, dann haben wir beide Platz.«

Das Mädchen zögerte, zum ersten Mal verwirrt; aber sie faßte sich gleich wieder. Sie streifte die Schuhe ab, zog die Beine hoch und rückte zum Fenster hin, um ihr Platz zu machen. Doña Lukrezia machte es sich neben ihr bequem. Sie legte die Kissen unter ihrem Kopf zurecht. Sie hatten beide Platz, aber ihre Körper streiften sich. Schultern, Arme, Beine und Hüften erahnten einander und berührten sich für Augenblicke.

»Auf was trinken wir?« sagte Doña Lukrezia. »Auf die Tracht Prügel, die wir diesem Rindvieh verabreicht haben?«

»Auf meinen Hieb mit dem Schemel.« Justiniana gewann ihren Witz zurück. »Bei der Wut, die ich hatte, hätte ich ihn umbringen können, das sag ich Ihnen. Glauben Sie, ich habe ihm den Schädel eingeschlagen?«

Sie nahm einen weiteren Schluck und wurde plötzlich von Lachen geschüttelt. Doña Lukrezia brach ebenfalls in Lachen aus, halb hysterisch. »Du hast ihm den Schädel eingeschlagen, und ich mit dem Nudelholz andere, noch weichere Teile.« So machten sie eine ganze Weile weiter, wie zwei Freundinnen, die ein heiteres, leicht schlüpfriges Geheimnis miteinander teilen, immer wieder von Lachanfällen geschüttelt: »Ich versichere dir, daß Fito Cebolla mehr blaue Flecke hat als du, Justiniana«, »Und welche Erklärungen wird er jetzt seiner Frau für die Schwellungen und Verletzungen geben?«, »Daß er von Dieben überfallen wurde und die ihn mit Fußtritten traktiert haben«. Im Hin und Her des Gejuxes waren die Whiskygläser leer. Sie beruhigten sich. Nach und nach kamen sie wieder zu Atem.

»Ich werde noch zwei einschenken«, sagte Doña Lukrezia.

»Ich gehe, lassen Sie mich machen, ich schwör Ihnen, daß ich sie mixen kann.«

»Schön, dann los, ich lege Musik auf.«

Aber statt von der Chaiselongue aufzustehen, damit das Mädchen vorbei konnte, faßte Señora Lukrezia sie mit beiden Händen um die Taille und half ihr, über sie hinwegzugleiten, ohne sie zurückzuhalten, aber doch die Bewegung verlangsamend, so daß ihre beiden Körper einen Augenblick lang – die Dame des Hauses unten, die Angestellte oben – aufeinander lagen. Im Halbdunkel sah Doña Lukrezia, während sie Justinianas Gesicht an ihrem spürte – ihr Atem wärmte ihr Gesicht und drang in ihren Mund ein –, wie im Pechschwarz ihrer Augen ein erschrockener Schimmer aufglomm.

»Und da hast du gemerkt, daß . . .?« mahnte ein wild gewordener Don Rigoberto, der fühlte, wie Doña Lukrezia sich in seinen Armen mit der tierischen Trägheit bewegte, der ihr Körper sich überließ, wenn sie sich liebten.

»Sie war nicht empört; nur ein bißchen erschrokken, vielleicht. Wenn auch nicht lange«, sagte sie, halberstickt. »Weil ich mir diese Vertraulichkeiten herausgenommen hatte, weil ich sie um die Taille gefaßt, sie über mich hinweggehoben hatte. Vielleicht hat sie es gemerkt. Ich weiß nicht, ich wußte nichts, es war mir egal. Ich schwebte. Aber eines hab ich wohl bemerkt: sie war nicht verärgert. Sie nahm es scherzhaft, mit dieser maliziösen Art, die sie immer hat. Fito hatte recht, sie ist attraktiv. Und erst recht halbnackt. Ihr Körper von der Farbe des Milchkaffees, im Kontrast zu der weißen Seide ...«

»Ich hätte ein Jahr meines Lebens gegeben, um euch in diesem Augenblick zu sehen.« Und Don Rigoberto fand den Bezug, den er seit einer Weile suchte: *Der Schlaf oder Trägheit und Wollust*, von Gustave Courbet.

»Siehst du uns denn nicht?« sagte Doña Lukrezia spöttisch.

Mit absoluter Deutlichkeit, obwohl jenes Schlafzimmer im Unterschied zu seinem täglichen ein nächtliches war und dieser Teil des Raums im Halbdunkel lag, außerhalb der Reichweite der Stehlampe. Die Atmosphäre hatte sich aufgeladen. Dieser durchdringende, schwindelerregende Duft war Gift für Don Rigoberto. Seine Nüstern atmeten ihn ein, stießen ihn aus, sogen ihn abermals ein. In der Tiefe war das Rauschen des Meeres zu hören und im Arbeitszimmer Justiniana, die die Drinks zubereitete. Halbverborgen von der Pflanze mit den lanzettförmigen Blättern, streckte Doña Lukrezia sich, und setzte mit einer Armbewegung nach hinten, als würde sie sich rekeln, den Plattenspieler in Gang; eine Musik paraguayischer *arpas* mit einem Guaraní-Chor schwebte im Raum, während Doña Lukrezia wieder ihre Positur auf der Chaiselongue einnahm und mit halbgeschlossenen Lidern auf Justiniana wartete, mit einer Intensität, die Don Rigoberto riechen und hören konnte. Der chinesische Hausmantel ließ ihren weißen Oberschenkel und ihre nackten Arme sehen. Ihre Haare waren zerzaust, und ihre Augen hielten Ausschau hinter den seidigen Wimpern. ›Ein Ozelot, der seiner Beute auflauert‹, dachte Don Rigoberto. Als Justiniana mit den beiden Gläsern in den Händen erschien, wirkte sie heiter und bewegte sich ungezwungen, schon gewöhnt an diese Komplizenschaft, daran, nicht die gebührende Distanz zu ihrer Señora zu wahren.

»Gefällt dir diese paraguayische Musik? Ich weiß nicht, wie sie heißt«, flüsterte Doña Lukrezia.

»Sehr, sie ist schön, aber sie ist nicht zum Tanzen, nicht?« antwortete Justiniana, während sie sich auf den Rand der Chaiselongue setzte und ihr das Glas reichte. »Ist er gut so, oder fehlt Wasser?«

Sie wagte nicht, über sie hinwegzusteigen, und Doña Lukrezia rückte in die Ecke, die zuvor das Mädchen eingenommen hatte. Sie forderte sie mit einer Geste auf, sich an ihren Platz zu legen. Justiniana tat, wie ihr geheißen, und als sie sich neben ihr ausstreckte, glitt der Morgenmantel zur Seite, so daß ihr rechtes Bein ebenfalls entblößt war, Millimeter vom nackten Bein der Señora entfernt.

»Zum Wohl, Justiniana«, stieß sie mit ihr an.

»Zum Wohl, Señora.«

Sie tranken. Kaum hatten sie die Gläser abgesetzt, scherzte Doña Lukrezia:

»Was hätte Fito Cebolla nicht dafür gegeben, uns beide so zu haben, wie wir jetzt sind.«

Sie lachte, und Justiniana lachte ebenfalls. Ihr Lachen schwoll an und wieder ab. Auch das Mädchen wagte einen Scherz:

»Wenn er wenigstens jung und attraktiv gewesen wäre. Aber bei einer solchen Kröte und noch dazu betrunken, wer wäre da bereit.«

»Zumindest hat er guten Geschmack.« Die freie Hand Doña Lukrezias zauste Justinianas Haar. »Wirklich, du bist sehr hübsch. Es wundert mich nicht, daß die Männer wegen dir den Kopf verlieren. Nur Fito? Du wirst Verheerungen hier in der Gegend angerichtet haben.«

Während sie noch immer über ihr Haar strich, streckte sie ihr Bein aus, bis es das Justinianas berührte. Diese zog ihres nicht zurück. Sie rührte sich nicht, ein halbes, regloses Lächeln im Gesicht. Nach einigen Sekunden bemerkte Señora Lukrezia – ihr Herz tat einen Sprung –, daß Justinianas Fuß sich langsam vortastete, bis er mit ihrem in Berührung kam. Schüchterne Fußzehen bewegten sich auf ihren, ritzten sie unmerklich.

»Ich hab dich sehr gern, Justita«, sagte sie. Es war das erste Mal, daß sie sie wie Fonchito nannte. »Das ist mir heute abend klargeworden. Als ich sah, was dieser Fettsack mit dir machte, hab ich eine Wut gefühlt! Als wärst du meine Schwester.«

»Ich Sie auch, Señora«, flüsterte Justiniana und drehte sich ein wenig zur Seite, so daß jetzt nicht nur Füße und Schenkel, sondern auch ihre Hüften, Arme und Schultern einander berührten. »Ich weiß nicht, wie ich es Ihnen sagen soll, aber ich beneide Sie so. Weil Sie eben so sind, weil Sie so elegant sind. Die beste, die ich gekannt habe.«

»Erlaubst du mir, daß ich dich küsse?« Señora Lukrezia neigte ihren Kopf, bis sie den Justinianas streifte. Beider Haar floß ineinander. Sie sah ihre tiefen, weit offenen Augen, die sie ohne zu blinzeln, ohne Angst, wenn auch leicht unruhig betrachteten. »Darf ich dich küssen? Dürfen wir? Wie Freundinnen?«

Sie fühlte sich unbehaglich, fühlte Reue die – zwei? drei? zehn? – Sekunden, die Justiniana mit der Antwort zögerte. Und sie schöpfte neuen Mut – ihr Herz klopfte so rasch, daß sie kaum atmen konnte –, als das kleine Gesicht unter ihrem schließlich nickte und sich hochreckte, um ihr die Lippen darzubieten. Während sie sich ungestüm küßten, ihre Zungen einander umspielten, sich voneinander lösten und wieder zueinander fanden und ihre Körper sich aneinander drängten, befand Don Rigoberto sich in einem Zustand der Levitation. War er stolz auf seine Frau? Selbstverständlich. Verliebter in sie denn je? Natürlich. Er trat zurück, um sie zu sehen und zu hören.

»Ich muß Ihnen was sagen, Señora«, hörte er Justiniana Lukrezia ins Ohr flüstern. »Ich habe schon lange einen Traum. Er wiederholt sich, er kommt sogar, wenn ich wach bin. Daß es einmal nachts kalt war. Der Señor befand sich auf einer Reise. Sie hatten Angst vor Einbrechern und baten mich, bei Ihnen zu bleiben. Ich wollte auf diesem Sofa schlafen, aber Sie sagten, ›nein, nein, komm her, komm‹. Und Sie ließen mich zu sich ins Bett. Wenn ich das träumte, im Traum, da . . ., soll ich es Ihnen sagen?, da bin ich naß geworden, was für eine Schande.«

»Wir wollen diesen Traum wirklich machen.« Señora Lukrezia stand auf und zog Justiniana hoch.

»Schlafen wir zusammen, aber im Bett, es ist weicher als die Chaiselongue. Komm, Justita.«

Bevor sie unter die Laken glitten, zogen sie die Morgenmäntel aus, die am Fuß des Doppelbettes liegen blieben, über das eine Bettdecke gebreitet war. Auf die *arpas* war ein Walzer aus anderen Zeiten gefolgt, Geigen, deren Klänge wie abgestimmt auf ihre Zärtlichkeiten waren. Was machte es schon, daß sie das Licht gelöscht hatten, während sie spielten und sich liebten, verborgen unter den Laken, und die geschäftige Bettdecke sich wölbte, Falten warf und sich heftig bewegte? Don Rigoberto entging nicht die kleinste Einzelheit ihrer Anläufe und Anstürme; er verflocht und entflocht sich mit ihnen, er war nahe der Hand, die eine Brust umschloß, in jedem Finger, der eine Hinterbacke streifte, in den Lippen, die nach einigen Scharmützeln schließlich wagten, sich in jenes verborgene Dunkel zu senken, auf der Suche nach dem Krater der Lust, der lauen Öffnung, dem pulsierenden Mund, dem vibrierenden kleinen Muskel. Er sah alles, roch alles, hörte alles. Seine Nase berauschte sich am Duft dieser Häute, und seine Lippen tranken die Säfte, die das anmutige Paar verströmte.

»Sie hatte das nie gemacht?«

»Ich auch nicht«, bestätigte Doña Lukrezia. »Keine von uns beiden, nie. Zwei Anfängerinnen. Wir haben es in diesem Augenblick gelernt. Ich kam zum Höhepunkt, wir kamen zum Höhepunkt. Ich habe dich überhaupt nicht vermißt in jener Nacht, mein Liebster. Es macht dir doch nichts aus, daß ich dir das sage?«

»Es gefällt mir, daß du es mir sagst.« Ihr Mann schloß sie in die Arme. »Und sie, hat sie sich danach nicht unwohl gefühlt?«

Überhaupt nicht. Sie hatte eine Unbefangenheit und eine Diskretion an den Tag gelegt, die Doña Lukrezia beeindruckten. Abgesehen vom nächsten Vormittag, als die Blumensträuße eintrafen (dem der Hausherrin war beigefügt: »Eingewickelt in Verbände, dankt Fito Cebolla von ganzem Herzen für die verdiente Lektion, die er von seiner geliebten und bewunderten Freundin Lukrezia erhalten hat«, und dem der Hausangestellten: »Fito Cebolla grüßt die zimtfarbene Schöne und bittet sie ergeben um Verzeihung«), die sie einander zeigten, war das Thema nicht mehr berührt worden. Für außenstehende Beobachter veränderte die Beziehung sich nicht, auch nicht beider Verhalten oder Umgang. Freilich bedachte Doña Lukrezia Justiniana ab und zu mit kleinen Aufmerksamkeiten; sie schenkte ihr neue Schuhe, ein Kleid, nahm sie zur Begleitung mit, wenn sie ausging, aber das überraschte niemanden, auch wenn der Hausdiener und die Köchin eifersüchtig waren, denn alle im Haus, vom Chauffeur bis zu Fonchito und Don Rigoberto, hatten schon lange gemerkt, daß Justiniana mit ihrer schnippischen und schmeichlerischen Art die Señora für sich eingenommen hatte.

Zwei Augen, um zu sehen, eine Nase, um zu riechen, zehn Finger, um zu berühren, und zwei Ohren wie Füllhörner, dazu bestimmt, mit den Fingerkuppen gerieben zu werden wie der Buckel der Buckligen oder der Bauch des Buddha – die Glück bringen, wenn man sie anfaßt – und dann ausgiebig liebkost und geküßt zu werden.

Du gefällst mir, Rigoberto, Du und nochmals Du, aber vor allen Deinen anderen Dingen gefallen mir Deine Segelohren. Ich möchte niederknien und diese kleinen Öffnungen ausforschen, die Du jeden Morgen (wer weiß, weiß) mit einem Wattestäbchen säuberst und mit einer Pinzette von ihren kleinen Härchen befreist – Härchen au für Härchen au vor dem Spiegel au –, an den Tagen, an denen sie mit der Reinigung an der Reihe sind. Was würde ich in diesen tiefen Höhlungen sehen? Einen Abgrund. Auf diese Weise würde ich Deine Geheimnisse entdecken. Welches, zum Beispiel? Daß Du, ohne es zu wissen, mich schon liebst, Rigoberto. Würde ich noch etwas sehen? Zwei kleine Elefanten mit erhobenen Rüsseln. Dumbo, Dumbito, wie sehr ich Dich liebe.

Über Geschmack läßt sich nicht streiten. Für mich bist Du, obwohl mancher behauptet, daß Du mit Deiner Nase und Deinen Ohren den Wettbewerb für den Elefantenmenschen von Peru gewinnen würdest, der attraktivste, der bestaussehende Mann, den es gibt. Rate doch einmal, Rigoberto: wenn man mich zwischen Robert Redford und Dir wählen ließe, wer wäre wohl der Erwählte meines Herzens? Ja, mein

Öhrchen, ja, Großnäschen, ja mein kleiner Pinocchio: Du, Du.

Was würde ich noch sehen, wenn ich in Deine auditiven Abgründe hinabspähte? Ein Feld voll vierblättrigem Klee. Und Sträuße von Rosen, deren Blütenblätter auf ihrem weißen Flaumhaar ein verliebtes Gesicht zur Schau tragen. Welches? Das meine.

Wer bin ich, Rigoberto? Wer ist die Alpinistin, die Dich liebt und Dich vergöttert und eines nicht zu fernen Tages Deine Ohren erklettern wird, wie andere den Himalaya oder den Huascarán erklettern?

Dein, Dein, Dein,

Die einen Narren an Deinen Ohren gefressen hat.

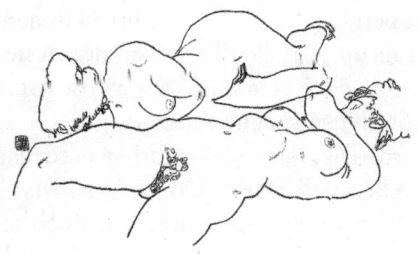

IV. Fonchito in Tränen

Fonchito war niedergeschlagen und bläßlich, seit er
bei ihr in San Isidro war, und Doña Lukrezia glaubte
zu wissen, daß seine Augenringe und sein auswei-
chender Blick etwas mit Egon Schiele zu tun hatten,
unfehlbares Thema jedes Nachmittags. Er machte
kaum den Mund auf, während sie Tee tranken, und
zum ersten Mal in diesen Wochen hatte er vergessen,
Justinianas getoastete Biskuits zu loben. Schlechte
Noten in der Schule? Hatte Rigoberto herausgefunden, daß er in der Akademie fehlte, um sie zu besuchen? In ein trauriges Schweigen gehüllt, biß er sich
auf die Knöchel. Einmal hatte er etwas Schreckliches
über Adolf und Marie gemurmelt, die Eltern oder
Verwandte seines verehrten Malers.

»Wenn irgend etwas an einem nagt, dann teilt man
es am besten mit jemand anderem«, bot Doña Lukrezia sich an. »Hast du kein Vertrauen zu mir? Erzähl
mir, was du hast, vielleicht kann ich dir helfen.«

Der Junge schaute ihr erschrocken in die Augen. Er
blinzelte, und es sah aus, als wolle er in Tränen ausbrechen. Seine Schläfen pochten, und Doña Lukrezia
sah die kleinen blauen Adern an seinem Hals.

»Es ist nämlich, ich habe gedacht«, sagte er
schließlich. Er wandte den Blick ab und verstummte,
bereute, was er sagen wollte.

»Woran, Fonchito? Komm, erzähl's mir. Warum
machst du dir solche Sorgen um dieses Paar? Wer
sind Adolf und Marie?«

»Die Eltern von Egon Schiele«, sagte der Junge, als spräche er von einem Schulfreund. »Aber ich mache mir keine Sorgen um den Herrn Adolf, sondern um meinen Papa.«

»Rigoberto?«

»Ich will nicht, daß er endet wie er.« Das kleine Gesicht verdüsterte sich noch mehr, und seine Hand machte eine seltsame Gebärde, als verscheuche sie ein Gespenst. »Ich habe Angst, ich weiß nicht, was ich tun soll. Ich wollte dir keine Sorgen machen. Schließlich hast du meinen Papa doch immer noch lieb, nicht wahr, Stiefmutter?«

»Natürlich«, nickte sie verwirrt. »Ich kann dir nicht folgen, Fonchito. Was hat Rigoberto mit dem Vater eines Malers zu tun, der vor einem halben Jahrhundert auf der anderen Seite der Erdkugel gestorben ist?«

Am Anfang hatte sie es lustig gefunden und typisch für ihn, dieses originelle Spiel, sich für die Gemälde und das Leben von Egon Schiele zu begeistern, sie zu studieren, bis er jedes Detail auswendig kannte, sich mit ihm so sehr zu identifizieren, daß er schließlich glaubte, oder dies zumindest behauptete, er sei der wiederauferstandene Egon Schiele und werde ebenfalls, nach einer kometenhaften Karriere, mit achtundzwanzig Jahren einen tragischen Tod sterben. Aber das Spiel bekam langsam etwas Trübes.

»Das Schicksal seines Papas wiederholt sich bei meinem«, stotterte Fonchito und schluckte. »Ich will nicht, daß mein Papa verrückt und syphilitisch wird wie der Herr Adolf, Stiefmutter.«

»Aber was für ein Unsinn«, versuchte sie ihn zu

beruhigen. »Das Leben ist doch nicht etwas, das man einfach erbt oder das sich wiederholt. Wo hast du denn diesen Unfug her.«

Der Junge, unfähig, sich zu beherrschen, verzog das Gesicht und brach in Tränen aus, so heftig schluchzend, daß sein magerer Körper geschüttelt wurde. Señora Lukrezia sprang von ihrem Sessel hoch und setzte sich neben ihn auf den Teppich des Eßzimmers. Sie nahm ihn in die Arme, küßte sein Haar und seine Stirn, trocknete ihm mit ihrem Taschentuch die Tränen, ließ ihn die Nase schneuzen. Fonchito klammerte sich an sie. Tiefe Seufzer hoben seine Brust, und Doña Lukrezia fühlte, wie sein Herz klopfte.

»Beruhige dich, es ist schon vorbei, wein nicht, diese alberne Geschichte hat doch weder Hand noch Fuß.« Sie glättete sein Haar, sie küßte es. »Rigoberto ist der gesündeste Mensch der Welt und hat den vernünftigsten Kopf, den man je gesehen hat.«

Der Vater von Egon Schiele war syphilitisch und in geistiger Umnachtung gestorben? Durch Fonchitos ständige Anspielungen neugierig geworden, hatte Doña Lukrezia in der bei ihr um die Ecke gelegenen Buchhandlung La Casa verde etwas über Schiele gesucht, aber keine Monographie gefunden, nur eine Geschichte des Expressionismus, in der ein Teil eines Kapitels ihm gewidmet war. Sie erinnerte sich nicht, daß etwas über seine Familie darin gestanden hatte. Der Junge nickte mit gekräuselten Lippen und halbgeschlossenen Augen. Ab und zu lief ein Schauer durch seinen Körper. Aber er beruhigte sich allmählich; ohne von ihr abzurücken, verzagt und zugleich froh, von Doña Lukrezias Armen beschützt zu werden, begann er zu sprechen. Kannte sie die Geschichte von Adolf Schiele nicht? Nein, sie kannte sie nicht, sie hatte keine Biographie dieses Malers finden können. Fonchito hatte mehrere gelesen, in der Bibliothek seines Papas, und in der Enzyklopädie nachgeschlagen. Eine schreckliche Geschichte, Stiefmutter. Es hieß, man könne Egon nicht verstehen, ohne zu wissen, was Adolf Schiele und Marie Soukup zugestoßen war. Denn diese Geschichte enthielt das Geheimnis seiner Malerei.

»Schön, schön.« Doña Lukrezia versuchte, die Angelegenheit zu entdramatisieren. »Und was ist das Geheimnis seiner Malerei?«

»Die Syphilis seines Papas«, antwortete das Kind, ohne zu zögern. »Der Wahnsinn des armen Adolf Schiele.«

Doña Lukrezia biß sich auf die Lippen, um nicht zu lachen; sie wollte den Jungen nicht kränken. Ihr war, als hörte sie Dr. Rubio, einen Psychoanalytiker, der mit Don Rigoberto bekannt und sehr beliebt bei ihren Freundinnen war, seitdem er sich nach dem Vorbild von Wilhelm Reich bei den Sitzungen auszog, um die Träume seiner Patientinnen besser deuten zu können; er pflegte bei geselligen Zusammenkünften ähnliche Dinge mit der gleichen Überzeugung von sich zu geben.

»Aber, Fonchito«, sagte sie, während sie ihm auf die schweißglänzende Stirn blies. »Weißt du denn, was Syphilis ist?«

»Eine venerische Krankheit, was von Venus kommt, eine Göttin, die ich weiß nicht wer war«, erklärte der Junge mit entwaffnender Aufrichtigkeit. »Ich habe sie nicht im Wörterbuch gefunden. Aber ich weiß, wo der Herr Adolf sich angesteckt hat. Soll ich es dir erzählen?«

»Nur, wenn du dich beruhigst. Und dich nicht weiter mit so unsinnigen Phantasien quälst. Weder bist du Egon Schiele, noch hat Rigoberto irgendwas mit diesem Herrn zu tun, Dummerchen.«

Der Junge versprach ihr nichts, aber er entgegnete ihr auch nichts. Er verharrte eine ganze Weile schweigend, in den schützenden Armen, den Kopf an die Schulter seiner Stiefmutter gelehnt. Als er zu erzählen begann, tat er es mit so vielen zeitlichen Angaben und so detailgenau, als wäre er Zeuge dessen gewesen, was er erzählte. Oder Hauptbeteiligter, denn er sprach so emphatisch, als hätte er das Geschehen am eigenen Leibe erfahren. Als wäre er nicht gegen Ende des 20. Jahrhunderts in Lima geboren, sondern wie Egon Schiele ein Sproß jener letzten Generation von Untertanen Österreich-Ungarns, welche den Untergang der sogenannten Belle Époque und des Kaiserreichs in der Katastrophe des ersten Weltkriegs erleben sollte, das Ende jener glanzvollen, kosmopolitischen, literarischen, musik- und kunstfreudigen Gesellschaft, die Rigoberto so sehr liebte und über die er ihr in den ersten Jahren ihrer Ehe so geduldige Vorträge gehalten hatte (jetzt war es Fonchito, der damit fortfuhr). Die Zeit Mahlers, Schönbergs, Freuds, Klimts, Schieles. In der überstürzten Erzählung kristallisierte sich allmählich eine Geschichte heraus, wenn man von einigen anachronistischen Einzelheiten und kindlichen Formulierungen absah.

Ein Dorf namens Tulln, an der Donau gelegen, in der Umgebung von Wien (25 km, sagte er), und die Hochzeit, in den siebziger Jahren jenes Jahrhunderts, des Beamten der kaiserlichen Eisenbahn Adolf Eugen Schiele, Protestant deutscher Herkunft, gerade 26 Jahre alt geworden, und der jungen, siebzehnjährigen Katholikin tschechischen Ursprungs Marie Soukoup. Eine Ehe gegen den Strom, gegen Widerstände geschlossen, denn die Familie der Braut war dagegen. (»War deine dagegen, daß du meinen Papa heiraten würdest?« »I wo, sie waren entzückt von Rigoberto.«) Diese Zeit war puritanisch und voller Vorurteile, nicht wahr, Stiefmutter? Ja, sicher. Warum? Weil Marie Soukoup nichts vom Leben wußte; man hatte ihr nicht einmal gesagt, wie die kleinen Kinder zustande kommen, sie glaubte, sie würden vom Storch gebracht. (Die Stiefmutter war doch bestimmt nicht so unschuldig, als sie heiratete? Nein, Doña Lukrezia wußte alles, was man wissen mußte.) So unschuldig war sie, daß sie nichts merkte, als sie schwanger wurde, und dachte, ihr Unwohlsein käme von den Äpfeln, die sie so gerne aß. Aber das hieß der Sache vorgreifen, man mußte zur Hochzeitsreise zurückkehren. Dort begann alles.

»Was geschah in diesen Flitterwochen?«

»Nichts«, sagte der Junge, während er sich aufrichtete, um sich die Nase zu schneuzen. Seine Augen waren geschwollen, aber er war nicht mehr blaß und mit Leib und Seele bei der Erzählung. »Marie hatte Angst. In den ersten drei Tagen ließ sie nicht zu, daß der Herr Adolf sie berührte. Die Ehe wurde nicht vollzogen. Aber worüber lachst du, Stiefmutter?

»Darüber, daß du wie ein alter Fuchs redest bei dem bißchen Mann, das du noch immer bist. Sei nicht böse, es interessiert mich sehr. Also, in den ersten drei Tagen der Ehe passierte nichts zwischen Adolf und Marie.«

»Es ist nicht zum Lachen«, sagte Fonchito betrübt. »Eher zum Weinen. Die Flitterwochen verbrachten sie in Triest. Zur Erinnerung an diese Reise ihrer Eltern machten Egon Schiele und Gerti, seine Lieblingsschwester, 1907 die gleiche Reise.«

In Triest, während der mißlungenen Flitterwochen, begann die Tragödie. Da seine Frau sich nicht von ihm anfassen ließ – bestimmt hatte sie geweint, mit den Füßen getreten, ihn gekratzt, einen gewaltigen Aufruhr veranstaltet jedesmal, wenn er sich ihr näherte, um ihr einen Kuß zu geben –, ging der Herr Adolf aus dem Haus. Wohin? Trost bei schlechten Frauen suchen. Und an einem dieser Orte steckte Venus ihn mit der Syphilis an. Ab diesem Augenblick begann die Krankheit, ihn ganz allmählich umzubringen. Sie raubte ihm den Verstand und stürzte die Familie ins Unglück. Fortan lag ein Fluch auf der Familie Schiele. Adolf steckte, ohne es zu wissen, seine Frau an, als er am vierten Tag die Ehe vollzog. Deshalb hatte Marie drei Fehlgeburten; deshalb starb Elvira, das Töchterchen, das gerade nur zehn Jahre alt wurde. Und deshalb war Egon so schwächlich und kränkelte fortwährend. So sehr, daß man in seiner Kindheit glaubte, er werde sterben, denn er mußte immer wieder zum Arzt. Doña Lukrezia sah ihn schließlich vor sich: ein einsames Kind, das mit Spielzeugeisenbahnen spielte und zeichnete, die gan-

ze Zeit zeichnete: in seine Schulhefte, auf die Seiten-
ränder der Bibel, sogar auf Papierfetzen, die es aus
dem Müll fischte.

»Du siehst doch, du bist ihm überhaupt nicht ähnlich. Du warst das gesündeste Kind der Welt, Rigoberto zufolge. Und hast gern mit Flugzeugen gespielt,
nicht mit Zügen.«

Fonchito war nicht zu Scherzen aufgelegt.

»Läßt du mich die Geschichte zu Ende erzählen,
oder langweilt sie dich?«

Sie langweilte sie nicht, sie unterhielt sie; aber
mehr als das Geschehen und die österreichisch-ungarischen Fin-de-siècle-Gestalten die Leidenschaft, mit
der Fonchito sie heraufbeschwor: vibrierend, Augen
und Hände bewegend, mit melodramatischer Betonung. Das Schreckliche dieser Krankheit war, daß sie
ganz langsam kam, heimtückisch; und daß sie ihre
Opfer entehrte. Das war der Grund, warum der Herr
Adolf niemals zugab, daß er sie hatte. Als seine Verwandten ihm rieten, zum Arzt zu gehen, protestierte
er: »Ich bin gesünder als jeder andere.« Wie konnte
er das sein. Er hatte begonnen, den Verstand zu verlieren. Egon liebte ihn, sie verstanden sich sehr gut, er
litt, wenn es ihm schlechter ging. Der Herr Adolf
setzte sich hin zum Kartenspielen, als wären seine
Freunde gekommen, aber er war allein. Er verteilte
die Karten, plauderte mit ihnen, bot ihnen Zigarren
an, und am Tisch des Hauses in Tulln saß niemand.
Marie, Melanie und Gerti wollten ihn in die Wirklichkeit zurückholen. »Aber, Papa, da ist doch niemand, mit dem du sprechen und spielen kannst,
merkst du das denn nicht?« Egon widersprach ihnen:

»Das stimmt nicht, Vater, hör nicht auf sie, hier ist der Wachtmeister, der Leiter des Postamtes, der Schullehrer. Deine Freunde spielen mit dir, Vater. Ich seh sie auch, wie du.« Er wollte nicht akzeptieren, daß sein Vater Visionen hatte. Eines Tages zog der Herr Adolf seine Galauniform an, die Mütze mit dem glänzenden Schirm, spiegelblank geputzte Stiefel, ging hinaus und stellte sich in strammer Haltung auf den Bahnsteig. »Was machst du da, Vater?« »Ich werde den Kaiser und die Kaiserin empfangen, mein Sohn.« Er war schon verrückt. Er konnte nicht länger bei der Eisenbahn arbeiten und mußte in den Ruhestand treten. Vor lauter Scham zogen sie von Tulln fort an einen Ort, an dem niemand sie kannte: Klosterneuburg. Herrn Adolf ging es schlechter, er vergaß das Sprechen. Er verbrachte die Tage in seinem Zimmer, ohne den Mund aufzumachen. Begriff sie? Plötzlich geriet Fonchito in ängstliche Erregung.

»Genau wie mein Papa, eben«, brach es aus ihm heraus, mit einem Kickser. »Er auch, er kommt aus dem Büro nach Hause und schließt sich ein, um mit niemandem zu sprechen. Nicht einmal mit mir. Sogar samstags und sonntags tut er das; in seinem Arbeitszimmer den lieben langen Tag. Wenn ich mit ihm zu reden versuche: ›Ja‹, ›Nein‹, ›Gut‹. Mehr nicht.«

Hatte er womöglich die Syphilis? War er etwa dabei, verrückt zu werden? Der Grund wäre der gleiche wie beim Herrn Adolf. Weil er allein geblieben war, als Señora Lukrezia ihn verließ. Bestimmt war er in irgendein schlechtes Haus gegangen, und Venus hatte ihn mit der Krankheit angesteckt. »Ich will nicht, daß mein Papa stirbt, Stiefmutter!«

Er brach abermals in Tränen aus, dieses Mal leise, nach innen, während er das Gesicht bedeckte, und Doña Lukrezia kostete es größere Mühe als vorher, ihn zu beruhigen. Sie tröstete, was für absurde Wahnvorstellungen, streichelte, Rigoberto hatte überhaupt keine Krankheit, wiegte ihn, er war vernünftiger als sie und Fonchito, während sie spürte, wie die Tränen dieses blonden Köpfchens den Einsatz ihres Kleides näßten. Nach vielen Liebkosungen gewann er schließlich die Fassung zurück. Rigoberto schloß sich gern mit seinen Bildern, seinen Büchern, seinen Heften ein, um zu lesen, Musik zu hören, seine Zitate und Gedanken aufzuschreiben. Kannte er ihn denn nicht? War es denn nicht immer so gewesen?

»Nein, nicht immer«, verneinte der Junge bestimmt. »Früher hat er mir vom Leben der Maler erzählt, hat mir die Bilder erklärt, mir Dinge beigebracht. Und mir aus seinen Heften vorgelesen. Mit dir hat er gelacht, ging er aus, war normal. Seitdem du fort bist, hat er sich verändert. Er ist traurig geworden. Es interessiert ihn nicht einmal, was für Noten ich bekomme, er unterschreibt das Zeugnisheft, ohne es anzusehen. Das einzige, was ihm etwas bedeutet, ist sein Arbeitszimmer. Da schließt er sich ein, stundenlang. Er wird verrückt werden, wie der Herr Adolf. Vielleicht ist er es schon.«

Der Junge hatte seiner Stiefmutter die Arme um den Hals geschlungen und seinen Kopf auf ihre Schulter gelegt. Im Olivar war das Geschrei und Gerenne kleiner Jungen zu hören, wie jeden Nachmittag, wenn die Schüler der Nachbarschaft nach Schulschluß von überallher in den Park strömten, um, von ihren Eltern ungesehen, eine Zigarette zu rauchen, ein bißchen zu kicken und mit den Mädchen des Viertels zu flirten. Warum machte Fonchito das nie?

»Hast du meinen Papa noch immer lieb, Stiefmutter?« Die Frage kehrte wieder, voll Furcht, als hinge Leben oder Tod von der Antwort ab.

»Nun ja, gewiß, Fonchito, ich hab es dir doch schon gesagt. Ich habe nie aufgehört, ihn lieb zu haben. Was soll das?«

»Er ist so, weil er dich vermißt. Weil er dich sehr lieb hat, Stiefmutter, und sich nicht damit abfindet, daß du nicht mit uns zusammenlebst.«

»Die Dinge sind nun mal eben so gekommen.« Doña Lukrezia kämpfte gegen ein wachsendes Unbehagen an.

»Du wirst doch nicht daran denken, wieder zu heiraten?« ließ sich der Junge schüchtern vernehmen.

»Das ist das letzte, was ich im Leben tun würde, noch einmal heiraten. Nie und nimmer. Außerdem sind Rigoberto und ich nicht einmal geschieden, nur getrennt.«

»Dann könnt ihr euch wieder vertragen«, rief Fonchito erleichtert aus. »Wer sich zerstritten hat, kann sich auch wieder vertragen. Ich streite und vertrage mich jeden Tag mit den Jungen in der Schule. Du würdest nach Hause zurückkommen und Justita auch. Alles wäre wieder wie früher.«

›Und wir würden den lieben kleinen Papa vom Wahnsinn heilen‹, dachte Doña Lukrezia irritiert. Fonchitos Phantasien machten ihr keinen Spaß mehr. Dumpfer Zorn, Bitterkeit, Groll erfaßten sie jetzt, je mehr ihr Gedächtnis die schlechten Erinnerungen entstaubte. Sie nahm den Jungen bei den Schultern und schob ihn ein wenig fort. Sie betrachtete ihn, von Angesicht zu Angesicht, empört darüber, daß diese blauen, geschwollenen und geröteten Augen ihrem vorwurfsvollen Blick mit solcher Reinheit standhielten. War es möglich, daß er so zynisch war? Er war doch noch nicht einmal den Kinderschuhen entwachsen. Wie konnte er vom Bruch zwischen ihr und Rigoberto wie von etwas Fremdem sprechen, als wäre nicht er selbst der Grund des Geschehens gewesen? Hatte er es denn nicht so eingerichtet, daß Rigoberto die ganze Sache entdeckt hatte? Aus dem zarten, tränenüberströmten Gesicht, den fein gezeichneten Zügen, den rosafarbenen Lippen, den gebogenen Wimpern, dem kleinen, entschlossenen Kinn trat ihr nichts als jungfräuliche Unschuld entgegen.

»Du weißt besser als jeder andere, was passiert ist«, preßte Doña Lukrezia zwischen den Zähnen hervor, wobei sie versuchte, ihre Empörung nicht explodieren zu lassen. »Du weißt, warum wir uns getrennt haben. Spiel nicht das Unschuldslamm, das über diese Trennung betrübt ist. Du hattest genausoviel Schuld wie ich oder vielleicht mehr als ich.«

»Eben darum, Stiefmutter«, fiel Fonchito ihr ins Wort. »Wegen mir habt ihr euch zerstritten, und ich muß euch wieder versöhnen. Aber du mußt mir helfen. Das wirst du doch tun, nicht wahr? Sag ja, Stiefmutter.«

Doña Lukrezia wußte nicht, was sie antworten sollte, sie wollte ihn ohrfeigen und küssen zugleich. Ihre Wangen waren gerötet. Zu allem Überfluß schien der Frechdachs von Fonchito jetzt vergnügt zu sein, nachdem er abermals unvermittelt die Stimmung gewechselt hatte. Plötzlich brach er in schallendes Lachen aus.

»Du bist ja rot geworden«, sagte er, während er erneut seine Arme um ihren Hals schlang. »Dann ist die Antwort also ja. Ich hab dich sehr lieb, Stiefmutter!«

»Erst Tränen und jetzt Gelächter«, sagte Justiniana, die im Flur erschien. »Darf man wissen, was hier vor sich geht?«

»Wir haben eine tolle Nachricht«, sagte der Junge zu ihrer Begrüßung. »Sagen wir es ihr, Stiefmutter?«

»Nicht bei Rigoberto, sondern bei dir sind ein paar Schrauben locker«, sagte Doña Lukrezia, mit Mühe die aufwallende Hitze verbergend.

»Bestimmt, weil Venus mich mit der Syphilis angesteckt hat«, sagte Fonchito schelmisch, mit verdrehten Augen. Und im gleichen Ton zu dem Mädchen: »Mein Papa und meine Stiefmutter werden sich wieder vertragen, Justita! Wie findest du diesen Knüller?«

DIATRIBE GEGEN DEN SPORTLER

Ich nehme an, Sie surfen im Sommer auf den schäumenden Wellen des Pazifik, gleiten im Winter auf Skiern über die chilenischen Pisten in Portillo und die argentinischen in Bariloche (da die peruanischen Anden diese Albernheiten nicht erlauben), schwitzen jeden Vormittag aerobisch im Fitneß-Studio oder beim Joggen auf Aschenbahnen, in Parks oder auf der Straße, eingezwängt in einen thermischen Jogginganzug, der Ihnen Hintern und Bauch zusammenpreßt, so wie die Korsetts einst unsere Großmütter kaum atmen ließen, und lassen sich weder ein Spiel der Nationalmannschaft noch das klassische Lokalderby *Alianza Lima* gegen *Universitario de Deportes*, noch einen Boxkampf um den südamerikanischen, lateinamerikanischen, nordamerikanischen, europäischen oder Weltmeister-Titel entgehen, Gelegenheiten, bei welchen Sie, festgeschraubt vor dem Fernsehschirm und das Spektakel mit Bier, Cuba libre oder Whisky on the rocks verschönernd, sich heiser schreien, einen hochroten Kopf bekommen, brüllen, gestikulieren oder in Depressionen verfallen bei den Siegen respektive Niederlagen Ihrer Idole, wie es sich für den Fan aus echtem Schrot und Korn gehört. Gründe mehr als genug, Señor, damit ich meine schlimmsten Vermutungen über die Welt bestätigt sehe, in der wir leben, und Sie für hirnlos, einfältig und geistig zurückgeblieben halte (ich gebrauche den ersten und den dritten Ausdruck metaphorisch; den mittleren im wörtlichen Sinne).

Ja, in der Tat, in Ihrem eingeschrumpften Verstand ist ein Licht aufgegangen: ich halte das Praktizieren von Sport im allgemeinen und den Kult um das Praktizieren von Sport im besonderen für extreme Formen von Schwachsinn, die den Menschen dem Schaf, den Gänsen und der Ameise nähern, drei besonders gravierenden Manifestationen des tierischen Herdenwesens. Beherrschen Sie Ihre Catch-as-catch-can-Gelüste, mich zu zermalmen, und hören Sie zu; auf die Griechen bzw. Lateiner und das heuchlerische *mens sana in corpore sano* werden wir schon noch zurückkommen. Zuvor muß ich Ihnen sagen, daß die einzigen Sportarten, die ich nicht an den Pranger stelle, jene sind, die man am Tisch (ausgenommen Tischtennis) und im Bett (inklusive Masturbation natürlich) betreiben kann. Die anderen hat die moderne Kultur in Hindernisse für die Entwicklung des Geistes, der Sensibilität, der Phantasie und mithin der Lust verwandelt. Vor allem aber in Hindernisse für das Bewußtsein und die Freiheit des Individuums. Nichts hat in dieser Zeit – mehr noch als Ideologien und Religionen – den verachtenswerten Massenmenschen, den Automaten mit konditionierten Reflexen, die Wiederauferstehung des tätowierten, lendenschurzbewehrten Primaten hinter der modernen Maske so sehr gefördert wie die von unserer heutigen Gesellschaft betriebene Verherrlichung der sportlichen Übungen und Spiele.

Jetzt können wir von den Griechen sprechen, damit Sie mir nicht länger mit Platon und Aristoteles auf die Nerven gehen. Aber, ich warne Sie, das Schauspiel der athenischen Epheben, die sich im Gymnasium einsalbten, bevor sie unter dem reinen Blau des ägäischen Himmels ihr körperliches Geschick maßen oder den Diskus und den Speer warfen, wird Ihnen nicht zu Hilfe kommen, sondern Sie nur noch tiefer in der Schande versinken lassen, Sie Schwachkopf mit harten Muskeln, die auf Kosten Ihrer Testosteron-Produktion und Ihres IQ gehen. Nur eine frühzeitige Altersdemenz (sowie Abnahme des Sexualtriebes, Inkontinenz und Impotenz?), die gewöhnlich eine Folge der Fußtritte beim Fußball oder der Fausthiebe beim Boxkampf oder der autistischen Runden des Fahrradsports ist, mag die lachhafte Anmaßung erklären, die tunikatragenden Schüler Platons, die sich nach ihren sinnlich-philosophischen körperlichen Darbietungen mit Harz einreiben, in eine Reihe zu stellen mit den betrunkenen Horden, die bei den heutigen Fußballspielen auf den Tribünen der modernen Stadien brüllen (bevor sie sie anzünden), wo zweiundzwanzig Hanswurste, durch farbige Uniformen entindividualisiert, auf dem Rasenviereck hinter einem Ball herhetzen und als Vorwand für exhibitionistische Akte kollektiver Irrationalität dienen.

Sport war zu Platons Zeiten ein Mittel, kein Zweck, wie er es in diesen vergesellschafteten Zeiten des Lebens wieder geworden ist. Er diente dazu, die menschliche Lust (die männliche, denn Frauen praktizierten ihn nicht) zu bereichern, sie durch die Darstellung eines schönen, straffen, fettlosen, wohlproportionierten und harmonischen Körpers zu steigern und zu verlängern, sie anzuregen durch die präerotischen Freiübungen aus Bewegungen, Posen, Annäherungen, Zurschaustellungen, Exerzitien, Tänzen, Berührungen, welche das Begehren entflammten und Teilnehmer und Zuschauer schließlich zur Paarung trieben. Daß diese Paarungen ausschließlich homosexuell waren, ändert nicht das geringste an meiner Argumentation, ebensowenig wie die Tatsache, daß der Unterzeichnende in sexueller Hinsicht nachgerade langweilig orthodox ist und nur Frauen liebt – noch dazu eine einzige Frau – und keinerlei Verlangen nach aktiver oder passiver Homosexualität verspürt. Verstehen Sie mich recht, ich habe nichts gegen das, was die Schwulen tun. Es freut mich, wenn sie ihren Spaß haben, und ich unterstütze sie in ihren Kampagnen gegen diskriminierende Gesetze. Weiter kann ich nicht gehen, aus einem praktischen Grund. Nichts, was mit Quevedos »Arschauge« zusammenhängt, macht mir Spaß. Die Natur oder Gott, wenn er existiert und seine Zeit mit solchen Dingen vertut, hat aus diesem verborgenen Ausgang die empfindlichste aller Öffnungen gemacht, die mich durchbohren. Das Zäpfchen verletzt sie und die Klistierspritze bringt sie zum Bluten (man hat sie mir einmal eingeführt, in einer Zeit hartnäckiger Erkältung, und es war furchtbar), so daß allein die Vorstellung, daß es Zweifüßer gibt, die Vergnügen daran finden, dort einen männlichen Zylinder hineinzustecken, mich mit schaudernder Bewunderung erfüllt. Ich bin sicher, ich würde nicht nur schreien, sondern einen wahren psychosomatischen Zusammenbruch erleiden bei der Einführung einer lebendigen Rute – sei es auch die eines Pygmäen – in besagten empfindlichen Kanal. Der einzige Fausthieb, den ich in meinem Leben jemandem verpaßt habe, galt einem Arzt, der unter dem Vorwand einer möglichen Blinddarmentzündung an meiner Person ohne jede Vorwarnung eine mit dem wissenschaftlichen Etikett »rektales Abtasten« verbrämte Folter zu praktizieren versuchte. Gleichwohl bin ich theoretisch dafür, daß die Menschen sich von vorn oder hinten lieben, allein oder paarweise oder in promiskuitiven Gruppenbeiwöhnungen (igitt!), daß Männer mit Männern und

Frauen mit Frauen kopulieren und beide mit Enten, Hunden, Bananen, Wasser- oder Honigmelonen, bin ich für sämtliche nur vorstellbaren Widerwärtigkeiten, wenn sie in gegenseitigem Einverständnis und um der Lust, nicht um der Fortpflanzung willen erfolgen, welche ein Unfall des Sexus ist, mit dem man sich abfinden muß wie mit einem geringeren Übel, den man jedoch keinesfalls als Rechtfertigung des fleischlichen Vergnügens heiligen darf (dieser Schwachsinn der Kirche bringt mich genauso auf wie ein Basketballspiel). Um den verlorenen Faden wiederaufzunehmen, das Bild der hellenischen Greise, jener klugen Philosophen, erhabenen Gesetzgeber, kriegserfahrenen Generäle oder allerhöchsten Priester, die in die Gymnasien gehen, um durch den Anblick der jungen Diskuswerfer, Kämpfer, Marathonläufer oder Speerwerfer ihre Libido aus der Erstarrung zu lösen, bewegt mich sehr. Diese Art Sport, die als Kuppler des Begehrens daherkommt, verzeihe ich, und ich würde nicht zögern, ihn zu praktizieren, wenn meine Gesundheit, mein Alter, meine Angst vor Blamage und meine zeitliche Verfügbarkeit es zuließen.

Es gibt einen weiteren Fall, von unserem Kulturkreis ungleich weiter entfernt (ich weiß nicht, warum ich Sie in diesen einbeziehe, da Sie sich durch Balltritte und Kopfstöße, Radsportschweiß und Karateschläge aus ihm ausgeschlossen haben), wo sich der Sport ebenfalls bis zu einem gewissen Grad rechtfertigen läßt. Wenn nämlich der Mensch, der ihn praktiziert, seine tierische Natur überwindet, dem Sakralen nahekommt und eine Form intensiver Spiritualität erreicht. Falls Sie darauf bestehen, daß wir den riskanten Begriff »Mystik« benutzen, sei's drum. Es liegt auf der Hand, daß diese heutzutage sehr seltenen Fälle, deren exotische Reminiszenz der opferwillige japanische Sumo-Kämpfer ist, der von Kind auf mit einer brutalen vegetarischen Suppe gemästet wird, die ihn zum Elefanten macht, und der dazu verurteilt ist, vor seinem vierzigsten Lebensjahr an ruiniertem Herzen zu sterben und bis dahin zu versuchen, sich nicht von einem anderen Fleischberg wie ihm aus dem kleinen magischen Kreis vertreiben zu lassen, auf den sein Leben beschränkt ist, nicht vergleichbar sind mit jenen falschen Idolen, welche die postindustrielle Gesellschaft »Märtyrer des Sports« nennt. Was ist heroisch daran, sich am Steuer eines Rennwagens zu Brei zu fahren, dessen Motoren dem Menschen die Arbeit abnehmen, oder vom denkenden Wesen auf die Stufe eines Geistesschwachen herabzusinken, dessen Gehirn und Testikeln eingeschrumpft sind, weil er im Akkord Tore verhindert oder schießt, damit übergeschnappte Menschenmassen sich bei jedem »Tor!« durch Ejakulationen kollektivistischer Egolatrie entsexualisieren? Der Mensch von heute nähert sich durch die Sport genannten körperlichen Übungen und Wettbewerbe nicht dem Sakralen und dem Religiösen, sie entfernen ihn vom Geist und stumpfen ihn ab, da sie seine niedersten Instinkte befriedigen: Stammesgefühl, Machismo, Machtstreben, Auflösung des individuellen Ichs im amorphen Wir der Herde.

Ich kenne keine abscheulichere Lüge als den Ausdruck, mit dem man die Kinder belehrt: »Ein gesunder Geist in einem gesunden Körper.« Wer hat gesagt, daß ein gesunder Geist ein erstrebenswertes Ideal ist? »Gesund« heißt in diesem Fall dumm, konventionell, weder mit Phantasie noch Hintergedanken, auf Mittelmaß getrimmt durch die Stereotype der herrschenden Moral und der offiziellen Religion. Das soll »gesunder« Geist sein? Das ist konformistischer Geist, Geist von Betschwestern, Notaren, Versicherungsangestellten, Chorknaben, Jungfrauen und Pfadfindern. Das ist nicht Gesundheit, sondern Gebrechen. Ein eigenes reiches geistiges Leben erfordert Neugier, Malice, Phantasie und unbefriedigte Wünsche, das heißt, einen »schmutzigen« Geist, schlechte Gedanken, einen Reigen verbotener Bilder, Gelüste, die dazu verleiten, das Unbekannte zu erkunden und das Bekannte zu erneuern, systematische Mißachtung überkommener Ideen, manipulierter Kenntnisse und hoch im Kurs stehender Werte.

Nun ist es aber auch nicht wahr, daß das Treiben von Sport in unserer Zeit gesunde Geister im banalen Sinne des Wortes erzeugt. Das Gegenteil ist der Fall, und Du weißt es besser als jeder andere, Du, der Du, um den Hundertmeterlauf am Sonntag zu gewinnen, bereit wärst, Arsenik und Zyankali in die Suppe Deines Konkurrenten zu streuen, sämtliche pflanzlichen, chemischen oder magischen Drogen zu schlucken, die Dir den Sieg garantieren, die Schiedsrichter zu bestechen oder zu erpressen und zwecks Disqualifizierung Deiner Gegner ärztliche oder gesetzliche Verschwörungen anzuzetteln, Du, der Du neurotisiert bist durch die Fixierung auf den Sieg, den Rekord, die Medaille, das Podium, was aus Dir, dem Berufs-

sportler, einen abhängigen Schwachkopf, ein unge-
selliges, hysterisches Nervenbündel, einen Psychopa-
then macht, den Gegenpol zu jenem geselligen,
großzügigen, altruistischen, »gesunden« Wesen, das
der Idiot im Sinn hat, der sich noch immer traut, den
Ausdruck »Sportsgeist« im Sinne des edlen, mit zivilen Tugenden ausgestatteten Athleten zu verwenden,
wo sich doch hinter diesem Wort ein potentieller
Morder versteckt, der bereit ist, Schiedsrichter aus-
zurotten, sämtlichen Fans der gegnerischen Mann-
schaft die Hölle heiß zu machen, die Stadien und
Städte zu verwüsten, die sie beherbergen, und die
endgültige Apokalypse herbeizuführen, aber nicht
aus einer erhabenen künstlerischen Absicht heraus,
wie sie den dichtenden Nero beim Brand von Rom
leitete, sondern damit sein Klub einen Pokal aus falschem Silber nach Hause tragen kann oder um seine
elf Idole auf einem Podium zu sehen, wo sie, im lä-
cherlichen Polyacrylglanz ihrer gestreiften Hosen
und Hemden, die Hand auf der Brust, mit leuchtenden Augen eine Nationalhymne singen!

DIE KORSISCHEN BRÜDER

Am trüben Nachmittag dieses Wintersonntags hielt
Don Rigoberto in seinem Arbeitszimmer mit Blick
auf den bewölkten Himmel und das mausgraue Meer
sehnsüchtig Nachlese in seinen Heften auf der Suche
nach Ideen, die seine Phantasie beflügeln könnten.
Die erste, auf die er stieß – *Sex is too good to share
with anyone else*, von dem Dichter Philip Larkin –,

erinnerte ihn an eine Reihe bildnerischer Darstellungen des jungen Narziß, wie er sich genußvoll in seinem Spiegelbild im Brunnenwasser betrachtet, und an den liegenden Hermaphroditen im Louvre, aber unerklärlicherweise deprimierte sie ihn. Andere Male hatte er sich im Einklang befunden mit dieser Weltanschauung, welche die Verantwortung für seine Lust allein ihm auf die Schultern lud. War sie richtig? War sie es einmal gewesen? In Wahrheit war seine Einsamkeit selbst in ihren reinsten Momenten eine Verdoppelung gewesen, ein Rendezvous, bei dem Lukrezia niemals gefehlt hatte. Ein schwaches Erwachen des Verlangens bewirkte, daß die Hoffnung abermals aufkeimte: sie würde auch dieses Mal nicht ausbleiben. Larkins These war wie gemacht für den Heiligen (eine andere Seite der Aufzeichnungen), von dem Lytton Strachey in *Eminent Victorians* sprach: der heilige Cubertus mißtraute den Frauen so sehr, daß er, wenn er mit einer von ihnen gesprochen hatte, und sei es auch mit der künftigen heiligen Ebba, »die folgenden Stunden im Dunkel, im Gebet, bis zum Hals im Wasser« verbrachte. Wie viele Erkältungen und Lungenentzündungen für einen Glauben, der den Gläubigen zu Larkins einsamer Lust verurteilte.

Er huschte rasch über eine Seite hinweg, auf der Azorín daran erinnerte, das Wort *capricho* komme von *cabra*, von Ziege. Er verweilte fasziniert bei der Beschreibung, die der Diplomat Alfonso de la Serna von Haydns »Abschiedssymphonie« machte, »bei der jeder Musiker, wenn seine Partitur zu Ende ist, die Kerze löscht, die seinen Notenständer erhellt, und geht, bis nur noch ein Geiger übrigbleibt, der seine einsame Schlußmelodie spielt«. War das nicht ein Zufall? Paßte Haydns monologisierende Geige nicht auf geheimnisvolle Weise, wie auf einen verborgenen Befehl hin, mit dem Lustegoisten Philip Larkin zusammen, der glaubte, Sex sei zu kostbar, um ihn mit jemandem zu teilen?

Er hingegen hatte den Sex, obwohl er ihm den höchsten Ehrenplatz einräumte, immer geteilt, selbst in der Zeit seiner sauersten Einsamkeit: dieser. In seiner Erinnerung tauchte auf einmal der Schauspieler Douglas Fairbanks auf, verdoppelt in einem Film, der seine Kindheit beunruhigt hatte: The corsican brothers. Natürlich hatte er den Sex nie mit jemandem in so wesentlicher Weise geteilt wie mit Lukrezia. Er hatte ihn als Kind, Jugendlicher und Erwachsener auch mit seinem eigenen korsischen Bruder – Narciso? – geteilt, mit dem er sich immer gut vertragen hatte, obwohl sie im Geist so verschieden waren. Wenn diese pikanten Spiele und Scherze, die die Brüder sich ausdachten und genossen, auch nicht dem ironischen Sinn entsprachen, in dem der Dichter-Bibliothekar das Verb teilen gebrauchte. Er blätterte und blätterte und stieß auf den Kaufmann von Venedig:

The man that hath no music in himself
Nor is not moved with concord of sweet sounds,
Is fit for treasons, stratagems and spoils
(Akt V, Szene 1)

»Der Mensch, der keine Musik in sich trägt/Noch sich rühren läßt vom Geflecht süßer Töne/Neigt zu Intrigen, Lug und Trug«, übersetzte er frei. Narciso trug keinerlei Musik in sich, er war an Leib und Seele verschlossen gegenüber dem Zauber von Melpomene, außerstande, Haydns »Abschiedssymphonie« von Pérez Prados »Mambo número 5« zu unterscheiden. Hatte Shakespeare recht, als er zum Gesetz erhob, daß diese Unempfänglichkeit für die abstrakteste der Künste ihn zu einem potentiellen zweifüßigen Intriganten, Lügner und Betrüger machte? Na ja, vielleicht stimmte es. Der sympathische Narciso war kein Ausbund an staatsbürgerlichen, privaten oder theologischen Tugenden gewesen und sollte im vorgerückten Alter mit dem Bischof Harold gleichziehen können (von wem stammte das Zitat? Der Nachweis war von der sibyllinischen Feuchtigkeit Limas oder den eifrigen Bemühungen einer Motte vertilgt worden), der sich auf seinem Totenbett gerühmt hatte, sämtliche Todsünden mit der nämlichen Stetigkeit begangen zu haben, mit der sein Herz schlug und die Glocken seines Bistums läuteten. Wäre Narciso nicht aus diesem moralischen Holz geschnitzt, hätte er nie gewagt, seinem korsischen Bruder an jenem Abend – Don Rigoberto fühlte, daß tief in seinem Innern jene shakespearsche Musik erwachte, die er wirklich in sich zu tragen glaubte – den kühnen Tausch vorzuschlagen. Vor seinen Augen erschienen, nebeneinander sitzend im kleinen Wohnzimmer des Hauses in La Planicie, das mit seinen ausgestopften Tigern, Büffeln, Bären, Rhinozerossen und Hirschen ein Denkmal für den Kitsch und eine blasphemische Provokation der Tierschutzvereine war, Lukrezia und Ilse, die blonde Frau von Narciso, am Abend des Abenteuers. Der Barde hatte recht: die Unempfänglichkeit für

Musik war Symptom (Ursache vielleicht?) der Niedrigkeit der Seele. Nein, das ließ sich nicht verallgemeinern; dann hätte man ja schlußfolgern müssen, daß Jorge Luis Borges und André Breton aufgrund ihrer musikalischen Unsensibilität Judas und Kain waren, wo doch bekannt war, daß beide, dafür, daß sie Schriftsteller waren, herzensgute Personen waren.

Sein Bruder Narciso war kein Teufel; ein Abenteurer, mehr nicht. Begabt mit einem teuflischen Geschick, aus seinem Wandertrieb und seiner Neugier für das Verbotene, Geheimnisvolle und Exotische großen ökonomischen Nutzen zu ziehen. Da er jedoch Mythomane war, ließ sich nicht einfach entwirren, was Wahrheit und was Phantasie war an den Abenteuern, mit denen er seine Zuhörerschaft zur (unheilvollen) Stunde des Galadiners, des Hochzeitstages oder des Cocktails zu faszinieren pflegte, den Schauplätzen seiner großen erzählerischen Leistungen. So hatte Don Rigoberto zum Beispiel nie ganz geglaubt, daß ein Großteil seines Vermögens dem Schmuggel von Rhinozeroshörnern, Tigerhoden und Walroß- und Robbenpenissen (die beiden ersten aus Afrika, die beiden letzten aus Alaska, Grönland und Kanada) in die aufstrebenden Länder Asiens entstammte. Diese Anhängsel erzielten Höchstpreise in Thailand, Hongkong, Taiwan, Korea, Singapur, Japan, Malaysia und sogar im kommunistischen China, denn Kenner hielten sie für mächtige Aphrodisiaka und unfehlbare Mittel gegen Impotenz. Gerade an jenem Abend, während die korsischen Brüder und die beiden Schwägerinnen Ilse und Lukrezia vor dem Abendessen in dem Restaurant der Costa Verde einen

Aperitif tranken, hatte Narciso sie mit einer aberwitzigen Geschichte über Aphrodisiaka unterhalten, deren Held und Opfer er in Saudi-Arabien gewesen war, wo er, wie er unter Angabe geographischer Details und unmöglich zu behaltender arabischer Namen voller Kehllaute schwor, beinahe auf dem öffentlichen Platz von Riad geköpft worden wäre, als man entdeckte, daß er eine Reisetasche voller Captagon-Tabletten (Fenetyllin-HCI) schmuggelte, um die sexuelle Potenz des lüsternen Scheichs Abdelazis Abu Amid zu erhalten, der etwas mitgenommen war durch seine vier rechtmäßigen Ehefrauen und die zweiundachtzig Konkubinen seines Harems. Dieser wog ihm die Amphetamin-Fuhre in Gold auf.

»Und die *yobimbina*?« fragte Ilse, wobei sie die Geschichte ihres Ehemanns just in dem Augenblick unterbrach, in dem er vor einem Gericht turbantragender Rechtsgelehrter erschien. »Erzeugt sie die behauptete Wirkung bei allen Leuten?«

Sein gutaussehender Bruder – ohne einen Funken von Neid dachte Don Rigoberto daran, wie das Erwachsenenalter, nachdem sie als Kinder und Jugendliche nicht zu unterscheiden gewesen waren, allmählich Unterschiede zwischen ihnen geschaffen hatte; jetzt wirkten die Ohren Narcisos normal im Vergleich zu den spektakulären Flügeln, die ihn schmückten, und seine Nase gerade und bescheiden, verglichen mit dem Korkenzieher oder Ameisenbärrüssel, mit dem er das Leben witterte – setzte übergangslos zu einer gelehrten, hochtrabenden Rede über die *yohimbina* an (die in Peru *yobimbina* hieß aufgrund der phonetischen Trägheit der Einheimischen, denen ein gehauchtes H größere mündliche Mühe bereitete als ein B). Narcisos Ausführungen dauerten so lange wie der Aperitif – Pisco sauer die Herren und eiskalter Weißwein die Damen –, der Reis mit Meeresfrüchten und die gefüllten Pfannkuchen des Abendessens und hatten, was ihn betraf, die Wirkung einer kitzelnden präsexuellen Unruhe. In diesem Augenblick verhalfen ihm die Aufzeichnungen – Launen des Zufalls – zum Shakespearschen Hinweis, daß die Türkise ihre Farbe wechseln, um denjenigen, der sie trägt, vor einer unmittelbaren Gefahr zu warnen (*Der Kaufmann von Venedig*, abermals). Sprach Narciso im Ernst, hatte er oder erfand er dieses Wissen mit der Absicht, die passende Stimmung und Amoralität für seinen späteren Vorschlag zu schaffen? Er hatte ihn das nicht gefragt und würde es auch nicht tun, denn was konnte es bei diesem Stand der Dinge schon ausmachen?

Don Rigoberto brach in Lachen aus, und die Grisaille des Nachmittags hellte sich etwas auf. Valérys Monsieur Teste rühmte sich am Fuß dieser Seite: »Dummheit ist nicht meine starke Seite.« (*La bêtise n'est pas mon fort.*) Der Glückliche; Don Rigoberto war in der Versicherungsgesellschaft nun schon seit einem Vierteljahrhundert von Dummheit umgeben, überflutet, erstickt und hatte sich schließlich in einen Experten verwandelt. War Narciso nichts als ein Dummkopf? Einer mehr dieses Limaschen Protoplasmas, dieser anständigen Leute, wie sie sich selbst nannten? Ja. Was ihn nicht daran hinderte, amüsant zu sein, wenn er es wollte. Heute abend zum Beispiel. Da war der große Redenhalter mit seinem sauber rasierten Gesicht und der vom Müßiggang gebräunten Haut und erklärte das Alkaloid eines Strauchs, auch *yohimbina* genannt, der einen vornehmen Platz in der Kräutertradition und der Naturmedizin einnahm. Es erweiterte die Gefäße und stimulierte die Ganglien, die das erektile Gewebe kontrollieren, und hemmte das Serotonin, dessen Übermaß die sexuelle Lust blockiert. Seine warme Stimme eines erfahrenen Verführers und seine Gestik paßten perfekt zu seinem blauen Blazer, dem grauen Hemd und dem Tuch aus dunkler, weißgetupfter Seide, das er um den Hals geschlungen trug. Seine lächelnd vorgetragenen Ausführungen hielten sich geschickt an der Grenze zwischen Information und Andeutung, Anekdote und Phantasie, Wissen und Klatsch, Unterhaltung und Erregung. Don Rigoberto bemerkte plötzlich, daß Ilses meergrüne Augen und Lukrezias dunkle Topase funkelten. Hatte sein dünkelhafter korsischer Bruder die Damen in Unruhe versetzt? Urteilte man nach ihrem Kichern, ihren Witzen, ihren Fragen, den wechselnd übereinandergeschlagenen Beinen und der Fröhlichkeit, mit der sie die Gläser des chilenischen Weins Concha y Toro leerten, dann war ihm das gelungen. Warum sollten sich ihre Gefühle nicht auf ähnliche Abwege begeben wie seine? Hatte Narciso zu diesem Zeitpunkt des Abends bereits seinen Plan gefaßt? Aber ja, verfügte Don Rigoberto.

Deshalb gönnte er ihnen, geschickt, wie er war, keine Pause und erlaubte nicht, daß die Unterhaltung sich von dem machiavellistischen Kurs entfernte, den er vorgezeichnet hatte. Von der *yobimbina* ging er zum japanischen *fugu* über, der Testikelflüssigkeit eines kleinen Fisches, die nicht nur ein äußerst starkes Samentonikum ist, sondern auch einen furchtbaren Tod durch Vergiftung herbeiführen kann – auf diese Weise sterben jedes Jahr Hunderte von lüsternen Japanern –, um sodann über den kalten Schweiß zu berichten, mit dem er es an jenem schillernden Abend in Kioto von der Hand einer Geisha in flatterndem Kimono ausprobiert hatte, ohne zu wissen, ob ihn am Ende dieser faden Bissen das Röcheln und die Starre des Todes oder hundert Explosionen der Lust erwarteten (das zweite war der Fall, mit einer Null weniger). Ilse, eine bildschöne Blondine, ehemalige Stewardeß der Lufthansa und peruanisierte Walküre, amüsierte sich über ihren Ehemann ohne rückwirkende Eifersucht. Sie war es, die nach dem mehligen Nachtisch den Vorschlag machte (war sie eingeweiht?), sie sollten den Abend mit einem Glas bei ihnen zu Hause, in La Planicie, beschließen. Don Rigoberto sagte »gute Idee«, ohne den Vorschlag abzuwägen, angesteckt von der sichtbaren Begeisterung, mit der Lukrezia ihn aufnahm.

Eine halbe Stunde später saßen sie in den bequemen Sesseln des grauenhaft kitschigen Wohnzimmers von Narciso und Ilse – peruanische Spießigkeit und preußische Ordnung –, umgeben von ausgestopften Tieren, die mit ihren Glasaugen gleichmütig beobachteten, wie sie, in indirektes Licht getaucht, Whiskys tranken, Melodien von Nat King Cole und Frank Sinatra hörten und durch das auf den Garten hinausgehende Glasfenster die Kacheln des erleuchteten Swimmingpools betrachteten. Narciso breitete weiter seine aphrodisische Bildung aus, mit derselben

Leichtigkeit, mit der der Große Richardi – Don Rigoberto seufzte bei der Erinnerung an den Zirkus seiner Kindheit – endlose Tücher aus seinem Zylinder hervorgezaubert hatte. Allwissenheit mit Exotik verknüpfend, versicherte er, daß im Süden Italiens jeder Mann im Lauf seines Lebens eine Tonne Basilikum verzehre, weil der Tradition zufolge von diesem würzigen Kraut nicht nur der Wohlgeschmack der Tagliatelle, sondern auch die Größe des Penis abhänge, und daß in Indien auf den Märkten eine Salbe aus Knoblauch und Affenaugenbutter verkauft werde – er pflegte sie seinen Freunden zum fünfzigsten Geburtstag zu schenken –, die, am richtigen Ort verrieben, Serienerektionen wie die Nieser eines Allergikers hervorrufe. Er versetzte sie in Erstaunen mit den Beschreibungen, die er von den Vorzügen der Austern, des Selleries, des koreanischen Ginsengs, der Sarsaparille, der Lakritze, des Pollens, der Trüffel und des Kaviars gab, und brachte Don Rigoberto nach mehr als dreistündigem Zuhören zu der Vermutung, daß wahrscheinlich sämtliche tierischen und pflanzlichen Substanzen der Welt dem Zweck dienten, jenes Ineinanderschlingen der Körper zu begünstigen, das man körperliche Liebe, Kopulation, Sünde nannte und dem die Menschen (er schloß sich nicht aus) soviel Bedeutung beimaßen.

In diesem Augenblick griff Narciso ihn am Arm und führte ihn von den Damen fort, unter dem Vorwand, ihm das letzte Stück seiner Spazierstocksammlung zu zeigen (was anderes, außer einbalsamierten Tieren, hätte diese priapische Bestie, dieser wandelnde Phallus, sammeln können als Stöcke?). Der Pisco sauer, der Wein und der Kognak hatten ihre Wirkung getan. Statt zu gehen, segelte Don Rigoberto in das Arbeitszimmer Narcisos, auf dessen Regalen, wie konnte es anders sein, die – eingeschweißten – ledergebundenen Bände der Britannica, Ricardo Palmas *Peruanische Traditionen* und die *Kulturgeschichte der Menschheit* der Eheleute Durant Wache hielten, neben der Taschenbuchausgabe eines Romans von Stephen King. Ohne Umstände fragte Narciso ihn leise ins Ohr, ob er sich an jene fernen Streiche mit den Mädchen im Parkett des Kinos Leuro erinnerte. Welche? Aber bevor sein Bruder noch antworten konnte, kam er darauf. Die Tauschspielchen! Der Anwalt der Versicherungsgesellschaft würde sagen: Vorspiegelung einer falschen Identität. Unter Ausnutzung der Ähnlichkeit, die sie mit gleichen Anzügen und Frisuren noch verstärkten, gab sich jeder für den anderen aus. So küßten und streichelten sie – anbaggern nannte man das in der Clique – die Freundin des anderen, solange der Film dauerte.

»Was für Zeiten, Bruderherz«, sagte Don Rigoberto lächelnd und voll Wehmut.

»Du hast immer geglaubt, sie würden nichts merken und uns verwechseln«, erinnerte sich Narciso. »Nie hab ich dich überzeugen können, daß sie nur so taten, weil ihnen das Spielchen gefiel.«

»Nein, sie merkten nichts«, bekräftigte Rigoberto. »Sie hätten sich das nie gefallen lassen. Die Moral der Zeit erlaubte das nicht. Lucerito und Chinchilla? Brav, wie sie waren, nichts als Messe und Kommunion. Niemals! Sie hätten sich bei ihren Eltern über uns beschwert.«

»Du hast eine zu engelhafte Vorstellung von den Frauen«, sagte Narciso mahnend.

»Das glaubst du. Ich bin nur diskret, nicht wie du. Aber jede Minute, die ich nicht den Pflichten widme, mit denen ich mir das Leben verdiene, investiere ich in den Genuß.«

(Das Heft schenkte ihm in diesem Augenblick ein passendes Zitat von Borges: »Die Pflicht aller Dinge besteht darin, ein Glück zu sein; wenn sie kein Glück sind, sind sie nutzlos oder schädlich.« Don Rigoberto fiel ein machistischer Zusatz ein: ›Und was wäre, wenn man Dinge durch Frauen ersetzen würde?‹)

»Es gibt nur ein Leben, Bruderherz. Du wirst keine zweite Gelegenheit bekommen.«

»Nach diesen Vormittagsvorstellungen sind wir zum Jirón Huatica gelaufen, zum Block der Französinnen«, sagte Don Rigoberto verträumt. »Zeiten ohne Aids, Zeiten harmloser Läuse und des einen oder anderen sympathischen Trippers.«

»Sie sind nicht vorbei. Sie sind da«, erklärte Narciso. »Wir sind nicht gestorben, und wir werden auch nicht sterben. Das ist eine unwiderrufliche Entscheidung.«

Seine Augen glühten, und er hatte eine teigige Stimme. Don Rigoberto begriff, daß nichts von dem, was er hörte, improvisiert war; daß hinter diesen Erinnerungen ein vorgefaßter Plan stand.

»Würdest du mir sagen, was du im Schilde führst?« fragte er mit wachsender Neugier.

»Das weißt du nur zu gut, mein kleiner korsischer Bruder.« Der böse Wolf näherte seinen Mund dem bebenden Ohr Don Rigobertos. Und äußerte, ohne weitere Umschweife, seinen Vorschlag: »Das Tausch-spielchen. Noch einmal. Heute, jetzt gleich, hier. Gefällt dir Ilse nicht? Mir gefällt Lucre sehr. Wie mit Lucerito und Chinchilla. Kann es denn Eifersucht zwischen uns geben? Auf, verjüngen wir uns, Bruder-herz.«

In seiner sonntäglichen Einsamkeit spürte Don Ri-goberto, wie sein Herz schneller schlug. Aus Überra-schung, Rührung, Neugier, Erregung? Und wie an jenem Abend spürte er das dringende Bedürfnis, Nar-ciso umzubringen.

»Wir sind schon alt und zu verschieden, als daß unsere Frauen uns verwechseln könnten«, brachte er hervor, trunken vor Verwirrung.

»Es ist nicht nötig, daß sie uns verwechseln«, er-widerte Narciso selbstsicher. »Sie sind moderne Frauen, sie brauchen kein Alibi. Ich kümmere mich um alles, Spitzbube.«

›Nie und nimmer werde ich in meinem Alter diese Spielchen spielen‹, dachte Don Rigoberto, ohne den Mund aufzumachen. Die Betrunkenheit, eben noch im Anmarsch, war verflogen. Donnerwetter! Narci-so ging wirklich ran. Schon faßte er ihn am Arm und führte ihn in den Salon der ausgestopften wilden Tiere zurück, wo Ilse und Lukrezia, in herzlichster Klatscherei vereint, eine gemeinsame Freundin aus-einandernahmen, der ein kürzliches Lifting Augen beschert hatte, die bis in alle Ewigkeit offen stehen würden (zumindest bis zur Grube oder zur Einäsche-rung). Und verkündete, der Augenblick sei gekom-men, einen Dom Perignon extra spezial zu köpfen, den er für außergewöhnliche Anlässe aufbewahre.

Minuten später hörten sie den schaumigen Knall, und die vier stießen mit der blassen Ambrosia an. Kaum perlten die Bläschen Don Rigobertos Speiseröhre hinunter, stellte sein Geist auch schon eine Verbindung mit dem Thema her, das sein korsischer Bruder den ganzen Abend in Beschlag genommen hatte: war der heitere Champagner, den sie tranken, von Narciso mit einem dieser unzählbaren Aphrodisiaka versetzt worden, als deren Schmuggler und Experten er sich ausgab? Denn Lukrezias und Ilses Lachen, ihre Ausgelassenheit nahmen zu, forderten zu Kühnheiten heraus, und er selbst, den der Vorschlag vor fünf Minuten gelähmt, verwirrt, erschrocken und verärgert hatte – gleichwohl hatte er nicht gewagt, ihn abzulehnen –, nahm ihn jetzt mit weniger Empörung hin, wie eine jener unwiderstehlichen Versuchungen, die ihn in seiner katholischen Jugend verleitet hatten, die kleinen Sünden zu begehen, die er später dann zerknirscht im Halbdunkel des Beichtstuhls beschrieb. Durch kleine Rauchwölkchen hindurch – war es sein korsischer Bruder, der rauchte? – sah er zwischen den wilden Fangzähnen eines amazonischen Pumas, übereinandergeschlagen und deutlich abgehoben vom getigerten Teppich des tierfriedhöflichen Wohnzimmers, die langen, weißen, enthaarten Beine seiner Schwägerin. Die Erregung äußerte sich durch einen diskreten Kitzel im Unterleib. Er sah auch ihre runden, schimmernden Knie – von der Art, die die französische Galanterie als *polies* bezeichnete –, die feste und ohne Zweifel feuchte Tiefen unter diesem plissierten, kakerlakenfarbigen Rock verhießen. Das Begehren erfaßte seinen ganzen

Körper. Zu seinem eigenen Erstaunen dachte er: ›Nun ja, warum eigentlich nicht?‹ Narciso hatte Lukrezia zum Tanzen aufgefordert; sie wiegten sich langsam, in enger Umarmung, vor der Wand, die mit Hirschgeweihen und Bärenköpfen bestückt war. Die Eifersucht verlieh seinen schlechten Gedanken ein süßherbes Aroma (aber sie trat nicht an ihre Stelle, noch vernichtete sie sie). Ohne zu zögern, beugte er sich vor, nahm Ilse das Glas, das sie hielt, aus der Hand und zog sie an sich: »Tanzen wir, liebe Schwägerin?« Sein Bruder hatte natürlich eine Folge von hautnah zu tanzenden Boleros aufgelegt.

Er fühlte einen Stich im Herz, als er durch die Haarsträhnen der Walküre sah, daß sein korsischer Bruder und Lukrezia Wange an Wange tanzten. Er umschlang ihre Taille und sie seinen Hals. Seit wann gab es diese Vertraulichkeiten zwischen ihnen? In zehn Jahren Ehe konnte er sich an nichts dergleichen erinnern. Ja, der Hexenmeister Narciso mußte die Getränke manipuliert haben. Während er sich in Vermutungen erging, hatte sein rechter Arm den Körper seiner Schwägerin zu seinem herangezogen. Diese widersetzte sich nicht. Als er fühlte, wie ihre Oberschenkel die seinen streiften und sie einander am Unterleib berührten, sagte er sich, nicht ohne Beunruhigung, daß nichts und niemand mehr die Erektion aufhalten konnte, die im Kommen war. Und sie kam, in der Tat, im gleichen Augenblick, da er Ilses Wange an seiner spürte. Das Ende der Musik wirkte auf ihn wie der Gong bei einem erbarmungslosen Boxkampf. »Danke, wunderschöne Brunhilde«, sagte er und küßte seiner Schwägerin die Hand. Dann arbeitete er sich zwischen Raubtierköpfen voll Gips oder Papiermaché dorthin vor, wo Lukrezia und Narciso sich – ungern?, widerwillig? – voneinander lösten. Er nahm seine Frau in die Arme und flüsterte ihr in scharfem Ton zu: »Gewährst du mir diesen Tanz, liebe Gattin?« Er führte sie in die dunkelste Ecke des Zimmers. Aus dem Augenwinkel sah er, daß Narciso und Ilse sich ebenfalls umarmten und sich, wie aufeinander abgestimmt, zu küssen begannen.

Während er den verdächtig schmachtenden Körper seiner Frau heftig an sich drückte, erwachte die Erektion wieder; er preßte sich jetzt ohne Umstände gegen diese bekannte Form. Lippen an Lippen, murmelte er:

»Weißt du, was Narciso mir vorgeschlagen hat?«

»Ich kann es mir denken«, antwortete Lukrezia mit einer Unbefangenheit, die Don Rigoberto ebenso aus dem Konzept brachte wie die Tatsache, aus ihrem Mund einen Ausdruck zu hören, den weder er noch sie jemals in der ehelichen Intimität benutzt hatten: »Daß du Ilse aufs Kreuz legst, während er mich aufs Kreuz legt?«

Er hatte Lust, ihr weh zu tun; aber statt dessen küßte er sie und gab sich einem jener leidenschaftlichen Gefühlsausbrüche hin, die ihn ab und zu übermannten. Außer sich, den Tränen nahe, flüsterte er, daß er sie liebe, sie begehre, daß er ihr nie genug für das Glück danken könne, das er ihr verdanke. »Ja, ja, ich liebe dich«, sagte er mit lauter Stimme. »Mit all meinen Träumen, Lukrezia.« Die Grisaille des Sonntags in Barranco lichtete sich, die Einsamkeit seines Arbeitszimmers war weniger lastend. Don Rigoberto merkte, daß eine Träne von seiner Wange getropft war und ein sehr passendes Zitat des Valéryschen Monsieur Teste befleckt hatte (Valeriana und Valéry, was für eine glückliche Verbindung), das seine eigene Beziehung zur Liebe definierte: *Tout ce qui m'était facile m'était indifférent et presque ennemi.*

Bevor die Traurigkeit sich seiner bemächtigte und das warme Gefühl, das er eben noch empfunden hatte, völlig in der zersetzenden Melancholie unterging, riß er sich zusammen, schloß halb die Augen, strengte seine Aufmerksamkeit an und kehrte in jenes Wohnzimmer der wilden Tiere, zu jener Nacht zurück, die der Rauch noch dichter machte – rauchte Narciso? Ilse? –, zu den gefährlichen Mischungen, dem Champagner, dem Kognak, dem Whisky, der Musik und der entspannten Stimmung, die sie einhüllte, nun nicht mehr in feste, bestimmte Paare geschieden, wie zu Beginn des Abends, bevor sie zum Abendessen in das Restaurant der Costa Verde gegangen waren, sondern vermischte, lockere Paare, und die Leichtigkeit, mit der sie sich voneinander lösten und wieder verbanden, entsprach dieser amorphen, sich kaleidoskopartig immer wieder neu zusammensetzenden Atmosphäre. Hatten sie das Licht gelöscht? Schon vor einer Weile. Narciso, wer sonst. Das Zimmer der toten Raubtiere wurde schwach vom Licht des Swimmingpools erhellt, das nur Schatten, Silhouetten, Umrisse ohne Identität erkennen ließ. Sein korsischer Bruder wußte, wie man einen Hinterhalt legte. Körper und Geist von Don Rigoberto gingen jetzt getrennte Wege; während dieser umherstreifte und herauszufinden suchte, ob er in dem von Narciso vorgeschlagenen Spiel bis zur letzten Konsequenz gehen würde, hatte sein Körper das Spiel bereits ungeniert, frei von allen Skrupeln begonnen. Wen liebkoste er in diesem Augenblick, während er tat, als würde er tanzen, und sich doch nur auf der Stelle wiegte, mit dem vagen Gefühl, daß die Musik in bestimmten Zeitabständen verstummte und wieder einsetzte? Lukrezia oder Ilse? Er wollte es nicht wissen. Es war lustvoll, diese an ihn geschmiegte weibliche Form zu fühlen, deren Brüste er köstlich durch das Hemd hindurch spürte, diesen glatten Hals, in den sich seine Lippen langsam vergruben, bis sie ein Ohr erreichten, dessen Höhlung die Spitze seiner Zunge gierig ausforschte. Nein, dieser Knorpel oder kleine Knochen gehörte nicht Lukrezia. Er hob den Kopf und versuchte, das Halbdunkel der Ecke zu durchdringen, in der er, wie er sich erinnerte, vor einem Augenblick Narciso hatte tanzen sehen.

»Sie sind schon vor einer Weile nach oben gegangen.« Ilses Stimme klang ihm verschwommen und gelangweilt ins Ohr. Er konnte sogar einen spöttischen Unterton erkennen.

»Wohin?« fragte er dumm, um sich sofort seiner Dummheit zu schämen.

»Wohin wohl?« antwortete Ilse mit einem kleinen boshaften Lachen und deutschem Humor. »Den Mond anschauen? Pipi machen? Was glaubst du wohl, lieber Schwager?«

»In Lima sieht man nie den Mond«, stotterte Don Rigoberto, während er Ilse losließ und zurücktrat. »Und die Sonne, wenn's hochkommt, im Sommer. Wegen des verfluchten Dunstes.«

»Narciso hat es schon lange auf Lucre abgesehen.«
Ilse gab kein Pardon und brachte ihn auf die Folter-
bank zurück; sie sprach, als habe sie nichts mit der
Sache zu tun. »Sag mir nicht, daß du das nicht bemerkt hast, denn so blöd bist du nicht.«

Sein Rausch war verflogen; seine Erregung ebenfalls. Er begann zu schwitzen. Stumm, fassungslos,
fragte er sich, wie es möglich war, daß Lukrezia
so willig den Machenschaften seines korsischen Bruders nachgegeben hatte, als Ilses leise, heimtückische
Stimme ihn abermals aufschreckte:

»Macht es dich ein bißchen eifersüchtig, Rigo?«

»Na ja, schon«, gab er zu. Und freimütiger: »Sehr,
in Wirklichkeit.«

»Ich war auch eifersüchtig, am Anfang«, sagte sie,
als handle es sich um nichts als eine Bridge-Runden-
Banalität. »Du gewöhnst dich daran, und dann
macht es dir gar nichts mehr aus.«

»Schön, schön«, sagte er verwirrt. »Ihr betreibt
also viel Partnertausch, du und Narciso?«

»Alle drei Monate«, antwortete Ilse mit preußi-
scher Präzision. »Das ist nicht viel. Narciso meint,
daß man diese Abenteuer nur von Zeit zu Zeit unternehmen soll, damit sie nicht ihren Reiz verlieren.
Immer mit ausgewählten Leuten. Wenn sie trivial
werden, dann macht es keinen Spaß mehr.«

›Er wird sie schon ausgezogen haben‹, dachte er.
›Er wird sie schon in den Armen halten.‹ Ob Lukrezia
ihn wohl mit der gleichen Begierde küßte und streichelte wie sein korsischer Bruder sie? Er zitterte am
ganzen Körper, als ihn Ilses Frage wie ein Keulenhieb
traf:

»Würdest du sie gerne sehen?«

Sie hatte ihr Gesicht dem seinen genähert. Das lange blonde Haar seiner Schwägerin kitzelte seinen Mund und seine Augen.

»Im Ernst?« murmelte er verdutzt.

»Würdest du gerne?« beharrte sie, während sie mit den Lippen sein Ohr streifte.

»Ja, ja«, nickte er, mit dem Gefühl, seine Knochen und er selbst lösten sich auf.

Sie hatte ihn an der rechten Hand gefaßt. »Schön langsam, schön still«, gebot sie und ließ ihn zu der eisernen Wendeltreppe schweben, die in die Schlafzimmer hinaufführte. Sie lag im Dunkeln, ebenso wie der Gang, obwohl in diesen der Widerschein der Lampen des Gartens gelangte. Der Teppichboden verschluckte ihre Schritte; sie gingen auf den Zehenspitzen. Don Rigoberto spürte, wie sein Herz schneller schlug. Was erwartete ihn? Was würde er sehen? Seine Schwägerin blieb stehen und flüsterte ihm einen weiteren Befehl ins Ohr: »Zieh dir die Schuhe aus«, woraufhin sie sich hinunterbeugte, um selbst die Schuhe abzustreifen. Don Rigoberto gehorchte. Er fühlte sich lächerlich, wie ein Dieb, ohne Schuhe, in Strümpfen in diesem dunklen Gang, von Ilse an der Hand geführt, als wäre er Fonchito. »Mach keinen Lärm, du würdest alles verderben«, sagte sie leise. Er nickte wie ein Automat. Ilse bewegte sich weiter vorwärts, öffnete eine Tür, ließ ihn eintreten. Sie befanden sich im Schlafzimmer und waren vom Bett nur durch eine halbe Ziegelwand getrennt, die durch ihre rhombenförmigen Durchbrüche das Liebeslager sehen ließ. Es war sehr breit und theatralisch. In dem Lichtkegel, der von einem in die Zimmerdecke eingelassenen Leuchtkörper herabfiel, sah er seinen korsischen Bruder und seine Frau, die, miteinander verschmolzen, sich im gleichen Takt bewegten. Bis zu ihm gelangte das verhaltene Keuchen ihrer Zwiesprache.

»Du kannst dich setzen« erklärte Ilse ihm. »Hierhin.«

Er ließ alles mit sich geschehen. Er trat einen Schritt zurück und ließ sich neben seiner Schwägerin auf etwas nieder, das ein langes Sofa voller Kissen sein mußte, so aufgestellt, daß demjenigen, der dort saß, keine Einzelheit des Schauspiels entging. Was bedeutete das? Don Rigoberto entfuhr ein leises Lachen: »Mein korsischer Bruder ist barocker, als ich dachte.« Sein Mund war ausgetrocknet.

Es war, als habe sich dieses Paar ein Leben lang geliebt, so geschickt fanden sie sich zusammen, so perfekt fügten sie sich ineinander. Ihre Körper kamen nie aus dem Rhythmus; bei jeder neuen Position schienen das Bein, der Ellbogen, die Schulter, die Hüfte sich noch besser anzuschmiegen, jeder schien in jedem Augenblick seine Lust noch tiefer aus dem anderen zu schöpfen. Da waren die schönen vollen Formen, das gewellte, tiefschwarze Haar seiner Geliebten, die hochgereckten Hinterbacken, die an einen stolzen Felsvorsprung denken ließen, der sich dem Ansturm des aufgewühlten Meeres widersetzt. ›Nein‹, sagte er zu sich. Eher an den prachtvollen Hintern der wunderschönen Fotografie *La Prière* von Man Ray (1930). Er suchte in seinen Heften, und in wenigen Minuten hatte er sie vor sich. Sein Herz krampfte sich zusammen, als er daran dachte, wie Lukrezia so für ihn in der nächtlichen Intimität posiert hatte, auf den Fersen sitzend, mit beiden Händen die Halbkugeln ihrer Hinterbacken haltend. Unpassend war auch nicht der Vergleich mit dem anderen Bild Man Rays, das im Heft neben dem vorhergehenden erschien, denn der musikalische Rükken von *Kiki de Montparnasse* alias *Violon d'Ingres* (1925) glich genau dem, den Lukrezia in diesem Augenblick darbot, da sie sich zur Seite wälzte. Die Bewegung ihrer sich tief durchbiegenden Hüften ließ ihn ein paar Sekunden lang schweben, wie berauscht. Aber die behaarten Arme, die diesen Körper umfaßten, die Beine, die diese Schenkel fest im Griff hielten und sich zwischen sie drängten, waren nicht seine, auch nicht jenes Gesicht – er vermochte Narcisos Gesichtszüge nicht zu erkennen –, das jetzt über Lukrezias Rücken wanderte, ihn Millimeter für Millimeter ausforschte, mit halboffenem Mund, wie unschlüssig darüber, wo er sich niederlassen, was er küssen sollte. Durch Don Rigobertos betäubten Kopf schoß das Bild des Trapezkünstler-Paares »Die menschlichen Adler«, die durch die Luft flogen, sich in der Luft trafen – sie führten ihre Nummer ohne Netz aus –, nachdem sie zehn Meter über dem Boden Purzelbäume geschossen hatten. So geschickt, so vollkommen, so abgestimmt aufeinander waren Lukrezia und Narciso. Ein dreifaches Gefühl (Bewunderung, Neid und Eifersucht) erfüllte ihn, und erneut rannen ihm sentimentale Tränen über die Wangen. Er bemerkte, daß Ilses Hand fachmännisch seinen Hosenschlitz inspizierte.

»Na so was, es erregt dich überhaupt nicht«, hörte er sie urteilen, ohne die Stimme zu senken.

Don Rigoberto gewahrte ein überraschtes Zusammenfahren auf dem Bett. Sie hatten sie natürlich gehört; sie konnten nicht weiter so tun, als wüßten sie nicht, daß sie beobachtet wurden. Sie verharrten reglos; das Profil Doña Lukrezias wandte sich der durchbrochenen Mauer zu, die sie beschützte, aber Narciso küßte sie erneut und verwickelte sie abermals in das Liebesgefecht.

»Verzeih mir, Ilse«, murmelte er. »Ich enttäusche dich, es tut mir leid. Es ist nämlich so, daß ich . . . ich, wie soll ich sagen, daß ich monogam bin. Ich kann nur mit meiner Frau schlafen.«

»Natürlich bist du das«, sagte Ilse lachend, mitfühlend und so laut, daß sich jetzt vor ihnen, im Licht, Doña Lukrezias zerzauster Kopf der Umarmung seines korsischen Bruders entzog und Don Rigoberto ihre großen, weit aufgerissenen Augen sah, die erschreckt dorthin schauten, wo er und Ilse saßen. »Genau wie dein korsischer Bruder also. Narciso möchte immer nur mit mir schlafen. Aber er braucht ein paar Appetithappen, eine Vorspeise, Umschweife. Er ist nicht so einfach wie du.«

Sie lachte erneut, und Don Rigoberto merkte, daß sie von ihm abrückte, während sie ihm zärtlich über sein schütteres Haar strich, wie eine Lehrerin bei einem Kind, das brav gewesen ist. Er traute seinen Augen nicht: wann hatte Ilse sich ausgezogen? Da lagen ihre Kleider auf dem Sofa, und dort war sie, von der Gymnastik gestählt, nackt von Kopf bis Fuß, und steuerte, das Halbdunkel zerteilend, auf das Bett zu, so wie ihre fernen Vorfahren, die Walküren, mit zweihornigen Helmen bewehrt, auf der Jagd nach Bären, Raubkatzen und Menschen einst die Wälder zerteilt hatten. Genau in diesem Augenblick ließ Narciso von Lukrezia ab, rückte in die Mitte, um Platz zu machen – sein Gesicht zeigte unbeschreibliche Freude –, und breitete die Arme aus, um sie mit einem tierischen Laut der Zustimmung zu empfangen. Und da war jetzt die verschmähte, in sich zurückgezogene Lukrezia, die sich zum anderen Ende des Bettes hin entfernte, im vollen Bewußtsein, daß sie von nun an dort zuviel war, nach rechts und links Ausschau haltend, auf der Suche nach jemandem, der ihr erklären könnte, was sie tun sollte. Don Rigoberto verspürte Mitleid. Ohne ein Wort zu sagen, rief er sie. Er sah, wie sie sich vom Bett erhob, auf Zehenspitzen, um die geschäftigen Eheleute nicht zu stören, auf dem Boden ihre Kleidung zusammensuchte, sich halbwegs bedeckte und auf die Stelle zukam, wo er sie mit offenen Armen erwartete. Sie schmiegte sich bebend an seine Brust.

»Verstehst du etwas, Rigoberto?« hörte er sie sagen.

»Nur, daß ich dich liebe«, antwortete er, sie fest in die Arme schließend. »Nie habe ich dich so schön gesehen. Komm, komm.«

»Schöne korsische Brüder«, hörte er die Walküre in der Ferne lachen, vor dem Hintergrund laut schnaubender Wildschweine und wagnerisch tönender Trompeten.

Wo bist Du? Im Groteskensaal des Österreichischen Barock-Museums, im Unteren Belvedere von Wien.

Was machst du da? Du studierst sorgfältig eines der weiblichen Geschöpfe von Jonas Drentwett, die seinen Wänden Phantasie und Ruhm verleihen.

Welches? Das den langen Hals reckt, um besser den Oberkörper herausstrecken und die wunderschöne, aufreizende Brust mit der rötlichen Knospe zeigen zu können, die zu kosten alle beseelten Wesen herbeieilen würden, wenn Du sie nicht reserviert hättest.

Für wen? Für den, der aus der Ferne in Dich verliebt ist, der Deine Identität rekonstruiert, für den Maler, der Dich nach seiner Laune auseinandernimmt und wieder zusammensetzt, für den, der wach von Dir träumt.

Was mußt Du tun? Dieses Geschöpf auswendig lernen und es in der Abgeschiedenheit Deines Schlafzimmers nachahmen, in Erwartung der Nacht, in der ich kommen werde. Laß Dich nicht beirren, weil Du keinen Schwanz hast noch Raubtierkrallen, noch die Gewohnheit, auf allen vieren zu gehen. Wenn Du mich wirklich liebst, wirst Du einen Schwanz und Raubtierkrallen haben, und Du wirst auf allen vieren gehen und ganz allmählich, dank der Beständigkeit und Beharrlichkeit, welche die Großtaten der Liebe erfordern, wirst du aufhören, die Lukrezia aus San Isidro zu sein, um die mythologische zu werden, Lukrezia, die falbe geflügelte Harpyie, Lukrezia, die aus den Legenden und Mythen Griechenlands (mit einem Zwischenhalt auf den römischen Fresken, von denen

Jonas Drentwett dich abkopierte) in mein Herz und mein Begehren eingetreten ist.

Bist Du schon wie sie? Die Kruppe eingezogen, die Brust stolz, den Kopf emporgereckt? Fühlst Du schon, daß der Katzenschwanz sich herausbildet und daß Dir lanzettförmige, blaßrote Flügel wachsen? Was Dir noch fehlt, das Diadem für die Stirn, die Halskette aus Topasen, der Gürtel aus Gold und Edelsteinen, in dem Dein zarter Oberkörper ruhen soll, wird Dir als Unterpfand der Bewunderung und Verehrung bringen, wer Dich mehr als alle wirklichen und unwirklichen Dinge liebt,

Der einen Narren an den Harpyien gefressen hat.

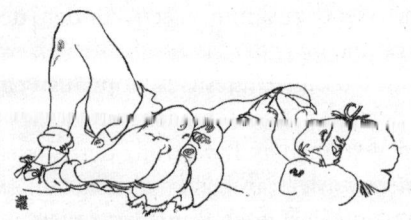

V. Fonchito und die Mädchen

Señora Lukrezia trocknete sich noch einmal die la-
chenden Augen, um Zeit zu gewinnen. Sie traute sich
nicht, Fonchito zu fragen, ob es stimmte, was Teté
Barriga ihr erzählt hatte. Zweimal war sie nahe daran gewesen, und beide Male hatte sie der Mut verlassen.

»Worüber lachst du so, Stiefmutter?« wollte der
Junge wissen, neugierig geworden. Denn seit er in das
Haus am Olivar von San Isidro gekommen war, tat
Señora Lukrezia nichts anderes, als immer wieder
unvermittelt laut aufzulachen, während sie ihn mit
den Augen verschlang.

»Über etwas, das eine Freundin mir erzählt hat.«
Doña Lukrezia errötete. »Ich schäme mich zu Tode,
dich zu fragen. Aber ich bin auch ganz versessen darauf, zu erfahren, ob es stimmt.«

»Sicher irgendein Klatsch über meinen Papa.«

»Ich werde es dir sagen, auch wenn es ziemlich
ordinär ist«, beschloß Señora Lukrezia. »Meine
Neugier ist stärker als meine gute Erziehung.«

Teté zufolge, deren Mann dabei war und es ihr halb
vergnügt, halb wütend erzählt hatte, handelte es sich
um eines jener Treffen, die alle zwei oder drei Monate
in Don Rigobertos Arbeitszimmer stattfanden. Es
waren nur Männer, fünf oder sechs langjährige
Freunde aus der Schulzeit, der Universitätszeit oder
der Jugendclique, und sie hielten aus lauter Routine
an diesen Zusammenkünften fest, ohne Begeiste-

rung, aber auch ohne zu wagen, das Ritual zu durch-
brechen, vielleicht aus der abergläubischen Annah-
me heraus, daß, wenn jemand sich nicht einfand, der
Deserteur oder die ganze Gruppe von Unglück heimgesucht würden. Und so trafen sie sich weiter, obwohl sie wahrscheinlich ebensowenig wie Rigoberto
noch das geringste Gefallen an dieser zwei- oder drei-
monatlichen Zusammenkunft fanden, bei der sie
Kognak tranken, Käsepasteten aßen und die Toten
und das aktuelle politische Geschehen Revue passieren ließen. Doña Lukrezia erinnerte sich, daß Don
Rigoberto danach der Kopf schmerzte vor lauter
Langeweile und er ein paar Baldriantropfen zu sich
nehmen mußte. Es war beim letzten Treffen gewesen,
vor einer Woche. Die Freunde – in den Fünfzigern
und Sechzigern, einige an der Schwelle zur Pensionie-
rung – sahen Fonchito mit seinem hellen, zerzausten
Haar hereinkommen. In seinen großen blauen Augen
malte sich Überraschung darüber, sie dort vorzufinden. Die nachlässig getragene Schuluniform gab seiner schönen kleinen Gestalt einen Anflug von Freiheit. Die Herren lächelten ihn an, sagten guten
Abend, wie groß du bist, was bist du doch gewachsen.

»Grüßt du nicht?« hatte Don Rigoberto ihn mit
einem Räuspern gefragt.

»Doch, natürlich«, antwortete die kristallklare
Stimme ihres Stiefsohnes. »Aber, Papi, sag deinen
Freunden bitte, wenn sie mich streicheln wollen,
dann nicht am Po.«

Señora Lukrezia brach zum fünften Mal an diesem
Nachmittag in schallendes Lachen aus.

»Das hast du zu ihnen gesagt, Fonchito?«

»Na ja, unter dem Vorwand, mich zu streicheln, fassen sie mich immer da an«, sagte der Junge, die Schultern zuckend. »Ich mag nicht, daß man mich da anfaßt, auch nicht im Spaß, danach juckt er. Und wenn es mich juckt, kratz ich mich, bis ich Quaddeln kriege.«

»Dann stimmte es also, du hast es gesagt.« Señora Lukrezia wechselte vom Lachen zum Staunen und wieder zum Lachen. »Natürlich, Teté konnte so etwas nicht erfinden. Und Rigoberto, wie hat er reagiert?«

»Er warf mir einen Blick zu, als wollte er mich umbringen, und schickte mich auf mein Zimmer, Schularbeiten machen«, sagte Fonchito. »Später, als sie fort waren, hielt er mir eine Strafpredigt. Er hat mir das Taschengeld vom Sonntag gestrichen.«

»Diese Alten, die ihre Hände nicht bei sich behalten können«, rief Señora Lukrezia aus, nun empört. »So eine Frechheit. Wenn ich sie dabei erwischt hätte, ich hätte sie hochkant hinausgeworfen. Und dein Papa hat sich nicht aus dem Konzept bringen lassen? Aber vorher mußt du mir schwören: Stimmt das, Fonchito? Sie haben dich am Po angefaßt? Ist das nicht eine von deinen absurden Ideen?«

»Natürlich haben sie mich angefaßt. Hier«, sagte der Junge, während er sich auf die Hinterbacken klopfte. »Genau wie die Geistlichen in der Schule. Warum, Stiefmutter? Was ist mit meinem Po, daß alle ihn anfassen wollen?«

Señora Lukrezia sah ihn prüfend an und versuchte herauszufinden, ob er nicht log.

»Wenn es stimmt, dann sind das schamlose, gemeine Kerle«, rief sie schließlich aus, noch immer im Zweifel. »In der Schule auch? Hast du es denn nicht Rigoberto gesagt, damit er sich beschwert?«

Der Junge machte ein engelhaftes Gesicht:

»Ich will ihm nicht noch mehr Sorgen machen. Schon gar nicht jetzt, wo er so traurig ist.«

Doña Lukrezia senkte den Kopf, verwirrt. Dieses Kind war ein Meister darin, Dinge zu sagen, die ihr Unbehagen bereiteten. Na ja, wenn es stimmte, dann war es gut, daß er diese frechen Kerle in Bedrängnis gebracht hatte. Teté Barrigas Mann hatte seiner Frau erzählt, er und seine Freunde hätten wie versteinert dagestanden, eine ganze Weile, und nicht gewagt, Rigoberto anzusehen. Danach hatten sie Scherze gemacht, wenn auch mit betretenen Gesichtern. Wie dem auch sei, genug jetzt davon. Sie ging zu anderen Dingen über. Sie fragte Fonchito, wie es ihm in der Schule erging, ob es nicht zu seinem Nachteil war in der Akademie, wenn er vor dem Ende des Unterrichts fortging, ob er im Kino gewesen sei, beim Fußball, auf irgendeinem Fest. Aber Justiniana, die gerade mit dem Tee und den Biskuits hereintrat, brachte die Sprache wieder darauf zurück. Sie hatte alles mit angehört und äußerte unverblümt ihre Meinung. Sie war sicher, daß es nicht stimmte: »Glauben Sie ihm nicht, Señora. Das war wieder mal so ein Streich von diesem Schlingel, damit die Herren schön dumm dastanden vor Don Rigoberto. Kennen Sie ihn denn nicht?« »Wenn deine Biskuits nicht so gut wären, würde ich böse auf dich werden, Justita.« Doña Lukrezia merkte, daß sie eine Unvorsichtigkeit begangen hatte; sie hatte sich von ihrer morbiden Neugier besiegen lassen und damit – bei Fonchito konnte man nie wissen – vielleicht schlafende Hunde geweckt. In der Tat, als Justiniana die Tassen und Teller abräumte, traf die Frage des Jungen sie wie ein Peitschenhieb:

»Woran liegt es nur, daß den Erwachsenen die Kinder so gefallen, Stiefmutter?«

Justiniana entwischte mit einem Laut, der aus ihrer Kehle oder aus ihrem Magen kam und nur ein unterdrücktes Lachen sein konnte. Doña Lukrezia suchte Fonchitos Augen. Sie forschte sie in aller Ruhe aus, auf der Suche nach einem Funken Boshaftigkeit, nach Hintergedanken. Nichts. Die Reinheit eines klaren Himmels.

»Alle Leute mögen Kinder«, sagte sie heuchlerisch. »Es ist normal, daß man zärtliche Gefühle für sie hat. Sie sind klein, zerbrechlich, manchmal sehr hübsch.«

Sie fühlte sich dumm und spürte den dringenden Wunsch, Fonchitos großen ruhigen und klaren Augen zu entgehen, die sie anblickten.

»Egon Schiele hatte eine große Vorliebe für sie«, sagte er nickend. »In Wien gab es zu Beginn des Jahrhunderts viele verlassene Mädchen, die auf der Straße lebten. Sie bettelten in den Kirchen, in den Cafés.«

»Wie in Lima«, sagte sie, ohne zu wissen, was sie sagte. Wieder einmal beherrschte sie das Gefühl, eine kleine Fliege zu sein, die sich all ihren Anstrengungen zum Trotz vom Schlund der Spinne angezogen fühlte.

»Er ging in den Park von Schönbrunn, wo es sie haufenweise gab. Er nahm sie in sein Atelier mit. Gab ihnen zu essen und schenkte ihnen Geld«, fuhr Fonchito unerbittlich fort. »Der Herr Paris von Gütersloh, ein Freund, den er gemalt hat, ich zeig dir gleich das Bild, sagt, er habe in seinem Atelier immer zwei oder drei Mädchen von der Straße angetroffen. Sie wohnten da, auf seine Kosten. Sie legten sich schlafen oder spielten, während er malte. Glaubst du, es war etwas dabei?«

»Wenn er ihnen zu essen gab und ihnen half, was soll dann dabei gewesen sein.«

»Aber er brachte sie dazu, sich auszuziehen, und hat sie gemalt, während sie bestimmte Posen einnahmen«, fügte der Junge hinzu. Doña Lukrezia dachte: ›Mir bleibt kein Entrinnen.‹ »War das schlecht von Egon Schiele?«

»Na ja, ich glaube nicht«, sagte die Stiefmutter und schluckte. »Ein Künstler braucht Modelle, Warum soll man schlecht davon denken? Hat Degas denn nicht gern die Ballettratten gemalt, die kleinen Tänzerinnen der Pariser Oper? Egon Schiele ließ sich eben auch von kleinen Mädchen inspirieren.«

Aber warum hatte man ihn dann verhaftet und beschuldigt, eine Minderjährige entführt zu haben? Warum wegen Verbreitung unsittlicher Gemälde zu einer Gefängnisstrafe verurteilt? Warum gezwungen, eine Zeichnung zu verbrennen, unter dem Vorwand, die Kinder würden in seinem Atelier unanständige Dinge sehen?

»Ich weiß nicht, warum«, sagte sie beschwichtigend, als sie sah, daß er sich immer mehr erregte. »Ich weiß nichts über Schiele, Fonchito. Du bist es, der alles über ihn weiß. Künstler sind komplizierte Personen, das soll dein Papa dir erklären. Sie brauchen keine Heiligen zu sein. Man darf sie weder idealisieren noch verteufeln. Ihre Werke zählen, nicht ihr Leben. Was von Schiele geblieben ist, ist die Art, wie er die Mädchen gemalt hat, nicht, was er mit ihnen in seinem Atelier gemacht hat.«

»Er ließ sie diese farbigen Strümpfe anziehen, die ihm so gefielen«, schloß Fonchito die Erzählung ab. »Sich auf das Sofa, auf den Boden legen, allein, zu zweit. Dann stieg er auf eine Leiter, um sie von oben zu betrachten. Von dort oben machte er eine Skizze, in Hefte, die später veröffentlicht wurden. Mein Papa hat das Buch. Aber auf deutsch. Ich konnte es nicht lesen, nur die Zeichnungen ansehen.«

»Auf einer Leiter? So malte er sie?«

Du warst schon im Spinnennetz gefangen, Lukrezia. Er schaffte es immer, der Rotzjunge. Jetzt versuchte sie nicht, ihn vom Thema abzubringen; sie folgte ihm voll Interesse. Die reine Wahrheit, Stiefmutter. Er sagte, sein Traum sei, ein Raubvogel zu sein. Die Welt von oben zu malen, wie ein Kondor oder ein Geier sie sehen würde. Und wenn man darauf achtete, dann war das die reine Wahrheit. Er würde es ihr sofort beweisen. Er sprang auf, suchte in seiner Akademietasche, hockte sich einen Augenblick später zu ihren Füßen nieder – sie saß wie immer auf dem Sofa und er auf dem Boden – und blätterte in den Seiten eines neuen, umfangreichen Bildbandes von Egon Schiele, den er auf die Knie der Stiefmutter stützte. Wußte er wirklich soviel über diesen Maler? Wieviel davon stimmte? Und warum diese Fixierung auf Egon Schiele? Ob das Dinge waren, die er von Rigoberto hörte? War dieser Maler die neueste Obsession ihres Ex-Mannes? Wie dem auch sei, er hatte nicht unrecht. Diese liegenden Mädchen, diese verschlungenen Liebenden, diese gespenstischen Städte ohne Menschen, ohne Tiere, ohne Fahrzeuge, mit Häusern, die sich an verlassenen Flüssen zusammenballten und wie eingefroren wirkten, schienen aus der Höhe wahrgenommen zu sein, von einem angriffsbereiten Vogel, der mit einem alles erfassenden, erbarmungslosen Blick über ihnen schwebte. Ja, aus der Perspektive eines Raubvogels. Das kleine Engelsgesicht lächelte sie an: »Hab ich es dir nicht gesagt, Stiefmutter?« Sie nickte widerwillig. Hinter diesen Gesichtszügen eines Cherubs, dieser Heiligenbildchenunschuld nistete eine subtile, frühreife Intelligenz, eine Psyche, die ebenso verwickelt war wie die Rigobertos. In diesem Augenblick wurde ihr bewußt, was auf der Buchseite zu sehen war. Sie stand plötzlich in Flammen wie eine Fackel. Fonchito hatte das Buch auf der Seite eines Aquarells in roten Tönen mit cremefarbenen Zwischenräumen und einem malvenfarbenen Streifen aufgeschlagen, dem Doña Lukrezia erst jetzt Aufmerksamkeit schenkte: die ausgemergelte Gestalt des Künstlers selbst, sitzend, und zwischen seinen gespreizten Beinen ein nacktes Mädchen, mit dem Rücken zu ihm, das wie eine Fahnenstange sein riesiges Glied hochhielt.

»Dieses Paar wurde ebenfalls von oben gemalt«, klärte die glockenhelle Stimme sie auf. »Aber wie hat er nur die Skizze angefertigt? Von der Leiter aus konnte er es nicht, denn er selbst sitzt ja auf dem Boden. Du verstehst, nicht wahr?«

»Ich verstehe, daß es ein sehr obszönes Selbstporträt ist«, sagte Doña Lukrezia. »Besser, du blätterst weiter.«

»Ich finde es traurig«, widersprach ihr der Junge im Brustton der Überzeugung. »Sieh doch nur das Gesicht von Schiele an. Es ist eingefallen, als könne er nicht mehr vor lauter Kummer. Es sieht aus, als wollte er weinen. Er war erst einundzwanzig Jahre alt, Stiefmutter. Warum, glaubst du, hat er dieses Bild *Die rote Hostie* genannt?«

»Das finden wir besser nicht heraus, du Naseweis.« Doña Lukrezia begann, ärgerlich zu werden. »So heißt es? Es ist also nicht nur obszön, sondern auch ein Sakrileg. Schlag die Seite um, oder ich zerreiß sie.«

»Aber Stiefmutter«, sagte Fonchito tadelnd. »Du wirst doch wohl nicht wie dieser Richter sein, der Egon Schiele dazu verurteilte, sein Bild zu zerreißen, du kannst nicht so ungerecht und so voller Vorurteile sein.«

Seine Empörung wirkte echt. Seine Pupillen glänzten, seine zarten Nasenflügel bebten, und sogar seine Ohren waren spitz geworden. Doña Lukrezia bedauerte, was sie gesagt hatte.

»Schön, du hast recht, gegenüber der Malerei, der Kunst muß man tolerant sein.« Sie rieb sich nervös die Hände. »Du bringst mich ganz durcheinander, Fonchito. Ich weiß nie, ob du bei dem, was du sagst oder tust, spontan bist oder irgendwelche Hintergedanken hast. Ich weiß nie, ob ich es mit einem Kind zu tun habe oder mit einem lasterhaften, perversen Greis, der sich hinter dem Gesicht eines Jesuskinds verbirgt.«

Fonchito betrachtete sie verwirrt; die Überraschung schien aus seinem tiefsten Innern zu kommen. Er blinzelte, ohne zu begreifen. War sie es, die dieses Kind mit ihrem Mißtrauen empörte? Natürlich nicht. Und doch, als sie sah, daß Fonchitos Augen feucht wurden, fühlte sie sich schuldig.

»Ich weiß nicht einmal, was ich sage«, murmelte sie. »Vergiß es, ich habe nichts gesagt. Komm, gib mir einen Kuß, wir vertragen uns.«

Der Junge richtete sich auf und schlang ihr die Arme um den Hals. Doña Lukrezia fühlte die bebende, zerbrechliche Gestalt, die zarten Knochen, diesen kleinen Körper an der Grenze der Adoleszenz, an der die Jungen noch nicht ganz von den Mädchen geschieden sind.

»Sei nicht böse auf mich, Stiefmutter«, hörte sie ihn an ihrem Ohr. »Sag mir, wenn ich etwas Unrechtes tue, gib mir Ratschläge. Ich will so sein, wie du mich haben willst. Aber sei nicht böse.«

»Ist ja gut, es ist schon vorbei.«

Sie war in seinen kleinen Armen gefangen, die um ihren Hals lagen, und er sprach so langsam und leise, daß sie nicht verstand, was er sagte. Aber sie spürte mit all ihren Nerven die kleine Zungenspitze des Jungen, als sie, wie ein zartes Stilett, in ihre Ohrmuschel eindrang und sie mit Speichel befeuchtete. Sie widerstand dem Impuls, ihn fortzuschieben. Einen Augenblick später fühlte sie, wie die schmalen Lippen ihr Ohrläppchen mit einzelnen kleinen Küssen bedeckten. Jetzt schob sie ihn sanft zur Seite – ihr liefen leichte Schauer über den ganzen Körper – und sah sich mit seinem schalkhaften Gesicht konfrontiert.

»Hab ich dich gekitzelt?« Er schien sich einer Heldentat zu rühmen. »Du hast ja überall gezittert. Hast du einen elektrischen Schlag bekommen?«

Sie wußte nicht, was sie antworten sollte. Sie lächelte gezwungen.

»Ich hätte beinahe vergessen, es dir zu sagen.« Fonchito befreite sie aus ihrer Bedrängnis und kehrte wieder an seinen gewohnten Platz zurück, am Fuß des Sofas. »Ich habe angefangen, für meinen Papa die Arbeit zu machen.«

»Was für eine Arbeit?«

»Na, eure Versöhnung«, erklärte der Junge mit den Händen fuchtelnd. »Weißt du, was ich gemacht habe? Ich habe ihm gesagt, daß ich gesehen habe, wie du aus der Kirche Virgen del Pilar gekommen bist, höchst elegant und am Arm eines Herrn. Daß ihr wie ein Paar in den Flitterwochen gewirkt habt.«

»Und warum hast du ihn angelogen?«

»Um ihn eifersüchtig zu machen. Und das hab ich geschafft. Er wurde ganz nervös, Stiefmutter!«

Er brach in ein Lachen aus, das von einer gewaltigen Lebensfreude zeugte. Sein Papi war blaß geworden; seine Augen traten ihm fast aus dem Kopf, und zuerst sagte er gar nichts. Aber die Neugier verzehrte ihn, er war ganz wild darauf, mehr zu erfahren. Er wirkte so verstört! Um ihm die Sache zu erleichtern, eröffnete Fonchito das Feuer:

»Glaubst du, daß meine Stiefmutter daran denkt, wieder zu heiraten, Papi?«

Don Rigoberto machte ein saures Gesicht und eine pferdeartige Bewegung mit dem Kopf, bevor er antwortete:

»Ich weiß es nicht. Du hättest sie fragen sollen.« Und nach kurzem Zögern, bemüht, natürlich zu erscheinen: »Wer weiß. Kam es dir vor, als sei dieser Herr mehr als ein Freund?«

»Na ja, ich weiß nicht.« Fonchito hatte gewiß den Zweifelnden gespielt und dabei langsam den Kopf geschüttelt wie der Kuckuck der Uhr. »Sie gingen Arm in Arm. Der Herr schaute sie an wie im Film. Und sie warf ihm auch ein paar ganz schön kokette Blicke zu.«

»Ich bring dich um, weil du ein Gauner und ein Lügner bist.« Señora Lukrezia warf ein Kissen nach ihm, das Fonchito am Kopf traf, was er mit großem Gezeter quittierte. »Du bist ein Schwindler. Du hast ihm nichts gesagt, du machst dich über mich lustig, wie's dir paßt.«

»Beim Allerheiligsten, Stiefmutter.« Der Junge lachte laut auf und küßte seine verschränkten Fingerspitzen.

»Du bist der schlimmste Zyniker, den ich je gekannt habe.« Sie schoß ein weiteres Kissen auf ihn ab, ebenfalls lachend. »Wie wirst du erst, wenn du groß bist. Gott beschütze die arme unschuldige Seele, die sich in dich verliebt.«

Der Junge wurde ernst, in einem jener jähen Stimmungswechsel, die Doña Lukrezia so sehr verwirrten. Er hatte die Arme vor der Brust gekreuzt, saß wie ein Buddha da und schaute sie leicht ängstlich an.

»Das hast du doch im Scherz gesagt, nicht wahr, Stiefmutter? Oder glaubst du wirklich, daß ich schlecht bin?«

Sie streckte die Hand aus und strich ihm übers Haar.

»Nein, schlecht nicht«, sagte sie. »Aber du bist unvorhersehbar. Und ein Naseweis mit zuviel Phantasie, das wohl.«

»Ich möchte, daß ihr euch vertragt«, unterbrach Fonchito sie mit einer energischen Gebärde. »Deshalb habe ich diese Geschichte für ihn erfunden. Ich habe einen Plan.«

»Da ich betroffen bin, laß mich wenigstens mein Einverständnis geben.«

»Es ist nur ...« Fonchito hob bittend die Hände. »Er ist noch nicht ganz fertig. Du mußt Vertrauen zu mir haben. Ich muß ein paar Sachen über euch wissen. Zum Beispiel, wie ihr euch kennengelernt habt, mein Papa und du. Und wie es kam, daß ihr geheiratet habt.«

Ein Sturzbach melancholischer Bilder ließ in Doña Lukrezias Erinnerung den Tag auferstehen – elf Jahre war es schon her –, an dem man ihr auf jenem lauten, langweiligen Fest zur Feier der Silberhochzeit eines Onkels und einer Tante diesen Herrn mit finsterer Visage, großen Ohren, kriegerischer Nase und beginnender Kahlheit vorgestellt hatte. Ein Fünfziger, über den eine kupplerische Freundin sie informierte, die darauf bestand, alle Welt zu verheiraten: »Frischer Witwer, ein Sohn, Geschäftsführer der Versicherungsgesellschaft La Perricholi, ein bißchen schrullig, aber aus bester Familie und mit Geld.« Am

Anfang behielt sie von Rigoberto nur die düstere Erscheinung im Sinn, seine ungesellige Art, das Ungefällige an ihm. Aber schon an diesem Abend hatte sie etwas angezogen an diesem Mann ohne äußere Reize, etwas Kompliziertes und Geheimnisvolles, das sie in seinem Leben erahnte. Doña Lukrezia hatte schon als Kind fasziniert von der Höhe der Steilküste in die Tiefen geschaut oder Balanceakte auf der Brüstung der Brücken vollführt. Dieser Reiz war abermals wirksam geworden, als sie einwilligte, einen Tee mit ihm in *La Tiendecita Blanca* zu trinken, in seiner Gesellschaft ein Konzert des Musikvereins in der Santa-Ursula-Schule zu besuchen und vor allem, als sie zum ersten Mal sein Haus betrat. Rigoberto zeigte ihr seine Sammlung von Kupferstichen, seine Kunstbücher und seine Hefte, die seine Geheimnisse enthielten, und erklärte ihr, wie er seine Sammlung erneuerte, indem er die Bücher und Bilder, die er ersetzte, den Flammen überantwortete. Es hatte sie beeindruckt, ihm zuzuhören, zu gewahren, wie korrekt, mit welch manischer Förmlichkeit er sie behandelte. Zum Erstaunen ihrer Familie und ihrer Freundinnen (»Worauf wartest du, um zu heiraten, Lucre? Auf einen Märchenprinzen? Es kann nicht sein, daß du all deine Verehrer zurückweist!«) sagte sie sofort ja, als Rigoberto ihr einen Heiratsantrag machte (»Ohne mir einen Kuß gegeben zu haben«). Sie hatte es nie bereut. Nicht einen Tag, nicht eine Minute. Es war amüsant, erregend, wunderbar gewesen, nach und nach die Welt der Obsessionen, Rituale und Phantasien ihres Ehemannes zu entdecken, sie mit ihm zu teilen, an seiner Seite, zehn Jahre lang, dieses verborgene Leben zu erschaffen. Bis zu der absurden, verrückten, törichten Geschichte, zu der sie sich hatte hinreißen lassen. Und das mit dieser kleinen Rotznase, die sich jetzt nicht einmal mehr an das Geschehen zu erinnern schien. Sie, sie! Die alle für so vernünftig, vorsichtig, ordnungsliebend hielten, die ihre Schritte immer so besonnen kalkulierte. Wie hatte sie sich auf ein Abenteuer mit einem Schuljungen einlassen können! Mit ihrem eigenen Stiefsohn! Rigoberto hatte sich sehr anständig verhalten, den Skandal vermieden, sich darauf beschränkt, die Trennung zu verlangen, und ihr die finanzielle Unterstützung gewährt, die ihr jetzt erlaubte, allein zu leben. Ein anderer hätte sie umgebracht, sie kurzerhand ohne einen Centavo vor die Tür gesetzt, sie als Verführerin Minderjähriger an den gesellschaftlichen Pranger gestellt. Wie dumm, auch nur daran zu denken, daß Rigoberto und sie sich jemals aussöhnen könnten. Bestimmt war er noch immer tödlich verletzt durch das, was geschehen war; er würde ihr nie verzeihen. Sie fühlte, wie die kleinen Arme sich erneut um ihren Hals schlangen.

»Warum bist du traurig geworden? Hab ich was Schlechtes getan?«

»Ich habe plötzlich an was denken müssen, und sentimental, wie ich bin . . . Es ist schon vorbei.«

»Ich hab mich erschrocken, als ich dich so gesehen habe.«

Der Junge küßte sie von neuem aufs Ohr, mit den gleichen kleinen Küssen, und wieder befeuchtete er am Ende seiner Zärtlichkeiten ihre Ohrmuschel mit seiner Zungenspitze. Sie fühlte sich so deprimiert,

daß sie sich nicht einmal aufraffen konnte, ihn fortzuschieben. Nach einer Weile hörte sie, wie er, jetzt
mit anderem Ton, sagte:

»Du auch, Stiefmutter?«

»Was denn, Fonchito?«

»Na, du faßt mich am Po an, genau wie die Freunde von meinem Papa und die Geistlichen in der
Schule. Was habt ihr nur alle mit meinem Hinterteil,
verflixt noch mal!«

BRIEF AN DEN ROTARIER

Ich weiß, daß Du beleidigt warst, mein Freund, als
ich mich weigerte, dem Rotary-Klub beizutreten, der
Institution, deren Präsident und Förderer Du bist.
Und ich vermute, daß Du mir grollst, da Du nicht
glaubst, daß meine fehlende Bereitschaft, Rotarier zu
werden, keinesfalls bedeutet, daß ich mich in den
Lions Club oder den jüngst in Peru in Erscheinung
getretenen Kiwanis aufnehmen lasse, Vereinigungen,
mit denen die Deine unerbittlich um die Siegespalme
der öffentlichen Wohltätigkeit, der staatsbürgerlichen Gesinnung, der menschlichen Solidarität, der
sozialen Fürsorge und dergleichen mehr wetteifert.
Beruhige Dich: ich gehöre keinem der genannten
noch irgendeinem ähnlichen Klub oder Verein an
(Pfadfinder, ehemalige Jesuiten-Zöglinge, Freimau-
rer, Opus Dei usw.) und werde ihnen auch in Zukunft nicht angehören. Meine Aversion gegen das
Verbandswesen ist so ausgeprägt, daß ich sogar davon abgesehen habe, Mitglied des Touring-Automo-

bil-Klubs zu werden, gar nicht zu reden von diesen sogenannten Gesellschaftsklubs, welche den Maßstab der jeweiligen ethnischen Kategorie und des Vermögens der Einwohner von Lima bilden. Seit den schon fernen Jahren meiner aktiven Mitgliedschaft in der Katholischen Aktionspartei und wegen ihr – diese Erfahrung öffnete mir die Augen über die Illusion jeder gesellschaftlichen Utopie und brachte mich zur Verteidigung des Hedonismus und des Individualismus – habe ich mir einen moralischen, psychologischen und ideologischen Widerwillen gegen jede Form von Herdenzwang zu eigen gemacht, der so weit geht, daß – dies ist kein Scherz – sogar die Schlange vor der Kinokasse mir das Gefühl gibt, vergewaltigt, in meiner Freiheit beschränkt und auf den Status eines Massenmenschen zurückgeworfen zu werden (ab und zu bleibt mir natürlich nichts anderes übrig, als mich einzureihen). Die einzige Konzession meinerseits, an die ich mich erinnern kann, war auf drohendes Übergewicht zurückzuführen (ich bin mit Cyril Connolly überzeugt, daß »Fettleibigkeit eine Geisteskrankheit ist«), welcher Umstand mich veranlaßte, mich in einem Fitneß-Klub einzuschreiben, wo ein hirnloser Tarzan uns fünfzehn Idioten jeden Tag eine Stunde im Takt seiner Brüllaute bei der Durchführung affenartiger Kontraktionen schwitzen ließ, die er Aerobic nannte. Die gymnastische Folter bestätigte meine sämtlichen Vorurteile über den Herdenmenschen.

Gestatte mir in diesem Zusammenhang, daß ich hier eines der Zitate wiedergebe, von denen meine Hefte voll sind, denn es bringt das, was ich denke, wunderbar auf den Begriff. Es stammt von einem asturianischen Weltenbummler, der sich in Guatemala niedergelassen hat, Francisco Pérez de Antón: »Eine Herde besteht, wie man weiß, aus sprach-losen Leuten mit mehr oder minder schwachem Schließmuskel. Es gilt außerdem als bewiesen, daß in Zeiten der Verwirrung die Herde der Unterwerfung den Vorzug gibt vor der Unordnung. Deshalb haben diejenigen, die wie Schafe handeln, keine Anführer, sondern Böcke. Etwas von dieser Tierart muß sich auf uns übertragen haben, wenn man in der menschlichen Herde so oft den Typ des Anführers trifft, der fähig ist, die Massen an den Rand des Felsenriffs zu führen und von dort ins Wasser stürzen zu lassen. Wenn sie nicht auf den Gedanken kommen, eine Zivilisation zu zerstören, was auch ziemlich häufig vorkommt.« Du wirst sagen, es zeugt von Verfolgungswahn, wenn man hinter einigen wohlwollenden Männern, die sich einmal pro Woche zum Mittagessen treffen und darüber diskutieren, in welchem neuen Stadtteil sie diese Säulen aus Kalkstein mit dem Metallschild »Der Rotary-Klub heißt Sie willkommen« aufstellen sollen, deren Errichtung sie anteilmäßig bezahlen, einen ominösen Abstieg auf der menschlichen Stufenleiter vom souveränen Individuum zum Massen-Individuum erkennt. Vielleicht übertreibe ich ja. Aber ich muß auf der Hut sein. Da die Welt sich derart rasch auf die völlige Entindividualisierung, auf die Auslöschung der Herrschaft des freien und souveränen Individuums zubewegt – die nur ein historischer Zwischenfall ist, den eine Reihe von Zufällen und Umständen ermöglicht hat (für eine geringe Zahl von Personen natürlich und in einer noch geringeren Anzahl von Ländern) –, bin ich mit meinen fünf Sinnen und vierundzwanzig Stunden am Tag klar zum Gefecht, um diese existentielle Niederlage, was mich betrifft, so lange wie möglich hinauszuzögern. Der Kampf geht um Leben und Tod und ist total; alles und alle sind an ihm beteiligt. Die Existenz dieser Verbände dickgewordener Selbständiger, Manager und hochrangiger Bürokraten, die sich einmal in der Woche treffen, um ein nach Diätvorschriften zusammengestelltes Menu zu sich zu nehmen (bestehend aus einer gefüllten Kartoffel, einem kleinen Steak mit Reis und süßen Pfannkuchen, das Ganze begossen mit einem roten Jahrgangs-Tacama?), ist eine Schlacht, die für die endgültige Robotisierung und den Obskurantismus gewonnen wurde, ein Fortschritt des Geplanten, Organisierten, Obligatorischen, Routinehaften, Kollektiven und ein weiterer Rückschritt des Spontanen, Inspirierten, Kreativen und Originellen, was alles nur im Bereich des Individuums vorstellbar ist.

Nach dem, was Du gelesen hast, vermutest Du, daß sich hinter meiner farblosen Erscheinung als fünfzigjähriger Bourgeois ein miesepetriger, ungeselliger Mensch verbirgt, ein halber Anarchist? Bingo, Du hast ins Schwarze getroffen, Bruderherz. (Ich mache einen Scherz, der nicht funktioniert: das Unwort Bruderherz läßt mich sogleich an das unvermeidliche Schulterklopfen denken, das es begleitet, und an den widerwärtigen Anblick zweier Männer, deren Bäuche vom unmäßigen Konsum von Bier und Fettgebratenem zeugen, die sich kollektivisieren, eine Gesellschaft bilden, auf ihre ureigenen Traumbilder und auf ihr Ich verzichten.) Es stimmt: ich bin ungesellig, soweit es in meinen Kräften steht, die leider äußerst schwach sind, und ich widerstehe dem Herdengeist in allem, was mein Überleben oder meinen ausgezeichneten Lebensstandard nicht in Gefahr bringt. Du liest richtig. Individualistisch sein heißt egoistisch sein (Ayn Rand, *The Virtue of Selfishness*), aber nicht dumm. Im übrigen erscheint mir die Dummheit achtbar zu sein, wenn sie genetisch, ererbt ist, nicht, wenn sie gewählt und eine bewußt eingenommene Position ist. Ich fürchte, Mitglied im Rotary-Klub sein – oder im Lions Club, im Kiwanis, in der Freimaurer-Loge, bei den Pfadfindern, im Opus Dei – heißt (verzeih mir), kleinmütig auf die Dummheit zu setzen.

Besser, ich erkläre Dir diese Beleidigung, auf diese Weise schwäche ich sie ab, und das nächste Mal, wenn die Geschäfte unserer Versicherungsgesellschaften uns zusammenführen, schlägst Du mir nicht mit einem Fausthieb den Schädel ein (oder mit einem Fußtritt das Rückgrat, eine Aggression, die sich eher für Leute unseres Alters schickt). Ich weiß nicht, wie ich die von diesen Verbänden betriebene Institutionalisierung der Tugenden und guten Gefühle besser definieren könnte denn als Abdankung der persönlichen Verantwortung und billige Art und Weise, sich ein gutes »soziales« Gewissen zu verschaffen (ich setze das Wort in Anführungszeichen, um zu unterstreichen, wie sehr es mir mißfällt). Nach meinem Dafürhalten trägt das, was ihr, Du und Deine Kollegen, tut, in praktischer Hinsicht auch nicht in der geringsten Weise dazu bei, das Übel zu vermindern (oder, wenn Du das lieber hast, das Gute zu vermehren). Die hauptsächlichen Nutznießer dieser kollektivierten Großzügigkeit seid Ihr selbst, angefangen bei Euren Mägen, die sich diese wöchentlichen Menus zuführen, und Euren schmutzigen Köpfen, die bei diesen geselligen Veranstaltungen der Verbrüderung (ein furchtbarer Begriff!) schier platzen vor Vergnügen, wenn sie Klatschgeschichten und pikante Witze austauschen und erbarmungslos über den lästern können, der nicht da ist. Ich bin nicht gegen diese Belustigungen und grundsätzlich gegen nichts, das Vergnügen bereitet; ich bin gegen die Heuchelei, die darin besteht, dieses Recht nicht offen einzufordern, das Vergnügen unter dem vorsorglichen Alibi des staatsbürgerlichen Handelns zu suchen. Sagtest Du mir nicht einmal mit Satyr-Augen, während Du mir einen pornographischen Stubs verpaßtest, ein anderer Vorteil, Rotarier zu sein, bestehe darin, daß die Institution einen wöchentlichen Vorwand allererster Ordnung liefere, fern von zu Hause zu sein, ohne die Ehefrau zu beunruhigen? Hier formuliere ich einen weiteren Einwand. Ist es Vorschrift oder schlichte Gewohnheit, daß es keine Frauen in Euren Reihen gibt? Bei den Mittagessen, die Du mir aufgezwungen hast, habe ich nie einen Rock gesehen. Ich bin sicher, daß Ihr nicht alle schwul seid, der einzige halbwegs akzeptable Grund, um das Monopol der Hosen im Rotary-Klub (Lions Club, Kiwanis, bei den Pfadfindern usw.) zu rechtfertigen. Meine These ist: Rotarier sein ist ein Vorwand, um fern von der Überwachung, den Zwängen oder der Förmlichkeit, die in Euren Augen das eheliche Zusammenleben mit

sich bringt, ein paar angenehme männliche Augenblicke zu verbringen. Dies erscheint mir genauso
unzivilisiert wie die Paranoia der verstockten Femi-
nistinnen, die den Krieg der Geschlechter erklärt
haben. Meine Lebensweisheit lautet, daß in den un-
vermeidlichen Fällen, in denen man sich mit dem
Herdenwesen abfinden muß – Schulen, Arbeits-
plätze, Vergnügungen –, die Verdummung, zu der das
Cliquenwesen führt, sich durch die Mischung der
Geschlechter (Rassen, Sprachen, Sitten, Glaubens-
vorstellungen) abmildern läßt, welche ein pikantes
Element, ein Element der Schlechtigkeit (schlechte
Gedanken, deren entschiedener Praktikant ich bin)
in die menschlichen Beziehungen einführt, was sie
nach meiner Auffassung ästhetisch und moralisch
auf eine höhere Stufe hebt. Ich sage Dir nicht, daß
beides für mich ein und dasselbe sind, denn Du würdest es nicht verstehen.

Jede menschliche Tätigkeit, die nicht, und sei es
auch nur in der indirektesten Weise, zum testikulären
oder ovarialen Aufruhr, zur Begegnung von Sperma-
tozoen und Eizellen führt, ist verächtlich. Zum Beispiel der Verkauf von Versicherungspolicen, dem wir
uns seit dreißig Jahren widmen, oder die frauenfeind-
lichen Mittagessen der Rotarier. Alles ist es, was vom
wirklich wesentlichen Ziel des menschlichen Lebens
ablenkt, das, nach meinem Urteil, in der Befriedigung
der Wünsche besteht. Ich sehe nicht, zu welch anderem Zweck wir wie langsame Kreisel durch das
sinnlose Universum trudeln. Man kann Versicherungen verkaufen, wie Du und ich es getan haben – mit
beträchtlichem Erfolg, denn wir haben aussichtsrei-

che Positionen in unseren jeweiligen Gesellschaften erreicht –, weil es nötig ist, zu essen, sich zu kleiden, ein Dach über dem Kopf zu haben und ein Einkommen zu erzielen, das uns erlaubt, Wünsche zu haben und zu erfüllen. Es gibt keinen anderen stichhaltigen Grund, um Versicherungspolicen zu verkaufen, auch nicht dafür, Staudämme zu bauen, Katzen zu kastrieren oder Stenograph zu sein. Ich höre Dich schon: und wenn im Unterschied zu dir, spinnerter Rigoberto, ein Mann, der Versicherungspolicen gegen Brände, Diebstähle oder Krankheiten verkauft, sich selbst verwirklicht und genußvoll auslebt? Und wenn er durch seine Anwesenheit bei Rotarier-Essen und durch seine pekuniären Beiträge zur Aufstellung von Schildern am Straßenrand mit der Aufschrift »Immer fair im Verkehr« seine glühendsten Wünsche erfüllt und glücklich ist, genau wie du, wenn du in deiner Sammlung nicht jugendfreier Bilder und Bücher stöberst oder dich einer dieser geistigen Wichsereien hingibst, welche die Selbstgespräche deiner Hefte sind? Hat nicht ein jeder Recht auf seine eigenen Wünsche? Ja, das hat er. Aber wenn die teuersten Wünsche (Wunsch – das schönste Wort des Wörterbuchs) eines menschlichen Wesens darin bestehen, Versicherungen zu verkaufen oder dem Rotary-Klub (oder ähnlichem) beizutreten, dann ist dieser Zweifüßer ein Einfaltspinsel. Das gilt für neunzig Prozent der Menschheit, wohl wahr. Ich sehe, Du hast es verstanden, Versicherer.

Wegen einer solchen Geringfügigkeit bekreuzigst Du Dich? Dein Kreuzeszeichen veranlaßt mich, zu einem anderen Thema zu wechseln, welches dasselbe ist. Welche Rolle spielt die Religion in dieser Streitrede? Treffen auch sie die Ohrfeigen dieses Renegaten der Katholischen Aktionspartei und einstmals fieberhaften Lesers des heiligen Augustins, von Kardinal Newman, Juan de la Cruz und Jean Guitton? Ja und nein. Wenn ich in diesem Bereich etwas bin, dann Agnostiker. Einer, der dem Atheisten und dem Gläubigen mißtraut und dafür ist, daß die Menschen glauben und einen Glauben praktizieren, da sie sonst überhaupt kein spirituelles Leben hätten und die Roheit überhandnähme. Die Kultur – die Kunst, die Philosophie, sämtliche nichtreligiösen intellektuellen und künstlerischen Tätigkeiten – kann die geistige Leere, die aus dem Tod Gottes, aus dem Verschwinden des transzendenten Lebens folgt, nur bei einer sehr kleinen Minderheit (der ich angehöre) füllen. Diese Leere macht die Menschen destruktiver und brutaler, als sie normalerweise sind. Obwohl ich für den Glauben bin, muß ich mir bei Religionen im allgemeinen die Nase zuhalten, denn sie alle implizieren den Herdengeist der Prozessionen und die Abdankung der geistigen Unabhängigkeit. Sie alle sind ein Korsett für die menschliche Freiheit und zielen darauf ab, den Wünschen Zügel anzulegen. Ich gebe zu, daß vom ästhetischen Standpunkt aus gesehen die Religionen – die katholische mit ihren prachtvollen Kathedralen, Ritualen, Liturgien, Gewändern, Darstellungen, Ikonographien, musikalischen Ausdrucksformen womöglich mehr als jede andere – hervorragende Quellen der Lust sind, die dem Auge und der Sensibilität schmeicheln, die Phantasie anregen und uns ein Feuerwerk schlechter Gedanken liefern. Aber in jeder von ihnen lauert ein Zensor, ein Kommissar, ein Fanatiker, lauern der Feuerrost und die Zangen der Inquisition. Es stimmt aber auch, daß ohne ihre Verbote und donnernden Verurteilungen, ohne Sünden die Wünsche – vor allem das sexuelle Verlangen – nicht das Raffinement erlangt hätten, die sie in bestimmten Epochen besaßen. Denn ich behaupte – und das ist keine Theorie, sondern Praxis, dank einer bescheidenen persönlichen Umfrage von begrenzter Tragweite –, daß man sich sehr viel besser in den religiösen Ländern liebt als in den säkularisierten (besser in Irland als in England, besser in Polen als in Dänemark) und in den katholischen besser als in den protestantischen (in Spanien oder Italien besser als in Deutschland oder in Schweden) und daß Frauen, die von Nonnen erzogen wurden, tausendmal phantasievoller, kühner und zärtlicher sind als die, die staatliche Schulen besucht haben (Roger Vailland hat dazu in *Le regard froid* eine Theorie entwickelt). Lukrezia wäre nicht die Lukrezia, die mir zehn Jahre lang Tag und Nacht (aber vor allem in der Nacht) ein unbezahlbares Glück geschenkt hat, wenn sie in ihrer Kindheit und Jugend nicht unter der Aufsicht der überaus strengen Nonnen vom Heiligen Herzen Jesu gestanden hätte, zu deren Lehren es gehörte, daß es Sünde war, wenn ein Mädchen beim Sitzen nicht die Knie zusammmenhielt. Diese aufopferungsvollen Sklavinnen des Herrn haben mit ihrer extremen Empfindlichkeit und Kasuistik in geschlechtlichen Angelegenheiten im Lauf der Geschichte ganze Dynastien von Messalinas herangezogen. Gesegnet seien sie!

Also? Woran sollen wir uns nun halten? Ich weiß nicht, woran Du Dich hältst, lieber Kollege (um einen weiteren Ausdruck zu benutzen, der zum Erbrechen ist). Ich halte mich an meinen Widerspruch, der für einen rebellischen, unklassifizierbaren Geist wie meinen schließlich und endlich ebenfalls eine Quelle der Lust ist. Gegen die Institutionalisierung der Gefühle und des Glaubens, aber für die Gefühle und den Glauben. Außerhalb der Kirchen, aber voll Neugier und Neid auf sie und eifriger Nutznießer all dessen, was sie mir zur Bereicherung der Welt meiner Traumbilder schenken können. Ich weise Dich darauf hin, daß ich ein offener Bewunderer jener Kirchenfürsten bin, die fähig waren, Purpur und Sperma in höchste Übereinstimmung zu bringen. Ich suche in meinen Heften und finde zum Beispiel jenen Kardinal, über den der meisterhafte Azorín schrieb: »Raffinierter Skeptiker, lachte er im stillen Kämmerlein über die Farce, die seine Person aufführte, und wunderte sich bisweilen, daß die menschliche Dummheit, die mit ihrem Geld diese kolossale Komödie am Leben hielt, kein Ende fand.« Ist dies nicht fast ein Porträt des berühmten Kardinals de Bernis, der im 18. Jahrhundert Gesandter Frankreichs in Italien war, in Venedig mit Giacomo Casanova zwei lesbische Nonnen teilte (siehe dessen Memoiren) und in Rom den Marquis de Sade betreute, ohne zu wissen, wer er war, als dieser unter der falschen Identität eines Grafen von Mazan durch Italien reiste, nachdem er wegen seiner libertinen Ausschweifungen aus Frankreich geflohen war?

Aber ich sehe, Du gähnst schon, denn die Namen,

mit denen ich Dich bombardiere – Ayn Rand, Vailland, Azorín, Casanova, Sade, Bernis – sind für Dich unverständliche Geräusche. Ich breche also ab und setze einen Schlußpunkt unter dieses Schreiben (das ich, Du kannst beruhigt sein, auch nicht abschicken werde).

Viele Mittagessen und Gedenkschilder, Rotarier.

DER GERUCH DER WITWEN

In der feuchten Nacht, der das stürmische Meer keine Ruhe ließ, wachte Don Rigoberto plötzlich auf, in Schweiß gebadet: die unzählbaren Ratten des Karniji-Tempels eilten auf die fröhlichen Glockenschläge der Brahmanen herbei, um die nachmittägliche Mahlzeit einzunehmen. Die riesigen Pfannen, die Metallschüsseln und Holzbottiche waren schon mit den Fleischstückchen oder mit dem milchigen Sirup, ihrer Lieblingsspeise, gefüllt worden. Aus sämtlichen Öffnungen der Marmorwände, welche die frommen Mönche für sie gebohrt und zu ihrer Bequemlichkeit mit Strohbüscheln ausgestattet hatten, strömten Tausende von grauen Nagetieren und verließen voll Gier ihre Nester. Sich gegenseitig über den Haufen rennend, stürzten sie zu den Behältern. Sie tauchten in sie ein, um den Sirup zu schlecken, an den Fleischstückchen zu knabbern, und die größten Genießer machten sich daran, mit ihren weißen Schneidezähnen Bissen Hornhaut und Schwielen aus den nackten Füßen zu reißen. Die Priester ließen sie gewähren, geschmeichelt, mit diesen Hautresten einen Beitrag zum Vergnügen der Ratten zu leisten, Inkarnationen verstorbener Männer und Frauen.

Der Tempel war vor fünfhundert Jahren in diesem nördlichen Winkel des hinduistischen Rajastan für sie errichtet worden, zu Ehren von Lakhan, dem Sohn der Göttin Karniji, einem schmucken Jüngling, der sich in eine fette Ratte verwandelte. Seither fand das Schauspiel zweimal am Tag in dem eindrucksvollen Bau mit versilberten Türen, Marmorböden und majestätischen Mauern und Kuppeln statt. Da war der oberste Brahman, Chotu-Dan, verborgen unter Dutzenden von grauen Tieren, die ihm auf Beine, Rücken, Schultern und Arme geklettert waren, und bewegte sich auf die große Pfanne mit Sirup zu, an deren Rand er saß. Was Don Rigoberto jedoch den Magen umdrehte und ihm das Gefühl gab, er müsse sich gleich übergeben, war der Geruch. Schwer, alles einhüllend, durchdringender als der Mist der Saumtiere, die Ausdünstung der Abfallgrube oder das verfaulte Aas, war der Gestank dieser graubraunen Menge jetzt in ihm. Er wanderte durch das Innere seines Körpers in seinen Adern, verbreitete sich mit der Transpiration seiner Drüsen, staute sich in den Ritzen zwischen seinen Knorpeln und im Mark seiner Knochen. Sein Körper hatte sich in den Karniji-Tempel verwandelt. ›Ich bin ausgestopft mit dem Geruch nach Ratten‹, sagte er sich voll Schrekken.

Er sprang im Pyjama aus dem Bett, zog sich nur die Hausschuhe, nicht den Morgenmantel, an, und lief in sein Arbeitszimmer. Vielleicht würden, wenn er irgendein Buch durchblätterte, eine Reproduktion anschaute, Musik hörte oder etwas in seine Hefte kritzelte, andere Bilder die noch immer fortwirkenden des Alptraums exorzieren.

Er hatte Glück. Im ersten Heft, das er aufschlug, erklärte ein wissenschaftliches Zitat jene Abart der Anophelesmücke, deren auffallendstes Merkmal darin besteht, daß sie den Geruch der Weibchen aus unglaublicher Entfernung wahrnehmen kann. ›Ich bin auch so‹, dachte er, während er seine Nasenflügel weitete und zu wittern begann. ›Ich kann auf der Stelle, wenn ich es nur will, Lukrezia riechen, wie sie im Olivar von San Isidro schläft, und deutlich die Absonderungen ihrer Kopfhaut, ihrer Achseln und ihrer Schamgegend unterscheiden.‹ Aber er sah sich mit einem anderen Geruch konfrontiert – einem wohltuenden, literarischen, angenehmen, phantasievollen –, der, wie der Morgenwind den nächtlichen Dunst, den Rattengestank des Traums zu vertreiben begann. Ein heiliger, theologischer, höchst eleganter Geruch, den die *Anleitung zu einem frommen Leben* des Franz von Sales verströmte (er hatte das Zitat bei Quevedo gefunden): »Die Lampen, die das aromatische Öl enthalten, verbreiten einen milderen Geruch, wenn man ihr Licht löscht. Ebenso geht von den Witwen, die sich reinen Herzens vermählt haben, ein wunderbarer, aromatischer Geruch nach der Tugend der Keuschheit aus, wenn ihr Licht, das heißt ihr Ehemann, vom Tod gelöscht wird.« Dieses Aroma keuscher Witwen, ungreifbare Melancholie ihrer zum körperlichen Selbstgespräch verurteilten Leiber, sehnsüchtige Ausdünstung ihrer unbefriedigten Wünsche, beunruhigte ihn. Seine Nasenlöcher pochten gierig, bemüht, irgendeine Spur seiner Anwesenheit zu erhaschen, aufzuspüren, aus der Luft zu greifen. Die bloße Vorstellung dieses Witwengeruchs versetzte ihn in größte Aufregung. Sie ließ die Reste des Alptraums verfliegen, verscheuchte die Müdigkeit, gab seinem Geist gesundes Selbstvertrauen zurück. Und sie ließ ihn – warum? – an die zwischen Sternenströmen schwebenden Frauen Klimts denken, duftende Frauen mit kecken Gesichtern – da waren *Goldfisch*, buntes Fisch-Weib, und *Danae*, die tat, als schliefe sie, und arglos einen geschwungenen Gitarren-Hintern zur Schau stellte. Kein Maler hatte es verstanden, den Geruch der Frauen zu malen, wie der byzantinische Wiener; seine luftigen, sich windenden Frauen waren ihm immer gleichzeitig durch die Augen und durch die Nase in Erinnerung gekommen. (Apropos, war es nicht Zeit, sich über das maßlose Interesse zu beunruhigen, das Fonchito für jenen anderen Wiener, Egon Schiele, empfand? Vielleicht, aber nicht in diesem Augenblick.)

Verströmte der Körper Lukrezias diesen heiligen salesianischen Geruch, seitdem sie getrennt lebten? Wenn es so wäre, dann würde sie ihn noch immer lieben. Denn dieser Geruch bezeugte dem heiligen Franz von Sales zufolge eine von Liebe erfüllte Treue, die über das Grab hinausging. Dann hatte sie also keinen Ersatz für ihn gesucht. Ja, sie war nach wie vor »Witwe«. Die Gerüchte, Anschwärzungen, Anschuldigungen – einschließlich der Klatschereien Fonchitos – in bezug auf die Liebhaber, die Lukrezia sich in der jüngsten Zeit zugelegt haben sollte, waren Verleumdungen. Sein Herz jubelte, während er leidenschaftlich ringsumher witterte. War er da? Hatte er ihn aufgespürt? War es der Geruch Lukrezias? Nein. Es war der Geruch der Nacht, der Feuchtigkeit, der Bücher, der Ölgemälde, der Hölzer, der Stoffe und des Leders des Arbeitszimmers.

Er schloß die Augen und versuchte, aus der Vergangenheit und aus dem Nichts die nächtlichen Gerüche zurückzuholen, die er in diesen zehn Jahren geatmet hatte, Aromen, die ihm soviel Lust geschenkt hatten, Düfte, die ihn gegen die herrschende Pestilenz und Häßlichkeit geschützt hatten. Niedergeschlagenheit bemächtigte sich seiner. Ihn trösteten ein paar Verszeilen Nerudas, als er eine Seite desselben Heftes umblätterte:

Und um dich harnen zu hören in der Dunkelheit hinten im Haus,

als würde ein dünner zitternder hartschlägiger silberner Honig verschüttet,

wieviel Mal würde ich diesen Schattenchor hergeben, der zu mir gehört,

und das Klirren nutzloser Degen, das man in meiner Seele vernimmt . . .

War es nicht außerordentlich, daß das Gedicht, aus dem diese Zeilen stammten, *Tango des Witwers* hieß? Übergangslos sah er Lukrezia, wie sie auf der Toilettenschüssel saß, und vernahm das heitere Geplätscher ihres Urins im Wasser des Beckens, das es mit dankbarem Gegluckse aufnahm. Und da war – stumm, in der Ecke hockend, hingerissen, in mystischer Konzentration, hörend und riechend – natürlich auch der glückliche Nutznießer dieser Ausschüttung, dieses flüssigen Konzerts: Prothesen-Manuel!

Aber in diesem Augenblick erschien Gulliver, der die Kaiserin von Lilliput mit einem schaumigen Strahl aus ihrem in Flammen stehenden Palast errettete. Er dachte an Jonathan Swift, der besessen war von dem Gegensatz zwischen der Schönheit des Körpers und den schrecklichen körperlichen Funktionen. Das Heft erinnerte daran, wie in seinem berühmtesten Gedicht ein Liebender mit folgenden Versen erklärt, warum er beschloß, seine Geliebte zu verlassen:

> No wonder how I lost my wits;
> Oh! Celia, Celia, Celia shits.

›Wie dumm‹, urteilte er. Lukrezia shited auch, und dieser Umstand würdigte sie nicht etwa herab, sondern erhöhte sie in seinen Augen und seiner Nase. Ein paar Sekunden lang, während sich das erste Lächeln der Nacht auf seinem Gesicht malte, atmete seine Erinnerung die Ausdünstungen ein, die an den Aufenthalt seiner Ex-Frau im Badezimmer erinnerten. Obwohl sich hier jetzt der Sexologe Havelock Ellis einmischte, dessen heimlichstes Glück dem Heft zufolge darin bestand, seine Geliebte sich verflüssigen zu hören, hatte er doch in seiner Korrespondenz verkündet, der glücklichste Tag seines Lebens sei jener gewesen, als seine gefällige Frau, geschützt von ihren weiten viktorianischen Röcken, für ihn zwischen ahnungslosen Passanten urinierte, unehrerbietig zu Füßen von Admiral Nelson, beobachtet von den monumentalen steinernen Löwen des Trafalgar Square.

Aber Manuel war weder ein Dichter wie Neruda noch ein Moralist wie Swift, noch ein Sexologe wie Ellis gewesen. Weiter nichts als ein Kastrat. Oder eher ein Eunuch? Ein abgrundtiefer Unterschied zwischen diesen beiden zur Befruchtung Unfähigen. Der eine gebot noch immer über Phallus und Erektion, und der andere hatte das Anhängsel und die Fortpflanzungsfähigkeit verloren und trug einen glatten, gewölbten, weiblichen Schamhügel zur Schau. Was war Manuel? Eunuch. Wie hatte Lukrezia ihm gewähren können, was sie ihm gewährt hatte? Aus Großherzigkeit, Neugier, Mitleid? Oder aus Lasterhaftigkeit und Morbidität? Oder aus all dem zusammen? Sie hatte ihn vor dem berühmten Unfall kennengelernt, als Manuel, eingezwängt in einen glänzenden Helm und einen Plastikanzug, auf einem mechanischen Roß aus Röhren, Lenker und Rädern sitzend, das immer einen japanischen Namen hatte (Honda, Kawasaki, Suzuki oder Yamaha), Motorradrennen gewann, indem er sich mit dem Krach eines überdimensionalen Knatterfurzes querfeldein katapultierte – man nannte das *Motocross* –, obwohl er auch mit zwei- oder dreihundert Stundenkilometern an Albernheiten wie *Trail* und *Enduro* teilzunehmen pflegte, letzteres mit verdächtigen albigensischen Reminiszenzen. Manuel überflog Wassergräben, erklomm Hügel, wühlte Sanddünen auf, übersprang Felssteine oder Abgründe und gewann damit Siegerpokale und erschien mit Fotos in den Zeitungen, auf denen er Champagnerflaschen entkorkte und sich von jungen Mädchen die Wangen abküssen ließ. Bis er bei einer dieser Darbietungen makelloser Dummheit durch die Luft segelte, nachdem er wie der Blitz einen falschen Hügel hinaufgeschossen war, hinter dessen Grat ihn nicht, wie er naiverweise glaubte, eine beruhigende Rutschbahn stoßdämpfender Sandmassen erwartete, sondern ein felsiger Abgrund. Er stürzte hinunter und brüllte ein archaisches Schimpfwort – Himmelarsch! –, als er auf seinem stählernen Roß in die Tiefe flog, auf deren Grund er Sekunden später in einem Getöse zerschmetternder, brechender, splitternder Knochen und Eisenteile aufkrachte. Ein Wunder! Sein Kopf blieb unversehrt; seine Zähne vollständig; sein Gesichts- und Gehörsinn ohne jeden Schaden; der Gebrauch seiner Extremitäten etwas gehandicapt durch die gebrochenen Knochen und die gerissenen und geschundenen Muskeln. Der Schaden konzentrierte sich zum Ausgleich auf sein Genital. Schrauben, Nägel und Stahlstifte durchbohrten seine Hoden, trotz des elastischen Beutels, der sie schützte, und machten aus ihnen eine hybride Substanz, etwas zwischen dickem Sirup und Ratatouille, während der Stengel seiner Männlichkeit an der Wurzel von irgendeinem scharfen Metall abgetrennt wurde, das – Ironie des Schicksals – nicht vom Motorrad seiner Leidenschaften und Triumphe stammte. Was kastrierte ihn also? Das dicke, spitzscharfe Kruzifix, das er trug, um den göttlichen Schutz anzurufen, wenn er seine motorradsportlichen Heldentaten vollbrachte.

Die geschickten Chirurgen Miamis fügten seine Knochen zusammen, zogen in die Länge, was sich verkürzt hatte, und verkürzten, was sich in die Länge gezogen hatte, flickten das Zerrissene und konstruierten ihm ein künstliches Genital, das sie mit Hautstücken ummantelten, die sie seinem Gesäß entnahmen. Es war immer steif, aber das war rein äußerlich, eine Hauthülle über einer Plastikprothese. ›Viel her um nichts, oder, um genau zu sein, um null!‹ dachte Don Rigoberto grausam. Es diente ihm nur, um zu urinieren, aber nicht einmal nach seinem Willen, sondern jedesmal, wenn er irgendeine Flüssigkeit zu sich nahm, und da der arme Manuel nicht die geringste Möglichkeit hatte zu verhindern, daß dieses ständige Abfließen der eingenommenen Flüssigkeiten seinen Hosenboden näßte, trug er wie ein Bettelkörbchen oder ein extravagantes Anhängsel einen kleinen Plastikbeutel umgehängt, der seinen Harn aufnahm. Abgesehen von dieser Unannehmlichkeit führte der Eunuch ein ganz normales Leben, das – jedem Tierchen sein Pläsierchen – noch immer in Treue den Motorrädern verbunden war.

»Besuchst du ihn schon wieder«, fragte Don Rigoberto, leicht pikiert.

»Er hat mich zum Tee eingeladen, du weißt doch, er ist ein guter Freund, der mir sehr leid tut«, erklärte ihm Doña Lukrezia. »Wenn es dich stört, geh ich nicht.«

»Geh nur, geh«, entschuldigte er sich. »Erzählst du mir dann später?«

Sie hatten sich als Kinder kennengelernt. Sie gehörten zur gleichen Clique und gingen miteinander, als sie in der Schule waren, und miteinander gehen hieß, an den Sonntagen nach der Elf-Uhr-Messe Hand in Hand durch den Parque Central von Miraflores zu spazieren oder durch den kleinen Parque Salazar nach einer Vormittagsvorstellung im Kino, untermalt von synkopischen Küssen und dem einen oder anderen schüchternen und braven Gefummel im Parkett. Und sie waren verlobt gewesen, als Manuel seine

Großtaten auf Rädern vollbrachte, auf den Fotos der Sportseiten erschien und die hübschen Mädchen ihn anhimmelten. Lukrezia, seiner Flatterhaftigkeit überdrüssig, löste schließlich die Verlobung. Bis zum Unfall sahen sie sich nicht wieder. Sie besuchte ihn im Krankenhaus und brachte ihm eine Schachtel Cadbury mit. Danach knüpften sie wieder eine Beziehung an, dieses Mal rein freundschaftlicher Natur – so hatte Don Rigoberto geglaubt, bis er die flüssige Wahrheit entdeckt hatte –, die auch nach der Heirat von Doña Lukrezia fortdauerte.

Don Rigoberto hatte ihn das eine oder andere Mal hinter den Fensterscheiben seines blühenden Geschäfts am Zanjón, auf der Höhe von Javier Prado, gesehen, in dem er importierte Motorräder verkaufte (den hieroglyphischen japanischen Marken hatte er die nordamerikanische Harley Davidson, die britische Triumph und die deutsche BMW hinzugefügt). Er nahm nicht mehr aktiv an Meisterschaften teil, blieb diesem Sport jedoch mit unverkennbarem Sadomasochismus als Förderer und Gönner dieser stellvertretenden Massaker und Schlächtereien verbunden. Don Rigoberto sah ihn in den Fernsehnachrichten, wie er eine lächerliche, gewürfelte Fahne senkte, mit einem Gebaren, als würde er den Startschuß für den ersten Weltkrieg abgeben; an den Start- oder Ziellinien der Rennen oder bei der Übergabe eines mit falschem Silber versilberten Pokals an den Sieger. Diese Verlagerung vom Teilnehmer auf den Schirmherr der Ereignisse befriedigte – Lukrezia zufolge – die krankhafte Anziehungskraft, die die protzigen Motorräder auf den Kastraten ausübten.

Und das andere? Die andere Leere? Füllte sie etwas, jemand? An den Nachmittagen, an denen sie sich in regelmäßigen Abständen bei Tee und Törtchen zu unterhalten pflegten, bewahrte Manuel große Zurückhaltung in dieser Sache, und Lukrezia war selbstverständlich nicht so unvorsichtig, sie zu erwähnen. Ihre Plaudereien bestanden aus Klatschgeschichten voller Erinnerungen an die Kindheit in Miraflores und die Jugend in San Isidro, an die alten Freunde aus der Clique, die geheiratet, sich getrennt, wieder geheiratet, Kinder gezeugt hatten, die erkrankt oder auch gestorben waren, gespickt mit aktuellen Kommentaren über den letzten Film, den letzten Disco-Hit, den Modetanz, die Katastrophe einer Ehe oder eines Konkurses, den kürzlich aufgedeckten Betrug oder den letzten Drogen-, Ehebruchs- oder Aidsskandal. Bis Doña Lukrezia eines Tages – Don Rigobertos Hände blätterten rasch die Seiten des Heftes um, auf der Suche nach einem Eintrag, der der Folge von Bildern entspräche, die sich bereits deutlich in seinem fiebernden Geist in Bewegung gesetzt hatte – sein Geheimnis entdeckte. Hatte sie es wirklich entdeckt? Oder hatte Manuel es so eingerichtet, daß sie dies glaubte, während sie in Wahrheit nichts anderes tat, als den Fuß in die Schlinge zu setzen, die er für sie ausgelegt hatte? Tatsache war, daß Manuel eines Tages, als sie in seinem Haus in La Planicie umgeben von Eukalyptusbäumen und Lorbeersträuchern Tee tranken, Lukrezia in sein Schlafzimmer führte. Der Vorwand? Ihr eine Fotografie von einem viele Jahre zurückliegenden Volleyballspiel in der San-Antonio-Schule zu zeigen. Dort erwartete sie die große Überraschung. Ein ganzes Regal mit Büchern zum schlüpfrigen, schauerlichen Thema der Kastration und der Eunuchen! In allen Sprachen, vor allem in solchen, die Manuel nicht verstand, der nur Spanisch in seiner peruanischen, genauer gesagt miraflorinisch-sanisidrischen Variante beherrschte. Und eine Sammlung von Schallplatten und CDs mit Simulationen oder Imitationen der Stimme der *castrati*!

»Er ist ein Experte in diesem Thema geworden«, berichtete sie Don Rigoberto, höchst aufgeregt über die Entdeckung.

»Aus Gründen, die auf der Hand liegen«, schloß er.

War dies Teil von Manuels Strategie gewesen? Don Rigobertos großer Kopf nickte in dem kleinen Lichtkreis der Lampe. Natürlich. Um eine schlüpfrige Intimität, eine Komplizenschaft im Verbotenen zu schaffen, die ihm später erlauben würde, den kühnen Gefallen zu erbitten. Er hatte ihr gestanden – Verlegenheit vortäuschend, immer wieder schüchtern zögernd?, genauso –, daß das Thema ihn seit der brutalen Amputation obsessiv beschäftigt hatte, bis es zum zentralen Anliegen seines Lebens geworden war. Er hatte sich in einen großen Kenner verwandelt und war imstande, sich stundenlang über die Sache auszulassen, sie in ihren historischen, religiösen, körperlichen, klinischen, psychoanalytischen Aspekten zu beleuchten. (Hatte der Ex-Motorradfahrer vielleicht von dem Wiener mit dem Diwan gehört? Vorher nicht; später ja, er hatte sogar etwas von ihm gelesen, wenn auch, ohne ein Wort zu verstehen.) Bei

Gesprächen, die beide im Lauf dieser scheinbar unschuldigen Zusammenkünfte zur Stunde des Tees immer mehr in inniger Gemeinschaft verbanden, erklärte Manuel Lukrezia den Unterschied zwischen dem Eunuchen, der vornehmlich sarazenischen Variante, welche seit dem Mittelalter bei den Wächtern der Serails Anwendung fand, die durch die erbarmungslose Abtrennung von Phallus und Testikeln keusch wurden, und dem Kastraten, der westlichen, katholischen, römisch-apostolischen Version, die darin bestand, das Opfer der Operation, das man nicht der Kopulation berauben wollte – es ging nur darum, die Veränderung der Stimme des Kindes zu verhindern, die sich beim Eintritt in die Pubertät um eine Oktave verschiebt –, lediglich von dem Zwillingspaar zu befreien und alles übrige an seinem Platz zu lassen. Manuel erzählte Lukrezia unter beiderseitiger Heiterkeit die Anekdote des Kastraten Cortona, der Papst Innozenz XI. in einem Schreiben um die Erlaubnis gebeten hatte zu heiraten. Er führte an, durch die Kastration sei er nicht zu Schaden für die Lustbarkeit gekommen. Seine Heiligkeit, der nichts Unschuldiges hatte, schrieb eigenhändig an den Rand der Bittschrift: »Man soll ihn gründlicher kastrieren.« (›Das waren Päpste‹, dachte Don Rigoberto.)

Er, Manuel, das Motorrad-As, hatte Lukrezia bei seinen Tee-Einladungen mit der Attitüde des modernen, gegenüber der Kirche kritisch eingestellten Mannes erklärt, daß die Kastration ohne kriegerische Absicht, zu künstlerischen Zwecken, in Italien seit dem 17. Jahrhundert praktiziert wurde, weil es aufgrund eines kirchlichen Verbots keine weiblichen Stimmen bei den religiösen Zeremonien geben durfte. Diese Zensur schuf die Notwendigkeit des Zwitters, des Mannes mit verweiblichter Stimme (»Ziegenstimme« oder »Falsett« »zwischen vibrierend und tremolierend«, erklärte im Heft der Experte Carlos Gómez Amat), etwas, was man mittels eines chirurgischen Eingriffs herstellen konnte, den Manuel ihr erklärte und zwischen Tee und Gewürzkuchen anhand von Dokumenten belegte. Es gab die primitive Methode, bei der man die Jungen mit guter Stimme in eiskaltes Wasser eintauchte, um die Blutung zu kontrollieren, und sie ihnen mit Küchensteinen zermantschte (»Au, au!« rief Don Rigoberto, der die Ratten vergessen hatte, quietschvergnügt), und die verfeinerte Methode. Das heißt: der Bader-Chirurg betäubte den Jungen mit Laudanum, öffnete ihm mit dem frisch geschliffenen Messer die Leiste und zog von dort aus die zarten Kleinode heraus. Welche Folgen hatte die Operation für die Sängerknaben, die das Verfahren überlebten? Fettleibigkeit, Verbreiterung des Brustkorbs, eine kräftige hohe Stimme sowie eine ungewöhnliche Fähigkeit, den Ton zu halten; einige *castrati* konnten, wie Farinelli, ohne Luftholen Arien von mehr als einer Minute singen. Im friedlichen Dunkel des Arbeitszimmers, mit dem Rauschen des Meeres im Hintergrund, hörte Don Rigoberto eher amüsiert und neugierig als genußvoll das Vibrieren jener Stimmbänder, das in einem hauchdünnen hohen Ton endlos, wie eine lange Wunde, in der Nacht von Barranco fortklang. Und jetzt roch er auch Lukrezia.

›Prothesen-Manuel, vergiftet vom Tod‹, dachte er wenig später, erfreut über seine Entdeckung. Aber gleich darauf erinnerte er sich, daß er zitierte. Vergiftet vom Tod? Während seine Hände im Heft suchten, setzte seine Erinnerung das verrauchte, dicht gefüllte Nachtlokal zusammen, in das Lukrezia ihn an jenem ungewöhnlichen Abend geschleppt hatte. Es war ein denkwürdiges Eintauchen in die nächtliche Welt der Vergnügungen gewesen, eines von wenigen in dem merkwürdigen Land, dem er Versicherungspolicen verkaufte, das verwaltungstechnisch gesehen das seine war, gegen das er diese Enklave errichtet hatte und von dem er dank diskreter, aber gewaltiger Anstrengungen sehr wenig wußte. Da waren die Verse des Vals *Verachtung*:

Voll Verachtung, den Göttern gleich,
kämpfe ich weiter für mein Glück
und achte nicht derer, die da bleich
und doch nur vom Tod vergiftet sind.

Ohne die Gitarre, die Trommelkiste und die synkopierte Stimme des Sängers ging etwas von der düsteren, narzißtischen Kühnheit des komponierenden Barden verloren. Aber selbst ohne die Musik blieben die geniale Vulgarität und die mysteriöse Philosophie erhalten. Wer hatte diesen einheimischen Vals komponiert, den Lukrezia »klassisch« nannte, als er es herausfinden wollte? Er fand es heraus: er stammte aus Chiclayo und hieß Miguel Paz. Er stellte sich einen wilden Nachtschwärmer vor, mit einem Tuch um den Hals und der Gitarre über der Schulter, der Serenaden spielte und morgens zwischen Sägespänen und Erbrochenem in den finsteren Höhlen der Folklore erwachte, mit kaputter Kehle, weil er die ganze Nacht gesungen hatte. Wie dem auch sei: bravo. Nicht einmal Vallejo und Neruda zusammen hatten etwas mit diesen Versen Vergleichbares hervorgebracht, zu denen man obendrein auch noch tanzen konnte. Ein Kichern entfuhr ihm, und er bekam Prothesen-Manuel wieder zu fassen, der zu entwischen drohte.

Es war erst nach vielen nachmittäglichen, mit Tee begossenen Unterhaltungen gewesen, bei denen er sein enzyklopädisches Wissen über türkische und ägyptische Eunuchen und neapolitanische und römische Kastraten vor Doña Lukrezia ausgebreitet hatte, daß der Ex-Motorradfahrer (»Prothesen-Manuel, Pipin der Feuchte, Der Tropfende, Der mit dem Bettelkörbchen, Tee-Beutel«, improvisierte Don Rigoberto mit einer Laune, die jede Sekunde besser wurde) den großen Schritt getan hatte.

»Und wie hast du reagiert, als er dir das erzählt hat?«

Sie hatten gerade, im Fernseher des Schlafzimmers, *Senso* angeschaut, ein wunderschönes Melodram Viscontis mit stendhalschen Anklängen, und Don Rigoberto hielt seine Frau auf den Knien, sie im Nachthemd und er im Schlafanzug.

»Ich war sprachlos«, antwortete Doña Lukrezia. »Glaubst du, daß das möglich ist?«

»Wenn er es dir händeringend und weinend erzählt hat, muß es das wohl sein. Warum sollte er dich belügen?«

»Natürlich, dafür gab es keinen Grund«, schnurrte sie, sich windend. »Wenn du mich weiter so auf den Hals küßt, schrei ich. Was ich nicht verstehe, ist, warum er mir das erzählt hat.«

»Das war der erste Schritt.« Don Rigobertos Mund wanderte den lauen Hals hinauf bis zum Ohr, das er ebenfalls küßte: »Der nächste wird sein, dich zu bitten, daß du ihn zuschauen oder zumindest zuhören läßt.«

»Er erzählte es mir, weil es es ihm guttat, sein Geheimnis zu teilen«, sagte Doña Lukrezia, während sie versuchte, sich von ihm zu lösen; Don Rigobertos Pulsschlag geriet aus dem Takt. »Er fühlte sich weniger allein, weil er wußte, daß ich wußte.«

»Wetten wir, daß er es dir beim nächsten Tee vorschlägt?« Ihr Ehemann ließ nicht davon ab, langsam ihr Ohr zu küssen.

»Ich würde sein Haus türenschlagend verlassen«, sagte Doña Lukrezia. Sie wand sich in seinen Armen und beschloß ebenfalls, ihn zu küssen. »Und nicht wiederkommen.«

Sie hatte nichts dergleichen getan. Prothesen-Manuel hatte sie mit so unterwürfiger Demut und Opfertränen, unter so vielen Entschuldigungen und Rechtfertigungen darum gebeten, daß sie nicht den Mut aufgebracht hatte (auch nicht die Lust?), beleidigt zu reagieren. Hatte sie vielleicht gesagt: »Du vergißt, daß ich eine anständige, verheiratete Frau bin?« Nein. Etwa: »Du mißbrauchst unsere Freundschaft und zerstörst die gute Meinung, die ich von dir hatte.« Auch nicht. Sie begnügte sich damit, Manuel zu beruhigen, der sie bleich und beschämt bat, sie solle es nicht übelnehmen, nicht böse sein, ihn nicht ihrer so geschätzten Freundschaft berauben. Ein strategisch perfektes und erfolgreiches Manöver, denn Lukrezia, voll Erbarmen angesichts dieses Psychodramas, trank wieder Tee mit ihm – Don Rigoberto spürte Akupunkturnadeln an seinen Schläfen – und tat ihm am Ende den Gefallen. Der vom Tod Vergiftete hörte die silbrige Musik, berauschte sich am flüssigen Arpeggio. Nur durch Hören? Nicht vielleicht auch durch Sehen?

»Das nicht, ich schwöre es dir«, protestierte Doña Lukrezia, die sich an ihn kuschelte und zu seiner Brust sprach. »In tiefster Dunkelheit. Das war meine Bedingung. Und er erfüllte sie. Er sah nichts. Er hörte.«

In der gleichen Position hatten sie das Video einer Carmina-Burana-Aufführung der Deutschen Oper Berlin, dirigiert von Seiji Osawa und mit den Chören von Peking, angesehen.

»Mag sein«, erwiderte Don Rigoberto, dessen Phantasie vom vibrierenden Latein der Chöre angefacht worden war (ob es wohl Kastraten unter den schlitzäugigen Chorsängern gab?) »Es kann aber auch sein, daß Manuel seinen Gesichtssinn enorm entwickelt hat. Und daß nicht du ihn, wohl aber er dich gesehen hat.«

»Wenn wir Vermutungen anstellen, ist natürlich alles möglich.« Doña Lukrezia hielt an ihren Einwänden fest, aber ohne große Überzeugung. »Aber wenn er was gesehen hat, dann wenig, so gut wie nichts.«

Der Geruch war da, es war kein Zweifel möglich: körperlich, intim, leicht marin und mit obstlichen

Anklängen. Er schloß die Augen und atmete ihn mit weit geöffneten Nüstern begierig ein. ›Ich rieche Lukrezias Seele‹, dachte er gerührt. Das heitere Plätschern des Strahls im Becken überdeckte das Aroma nicht, es dämpfte nur mit einer musikalischen Note jene Ausdünstung verborgener Drüsensäfte, kartilaginöser Transpirationen, Muskelsekrete, die sich in einem zähen, beherzten, häuslichen Fluidum verdichteten und verschmolzen. Don Rigoberto erinnerte es an die fernsten Augenblicke seiner Kindheit – eine Welt aus Windeln und Puder, Erbrochenem und Ausgeschiedenem, Kölnischwasser und mit lauem Wasser getränkten Schwämmen, einer wundersamen Brust – und an die gemeinsamen Nächte mit Lukrezia. Ach ja, er verstand ihn gut, den verschnittenen Motorradfahrer. Aber es war nicht erforderlich, Farinelli nachzueifern oder den Umweg über die Prothese zu nehmen, um sich diese Kultur zu eigen zu machen, sich zu dieser Religion zu bekehren und sich, wie der vergiftete Manuel, wie der Witwer Nerudas, wie so viele anonyme Personen, deren Sinn für Hören, Riechen und Phantasie von erlesenem Geschmack zeugte (er dachte an den indischen Premierminister, den neunzigjährigen Morarji Desai, der seine Reden mit Pausen vorlas, um Schlückchen seines eigenen Urins zu trinken, ›ach, wäre es doch der seiner Frau gewesen‹), im Himmel zu fühlen, wenn man das hockende oder sitzende geliebte Wesen bei der Ausführung dieser scheinbar banalen, funktionellen Zeremonie der Blasenleerung sah und hörte, die, zum Schauspiel, zum Liebestanz sublimiert, Vorspiel oder Nachsatz (für den mattgesetzten Manuel

Ersatz) des Liebesakts war. Don Rigobertos Augen füllten sich mit Tränen. Er gewahrte wieder die glatte Stille der Nacht von Barranco und die Einsamkeit, in der er sich zwischen autistischen Bildern und Büchern befand.

»Geliebte Lukrezia, bei allem, was dir lieb ist«, bat er, flehte er, während er das gelöste Haar seiner Geliebten küßte. »Pinkel auch für mich.«

»Zuerst muß ich nachprüfen, ob das Bad bei geschlossenen Türen und Fenstern vollkommen im Dunkeln liegt«, sagte Doña Lukrezia mit dem Pragmatismus eines Testamentsvollstreckers. »Wenn es soweit ist, ruf ich dich. Du kommst lautlos herein, um mich nicht zu hemmen. Du setzt dich in die Ecke. Du bewegst dich nicht und sagst kein Wort. In diesem Augenblick werden die vier Gläser Wasser allmählich ihre Wirkung tun. Kein Ausruf, kein Seufzer, nicht die geringste Regung, Manuel. Sonst gehe ich und werde dieses Haus nie wieder betreten. Du kannst in deiner Ecke bleiben, während ich mich abwische und das Kleid richte. Wenn ich hinausgehe, kommst du gekrochen und küßt mir zum Dank die Füße.«

Hatte er das getan? Gewiß. Er wird auf dem gefliesten Boden zu ihr gekrochen sein und seinen Mund mit hündischer Dankbarkeit ihren Schuhen genähert haben. Dann wird er sich Hände und Gesicht gewaschen haben und mit feuchten Augen zu Lukrezia ins Wohnzimmer zurückgekehrt sein, um ihr salbungsvoll zu sagen, daß ihm die Worte fehlten, was sie für ihn getan habe, das unermeßliche Glück. Er wird sie mit Lob überschüttet und ihr erzählt haben, daß er in Wirklichkeit seit jungen Jahren so war, nicht erst seit seinem Sprung in den Abgrund. Der Unfall hatte ihm erlaubt, das, wofür er sich zuvor so geschämt hatte, daß er es vor den anderen und vor sich selbst verbarg, als einzige Quelle seiner Lust zu akzeptieren. Alles hatte begonnen, als er noch ein kleiner Junge war und im Zimmer seines Schwesterchens schlief und das Kindermädchen um Mitternacht aufstand, um Wasser zu lassen. Sie machte sich nicht die Mühe, die Tür zu schließen; er hörte deutlich den murmelnden, kristallinen, plätschernden Strahl, der ihn einwiegte und ihm das Gefühl gab, ein Engel im Himmel zu sein. Es war seine schönste, seine musikalischste, seine zärtlichste Kindheitserinnerung. Sie verstand ihn doch, nicht wahr? Die wunderbare Lukrezia verstand alles. Nichts erschreckte sie im labyrinthischen Gewirr der menschlichen Narrheiten. Manuel wußte das; deshalb bewunderte er sie, und deshalb hatte er gewagt, sie darum zu bitten. Ohne die Motorradtragödie hätte er das nie getan. Denn bis zu diesem Flug seines Motorrads in den felsigen Abgrund war sein Leben, was Liebe und Sex betraf, ein Alptraum gewesen. Was ihn wirklich entflammte, war etwas, das er nie von den anständigen Mädchen zu erbitten, sondern nur mit Prostituierten auszuhandeln wagte. Und selbst wenn er es bezahlte – wie viele Demütigungen, Lachanfälle, spöttische Bemerkungen, verächtliche oder ironische Blicke mußte er ertragen, die ihn hemmten und ihm das Gefühl gaben, ein Dreck zu sein.

Dies war der Grund, weshalb er mit so vielen Verlobten gebrochen hatte. Keine ging so weit, ihm diese außergewöhnliche Belohnung zu schenken, die Doña Lukrezia ihm gewährt hatte: den Pipistrahl. Don Rigoberto wurde von lautem, mitleidigem Lachen geschüttelt. Armer Tropf! Wer von den bildschönen Mädchen, die mit dem Sportstar ausgingen, lachten, flirteten, hätte gedacht, daß die Leuchte des Motocross, der Reiter des Stahlrosses sie nicht streicheln, ausziehen, küssen oder penetrieren, sondern nur in der Toilette hören wollte. Und die edle, großherzige Lukrezia hatte für den verurteilten Manuel gepinkelt! Dieser Harnstrahl würde sich in sein Gedächtnis graben wie die Heldentaten in den Geschichtsbüchern, wie die Wunder in den Heiligenlegenden. Geliebte Lukrezia! Lukrezia, die nachsichtig mit den menschlichen Schwächen war! Lukrezia, römischer Name, der die Glückliche bedeutete. Lukrezia? Seine Hände blätterten rasch die Seiten des Heftes um, und es dauerte nicht lange, bis die Stelle erschien:

»Lukrezia, Römerin, berühmt für ihre Schönheit und Tugend. Wurde von Sextus Tarquinius vergewaltigt, dem Sohn des Königs Tarquinius Superbus. Nachdem sie ihrem Vater und ihrem Gatten von der Schändung erzählt und sie zur Rache aufgefordert hatte, tötete sie sich in deren Gegenwart mit einem Dolchstoß in die Brust. Lukrezias Selbstmord führte zur Vertreibung des Königs aus Rom und zur Errichtung der Republik im Jahre 509 vor Christus. Die Gestalt Lukrezias wurde zum Sinnbild der Sittsamkeit und Keuschheit, vor allem der sittsamen Ehefrau.«

›Das ist sie, das ist sie‹, dachte Don Rigoberto. Seine Frau konnte historische Katastrophen auslösen und sich als Symbol verewigen. Der sittsamen Ehefrau? Aber ja, wenn man die Sittsamkeit im nichtchristlichen Sinne verstand. Welche Ehefrau hätte mit einer solchen Hingabe die Fabeleien ihres Ehemannes geteilt, wie sie es getan hatte? Keine. Und das mit Fonchito? Na ja, dieses unsichere Terrain umging er besser. War denn nicht letztlich alles in der Familie geblieben? Hätte sie das gleiche wie die römische Matrone getan, wenn Sextus Tarquinius sie vergewaltigt hätte? Ein eisiger Stich fuhr Don Rigoberto durchs Herz. Mit schreckverzerrtem Gesicht bemühte er sich, das Bild von Lukrezia, wie sie mit einem Dolch im Herzen auf dem Boden lag, zu vertreiben. Um es zu bannen, holte er den Motorradfahrer zurück, der verzaubert war von der Destillation der weiblichen Harnblasen. Nur der weiblichen? Oder auch der männlichen? Versetzte ihn der Anblick eines männlichen Wasserstrahls in die gleiche Aufregung?

»Nie«, gestand Manuel sofort, und es klang so aufrecht, daß Lukrezia ihm glaubte.

Nun ja, es stimmte auch nicht, daß sein Leben wegen dieses Bedürfnisses (wie sollte man es nennen, um nicht Laster zu sagen?) nur ein Alptraum gewesen war. Es gab wohltuende, erregende, fast immer vom Zufall geschenkte Momente, bescheidene Entschädigungen seiner Qual, die Farbe in das öde Panorama unbefriedigter Wünsche brachten. Zum Beispiel jene Wäscherin, an deren Gesicht Manuel sich mit der Zärtlichkeit erinnerte, mit der man der Tanten, Großmütter oder Patinnen gedenkt, die besonders eng mit der Wärme der Kindheit verbunden sind. Sie kam zweimal in der Woche ins Haus, um die

Wäsche zu waschen. Sie mußte unter Blasenentzündung leiden, denn alle Augenblicke lief sie vom Waschbecken oder vom Bügelbrett in die kleine Dienstbotentoilette, neben der Speisekammer. Und da war der kleine Manuel, immer wachsam, oben auf der Zwischendecke liegend, das Gesicht gegen den Boden gepreßt, die Ohren spitzend. Es folgte das Konzert, die rauschende, reichliche Kaskade, eine wahre Überschwemmung. Diese Frau hatte eine Fußballerblase, war ein lebendes Staubecken, was die Heftigkeit, die Fülle, die Häufigkeit und die Lautstärke ihres Wasserlassens betraf. Einmal – Doña Lukrezia sah, wie sich seine Pupillen gierig weiteten – hatte Manuel sie gesehen. Ja, gesehen. Na ja, nicht ganz. In einem Akt der Kühnheit war er auf dem Gartenzaun bis zur Luke der Dienstbotentoilette hochgeklettert und konnte ein paar glorreiche Sekunden lang, in der Luft schwebend, das Haarbüschel, die Schultern, die in Wollstrümpfen steckenden Beine und die flachen Schuhe der Frau sehen, die auf dem Becken saß und sich mit geräuschvoller Gleichgültigkeit entwässerte. Ach, es war eine Freude!

Es hatte auch jene blonde, braungebrannte, leicht männliche, immer mit Stiefeln und Cowboyhut bekleidete Amerikanerin gegeben, die zur Teilnahme an der Anden-Tour gekommen war. Sie war eine so waghalsige Motorradfahrerin, daß sie das Rennen beinahe gewann. Aber Manuel erinnerte sich nicht so sehr an ihr Geschick mit der Maschine (einer Harley Davidson natürlich) als an ihre direkte, ungezierte Art, die ihr erlaubte, an den Rastorten die Schlafzimmer mit den Fahrern zu teilen und vor ihnen zu duschen, wenn es nur ein Bad gab, und in die Toilette zu gehen und ihre Notdurft zu verrichten, ohne sich daran zu stören, wenn sich im gleichen Raum, nur durch eine Zwischenwand getrennt, mehrere Motorradfahrer aufhielten. Was für Tage! Manuel hatte ein chronisches Knistern erlebt, eine anhaltende Erektion des nunmehr entschwundenen Organs, als er jene flüssigen Erleichterungen der emanzipierten Sandy Canal hörte, die jenes Rennen für ihn in ein endloses Fest verwandelten. Aber weder die Wäscherin noch Sandy, noch irgendeines der zufälligen oder bezahlten Erlebnisse seiner Mythologie ließen sich mit dem jetzigen vergleichen, der allerhöchsten Gunst, dem flüssigen Manna, mit dem Doña Lukrezia ihm das Gefühl gegeben hatte, ein Gott zu sein.

Don Rigoberto lächelte zufrieden. Es gab keine Ratte in der Nähe. Der Karniji-Tempel, seine Brahmanen, Heerscharen von Nagetieren und die Pfannen voll Sirup befanden sich jenseits der Meere, Kontinente und Wälder. Und er hier, allein, in der zu Ende gehenden Nacht, in seinem Refugium der Bilder und Hefte. Am Horizont gab es Zeichen der Dämmerung. Auch heute würde er im Büro gähnen. Roch er etwas? Der Witwen-Geruch war verflogen. Hörte er etwas? Die Wellen und, zwischen ihnen verloren, das Geplätscher einer wasserlassenden Frau.

›Ich‹, dachte er lächelnd, ›gehöre zu den Männern, die sich nicht nach, sondern vor dem Pinkeln die Hände waschen.‹

Ich weiß, daß Du gern schön wenig und schön gesund, aber schön lecker ißt, und ich bin vorbereitet, Dir auch am Tisch zu Gefallen zu sein.

Schön früh am Morgen gehe ich auf den Markt und kaufe die schönste Frischmilch, das schönste frische Brot und die schönsten roten Orangen. Dann wecke ich Dich schön mit dem Tablett des Frühstücks, einer schön duftenden Blume und einem schönen Kuß. ›Hier ist Ihr Saft schön ohne Kerne, Ihr schön getoastetes Brot mit schöner Erdbeermarmelade und Ihr Kaffee schön mit Milch und ohne Zucker, mein schöner Herr.‹

Zu Deinem Mittagessen nur ein schöner kleiner Salat und ein schöner Joghurt, wie Du es magst. Ich werde die Salatblätter schön waschen, bis sie schön glänzen, und die Tomaten schön kunstvoll schneiden und mich dabei von den schönen Bildern anregen lassen, die ich in deiner Bibliothek finde. Ich werde sie schön mit Öl, Essig und Tröpfchen meines Speichels und statt mit Würze schön mit meinen Tränen anrichten.

Abends dann jeden Tag schön eine Deiner Lieblingsspeisen (ich habe Menus für ein ganzes schönes Jahr, wie schön, daß ich mich nicht einmal wiederholen muß). *Olluco*-Knollen schön mit Dörrfleisch, schön eingeweichte schwarze Bohnen, schöner Maisbrei schön mit Pfeffer, Kartoffelbrei schön mit Gewürzen und schön kalt, schöne Kutteln, schön klein geschnitten, schön mariniertes Rind und Zicklein, schön mit Sauce, ein schönes kleines Steak, schön nach Art von Chorillos, ein schönes Stück Meerrabe, schön roh eingelegt, eine schöne Garnelenpfanne oder einen Eintopf schön nach Art von Lima, einen Reis schön mit Ente, einen Reis schön mit Hackfleisch bedeckt, ein schönes *tacutacu* mit Bohnen und Reis, schön gefüllte Pfefferschoten, schön scharfer Hühnereintopf. Aber ich höre besser auf, damit Dir nicht ganz schön das Wasser im Mund zusammenläuft. Und dazu natürlich ein schönes Glas Rotwein oder ein schön kaltes Bier zur Auswahl.

Zum Nachtisch schönes kleines Gebäck nach Großmutterart, Windbeutel, schön nach Art von Lima, Küchelchen schön in Honig gebacken, Spritzkuchen, schön in Öl gebraten, Cremeröllchen schön nach Klosterart, schön weiches Marzipan, Kringel, schön in Öl getaucht, schön gefrorener Zuckerkäse, schöne Lebkuchen, Nougat schön nach Art von Doña Pepa, schön süßer Maisbrei und Feigentörtchen schön im Quarkkranz.

Akzeptierst Du mich als Deine Köchin? Ich bin schön sauber, denn mindestens zweimal am Tag nehm ich eine schöne Dusche. Ich lasse es schön sein, Kaugummi zu kauen, Zigaretten zu rauchen, Haare in den Achselhöhlen zu haben, und meine Hände und Füße sind so schön vollkommen wie meine Brüste und mein Po. Ich werde schön arbeiten, so lange, wie es sein muß, um Deinen Gaumen und Deinen Magen schön zufriedenzustellen. Wenn es nötig ist, werde ich Dich auch schön anziehen, ausziehen, einseifen, rasieren, schön Deine Fingernägel schneiden und Dich schön abputzen, wenn du das große Geschäft machst. Abends werde ich Dich schön mit meinem

Körper wärmen, damit Du es schön im Bett hast und nicht frierst. Ich werde nicht nur Deine Mahlzeiten zubereiten, sondern auch Dein Kammerdiener, Dein Ofen, Dein Rasierapparat, Deine Schere und Dein Toilettenpapier sein.

Akzeptierst du mich, schöner Herr?

Dein, Dein, Dein,

Die Köchin ohne Schwielen

VI. Der anonyme Brief

Statt verärgert wie am Abend zuvor, als sie mit dem zerknüllten Papier in der Hand ins Bett gegangen war, wachte Señora Lukrezia gutgelaunt und zufrieden auf. Ein leicht wollüstiges Gefühl hüllte sie ein. Sie streckte die Hand aus und griff nach der Botschaft, die mit Druckbuchstaben auf ein blaßblaues, granuliertes Papier geschrieben war, das sich angenehm anfühlte.

›Gegenüber dem Spiegel, auf einem Bett oder einem Sofa . . .‹ Über ein Bett verfügte sie, aber nicht über handbemalte indische Seide oder indonesischen Batikstoff, so daß sie diese Forderung des gesichtslosen Gebieters nicht würde erfüllen können. Hingegen konnte sie sich seinen Wünschen gemäß auf den Rücken legen, entkleidet und mit gelöstem Haar, das eine Bein hochziehen, den Kopf aufstützen, denken, sie sei Klimts Danae (obwohl sie es nicht glaubte), und tun, als schliefe sie. Und sie konnte sich natürlich im Spiegel anschauen und sich sagen: ›Ich werde genossen und bewundert, ich werde geträumt und geliebt.‹ Mit einem kleinen spöttischen Lächeln und Augen, deren Leuchtkäferglimmen der Spiegel der Frisierkommode zurückwarf, schlug sie die Laken beiseite, um wie im Spiel den Anweisungen zu folgen. Aber da sie nur die Hälfte ihres Körpers sah, wußte sie nicht, ob es ihr gelang, die Haltung des Bildes von Klimt, das der phantomhafte Briefschreiber ihr auf einer groben Postkartenreproduktion geschickt hatte, mit einem gewissen Maß an Glaubwürdigkeit nachzuahmen.

Während sie frühstückte und zerstreut mit Justiniana sprach, und später, unter der Dusche und beim Ankleiden, überlegte sie erneut hin und her, um dem Verfasser des Briefes einen Namen und ein Gesicht zu geben. Don Rigoberto? Fonchito? Und wenn es etwas wäre, das beide zusammen ausgeheckt hatten? Wie absurd! Nein, das hatte weder Hand noch Fuß. Die Logik ließ sie an Rigoberto denken. Eine Form, ihr mitzuteilen, daß sie trotz allem, was geschehen war, trotz der Trennung immer in seinen Delirien präsent war. Eine Form, die Möglichkeit einer Versöhnung auszuloten. Nein. Es war zu hart für ihn gewesen. Er würde nie fähig sein, sich mit der Frau auszusöhnen, die ihn mit seinem eigenen Sohn, in seinem eigenen Haus betrogen hatte. Dieses tiefverwurzelte, nagende Gefühl, die Eigenliebe, verbot es ihm. Wenn das anonyme Schreiben nicht von ihrem Ex-Ehemann stammte, dann war also Fonchito der Verfasser. Empfand er nicht die gleiche Faszination für die Malerei wie sein Vater? Hatte er nicht die gleiche gute oder schlechte Gewohnheit, das Leben der Bilder mit dem wahren Leben zu verquicken? Ja, er war es gewesen. Außerdem hatte er sich durch das Bild von Klimt verraten. Sie würde ihm sagen, daß sie es wußte, und ihn bloßstellen, gleich heute nachmittag.

Doña Lukrezia erschienen die Stunden des Wartens ewig lang. Sie saß im Eßzimmer und schaute auf die Uhr, in der Furcht, er könnte gerade heute nachmittag ausbleiben. »Mein Gott, Señora, man könnte glauben, Ihr Verehrer käme Sie zum ersten Mal besuchen«, scherzte Justiniana. Statt über sie zu lachen, wurde sie rot.

Kaum erschien er mit seinem schönen Gesicht und dem mageren kleinen Körper in der verrutschten Schuluniform, kaum hatte er seine Schultasche auf den Teppich geworfen und sie mit einem Kuß auf die Wange begrüßt, warf Doña Lukrezia ihm den Fehdehandschuh hin:

»Du und ich, wir müssen über eine sehr häßliche Sache reden, junger Mann.«

Sie sah das verdutzte Gesicht und die blauen Augen, die sich unruhig weiteten. Er hatte sich im Schneidersitz vor sie gesetzt, und Doña Lukrezia bemerkte, daß einer der Schnürsenkel seiner Schuhe lose war.

»Worüber, Stiefmutter?«

»Über eine sehr häßliche Sache«, wiederholte sie, während sie ihm den Brief und die Postkarte zeigte. »Über das Feigste und Schmutzigste, das es gibt: anonyme Briefe schicken.«

Der Junge wurde weder blaß noch rot, noch blinzelte er. Er schaute sie noch immer an, neugierig, ohne die geringste Verwirrung. Sie reichte ihm den Brief und die Postkarte und ließ kein Auge von ihm, während Fonchito, tiefernst, die Zungenspitze zwischen den Zähnen, den anonymen Brief las, als würde er ihn buchstabieren. Seine wachen Augen flogen ein ums andere Mal über die Zeilen.

»Es gibt zwei Worte, die ich nicht verstehe«, sagte er schließlich, während er sie in seinen klaren Blick tauchte. »Helena und Batik. Ein Mädchen in der

Akademie heißt Helena. Aber hier wird es in einer anderen Bedeutung gebraucht, oder? Und Batik habe ich nie gehört. Was bedeuten die beiden, Stiefmutter?«

»Tu nicht so dumm«, ermahnte ihn Doña Lukrezia. »Warum hast du mir das geschrieben? Hast du geglaubt, ich würde nicht merken, daß du das warst?«

Sie fühlte sich leicht unbehaglich angesichts der jetzt überdeutlichen Verwirrung Fonchitos, der, nachdem er ein paarmal perplex den Kopf geschüttelt hatte, den anonymen Brief wieder seinen Augen näherte und ihn noch einmal las, stumm die Lippen bewegend. Und sie war völlig überrascht, als sie sah, wie der Junge den Kopf hob und über das ganze Gesicht strahlte. Mit überschäumender Freude reckte er die Arme in die Höhe, sprang auf sie zu und umarmte sie mit einem kleinen Siegesschrei:

»Wir haben gewonnen, Stiefmutter! Begreifst du nicht?«

»Was soll ich denn begreifen, du Kobold«, sagte sie, während sie ihn von sich schob.

»Aber Stiefmutter.« Er schaute sie zärtlich und mitleidig an: »Unser Plan. Er hat Erfolg. Habe ich dir nicht gesagt, daß man ihn eifersüchtig machen sollte? Freu dich, die Sache läuft gut. Willst du dich nicht mit meinem Papa aussöhnen?«

»Ich bin überhaupt nicht sicher, daß dieser anonyme Brief von Rigoberto stammt.« Doña Lukrezia geriet ins Schwanken. »Ich habe eher dich in Verdacht, du scheinheiliges Kerlchen.«

Sie verstummte, weil der Junge lachte, während er

sie mit dem zärtlichen Wohlwollen betrachtete, das man einem geistig Beschränkten schuldet.

»Weißt du, daß Klimt Egon Schieles Lehrer war?« rief er plötzlich aus, womit er einer Frage vorgriff, die ihr auf der Zunge lag. »Er bewunderte ihn. Er malte ihn, als er im Sterben lag. Eine sehr schöne Kohlezeichnung. *Gustav Klimt auf dem Totenbett*, von 1918. Er malte auch *Eremiten*, ein Bild, auf dem er und Klimt in Mönchskutten erscheinen.«

»Ich bin sicher, daß du das geschrieben hast, altklug wie du bist«, empörte sich Doña Lukrezia von neuem. Sie fühlte sich hin und her gerissen zwischen widersprüchlichen Vermutungen; außerdem irritierte sie das sorglose Gesicht Fonchitos und daß er so zufrieden mit sich selbst wirkte.

»Aber Stiefmutter, freu dich doch, statt immer das Schlechteste zu denken. Diesen Brief schickt dir mein Papa, damit du weißt, daß er dir verziehen hat, daß er sich mit dir versöhnen will. Wieso begreifst du das nicht.«

»Dummes Zeug. Es ist ein unverschämter und dazu unanständiger anonymer Brief, weiter nichts.«

»Wie kannst du nur so ungerecht sein«, protestierte der Junge heftig. »Er vergleicht dich mit einem Bild von Klimt, er sagt, als der dieses Mädchen malte, da ahnte er, wie du sein würdest. Was ist daran unanständig? Das ist doch ein sehr schönes Kompliment. Etwas, das mein Papa sich ausgedacht hat, um sich mit dir in Verbindung zu setzen. Wirst du ihm antworten?«

»Ich kann ihm nicht antworten, weil ich nicht sicher weiß, daß er von ihm stammt.« Jetzt zweifelte

Doña Lukrezia weniger. Wollte er sich vielleicht wirklich aussöhnen?

»Du siehst ja, ihn eifersüchtig zu machen hat wunderbar geklappt«, wiederholte der Junge glücklich. »Seitdem ich ihm erzählt habe, daß ich dich am Arm eines Herrn gesehen habe, stellt er sich allerlei vor. Er hat einen solchen Schreck bekommen, daß er dir diesen Brief geschrieben hat. Bin ich nicht ein guter Detektiv, Stiefmutter?«

Doña Lukrezia verschränkte nachdenklich die Arme. Nie hatte sie die Vorstellung, sich mit Rigoberto auszusöhnen, ernst genommen. Sie hatte Fonchitos Spiel mitgespielt, zum Zeitvertreib. Aber plötzlich, zum ersten Mal, kam ihr das Ganze nicht wie ein fernes Hirngespinst vor, sondern wie etwas, das geschehen konnte. Wollte sie das? In das Haus in Barranco zurückkehren, ihr früheres Leben wiederaufnehmen?

»Wer außer meinem Papa könnte dich mit einem Gemälde von Klimt vergleichen«, beharrte der Junge. »Siehst du denn nicht? Er erinnert dich an diese Spielchen mit Bildern, die ihr in der Nacht gespielt habt.«

Señora Lukrezia fühlte, wie ihr die Luft wegblieb.

»Wovon sprichst du«, stotterte sie, ohne Kraft, ihm zu widersprechen.

»Aber Stiefmutter«, antwortete der Junge und breitete die Arme aus. »Von diesen Spielen, die ihr zusammen gespielt habt. Wenn er zu dir sagte, heute bist du Kleopatra, heute Venus, heute Aphrodite. Und du dich daran machtest, diese Gemälde nachzuahmen, ihm zu Gefallen.«

»Aber . . . aber . . .« Auf dem Höhepunkt der Aufwallung versagte Doña Lukrezias Zorn; sie fühlte, daß jedes Wort von ihr sie nur noch mehr verraten würde. »Woher hast du das, du hast eine völlig krankhafte Phantasie, eine völlig ... völlig ...«

»Du selbst hast es mir erzählt«, sagte der Junge vernichtend. »Wo hast du nur deinen Kopf, Stiefmutter. Hast du das vergessen?«

Sie war sprachlos. Sie hatte ihm das erzählt? Sie wühlte in ihrer Erinnerung, vergeblich. Sie erinnerte sich nicht, dieses Thema jemals, sei es auch noch so indirekt, gegenüber Fonchito berührt zu haben. Nie und nimmer, natürlich nicht. Aber dann? Wäre es möglich, daß Rigoberto sich ihm anvertraut hatte? Unmöglich. Rigoberto sprach mit niemandem über seine Phantasien und Wünsche. Nicht einmal mit ihr, während des Tages. Diese Regel war in den zehn Jahren ihrer Ehe respektiert worden: Niemals, weder im Scherz noch im Ernst, am Tage das zu erwähnen, was sie in den Nächten, in der Intimität des Schlafzimmers, sagten und taten. Um die Liebe nicht zu trivialisieren und ihr eine magische, sakrale Aura zu bewahren, sagte Rigoberto. Doña Lukrezia erinnerte sich an die erste Zeit ihrer Ehe, als sie die andere Seite des Lebens ihres Ehemanns zu entdecken begann, an jene Unterhaltung über das Buch von Johan Huizinga, *Homo ludens*, eines der ersten, die zu lesen er sie gebeten hatte, wobei er ihr versicherte, in der Vorstellung des Lebens als Spiel und des sakralen Raums liege der Schlüssel ihres künftigen Glücks. ›Der sakrale Raum erwies sich als das Bett‹, dachte sie. Beide waren glücklich gewesen bei diesen nächtlichen Spielen, die sie, Doña Lukrezia, zuerst nur neugierig machten, aber dann nach und nach erobert und ihr Leben – ihre Nächte – mit ständig neuen Erfindungen gewürzt hatten. Bis zu der Riesendummheit mit diesem Jungen.

»Wer ganz für sich alleine lacht, hat sich was Böses ausgedacht.« Aus ihren Abschweifungen riß sie die kecke Stimme Justinianas, die das Teetablett hereintrug. »Hallo, Fonchito.«

»Mein Papa hat der Stiefmutter einen Brief geschrieben, sie werden sich ganz bald versöhnen. Ich hab's dir ja gesagt, Justita. Hast du Biskuits für mich gemacht?«

»Schön getoastet, mit Butter und Erdbeermarmelade.« Justiniana wandte sich mit großen Augen zu Doña Lukrezia um: »Sie werden sich mit dem Señor aussöhnen? Dann ziehen wir also wieder nach Barranco?«

»Dummes Zeug«, sagte Doña Lukrezia. »Kennst du ihn nicht?«

»Wir werden schon sehen, ob es dummes Zeug ist«, protestierte Fonchito und machte sich über die Biskuits her, während Doña Lukrezia ihm Tee eingoß. »Wetten wir? Was gibst du mir, wenn du dich wieder mit meinem Papa verträgst?«

»Einen feuchten Dreck«, sagte Señora Lukrezia besiegt. »Und was gibst du mir, wenn du verlierst?«

»Einen feuchten Kuß«, sagte der Junge augenzwinkernd.

Justiniana lachte laut auf.

»Ich gehe besser und lasse die Turteltäubchen allein.«

»Halt den Mund, du Närrin«, sagte Doña Lukrezia, als das Mädchen sie schon nicht mehr hören konnte.

Sie tranken schweigend ihren Tee. Doña Lukrezia war noch immer erfüllt von den Erinnerungen an ihr Leben mit Rigoberto und traurig, daß geschehen war, was geschehen war. Dieser Bruch war nicht zu kitten. Es war zu schrecklich gewesen, es gab kein Zurück. Wäre denn ein gemeinsames Leben aller drei denkbar, zusammen im selben Haus? In diesem Augenblick fiel ihr ein, daß Jesus im Alter von zwölf Jahren die Schriftgelehrten im Tempel in Erstaunen versetzt hatte, als er mit ihnen von gleich zu gleich über theologische Angelegenheiten disputierte. Ja, aber Fonchito war kein Wunderkind wie Jesus. Er war wie Luzifer, der Fürst der Finsternis. Nicht sie, sondern er, das angebliche Kind, trug die Schuld an dieser ganzen Geschichte.

»Weißt du, worin ich Egon Schiele noch ähnlich bin, Stiefmutter?« sagte der Junge und holte sie damit aus ihren Phantasien in die Wirklichkeit zurück. »Darin, daß wir beide schizophren sind.«

Sie konnte nicht verhindern, laut aufzulachen. Aber das Lachen blieb ihr im Hals stecken, weil sie, wie andere Male, ahnte, daß sich hinter einer scheinbaren Kinderei etwas Dunkles verbergen konnte.

»Weißt du denn, was schizophren ist?«

»Wenn man, obwohl man nur einer ist, glaubt, zwei verschiedene Personen zu sein oder mehr.« Fonchito rasselte es wie eine Lektion herunter. »Das hat mein Papa mir gestern abend erklärt.«

»Na ja, du könntest es sein«, murmelte Doña Lukrezia. »Denn in dir gibt es einen Alten und ein Kind.

Einen Engel und einen Teufel. Was hat das mit Egon Schiele zu tun?«

Wieder einmal verzog sich Fonchitos Gesicht zu einem zufriedenen Lächeln. Und nachdem er ein rasches »warte, Stiefmutter« vor sich hin gesagt hatte, wühlte er in seiner Schultasche, auf der Suche nach dem unfehlbaren Bildband. Oder, besser gesagt, den Bildbänden, denn Señora Lukrezia erinnerte sich, mindestens drei gesehen zu haben. Hatte er immer einen in der Tasche bei sich? Die Manie dieses Kindes, sich in allem und jederzeit mit dem Maler zu identifizieren, ging allmählich zu weit. Wenn sie mit Rigoberto in Kontakt stünde, würde sie ihm vorschlagen, ihn zu einem Psychologen zu bringen. Aber sofort mußte sie über sich selbst lachen. Was für eine aberwitzige Idee, ihrem Ex-Ehemann Ratschläge für die Erziehung des Jungen zu erteilen, der den Bruch der Eheleute verursacht hatte. Sie verdummte zusehends in der letzten Zeit.

»Schau, Stiefmutter. Was meinst du.«

Sie nahm das Buch entgegen, das auf der Seite aufgeschlagen war, die Fonchito ihr gezeigt hatte, und blätterte eine ganze Weile darin herum, bemüht, sich auf diese warmtönigen, konstrastierenden Bilder zu konzentrieren, auf diese männlichen Gestalten, die ihr zu zweit, zu dritt entgegentraten, mit gleichmütigem Blick, bekleidet, in Tuniken gehüllt, nackt, halbnackt und, zuweilen, das Geschlecht bedeckend oder es ihr zeigend, erigiert, riesig, ohne jede Scham.

»Nun ja, es sind Selbstporträts«, sagte sie schließlich, um etwas zu sagen. »Einige gut. Andere nicht so sehr.«

»Er hat mehr als hundert gemalt«, klärte der Junge sie auf. »Nach Rembrandt ist Schiele der Maler, der sich am häufigsten selbst gemalt hat.«

»Das heißt nicht, daß er schizophren war. Eher ein Narziß. Bist du das auch, Fonchito?«

»Du hast nicht genau hingeschaut.« Der Junge schlug eine andere Seite auf und noch eine andere, während er erklärende Hinweise gab: »Hast du nicht gemerkt? Er verdoppelt und verdreifacht sich sogar. Hier, zum Beispiel. *Selbstseher*, von 1911. Wer sind diese Gestalten? Er selbst, wiederholt. Und *Propheten* (Doppeltes Selbstbildnis), von 1911. Sieh genau hin. Das ist er selbst, nackt und bekleidet. *Dreifaches Selbstbildnis*, von 1913. Er, dreimal. Und noch einmal drei hier, in klein, auf der rechten Seite. So sah er sich, als gäbe es mehrere Egon Schieles in ihm. Heißt das nicht schizophren sein?«

Da er sich beim Reden überstürzte und seine Augen funkelten, versuchte Doña Lukrezia, ihn zu beschwichtigen.

»Na schön, womöglich hatte er eine Neigung zur Schizophrenie, wie viele Künstler«, gestand sie ihm ruhig zu. »Maler, Dichter, Musiker. Sie tragen viel in sich, so viel, daß es manchmal nicht in eine einzige Person hineinpaßt. Aber du bist der normalste Junge der Welt.«

»Red nicht mit mir wie mit einem geistig Zurückgebliebenen, Stiefmutter«, sagte er verärgert. »Ich bin so, wie er war, und du weißt das ganz genau, denn du hast es mir gerade gesagt. Ein Alter und ein Kind. Ein Engel und ein Teufel. Also schizophren.«

Sie strich ihm übers Haar. Die zerzausten, weichen

blonden Locken glitten durch ihre Finger, und Doña Lukrezia widerstand der Versuchung, ihn in die Arme zu nehmen, auf ihren Schoß zu setzen und wie ein kleines Kind zu wiegen.

»Fehlt dir deine Mama?« entschlüpfte ihr. Sie versuchte, es zurechtzurücken: »Ich meine, denkst du viel an sie?«

»Fast nie«, sagte Fonchito ganz ruhig. »Ich erinnere mich kaum an sie, nur durch die Fotos. Wer mir fehlt, bist du, Stiefmutter. Deshalb möchte ich, daß du dich endlich mit meinem Papa verträgst.«

»Das wird nicht so einfach sein. Ist dir das nicht klar? Es gibt Wunden, die schwer verheilen. Was Rigoberto erlebt hat, ist so eine. Er war sehr verletzt, und völlig zu Recht. Ich habe eine Riesendummheit begangen, für die es keine Entschuldigung gibt. Ich weiß nicht, ich werde nie wissen, was in mich gefahren ist. Je länger ich darüber nachdenke, um so unglaublicher erscheint es mir. Als wäre nicht ich es gewesen, als hätte in mir eine andere an meiner Stelle gehandelt.«

»Dann bist du auch ein bißchen schizophren, Stiefmutter«, lachte der Junge und setzte wieder das Gesicht auf, das besagte, er habe sie bei einem Fehler ertappt.

»Ein bißchen nicht, ziemlich«, sagte sie zustimmend. »Besser, wir reden nicht von traurigen Dingen. Erzähl mir was von dir. Oder von deinem Papa.«

»Ihm fehlst du auch.« Fonchito wurde ernst und leicht feierlich. »Deshalb hat er dir diesen anonymen Brief geschrieben. Seine Wunde ist verheilt, er möchte sich versöhnen.«

Sie brachte es nicht über sich, ihm zu widersprechen. Jetzt fühlte sie, wie Melancholie und Traurigkeit von ihr Besitz ergriffen.

»Wie geht es Rigoberto? Führt er immer noch das
gleiche Leben?«

»Vom Büro nach Hause und von zu Hause ins
Büro, jeden Tag«, nickte Fonchito. »Und in seinem
Arbeitszimmer, mit seiner Musik und seinen Bildern.
Aber das ist ein Vorwand. Er schließt sich nicht dort
ein, um zu lesen, Bilder anzusehen oder seine Musik
zu hören. Sondern um an dich zu denken.«

»Und woher weißt du das?«

»Weil er mit dir spricht«, erklärte der Junge, die
Stimme senkend und einen Blick ins Innere des Hauses werfend, für den Fall, daß Justiniana auftauchte.
»Ich habe ihn gehört. Ich schleiche mich an und halte
ein Ohr an seine Tür. Es klappt immer. Ich höre, wie
er ganz allein spricht. Und dauernd nennt er deinen
Namen, das schwör ich dir.«

»Ich glaub dir nicht, du Schwindler.«

»Du weißt, daß ich so was nicht erfinden würde,
Stiefmutter. Verstehst du, was ich dir sage? Er will,
daß du zurückkommst.«

Er sprach mit einer solchen Sicherheit, daß es
einem schwerfiel, sich nicht hingezogen zu fühlen zu
seiner Welt, die so verführerisch war und so falsch,
die aus Unschuld, Güte und Bosheit, Reinheit und
Schmutz, Spontaneität und Berechnung bestand.
›Seitdem mir diese Geschichte passiert ist, hat mich
nicht mehr der Gedanke gequält, daß ich kein Kind
habe‹, dachte Doña Lukrezia. Sie glaubte zu verstehen, weshalb. Der Junge, der vor ihr hockte, den

Bildband zu ihren Füßen aufgeschlagen, schaute sie forschend an.

»Weißt du, was, Fonchito?« sagte sie, fast ohne nachzudenken. »Ich hab dich sehr lieb . . .«

»Ich dich auch, Stiefmutter.«

»Unterbrich mich nicht. Und weil ich dich liebhabe, hätte ich gern, daß du wie die anderen Kinder wärst. Mit deiner Altklugheit entgeht dir etwas, das man nur in deinen Jahren erlebt. Das Schönste, was einem passieren kann, ist, so jung zu sein wie du. Du vergeudest dein Jungsein.«

»Ich verstehe dich nicht, Stiefmutter«, sagte Fonchito ungeduldig. »Vor einer Weile hast du gesagt, ich sei der normalste Junge der Welt. Hab ich etwas falsch gemacht?«

»Nein, nein«, beruhigte sie ihn. »Ich meine, ich würde gern sehen, daß du Fußball spielst, ins Stadion gehst, mit den Jungen deiner Clique und deiner Schule losziehst. Daß du Freunde in deinem Alter hast. Partys veranstaltest, tanzt, mit den Schulmädchen flirtest. Sagt dir das alles nichts?«

Fonchito zuckte verächtlich die Schultern.

»Langweiliges Zeugs«, murmelte er. »Ich spiele Fußball in den Schulpausen, und damit hat es sich. Manchmal geh ich mit den Jungen aus der Clique los. Aber ich langweile mich bei den blöden Sachen, die ihnen gefallen. Und die Mädchen sind noch alberner. Glaubst du denn, daß ich denen von Egon Schiele erzählen könnte? Wenn ich mit meinen Freunden zusammen bin, verlier ich meine Zeit. Mit dir dagegen gewinne ich sie. Mir ist es tausendmal lieber, mich hier mit dir zu unterhalten, als mit den Jungen auf dem Uferdamm von Barranco zu rauchen. Und wozu brauche ich die Mädchen, wenn ich dich habe, Stiefmutter.«

Sie wußte nicht, was sie sagen sollte. Das Lächeln, das sie versuchte, konnte nicht falscher sein, und der Junge, da hatte sie keinen Zweifel, war sich des Unbehagens bewußt, das sie empfand. Sie betrachtete sein hochgerecktes kleines Gesicht, das wie verwandelt war von der Euphorie, die Augen, die sie mit einem männlichen Leuchten verschlangen, und ihr schien, als würde er sich sogleich auf sie stürzen und sie auf den Mund küssen. In diesem Augenblick gewahrte sie erleichtert die Gestalt Justinianas. Aber ihre Erleichterung dauerte nicht lange, denn als sie den kleinen weißen Umschlag in den Händen des Mädchens sah, ahnte sie, was kommen würde.

»Man hat diesen Umschlag unter der Tür durchgeschoben, Señora.«

»Ich wette mit dir, es ist noch ein anonymer Brief von meinem Papa«, jubelte Fonchito.

LOBPREISUNG UND VERTEIDIGUNG
DER IDIOSYNKRASIEN

Aus diesem fernen Winkel des Planeten, Freund Peter Simplon – wenn denn dies Ihr Name ist und nicht boshafterweise von irgendeiner Schlange des journalistischen Otterngezüchts verändert wurde, um Sie noch mehr zu karikieren –, möchte ich Sie meiner Solidarität sowie meiner Bewunderung versichern. Seitdem ich heute morgen auf dem Weg zum Büro in den Nachrichten von Radio Americana gehört habe, daß ein Gericht von Syracuse im Bundesstaat New York Sie zu drei Monaten Gefängnis verurteilt hat, weil Sie wiederholt auf das Dach Ihrer Nachbarin geklettert sind, um diese beim Duschen zu beobachten, habe ich die Minuten gezählt, um am Ende des Arbeitstages nach Hause zurückkehren und Ihnen diese Zeilen schreiben zu können. Als allererstes möchte ich Ihnen sagen, daß diese herzlichen Gefühle für Sie nicht in dem Augenblick in meiner Brust explodierten (das ist keine Metapher, ich hatte das Gefühl, eine Freundschaftsgranate krepiere zwischen meinen Rippen), als ich das Urteil vernahm, sondern als ich von Ihrer Antwort auf den Richter erfuhr (eine Antwort, die der arme Trottel als erschwerenden Umstand betrachtete): »Ich habe es getan, weil die Haarbüschel in den Achseln meiner Nachbarin eine unwiderstehliche Anziehungskraft auf mich ausübten.« (Die Giftschlange von Nachrichtensprecher las diesen Teil der Nachricht mit der salbungsvollen Stimme eines Possenreißers vor, um seine Zuhörer wissen zu lassen, daß er noch dämlicher war, als sein Beruf vermuten ließ.)

Mein fetischistischer Freund: ich bin nie in Syracuse gewesen, einer Stadt, von der ich nichts weiß, außer daß sie im Winter von Schneestürmen und einer polaren Kälte heimgesucht wird, aber etwas Besonderes muß dieses Land doch in sich bergen, wenn es jemanden mit Ihrer Sensibilität und Phantasie und mit dem Mut hervorgebracht hat, den Sie an den Tag gelegt haben, als Sie den Verlust des Ansehens und, wie ich mir vorstelle, des Broterwerbs sowie den Spott von

Freunden und Bekannten riskierten, um Ihre kleine Überspanntheit zu verteidigen (ich sage klein und meine damit natürlich harmlos, gutartig, äußerst gesund und wohltuend, denn Sie und ich, wir wissen, daß es keine Obsession noch Idiosynkrasie gibt, die der Größe entbehrt, machen sie doch die Originalität eines menschlichen Wesens aus, drückt sich in ihnen doch in bester Weise seine Souveränität aus).

Nach dieser Einleitung fühle ich mich zwecks Vermeidung von Mißverständnissen verpflichtet, Sie wissen zu lassen, daß das, was für Sie eine Delikatesse ist, mir als übler Fraß erscheint und daß im reichen Universum der Wünsche und Träume die haarige Blütenpracht weiblicher Achseln, deren Anblick (und, so vermute ich, Geschmack, Berührung und Geruch) Ihnen höchstes Glück bedeutet, mich demoralisiert, anekelt und in einen Zustand sexueller Lustlosigkeit versetzt (die Betrachtung von Riberas *Bärtiger Frau* führte bei mir zu dreiwöchiger Impotenz). Deshalb wußte es meine geliebte Lukrezia immer so einzurichten, daß sich in ihren lauen Achseln nie auch nur die Vorahnung eines Haarflaums andeutete und ihre Haut meinen Augen, meiner Zunge und meinen Lippen stets wie das glatte Hinterteil eines Cherubs erschien. Was weibliche Behaarung betrifft, so kann ich nur dem Schamhaar Reiz abgewinnen, unter der Voraussetzung, es ist schön geschoren und wartet nicht mit einem Zuviel an Büscheln, Wirbeln oder wolligen Knäueln auf, die den Liebesakt erschweren und den Cunnilingus zu einem Unterfangen machen, bei dem man Gefahr läuft, zu ersticken oder sich zu verschlucken.

Da ich, Ihnen nacheifernd, nun schon einmal dabei bin, intime Dinge zu gestehen, füge ich hinzu, daß nicht nur von Flaum geschwärzte Achseln (das Wort Haar macht alles noch schlimmer, denn es bringt eine talgige, schuppige Materie ins Spiel) ein antisexuelles Grauen bei mir auslösen, das nur dem vergleichbar ist, in das mich der peinigende Anblick einer Kaugummi kauenden oder mit Flaumbart ausgestatteten Frau versetzt oder ein Zweifüßer beliebigen Geschlechts, der auf der Suche nach Speiseresten mit diesem unedlen Gegenstand namens Zahnstocher in seinem Gebiß herumstochert oder sich die Fingernägel abkaut oder vor aller Augen, ohne Skrupel und ohne Scham, eine Mango, eine Orange, einen Granatapfel, einen Pfirsich, Weintrauben, Chirimoyas oder irgendeine andere Frucht verzehrt, die mit jenen fürchterlichen Verhärtungen ausgestattet ist, deren bloße Erwähnung (von ihrem Anblick ganz zu schweigen) mir Gänsehaut bereitet und meine Seele mit drängenden Mordgelüsten vergiftet: Butzen, Fasern, Kerne, dicke oder dünne Schalen. Ich übertreibe nicht im geringsten, Gefährte im Stolz unserer Traumbilder, wenn ich Ihnen sage, daß ich jedesmal, wenn ich sehe, wie jemand Obst ißt und sich die nicht eßbaren Reste aus dem Mund fingert oder ausspuckt, von Übelkeit und sogar vom Wunsch erfaßt werde, der Schuldige möge sterben. Darüber hinaus habe ich seit jeher jeden Tischnachbarn, der, wenn er die Gabel zum Mund führt, zugleich mit der Hand den Ellbogen hebt, für einen Kannibalen gehalten.

So sind wir, schämen wir uns nicht. Nichts bewundere ich mehr, als wenn jemand imstande ist, seiner

Obsessionen wegen ins Gefängnis zu gehen und sich der Schande auszusetzen. Ich gehöre nicht zu ihnen. Ich habe mein Leben im verborgenen und in der Familie organisiert, um die moralische Höhe zu erreichen, die Sie öffentlich erklommen haben. In meinem Fall geschieht dies diskret und in der Abgeschiedenheit, ohne missionarische oder exhibitionistische Absichten, verdeckt, um in meiner Umgebung, bei den Personen, mit denen ich aus Gründen der Arbeit, der Verwandtschaft oder der sozialen Zwänge zusammenzuleben gezwungen bin, keine ironischen Kommentare oder Feindseligkeit hervorzurufen. Wenn Sie denken, daß ein großer Feigling in mir steckt – vor allem im Vergleich zu der Unverfrorenheit, mit der Sie sich vor der Welt als das gezeigt haben, was Sie sind –, haben Sie ins Schwarze getroffen. Jetzt bin ich weniger feige als in jungen Jahren, was meine Phobien und Obsessionen betrifft – mir gefällt keiner dieser Begriffe aufgrund ihrer abwertenden Komponente und der Assoziation mit Psychologen oder psychoanalytischen Diwanen, aber wie soll man sie nennen, ohne sie zu verletzen: Überspanntheiten? private Wünsche? Einigen wir uns vorläufig darauf, daß letztere Bezeichnung die am wenigsten unpassende ist. Damals war ich sehr katholisch, erst einfaches, dann führendes Mitglied der Katholischen Aktionspartei, beeinflußt von Denkern wie Jacques Maritain; das heißt jemand, der soziale Utopien kultivierte, überzeugt, daß man durch ein energisches Apostolat dem Geist des Bösen – wir nannten das Sünde – die Herrschaft über die menschliche Geschichte entreißen und eine einheitliche, auf geistigen Werten gründende Gesellschaft aufbauen könnte. Ich habe die besten Jahre meiner Jugend der Aufgabe gewidmet, die Christliche Republik, diese kollektivistische, spirituelle Utopie, Wirklichkeit werden zu lassen, und dabei mit dem Eifer des Bekehrten den brutalen Widerlegungen widerstanden, die mir und meinen Gefährten ständig von einer menschlichen Wirklichkeit zugemutet wurden, die untauglich war für die Wahnvorstellungen, welche hinter allen Bemühungen stehen, den Wirrwarr unvereinbarer Eigentümlichkeiten, aus dem der Menschenhaufe besteht, auf homogene, kohärente und egalitäre Weise zu ordnen. Es war in diesen Jahren, Freund Peter Simplon aus Syracuse, daß ich – zunächst mit einem gewissen Mitgefühl, dann mit Scham und Beschämung – die Obsessionen entdeckte, die mich von den anderen unterschieden und mich zu einem Sonderling machten. (Erst nach vielen Jahren und zahllosen Erfahrungen gelangte ich zu der Erkenntnis, daß alle menschlichen Wesen ein Fall für sich sind, daß dieser Umstand uns schöpferisch macht und unserer Freiheit einen Sinn gibt.) Wie groß war mein Befremden, als mir klar wurde, daß ich nur zu sehen brauchte, wie jemand, der bislang ein guter Freund gewesen war, mit den Händen eine Orange schälte und sich die Stücke Fruchtfleisch in den Mund steckte, ohne daß es ihm etwas ausmachte, daß die widerwärtigen Fasern der Schnitze an seinen Lippen klebten, und die weißlichen, ungenießbaren Kerne in alle Richtungen spuckte, damit sich die Sympathie in unüberwindlichen Widerwillen verwandelte und ich kurz darauf unter irgendeinem Vorwand die freundschaftliche Beziehung zu ihm abbrach.

Mein Beichtvater, Pater Dorante, ein gutmütiger Jesuit der alten Schule, reagierte ohne Beunruhigung auf meine Besorgnisse und Skrupel, denn er hielt diese »kleinen Manien« für läßliche Sünden, Launen, die unvermeidbar waren bei jedem Sohn aus guter Familie, den seine Eltern zu sehr verwöhnt hatten. »Du bist doch kein Monstrum, Rigoberto«, sagte er lachend. »Abgesehen von deinen gewaltigen Ohren und deiner Ameisenbärnase hat es nie jemanden gegeben, der normaler wäre als du. Wenn du also siehst, wie jemand Obst mit Schale und Kern ißt, dann schau woandershin und laß dir nicht den Schlaf rauben.« Aber ich ließ mir den Schlaf rauben, denn ich schlief unruhig und fuhr immer wieder hoch. Vor allem, nachdem ich mich unter einem nichtigen Vorwand mit Otilia zerstritten hatte, der hübschen Otilia mit den Zöpfen, den Rollschuhen und der kleinen Stupsnase, in die ich so verliebt war und die ich so sehr belagerte, damit sie mich erhörte. Warum habe ich mich mit ihr zerstritten? Was für ein Verbrechen beging die hübsche Otilia mit ihrer weißen Schuluniform von der Villa-María-Schule? Vor mir Trauben zu essen. Sie steckte sie sich eine nach der anderen in den Mund, betont genußvoll, mit verdrehten Augen und mit Seufzern, um sich nur noch mutwilliger über mein vor Entsetzen verzerrtes Gesicht lustig zu machen – denn ich hatte sie zur Mitwisserin meiner Phobie gemacht. Sie sperrte den Mund auf und machte das Maß an Widerwärtigkeit voll, indem sie sich mit den Fingern die ekelhaften Kerne und Schalenreste herausklaubte und sie mit einer herausfordernden Geste in den Garten ihres Zuhauses warf –

dort befanden wir uns, auf dem Gitter sitzend. Ich verabscheute sie! Ich haßte sie! Meine langlebige Liebe schmolz wie eine Eiskugel in der Sonne, und viele Tage lang wünschte ich ihr, vom Auto überfahren, von den Wellen überrollt und von Scharlach heimgesucht zu werden. »Das ist keine Sünde, mein Junge«, glaubte mich Pater Dorante beruhigen zu können. »Das ist Tobsucht. Du brauchst keinen Beichtvater, sondern einen Irrenarzt.«

Ich jedoch, Freund und Nacheiferer aus Syracuse, machte mir Sorgen und fühlte mich anormal. Diese Vorstellung bedrückte mich damals, denn wie viele Hominiden – die meisten, fürchte ich – verband ich den Gedanken, anders zu sein, nicht mit einem Anspruch auf Unabhängigkeit, sondern nur mit der gesellschaftlichen Sanktion, die immer das schwarze Schaf der Herde trifft. Ein Ausgestoßener zu sein, die Ausnahme von der Regel, erschien mir als das schlimmste aller Verhängnisse. Bis ich herausfand, daß die Obsessionen nicht nur aus Phobien bestanden; einige waren auch geheimnisvolle Quellen von Lust. Die Knie und die Ellenbogen der Mädchen zum Beispiel. Meinen Schulfreunden gefielen schöne Augen, ein ranker oder molliger Körper, eine schlanke Taille und den kühnsten ein strammer Po oder gebogene Beine; nur ich kam darauf, diesen Knochengelenken den Vorzug zu geben, die, ich gestehe es jetzt ohne Scham in der Grabesintimität meiner Hefte, mehr wert waren als sämtliche übrigen körperlichen Attribute eines Mädchens. Ich sage es und nehme es nicht zurück. Knie, die schön gepolstert sind, ohne Wülste, rund, matt glänzend, und Ellenbogen, die fest sind, nicht zerfurcht, nicht aufmüpfig, glatt, weich anzufühlen, von der porösen Konsistenz des Biskuits, erregen und erheben mich. Ich bin glücklich, wenn ich sie sehen und berühren kann; wenn ich sie küssen darf, steige ich zum Erzengel auf. Sie werden nicht die Gelegenheit dazu haben, aber könnten Sie Lukrezia um ihr Zeugnis bitten, dann würde meine Geliebte Ihnen sagen, wie viele Stunden – so viele wie als Kind zu Füßen des Kruzifixes – ich damit verbracht habe, in verzücktem Gebet die Vollkommenheit ihrer geometrischen Knie und ihrer reizenden, unvergleichlich glatten Ellenbogen zu betrachten, sie zu küssen, mich in sie zu verbeißen wie ein kleiner spielerischer Hund in seinen Knochen, berauscht, bis ich spürte, wie mir die Zunge einschlief oder ein Lippenkrampf mich in die nüchterne Wirklichkeit zurückkehren ließ. Teure Lukrezia! Für keinen der Reize, die sie zieren, danke ich so sehr wie für das Verständnis, das sie meinen Schwächen entgegenbringt, für die unerschöpfliche Weisheit, mit der sie mir hilft, meinen Phantasien Gestalt zu geben.

Aufgrund dieser Obsession sah ich mich zu einer Gewissensprüfung gezwungen. Ein Gefährte der Katholischen Aktionspartei, der mich sehr gut kannte und gemerkt hatte, was mich vor allem anderen bei den Mädchen anzog – Knie und Ellenbogen –, machte mich darauf aufmerksam, daß etwas bei mir nicht in Ordnung sei. Er war Laienpsychologe, was die Sache verschlimmerte, denn da er rechtgläubig war, legte er Wert darauf, daß die menschlichen Verhaltensweisen und Motivationen mit der Moral und den Lehren der Kirche in Einklang standen. Er sagte etwas von Abweichungen und sprach die Worte Fetischismus und Fetischist aus. Jetzt erscheinen sie mir als zwei der willkommensten des Wörterbuchs (denn nichts anderes sind wir, Sie, ich und alle empfindsamen Wesen), aber zur damaligen Zeit klangen sie nach Verdorbenheit, nach schändlichem Laster.

Sie und ich, wir wissen, Freund aus Syracuse, daß Fetischismus nicht der »Kult der Fetische« ist, wie das Wörterbuch der Akademie kleinlich definiert, sondern eine privilegierte Ausdrucksform der menschlichen Eigenheit, eine Möglichkeit, die Mann und Frau besitzen, ihren Raum abzugrenzen, ihr Anderssein zu markieren, ihre Phantasie und ihren Anti-Herdengeist auszuleben, frei zu sein. Ich würde Ihnen gerne erzählen – während wir in einem kleinen Landhaus in der Umgebung Ihrer Stadt beisammen sitzen, die ich mir voller Seen, Kiefernwälder und schneebedeckter Hügel vorstelle, ein Glas Whisky trinken und das Holz im Kamin knistern hören –, wie entscheidend die Entdeckung der zentralen Rolle des Fetischismus im Leben des einzelnen für meine Ernüchterung in bezug auf die gesellschaftlichen Utopien war (die Vorstellung, daß das Glück, das Gute sich kollektiv aufbauen oder irgendein ethischer oder ästhetischer Wert sich verkörpern läßt), für meinen Übergang vom Glauben zum Agnostizismus und für die Überzeugung, die mich jetzt beseelt: Da Mann und Frau nicht ohne Utopien leben können, besteht die einzige realistische Möglichkeit, sie zu materialisieren, darin, sie vom gesellschaftlichen in den individuellen Bereich zu verlagern. Ein Kollektiv kann sich nicht im Hinblick auf irgendeine Form von Vollkommenheit organisieren, ohne die Freiheit vieler zu zerstören, ohne den herrlichen individuellen Unterschieden im Namen fürchterlicher gemeinsamer Nenner den Garaus zu machen. Das einsame Individuum hingegen kann sich je nach seinen Gelüsten, Obsessionen, fetischistischen Neigungen, Phobien oder Vorlieben eine eigene Welt errichten, die sich dem allerhöchsten Ideal annähert (oder, wie im Fall der Heiligen und der Olympiasieger, es verkörpert): jenem, bei dem das Gelebte und das Gewünschte zusammenfallen. Natürlich erlaubt in einigen privilegierten Fällen ein glückliches Zusammentreffen – wie das des Spermiums und der Eizelle, das zur Befruchtung führt – zwei Personen, ihren Traum in gegenseitiger Ergänzung zu verwirklichen. Dies ist der Fall (ich habe es gerade in der Biographie gelesen, die seine verständnisvolle Witwe geschrieben hat) des englischen Journalisten, Komödienschreibers, Kritikers, Entertainers und professionellen Leichtfußes Kenneth Tynan, eines verdeckten Masochisten, dem der Zufall dazu verhalf, die Bekanntschaft einer jungen Frau zu machen, die sadistisch war, ebenfalls heimlich, was beiden erlaubte, zwei- oder dreimal die Woche in einem Keller in Kensington glücklich zu sein, er als Empfänger der Peitschenschläge und sie als Austeilerin, in einem Spiel reich an Striemen, das sie in den siebten Himmel entrückte. Ich respektiere, aber ich praktiziere sie nicht, diese Spiele, deren Begleiterscheinung Jodtinktur und Arnika sind.

Da wir nun schon einmal bei Anekdoten sind – in diesem Bereich gibt es so viele, wie das Meer Tropfen hat –, muß ich Ihnen unbedingt von der Phantasie erzählen, welche die Libido von Cachito Arnilla, einem As im wortreichen Gewerbe des Versicherungsverkaufs, bis zum Veitstanz aufstachelt, und die darin besteht – er gestand sie mir bei einem dieser fürchterlichen Cocktails zum Nationalfeiertag oder zu Weihnachten, bei denen ich nicht fehlen darf –, eine nackte Frau mit Stöckelschuhen rauchend Billard spielen zu sehen. Dieses Bild, das er als kleiner Junge in irgendeiner Zeitschrift gesehen zu haben glaubt, war mit seinen ersten Erektionen verbunden und ist seither der Wegweiser seines Sexuallebens gewesen. Sympathischer Cachito! Als er eine kecke Brünette aus der Buchführung heiratete, die, da bin ich sicher, fähig ist, ihm zu sekundieren, leistete ich mir den pikanten Streich, ihm im Namen der Versicherungsgesellschaft La Perricholi – ich bin ihr Geschäftsführer – einen Billardtisch in vorschriftsmäßiger Größe zu schenken, den ein Umzugslaster ihm am Tag seiner Hochzeit vor die Tür brachte. Allen erschien dies als ein absurdes Geschenk; aber an Cachitos Blick und an dem von Vorfreude erfüllten Schnalzen, mit dem er mir dankte, erkannte ich, daß ich den Nagel auf den Kopf getroffen hatte.

Werter Freund aus Syracuse, Liebhaber der Achselbürsten: die Lobpreisung der Obsessionen und Phobien kann nicht grenzenlos sein. Man muß sie mit Einschränkungen versehen, ohne die es zu Verbrechen und zum Rückfall in den Zustand wilder Tiere kommen würde. Aber im privaten Bereich, wo diese Phantasmen zu Hause sind, muß zwischen Erwachsenen, die im Spiel und in den Regeln des Spiels übereinstimmen, alles erlaubt sein, wenn es dem beiderseitigen Vergnügen gilt. Daß viele dieser Spiele maßlosen Widerwillen bei mir erregen (zum Beispiel die Fürze auslösenden Pastillen, denen das französische galante Zeitalter so zugetan war, namentlich der Marquis de Sade, der, nicht zufrieden damit, die Frauen zu mißhandeln, auch noch von ihnen forderte, sie sollten ihn mit den Artilleriesalven ihrer Winde schwindeln machen), ist so gewiß wie die Tatsache, daß in diesem Universum alle Unterschiede Achtung und Respekt verdienen, denn nichts vermag die unfaßbare Komplexheit des menschlichen Wesens besser zu repräsentieren.

Verstießen Sie gegen die Menschenrechte und die Freiheit Ihrer haarigen Nachbarin, als Sie auf ihr Dach stiegen, um den Haarschöpfen ihrer Achseln bewundernde Huldigung zu erweisen? Zweifellos. Verdienten Sie es, im Namen des gesellschaftlichen Zusammenlebens bestraft zu werden? Ach, wie denn nicht. Aber das wußten Sie, und Sie gingen das Risiko ein, bereit, den Preis dafür zu zahlen, Betrachter der haarigen Achseln der Nachbarschaft zu sein. Ich sagte Ihnen bereits, daß ich Ihnen bei diesen heroischen Extremen nicht folgen kann. Meine Angst, mich lächerlich zu machen, und meine Verachtung des Heldentums sind, neben meinem körperlichen Ungeschick, zu groß, als daß ich wagen könnte, ein fremdes Dach zu erklettern, um an einem unbehaarten Körper die rundesten Knie und die abgerundetsten Ellenbogen der weiblichen Gattung zu sehen. Meine natürliche Feigheit, die womöglich nur krankhafter Sinn für Legalität ist, veranlaßt mich, für meine Obsessionen, Phobien und fetischistischen Neigungen eine günstige Nische innerhalb dessen zu finden, was gemeinhin als erlaubt gilt. Beraubt mich das eines saftigen Schatzes schlüpfriger Ausschweifungen? Selbstverständlich. Was ich habe, ist jedoch genug, vorausgesetzt, ich ziehe den richtigen Nutzen daraus, wonach ich ständig strebe.

Mögen die drei Monate leicht für Sie sein, und Träume von Haarflaum, von Alleen seidiger, schwarzer, blonder, roter Haare, zwischen denen Sie, rasend vor Glück, galoppieren, schwimmen, laufen, mögen Ihre vergitterten Nächte lindern.

Adieu, Artgenosse.

DER SLIP DER PROFESSORIN

Don Rigoberto öffnete die Augen: dort, zwischen der dritten und der vierten Stufe der Treppe, bläulich, schimmernd, mit Spitzenrand, provozierend und poetisch, lag der Slip der Professorin. Er zitterte wie ein Besessener. Er schlief nicht, obwohl er schon eine ganze Weile in der Dunkelheit im Bett lag und das Rauschen des Meeres hörte, während er in flüchtigen Phantasien versank. Bis plötzlich wieder jenes Telefon geläutet hatte, in jener Nacht, und ihn jäh aus dem Schlaf riß.

»Hallo, hallo?«

»Rigoberto? Sind Sie es?«

Er erkannte die Stimme des alten Professors, obwohl dieser sehr leise sprach, mit der Hand auf dem Hörer, was seine Stimme dämpfte. Wo waren sie? In einer traditionsreichen Universitätsstadt. In welchem

Land? In den Vereinigten Staaten. In welchem Bundesstaat? Virginia. Welche Universität? Die staatliche, die schöne Universität in klassizistischem Stil, mit weißen Säulen, entworfen von Thomas Jefferson.

»Sind Sie es, Herr Professor?«

»Ja, ja, Rigoberto. Aber sprich leise. Entschuldige, daß ich dich wecke.«

»Macht nichts, Herr Professor. Wie ist es Ihnen bei Ihrem Abendessen mit Frau Professor Lukrezia ergangen? Ist es schon zu Ende?«

Die Stimme des ehrwürdigen Juristen und Philosophen Nepomuceno Riga zerfiel in ein hieroglyphisches Gestammel. Und Rigoberto begriff, daß es ernst bestellt war um seinen ehemaligen Lehrer für Rechtsphilosophie an der Katholischen Universität Lima, der angereist war, um an einem Symposium der Universität von Virginia teilzunehmen, an der er, Rigoberto, sein Postgraduiertenstudium (in Gesetzgebung und Versicherungswesen) absolvierte und Gelegenheit gehabt hatte, ihm als Fremdenführer und Chauffeur zu dienen (er hatte ihn nach Monticello gefahren, zur Besichtigung des Jefferson-Hauses, und zu den historischen Stätten der Schlacht von Manassas).

»Es ist nämlich, Rigoberto, entschuldige, daß ich dich störe, aber du bist der einzige Mensch hier, zu dem ich Vertrauen habe. Du warst mein Student, ich kenne deine Familie, und du hast dich in diesen Tagen so nett um mich gekümmert . . .«

»Aber das ist doch selbstverständlich, Don Nepumuceno«, ermunterte ihn der junge Rigoberto. »Ist etwas mit Ihnen?«

Don Rigoberto setzte sich aufs Bett, von einem Lachen geschüttelt, das nicht ohne Hintergedanken war. Ihm war, als müßte jeden Augenblick die Badezimmertür aufgehen und Doña Lukrezias Gestalt auf der Schwelle erscheinen, um ihn mit einem dieser wunderbaren modischen Slips zu überraschen: schwarz, weiß, mit Stickereien, Öffnungen, Seidenpaspeln, gesteppt oder glatt, die ihren gewölbten Venushügel nur verhüllten, um ihn um so mehr zu betonen, und an dessen Rändern zu seiner Versuchung – rebellisch, kokett – ein wenig Schamhaar hervorlugte. So ein Slip war es, der wie einer dieser provokanten Gegenstände der surrealistischen Bilder des Katalanen Joan Ponç oder des Rumänen Victor Brauner auf der Treppe lag, auf der Nepomuceno Riga, diese gute Seele, dieses unschuldige Gemüt, in sein Schlafzimmer hinaufsteigen mußte, Don Nepomuceno, der in seinen denkwürdigen Vorlesungen, den einzigen der sieben Jahre trockenen Jurastudiums, die der Erinnerung wert waren, die Schiefertafel mit seiner Krawatte abzuwischen pflegte.

»Ich weiß einfach nicht, was ich tun soll, Rigoberto. Ich stecke in einem echten Dilemma. Trotz meines Alters habe ich nicht die geringste Erfahrung in diesen Dingen.«

»In was für Dingen, Herr Professor. Sagen Sie es mir, tuen Sie sich keinen Zwang an.«

Warum hatte man Don Nepomuceno nicht wie die übrigen Teilnehmer des Symposiums im Holiday Inn oder im Hilton untergebracht, sondern im Haus der Professorin für Internationales Recht? Aus Rücksicht auf sein Ansehen zweifellos. Oder weil eine Freundschaft sie verband, die aus ihren Begegnungen an den Juristischen Fakultäten aller Herren Länder, bei Kongressen, Konferenzen, Diskussionsrunden entstanden war und vielleicht daraus, daß sie vierhändig ein gelehrtes Referat ersonnen hatten, reich an lateinischen Brocken, das mit einer beschämenden Bibliographie und einer Überfülle von Anmerkungen in einer Spezialzeitschrift in Buenos Aires, Tübingen oder Helsinki veröffentlicht worden war? Jedenfalls war der illustre Don Nepomuceno nicht in dem unpersönlichen Würfel mit Fenstern des Holiday Inn abgestiegen, sondern verbrachte die Nächte in dem bequemen, halb ländlichen, halb modernen Haus der Professorin Lukrezia, die Rigoberto sehr gut kannte, da er in diesem Semester ihr Seminar für Internationales Recht, 2. Teil, besuchte und mehrmals an ihre Tür geklopft und ihr seine *papers* gebracht oder die komplexen Abhandlungen zurückgegeben hatte, die sie ihm liebenswerterweise auslieh. Don Rigoberto schloß die Augen, und er bekam eine Gänsehaut, als er einmal mehr die musikalischen Hüften der wohlproportionierten, stattlichen Gestalt der Juristin erblickte, als sie sich entfernte.

»Sind Sie wohlauf, Herr Professor?«

»Ja, ja, Rigoberto. Im Grunde ist es eine alberne Sache. Du wirst über mich lachen. Aber, ich sag dir ja, ich habe überhaupt keine Erfahrung. Ich bin perplex und verwirrt, mein Junge.«

Es war nicht nötig, daß er es sagte; seine Stimme zitterte, als würde er gleich stumm werden, und die Worte klangen wie mit der Geburtszange hervorgeholt. Bestimmt war er in kalten Schweiß gebadet. Ob er sich trauen würde, ihm zu erzählen, was ihm passiert war?

»Also, stell dir vor: Jetzt, bei der Rückkehr von dem Cocktail, den man für uns gegeben hat, wartete Frau Dr. Lukrezia hier, bei ihr zu Hause, mit einem kleinen Abendessen auf. Nur für uns beide, ja, eine Aufmerksamkeit von ihr. Ein sehr sympathisches Abendessen, bei dem wir ein Fläschchen Wein getrunken haben. Ich bin es nicht gewohnt, Alkohol zu trinken, es kann also sein, daß meine ganze Verwirrung von diesem Nebel kommt, der mir zu Kopf gestiegen ist. Ein Weinchen aus Kalifornien, so scheint es. Gut, aber ein bißchen stark.«

»Aber Herr Professor, lassen Sie doch die Umschweife und sagen Sie mir, was Ihnen passiert ist.«

»Warte, warte. Stell dir vor, nach dem Abendessen und diesem Fläschchen bestand die Frau Dr. noch darauf, daß wir ein Glas Kognak trinken sollten. Ich konnte natürlich nicht ablehnen, aus Höflichkeit. Aber ich habe Sterne gesehen, mein Junge. Das war flüssiges Feuer. Ich mußte husten, ich dachte sogar, ich würde erblinden. Aber was mir passierte, war eher lächerlich. Ich schlief ein, mein Lieber. Ja, ja, dort, im Sessel, in dem Wohnzimmer, das auch Bibliothek ist. Und als ich aufwachte, ich weiß nicht, wieviel Zeit vergangen war, zehn, fünfzehn Minuten, war die Frau Dr. nicht da. Sie wird schlafen gegangen sein, dachte ich. Ich schickte mich an, das gleiche zu tun. Da . . . da, stell dir vor, beim Hinaufgehen auf der Treppe, zack, da sah ich plötzlich etwas vor mir, du kannst dir nicht denken, was. Ein Slip! Auf meinem Weg, ja. Ich bitte dich, lach nicht, Junge, auch wenn es zum Lachen ist, ich bin total durcheinander. Ich weiß nicht, was ich tun soll, ich sag es dir noch einmal.«

»Natürlich lach ich nicht, Don Nepomuceno. Glauben Sie nicht, daß dieses intime Kleidungsstück dort reiner Zufall war?«

»Von wegen Zufall, mein Junge. Ich mag ja keine Erfahrung haben, aber ich bin noch nicht vertrottelt. Die Frau Dr. hat ihn mit Bedacht dort fallen lassen, damit ich auf ihn stoße. Unter diesem Dach gibt es niemanden außer der Hausherrin. Sie hat ihn dorthin gelegt.«

»Aber dann, Herr Professor, passiert Ihnen doch das Beste, was einem Gast passieren kann. Sie haben eine Einladung Ihrer Gastgeberin erhalten. Das ist mehr als klar.«

Dem Professor brach dreimal die Stimme, bevor er etwas Verständliches artikulieren konnte.

»Glaubst du, Rigoberto? Na ja, so kam es mir vor, als ich nach dieser Überraschung einen Gedanken fassen konnte. Man könnte meinen, eine Einladung, in der Tat. Das kann kein Zufall sein, dieses Haus ist die personifizierte Ordnung, wie die Frau Dr. Dieses Kleidungsstück wurde mit Vorsatz dort plaziert. Außerdem ist die Art, wie es auf der Treppe liegt, kein Zufall, denn die betont es noch, stellt es zur Schau, ich schwör's dir.«

»Es wurde heimtückisch und mit Vorsatz dort hingelegt, wenn Sie mir einen kleinen Scherz erlauben, Don Nepomuceno.«

»Ich muß ja auch innerlich lachen, Rigoberto. Trotz meiner ganzen Verwirrtheit. Deshalb brauche ich deinen Rat. Was soll ich tun? Nie hab ich gedacht, daß ich mich einmal in einer solchen Situation befinden könnte.«

»Was Sie tun müssen, ist sonnenklar. Gefällt Ihnen Frau Dr. Lukrezia nicht? Sie ist eine sehr attraktive Frau; das finde ich, und meine Kommilitonen denken genauso. Sie ist die schönste Professorin von ganz Virginia.«

»Das ist sie bestimmt, wer wollte das bezweifeln. Sie ist eine sehr schöne Dame.«

»Dann verlieren Sie keine Zeit. Klopfen Sie an ihre Tür. Sehen Sie nicht, daß sie auf Sie wartet? Auf, bevor sie Ihnen einschläft.«

»Kann ich mir das erlauben? Einfach an ihre Tür zu klopfen?«

»Wo sind Sie jetzt?«

»Wo soll ich schon sein. Hier, in dem Wohnzimmer, am Fuß der Treppe. Warum, glaubst du wohl, sprech ich so leise. Ich geh hin und klopf an ihre Tür? Einfach so?«

»Verlieren Sie keine Minute mehr. Sie hat Ihnen ein Zeichen gesetzt, Sie können nicht tun, als verstünden Sie nicht. Vor allem, wenn sie Ihnen gefällt. Denn die Frau Dr. gefällt Ihnen doch, Herr Professor, oder?«

»Natürlich. Das muß ich tun, ja, du hast recht. Aber ich fühle mich etwas gehemmt. Danke, mein Junge. Ich muß dich wohl nicht um die größte Diskretion bitten, nicht? Wegen mir und vor allem wegen des Rufes der Frau Dr.«

»Ich werde schweigen wie ein Grab. Zögern Sie nicht länger. Steigen Sie diese Treppe hoch, heben Sie den Slip auf und bringen Sie ihn ihr. Klopfen Sie an ihre Tür und machen Sie als erstes einen Scherz über das, was Sie unterwegs gefunden haben. Alles wird auf das wunderbarste klappen, Sie werden schon sehen. An diese Nacht werden Sie sich immer erinnern, Don Nepomuceno.«

Bevor er das Klicken des Hörers vernahm, das das Gespräch beendete, konnte Don Rigoberto noch einen Magenlaut, ein angstvolles Rülpsen hören, das der alte Jurist nicht unterdrücken konnte. Wie nervös und verwirrt mußte er dort im Dunkel dieses Wohnzimmers voller juristischer Bücher sein, in der drängenden Frühlingsnacht Virginias, hin und her gerissen zwischen der Erwartung dieses Abenteuers – des ersten in einem Leben ehelicher Geschlechtsakte zu Fortpflanzungszwecken? – und seiner Feigheit, die sich hinter der Maske strenger ethischer Grundsätze, religiöser Überzeugungen und sozialer Vorurteile verbarg. Welche der Kräfte, die sich in seinem Geist bekämpften, würde siegen? Das Begehren oder die Angst?

Don Rigoberto, versunken in das totemistische Bild des auf der Treppe der Professorin liegenden Slips, erhob sich, fast wie im Traum, und begab sich ins Arbeitszimmer, ohne Licht zu machen. Sein Körper umging die Hindernisse – die kleine Bank, die nubische Skulptur, die Sitzkissen, den Fernsehapparat – mit einer Gewandtheit, die Frucht eifriger Praxis war, denn seit dem Fortgang seiner Frau gab es keine Nacht, in der die Schlaflosigkeit ihn nicht dazu trieb, noch im Dunkeln aufzustehen und in den Papieren und Kritzeleien seines Schreibtischs Balsam für seine Sehnsucht und seine Einsamkeit zu suchen. Im Kopf noch immer die Gestalt des ehrwürdigen Juristen, der von den Umständen (in Gestalt eines parfümierten, wollüstigen Damenslips, der sich ihm zwischen zwei Stufen einer juristischen Treppe präsentiert hatte) in eine hamletsche Ungewißheit versetzt worden war, jetzt aber schon am langen Holztisch seines Arbeitszimmers sitzend und in seinen Heften blätternd, zuckte Don Rigoberto zusammen, als der goldene Lichtkegel der Lampe ihm das deutsche Sprichwort vor Augen führte, das über dieser Seite stand: Wer die Wahl hat, hat die Qual. Großartig! Gab dieser Ausspruch, den er weiß Gott wo abgeschrieben hatte, nicht den Gemütszustand des armen und glücklichen Don Nepomuceno Riga wieder, der von der üppigen Lehrstuhlinhaberin, der doktoralen Lukrezia, in Versuchung geführt wurde?

Seine Hände, die aufs Geratewohl in den Seiten eines anderen Heftes blätterten – vielleicht würde er ja ein zweites Mal fündig werden oder eine Beziehung zwischen dem Gefundenen und dem Geträumten herstellen, die seiner Phantasie als Brennstoff dienen könnte –, hielten plötzlich inne (›wie die des Croupiers, der die kleine Kugel auf das sich drehende Roulett wirft‹), und er neigte sich begierig vor. Die Seite enthielt eine rasch hingeworfene Überlegung zu *Ediths Tagebuch* von Patricia Highsmith.

Er hob verwirrt den Kopf. Er hörte die tobenden Wellen des Meeres, am Fuß der Steilküste. Patricia Highsmith? Diese Romanschreiberin mit ihren langweiligen Verbrechen, die von dem apathischen, unmotivierten Verbrecher Mr. Ripley begangen wurden, interessierte ihn nicht im geringsten, und er hatte auf den Kult mit dieser Krimischreiberin, die (über Filme von Alfred Hitchcock vermittelt) vor einigen Jahren die etwa hundert Leser begeistert hatte, aus denen das Lesepublikum in Lima bestand, immer mit Gähnen reagiert (ähnlich wie auf das populäre *Tibetische Totenbuch*). Was machte diese Sub-Schriftstellerin für Kinoliebhaber in seinen Heften? Er erinnerte sich nicht einmal, wann und warum er diesen Kommentar über *Ediths Tagebuch* geschrieben hatte, ein Buch, an das er sich ebenfalls nicht erinnerte:

»Ausgezeichneter Roman, dem sich die Erkenntnis entnehmen läßt, daß die Fiktion eine Flucht in das Imaginäre ist, die das Leben verbessert. Die familiären, politischen und persönlichen Enttäuschungen Ediths sind nicht beliebig; ihre Wurzeln reichen in die Wirklichkeit, die ihr das größte Leid zufügt: ihr Sohn Cliffie. Statt in dem Tagebuch so zu erscheinen, wie er ist – ein schwacher, gescheiterter Junge, der nicht von der Universität aufgenommen wurde und zu keiner Arbeit taugt –, spaltet sich Cliffie auf den Seiten, die seine Mutter schreibt, von seinem Original ab und erscheint als jemand, der das Leben lebt, das Edith sich für ihn wünschte: Spitzenjournalist, verheiratet mit einer Frau aus guter Familie, mit Kindern, einem guten Job – ein Sprößling, der seine Erzeugerin mit Freude erfüllt.

Aber die Fiktion ist nur eine vorübergehende Hilfe, denn sie bietet Edith zwar Trost und lenkt sie von den Rückschlägen ab, aber sie hält sie vom Lebenskampf fern, isoliert sie in einer geistigen Welt. Die Beziehungen mit ihren Freunden bröckeln ab und scheitern;

sie verliert ihre Arbeit und steht am Ende schutzlos da. Obwohl ihr Tod übertrieben erscheint, ist er logisch vom symbolischen Gesichtspunkt aus: Edith gelangt physisch dorthin, wohin sie sich bereits zu Lebzeiten begeben hatte: in die Unwirklichkeit.

Der Roman ist mit täuschender Einfachheit konstruiert, hinter der sich ein dramatischer Subtext abzeichnet: der erbarmungslose Kampf zwischen Wirklichkeit und Wunsch, diesen verfeindeten Geschwistern, und die unüberwindbaren Abgründe, die sie trennen, außer im wundersamen Areal des menschlichen Geistes.»

Don Rigoberto spürte, wie seine Zähne klapperten und seine Hände feucht wurden. Jetzt erinnerte er sich an diesen vergänglichen Roman und an das Warum seiner Überlegung. Würde er wie Edith enden, würde er langsam dem Ruin entgegengehen, weil er Mißbrauch mit seiner Phantasie trieb? Und trotzdem: hinter dieser finsteren Hypothese existierte noch immer der Slip, diese duftende Rose, im Herzen seines Bewußtseins. Was geschah mit Don Nepomuceno? Was tat er, in welchem Dilemma befand er sich nach dem Telefongespräch mit dem jungen Rigoberto? War er dem Rat seines Studenten gefolgt?

Er schickte sich an, auf Zehenspitzen die Treppe hinaufzusteigen, umgeben von einem Halbdämmer, in dem er die Bücherregale und die Ränder der Möbel erkannte. Auf der zweiten Stufe blieb er stehen, beugte sich hinunter, seine steifen Finger faßten den wertvollen Gegenstand – aus Seide? aus Baumwolle? –, er näherte ihn seinem Gesicht und roch an ihm, wie ein kleines Tier, das herausfinden will, ob dieser unbekannte Gegenstand eßbar ist. Er schloß halb die Augen, küßte ihn und fühlte, eine Hand am Treppengeländer, Schwindel aufsteigen, der ihn schwanken ließ. Es war beschlossen, er würde es tun. Er stieg die Treppe weiter hinauf, den Slip in der Hand, noch immer auf Zehenspitzen, als fürchtete er, ertappt zu werden, oder als könnte das Geräusch – die Stufen knarrten leise – den Zauber brechen. Sein Herz klopfte so stark, daß ihm der Gedanke durch den Kopf ging, wie albern und noch dazu ungelegen eine Herzattacke wäre, die ihn in diesem Augenblick zu Boden stürzen ließe. Nein, es war kein Kollaps; es war die Neugier und das (in seinem Leben neue) köstliche Gefühl, eine verbotene Frucht zu kosten, die das Blut in seinen Adern in dieser Weise zum Aufruhr brachten. Er war zum Flur gelangt, er stand vor der Tür der Juristin. Er hielt sich mit beiden Händen den Kiefer fest, denn dieses groteske Zähneklappern würde einen denkbar schlechten Eindruck auf seine Gastgeberin machen. Er nahm seinen Mut zusammen (»er faßte sich ein Herz«, murmelte Don Rigoberto, der stark schwitzte und ebenso zitterte) und klopfte leise. Die Tür, die nur angelehnt war, öffnete sich mit einem gastfreundlichen Knarren.

Was der ehrwürdige Meister der Rechtsphilosophie von jener teppichbedeckten Schwelle aus sah, veränderte seine Vorstellungen von der Welt, vom Menschen – vermutlich auch von der Jurisprudenz – und entriß Don Rigoberto einen Seufzer verzweifelter Lust. Ein goldenes und indigoblaues Licht (van Gogh? Botticelli? irgendein Expressionist in der Art von Emil Nolde?), das vom bestirnten Himmel Virginias ein runder, gelblicher Mond aussandte, fiel, von einem anspruchsvollen Bühnenbildner oder geschickten Beleuchter arrangiert, voll auf das Bett, mit der alleinigen Absicht, den nackten Körper der Frau Dr. Lukrezia hervorzuheben und zu liebkosen. Wer hätte gedacht, daß die strenge Kleidung, die sie hinter ihrem Pult trug, jene Schneiderkostüme, in denen sie auf den Kongressen ihre Argumente und ihre Thesen formulierte, jene Regencapes, mit denen sie sich im Winter zu bedecken pflegte, Formen verbargen, die sich Praxiteles um ihrer Harmonie willen und Renoir um ihrer Fleischlichkeit willen streitig gemacht hätten? Sie lag auf dem Bauch, den Kopf auf die verschränkten Arme gestützt, eine Haltung, die sie länger erscheinen ließ, aber es waren nicht ihre Schultern, nicht ihre mürben Arme (›mürbe im italienischen Sinne‹, präzisierte für sich selbst Don Rigoberto, der keinerlei Vorliebe für das Morbide, wohl aber für das Weiche besaß), auch nicht der geschwungene Rücken, was wie magnetisch den Blick des betäubten Don Nepomuceno anzog. Nicht einmal die großzügigen, milchigen Schenkel und die kleinen Füße mit ihren rosigen Sohlen, sondern jene massiven Kugeln, die mit heiterer Schamlosigkeit aufragten und wie die Grate eines doppelköpfigen Berges aussahen (›wie jene Gebirgsgipfel auf den japanischen Stichen der Meiji-Periode, um die sich kleine Wolken ringeln‹, dachte Don Rigoberto befriedigt). Aber auch Rubens, Tizian, Courbet, Ingres, Urculo, Nolde und ein weiteres halbes Dutzend von Meistern, die weibliche Hinterteile geschaffen hatten, schienen sich zusammengerottet zu haben, um diesem Gesäß, dessen

Weiße im Halbdunkel phosphoreszierte, Wirklichkeit, Konsistenz, Fülle und zugleich Feinheit, Lieblichkeit, Geist und sinnliche Vibration zu verleihen. Außerstande, sich zu beherrschen, ohne zu wissen, wie ihm geschah, tat der geblendete (›für immer verderbte?‹) Don Nepomuceno zwei Schritte, und als er zum Bett gelangte, fiel er auf die Knie. Das bejahrte Holz des Bodens seufzte klagend.

»Entschuldigen Sie, Frau Dr., ich habe auf der Treppe etwas gefunden, das Ihnen gehört«, stammelte er, während er spürte, wie ganze Speichelbäche aus seinen Mundwinkeln rannen.

Er sprach so leise, daß nicht einmal er selbst sich hörte; vielleicht bewegte er aber auch die Lippen, ohne einen Laut von sich zu geben. Weder seine Stimme noch seine Anwesenheit hatten die Juristin geweckt. Sie atmete ruhig, gleichmäßig, schwebte in unschuldigem Schlaf. Aber diese Positur, die Tatsache, daß sie nackt war, daß sie die Tür ihres Schlafzimmers nur angelehnt gelassen hatte, daß sie das Haar gelöst hatte und dieses ihr schwarz, glatt, lang über die Schultern und den Rücken floß und mit seiner bläulichen Dunkelheit einen Gegensatz zu ihrer weißen Haut bildete – konnte all das unschuldig sein? ›Nein, nein‹, entschied Don Rigoberto. »Nein, nein«, echote der ergriffene Professor, während er den Blick über diese gewellte Oberfläche wandern ließ, die sich an den Seiten senkte und hob wie ein wildes Meer weiblichen Fleisches, betont durch die Helligkeit des Mondes (›eher das ölige, halbdunkle Licht von Tizians Körpern‹, korrigierte Don Rigoberto), wenige Zentimeter von seinem fassungslosen

Gesicht entfernt. »Es ist nicht unschuldig, nichts ist es. Ich bin hier, weil sie es gewollt und eingefädelt hat.«

Dennoch zog er aus dieser theoretischen Schlußfolgerung nicht die nötigen Kräfte, um zu tun, was seine wiedererwachten Instinkte inbrünstig von ihm forderten: mit den Fingerkuppen über die matt schimmernde Haut fahren, seine ehelichen Lippen diesen runden Höhen und Niederungen nähern, die er lau, duftend und mit einem Geschmack erahnte, bei dem das Süße und das Salzige nebeneinander bestanden, ohne sich zu vermischen. Aber er war, versteinert vor Glück, außerstande, etwas anderes zu tun, als zu schauen, zu schauen, zu schauen. Nachdem seine Augen viele Male vom Kopf bis zu den Füßen dieses Wunders gewandert waren, es wieder und wieder erforscht hatten, hielten sie, wie der geschmackssichere Weinprüfer, der nicht weiter probieren muß, weil er das non plus ultra des Weinkellers entdeckt hat, bei dem sphärischen Hintern inne, der für sich allein ein ganzes Schauspiel bot. Er überragte den Rest des Körpers wie ein Kaiser seine Vasallen, wie Zeus die kleinen Götter des Olymp. (›Glückliche Verbindung des vormodernen Courbet und des modernen Urculo‹, veredelte Don Rigoberto ihn.) Der würdevolle Universitätslehrer betrachtete und bestaunte schweigend und mit großen Augen dieses Wunder. Was dachte er bei sich? Wiederholte er eine Maxime von Keats (»*Beauty is truth, truth ist beauty*«)? Was ging ihm durch den Kopf? ›Diese Dinge existieren also, nicht nur in den schlechten Gedanken, in der Kunst oder in den Phantasien der Dichter;

auch im wirklichen Leben. Ein solcher Hintern ist also möglich in der fleischlichen Wirklichkeit, bei den Frauen, welche die Welt der Lebenden bevölkern.‹ Hatte er schon einen Samenerguß gehabt? War er kurz davor, seine Unterhose zu beflecken? Noch nicht, obwohl der Jurist dort, im Unterleib, ganz neue Symptome, ein Erwachen, eine aus dem Schlaf auftauchende Raupe gewahrte, die sich räkelte. Dachte er noch etwas? Dieses: ›Und an keiner geringeren Stelle als zwischen den Beinen und dem Oberkörper meiner langjährigen, geachteten Kollegin, dieser guten Freundin, mit der ich einen Briefwechsel über abstruse philosophisch-juristische, ethisch-legale und historisch-methodologische Fragen geführt habe.‹ Wie war es möglich, daß er bis zum heutigen Abend niemals, bei keinem der Foren, Vorträge, Symposien und Seminare, bei denen sie zusammengetroffen waren und geplaudert, diskutiert, argumentiert hatten, auch nur geahnt hatte, daß sich unter diesen karierten Kostümen, Plüschmänteln, gefütterten Capes und ameisenfarbenen Regenmänteln eine derartige Pracht verbarg? Wer hätte sich denken können, daß dieser so klare Geist, diese justinianische Intelligenz, diese Gesetzesenzyklopädie auch einen Körper besaß, der so blendend war in seiner Ausformung und Maßlosigkeit? Er stellte sich einen Augenblick vor – sah er es womöglich? –, daß diese ruhigen Fleischberge, gleichmütig seiner Anwesenheit gegenüber, frei in Morpheus' Armen ruhend, einen fröhlichen, gedämpften kleinen Wind fahren lassen könnten, der vor seiner Nase explodieren und sie mit einem herben Aroma füllen würde. Der Gedanke brachte ihn nicht zum Lachen, er bereitete ihm kein Unbehagen (›aber er erregte ihn auch nicht‹, dachte Don Rigoberto). Er fühlte sich dankbar, als wäre dieser kleine Furz irgendwie und aus einem komplizierten, schwer zu erklärenden Grund (›wie die Theorien von Kelsen, die er uns so gut erklärte‹) eine Art Einwilligung, die dieser prachtvolle Leib ihm gegenüber zum Ausdruck brachte, indem er ihn zum Zeugen einer so intimen Intimität machte, wie es jene unnötigen Gase waren, die von einer Darmschlange ausgespuckt wurden, deren Höhlungen er sich rosig, feucht, frei von Schlacke vorstellte und so zart und vorbildlich wie diese vorspringenden Hinterbacken, die nur ein paar Millimeter von seiner Nase entfernt waren.

Und in diesem Augenblick wurde ihm voll Entsetzen klar, daß Doña Lukrezia wach war; sie hatte sich zwar nicht bewegt, aber er hörte sie:

»Sie hier, Herr Dr.?«

Sie wirkte nicht verärgert und schon gar nicht erschrocken. Es war ihre Stimme, natürlich, aber eine zusätzliche Wärme ging von ihr aus. Es lag etwas Träges, Verführerisches, eine musikalische Sinnlichkeit in ihr. In seiner Verlegenheit fragte sich der Jurist, wie es möglich war, daß seine alte Kollegin an diesem Abend so viele magische Verwandlungen durchmachte.

»Entschuldigen Sie, entschuldigen Sie, Frau Dr. Lukrezia. Mißdeuten Sie meine Anwesenheit hier nicht, ich bitte Sie. Ich kann Ihnen alles erklären.«

»Ist Ihnen das Essen schlecht bekommen?« beschwichtigte sie ihn. Sie sprach ohne die geringste Aufregung. »Ein Gläschen Wasser mit Bikarbonat?«

Sie hatte leicht den Kopf zur Seite gedreht; ihre Wange lag auf ihrem Arm wie auf einem Kissen, und ihre großen Augen betrachteten ihn, schimmernd zwischen den schwarzen Strähnen ihres Haars.

»Ich habe auf der Treppe etwas gefunden, das Ihnen gehört, Frau Dr., ich bin gekommen, um es Ihnen zu bringen«, flüsterte der Professor. Er kniete noch immer, und jetzt spürte er einen lebhaften Schmerz in den Knochen seiner Knie. »Ich habe geklopft, aber Sie haben nicht geantwortet. Und da die Tür nur angelehnt war, habe ich gewagt, einzutreten. Ich wollte Sie nicht wecken. Ich bitte Sie, nehmen Sie es nicht übel.«

Sie nickte zustimmend, ihn entschuldigend, geduldig, voll Mitleid mit seiner Verwirrung.

»Warum weinen Sie, guter Freund? Was ist mit Ihnen?«

Don Nepomuceno, völlig wehrlos gegenüber diesem herzlichen Entgegenkommen, dem liebevollen Tonfall der Worte, der Zärtlichkeit des Blicks, die im Dunkel aufblitzte, verlor jeden Halt. Was bislang nur ein paar stumme dicke Tränen gewesen waren, die ihm über die Wangen rollten, verwandelte sich in lautes Schluchzen, herzzerreißende Seufzer, einen Sturzbach aus Rotz und Schleim, den er mit beiden Händen einzudämmen suchte – in seinem geistigen Chaos fand er das Taschentuch nicht, auch nicht die Tasche, in der es sich befand –, während er, halb erstickt, sein Herz in diesem Geständnis ausschüttete:

»Ach Lukrezia, Lukrezia, verzeihen Sie mir, ich kann nicht an mich halten. Sehen Sie keine Beleidigung darin, sondern das genaue Gegenteil. Nie habe ich mir etwas Derartiges vorstellen können, etwas so Schönes, meine ich, so Vollkommenes wie den Körper, den Sie besitzen. Sie wissen, wie sehr ich Sie respektiere und bewundere. Intellektuell, akademisch, juristisch. Aber daß ich Sie heute abend so gesehen habe, ist das Beste, das mir im Leben widerfahren ist. Ich schwöre es Ihnen, Lukrezia. Für diesen Augenblick würde ich meine sämtlichen Titel hergeben, alle Ehrendoktorwürden, die man mir gewährt hat, die Auszeichnungen, die Diplome (*»Wenn ich nicht so alt wäre, wie ich bin, würde ich all meine Bücher verbrennen und mich wie ein Bettler vor deine Haustür setzen«*, las Don Rigoberto in seinem Heft den Dichter Enrique Peña. *»Ja, mein Kind, hör gut zu: wie ein Bettler, vor deine Haustür.«*) Nie habe ich ein so großes Glück empfunden, Lukrezia. Daß ich Sie so gesehen habe, unbekleidet, wie Odysseus Nausikaa gesehen hat, ist die größte Belohnung, eine Herrlichkeit, die ich nicht zu verdienen glaube. Es hat mich erschüttert, mich erfüllt. Ich weine, weil ich so bewegt, weil ich Ihnen so dankbar bin. Verachten Sie mich nicht, Lukrezia.«

Statt ihm Erleichterung zu verschaffen, hatte seine Rede ihn noch mehr bewegt, und jetzt wurde er von heftigen Schluchzern geschüttelt. Er legte den Kopf auf den Rand des Bettes und weinte weiter, noch immer kniend, tief seufzend, traurig und fröhlich zugleich, verängstigt und glücklich. »Verzeihen Sie mir, verzeihen Sie mir«, stammelte er. Bis er Sekunden oder Stunden später – sein Körper sträubte sich wie der einer Katze – Lukrezias Hand auf seinem Kopf spürte. Ihre Finger zausten sein graues Haar, trösteten ihn, standen ihm bei, und auch ihre Stimme linderte mit einer kühlenden Liebkosung die offene Wunde seiner Seele:

»Beruhige dich, Rigoberto. Hör auf zu weinen, mein Liebster, mein Herz. Es ist vorbei, nichts hat sich geändert. Hast du nicht getan, was du wolltest? Du bist hereingekommen, hast mich gesehen, bist herangetreten, hast geweint, ich habe dir verziehen. Kann ich denn böse auf dich sein? Trockne deine Tränen, putz deine Nase, schlaf ein. Schhhh, mein Kind, schhhh.«

Das Meer peitschte unten gegen die Steilküste von Barranco und Miraflores, und die dicke Wolkenschicht ließ weder die Sterne noch den Mond am Himmel von Lima sehen. Aber die Nacht ging schon zu Ende, jeden Augenblick würde die Dämmerung beginnen. Ein Tag weniger. Ein Tag mehr.

VERBOTE FÜR DIE SCHÖNHEIT

Nie sollst du ein Bild von Andy Warhol oder von Frida Kahlo anschauen noch einer politischen Rede applaudieren, noch zulassen, daß die Haut deiner Ellenbogen und deiner Knie rissig wird oder daß sich deine Fußsohlen verhärten.

Nie sollst du eine Komposition von Luigi Nono oder einen Protestsong von Mercedes Sosa anhören noch einen Film von Oliver Stone anschauen, noch direkt von den Blättern der Artischocke essen.

Nie sollst du deine Knie aufschürfen noch die Haare schneiden, noch Mitesser, Karies, Bindehautentzündung und (am allerwenigsten) Hämorrhoiden bekommen.

Nie sollst du barfuß auf Asphalt, Steinen, Kies, Fliesen, Wachstuch, Wellblech, Schiefer und Metall gehen noch auf einer Oberfläche niederknien, die nicht nachgibt wie die Krume des Biskuits (vor dem Toasten).

Nie sollst du in deinem Vokabular die Worte tellurisch, *cholito*, bewußtseinsmäßig, etatistisch, Obstkerne, Obstschalen oder gesamtgesellschaftlich benutzen.

Nie sollst du einen Hamster haben noch gurgeln, noch Haarteile benutzen oder Bridge spielen oder Hut, Mütze oder Stirnband tragen.

Nie sollst du Gase ansammeln noch derbe Ausdrücke benutzen, noch Rock and Roll tanzen.

Nie sollst du sterben.

VII. Egon Schieles Daumen

»Alle Mädchen von Egon Schiele sind mager und knochig, und ich finde sie sehr hübsch«, sagte Fonchito. »Du dagegen bist ein bißchen füllig, aber dich finde ich auch sehr hübsch. Wie erklärt sich dieser Widerspruch, Stiefmutter?«

»Meinst du damit, daß ich dick bin?« Doña Lukrezia wurde blaß.

Die Stimme des Jungen war wie ein Hintergrundgeräusch zu ihr gedrungen, denn sie war in Gedanken woanders, bei den anonymen Briefen – sieben in nur zehn Tagen – und bei dem Brief, den sie Rigoberto am Vorabend geschrieben hatte und den sie jetzt in der Tasche des Morgenmantels trug. Sie erinnerte sich nur, daß Fonchito geredet und geredet hatte, über Egon Schiele, wie immer, bis das Wort »füllig« sie aufhorchen ließ.

»Dick nicht. Ich habe gesagt ein bißchen füllig, Stiefmutter«, sagte er und hob entschuldigend die Hände.

»Dein Papa ist schuld daran, daß es so ist«, sagte sie mit einem prüfenden Blick auf sich selbst. »Ich war schön schlank, als wir heirateten. Aber Don Rigoberto setzte sich in den Kopf, daß die dünne Mode den weiblichen Körper zerstöre, daß die große Tradition der Schönheit die fruchtbare sei. So sagte er: ›die fruchtbare Form‹. Ihm zu Gefallen habe ich zugenommen. Und dann bin ich nicht mehr dünn geworden.«

»So bist du toll, das schwör ich dir, Stiefmutter. Ich habe das mit den mageren Mädchen von Egon Schiele gesagt, weil . . . Findest du es nicht seltsam, daß sie mir gefallen und auch du mir gefällst, wo du mindestens doppelt soviel bist wie sie?«

Nein, er konnte nicht der Verfasser sein. Denn die anonymen Briefe priesen ihren Körper; in einem mit dem Titel ›Blason des Körpers der Geliebten‹ war jeder ihrer Körperteile – Kopf, Schultern, Taille, Brüste, Bauch, Schenkel, Beine, Knöchel, Füße – von einem Hinweis auf ein emblematisches Gedicht oder Bild begleitet. Der Unsichtbare, der in ihre fruchtbaren Formen verliebt war, konnte nur Rigoberto sein. (»Dieser Mann ist wirklich in Sie verknallt«, verkündete Justiniana, nachdem sie den Blason gelesen hatte. »Wie er Ihren Körper kennt, Señora! Es muß Don Rigoberto sein. Woher sollte Fonchito diese Worte nehmen, so altklug er auch sein mag. Na ja, er kennt Sie ja auch zur Gänze, nicht?«)

»Warum bist du die ganze Zeit so stumm und redest nicht mit mir? Du schaust mich an, als würdest du mich nicht sehen. Heute bist du ziemlich seltsam, Stiefmutter.«

»Es ist wegen dieser anonymen Briefe. Ich bekomme sie nicht aus dem Kopf, Fonchito. So wie du es mit Egon Schiele hast, hab ich es jetzt mit diesen verdammten Briefen. Ich tue den ganzen Tag nichts anderes, als auf sie zu warten, sie zu lesen und mich an sie zu erinnern.«

»Aber warum denn verdammt, Stiefmutter. Beleidigen sie dich etwa, oder stehen häßliche Sachen drin?«

»Weil sie keine Unterschrift haben. Und weil ich manchmal denke, daß ein Gespenst sie mir schickt, nicht dein Papa.«

»Du weißt genau, daß sie von meinem Papa sind. Alles klappt wie gewünscht, Stiefmutter. Mach dir nicht den Kopf heiß. Bald kommt die Aussöhnung, du wirst schon sehen.«

Die Versöhnung Doña Lukrezias und Don Rigobertos hatte sich in die zweite Obsession des Jungen verwandelt. Er sprach mit einer solchen Sicherheit davon, daß die Stiefmutter es nicht mehr übers Herz brachte, ihm zu widersprechen und ihm zu sagen, daß es Phantastereien des unverbesserlichen Phantasten waren, in den er sich verwandelt hatte. Hatte sie recht daran getan, ihm die anonymen Briefe zu zeigen? Einige enthielten so gewagte Anspielungen auf ihre Intimität, daß sie sich nach ihrer Lektüre versprach: ›Den hier zeige ich ihm nun wirklich nicht.‹ Und dann tat sie es am Ende doch und beobachtete seine Reaktion, um zu sehen, ob irgendeine Geste ihn verriet. Doch nein. Jedesmal hatte er mit der gleichen Überraschung und Aufregung reagiert und den gleichen Schluß gezogen: es war sein Papa, es war ein weiterer Beweis dafür, daß er ihr nicht mehr grollte. Sie bemerkte, daß jetzt auch Fonchito abwesend wirkte, fern vom Eßzimmer und vom Olivar, gefangen in irgendeiner Erinnerung. Er betrachtete seine Hände, indem er sie dicht vor seine Augen hielt, sie aneinanderlegte, sie ausstreckte, die Finger spreizte, den Daumen versteckte, sie ineinander verschränkte und wieder voneinander löste, in merkwürdigen Posen, wie jemand, der mit den Schatten seiner Hände

Silhouetten an die Wand wirft. Aber Fonchito versuchte sich an diesem Frühlingsnachmittag nicht an chinesischen Schattenspielen; er forschte seine Finger aus wie ein Insektenforscher mit der Lupe eine unbekannte Spezies.

»Darf man erfahren, was du da machst?«

Der Junge fuhr in aller Ruhe mit seinen Gebärden fort, während er ihr mit einer Gegenfrage antwortete:

»Findest du, daß ich häßliche Hände habe, Stiefmutter?«

Was führte dieser kleine Teufel heute im Schilde?

»Komm, laß sehen.« Sie spielte den Facharzt. »Leg sie hierher.«

Fonchito spielte nicht. Er stand auf, tiefernst, kam näher und legte seine beiden Hände auf die Handflächen, die sie ihm entgegenhielt. Bei der Berührung mit der glatten, sanften Haut und der Zartheit der kleinen Knochen dieser Finger fühlte Doña Lukrezia einen Schauer. Er hatte zerbrechliche Hände, schmale Finger, leicht rosige, sorgfältig geschnittene Fingernägel. Die Fingerkuppen zeigten jedoch Flecken von Tinte oder Kohle. Sie tat, als würde sie die Hände einer klinischen Untersuchung unterziehen, während sie zärtlich über sie strich.

»Sie haben nichts Häßliches«, schloß sie. »Obwohl ein bißchen Wasser und Seife ihnen guttäten.«

»Wie schade«, sagte der Junge ohne jeden Humor und entzog Doña Lukrezia seine Hände. »Dann wäre ich ihm darin ja überhaupt nicht ähnlich.«

›Schon wieder‹, dachte Doña Lukrezia. ›Es mußte kommen.‹ Jeden Nachmittag das gleiche Spiel.

»Das mußt du mir erklären.«

Der Junge ließ sich nicht lange bitten. Hatte sie nicht gemerkt, daß Hände Egon Schieles Obsession waren? Seine und auch die der Mädchen und Frauen, die er malte. Wenn nicht, sollte sie es jetzt tun. Im Nu hatte Doña Lukrezia den Bildband auf dem Schoß. Sah sie, welche Abneigung Egon Schiele immer für den Daumen empfunden hatte?

»Für den Daumen?« Doña Lukrezia brach in Lachen aus.

»Sieh doch nur seine Porträts an. Das von Arthur Roessler, zum Beispiel«, beharrte der Junge leidenschaftlich. »Oder das hier, *Doppelporträt des Zentralinspektors Heinrich Benesch und seines Sohnes Otto*; das von Erich Lederer; oder seine Selbstbildnisse. Er zeigt nur vier Finger. Den Daumen läßt er immer verschwinden.«

Warum wohl? Warum verbarg er ihn? Weil der Daumen der häßlichste Finger der Hand ist? Mochte er vielleicht nur gerade Zahlen und glaubte, daß die ungraden Unglück bringen? Hatte er womöglich einen entstellten Daumen und schämte sich dafür? Etwas war mit seinen Händen, denn warum sonst versteckte er sie in den Hosentaschen, wenn er sich fotografieren ließ, oder vollführte lächerliche Posen mit ihnen, verbog die Finger wie eine Hexe, hielt sie dicht vor die Kamera oder über seinen Kopf, wie, um sie davonfliegen zu lassen? Seine Hände, die der Männer, die der Mädchen. War ihr das nicht aufgefallen? War es nicht unbegreiflich, daß diese nackten Mädchen mit ihren wohlgeformten Körpern diese männlichen Finger hatten, diese knochigen, groben

Knöchel? Zum Beispiel auf dieser Abbildung von 1910, *Schwarzhaariger Mädchenakt, stehend* – waren sie nicht unpassend, diese männlichen Hände mit quadratischen Fingernägeln, genau wie die, die er selbst sich auf seinen Selbstporträts malte? Hatte er das nicht bei fast allen Frauen gemacht, die er gemalt hatte? Zum Beispiel hier: *Akt, stehend,* von 1913. Fonchito holte Luft.

»Das heißt also, er war ein Narziß, wie du gesagt hast. Er malte immer seine eigenen Hände, obwohl das Bild jemand anderen zeigte, Mann oder Frau.«

»Und das hast du herausgefunden? Oder hast du es irgendwo gelesen?« Doña Lukrezia war verwirrt. Sie blätterte in dem Band, und was sie sah, gab Fonchito recht.

»Jeder, der seine Bilder eingehend betrachtet, würde es merken«, sagte der Junge achselzuckend, ohne der Sache Bedeutung zu geben. »Sagt mein Papa denn nicht, wenn ein Künstler kein Besessener ist, dann wird er nicht genial? Deshalb achte ich immer auf die Manien der Maler, die sich in ihren Bildern widerspiegeln. Egon Schiele hatte drei: Er gab all seinen Gestalten die gleichen unproportionierten Hände und nahm ihnen den Daumen. Die zweite war, daß die Mädchen und die Männer ihre Dingelchen zeigen, mit hochgeschobenem Rock und gespreizten Beinen. Und die dritte bestand darin, daß er sich selbst porträtierte, die Hände in gezwungenen Stellungen, die auffallen.«

»Schön, wenn du mich verblüffen wolltest, dann hast du es geschafft. Weißt du was, Fonchito? Du bist wirklich ein großer Besessener. Wenn die Theorie deines Papas stimmt, dann erfüllst du wenigstens eine der Voraussetzungen dafür, genial zu sein.«

»Ich brauch nur noch die Bilder zu malen.« Fonchito lachte. Er ließ sich wieder nieder und schaute seine Hände an. Er bewegte sie und ahmte gekonnt die extravaganten Posen nach, in denen sie auf den Bildern und Fotos von Schiele erschienen. Doña Lukrezia beobachtete amüsiert diese Pantomime. Und plötzlich beschloß sie: ›Ich werde ihm meinen Brief vorlesen, mal sehen, was er meint.‹ Außerdem, wenn sie ihn laut vorlas, würde sie wissen, ob das, was sie geschrieben hatte, gut war, und so könnte sie entscheiden, ob sie ihn Rigoberto schicken oder ihn zerreißen würde. Aber als sie es schon tun wollte, verließ sie der Mut. Statt dessen sagte sie:

»Es macht mir Sorgen, daß du Tag und Nacht nur an Schiele denkst.« Der Junge hörte auf, mit seinen Händen zu spielen. »Ich sag dir das mit aller Liebe. Am Anfang fand ich es nett, daß dir seine Bilder so gefallen, daß du dich mit ihm identifizierst. Aber dadurch, daß du versuchst, ihm in allem zu gleichen, hörst du auf, du selbst zu sein.«

»Aber ich bin er, Stiefmutter. Auch wenn du das als Scherz auffaßt, so ist es. Ich fühle, daß ich er bin.«

Er lächelte sie an, um sie zu beruhigen. »Wart einen Augenblick«, murmelte er, während er sich erhob, nach dem Bildband griff, suchend in ihm blätterte und ihn ihr wieder aufgeschlagen auf die Knie legte. Doña Lukrezia sah eine Farbtafel: vor einem ockerfarbenen Hintergrund reckte sich eine kurvenreiche Frau in einem Karnevalskostüm mit grünen, roten, gelben und schwarzen Zickzackstreifen. Sie trug das

Haar verborgen unter einem turbanartig geschlungenen Tuch, war barfuß, schaute sie mit matter Traurigkeit in ihren großen dunklen Augen an und hielt die Hände über den Kopf erhoben, als wollte sie Kastagnetten spielen.

»Als ich dieses Bild sah, wurde es mir klar«, hörte sie Fonchito mit großem Ernst sagen. »Daß ich er bin.«

Sie versuchte zu lachen, aber es gelang ihr nicht. Was wollte dieser Junge? Sie erschrecken? ›Er spielt mit mir wie die Katze mit der Maus‹, dachte sie.

»Ah ja?« sagte sie spöttisch. »Und was auf diesem Bild hat dir offenbart, daß du der wiederauferstandene Egon Schiele bist?«

»Du hast es nicht gemerkt, Stiefmutter«, sagte Fonchito lachend. »Sieh es dir noch einmal an, Stück für Stück. Du wirst sehen, obwohl er es 1914 in Wien, in seinem Atelier, gemalt hat, findet sich auf dieser Frau Peru. Fünfmal.«

Señora Lukrezia betrachtete das Bild erneut. Von oben bis unten. Von unten bis oben. Schließlich bemerkte sie, daß es auf dem bunten Clownskostüm des barfüßigen Modells fünf winzigkleine Gestalten gab: in der Höhe der Arme, rechts über der Taille, auf dem Bein und am Saum ihres Rockes. Sie hielt das Buch dicht vor die Augen und musterte sie in aller Ruhe. In der Tat. Sie sahen aus wie kleine Indio-Frauen, *cholitas*. Sie waren bekleidet wie die Bäuerinnen von Cusco.

»Ganz genau, Indio-Frauen aus den Anden«, sagte Fonchito, ihre Gedanken lesend. »Siehst du? Auch Peru kommt auf den Bildern von Egon Schiele vor.

Deshalb wurde es mir klar. Für mich war das eine Botschaft.«

Er sprach weiter, breitete vor ihr dieses außergewöhnliche Wissen über Leben und Werk des Malers aus, das Doña Lukrezia an Allwissenheit denken und eine Verschwörung, eine Falle argwöhnen ließ. Es gab eine Erklärung dafür, Stiefmutter. Die Frau des Porträts hieß Friederike Maria Beer. Sie war die einzige Person, die sowohl von Egon als auch von Klimt, den beiden größten Malern des damaligen Wien, porträtiert worden war. Sie war die Tochter eines sehr reichen Mannes – ihr Vater besaß mehrere Nachtlokale – und eine große Dame; sie half den Künstlern und vermittelte ihnen Käufer. Kurz bevor Schiele sie malte, hatte sie eine Reise durch Bolivien und Peru gemacht und sich von dort diese Indio Frauen aus Stoff mitgebracht; bestimmt hatte sie sie auf einem Markt in Cusco oder La Paz gekauft. Und dann kam Egon Schiele auf die Idee, sie auf das Kleid der Frau zu malen. Es war also nichts Wundersames daran, daß es fünf *cholitas* auf diesem Bild gab. Aber . . . aber . . .

»Aber was?« ermunterte ihn Doña Lukrezia, gebannt durch die Erzählung Fonchitos und in Erwartung einer großen Enthüllung.

»Ach, nichts«, fügte der Junge mit einer müden Geste hinzu. »Diese fünf kleinen Peruanerinnen wurden dort plaziert, damit ich sie eines Tages finden sollte. Fünf Landsmänninnen auf einem Bild von Schiele. Begreifst du nicht?«

»Haben sie zu dir gesprochen? Haben sie dir gesagt, daß du sie vor achtzig Jahren gemalt hast? Daß Schiele in dir wiederauferstanden ist?«

»Schön, wenn du dich lustig machst, dann reden wir über etwas anderes.«

»Ich mache mich nicht lustig«, sagte sie. »Es gefällt mir nicht, daß du dummes Zeug redest. Oder daß du dummes Zeug denkst oder dummes Zeug glaubst. Du bist du, und Egon Schiele war Egon Schiele. Du lebst hier in Lima, und er lebte in Wien zu Beginn des Jahrhunderts. Reinkarnation gibt es nicht. Also rede keinen Unsinn mehr, wenn du nicht willst, daß ich böse werde. Einverstanden?«

Der Junge nickte widerwillig. Sein Gesicht war tief betrübt, aber er wagte nicht, etwas zu erwidern, denn sie hatte mit ungewohnter Strenge zu ihm gesprochen. Sie versuchte, Frieden zu schließen.

»Ich möchte dir etwas vorlesen, das ich geschrieben habe«, sagte sie und zog den Entwurf des Briefs aus ihrer Tasche.

»Hast du meinem Papa geantwortet?« fragte der Junge erfreut, während er sich auf den Boden setzte und den Kopf vorreckte.

Ja, gestern abend. Sie wußte noch nicht, ob sie ihn abschicken würde. Sie konnte nicht mehr. Sieben anonyme Briefe waren zuviel. Und der Verfasser war Rigoberto. Wer, wenn nicht er? Wer sonst konnte so vertraut und überschwenglich zu ihr sprechen? Wer sie so genau kennen? Sie hatte beschlossen, diesem Theater ein Ende zu machen. Mal sehen, was er dazu meinte.

»Lies ihn endlich vor, Stiefmutter.« Der Junge wurde ungeduldig. Seine Augen glänzten, und sein kleines Gesicht verriet gewaltige Neugier; auch eine gewisse ... eine gewisse ..., Doña Lukrezia suchte das Wort, eine gewisse boshafte Freude, sogar Bosheit. Sie räusperte sich, bevor sie begann, und las, ohne bis zum Ende einmal die Augen zu heben:

Geliebter,
ich habe der Versuchung widerstanden, Dir zu schreiben, obwohl mir seit langem klar ist, daß Du der Verfasser dieser feurigen Botschaften bist, die dieses Haus seit zwei Wochen mit Flammen, Freude, Sehnsucht, Hoffnung und mein Herz und mein Inneres mit dem sanften Feuer erfüllt haben, das verzehrt, ohne zu verbrennen: dem Feuer der Liebe und des Begehrens, die in glücklicher Ehe vereint sind.

Warum solltest Du Briefe unterzeichnen, die nur Du schreiben konntest? Wer hat mich studiert, geformt, erfunden, wie Du es getan hast? Wer könnte von den roten Pünktchen meiner Achseln sprechen, vom rosigen Geäder der verborgenen Höhlungen zwischen meinen Fußzehen, vom ›runzligen Mündchen, umgrenzt vom winzigen Rund fröhlicher kleiner Falten lebendigen, bläulich bis bleifarbenen Fleisches, zu dem man gelangt, nachdem man die glatten, marmornen Säulen Deiner Beine erklettert hat?‹ Nur Du, mein Liebster.

Seit den ersten Zeilen des ersten Briefes wußte ich, daß Du es warst. Deshalb gehorchte ich Deinen Anweisungen, bevor ich ihn zu Ende gelesen hatte. Ich zog mich aus und posierte für Dich vor dem Spiegel, ahmte Klimts *Danae* nach. Und abermals, wie in so vielen Nächten, nach denen ich mich in meiner jetzigen Einsamkeit sehne, flog ich mit Dir durch die Reiche der Phantasie, die wir in den miteinander geteilten

Jahren gemeinsam erforscht haben, Jahre, die für mich jetzt eine Quelle des Trostes und des Lebens sind, aus der ich mit Hilfe der Erinnerung trinke, um die Routine und die Leere zu ertragen, die auf das gefolgt sind, was an Deiner Seite Abenteuer und Fülle war.

Soweit es in meinen Kräften stand, bin ich den Forderungen – nein, den Vorschlägen und Bitten – Deiner sieben Briefe wortwörtlich gefolgt. Ich habe mich angekleidet und entkleidet, kostümiert und maskiert, hingelagert, zusammengerollt, entrollt, hingehockt und – mit Leib und Seele – alle Launen Deiner Briefe verkörpert, denn welch größeres Vergnügen könnte es für mich geben als das, Dir zu Gefallen zu sein? Für Dich und durch Dich war ich Messalina und Leda, Magdalena und Salome, Diana mit ihrem Bogen und ihren Pfeilen, die nackte Maja, die keusche Susanna, überrascht von den alten Lüstlingen, und, im türkischen Bad, die Odaliske von Ingres. Ich habe das Lager geteilt mit Mars, Nebukadnezar, Assurbanipal, Napoleon, Schwänen, Satyrn, Sklaven und Sklavinnen, bin wie eine Sirene aus dem Meer aufgetaucht, habe Odysseus' Liebe gestillt und geschürt. Ich war eine kleine Marquise von Watteau, ein Nymphe von Tizian, eine Jungfrau von Murillo, eine Madonna von Piero de la Francesca, eine Geisha von Fujita und eine Dirne von Toulouse-Lautrec. Es kostete mich Mühe, wie die Tänzerin von Degas auf den Fußspitzen zu balancieren, und glaub mir, um Dich nicht zu enttäuschen, habe ich sogar unter Krämpfen versucht, mich in das zu verwandeln, was Du den wollüstigen kubistischen Würfel von Juan Gris nennst.

Daß ich abermals mit Dir spielen durfte, wenn auch aus Entfernung, hat mir gutgetan, hat mir wehgetan. Ich habe wieder gefühlt, daß ich Dein bin und daß Du mein bist. Als das Spiel zu Ende war, wuchs meine Einsamkeit, und ich wurde noch trauriger. Ist das Verlorene für immer verloren?

Seit dem ersten Brief habe ich auf den nächsten gewartet, von Zweifeln zernagt, bemüht, Deine Absichten zu erraten. Wolltest Du, daß ich Dir antworte? Oder hast Du sie mir ohne Unterschrift geschickt, weil es Dir nicht darum geht, einen Dialog anzuknüpfen, sondern darum, daß ich Deinem Monolog zuhöre? Gestern abend, nachdem ich folgsam die geschäftige Bürgersfrau von Vermeer gewesen war, beschloß ich jedoch, Dir zu antworten. Etwas in jener dunklen Tiefe meiner selbst, die nur Du ausgelotet hast, hat mir befohlen, zu Papier und Feder zu greifen. Habe ich richtig gehandelt? Habe ich nicht vielleicht das ungeschriebene Gesetz gebrochen, das der Gestalt eines Porträts verbietet, den Rahmen ihres Bildes zu verlassen und das Wort an ihren Maler zu richten?

Du, Geliebter, weißt die Antwort. Teil sie mir mit.

»Donnerwetter, was für ein Brief«, sagte Fonchito. Seine Begeisterung wirkte aufrichtig. »Stiefmutter, du hast meinen Papa sehr lieb!«

Er war rot geworden und strahlte, und Doña Lukrezia sah ihn – zum ersten Mal – sogar verwirrt.

»Ich habe nie aufgehört, ihn zu lieben. Nicht einmal, als geschah, was geschehen ist.«

Fonchito nahm sogleich den blicklosen, erinnerungslosen Ausdruck an, der jedesmal, wenn Doña Lukrezia in irgendeiner Weise auf jenes Abenteuer anspielte, seine Augen leer werden ließ. Sie bemerkte jedoch, daß die Röte von den Wangen des Jungen wich und perlmuttartige Blässe an ihre Stelle trat.

»Denn auch wenn du und ich gern hätten, daß es nicht so wäre, und obwohl wir nie darüber reden, was geschehen ist, ist geschehen. Es läßt sich nicht auslöschen«, sagte Doña Lukrezia, während sie seinen Blick suchte. »Und obwohl du mich ansiehst, als wüßtest du nicht, wovon ich rede, erinnerst du dich genausogut an alles wie ich. Und bestimmt bedauerst du es genauso oder mehr als ich.«

Sie konnte nicht weiterreden. Fonchito hatte den Blick wieder auf seine Hände gerichtet, während er sie bewegte und die gezwungenen Haltungen der Gestalten Egon Schieles nachahmte: steif und parallel auf der Höhe seiner Schulter, den Daumen verborgen und wie abgetrennt, oder über seinem Kopf, vorgereckt, als hätte er gerade eine Lanze geworfen. Doña Lukrezia mußte schließlich lachen:

»Du bist kein Teufel, sondern ein Clown«, rief sie aus. »Du solltest dich besser dem Theater widmen.«

Der Junge lachte ebenfalls, entspannt, schnitt Grimassen und spielte weiter mit seinen Händen. Und mitten in seinen Clownerien überraschte er Doña Lukrezia mit dem Kommentar:

»Hast du diesen Brief absichtlich so kitschig geschrieben? Glaubst du auch, wie mein Papa, daß Kitsch untrennbar mit der Liebe verbunden ist?«

»Ich habe beim Schreiben nur den Stil deines Papas nachgeahmt. Ich habe übertrieben und versucht, feierlich, gekünstelt, dramatisch zu sein. Ihm gefällt es so. Kommt er dir sehr kitschig vor?«

»Er wird entzückt sein«, versicherte Fonchito, mehrmals nickend. »Er wird ihn wieder und wieder lesen, eingeschlossen in sein Arbeitszimmer. Du wirst ihn doch wohl nicht unterschreiben, oder, Stiefmutter?«

Um die Wahrheit zu sagen, darüber hatte sie nicht nachgedacht.

»Soll ich ihn anonym schicken?«

»Aber natürlich, Stiefmutter«, erklärte der Junge emphatisch. »Du mußt doch sein Spiel mitspielen.«

Vielleicht hatte er recht. Wenn er ihr die Briefe ohne Unterschrift schickte, warum sollte sie dann unterschreiben.

»Du bist aber auch mit allen Wassern gewaschen, mein Junge«, murmelte sie. »Ja, das ist eine gute Idee. Ich werde ihm den Brief ohne Unterschrift schicken. Er wird sowieso genau wissen, wer ihn geschrieben hat.«

Fonchito tat, als applaudiere er. Er war aufgestanden und schickte sich an zu gehen. Heute hatte es keine getoasteten Biskuits gegeben, weil Justiniana Ausgang hatte. Wie immer griff er nach dem Bildband und verwahrte ihn in seiner Schultasche, knöpfte sich das graue Hemd zu und richtete die kleine Krawatte der Uniform, unter den aufmerksamen Augen einer Lukrezia, die es amüsierte, ihn jeden Nachmittag beim Kommen und beim Gehen die gleichen Bewegungen ausführen zu sehen. Aber im Unterschied zu sonst, wo er sich darauf beschränkte, »tschau, Stiefmutter« zu sagen, setzte er sich dieses Mal neben sie auf das Sofa, ganz dicht.

»Ich möchte dich gern etwas fragen, bevor ich gehe. Ich schäm mich nur ein bißchen.«

Er sprach mit dem dünnen, sanften und schüchternen Stimmchen, mit dem er immer sprach, wenn er ihr Wohlwollen oder ihr Mitleid wecken wollte. Und obwohl Doña Lukrezia nie den Verdacht loswurde, daß es reine Farce war, gelang es ihm am Ende immer, ihr Wohlwollen oder ihr Mitleid zu wecken.

»Du schämst dich für nichts auf der Welt, also erzähl mir nichts und spiel nicht den Unschuldigen«, sagte sie, während sie ihn liebevoll am Ohr zog und damit die Härte ihrer Worte Lügen strafte. »Schieß los.«

Der Junge drehte sich zur Seite und warf ihr die Arme um den Hals. Er vergrub das Gesicht an ihrer Schulter.

»Wenn ich dich anschaue, trau ich mich nicht«, flüsterte er mit so leiser Stimme, daß er kaum zu hören war. »Dieses runzlige Mündchen, umgeben von kleinen Falten, in deinem Brief, ist nicht das hier, nicht wahr, Stiefmutter?«

Doña Lukrezia spürte, wie die Wange, die an ihrer lag, sich bewegte, wie zwei schmale Lippen ihr Gesicht hinabwanderten und sich auf ihre preßten. Kalt zunächst, wurden sie sogleich lebendig. Sie fühlte, daß sie Druck ausübten und sie küßten. Sie schloß die Augen und öffnete den Mund: eine feuchte kleine Schlange besuchte sie, kroch über ihr Zahnfleisch, ihren Gaumen und umfing ihre Zunge. Sie verharrte eine Zeit ohne Zeit, blind, verwandelt in Gefühl, betäubt, glücklich, ohne etwas zu tun oder an etwas zu denken. Aber als sie die Arme hob, um Fonchito an

sich zu drücken, löste sich der Junge in einem seiner
plötzlichen Stimmungswechsel und entschlüpfte ihr.
Jetzt entfernte er sich und winkte ihr zum Abschied
zu. Sein Gesichtsausdruck war völlig unbefangen.

»Wenn du willst, schreib deinen anonymen Brief
ins reine und steck ihn in einen Umschlag«, sagte er
von der Tür her. »Morgen gibst du ihn mir, ich werfe
ihn dann in unseren Briefkasten, ohne daß mein Papa
mich sieht. Tschau, Stiefmutter.«

WEDER TEICHKOLBEN-FLÖSSE NOCH
STIERFIGÜRCHEN AUS PUCARA

Soviel ich weiß, verursacht der Anblick der im Wind
flatternden Fahne bei Ihnen Herzklopfen, während
bei Musik und Text der Nationalhymne jenes Kitzeln
in den Adern über Sie kommt, begleitet von Gänsehaut und aufgerichteten Härchen, das man als Ergriffenheit bezeichnet. Das Wort Vaterland (das Sie
immer in Großbuchstaben schreiben) verbinden Sie
nicht mit den respektlosen Versen des jungen Pablo
Neruda
    Vaterland,
    trauriges Wort,
    wie Thermometer oder Fahrstuhl
auch nicht mit der tödlichen Sentenz des Dr. Johnson
(Patriotism is the last refuge of a scoundrel), sondern
mit heldenhaften Kavallerie-Attacken, mit Degen,
die in Oberkörper unter feindlichen Uniformen fahren, mit Trompetensignalen, mit dem Knall der Ge-
wehr- und Kanonenschüsse, der nicht der Knall der

Champagnerkorken ist. Sie gehören allem Anschein nach zur Gattung jener Männer und Frauen, die respektvoll die Statuen großer Männer betrachten, die die öffentlichen Plätze zieren, und beklagen, daß die Tauben auf sie scheißen, und sind imstande, in aller Herrgottsfrühe aufzustehen und stundenlang zu warten, um einen guten Platz auf dem Campo de Marte zu ergattern, wenn die Soldaten an Gedenktagen vorbeimarschieren, ein Schauspiel, das Ihnen Bewertungen entlockt, bei denen die Worte soldatisch, patriotisch und männlich funkeln. Señor, Señora: in Ihnen steckt ein wildes Tier, das eine Gefahr für die Menschheit darstellt.

Sie sind ein lebender Ballast, den die Zivilisation mit sich schleppt seit den Zeiten des tätowierten, perforierten Kannibalen mit Penisfutteral, des vorrationalen Zauberers, der mit den Füßen stampfte, um den Regen herbeizurufen, und das Herz seines Gegners aufaß, um ihm seine Kraft zu rauben. In Wahrheit steckt hinter den Reden und Bannern, mit denen Sie ein Stück Geographie verherrlichen, das mit dem Makel willkürlicher Grenzsteine und Grenzlinien behaftet ist, worin Sie eine höhere Form der Geschichte und der gesellschaftlichen Metaphysik verkörpert sehen, nichts anderes als das schlaue *aggiornamiento* der uralten primitiven Angst davor, sich vom Stamm unabhängig zu machen, aufzuhören, Masse, Teil zu sein und sich in ein Individuum zu verwandeln; dahinter, sage ich, steckt die Sehnsucht nach jenem Vorfahren, für den die Welt in den Grenzen des Bekannten – der Waldlichtung, der dunklen Höhle, der steilen Anhöhe – begann und endete, in jener kleinen

Enklave, wo die Gemeinsamkeit der Sprache, der Magie, der Gebräuche und, vor allem, der allgemeinen Verwirrung, der Unwissenheit und Ängste seiner Gruppe ihm Kraft verlieh und das Gefühl gab, gegen den Donner, den Blitz, das Raubtier und die anderen Stämme des Planeten geschützt zu sein. Obwohl seit jenen fernen Zeiten Jahrhunderte vergangen sind und Sie sich als Sakko und Krawatte oder Plisseerock tragendes Wesen, das sich in Miami liften läßt, weit erhaben fühlen über diesen Vorfahren mit Lendenschurz aus Baumrinde und von Schmuck durchbohrten Lippen und Nasen, sind Sie er, und sie ist Sie. Die Nabelschnur, die Sie durch die Jahrhunderte verbindet, heißt Angst vor dem Unbekannten, Haß auf das andere, Ablehnung des Abenteuers, Panik vor der Freiheit und vor der Verantwortung, sich jeden Tag zu erfinden, zwanghafter Hang zur Routine, zum Herdengeist, Weigerung, sich zu entkollektivieren, um sich nicht der täglichen Herausforderung stellen zu müssen, die in der Souveränität des Individuums besteht. In jenen Zeiten hatte der schutzlose Verzehrer von Menschenfleisch, befangen in metaphysischer und physischer Unwissenheit angesichts dessen, was geschah und ihn umgab, eine gewisse Rechtfertigung, wenn er sich weigerte, unabhängig, schöpferisch und frei zu sein; in diesen Zeiten aber, in denen man bereits alles weiß, was man wissen muß, und etwas mehr, gibt es keinen triftigen Grund, sich darauf zu versteifen, ein Sklave, ein irrationales Wesen zu sein. Dieses Urteil wird Ihnen streng und übertrieben vorkommen, handelt es sich doch für Sie nur um ein tugendhaftes, idealistisches Gefühl der

Solidarität und Liebe zur Heimaterde und zu den Erinnerungen (»die Erde und die Toten«, dem französischen Anthropoiden Maurice Barrès zufolge), zu jenem sozialen und kulturellen Bezugsrahmen, ohne den ein menschliches Wesen sich leer fühlt. Ich versichere Ihnen, daß dies die eine Seite der patriotischen Medaille ist; die andere, die Kehrseite der Verherrlichung des Eigenen, ist die Herabsetzung des Fremden, der Wille, die anderen, die anders sind als Sie, weil sie eine andere Hautfarbe, eine andere Sprache, einen anderen Gott haben oder auch nur sich anders kleiden und nähren, zu demütigen und zugrunde zu richten.

Der Patriotismus, der eine gutartige Form des Nationalismus zu sein scheint – denn das »Land der Väter« scheint älter, eingewurzelter und respektabler zu sein als die »Nation«, ein lächerliches politisch-administratives Konstrukt, das von machtgierigen Staatsmännern und von Intellektuellen fabriziert wurde, die auf der Suche sind nach einem Herrn, das heißt nach einem Mäzen, das heißt nach Zitzen, an denen sich bequem saugen läßt – ist in Wirklichkeit ein gefährliches, aber wirksames Alibi für die Kriege, die den Planeten ich weiß nicht wie oft dezimiert haben, für die despotischen Triebe, die die Herrschaft des Starken über den Schwachen sanktioniert haben, und ein gleichmacherischer Rauchschleier, dessen Gift die Unterschiede zwischen den Menschen aufhebt und sie zu Geklonten macht, indem es ihnen als wesentlich und unentrinnbar den zufälligsten aller gemeinsamen Nenner überstülpt: den Geburtsort. Hinter dem Patriotismus und dem Nationalismus lodert immer die böse kollektivistische Fiktion der Identität, ein ontologischer Drahtkäfig, der danach trachtet, »die Peruaner«, »die Spanier«, »die Franzosen«, »die Chinesen« usw. in unerlösbarer und unverwechselbarer Brüderschaft zusammenzusperren. Sie und ich, wir wissen, daß diese Kategorien lauter abscheuliche Lügen sind, die sich über vielfache Unterschiede und Unvereinbarkeiten hinwegsetzen, Lügen, die darauf abzielen, Jahrhunderte von Geschichte zunichte zu machen und den Rückfall der Zivilisation in jene barbarischen Zeiten herbeizuführen, die der Geburt der Individualität und damit der Rationalität und der Freiheit vorausgingen: drei untrennbare Dinge, lassen Sie sich das gesagt sein.

Deshalb, wenn ich in meiner Umgebung höre »der Chinese«, »der Schwarze«, »die Peruaner«, »die Franzosen«, »die Frauen« oder irgendeinen anderen gleichwertigen Ausdruck, der den Anspruch erhebt, ein menschliches Wesen aufgrund seiner Zugehörigkeit zu einem wie auch immer beschaffenen Kollektiv zu definieren, statt diese als unwesentlichen Umstand zu betrachten, habe ich Lust, den Revolver zu ziehen und – pengpeng – zu schießen. (Es handelt sich natürlich um eine poetische Redefigur; ich habe nie eine Feuerwaffe in der Hand gehalten und werde es auch nie tun, und ich habe keine anderen Schüsse abgefeuert als die meiner Spermien, die ich allerdings sehr wohl mit patriotischem Stolz geltend mache.) Mein Individualismus veranlaßt mich natürlich nicht, ein Loblied auf das sexuelle Selbstgespräch als die vollkommenste Form der Lust zu singen; in diesem Bereich neige ich zu den Dialogen zu zweit oder höchstens zu dritt und erkläre mich selbstverständlich zum erbitterten Feind der promiskuitiven Sexparty, die im Umkreis des Bettes und der Unzucht das Gegenstück zum politischen und gesellschaftlichen Kollektivismus ist. Es sei denn, der sexuelle Monolog wird in Begleitung praktiziert – in welchem Fall er sich in einen höchst barocken Dialog verwandelt –, wie jene kleine aquarellierte Kohlezeichnung von Picasso (1902/1903) veranschaulicht, an der Sie sich im Picasso-Museum in Barcelona ergötzen können, auf der Señor Don Angel Fernández de Soto, bekleidet und Pfeife rauchend, und seine distinguierte Ehefrau, nackt, aber mit Strümpfen und Schuhen, ein Glas Champagner in der Hand und auf den Knien ihres Ehemanns sitzend, sich gegenseitig masturbieren, ein Bild, das ich, nebenbei gesagt, ohne jemanden beleidigen zu wollen (und am allerwenigsten Picasso) über *Guernica* und *Les demoiselles d'Avignon* stelle.

(Wenn Sie meinen, daß dieser Brief Zeichen von Zusammenhanglosigkeit erkennen läßt, dann denken Sie an Valérys Monsieur Teste: »Die Zusammenhanglosigkeit einer Rede hängt vom Zuhörer ab. Der Geist scheint mir so beschaffen, daß er in sich nicht unzusammenhängend sein kann.«)

Möchten Sie wissen, woher die ganze gallenbittere antipatriotische Attacke dieses Briefes kommt? Von einer Ansprache des Präsidenten der Republik, die heute morgen in der Presse kommentiert wurde, derzufolge er bei der Eröffnung der Kunsthandwerksmesse erklärt hat, wir Peruaner hätten die patriotische Verpflichtung, die Arbeit der anonymen Kunsthandwerker zu bewundern, die vor Jahrhunderten die Keramikfiguren von Chavín modellierten, die Stoffe von Paracas webten und bemalten oder die Federumhänge von Nasca zusammenfädelten und die Holzgefäße von Cusco schufen, oder die heutigen Verfertiger von Retabeln aus Ayacucho, von Stierfigürchen aus Pucará, Jesuskindchen in der Krippe, Teppichen aus San Pedro de Cajas, Teichkolbenflössen vom Titicaca-See und Spiegelchen aus Cajamarca, weil – ich zitiere den Präsidenten – »das Kunsthandwerk die Volkskunst schlechthin ist, der höchste Ausdruck der Kreativität und des künstlerischen Geschicks eines Volkes und eines der großen Symbole, eine der großen Bekundungen des Vaterlands und seine Produkte nicht die individuelle Handschrift seines Herstellers tragen, sondern die Handschrift der Gemeinschaft, der Nationalität«.

Wenn Sie ein Mann oder eine Frau mit gutem Geschmack sind – das heißt, ein Liebhaber der Genauigkeit –, dann werden Sie gelächelt haben über diese handwerklich-patriotische Diarrhöe unseres Staatschefs. Was mich betrifft, so erschien sie mir nicht nur, wie Ihnen, gehaltlos und gespreizt, sondern auch erhellend. Jetzt weiß ich, warum ich alles Kunsthandwerk der Welt im allgemeinen verabscheue und das »meines Landes« (ich benutze die Formel, damit wir uns verstehen) im besonderen. Jetzt weiß ich, warum es in meinem Haus nie eine peruanische Keramikfigur oder eine venezianische Maske oder eine russische Matruschka oder ein holländisches Püppchen mit Zöpfen und Holzschuhen oder einen kleinen

Holztorero oder eine Flamenco tanzende Zigeunerin oder eine indonesische Gliederpuppe oder einen Spielzeugsamurai oder ein Retabel aus Ayacucho oder einen bolivianischen Teufel noch sonst eine serienmäßig, generell und anonym hergestellte Figur oder was auch immer aus Ton, Holz, Porzellan, Stein, Stoff oder Brotteig gegeben hat noch geben wird, die, und sei es auch mit der heuchlerischen Bescheidenheit, sich selbst als Volkskunst zu bezeichnen, das Wesen eines Kunstgegenstandes usurpiert, etwas, das Monopol der privaten Sphäre ist, Ausdruck zäher Individualität und deshalb Wiederlegung und Ablehnung des Abstrakten und Allgemeinen, von allem, was direkt oder indirekt danach trachtet, sich im Namen einer angeblichen »gesellschaftlichen« Provenienz zu rechtfertigen. Es gibt keine unpersönliche Kunst, Herr Patriot (und kommen Sie mir bitte nicht mit den gotischen Kathedralen). Das Kunsthandwerk ist eine primitive, amorphe und fötale Ausdrucksform dessen, was eines Tages – wenn einzelne, vom Ganzen abgesonderte Individuen beginnen, diesen Gegenständen, in die ihr unübertragbares Ich einfließt, ein persönliches Siegel aufzuprägen – vielleicht Eingang in die Kategorie Kunst finden kann. Daß dieses Kunsthandwerk in einer »Nation« thront, gedeiht und herrscht, sollte niemanden stolz machen, schon gar nicht die vorgeblichen Patrioten. Denn das Gedeihen des Kunsthandwerks – diese Erscheinungsform des Allgemeinen – ist Zeichen des Rückstands oder der Rückentwicklung, unbewußter Wille, sich nicht vorwärts zu bewegen in diesem Wirbel, der Grenzen, malerische Sitten, Lokalkolorit, provinzielle Unterschiede und Kirchturmsgeist hinwegfegt und den man Zivilisation nennt. Ich weiß, daß Sie, Frau Patriotin, Herr Patriot, sie hassen, wenn nicht das Wort, so doch den Inhalt dieses umstürzlerischen Wortes. Das ist Ihr gutes Recht. Es ist auch meines, sie zu lieben und gegen Wind und Wetter zu verteidigen, auch wenn ich weiß, daß der Kampf schwierig ist und daß ich mich – viele Zeichen sprechen dafür – im Lager der Besiegten wiederfinden kann. Gleichviel. Dies ist die einzige Form von Heldentum, die uns, den Feinden des auferlegten Heldentums, erlaubt ist: mit unserem eigenen Namen zu unterschreiben, wenn wir sterben, einen persönlichen Tod zu haben.

Damit Sie es ein für allemal wissen und sich entsetzen: das einzige Vaterland, das ich verehre, ist das Bett, das meine Frau Lukrezia betritt (Dein Licht, hohe Frau/besiege meine blinde, traurige Nacht, wie Fray Luis de León sagte), und ihr prächtiger Körper die einzige Fahne, das einzige vaterländische Symbol, das imstande ist, mich zu den kühnsten Gefechten zu verleiten, und die einzige Hymne, die mich bis zum Schluchzen aufwühlt, sind die Geräusche, die dieses geliebte Fleisch von sich gibt, seine Stimme, sein Lachen, sein Weinen, seine Seufzer und, natürlich (halten Sie sich Ohren und Nase zu), sein Schluckauf, sein Aufstoßen, sein Furzen und sein Niesen. Kann ich auf meine Art als ein wahrer Patriot gelten oder nicht?

Don Rigoberto wachte weinend auf (das passierte ihm recht oft in der letzten Zeit). Er war vom Schlaf in den Wachzustand hinübergeglitten; sein Bewußtsein erkannte bereits in der Dunkelheit die Gegenstände seines Schlafzimmers; seine Ohren das monotone Meer; seine Nase und die Poren seines Körpers die alles durchdringende Feuchtigkeit. Aber das furchtbare Bild war noch immer da, trieb obenauf vor seinem geistigen Auge, irgendeinem fernen Versteck entsprungen, und ängstigte ihn genauso stark wie vor einigen Augenblicken, in der Unbewußtheit des Alptraums. ›Hör auf zu weinen, Dummkopf.‹ Aber die Tränen rannen ihm über die Wangen, und er schluchzte, fassungslos vor Entsetzen. Und wenn es Telepathie wäre? Wenn er eine Botschaft erhalten hätte? Wenn man nun wirklich gestern, am Nachmittag – wie das Würmchen im Herzen des Apfels – die Geschwulst in ihrer Brust entdeckt hatte, mit der sich die Katastrophe ankündigte, und Lukrezia sofort an ihn gedacht, ihm vertraut, sich an ihn gewandt hatte, um ihren Kummer, ihre Angst zu teilen? Es war ein Ruf in extremis gewesen. Der Tag der Operation war festgesetzt. »Es ist noch nichts verloren«, erklärte der Arzt, »vorausgesetzt, wir amputieren unverzüglich diese Brust, vielleicht sogar beide Brüste. Ich kann fast meine Hände ins Feuer legen: es hat sich noch keine Metastase gebildet. Wenn wir innerhalb weniger Stunden operieren, wird sie es überstehen.« Der Elende wird begonnen haben, das Skalpell zu schärfen, während in seinen Augen ein sadistisches Vergnügen aufblitzte. In diesem Augenblick dachte Lukrezia an ihn, verspürte sie den glühenden Wunsch, mit ihm zu sprechen, ihm zu erzählen, von ihm angehört, getröstet, begleitet zu werden. ›Mein Gott, ich werde wie ein Wurm zu ihr kriechen und sie um Verzeihung bitten.‹ Don Rigoberto erschauerte.

Das Bild Lukrezias auf einem Operationstisch, wo man sie dieser grauenvollen Verstümmelung unterzog, bescherte ihm eine neue Aufwallung von Angst. Er schloß die Augen, hielt den Atem an und erinnerte sich an ihre festen, kräftigen, ebenmäßigen Brüste, an die dunklen Warzenhöfe mit ihrer körnigen Haut, an die Knospen, die, von seinen Lippen liebkost und befeuchtet, sich in der Stunde der Liebe stolz und herausfordernd aufrichteten. Wie viele Minuten und Stunden hatte er damit verbracht, sie zu betrachten, zu wägen, zu küssen, mit der Zunge zu erkunden, mit ihnen zu spielen, sie zu streicheln, zu phantasieren, er habe sich in einen Bürger von Liliput verwandelt, der diese rosigen Hügel auf der Suche nach dem hohen Turm des Gipfels erkletterte, oder in ein Neugeborenes, das den weißen Saft des Lebens trank und dabei von diesen Brüsten seine erste Lektion in Lust erhielt, kaum daß es den Mutterleib verlassen hatte? Er erinnerte sich, wie er sich an manchen Sonntagen auf den Holzschemel des Badezimmers zu setzen pflegte, um Lukrezia in der von Schaum überquellenden Badewanne zu betrachten. Sie wickelte sich ein Handtuch wie einen Turban um den Kopf und setzte gewissenhaft ihre Toilette fort, ihm ab und zu ein wohlwollendes Lächeln schenkend, während sie ihren Körper mit großen gelben Schwämmen abrieb,

die sie in das schaumige Wasser tauchte und über ihre
Schultern, ihren Rücken oder die schönen Beine wandern ließ, die sie zu diesem Zweck ein paar Sekunden
lang aus der sahnigen Tiefe heraushob. In diesen Augenblicken waren es ihre Brüste, die Don Rigobertos
ganze Aufmerksamkeit, seine religiöse Inbrunst auf
sich zogen. Sie erschienen auf der Wasseroberfläche,
ihr weißer Kelch und ihre bläulichen Knospen schimmerten zwischen den Schaumblasen, und dann und
wann, um ihm zu schmeicheln und ihn zu belohnen
(›Zerstreute Liebkosung, die das Herrchen dem folg-
samen Hund zu seinen Füßen zukommen läßt‹, dachte er, etwas ruhiger), faßte Doña Lukrezia sie mit
einer Hand und umspielte sie mit dem Schwamm,
unter dem Vorwand, sie noch etwas mehr einzuseifen
und abzuspülen. Sie waren schön, sie waren vollkommen. Sie besaßen die Rundung, Festigkeit und
Temperatur, um das Begehren eines wollüstigen Got
tes zu stillen. »Jetzt reich mir das Handtuch, sei mein
Diener«, sagte sie, wenn sie sich erhob, während sie
sich mit der Handdusche abspülte. »Wenn du brav
bist, erlaube ich dir vielleicht, daß du mir den Rücken
abtrocknest.« Ihre Brüste waren da, schimmernd im
Dunkel des Zimmers, als würden sie Licht in seine
Einsamkeit bringen. War es möglich, daß der ruchlo-
se Krebs sich gegen diese Geschöpfe, diese Krone der
Weiblichkeit verging, die die Vergöttlichung der Frau
durch die Troubadoure, den Marienkult rechtfertig-
ten? Don Rigoberto fühlte, daß auf die Verzweiflung,
die er vor einem Augenblick empfunden hatte, Zorn
folgte, ein wildes Gefühl der Rebellion gegen die
Krankheit.

Und in diesem Augenblick erinnerte er sich. ›Verdammter Onetti!‹ Er mußte laut lachen. ›Verdammter Roman! Verdammtes Santa María! Verdammte Gertrudis!‹ (So hieß seine Gestalt? Gertrudis? Ja, genauso.) Daher rührte sein Alptraum, nichts von Telepathie. Er lachte noch immer, befreit, übererregt, glücklich. Er beschloß, einige Augenblicke an Gott zu glauben (in eines seiner Hefte hatte er den Satz Quevedos aus dem *Buscón* übertragen: »Er gehörte zu denen, die aus Höflichkeit an Gott glauben.«), um jemandem danken zu können, daß Lukrezias geliebte Brüste unversehrt waren, daß die Ränke des Krebses ihnen nichts hatten anhaben können und der Alptraum nur die Reminiszenz dieses Romans gewesen war, dessen schrecklicher Anfang ihn in den ersten Monaten seiner Ehe mit Entsetzen gefüllt und ihm die Furcht eingeflößt hatte, die köstlichen, lieblichen Brüste seiner neuen Frau könnten eines Tages Opfer einer ähnlichen chirurgischen Attacke werden (der Ausdruck erschien in seiner Erinnerung mit seinem obszönen Klang: ›Brustamputation‹), wie Brausen, der Erzähler dieses beunruhigenden Romans des verdammten Onetti, sie auf den ersten Seiten beschrieb oder besser noch erfand. ›Ich danke dir, mein Gott, daß es nicht wahr ist und ihre Brüste schön heil sind‹, betete er. Und ohne sich die Hausschuhe oder den Morgenmantel anzuziehen, stolperte er im Dunkeln hinüber, um die Hefte seines Schreibtisches durchzusehen. Er war sicher, daß er ein Zeugnis dieser verstörenden Lektüre hinterlassen hatte, die – warum wohl? – in dieser Nacht aus seinem Unterbewußtsein aufgestiegen war, um ihn um den Schlaf zu bringen.

Der verdammte Onetti! Uruguayer? Argentinier? Vom Rio de la Plata auf jeden Fall. Wie hatte er ihm nicht zugesetzt. Kurios, welche Wege die Erinnerung nahm, voller launischer Kurven, barocker Zickzacks, unbegreiflicher Lücken. Warum tauchte jetzt, in dieser Nacht, jener Roman wieder auf, nach zehn Jahren, in denen er wahrscheinlich nicht einen einzigen Tag, nicht ein einziges Mal daran gedacht hatte? Im Schein der kleinen Schreibtischlampe, die ihr goldenes Licht auf die Holzplatte warf, sah er eilig den Stapel der Hefte durch, der nach seiner Berechnung der Zeit entsprach, in der er *Das kurze Leben* gelesen hatte. Gleichzeitig sah er noch immer, jedesmal deutlicher, weißer, straffer, wärmer, im nächtlichen Bett, in der morgendlichen Badewanne, zwischen den Falten des Nachthemdes oder des seidenen Hausmantels oder in der Öffnung des Dekolletés Lukrezias Brüste. Und mit der Erinnerung an den ungeheuren Eindruck, den das Bild des Anfangs auf ihn gemacht hatte, kehrte die Geschichte zurück, die *Das kurze Leben* erzählte, mit wachsender Klarheit, als wäre jene Lektüre frisch, gerade erst geschehen. Warum *Das kurze Leben*? Warum in dieser Nacht?

Schließlich wurde er fündig. Als Überschrift über der Seite und unterstrichen: *Das kurze Leben*. Und danach: »Großartige Architektur, fein ausbalancierte, geschickte Konstruktion: eine Prosa und eine Technik, die seinen nichtssagenden Gestalten und seinen dürftigen Geschichten weit überlegen ist.« Das war nicht gerade ein begeisterter Satz. Warum dann diese Erschütterung, als er sich an ihn erinnerte? Nur weil sein Unterbewußtsein jene vom Skalpell abge-

trennte Brust der Roman-Gertrudis mit den ersehn-
ten Brüsten Lukrezias in Verbindung gebracht hatte? Die Eingangsszene, das Bild, das zurückgekehrt
war und ihn aufgewühlt hatte, stand ihm ganz klar
vor Augen. Juan María Brausen, ein Durchschnittsmensch, kleiner Angestellter einer Werbeagentur in
Buenos Aires und Erzähler der Geschichte, quält sich
in seiner schäbigen Wohnung mit der Vorstellung der
Brustverstümmelung, die seine Frau Gertrudis am
Vortag oder am Vormittag des gleichen Tages erlitten
hat, während er auf der anderen Seite der Zimmer-
wand das dumme Geplapper einer neuen Nachbarin
hört, einer ehemaligen oder noch immer tätigen Hure
namens Queca, und sich vagen Phantasien über ein
Drehbuch hingibt, um das ihn sein Freund und Chef
Julio Stein gebeten hat. Da waren die erschütternden
Auszüge: ». . . dachte ich an die Aufgabe, ohne Miß-
fallen die neue Narbe anzusehen, die Gertrudis auf
der Brust tragen würde, rund und kompliziert, mit
rotem oder rosafarbenem Geäder, das die Zeit womöglich in das bleiche Gewirr von der Farbe der
anderen verwandeln würde, zart und glatt, flink wie
eine Unterschrift, die Gertrudis auf dem Bauch trug
und die ich so oft mit der Zungenspitze erkundet
hatte.« Und dieser, noch herzzerreißender, als Brausen den Stier bei den Hörnern packt und vorweg-
nimmt, auf welche einzig mögliche Weise er seine
Frau davon überzeugen könnte, daß diese abge-
schnittene Brust nicht wichtig war: »Denn der einzige überzeugende Beweis, die einzige Quelle des
Glücks und des Vertrauens, die ich ihr zu spenden
vermag, wird sein, daß ich ein von Begierde verjüng-

tes Gesicht bei hellem Licht hebe und auf die verstümmelte Brust senke, sie küsse und mich wahnsinnig errege.«

›Wer solche Sätze schreibt, die einem zehn Jahre später noch immer eine Gänsehaut machen und den Körper mit Stalaktiten füllen, ist ein Schöpfer‹, dachte Don Rigoberto. Er stellte sich vor, wie er nackt mit seiner Frau im Bett lag und die fast unsichtbare Narbe an der Stelle betrachtete, an der jener Kelch lauen Fleisches, jene seidige Wölbung geherrscht und gethront hatte, sie mit übertriebener Begierde abküßte, eine Erregung, ein Ungestüm vortäuschend, die er nicht empfand und nie wieder empfinden würde, und er spürte in seinem Haar die Hand seiner Geliebten – dankbar? mitleidig? –, die ihn wissen ließ, es sei genug. Es war nicht nötig, etwas vorzuspielen. Warum sollten sie, die die Wirklichkeit ihrer Wünsche und Träume jede Nacht bis zur Neige gekostet hatten, jetzt lügen und sich sagen, es bedeute nichts, wenn beide doch wußten, daß es sehr viel bedeutete, daß diese nicht vorhandene Brust wie ein Schatten über allen noch bleibenden Nächten liegen würde? Verdammter Onetti!

»Du wirst die Überraschung deines Lebens erleben«, gluckste Doña Lukrezia mit einem Triller, wie eine Opernsängerin, die sich anschickt, auf die Bühne hinauszugehen. »Wie ich, als sie es mir sagte. Und erst recht, als sie sie mir zeigte. Die Überraschung deines Lebens!«

»Die stolzen Brüste der algerischen Botschafterin?« sagte Don Rigoberto überrascht. »Wiederhergestellt?«

»Der Frau des algerischen Botschafters«, korrigierte Doña Lukrezia. »Tu nicht so dumm, du weißt genau, um wen es sich handelt. Du hast beim Essen in der französischen Botschaft den ganzen Abend nicht die Augen von ihnen gelassen.«

»Das stimmt, sie waren wunderschön«, räumte Don Rigoberto errötend ein. Und während er die Brüste Doña Lukrezias liebkoste, küßte und hingebungsvoll betrachtete, schränkte er seine Begeisterung mit einer Galanterie ein: »Aber an deine reichen sie nicht heran.«

»Aber das macht mir doch nichts aus«, sagte sie, während sie ihm das Haar zauste. »Sie sind besser als meine, was soll ich machen. Kleiner, aber perfekter geformt. Und härter.«

»Härter?« Don Rigoberto schluckte. »Da hättest du sie schon nackt sehen müssen. Da hättest du sie schon anfassen müssen.«

Es folgte ein erwartungsvolles Schweigen, das allerdings vom Getöse der Wellen erfüllt war, die sich an der Steilküste brachen, dort unten zu Füßen des Arbeitszimmers.

»Ich habe sie nackt gesehen, und ich habe sie angefaßt«, buchstabierte seine Frau betont langsam. »Es macht dir doch nichts aus, oder? Aber darauf wollte ich nicht hinaus, sondern darauf, daß sie nachgebildet sind. Echt.«

Jetzt erinnerte sich Don Rigoberto, daß die Frauen in *Das kurze Leben* – Queca, Gertrudis, Elena Sala – außer der Unterhose seidene Hüftgürtel trugen, um die Figur in Form zu zwingen. Aus welchem Jahr mochte Onettis Roman stammen? Keine Frau benutzte heute noch Hüftgürtel. Nie hatte er Lukrezia mit einem seidenen Hüftgürtel gesehen. Auch nicht als Piratin, Nonne, Jockey, Clown, Schmetterling oder Blume gekleidet. Wohl aber als Zigeunerin, mit dem Tuch auf dem Kopf, großen Ringen an den Ohren, einer Bluse mit weiten Ärmeln, einem bunten, sehr weiten Rock und Ketten aus Glasperlen um Hals und Arme. Er dachte, daß er allein war in der feuchten Morgendämmerung von Barranco, nunmehr fast ein Jahr von Lukrezia getrennt, und ihn durchdrang der grausame, wuchernde Pessimismus von Juan María Brausen. Auch er empfand, was er im Heft las: »die unvergeßliche Gewißheit, daß es nirgends eine Frau gibt, einen Freund, ein Haus, ein Buch, nicht einmal ein Laster, die mich glücklich machen können.« Es war diese furchtbare Einsamkeit, nicht die Szene mit der krebskranken Brust von Gertrudis, die diesen Roman aus seinem Unterbewußtsein heraufgeholt hatte; er versank jetzt in der gleichen bitteren Einsamkeit, im gleichen schwarzen Pessimismus wie Brausen.

»Was heißt das, nachgebildet?« wagte er zu fragen, nach einer langen verwirrten Pause.

»Daß sie Krebs hatte und daß man sie ihr abgenommen hat«, informierte ihn Doña Lukrezia mit chirurgischer Brutalität. »Dann hat man sie Schritt für Schritt nachgebildet, in der Mayo-Klinik in New York. Sechs Operationen. Weißt du, was das heißt? Eine. Zwei. Drei. Vier. Fünf. Sechs. Im Laufe von drei Jahren. Aber am Ende waren sie perfekter als vorher. Sogar die Brustwarzen hat man wiederhergestellt, mit Runzeln und allem. Genau gleich. Ich kann es dir sagen, weil ich sie gesehen habe. Weil ich sie angefaßt habe. Das macht dir doch nichts aus, mein Liebling, oder?«

»Natürlich nicht«, beeilte Don Rigoberto sich zu antworten. Aber seine Eile verriet ihn, ebenso wie die Färbung, der Klang und die Untertöne seiner Stimme. »Könntest du mir sagen, wann? Wo?«

»Wann ich sie gesehen habe?« Doña Lukrezia spannte ihn mit professionellem Geschick auf die Folter. »Wo ich sie angefaßt habe?«

»Ja, ja«, flehte er, ohne noch so etwas wie Form zu wahren. »Vorausgesetzt, du willst. Nur, was du mir deiner Meinung nach erzählen kannst, natürlich.«

›Natürlich!‹ Don Rigoberto fuhr auf. Jetzt verstand er. Es war nicht diese emblematische Brust, auch nicht die wesenhafte Schwärze des Erzählers von *Das kurze Leben*; es war die schlaue Art, die Juan María Brausen gefunden hatte, sich zu retten, welche die plötzliche Wiederauferstehung bewirkt hatte, die Wiederkehr von Zorro, Tarzan oder d'Artagnan nach zehn Jahren. Natürlich! Gesegneter Onetti! Er lächelte erleichtert, fast vergnügt. Die Erinnerung tauchte nicht auf, um ihn zugrunde zu richten, eher, um ihm zu helfen oder, wie Brausen in bezug auf seine überhitzte Phantasie sagte, um ihn zu retten. Drückte er sich nicht so aus, als er sich selbst aus dem wirklichen Buenos Aires in das erfundene Santa María versetzte, in der Phantasiegestalt des korrupten Arztes Díaz Grey, der der mysteriösen Elena Sala für Geld Morphium spritzte? Sagte er nicht, daß diese Versetzung, dieser Wechsel, diese Ausklügelung, dieser Rückgriff auf das Fiktive *ihn retteten*? Da stand es in seinem Heft vermerkt: »Eine russische

Puppe. In Onettis Fiktion erfindet seine erfundene Gestalt Brausen eine Fiktion, in der es einen Arzt, Díaz Grey, gibt, der sein Abbild ist, und eine Frau, Elena Sala, die das Abbild von Gertrudis ist (wenn auch mit noch heilen Brüsten), und diese Fiktion ist mehr als das Drehbuch, das Julio Stein von ihm erbeten hat: mit ihrer Hilfe schützt er sich vor der Wirklichkeit, der er den Traum entgegensetzt, macht er die furchtbare Wahrheit des Lebens mit der schönen Lüge der Fiktion zunichte.« Er war erfreut und begeistert über seine Entdeckung. Er fühlte sich wie Brausen, er fühlte sich erlöst, gerettet, als ein weiteres Zitat seines Heftes, am Fuß der Anmerkungen zu *Das kurze Leben*, ihn stutzig machte. Es war ein Vers aus *If*, dem Gedicht von Kipling:

> *If you can dream – and not*
> *make dreams your master*

Eine angebrachte Warnung. War er noch immer Herr seiner Träume, oder beherrschten ihn diese bereits, weil er seit seiner Trennung von Lukrezia so großen Mißbrauch mit ihnen getrieben hatte?

»Bei diesem Abendessen in der französischen Botschaft freundeten wir uns an«, erzählte ihm seine Frau. »Sie lud mich zu sich nach Hause ein, zu einem Dampfbad. Eine sehr verbreitete Sitte in den arabischen Ländern, wie es scheint. Die Dampfbäder. Sie sind nicht wie die Sauna, die ist trocken. Sie haben sich in der Residenz in Orrantia im Garten ein *Hammam* bauen lassen.«

Don Rigoberto blätterte weiter verwirrt in seinem Heft, aber er war schon nicht mehr ganz bei der Sache; auch er war in jenem üppigen Garten mit Stechapfelbäumen, weiß- und rosablühenden Lorbeersträuchern, wo es intensiv nach dem Geißblatt duftete, das sich an den Säulen hochrankte, die das Dach einer Veranda stützten. Er beobachtete verzückt die beiden Frauen – Lukrezia in einem geblümten Frühlingskleid und Sandalen, die ihre gepuderten Füße sehen ließen, und die algerische Botschafterin mit einer seidenen Tunika in zarten Farben, die der helle Morgen zum Schillern brachte –, die zwischen Beeten mit roten Geranien, grünen und gelben Krotonen und einem sorgfältig beschnittenen Rasen auf den halb von den dichtwachsenden Zweigen eines Gummibaums verdeckten Holzbau zugingen. ›Der Hammam, das Dampfbad‹, sagte er zu sich, während er sein Herz klopfen fühlte. Er sah die beiden Frauen von hinten und staunte über die Ähnlichkeit ihrer Formen, die vollen, komplexlosen Hinterbacken, die sich im Takt bewegten, die anmutigen Rücken, das Wiegen der Hüften beim Gehen, das Falten in ihre Kleider zeichnete. Sie gingen untergehakt, wie vertraute Freundinnen, und trugen Badetücher in der Hand. ›Ich bin dort und rette mich, und ich bin in meinem Arbeitszimmer‹, dachte er, ›wie Juan María Brausen in seiner kleinen Wohnung in Buenos Aires, der sich in den Zuhälter Arce aufspaltet, der seine Nachbarin Queca ausbeutet und sich rettet, indem er sich in den Arzt Díaz Grey im inexistenten Santa María aufspaltet.‹ Aber er verlor die beiden Frauen einen Augenblick aus den Augen, denn beim Umblättern einer Seite seines Heftes stieß er auf ein weiteres Zitat, das aus *Das kurze Leben* geraubt war: »Sie ernannten Ihre Brüste zu Bevollmächtigten.«

›Dies ist die Nacht der Brüste‹, dachte er gerührt. ›Sind Brausen und ich am Ende nichts als zwei Schizophrene?‹ Es machte ihm nicht das geringste aus. Er hatte die Augen geschlossen und sah die beiden Freundinnen, die sich in dem kleinen holzgetäfelten Vorraum des Dampfbads ohne Ziererei, völlig ungezwungen entkleideten, als hätten sie dieses Ritual schon viele Male zelebriert. Sie hängten die Kleider an Haken und hüllten sich in die großen Handtücher, während sie sich angeregt über etwas unterhielten, das Don Rigoberto nicht verstand noch verstehen wollte. Jetzt stießen sie eine schmale Holztür ohne Schloß auf und betraten den kleinen Raum, der von Dampfwölkchen gesättigt war. Er spürte einen feuchtheißen Lufthauch im Gesicht, der seinen Pyjama tränkte und sich auf seinen Rücken, seine Brust und die Beine legte. Der Dampf drang ihm durch die Nasenlöcher, den Mund, die Augen in den Körper ein, mit einem Geruch wie nach Pinie, Sandelholz, Minze. Er zitterte, voll Furcht, daß die Freundinnen ihn entdecken könnten. Aber sie schenkten ihm nicht die geringste Beachtung, als wäre er nicht da oder als wäre er unsichtbar.

»Glaub nicht, daß sie was Künstliches benutzt haben, Silikon oder irgend so ein Zeug«, erklärte ihm Doña Lukrezia. »Nichts dergleichen. Sie haben sie mit der Haut und dem Fleisch ihres eigenen Körpers wiederhergestellt. Mit einem Stückchen vom Magen, einem vom Hintern, einem vom Oberschenkel. Ohne die geringste Spur zu hinterlassen. Sie sieht großartig aus, großartig, ich schwör's dir.«

Es stimmte, er stellte es gerade fest. Sie hatten die

Handtücher abgenommen und sich, weil wenig Platz war, ganz dicht nebeneinander auf eine Bank aus Holzbohlen an der Wand gesetzt. Don Rigoberto betrachtete die beiden nackten Körper durch die Wellenbewegungen der heißen Dampfwölkchen hindurch. Es war besser als *Das türkische Bad* von Ingres, denn bei diesem Bild bewirkte die Anhäufung nackter Leiber, daß der Blick umherirrte – ›der kollektivistische Fluch‹, lästerte er –, während seine Wahrnehmung sich hier auf einen Punkt konzentrieren, er mit einem Blick die beiden Freundinnen umfassen, sie ausforschen konnte, ohne daß ihm die kleinste ihrer Gebärden entging, sie in einer vollständigen Vision besitzen konnte. Außerdem waren die Körper auf dem Bild von Ingres trocken, und hier waren die Haut Doña Lukrezias und die der Botschafterin schon in wenigen Sekunden mit kleinen glänzenden Schweißperlen bedeckt. ›Wie schön sie sind‹, dachte er bewegt. ›Zusammen noch mehr, als würde die Schönheit der einen die der anderen potenzieren.‹

»Sie hat nicht die Spur einer Narbe zurückbehalten«, beharrte Doña Lukrezia. »Weder am Bauch noch am Hintern, noch am Oberschenkel. Und schon gar nicht an den Brüsten, die sie ihr gemacht haben. Es ist nicht zu glauben, Liebling.«

Don Rigoberto glaubte es felsenfest. Wie auch nicht, wo er doch diese beiden Vollkommenheiten aus so großer Nähe sah, daß er sie hätte berühren können, wenn er seine Hand ausgestreckt hätte? (›Ach, ach‹, seufzte er voll Mitleid mit sich selbst.) Der Körper seiner Frau war hellhäutig und der der

Botschafterin dunkelhäutig, als habe er sich unter freiem Himmel entwickelt und herangebildet; Lukrezias Haar war glatt und schwarz, während das ihrer Freundin kraus und rötlich war, aber trotz dieser Unterschiede glichen sie einander in ihrer Verachtung für die moderne Mode der Schlankheit und des Lanzenstils, in ihrer renaissancehaften Pracht, in der grandiosen Fülle ihrer Brüste, Schenkel, Hinterbakken und Arme, in diesen wunderbaren Rundungen, die – er brauchte sie nicht zu betasten, um es zu wissen – fest, hart und straff waren, gespannt, als würden sie von unsichtbaren Miedern, Hüftgürteln, Strumpfbändern, Büstenhaltern geformt. ›Das klassische Modell, die große Tradition‹, applaudierte er.

»Sie hat sehr gelitten durch die vielen Operationen, durch die lange Rekonvaleszenz«, sagte Doña Lukrezia voll Mitleid. »Aber ihre kokettes Wesen, ihr Wille, sich nicht unterkriegen zu lassen, die Natur zu besiegen, weiter schön zu sein, haben ihr geholfen. Und am Ende hat sie den Kampf gewonnen. Findest du sie nicht wunderschön?«

»Dich finde ich auch wunderschön«, sagte Don Rigoberto voll Anbetung.

Die Hitze und der Schweiß taten ihre Wirkung. Beide atmeten tief, ihre Brüste hoben und senkten sich mit langsamen, tiefen Bewegungen, wie Wellenberge. Don Rigoberto befand sich in einem Zustand der Trance. Was sagten sie zueinander? Warum funkelte es so maliziös in diesen beiden Augenpaaren? Er spitzte die Ohren und hörte zu.

»Ich kann es nicht glauben«, sagte Doña Lukrezia mit übertriebenem Staunen, während sie die Brüste der Botschafterin betrachtete. »Sie würden jeden verrückt machen. Sie können einfach nicht natürlicher sein.«

»Das meint auch mein Mann«, lachte die Botschafterin vielsagend, während sie den Oberkörper ein wenig reckte, damit ihre Brüste zur Geltung kamen. Sie verzog den Mund beim Sprechen; ihr Akzent war französisch, aber ihr ›J‹ und ihr ›R‹ waren arabisch. (›Ihr Vater stammt aus Oran und spielte Fußball mit Albert Camus‹, beschloß Don Rigoberto.) »Daß sie jetzt schöner als vorher sind, daß sie ihm mehr gefallen. Glaub nicht, daß die Operationen sie empfindungslos gemacht haben. Überhaupt nicht.«

Sie lachte und tat, als schäme sie sich; Doña Lukrezia lachte ebenfalls und klopfte ihr leicht mit der Hand auf den Oberschenkel, was Don Rigoberto zusammenzucken ließ.

»Ich hoffe, du nimmst es mir nicht übel oder denkst sonstwas«, sagte sie einen Augenblick später. »Darf ich sie anfassen? Würde es dir was ausmachen? Ich brenne darauf, zu sehen, ob sie sich so echt anfühlen, wie sie aussehen. Du wirst mich für verrückt halten, weil ich dich darum bitte. Würde es dir was ausmachen?«

»Natürlich nicht, Lukrezia«, antwortete die Botschafterin ungezwungen. Ihr Gesicht hatte sich noch mehr verzogen; sie lächelte mit weit offenem Mund und zeigte mit berechtigtem Stolz ihre schneeweißen Zähne. »Du faßt meine an, ich faß deine an. Wir vergleichen. Es ist doch nichts dabei, wenn zwei Freundinnen sich streicheln.«

»Genau, ganz genau«, rief Doña Lukrezia entzückt aus. Und sie warf einen raschen Blick aus dem Augenwinkel dorthin, wo Don Rigoberto sich befand. (›Sie wußte von Anfang an, daß ich da war‹, seufzte er.) »Ich weiß nicht, wie es mit deinem ist, aber mein Mann liebt das. Spielen wir, spielen wir.«

Sie hatten begonnen, sich zu berühren, zuerst sehr vorsichtig und kaum merklich; dann wurden sie kühner; jetzt liebkosten sie einander schon ungehemmt die Brustwarzen. Sie waren näher zusammengerückt. Sie umarmten sich, ihr Haar floß ineinander. Don Rigoberto konnte sie kaum erkennen. Die Schweißtropfen – oder vielleicht die Tränen – reizten seine Pupillen so stark, daß er pausenlos blinzeln und immer wieder die Augen schließen mußte. ›Ich bin glücklich, ich bin traurig‹, dachte er und war sich der Unstimmigkeit bewußt. War das möglich? Warum nicht. Wie es auch möglich war, daß er in Buenos Aires und in Santa María war oder in dieser Morgendämmerung, allein, in dem trostlosen Arbeitszimmer, umgeben von Heften und Reproduktionen, und in jenem frühlingshaften Garten, zwischen Dampfwolken, die ihm den Schweiß aus den Poren trieben.

»Es begann wie ein Spiel«, erklärte ihm Doña Lukrezia. »Zum Zeitvertreib, während wir die Giftstoffe ausschwitzten. Ich habe sofort an dich gedacht. Ob du es billigen würdest. Ob es dich erregen würde. Ob es dich stören würde. Ob du mir eine Szene machen würdest, wenn ich dir davon erzählte.«

Er, getreu seinem Versprechen, die ganze Nacht den bevollmächtigten Brüsten seiner Frau zu huldigen, hatte sich auf den Boden gekniet, zwischen die auseinandergestellten Beine Lukrezias, die auf dem Bettrand saß. Mit liebevoller Gewissenhaftigkeit hielt er eine Brust in jeder Hand, mit äußerster Vorsicht, als bestünden sie aus feinem Glas und könnten zerbrechen. Er küßte sie mit zarten Lippen, Millimeter für Millimeter, ein sorgfältiger Ackersmann, der kein Tüpfelchen Land ungerodet ließ.

»Das heißt, ich hatte Lust, sie anzufassen, um herauszufinden, ob ihre Brüste sich bei der Berührung nicht künstlich anfühlten. Und sie aus Galanterie, um nicht still dazusitzen wie eine Schlafmütze. Aber es war natürlich ein Spiel mit dem Feuer.«

»Natürlich«, nickte Don Rigoberto, der, unermüdlich in seiner Suche nach Symmetrie, gerecht zwischen den Brüsten hin- und herwanderte. »Weil ihr euch allmählich erregt habt? Weil ihr sie erst berührt und dann geküßt habt? Und dann geleckt habt?«

Er bereute es sofort. Er hatte jenen strengen Kodex verletzt, dem zufolge die Lust und der Gebrauch vulgärer Ausdrücke, namentlich von Verben (lecken, blasen), die jede Illusion zerstörten, unvereinbar waren.

»Ich habe nicht lecken gesagt«, entschuldigte er sich, im Versuch, die Vergangenheit zurückzuholen und sie zu korrigieren. »Bleiben wir bei küssen. Wer von euch beiden hat angefangen? Du, mein Herz?«

Er hörte ihre federleichte Stimme, aber er konnte sie nicht mehr sehen, weil sie sich sehr rasch verflüchtigte, wie der Beschlag auf dem Spiegel, wenn er abgerieben wird oder ein frischer Lufthauch ihn trifft: »Ja, ich, war es nicht das, was du mir aufgetragen hast, was du wolltest?« ›Nein‹, dachte Don Rigoberto. ›Was ich will, ist, dich hier bei mir haben, in Fleisch und Blut, nicht als Phantom. Denn ich liebe dich.‹ Die Traurigkeit war über ihn hereingebrochen wie ein Platzregen, dessen heftig herabströmende Wasser den Garten, die Residenz, den Geruch nach Sandelholz, Pinie, Minze und Geißblatt, das Dampfbad und die beiden zärtlichen Freundinnen fortgeschwemmt hatten. Auch die feuchte Hitze, die er eben noch empfunden hatte, und seinen Traum. Die Kälte des Morgengrauens drang ihm in die Knochen. Das eintönige Meer peitschte heftig gegen die Steilküste.

Und in diesem Augenblick erinnerte er sich, daß in dem Roman – verdammter Onetti! gesegneter Onetti! – die Queca und die Dicke sich hinter dem Rücken von Brausen, dem falschen Arce, küßten und herzten und daß die Hure oder Ex-Hure, die Nachbarin, die Queca, die, die umgebracht wurde, glaubte, ihre Wohnung sei voller Ungeheuer, Gnome, Drachen, voller unsichtbarer metaphysischer Bestien, die sie bedrängten. ›Die Queca und die Dicke‹, dachte er, ›Lukrezia und die Botschafterin.‹ Schizophren, genau wie Brausen. Nicht einmal die Traumbilder retteten ihn noch, eher begruben sie ihn jeden Tag tiefer in seiner Einsamkeit und füllten sein Arbeitszimmer mit wilden Tieren, wie die Wohnung der Queca. Sollte er dieses Haus verbrennen? Mit sich und Fonchito darin?

In seinem Heft funkelte ein erotischer Traum von Juan María Brausen (»einigen Bildern von Paul Delvaux entnommen, die Onetti nicht kennen konnte, als er *Das kurze Leben* schrieb, weil der belgische Surrealist sie noch nicht gemalt hatte«, hatte er in Klammern notiert): »Ich überlasse mich der Rückenlehne, der Schulter des Mädchens und bilde mir ein, mich von einer aus Absteigequartieren bestehenden Kleinstadt zu entfernen; von einem schweigsamen Dorf, in dem nackte Paare in Gärtchen lustwandeln, auf moosbedeckten Gehsteigen und die Gesichter mit den Handflächen bedecken, wenn die Lichter angehen, wenn sie päderastischen Zimmerkellnern begegnen...« Würde er wie Brausen enden? War er vielleicht schon Brausen? Ein bankrotter Durchschnittsmensch, gescheitert als katholischer Idealist, als evangelischer Sozialreformer und später auch als unerlöster individualistischer Anarchist und hedonistischer Agnostiker, als Fabrikant privater Enklaven hoher Phantasie und guten Kunstgeschmacks, dem alle Felle davonschwimmen, die Frau, die er liebt, der Sohn, den er gezeugt hat, die Träume, die er in die Wirklichkeit einbetten wollte, und der Tag für Tag, Nacht für Nacht hinter der widerwärtigen Maske des Geschäftsführers einer erfolgreichen Versicherungsgesellschaft verfällt, verwandelt in jenen »reinen Verzweifelten«, von dem Onettis Roman sprach, in einen Abklatsch des pessimistischen Masochisten aus *Das kurze Leben*. Brausen bringt es wenigstens am Ende zuwege, sich aus Buenos Aires davonzumachen und mit Hilfe von Zügen, Autos, Schiffen oder Autobussen nach Santa María zu gelangen, die von ihm erfundene Kolonie am Rio de la Plata. Don Rigoberto war noch immer klarsichtig genug, um zu wissen, daß er sich nicht in die Fiktionen hineinschmuggeln, nicht in den Traum springen konnte. Er war noch nicht Brausen. Es war noch Zeit, zu reagieren, etwas zu tun. Aber was nur, was.

UNSICHTBARE SPIELE

Ich betrete Dein Haus durch den Kaminschacht, obwohl ich nicht Santa Claus bin. Ich schwebe in Dein Schlafzimmer und ahme, ganz dicht an Deinem Gesicht, das Summen der Mücke nach. Dann wirst Du im Dunkeln, im Halbschlaf, nach einem armen Insekt schlagen, das nicht existiert.

Wenn ich es leid bin, Anopheles zu spielen, decke ich Deine Füße auf und blase einen kalten Luftstrom, der Dir in die Knochen fährt. Du fängst an zu zittern, Du rollst Dich zusammen, ziehst die Decke um Dich, Deine Zähne klappern, Du steckst den Kopf unter das Kissen, und Du mußt sogar niesen, aber nicht wegen Deiner Allergie.

Dann verwandle ich mich in eine hübsche kleine Hitze aus Piura, vom Amazonas, die Dich von Kopf bis Fuß in Schweiß badet. Du siehst aus wie ein nasses Hühnchen, wie Du da die Laken auf den Boden strampelst und Dir Oberteil und Hose des Pyjamas herunterreißt. Bis Du nackt daliegst, schwitzend und schwitzend und wie ein Blasebalg keuchend.

Danach verwandle ich mich in eine Feder und kitzle Dich an den Fußsohlen, am Ohr, in den Achseln. Hihihahahoho, Du lachst, ohne aufzuwachen, schneidest verzweifelte Grimassen und wälzt Dich nach rechts, nach links, damit die Lachkrämpfe aufhören. Bis du schließlich aufwachst, erschreckt, ohne mich zu sehen, aber mit dem Gefühl, daß jemand im Dunkel herumstreicht.

Wenn Du aufstehst, um in Dein Arbeitszimmer zu gehen und dort Deine Zeit mit Deinen Bildern zu vertreiben, stelle ich Dir Fallen in den Weg. Ich bewege Stühle und Gegenstände und Tische von ihrem Platz, damit Du über sie stolperst und »auauau!« rufst und Dir das Schienbein reibst. Das eine Mal verstecke ich Deinen Morgenmantel, Deine Hausschuhe. Ein anderes Mal werfe ich das Glas Wasser um, das Du auf den Nachttisch stellst, um es beim Erwachen zu trinken. Wie Du Dich ärgerst, wenn Du die Augen aufschlägst, nach ihm tastest und entdeckst, daß es in in einer Pfütze auf dem Boden liegt!

So spielen wir mit unseren Liebsten.

Dein, Dein, Dein

Das verliebte Gespenst.

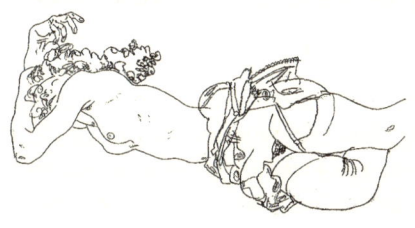

VIII. Raubtier im Spiegel

»Gestern kam es mir«, entfuhr es Doña Lukrezia. Bevor sie noch ganz begriffen hatte, was sie gesagt hatte, hörte sie Fonchito: »Was, Stiefmutter?« Sie errötete vor Scham bis in die Haarwurzeln.

»Ich konnte kein Auge zutun, wollte ich sagen«, log sie, denn seit langem war ihr Schlaf nicht so tief gewesen, wenn auch aufgerührt durch die Turbulenzen des Begehrens und die Traumbilder der Liebe. »Ich bin so müde, daß ich schon nicht mehr weiß, was ich rede.«

Der Junge hatte sich wieder auf die Seite im Buch über seinen geliebten Maler konzentriert, auf der eine Fotografie Egon Schieles zu sehen war, der sich im großen Spiegel seines Ateliers betrachtete. Sie zeigte ihn ganz, das kurze Haar zerzaust, die schlanke, jugendliche Gestalt in einem weißen Hemd mit falschem Kragen, mit Krawatte, aber ohne Jacke und die Hände natürlich in den Taschen einer Hose vergraben, die aussah, als sei sie hochgekrempelt, um einen Fluß zu durchwaten. Seitdem er gekommen war, hatte Fonchito von nichts anderem gesprochen als von diesem Spiegel und immer wieder versucht, eine Unterhaltung über dieses Foto anzuknüpfen; aber Doña Lukrezia, in ihre Gedanken versunken und noch immer gefangen in der konfusen Erregung, den Zweifeln und Hoffnungen, die sie seit gestern infolge der überraschenden Wende ihrer anonymen Korrespondenz beherrschten, hatte ihm keine Aufmerksamkeit geschenkt. Sie betrachtete Fonchitos goldenen Lockenkopf und sah sein Profil, die ernsthafte Prüfung, der er die Fotografie unterzog, als wollte er ihr irgendein Geheimnis entreißen. ›Er hat es nicht gemerkt, er hat nicht verstanden.‹ Obwohl man bei ihm nie wußte. Vielleicht hatte er ganz genau verstanden und verstellte sich, um ihre Verlegenheit nicht zu vergrößern.

Oder hieß »es kam mir« für den Jungen nicht das gleiche? Sie erinnerte sich, daß sie und Rigoberto vor Zeiten eine dieser schlüpfrigen Unterhaltungen gehabt hatten, die der geheime Kodex, der ihr Leben beherrschte, nur in den Nächten und im Bett gestattete, beim Vorspiel, während oder nach der Liebe. Ihr Mann hatte ihr versichert, die neue Generation sage nicht mehr »es kommt mir«, sondern »ich komme«, was auch im delikaten Herrschaftsbereich von Venus den Einfluß des Englischen bezeuge, denn die Gringos und Gringas »kamen« selbst (to come), wenn sie sich liebten, »es« kam ihnen nicht. Wie dem auch sei, Doña Lukrezia war es in der Nacht zuvor gekommen oder sie war gekommen oder fertiggeworden (dies war das Verb, das sie und Don Rigoberto in den zehn Jahren ihrer Ehe gebrauchten, nachdem sie übereingekommen waren, daß sie sich auf dieses schöne Ende des erotischen Nahkampfs niemals mit dem ungesitteten und klinischen »Orgasmus« und schon gar nicht mit der regnerischen und kriegerischen »Ejakulation« beziehen würden), und ihre Lust war intensiv, extrem, fast schmerzhaft gewesen – sie war schweißgebadet aufgewacht, mit klappernden Zähnen, Hände und Füße verkrampft –, während sie träumte, sie habe sich unter Befolgung sämtlicher extravaganter Anweisungen zu der mysteriösen Verabredung des anonymen Briefs begeben und sei nach einem abenteuerlichen Hin und Her durch die dunklen Straßen des Zentrums und der Vorstädte von Lima – natürlich mit verbundenen Augen – in ein Haus gebracht worden, dessen Geruch sie wiedererkannte, auf einer Treppe in den zweiten Stock geführt – sie hatte von Anfang an die Gewißheit, daß es das Haus in Barranco war –, entkleidet und auf ein Bett gelegt worden, das sie ebenfalls als das ihre erkannte, bis sie sich umfangen, umarmt, durchdrungen und beglückt fühlte von einem Körper, der, natürlich, der Körper von Rigoberto war. Sie waren gleichzeitig fertiggeworden – oder gekommen oder es war ihnen gekommen –, etwas, das ihnen nicht häufig passierte. Beiden war das als ein gutes Zeichen erschienen, das Glück verhieß für den neuen Abschnitt, der nach der rätselhaften Versöhnung beginnen würde. In diesem Augenblick erwachte sie, feucht, bebend, verwirrt, und sie mußte eine ganze Weile mit sich ringen, um zu akzeptieren, daß dieses intensive Glück nur ein Traum gewesen war.

»Diesen Spiegel bekam Schiele von seiner Mutter geschenkt.« Fonchitos Stimme brachte sie in ihr Haus zurück, in das graue San Isidro, zum Geschrei der Jungen, die im Olivar Fußball spielten; er hatte ihr das Gesicht zugewandt. »Er hat sie immer wieder darum gebeten. Manche behaupten, er habe ihn ihr gestohlen. Er sei so wild darauf gewesen, ihn zu besitzen, daß er, als er einmal bei seiner Mutter war, ihn ihr im bösen weggenommen habe. Sie soll ihn dann

336

resigniert in seinem Atelier gelassen haben. Es war der erste, den er besaß. Er hat ihn immer behalten, er ist mit diesem Spiegel in seine sämtlichen Ateliers umgezogen, bis zu seinem Tod.«

»Warum ist dieser Spiegel denn so wichtig?« Doña Lukrezia bemühte sich, Interesse zu zeigen. »Er war ein Narziß, das wissen wir ja. Dieses Foto zeigt ihn genau, wie er ist. Wie er sich betrachtet, selbstverliebt, mit dem Gesicht eines armen Opfers. Damit die Welt ihn liebte und bewunderte, so wie er sich selbst liebte und bewunderte.«

Fonchito lachte laut auf.

»Was für eine Phantasie, Stiefmutter! Deshalb rede ich so gern mit dir; dir fällt immer was ein, wie mir. Aus allem machst du eine Geschichte. Wir sind uns ähnlich, nicht wahr? Mit dir langweile ich mich nie.«

»Ich mich mit dir auch nicht.« Sie warf ihm eine Kußhand zu. »Meine Meinung habe ich dir gesagt, sag du mir jetzt deine. Warum interessiert er dich so?«

»Ich träume von diesem Spiegel«, gestand Fonchito. Und er fügte hinzu, mit einem kleinen mephistophelischen Lächeln: »Für Egon war er äußerst wichtig. Wie, glaubst du wohl, hat er seine etwa hundert Selbstporträts gemalt? Mit Hilfe dieses Spiegels. Er diente ihm auch dazu, seine Modelle zu malen, in ihm widergespiegelt. Es war keine Laune. Es war, es war ...«

Er verzog das Gesicht auf der Suche nach etwas, aber Doña Lukrezia erriet, daß es nicht Worte waren, die ihm fehlten, sondern daß er versuchte, eine noch unbestimmte Idee zu formulieren, die in seinem früh-reifen Köpfchen im Entstehen war. Die Leidenschaft des Jungen für diesen Maler war pathologisch, dessen war sie jetzt sicher. Aber vielleicht konnte sie aus eben diesem Grund Fonchito auch eine außerge-wöhnliche Zukunft als exzentrischer Schöpfer, als extravaganter Künstler eröffnen. Wenn sie zu der Verabredung gehen und Rigoberto treffen würde, könnte sie mit ihm darüber sprechen. »Gefällt dir die Vorstellung, einen genialen, neurotischen Sohn zu haben?« Und sie würde ihn fragen, ob nicht Gefahr für die seelische Gesundheit des Jungen bestünde, wenn er sich derart mit einem Maler so verquerer Nei-gungen wie Egon Schiele identifizierte. Aber dann würde Rigoberto ihr antworten: »Wie? Du hast Fon-chito gesehen? Während wir getrennt waren? Wäh-rend ich dir Liebesbriefe schrieb und das Geschehene vergaß, das Geschehene verzieh, hast du ihn heimlich empfangen? Den kleinen Jungen, den du dir ins Bett geholt und verdorben hast?« ›Mein Gott, mein Gott, ich habe ja völlig den Verstand verloren‹, dachte Doña Lukrezia. Wenn sie zu dieser Verabre-dung ging, dann war das einzige, was sie nicht tun durfte, auch nur einmal den Namen Alfonso zu er-wähnen.

»Hallo, Justita«, grüßte der Junge die Hausange-stellte, die geschniegelt und gebügelt, mit gestärkter Schürze, in das Eßzimmer trat, das Tablett mit dem Tee und den unausbleiblichen getoasteten Biskuits mit Butter und Marmelade in den Händen. »Geh nicht fort, ich möchte dir etwas zeigen. Was siehst du hier?«

»Was wohl, noch eine von den Ferkeleien, die dir so sehr gefallen.« Justiniana ließ die beweglichen Augen eine ganze Weile auf dem Buch ruhen. »Ein schamloser Kerl, der in Wonne schwimmt, während er zwei nackte Mädchen mit Strümpfen und Hut betrachtet, die vor ihm posieren.«

»So scheint es, nicht wahr? « rief Fonchito triumphierend. Er reichte das Buch Doña Lukrezia, damit sie die ganzseitige Reproduktion betrachten konnte. »Es sind nicht zwei Modelle, es ist ein einziges. Warum sieht man zwei, eines von vorn und das andere von hinten? Wegen des Spiegels! Kapierst du, Stiefmutter? Der Titel erklärt alles.«

Schiele, ein Aktmodell vor dem Spiegel zeichnend (1910) (Graphische Sammlung Albertina, Wien), las Doña Lukrezia. Während sie es anschaute, irritiert durch etwas, von dem sie nicht wußte, was es war, nur, daß es sich nicht auf dem Bild selbst fand, eine Anwesenheit oder vielmehr eine Abwesenheit, hörte sie mit halbem Ohr Fonchito, der sich bereits in jenem Zustand fortschreitender Erregung befand, in den das Thema Schiele ihn immer versetzte. Er erklärte Justiniana, der Spiegel sei »dort, wo wir sind, die das Bild sehen«. Und daß das Modell, das man von vorne sah, nicht das aus Fleisch und Blut sei, sondern das Spiegelbild, während wirklich und nicht gespiegelt der Maler und dasselbe, von hinten gesehene Modell seien. Was bedeutete, daß Egon Schiele begonnen hatte, Moa von hinten zu malen, gegenüber dem Spiegel, aber dann, angezogen von dem Teil von ihr, den er nicht direkt, sondern nur als Spiegelbild sah, beschlossen hatte, sie auch so zu malen. So daß er, dank des Spiegels, zwei Moas malte, die in Wahrheit eine waren: die vollständige Moa, die Moa mit ihren beiden Hälften, die Moa, die niemand in der Wirklichkeit so sehen könnte, denn »wir sehen nur, was wir vor uns haben, nicht den rückwärtigen Teil dessen, was wir vor uns haben«. Verstand sie, warum dieser Spiegel für Egon Schiele so wichtig war?

»Glauben Sie nicht auch, daß es in seinem Oberstübchen nicht ganz stimmt, Señora?« sagte Justiniana übertrieben, während sie sich an die Schläfe tippte.

»Schon eine ganze Weile«, stimmte Doña Lukrezia zu. Und zu Fonchito: »Wer war diese Moa?«

Eine Tahitianerin. Sie kam nach Wien und zog mit einem Maler zusammen, der auch ein Mime und ein Verrückter war: Erwin Dominik Ose. Der Junge beeilte sich, die Seiten umzublättern und Doña Lukrezia und Justiniana verschiedene Reproduktionen der Tahitianerin Moa zu zeigen, tanzend, eingehüllt in bunte Gewänder, durch deren Falten ihre kleinen Brüste mit steifen Brustwarzen hervorschauten und, wie zwei Spinnen, die unter ihren Armen hockten, die Büschel der Achseln. Sie tanzte in den Cabarets, war Muse von Dichtern und Malern und hatte für Egon nicht nur Modell gestanden, sondern war auch seine Geliebte gewesen.

»Das habe ich von Anfang an geahnt«, erklärte Justiniana. »Der Gauner ging immer mit seinen Modellen ins Bett, nachdem er sie gemalt hatte, das wissen wir ja.«

»Manchmal vorher und manchmal, während er sie

malte«, bestätigte Fonchito ruhig. »Aber nicht mit allen. In seinem Tagebuch von 1918, seinem letzten Jahr, erscheinen 117 Besuche von Modellen in seinem Atelier. Konnte er in so kurzer Zeit mit so vielen ins Bett gehen?«

»Da müßte er schon blind und taub geworden sein,« feixte Justiniana. »Woran ist er gestorben?«

»Er starb an der Spanischen Grippe, mit 28 Jahren«, erklärte Fonchito ihr. »So werde ich auch sterben, falls du das nicht weißt.«

»Sag das nicht mal im Scherz, das bringt Unglück«, zankte ihn das Mädchen aus.

»Aber irgendwas stimmt hier nicht«, unterbrach Doña Lukrezia die beiden.

Sie hatte dem Jungen den Bildband aus der Hand genommen und betrachtete noch einmal mit großer Aufmerksamkeit die Zeichnung auf sepiafarbenem Grund, mit genauen, dünnen Linien, die den Maler mit dem durch den Spiegel verdoppelten (›oder vielleicht eher aufgespaltenen?‹) Modell zeigte; die melancholischen, seidigen, funkelnden Augen Moas, der Tänzerin mit den bläulichen Wimpern, wirkten wie eine Replik auf die konzentrierten, fast feindseligen Augen Schieles. Señora Lukrezia fühlte sich durch etwas beunruhigt, das sie gerade entdeckt hatte. Ja, genau, der von hinten gesehene Hut. Abgesehen von dieser Einzelheit, stimmten die beiden Teile der zarten, in der Hüfte geknickten, sinnlichen Gestalt der Tahitianerin mit dem spinnenartigem Haarflaum des Schamhügels und der Arme auf das vollkommenste überein; wenn man sich über das Vorhandensein des Spiegels klargeworden war, erkannte man die beiden Hälften derselben Person in den beiden Gestalten, die der Zeichner betrachtete. Nicht jedoch, was den Hut betraf. Die von hinten gesehene Gestalt trug etwas auf dem Kopf, das aus dieser Perspektive nicht wie ein Hut aussah, sondern wie etwas Ungewisses, Beunruhigendes, eine Art Kapuze, ja sogar ... sogar wie ein Raubtierkopf. Genau, eine Art Jaguar. Nichts jedenfalls, was dem koketten, weiblichen, graziösen Hütchen glich, das das Gesicht der von vorne gesehenen Moa zierte.

»Wie merkwürdig«, wiederholte die Stiefmutter. »Von hinten gesehen, wird dieser Hut zu einer Maske. Zu einem Raubtierkopf.«

»Wie die, die du dir auf Bitten meines Papas vor dem Spiegel aufsetzst, Stiefmutter?«

Doña Lukrezia gefror das Lächeln. Plötzlich verstand sie den Grund für das vage Unbehagen, das sie erfaßt hatte, als der Junge ihr das Bild *Schiele, ein Aktmodell vor dem Spiegel zeichnend* gezeigt hatte.

»Was haben Sie, Señora?« fragte Justiniana. »Sie sind ja ganz blaß geworden.«

»Dann bist du es also«, stammelte sie, während sie Fonchito ungläubig anstarrte. »Du schickst mir die anonymen Briefe, du Oberheuchler.«

Er war es, aber ja. Es stand im vorletzten oder vorvorletzten. Sie brauchte ihn nicht zu holen, der Satz lebte mit Punkt und Komma in ihrer Erinnerung wieder auf: »Du sollst Dich vor dem Bodenspiegel ausziehen und dabei die Strümpfe anbehalten, und Du sollst Deinen schönen Kopf unter der Maske eines wilden Tieres, am besten eines Jaguarweibchens oder einer Löwin, verstecken. Du sollst in der rechten Hüfte einknicken, das linke Bein anwinkeln, Deine Hand auf die andere Hüfte legen, in einer ausgesprochen provokanten Pose. Ich werde in meinem Sessel sitzen und Dich mit der gewohnten Ehrfurcht betrachten.« War es nicht das, was sie da sah? Der verdammte Rotzjunge spielte mit ihr nach Lust und Laune! Sie nahm den Bildband und warf ihn, blind vor Wut, nach Fonchito. Dem Jungen gelang es nicht auszuweichen. Das Buch traf ihn mitten ins Gesicht, er gab einen Schrei von sich, dem ein weiterer der erschrockenen Justiniana folgte. Durch den Aufprall fiel er rücklings auf den Teppich; mit den Händen sein Gesicht haltend, schaute er sie fassungslos an, als er am Boden lag. Doña Lukrezia dachte nicht, daß es unrecht von ihm gewesen war, sich so hinreißen zu lassen. Der Zorn beherrschte sie zu sehr, als daß sie hätte Reue fühlen können. Während das Mädchen ihm beim Aufstehen half, wetterte sie weiter, außer sich:

»Lügner, Heuchler, scheinheiliger Kerl. Glaubst du, du hast ein Recht, so mit mir zu spielen, mit mir, einer alten Frau, du, ein Rotzjunge, der noch nicht trocken hinter den Ohren ist?«

»Was ist mit dir, was hab ich dir getan«, stammelte Fonchito, während er versuchte, sich aus Justitas Armen zu befreien.

»Beruhigen Sie sich, Señora, Sie haben ihn verletzt, sehen Sie nur, er blutet aus der Nase«, sagte Justiniana. »Du, halt still, Foncho, laß mich sehen.«

»Was heißt das, was du mir getan hast, du Komödiant«, zankte Doña Lukrezia, noch wütender. »Ist das vielleicht nichts? Mir anonyme Briefe zu schreiben? Mir vorzuspielen, daß sie von deinem Papa stammen?«

»Aber ich habe dir doch keine anonymen Briefe geschickt«, protestierte der Junge, während die Angestellte, auf Knien, ihm mit einer Papierserviette das Blut von der Nase wischte. »Beweg dich nicht, beweg dich nicht, du machst dir überall Flecken.«

»Dein verdammter Spiegel hat dich verraten, dein verdammter Egon Schiele«, zeterte Doña Lukrezia noch immer. »Du hast dich für sehr schlau gehalten, was? Das bist du nicht, du Dummkopf. Woher weißt du, daß er mich gebeten hat, daß ich mir eine Tiermaske aufsetze?«

»Du hast es mir erzählt, Stiefmutter«, brachte Fonchito stotternd hervor, aber er verstummte, als er sah, daß Doña Lukrezia sich erhob. Er hielt sich schützend beide Hände vor ein Gesicht, als würde sie ihn gleich schlagen.

»Nie habe ich dir von dieser Maske erzählt, du Lügner«, brach es aus der Stiefmutter heraus. »Ich werde diesen anonymen Brief holen, und ich werde ihn dir vorlesen. Du wirst ihn dir anhören, und du wirst mich um Verzeihung bitten. Und ich werde nie wieder erlauben, daß du mein Haus betrittst. Hörst du? Nie wieder!«

Sie schoß wie der Blitz an Justiniana und Fonchito vorbei, außer sich vor Empörung. Aber bevor sie ihre Schritte zur Frisierkommode lenkte, wo sie die anonymen Briefe aufbewahrte, ging sie ins Badezimmer, um sich kaltes Wasser ins Gesicht zu schütten und die Schläfen mit Kölnischwasser abzureiben. Es gelang ihr nicht, die Fassung zurückzugewinnen. Dieser Rotzjunge, dieser Rotzjunge. Er hatte mit ihr gespielt, ja, wie das Kätzchen mit einer großen Maus. Ihr gewagte, gekünstelte Briefe geschickt, um sie im Glauben zu wiegen, sie stammten von Rigoberto, und bei ihr die Hoffnung auf eine Versöhnung genährt. Was wollte er? Was waren das für Ränke? Wozu diese Farce? Um sich zu amüsieren? Sich zu amüsieren, indem er über ihre Gefühle, über ihr Leben verfügte? Er war pervers, sadistisch. Er hatte Spaß daran, ihr Hoffnungen zu machen und dann zu sehen, wie sie enttäuscht vor einem Scherbenhaufen stand.

Sie kehrte in ihr Schlafzimmer zurück, ohne sich völlig beruhigt zu haben, und sie mußte nicht lange in der Schublade der Frisierkommode suchen, um den Brief zu finden. Es war der siebte. Da war der Satz, der sie hatte aufmerken lassen, mehr oder minder wie in ihrer Erinnerung: » . . . Du sollst Deinen schönen Kopf unter einer Tiermaske verbergen, am besten unter einer Maske des brünstigen Jaguarweibchens aus Rubén Daríos *Azul* . . . oder einer sudanesischen Löwin. Du sollst in der Hüfte einknicken . . .« usw. usw. Die Tahitianerin Moa auf Schieles Zeichnung, aber haargenau. Dieser frühreife Ränkeschmied, dieser kleine Intrigant! Er hatte die Unverschämtheit besessen, ihr dieses ganze Theater mit Schieles Spiegel vorzuspielen und ihr sogar das Bild zu zeigen, das ihn verriet. Sie bedauerte nicht, daß sie ihm das Buch an den Kopf geworfen hatte, auch wenn ihm die Nase davon blutete. Recht so! Hatte er nicht ihr Leben zerstört, dieser kleine Teufel? Denn nicht sie war die

345

Verführerin gewesen, obwohl der Altersunterschied sie schuldig sprach; er, er war der Verführer gewesen. Mit seinen wenigen Jahren, mit seinem kleinen Engelsgesicht war er ein Mephisto, Luzifer in Person. Aber damit war nun Schluß. Sie würde ihn mit diesem anonymen Brief konfrontieren, jawohl, und ihn aus dem Haus werfen. Er sollte ja nicht wiederkommen, er sollte sich nie wieder in ihr Leben einmischen.

Aber im Eßzimmer fand sie nur Justiniana vor. Mit betrübtem Gesicht zeigte sie ihr die blutbefleckte Serviette.

»Er ist weinend fortgegangen, Señora. Nicht wegen des Schlags auf die Nase. Sondern weil dabei das Buch von seinem heißgeliebten Maler kaputtgegangen ist. Er war sehr traurig, das kann ich Ihnen sagen.«

»Na so was, jetzt wird er auch noch bemitleidet.« Señora Lukrezia ließ sich erschöpft in den Sessel fallen. »Ist dir nicht klar, was er mir angetan hat? Diese anonymen Briefe hat er mir geschickt.«

»Er hat mir geschworen, daß das nicht stimmt, Señora. Beim Allerheiligsten, daß es der Señor ist, der sie Ihnen schickt.«

»Das ist gelogen.« Doña Lukrezia fühlte eine Erschöpfung wie von hundert Jahren. Würde sie in Ohnmacht fallen? Was für eine Lust, ins Bett zu gehen, die Augen zu schließen, eine ganze Woche zu schlafen. »Er hat sich selbst verraten, mit der Geschichte von der Maske und dieser Sache mit dem Spiegel.«

Justiniana trat zu ihr und sagte, fast verschwörerisch:

»Sind Sie sicher, daß Sie ihm diesen anonymen Brief nicht vorgelesen haben? Daß Sie ihm nicht das mit der Maske erzählt haben? Fonchito ist schlau wie ein Fuchs, Señora. Glauben Sie, er hätte sich so dumm erwischen lassen?«

»Nie habe ich ihm diesen Brief vorgelesen, nie habe ich ihm von der Maske erzählt«, erklärte Doña Lukrezia. Aber genau in diesem Augenblick kamen ihr Zweifel.

Hatte sie es nicht getan? Gestern, vorgestern? Ihr Kopf war so durcheinander in diesen Tagen; seit dieser Kaskade von anonymen Briefen irrte sie in einem Wald aus Vermutungen, vagen Gedanken, Verdächtigungen und Phantasien umher. Konnte es nicht sein? Daß sie ihm von dieser merkwürdigen Anweisung, nackt, mit Strümpfen und einer Tiermaske vor einem Spiegel zu posieren, erzählt, sie erwähnt, ja sogar vorgelesen hatte? Wenn, dann hatte sie eine große Ungerechtigkeit begangen, als sie ihn beschimpfte und ihn mit dem Buch traf.

»Ich bin es leid«, murmelte sie, bemüht, die Tränen zurückzuhalten. »Leid, Justita, leid. Vielleicht habe ich es ihm erzählt, und ich habe es vergessen. Ich weiß nicht mehr, wo mir der Kopf steht. Vielleicht. Am liebsten würde ich diese Stadt, dieses Land verlassen. Hingehen, wo mich niemand kennt. Weit weg von Rigoberto und Fonchito. Wegen diesen beiden bin ich in ein schwarzes Loch gefallen, und ich werde nie wieder herausfinden.«

»Machen Sie sich das Herz nicht so schwer, Señora.« Justiniana legte ihr die Hand auf die Schulter, strich ihr über die Stirn. »Seien Sie nicht so bitter.

Und machen Sie sich keine Sorgen. Es ist kinderleicht herauszufinden, ob Fonchito oder Don Rigoberto Ihnen dieses blumige Zeug geschrieben hat.«

Doña Lukrezia blickte auf. In den Augen der Hausangestellten funkelte es.

»Aber ja doch, Señora.« Sie sprach mit den Händen, den Augen, den Lippen, den Zähnen. »Bestellt er Sie nicht zu dieser Verabredung, im letzten Brief? Also. Gehen Sie hin, wo er Ihnen sagt, machen Sie, worum er Sie bittet.«

»Denkst du, ich werde diese dummen Späße mitmachen, wie in einem mexikanischen Kitschfilm?« Doña Lukrezia tat empört.

»Und auf diese Weise werden Sie erfahren, wer der Verfasser der anonymen Briefe ist«, schloß Justiniana. »Ich begleite Sie, wenn Sie wollen. Damit Sie sich nicht allein fühlen. Und weil ich auch vor Neugier sterbe, Señora. Das Söhnchen oder der Papa? Wer mag es sein?«

Sie lachte ihr gewohntes freches, anmutiges Lachen, und auch Doña Lukrezia mußte schließlich lächeln. Vielleicht hatte diese Närrin ja recht. Wenn sie zu der schaurig anmutenden Verabredung ginge, würde sie sich endlich den Zahn ziehen.

»Er wird nicht erscheinen, er wird mich erneut für dumm verkaufen«, argumentierte sie, ohne große Überzeugung, denn sie wußte im tiefsten Innern, daß sie entschlossen war. Sie würde gehen, sie würde alle dummen Scherze mitmachen, die der Papa oder das Söhnchen von ihr verlangten. Sie würde das Spiel weiter spielen, das auch sie seit geraumer Zeit spielte, ob sie nun wollte oder nicht.

»Soll ich Ihnen ein laues Bad einlaufen lassen, mit Badesalz, damit Ihre Wut verraucht?« Justiniana war kaum zu bremsen.

Doña Lukrezia nickte. Verflixt noch mal, jetzt hatte sie das Gefühl, übereilt gehandelt und eine gewaltige Ungerechtigkeit gegenüber dem armen Fonchito begangen zu haben.

BRIEF AN DEN PLAYBOY-LESER
ODER MINIMA AESTHETICA

Da die Erotik die intelligente, sensible Humanisierung der körperlichen Liebe ist und die Pornographie ihre Trivialisierung und Herabwürdigung, beschuldige ich Sie, Leser von *Playboy* oder *Penthouse*, Besucher von schmierigen Schuppen, in denen harte Pornofilme gezeigt werden, und von Sex-Shops, in denen man elektrische Vibratoren, Tröster aus Gummi und Kondome mit Hahnenkämmen oder Bischofsmitren kaufen kann, einen Beitrag dazu zu leisten, daß das wirksamste Attribut, das man dem Mann und der Frau verliehen hat, um den Göttern gleich zu sein (den heidnischen natürlich, die weder keusch waren noch sich in sexuellen Fragen so zierten wie der, den wir kennen), sich auf schnellstem Wege in die reine tierische Kopulation zurückverwandelt.

Sie vergehen sich in aller Offenheit, jeden Monat, weil Sie auf die Ausübung Ihrer eigenen, vom Feuer des Begehrens geschürten Phantasie verzichten und dem kollektivistischen Defekt anheimfallen, der darin besteht, zuzulassen, daß Ihre subtilsten Triebe, die des fleischlichen Verlangens, von geklonten Fertigerzeugnissen genormt werden, die vorgeben, dringende sexuelle Bedürfnisse zu befriedigen, während sie sie in Wirklichkeit unterjochen, verwässern, serienmäßig abfertigen und in karikatureske Formen pressen, die den Sexus trivialisieren, ihm seine Originalität, sein Mysterium und seine Schönheit rauben und ihn zur Maskerade, wenn nicht zum würdelosen Affront gegen den guten Geschmack machen. Damit Ihnen klar ist, mit wem Sie es zu tun haben: vielleicht gibt es Ihnen Einblick in mein Denken, wenn Sie wissen, daß ich (monogam, wie ich bin, wenn auch nachsichtig dem Ehebruch gegenüber) die verstorbene und höchst respektable Staatschefin von Israel, Golda Meir, oder die gestrenge Señora Margaret Thatcher aus England, der niemals ein Haar verrutscht ist, solange sie Premierministerin war, für begehrenswertere Quellen erotischer Lüste halte als jede dieser glatten Puppen mit silikongeblähten Brüsten und gekämmtem, gefärbtem Schamhaar, die austauschbar wirken wie ein immer gleicher, nach einem einheitlichen Muster reproduzierter Bluff und, um die Dummheit mit Lächerlichkeit vollzumachen, im *Playboy*, diesem Feind des Eros, auf einer ausfaltbaren Seite erscheinen, wo sie, mit Ohren und Schwänzchen aus Plüsch versehen, die Würde eines »Häschens des Monats« zur Schau tragen.

Mein Haß auf *Playboy, Penthouse* und Verwandtes ist nicht beliebig. Diese Art von Zeitschrift ist ein Symbol für die Verluderung des Sexus, für das Verschwinden der schönen Tabus, die einst mit ihm verbunden waren und dank deren der menschliche Geist rebellieren konnte, indem er individuelle Freiheit praktizierte und die spezifische Persönlichkeit jedes einzelnen festigte, so daß in der verborgenen, diskreten Gestaltung von Ritualen, Verhaltensweisen, Bildern, Kulten, Phantasien, Zeremonien, die den Liebesakt ethisch erhöhten, ihm eine ästhetische Kategorie verliehen und ihm dadurch fortschreitend das Animalische nahmen, bis sie ihn schließlich in einen schöpferischen Akt verwandelten, allmählich das souveräne Individuum entstehen konnte. In einen Akt, durch den ein Mann und eine Frau (ich zitiere die gängige Formel, aber es könnte sich natürlich auch um einen Herrn und einen Schwimmvogel, zwei Frauen, zwei oder drei Männer und um sämtliche vorstellbaren Kombinationen handeln, immer vorausgesetzt, die Besetzung übersteigt nicht das Trio oder, als maximale Konzession, zwei Paare) in der abgeschiedenen Intimität der Schlafzimmer einige Stunden lang Homer, Phidias, Botticelli oder Beethoven nacheifern konnten. Ich weiß, daß Sie mich nicht verstehen, aber das macht nichts: wenn Sie mich verstehen würden, dann wären Sie nicht so dämlich, Ihre Erektionen und Orgasmen auf die (gewiß massivgoldene und wasserdichte?) Uhr eines Herrn namens Hugh Hefner abzustimmen.

Das Problem ist eher ästhetisch als ethisch, philosophisch, sexuell, psychologisch oder politisch, obwohl für mich, es erübrigt sich eigentlich, es zu sagen, diese Trennung nicht akzeptabel ist, denn alles, worauf es ankommt, ist über kurz oder lang ästhetisch. Die Pornographie beraubt die Erotik des künstlerischen Inhalts, gibt dem Organischen den Vorzug vor dem Spirituellen, dem Geistigen, als wären Phalli und Vulven die Hauptakteure des Begehrens und der Lust, als wären diese Hilfsmittel nicht bloße Diener der Phantasmen, die unsere Seelen beherrschen; sie spaltet die körperliche Liebe vom Rest der menschlichen Erfahrungen ab. Die Erotik hingegen integriert sie in alles, was wir sind und haben. Während es für Sie, Pornograph, beim Liebesakt nur darauf ankommt – wie für einen Hund, einen Affen und ein Pferd –, zu ejakulieren, frönen Lukrezia und ich auch der Liebe – beneiden Sie uns –, wenn wir frühstücken, uns ankleiden, Mahler hören, mit Freunden plaudern und die Wolken oder das Meer betrachten.

Wenn ich ästhetisch sage, dann können Sie vielleicht denken – wenn denn Pornographie und Denken vereinbar sind –, daß ich auf diesem Weg dem Herdengeist in die Falle gehe und, da die Werte im allgemeinen geteilt werden, in diesem Bereich weniger ich und etwas mehr sie bin, das heißt Teil des Stammes. Ich gebe zu, daß die Gefahr besteht; aber ich bekämpfe sie unermüdlich, Tag und Nacht, indem ich meine Unabhängigkeit durch den ständigen Gebrauch meiner Freiheit gegen Wind und Wetter verteidige.

Überzeugen Sie sich und urteilen Sie anhand dieser kleinen Auswahl aus meiner persönlichen Abhandlung zur Ästhetik (die ich nicht mit vielen Leuten zu teilen hoffe und die flexibel ist und sich auflöst und wieder zusammenfügt wie der Ton in den Händen eines geschickten Töpfers).

Alles, was glänzt, ist häßlich. Es gibt glänzende Städte wie Wien, Buenos Aires und Paris; glänzende Schriftsteller wie Umberto Eco, Carlos Fuentes, Milan Kundera und John Updike und glänzende Maler wie Andy Warhol, Matta und Tàpies. Obwohl all dies leuchtet, ist es für mich entbehrlich. Die modernen Architekten sind alle, ohne Ausnahme, glänzend, weshalb die Architektur sich von der Kunst entfernt und in einen Zweig der Werbung und der Public Relations verwandelt hat, so daß es angebracht ist, die Architekten en bloc aus dem Verkehr zu ziehen und einzig auf Maurer und Baumeister und auf die Inspiration der Laien zurückzugreifen. Es gibt keine glänzenden Musiker, obwohl sie danach strebten, und geschafft haben es beinahe Komponisten wie Maurice Ravel und Erik Satie. Der Film, amüsant wie das Dame-Spiel oder Freistilringen, ist post-künstlerisch und verdient nicht, in Betrachtungen zur Ästhetik aufgenommen zu werden, trotz einiger westlicher Abweichungen (heute nacht würde ich Visconti, Orson Welles, Buñuel, Berlanga und John Ford retten) und einer japanischen (Kurosawa).

Jeder Mensch, der Wörter schreibt wie »zentrieren«, »Fragestellung«, »bewußtseinsmäßig«, »visualisieren«, »gesamtgesellschaftlich« und vor allem »tellurisch«, ist ein Vollidiot (eine Vollidiotin). Ebenso, wer in der Öffentlichkeit Zahnstocher benutzt und seiner Umwelt dieses abstoßende Schauspiel zumutet, das die Landschaft verschandelt. Das gleiche gilt für die widerlichen Typen, die die Krumen aus dem Brot pulen, sie kneten und in Form von Kügelchen auf dem Tisch hinterlassen. Fragen Sie mich nicht, warum die

Urheber dieser Scheußlichkeiten Vollidioten (Vollidiotinnen) sind; dieses Wissen erahnt man, eignet man sich intuitiv an; es ist eingegeben, es läßt sich nicht lernen. Das gleiche Urteil trifft natürlich die Sterblichen jeglichen Geschlechts, die, im Bemühen, den Whisky zu hispanisieren, *güisqui, yinyerel* oder *jaibol* schreiben. Letztere sollten sogar sterben, denn ich habe den Verdacht, daß ihre Leben überflüssig sind.

Ein Film und ein Buch haben die Pflicht, mich zu unterhalten. Wenn ich beim Zuschauen oder beim Lesen an etwas anderes denke, einnicke oder einschlafe, haben sie ihre Pflicht nicht erfüllt und sind ein schlechtes Buch, ein schlechter Film. Namhafte Beispiele: *Der Mann ohne Eigenschaften* von Musil und sämtliche Filme dieser Hochstapler namens Oliver Stone und Quentin Tarantino.

Was Malerei und Bildhauerei betrifft, so ist mein Maßstab für die künstlerische Bewertung sehr einfach: alles, was ich selbst malerisch oder bildhauerisch zustande bringen könnte, ist ein Dreck. Es qualifizieren sich also nur die Künstler, deren Werke sich außerhalb der Reichweite meiner schöpferischen Mediokrität befinden, jene, die ich nicht nachahmen könnte. Dieses Kriterium hat mir erlaubt, auf Anhieb zu bestimmen, daß das Werk von »Künstlern« wie Andy Warhol oder Frida Kahlo Mist ist, während noch die flüchtigste Skizze von George Grosz, Chillida oder Balthus genial sind. Abgesehen von dieser allgemeinen Regel, besteht die Pflicht eines Bildes ebenfalls darin, mich zu erregen (ein Ausdruck, der mir nicht gefällt, aber ich benutze ihn, weil mir noch

weniger die einheimische Metapher »mich dahin-
schmelzen zu lassen« gefällt, wegen des heiteren
Elements, das sie in eine überaus ernste Angelegenheit hineinträgt). Wenn es mir gefällt, aber mich kalt
läßt und meine Phantasie nicht von theatralisch-ko-
pulatorischen Wünschen überschwemmt wird und
jenes rumorende Kitzeln in den Hoden ausbleibt, das
den zarten Erektionen vorausgeht, dann ist es, auch
wenn es sich um die *Mona Lisa*, um den *Caballero*
mit der Hand auf der Brust, um *Guernica* oder um
die *Nachtwache* handelt, ein belangloses Bild. So
wird es Sie überraschen zu erfahren, daß mir von
Goya, einem anderen heiligen Monstrum, nur die
Schuhe mit goldenen Schnallen, spitz zulaufendem
Absatz und Atlasschmuck, begleitet von weißen
Wollstrümpfen gefallen, mit denen er auf seinen Öl-
gemälden seine Marquisen beschuhte, und daß ich
auf den Bildern von Renoir mit Wohlwollen (zuweilen mit Vergnügen) nur die rosafarbenen Hinterteile
seiner ländlichen Mädchen betrachte und den Rest
ihrer Körper übersehe, vor allem diese Nippes-Ge-
sichter und die Glühwürmchen-Augen, die – vade
retro! – die Häschen des *Playboy* vorwegnehmen.
Von Courbet interessieren mich die Lesbierinnen und
jenes riesige Hinterteil, das der stirnrunzelnden Kaiserin Eugénie die Röte ins Gesicht trieb.

Die Musik hat in meinen Augen die Pflicht, mich in
einen Taumel reiner Gefühle zu stürzen, der mich den
langweiligsten Teil meiner selbst, den zivilen und kollektiven, vergessen läßt, mich von Sorgen entrüm-
pelt, mich in einer Enklave ohne Verbindung zur
schäbigen Wirklichkeit meiner Umgebung isoliert

und mir auf diese Weise ermöglicht, mich mit aller
Klarheit den Phantasien hinzugeben (die meistens
erotisch sind und bei denen immer meine Frau die
Starrolle innehat), die mir das Leben erträglich machen. Das heißt also, wenn die Musik zu gegenwärtig
ist und, weil sie mir zu sehr zu gefallen beginnt oder
sehr laut ist, mich von meinen eigenen Gedanken ablenkt und meine Aufmerksamkeit fordert und sie
gewinnt – ich nenne aufs Geratewohl Carlos Gardel,
Pérez Prado, Mahler, alle Formen von Merengue und
vier Fünftel der Opern –, ist es schlechte Musik und
wird aus meinem Arbeitszimmer verbannt. Dieses
Prinzip bewirkt natürlich, daß ich Wagner liebe, trotz
der Trompeten und der lästigen Hörner, und daß ich
Schönberg respektiere.

Ich hoffe, daß diese kurz angetippten Beispiele,
von denen ich mir natürlich nicht vorstelle (und noch
weniger wünsche), daß Sie sie mit mir teilen, Ihnen
klarmachen, was ich sagen will, wenn ich behaupte,
daß die Erotik ein privates Spiel ist (in der hohen
Bedeutung, die der große Johan Huizinga dem Wort
gab), an dem nur das Ich, die Phantasievorstellungen
und die Spieler teilnehmen können und dessen Erfolg
davon abhängt, daß es im verborgenen stattfindet,
unerreichbar für die öffentliche Neugier, denn aus
dieser kann nur seine Reglementierung, seine Mani-
pulation, seine Verfälschung durch Kräfte folgen, die
unempfänglich sind für das erotische Spiel. Obwohl
mich behaarte weibliche Achseln abstoßen, respektiere ich den *amateur*, der seinen Gefährten oder
seine Gefährtin dazu bringt, sie zu hegen und zu pfle-
gen, damit er mit Lippen und Zähnen mit ihnen

spielen kann, bis er mit Schreien in D-Dur in Ekstase gerät. Ich empfinde jedoch überhaupt keinen Respekt, sondern eher Mitleid mit dem armen Einfaltspinsel, der diese Laune seiner Phantasie dadurch herabwürdigt, daß er – zum Beispiel in den Pornoläden, mit denen die ehemalige Fliegerin Beate Uhse Deutschland übersät hat – künstliche Haarbüschel für Achseln und Schamhügel ersteht (»aus echtem Haar«, prahlen die teuersten), die in verschiedenen Formen, Größen, Geschmäckern und Farben verkauft werden.

Die Legalisierung und öffentliche Anerkennung der Erotik kollektiviert sie, macht sie zunichte, degeneriert sie, indem sie sie zur Pornographie macht, zu einer tristen Verrichtung, die ich als Erotik für Leute definiere, die arm am Geldbeutel und am Geiste sind. Die Pornographie ist passiv und kollektivistisch, die Erotik schöpferisch und individuell, selbst wenn sie zu zweit oder zu dritt praktiziert wird (ich sage noch einmal, daß ich gegen eine Erhöhung der Teilnehmerzahl bin, damit diese Betätigungen nicht aufhören, individualistische Festakte, Exerzitien der Souveränität zu sein, und sich nicht mit dem Anschein politischer Versammlungen, Sportveranstaltungen oder Zirkusnummern beflecken). Deshalb habe ich nur Hohngelächter für die Argumente des Dichters und Beatniks Allen Ginsberg übrig (siehe dazu sein Interview mit Allen Young in *Konsuln von Sodom*), der kollektive Paarungen im Dunkel der Swimmingpools unter dem Vorwand verteidigt, diese Promiskuität sei demokratisch und gerecht, da sie dank der gleichmachenden Finsternis erlaube, daß die Häßliche und die

Schöne, die Dünne und die Dicke, die Junge und die
Alte im Wettlauf um die Lust die gleichen Chancen
haben. Wie ist sie doch absurd, diese Überlegung
eines konstruktivistischen Kommissars! Die Demo-
kratie hat nur mit der zivilen Dimension des Menschen zu tun, während die Liebe – das Begehren und
die Lust – wie die Religion zur Privatsphäre gehört, in
der es vor allem auf die Unterschiede, nicht auf die
Übereinstimmungen mit den anderen ankommt. Der
Sexus kann nicht demokratisch sein; er ist elitär und
aristokratisch und bedarf gewöhnlich einer gewissen
(jeweils ausgehandelten) Dosis Despotismus. Die
kollektiven Begattungen in dunklen Bädern, die der
Dichter der Beatnik-Generation als erotische Modelle empfiehlt, gleichen zu sehr den Vereinigungen von
Hengsten und Stuten auf den Weiden oder dem beliebigen Besteigen der Hennen durch die Hähne im
Tumult der Hühnerhöfe, um sie mit dem auf eine Stufe zu stellen, was für den bescheidenen Epikureer und
Anarchisten, der sich im bürgerlichen Körper eines
Versicherungsagenten versteckt, die Erotik ist, jene
herrliche Schöpfung lebendiger Fiktionen und
fleischlicher Phantasien, an der Körper und Geist,
Imagination und Hormone, das Erhabene und das
Gemeine des Menschseins zu gleichen Teilen teil-
haben.

Der Sex im Verständnis des *Playboy* (ich werde auf
dieses Thema so lange zurückkommen, bis mein Tod
oder der Ihre mich daran hindert) eliminiert zwei Ele-
mente, die nach meinem Dafürhalten wesentlich für
den Eros sind: das Risiko und die Scham. Lassen Sie
mich das erklären. Der kleine verschreckte Mann,

der seine Scham und Angst überwindet und im Autobus den Mantel öffnet und der ahnungslosen Hebamme, der vom Schicksal beschieden wurde, ihm gegenüberzusitzen, ein paar Sekunden lang den Anblick seiner steifen Rute bietet, ist tollkühn in seiner Schamlosigkeit. Er tut, was er tut, obwohl er weiß, daß der Preis seiner flüchtigen Wonne Prügel, Lynchjustiz, Kerker und ein Skandal sein kann, der ein Geheimnis ans Licht der Öffentlichkeit zerren würde, das er gerne mit sich ins Grab genommen hätte, und ihn zu einer Existenz als Ausgestoßener, Psychopath und Gefahr für die Gesellschaft verurteilen würde. Aber er riskiert dies alles, weil die Lust, die ihm dieser minimale Exhibitionismus verschafft, untrennbar mit der Angst und mit der Überwindung dieser Scham verbunden ist. Lichtjahre – eben die Entfernung zwischen Erotik und Pornographie – trennen ihn von dem mit französischem Eau de toilette imprägnierten, rolex-bewehrten Manager (welche andere Uhr könnte es sein?), der in einer von angenehmen Bluesklängen erfüllten Modebar die letzte Nummer des *Playboy* aufschlägt und sich mit ihm exhibiert und ihn in der Überzeugung exhibiert, daß er damit seine Rute vor aller Welt exhibiert und als Mann von Welt erscheint, vorurteilslos, modern, genießerisch, *in*. Der arme Irre! Er ahnt nicht, daß das, was er da exhibiert, das Erkennungszeichen seiner Unterwerfung unter das Klischee, die Werbung, die entindividualisierende Mode ist, die Aufgabe seiner Freiheit, seinen Verzicht darauf, sich dank persönlicher Phantasievorstellungen von der atavistischen Sklaverei der Normierung zu befreien.

Deshalb beschuldige ich Sie und die besagte Zeitschrift samt ähnlichen Publikationen und alle, die sie lesen – oder auch nur durchblättern – und mit diesem armseligen vorfabrizierten Ersatz ihre Libido nähren – ich meine abtöten –, die Speerspitze der großangelegten Operation zur Entsakralisierung und Banalisierung des Sexus zu sein, in der die moderne Barbarei zum Ausdruck kommt. Die Zivilisation verbirgt und verfeinert den Sexus, um ihn desto besser genießen zu können, indem sie ihn mit Ritualen und Verhaltensregeln umgibt, die ihn in einem Ausmaß bereichern, von dem der Mann und die Frau, die präerotisch, kopulatorisch und zeugungsorientiert sind, keine Ahnung haben. Nachdem wir einen sehr langen Weg zurückgelegt haben, dessen Leitlinie gewissermaßen die fortschreitende Verfeinerung des erotischen Spiels war, sind wir auf dem ungewöhnlichen Umweg über die permissive Gesellschaft, die alles zulassende Kultur, zum Ausgangspunkt unserer Vorfahren zurückgekehrt: der Liebesakt ist wieder zu einer körperlichen, halböffentlichen Gymnastik geworden, die mir nichts, dir nichts im Takt von Reizen ausgeführt wird, die nicht aus dem Unbewußten und aus der Seele stammen, sondern von den Marktforschern, Reize, die so stumpf sind wie die falsche Kuh-Vagina, die in den Ställen den Stieren vor die Nase gehalten wird, damit sie ejakulieren und man auf diese Weise den Samen für die künstliche Befruchtung sammeln kann.

Gehen Sie und kaufen und lesen Sie Ihren neuesten *Playboy*, Sie, der Sie bei lebendigem Leibe Selbstmord begangen haben, und tragen auch Sie Ihr Sand-

körnchen zur Schaffung dieser Welt aus ejakulieren-
den Eunuchen und Eunuchinnen bei, aus der die
Imagination und die geheimen Phantasiebilder als
Pfeiler der Liebe verschwunden sein werden. Was
mich betrifft, so werde ich mich jetzt gleich der Liebe
mit der Königin von Saba und mit Kleopatra hingeben, in einer Aufführung, deren Drehbuch ich mit
niemandem zu teilen gedenke, und am allerwenigsten mit Ihnen.

EIN KLEINER FUSS

›Es ist vier Uhr in der Frühe, geliebte Lukrezia‹, dachte Don Rigoberto. Wie fast jeden Tag war er in der
düsteren Feuchtigkeit des Morgengrauens aufgewacht, um den Ritus zu zelebrieren, den er in mono-
toner Kakophonie wiederholte, seitdem Lukrezia
zum Olivar von San Isidro gezogen war: wach zu
träumen, seine Frau mit der Zaubermacht dieser Hefte, in denen seine Phantasmen überwinterten, wieder
und wieder zu erschaffen. ›Und in denen du seit dem
Tag, an dem ich dich kennenlernte, Königin und Mei-
sterin bist.‹
Doch im Unterschied zu anderen trostlosen oder
glutvollen Morgendämmerungen genügte es ihm
heute nicht, sie sich vorzustellen und zu begehren,
mit ihrem Phantom zu plaudern, sie mit seiner Phantasie und seinem Herzen zu lieben, aus denen sie nie
entschwunden war; heute brauchte er einen mate-
rielleren, sichereren, greifbareren Kontakt. ›Heute
könnte ich mich umbringen‹, dachte er ohne Angst.

Und wenn er ihr schrieb? Und wenn er ihr endlich auf ihre pikanten anonymen Briefe antwortete? Die Feder fiel ihm aus der Hand, kaum daß er sie ergriffen hatte. Es würde ihm nicht gelingen, und er könnte ihr den Brief ohnehin nicht schicken.

Im ersten Heft, das er aufschlug, sprang ihn ein höchst passender Satz an und versetzte ihm einen Biß: »Mein grausames allmorgendliches Erwachen bei Tagesanbruch hat immer als Antrieb ein Bild von dir, das, wirklich oder erfunden, mein Begehren entflammt, meine Sehnsucht verrückt spielen läßt, mich aus dem Bett und in dieses Arbeitszimmer treibt, wo ich mich vor der Vernichtung schütze, indem ich Schutz beim Gegengift meiner Hefte, Bilder und Bücher suche. Nur das heilt mich.« Wie wahr. Aber heute hatte das gewohnte Mittel nicht die wohltuende Wirkung anderer Morgendämmerungen. Er fühlte sich verwirrt und gequält. Ihn hatte eine Mischung verschiedener Gefühle geweckt, in der eine großmütige rebellische Gesinnung, wie sie ihn ähnlich mit achtzehn Jahren zur Katholischen Aktionspartei gebracht und seinen Geist mit dem Wunsch erfüllt hatte, die Welt mit der Waffe des Evangeliums zu erneuern, die verschwommene Sehnsucht nach dem kleinen Fuß einer Asiatin, den er en passant über der Schulter eines Fußgängers erblickt hatte, der ein paar Sekunden lang in einer Straße des Zentrums an der roten Ampel neben ihm gestanden hatte, und schließlich die Erinnerung an einen französischen Schriftsteller des 18. Jahrhunderts namens Nicolas Edme Restif de la Bretonne zusammengeflossen waren, von dem er in seiner Bibliothek ein einziges Buch besaß –

er würde es suchen und finden, bevor der Morgen begänne –, eine Erstausgabe, die er vor vielen Jahren in einem Antiquariat in Paris gekauft und für die er viel Geld hingelegt hatte. ›Was für eine Mischung.‹

Allem Anschein nach hatte nichts davon direkt mit Lukrezia zu tun. Warum dann dieses dringende Bedürfnis, es ihr mitzuteilen, ihr mit lauter Stimme, bis in die winzigsten Einzelheiten, den ganzen Aufruhr seines Geistes zu erklären? ›Ich lüge, mein Liebling‹, dachte er. ›Natürlich hat es mit dir zu tun.‹ Alles, was er tat, selbst die stumpfsinnigen geschäftsführenden Transaktionen, die ihm von Montag bis Freitag in einer Versicherungsgesellschaft im Zentrum von Lima die Hände banden, hatten zutiefst mit Lukrezia und mit niemandem sonst zu tun. Vor allem jedoch waren ihr mit ritterlicher Treue und ungleich sklavischer seine Nächte mitsamt den Exaltationen, Fiktionen und Passionen geweiht, die sie bevölkerten. Hier war der Beweis, intim, unanfechtbar, schmerzvoll, auf jeder Seite der Hefte, in denen er jetzt blätterte.

Warum hatte er an rebellische Gefühle gedacht? Was ihn vor einigen Augenblicken geweckt hatte, waren eher, um ein Vielfaches verstärkt, die Empörung und die Bestürzung gewesen, die er am gestrigen Morgen empfunden hatte, als er in der Zeitung die Nachricht las, die Lukrezia bestimmt ebenfalls gelesen hatte und die er jetzt mit hinkender Schrift auf die erste unbeschriebene Seite zu übertragen begann, die er fand:

Wellington (Reuter). Eine vierundzwanzigjährige Lehrerin in Neuseeland wurde von einem Richter

dieser Stadt wegen Vergewaltigung zu vier Jahren Ge-
fängnis verurteilt, nachdem als bewiesen feststand,
daß sie körperliche Beziehungen mit einem zehnjäh-
rigen Jungen, einem Freund und Mitschüler ihres
Sohnes, unterhalten hatte. Der Richter führte aus, er
habe das gleiche Urteil gefällt, mit dem er einen
Mann bestraft hätte, der ein Mädchen dieses Alters
vergewaltigt hätte.

›Mein Liebling, geliebte Lukrezia, sieh darin bloß
nicht auch nur den winzigsten Vorwurf in bezug auf
das, was zwischen uns geschehen ist‹, dachte er.
›Auch nicht eine geschmacklose Anspielung, nichts,
was als nachtragend, als kleinlicher Groll erscheinen
könnte.‹ Nein. Sie sollte genau das Gegenteil sehen.
Denn als die wenigen Zeilen dieser Meldung sich am
gestrigen Morgen vor seinen Augen abzeichneten,
während er die ersten Schlucke des bitteren Früh-
stückskaffees schlürfte (nicht, weil er ihn ohne Zuk-
ker trank, sondern weil Lukrezia nicht an seiner Seite
war, mit der er die Zeitungsnachrichten hätte bespre-
chen können), fühlte Don Rigoberto nicht Angst
oder Schmerz und schon gar nicht Dankbarkeit und
Begeisterung für das Urteil des Richters. Eher die
stürmische, bestürzte Solidarität eines jugendlichen
Protestlers für diese arme neuseeländische Lehrerin,
die so brutal bestraft wurde, weil sie dieses glückliche
Kind mit den Wonnen des mohammedanischen Himmels (des fleischlichsten von allen, die auf dem Markt
der Religionen angeboten wurden, nach seinem Dafürhalten) bekannt gemacht hatte.

›Ja, ja, über alles geliebte Lukrezia.‹ Es war keine
Pose, keine Lüge, keine Übertreibung. Den ganzen

Tag hatte ihn die gleiche Empörung wie am Morgen verfolgt, die Empörung über die Dummheit dieses Richters, der sich durch das mechanistische Symmetrie-Denken gewisser feministischer Theorien hatte fehlleiten lassen. Ein erwachsener Mann, der ein noch nicht geschlechtsreifes Mädchen von zehn Jahren vergewaltigte, was ein strafbares Verbrechen war, und eine vierundzwanzigjährige Frau, die das körperliche Glück und die Wunder des Sexus einem zehnjährigen Jungen offenbarte, der bereits zaghafter Verhärtungen und leichter Samenausdünstungen fähig war – konnte das das gleiche sein? Wenn im ersten Fall die Vermutung der Gewaltausübung des Täters gegenüber dem Opfer zwingend war (selbst wenn das Mädchen aufgrund eigener Urteilskraft seine Zustimmung gegeben hätte, wäre es doch Opfer einer körperlichen Aggression gegen sein Hymen geworden), so war sie im zweiten schlicht unvorstellbar, denn wenn es zu einer Vereinigung gekommen war, dann konnte sie nur mit Zustimmung und Begeisterung des Jungen erfolgt sein, ohne die der Beischlaf nicht hätte vollzogen werden können. Don Rigoberto griff zur Feder und schrieb, fiebrig vor Wut: »Obwohl ich die Utopien hasse und weiß, wie katastrophal sie für das menschliche Leben sind, hege ich jetzt folgende: daß alle kleinen Jungen der Stadt bei Vollendung ihres zehnten Lebensjahres von dreißigjährigen verheirateten Frauen, vorzugsweise Tanten, Lehrerinnen und Patinnen, entjungfert werden.« Er atmete auf, etwas erleichtert.

Den ganzen Tag quälte ihn das Schicksal dieser Lehrerin aus Wellington, empfand er Mitleid für den

Spott, dem sie sich bestimmt in der Öffentlichkeit ausgesetzt gesehen hatte, für die Demütigungen und Verhöhnungen, die sie erlitten haben dürfte, abgesehen davon, daß sie ihre Arbeit verloren hatte und sich gefallen lassen mußte, von diesem kakographischen, elektronischen und jetzt digitalen Unrat, der Presse, den sogenannten Medien, als Verführerin Minderjähriger, als abartig behandelt zu werden. Er belog sich nicht, er führte keine masochistische Farce auf. ›Nein, geliebte Lukrezia, ich schwöre dir, daß es nicht so ist.‹ Im Verlauf des Tages und der Nacht war ihm das Gesicht der Lehrerin, verkörpert in dem seiner Ex-Frau, immer wieder erschienen, Und jetzt, jetzt empfand er das zwingende Bedürfnis, ihr (›dir, mein Liebstes‹) seine Reue und seine Scham zu bekunden. Dafür, daß er so unsensibel, so begriffsstutzig, so unmenschlich und so grausam gewesen war wie jener Richter in Wellington, eine Stadt, die er nur betreten würde, um die Füße dieser bewunderten und bewunderungswürdigen Lehrerin, die für ihre Großherzigkeit, ihre Seelengröße in der Gesellschaft von Kindsmörderinnen, Diebinnen, Betrügerinnen und Taschendiebinnen (anglophonen und Maori sprechenden) bezahlte, mit duftenden roten Rosen zu bedecken.

Wie waren sie wohl, die Füße dieser neuseeländischen Lehrerin? ›Wenn ich eine Fotografie von ihr zu fassen bekäme, würde ich nicht zögern, Kerzen für sie anzuzünden und Weihrauch für sie zu verbrennen‹, dachte er. Er erhoffte und wünschte sie sich so schön und zart wie die Füße Doña Lukrezias und wie der Fuß, den er am gestrigen Mittag über der Schulter eines Fußgängers auf dem mattschimmernden Papier einer Seite der Zeitschrift *Time* gesehen hatte, als eine Ampel an der Ecke der Colmena ihn zum Stehenbleiben zwang, auf dem Weg zum Miguel-Grau-Salon im Club Nacional, wohin ihn einer dieser krawattentragenden Idioten einbestellt hatte, die sich im Club Nacional verabreden und von denen Idioten wie er lebten, deren Broterwerb im Versichern beweglicher und unbeweglicher Güter bestand. Es war eine Vision weniger Sekunden, aber so erhellend und leuchtend, so konvulsivisch und unvermittelt, wie es für jenes junge Mädchen in Galiläa der Anblick des geflügelten Gabriel gewesen sein mußte, der ihr die Kunde brachte, die der Menschheit so viel Ungemach bescheren sollte.

Es war ein einziger kleiner Fuß im Profil, mit halbrunder Ferse und graziösem Spann, der sich stolz über einer fein konturierten Sohle erhob, die in meisterhaft geformten kleinen Zehen endete, ein weiblicher Fuß, der nicht entstellt war von Schwielen, Verhärtungen, Blasen oder grauenhaften Hühneraugen, bei dem alles zu stimmen und nichts die Vollkommenheit des Ganzen und seiner Teile zu beeinträchtigen schien, ein kleiner Fuß, angehoben und von dem flinken Fotografen anscheinend in dem Augenblick überrascht, da er im Begriff war, auf einem weichen Teppich aufzusetzen. Warum asiatisch? Vielleicht weil die Anzeige, die er schmückte, von einer Fluggesellschaft dieser Weltregion stammte – Singapore Airlines – oder womöglich weil Don Rigoberto in seiner begrenzten Erfahrung behaupten zu können meinte, daß die asiatischen Frauen die schönsten

Füße des Planeten besaßen. Er dachte voll Rührung daran, wie oft er die köstlichen Extremitäten seiner Geliebten »philippinische Füßchen«, »malaysische Fersen«, »japanische Fußrücken« genannt hatte, während er sie mit Küssen bedeckte.

Wie dem auch sei, der kleine weibliche Fuß der *Time*-Anzeige hatte jedenfalls den ganzen Tag zusammen mit seiner Wut über das Mißgeschick seiner neuen Freundin, der Lehrerin in Wellington, in seinem Bewußtsein rumort und später seinen Schlaf aufgestört, indem er aus der Tiefe seiner Erinnerung das Bild von niemand Geringerem als Aschenbrödel ausgegraben hatte, eine Geschichte, die, als sie ihm als Kind erzählt wurde – namentlich die Sache mit dem emblematischen kleinen Schuh der Heldin, in den nur ihr schmaler Fuß hineinpaßte –, seine ersten erotischen Phantasien geweckt hatte (»Feuchtigkeiten mit einer halben Erektion, um es technisch genauer zu beschreiben«, sagte er mit lauter Stimme in einem ersten Anfall von guter Laune an diesem frühen Morgen). Hatte er Lukrezia gegenüber einmal seine These erwähnt, daß das liebenswerte Aschenbrödel ohne Zweifel mehr als der ganze Schmutzhaufe der antierotischen Pornographie des 20. Jahrhunderts dazu beigetragen hatte, Legionen von fetischistischen Männern zu schaffen? Er konnte sich nicht erinnern. Eine Lücke in ihrer ehelichen Verbindung, die er irgendwann einmal würde schließen müssen. Sein Zustand hatte sich erheblich gebessert, seit er voll Verzweiflung und Sehnsucht, halbtot vor Wut, Einsamkeit und Schmerz erwacht war. Seit einigen Sekunden erlaubte er sich sogar – es war seine

Art, nicht der Verzweiflung eines jeden Tages anheimzufallen – gewisse Phantasien, die heute einmal
nichts mit den Augen, mit dem Haar, mit den Brüsten, mit den Schenkeln oder mit den Hüften Lukrezias zu tun hatten, sondern ausschließlich mit ihren
Füßen. Neben ihm lag bereits – es hatte ihn Mühe
gekostet, sie in den Regalen ausfindig zu machen, in
denen er sie verkramt hatte – die Erstausgabe, in drei
kleinen Bänden, jenes Romans von Nicolas Edme
Restif de la Bretonne (handschriftlich hatte er auf
einem Zettel vermerkt: 1734-1806), des einzigen der
Dutzende und Aberdutzende, die dieser unenthaltsa-
me Vielschreiber aufs Papier geworfen hatte: *Le pied
de Franchette ou l'orpheline française. Histoire inter-
essante et morale* (Paris, Humblot Quillau, 1769,
2 parties en 3 volumes, 160-148-192 pages). Er
dachte: ›Jetzt blättere ich darin. Jetzt erscheinst du,
Lukrezia, barfuß oder beschuht, in jedem Kapitel,
auf jeder Seite, in jedem Wort.‹
Nur eine Sache gab es bei Restif de la Bretonne,
diesem inflationären Schreiber, die ihm seiner Sympathie wert schien und die bewirkte, daß er ihn in
diesem von feuchtem Nebel erfüllten Morgengrauen
mit Lukrezia in Verbindung brachte, während tausend andere (na ja, vielleicht ein bißchen weniger) ihn
zu einer vergänglichen, ja sogar unsympathischen Erscheinung machten, die man vergessen konnte. Hatte
er einmal mit ihr über ihn gesprochen? War sein
Name einmal bei den nächtlichen Festlichkeiten ihrer
Ehe aufgetaucht? Don Rigoberto konnte sich nicht
erinnern. ›Aber auch wenn es zu spät ist, meine Teuerste, ich stelle ihn dir vor, ich bringe ihn dir dar, und

ich lege ihn dir zu Füßen (im wahrsten Sinne des Wortes).‹ Er kam zur Welt und lebte in einer Epoche großer Umwälzungen, im Frankreich des 18. Jahrhunderts, aber es war unwahrscheinlich, daß der kreuzbrave Nicolas Edme begriff, daß die ganze Welt um ihn herum sich in den revolutionären Turbulenzen auflöste und neu zusammensetzte, besessen wie er war von seiner eigenen Revolution, welche nicht die gesellschaftliche, die ökonomische, die politische war – ›die im allgemeinen eine gute Presse haben‹ –, sondern eine, die ihn persönlich betraf: die Revolution der fleischlichen Begierde. Das machte ihn sympathisch, das hatte ihn veranlaßt, die Erstausgabe von *Le pied de Franchette* zu kaufen, einem Roman schauerlicher Zufälle und komischer Ruchlosigkeiten, absurder Verwicklungen und dümmlicher Dialoge, den jeder respektable literarische Kritiker oder Leser mit gutem Geschmack abscheulich finden würde, der jedoch für Don Rigoberto das große Verdienst besaß, daß er das Recht des Menschen, im Namen seiner Wünsche gegen das Bestehende zu rebellieren, die Welt mittels der Phantasie zu verändern, und sei es auch nur für den flüchtigen Moment einer Lektüre oder eines Traums, bis zu gottesmörderischen Extremen trieb.

Er las mit lauter Stimme, was er in seinem Heft über Restif vermerkt hatte, nachdem er *Le pied de Franchette* gelesen hatte: »Ich glaube nicht, daß dieser Provinzler und Bauernsohn, der trotz des Besuchs eines Jansenisten-Seminars ein Autodidakt war, der sich selbst Sprachen und Lehrmeinungen beibrachte, mehr schlecht als recht, und seinen Lebensunterhalt als Typograph und Bücherfabrikant verdiente (im doppelten Sinne des Wortes, denn er schrieb sie und stellte sie her, wenn auch das letztere kunstvoller als das erste), jemals geahnt hat, welch transzendentale Bedeutung seine Schriften einmal haben würden (eine symbolische und moralische, keine ästhetische), als er sie zwischen seinen ständigen Erkundigungsgängen durch die Arbeiter- und Handwerkerviertel von Paris, die ihn faszinierten, oder durch das dörfliche und ländliche Frankreich, das er als Soziologe dokumentierte – die Zeit dafür stahl er seinen Liebeshändeln, die ehebrecherisch, inzestuös oder gekauft waren, aber immer orthodox, da die Homosexualität ihm das Entsetzen eines Karmeliters einflößte –, in aller Eile niederschrieb, immer, o Graus, seiner Inspiration folgend, ohne sie zu korrigieren, in einer Prosa, die ihm üppig und vulgär geriet und sämtlichen Unrat der französischen Sprache transportierte, konfus, repetitiv, labyrinthisch, konventionell, flach, ideenarm, unsensibel und, in einem Wort, das sie besser als jedes andere definiert: unterentwickelt.«

Warum also verlor er nach einem so strengen Urteil diese Morgenstunden damit, sich an eine ästhetische Mißgeburt, an einen drolligen Kakographen zu erinnern, der noch dazu eine Zeitlang das häßliche Gewerbe eines Spitzels ausgeübt hatte? Das Heft wartete mit verschwenderischen Angaben über ihn auf. Er hatte an die zweihundert Bücher produziert, allesamt literarisch unlesbar. Warum dann also dieser hartnäckige Wunsch, ihn Doña Lukrezia nahezubringen, seiner Antipodin, der Frau gewordenen Vollkommenheit? Weil, antwortete er sich, niemand besser als dieser geistige Wildwuchs seine Emotion am Mittag hätte verstehen können, als er flüchtig in einer Zeitschriftenanzeige diesen kleinen geflügelten Fuß eines asiatischen Mädchens gesehen hatte, der ihm heute nacht die Erinnerung, das Verlangen nach den königlichen Füßen Lukrezias zurückgebracht hatte. Nein, kein anderer als Restif, Liebhaber und höchster Kenner dieses Kults, den der verabscheuenswerte Menschenschlag der Psychologen und Psychoanalytiker lieber Fetischismus nannte, hätte ihn verstehen, ihm beistehen, ihn beraten können bei dieser Huldigung und Danksagung an jene angebeteten Füße. »Danke, meine liebe Lukrezia«, betete er inbrünstig, »für die lustvollen Stunden, die ich ihnen seit jenem Augenblick verdanke, da ich sie am Strand von Pucusana entdecken und im Wasser und in den Wellen küssen durfte.« Don Rigoberto, überwältigt, spürte abermals die salzigen, agilen Zehen, die sich in der Grotte seines Mundes bewegten, und das Würgen infolge des Salzwassers, das er dabei geschluckt hatte.

Ja, das war die Vorliebe von Nicolas Edme Restif de la Bretonne: der weibliche Fuß. Und im weiteren Sinne und aus Sympathie, wie ein Alchimist sagen würde, das, was sie schützt und umgibt: der Strumpf, der Schuh, die Sandale, der Stiefel. Mit der Spontaneität und Unschuld des in die Stadt abgewanderten Bauern praktizierte und proklamierte er seine Vorliebe für diese zarte Extremität und ihre Hüllen ohne jede Scham, und mit dem Fanatismus des Bekehrten ersetzte er in seinen maßlosen Schriften die wirkliche

Welt durch eine fiktive, die ebenso monoton, vorhersehbar, chaotisch und dumm war wie jene, nur daß
sich seine schlechte Prosa und seine obsessive Konzentration auf ein Thema zu etwas verbanden, worin
nicht die anmutigen Gesichter der Damen, ihre her-
abwallende Haarpracht, ihre grazilen Taillen, elfen-
beinernen Hälse oder arroganten Büsten glänzten
und die Leidenschaften der Männer aufstachelten,
sondern immer und ausschließlich die Schönheit ihrer Füße. (Wenn er noch existierte, so dachte er,
würde er den Freund Restif – natürlich mit Zustimmung Lukrezias – mit in ihr Häuschen am Olivar
nehmen, ihm als einzigen Körperteil ihre Füße zeigen, eingeschnürt in ein Paar wunderhübscher Groß-
mutter-Stiefelchen, und ihm sogar erlauben, sie ihr
auszuziehen. Wie hätte dieser Vorfahr reagiert? Wäre
er in Verzuckung geraten? Hätte er gezittert, geheult?
Hätte er, der glückliche Spürhund, sich mit heraus-
hängender Zunge, geweiteten Nüstern darauf gestürzt, um die Delikatesse zu wittern und mit der
Zunge zu kosten?)

Gebührte jemandem, der auf diese Weise der Lust
Reverenz erwies und seine Phantasie mit einer solchen Überzeugung und Geschlossenheit verteidigte,
nicht Respekt, obwohl er so schlecht schrieb? War
der gute Restif trotz seiner unverdaulichen Prosa
nicht »einer von uns«? Aber gewiß doch. Deshalb
war er ihm heute nacht im Traum erschienen, angezogen von jenem flüchtigen birmesischen oder singa-
purischen Füßchen, um ihm in dieser Morgendämmerung Gesellschaft zu leisten. Plötzlich fühlte Don
Rigoberto sich demoralisiert. Die Kälte drang ihm in

die Knochen. Wie sehr wünschte er in diesem Augenblick, Lukrezia möge von der Reue und dem Schmerz erfahren, die ihn wegen der Dummheit oder dem groben Unverständnis quälten, die ihn vor einem Jahr dazu gebracht hatten, sich ihr gegenüber genauso zu verhalten wie jetzt im überseeischen Wellington jener unwürdige Richter, der diese Lehrerin, diese Freundin (›Auch eine von uns‹), zu vier Jahren Gefängnis verurteilt hatte, weil sie diesem glücklichen Knaben, diesem neuseeländischen Fonchito, ein Stück vom Himmel gezeigt, nein, ihn den Himmel hatte erleben lassen. ›Statt zu leiden und es dir vorzuwerfen, hätte ich dir dafür danken sollen, du anbetungswürdiges Kindermädchen.‹ Er tat es jetzt, in diesem Morgengrauen, das erfüllt war von lauten, schäumenden Wellen und dem unsichtbaren, alles durchdringenden Sprühregen, mit dem Beistand des hilfsbereiten Restif, deoon Roman mit dem köstlichen Titel *Le pied de Franchette* und dem dummen Untertitel *ou l'orphéline française. Histoire intéressante et morale* (aber es gab ja wirklich einen Grund, ihn moralisch zu nennen) er auf den Knien hielt und mit beiden Händen liebevoll befühlte, wie ein kleines Paar hübscher Füße.

Als Keats schrieb: *Beauty is truth, truth is beauty* (das Zitat erschien unaufhörlich in jedem Heft, das er aufschlug), hatte er dabei an Doña Lukrezias Füße gedacht? Ja, obwohl der Unglückliche es nicht wußte. Und als Restif de la Bretonne 1769, im Alter von fünfunddreißig Jahren, *Le pied de Franchette* schrieb und druckte (beides wahrscheinlich mit der gleichen Geschwindigkeit), hatte er sich dabei ebenfalls, aus der Zukunft her, von einer Frau inspirieren lassen, die fast zwei Jahrhunderte später in einer barbarischen Provinz des (im Ernst?) lateinisch genannten Amerika zur Welt kommen sollte. Dank der Notizen des Heftes konnte Don Rigoberto sich nach und nach an die Geschichte des Romans erinnern. Obwohl konventionell und vorhersehbar, wie es schlimmer nicht sein konnte, und mit den Füßen geschrieben (nein, das durfte er weder denken noch sagen), wurde er durch den Umstand, daß seine eigentliche Hauptgestalt nicht die schöne junge Waise Franchette Florangis war, sondern die verwirrenden kleinen Füße von Franchette Florangis, erhöht und herausgehoben, denn aus diesem Umstand bezog er seine Handlung und die Überzeugungskraft, die ein Kunstwerk besitzt. Die Verwirrungen, die die perlmuttfarbenen Füßchen der jungen Franchette anrichteten, die Leidenschaften, die sie in ihrem Umkreis entfachten, waren unvorstellbar. Ihren alten Vormund, Monsieur Apatéon, der sich daran ergötzte, schönes Schuhwerk für sie zu kaufen, und dem jeder Vorwand recht war, um sie zu liebkosen, entflammten sie derart, daß er versuchte, sein Mündel, Tochter eines geliebten Freundes, zu vergewaltigen. Den Maler Dolsans, einen gutherzigen jungen Mann, der in sie verliebt war, seitdem er sie in grünen, mit goldenen Blumen geschmückten Schuhen gesehen hatte, trieben sie in einen bitteren Wahnsinn und zu verbrecherischen Plänen und kosteten ihn schließlich das Leben. Der glückliche, reiche junge Mann, Lusanville, verlustierte sich mit einem ihrer Schuhe, den er, Liebhaber auch er, gestohlen hatte, bevor er das schöne Mädchen seiner Träume in seinen Armen und in seinem Mund fühlen konnte. Jedes lebendige Mannsbild, das ihrer ansichtig wurde – Finanziers, Händler, Rentiers, Markgrafen, Plebejer –, erlag ihrem Zauber, war vom Pfeil der fleischlichen Liebe getroffen und zu allem bereit, um sie zu besitzen. Deshalb äußerte der Erzähler zu Recht den Satz, den Don Rigoberto abgeschrieben hatte: »*Le joli pied les rendait tous criminels.*« Ja, ja, diese kleinen Füße machten alle zu Verbrechern. Die Pantoffeln, Sandalen, Stiefelchen, Schuhe der schönen Franchette geisterten wie magische Gegenstände durch die Geschichte und erfüllten sie mit einem blendenden, samengesättigten Licht.

Dummköpfe werden zwar von Perversion sprechen, aber er und natürlich Lukrezia konnten Restif verstehen, sich darüber freuen, daß er die Kühnheit und die Schamlosigkeit besessen und vor den anderen sein Recht, anders zu sein und die Welt nach seinem Ebenbild neu zu erschaffen, geltend gemacht hatte. Hatten er und Lukrezia nicht genau das zehn Jahre lang in jeder Nacht getan? Hatten sie das Leben nicht ihren Wünschen gemäß in Unordnung und wieder in Ordnung gebracht? Würden sie es irgendwann einmal wieder tun? Oder bliebe all dies in die Erinnerung verbannt, mit den Bildern, die das Gedächtnis bewahrt, um nicht der Verzweiflung des Wirklichen, des eigentlich Bestehenden, anheimzufallen?

In dieser frühmorgendlichen Nachtstunde fühlte sich Don Rigoberto wie einer der Männer, denen der Fuß Franchettes die Fassung geraubt hatte. Er lebte im Leeren, füllte jede Nacht, jedes Morgengrauen Lukrezias Abwesenheit mit Phantasievorstellungen, die nicht ausreichten, ihn zu trösten. Gab es eine Lösung? War es zu spät, um umzukehren und den Fehler zu korrigieren? Konnte nicht ein Oberster Gerichtshof, ein Verfassungsgericht in Neuseeland das Urteil des tumben Richters revidieren und die Lehrerin freisprechen? Könnte nicht ein vorurteilsloser neuseeländischer Gouverneur sie amnestieren und gar als heldenhafte Staatsbürgerin für ihre bewährte selbstlose Hingabe an das Knabenalter auszeichnen? Konnte er nicht zum Haus am Olivar von San Isidro gehen und Lukrezia sagen, daß die dumme menschliche Gerechtigkeit sich geirrt und sie verurteilt hatte, ohne ein Recht dazu zu haben, und ihr die Ehre und die Freiheit zurückerstatten, um... um? Wozu? Er zögerte, aber er machte weiter, so gut er konnte.

War dies eine Utopie? Eine Utopie, wie sie der Fetischist Restif de la Bretonne ebenfalls phantasierte? Nein, denn die Utopien Don Rigobertos, denen er sich, hingegeben an die sanfte Trägheit seiner Gedankenspiele, bisweilen überließ, waren private Utopien, außerstande, sich in den freien Willen der anderen einzumischen. Waren diese Utopien etwa nicht legitim und völlig verschieden von den kollektiven, den Erzfeinden der Freiheit, die immer den Keim einer Katastrophe in sich trugen?

Dies war die schwache, gefährliche Seite auch von Nicolas Edme gewesen; eine Krankheit der Epoche, der er erlag wie ein Gutteil seiner Zeitgenossen. Denn das Verlangen nach sozialen Utopien, das große Erbe des Jahrhunderts der Aufklärung, hatte neben neuen Horizonten und kühnen Forderungen des Rechts auf Lust auch die historischen Zusammenbrüche zur Folge gehabt. Don Rigoberto erinnerte sich an nichts davon; wohl aber seine Hefte. Da waren die anklagenden Daten und die unerbittlichen Verdammungen.

In dem zartfühlenden Genießer kleiner Füße und weiblicher Schuhe, der Restif war – ›Gott segne ihn dafür, wenn er existiert‹ –, gab es auch einen gefährlichen Denker, einen messianischen Eiferer (einen Idioten, wenn man ihn mit aller Grausamkeit bezeichnen wollte, oder einen Schwarmgeist, wenn man es vorzog, ihm mit Nachsicht zu begegnen), einen Reformator von Institutionen, einen Erlöser von gesellschaftlichen Mängeln, der inmitten der Papiergebirge, die er vollkritzelte, einige Berge und Hügel darauf verwandte, Gefängnisse in Form von öffentlichen Utopien zu errichten, um die Prostitution zu reglementieren und den Huren das Glück aufzuzwingen (das fürchterliche Vorhaben erschien in einem Buch mit irreführendem, hübschem Titel, *Le Pornographe*), um die Funktionsweise der Theater und die Sitten der Schauspieler zu verbessern *(Le Mimographe)*, um das Leben der Frauen zu organisieren, indem er ihnen Pflichten zuwies und Grenzen setzte, damit Harmonie zwischen den Geschlechtern herrschte (das tollkühne Machwerk trug ebenfalls einen Titel, der Lüste zu verheißen schien – *Les Gynographes* –, und kam doch in Wirklichkeit mit Halsstöcken und Fußfesseln für die Freiheit daher). Ungleich ehrgeiziger und bedrohlicher war freilich sein Anspruch gewesen, die Verhaltensweisen der menschlichen Gattung zu reglementieren *(L'Andrographe)* oder, besser gesagt, zu ersticken und eine alles überflutende, alles durchdringende, jede Intimität verletzende Legalität einzuführen, die der freien Initiative und der freien Verfügung der Menschen über ihre Wünsche ein Ende gemacht hätte: *Le Thermographe*. Angesichts dieser interventionistischen Exzesse eines weltlichen Torquemada konnte man die Tatsache, daß Restif seine Reglementiersucht so weit getrieben hatte, eine vollständige Reform der Orthographie vorzuschlagen *(Glossographe)*, für einen kindlichen Streich halten. Er hatte diese Utopien in einem Buch versammelt, das er *Idées singulières* (1769) nannte, und das waren sie ohne Zweifel, aber in der unheilvollen und kriminellen Bedeutung des Begriffs Sonderbarkeit.

Das Urteil, das im Heft stand, war unwiderruflich, und Don Rigoberto billigte es: »Es besteht kein Zweifel: Wenn dieser eifrige Buchdrucker, Dokumentalist und raffinierte Liebhaber weiblicher Extremitäten zu politischer Macht gelangt wäre, hätte er aus Frankreich, vielleicht sogar aus Europa, ein hochdiszipliniertes Konzentrationslager gemacht, in dem ein feinmaschiges Netz aus Verboten und Geboten noch die letzte Spur von Freiheit getilgt hätte. Glücklicherweise war er zu egoistisch, um die Macht zu begehren, galt seine ganze Aufmerksamkeit doch dem Unterfangen, die menschliche Wirklichkeit in Fiktionen neu zu erschaffen, diese Wirklichkeit nach eigenem Gutdünken neu zusammenzusetzen: so besteht in *Le pied de Franchette* der oberste Wert, das höchste Ziel des männlichen Zweifüßers nicht darin, heroische militärische Eroberungsaktionen durchzuführen oder den Stand der Heiligkeit zu erlangen oder die Geheimnisse der Materie und des Lebens zu ergründen, sondern in diesem sinnlichen, köstlichen kleinen weiblichen Fuß mit dem Wohlgeschmack der Ambrosia, von der sich die Götter des Olymp ernährten.« Wie der Fuß, den Don Rigoberto in der *Time*-Anzeige gesehen und der ihn an den Lukrezias erinnert und ihn dazu gebracht hatte, hier, überrascht vom ersten Morgenlicht, seiner Geliebten diese Flaschenpost zu schicken, die er ins Meer werfen würde, auf der Suche nach ihr, obwohl er ganz genau wußte, daß sie sie nicht erreichen würde, denn wie könnte sie erreichen, was nicht existierte, was mit dem vergänglichen Pinsel seiner Träume geschaffen worden war?

Don Rigoberto hatte sich gerade mit geschlossenen Augen diese verzweifelte Frage gestellt, als durch eine Bewegung seines linken Arms, während seine Lippen den liebevollen Vokativ »Ach, Lukrezia!« flüsterten, eines seiner Hefte zu Boden fiel. Er hob es auf und warf einen Blick auf die Seite, die beim Fallen aufgeschlagen geblieben war. Sein Herz hüpfte in der Brust: der Zufall wartete mit wunderbaren Überraschungen auf, wie er und seine Frau oft bei ihren Spielereien hatten feststellen können. Was fand er da? Zwei Notizen, die etliche Jahre zurücklagen. Als erstes etwas, das man vergessen konnte: die Erwähnung eines anonymen Fin-de-siècle-Kupferstichs, auf dem Merkur der Nymphe Kalypso befiehlt, Odysseus freizugeben – in den sie sich verliebt hatte und den sie auf ihrer Insel gefangenhielt – und ihn seine Reise zu Penelope fortsetzen zu lassen. Und als zweites, wie herrlich, eine von Begeisterung getragene Überlegung: »Der zarte Fetischismus von Johannes Vermeer, der auf seinem Gemälde *Die Rast der Diana* diesem vernachlässigten Teil des weiblichen Körpers malerischen Tribut erweist, indem er eine Nymphe zeigt, die liebevoll damit beschäftigt ist, mit einem Schwamm den Fuß Dianas zu waschen – oder eher zu liebkosen –, während eine andere Nymphe in süßer Hingabe ihren eigenen Fuß liebkost. Alles ist subtil und fleischlich, von einer zarten Sinnlichkeit, die von der Vollkommenheit der Formen und dem feinen Nebel verschleiert wird, in den die Szene getaucht ist und der die Gestalten genauso unwirklich und magisch erscheinen läßt, wie du es bist, Lukrezia, jede Nacht in Fleisch und Blut, und auch dein Traumbild, wenn du meine Träume besuchst.« Wie wahr, wie passend, wie gültig.

Und wenn er nun ihre anonymen Briefe beantwortete? Und wenn er ihr wirklich schriebe? Und wenn er noch heute nachmittag, gleich nach der letzten Runde in der Tretmühle seiner Versicherungs- und Geschäftsführungsknechtschaft an ihre Tür klopfte? Und wenn er bei ihrem Anblick sofort auf die Knie sänke und sich herunterbeugte, um den Boden zu küssen, auf den sie trat, und sie um Verzeihung bäte und sie »mein geliebtes Kindermädchen«, »meine neuseeländische Lehrerin«, »meine Franchette«, »meine Diana« nannte, bis er sie zum Lachen brachte? Würde sie lachen? Würde sie in seine Arme stürzen, ihm die Lippen darbieten, ihn ihren Körper

spüren lassen und ihm dadurch zu verstehen geben,
daß alles vorbei war, daß sie von neuem, für sich
allein, ihre geheime Utopie schaffen konnten?

GEFÜLLTER JAGUAR

Ich liebe Dich auf hawaiische Art, und dann tanzt Du
für mich den *ukelele* in Vollmondnächten, mit Schel-
len an den Hüften und an den Knöcheln, wie Dorothy Lamour.

Und ich liebe Dich auf aztekische Art, und dann
opfere ich Dich kupferfarbenen, gierigen gefiederten
Schlangengöttern auf der Spitze einer Pyramide aus
rostigen Steinen, um die der undurchdringliche Urwald wuchert.

Nach Eskimo-Art in kalten Iglus, die von Fackeln
aus Walfett erhellt werden, und auf norwegische Art,
festgezurrt auf Skiern, während wir mit hundert
Stundenkilometern die Hänge eines weißen Berges
hinabstürzen, aus dem Totems mit Runen hervorbre-
chen.

Heute nacht, Geliebte, ist mein Hochmut moder-
nistisch, blutgierig und afrikanisch.

Du sollst Dich vor dem Bodenspiegel entkleiden
und dabei die schwarzen Strümpfe und die roten
Strumpfbänder anbehalten; Du sollst deinen schönen Kopf unter der Maske eines wilden Raubtieres
verbergen, am besten des brünstigen Jaguarweibchens aus Ruben Daríos *Azul* . . . oder einer sudanesischen Löwin.

Du sollst in der rechten Hüfte einknicken, das linke Bein beugen, Deine Hand auf die andere Hüfte legen und die wildeste, provokanteste Pose einnehmen.

Auf meinem Stuhl sitzend, an die Rückenlehne gefesselt, werde ich Dich mit meiner gewohnten Unterwürfigkeit betrachten und anbeten.

Ohne mit der Wimper zu zucken, ohne zu schreien, werde ich verharren, während Du mir deine Krallen in die Augen schlägst, Deine weißen Reißzähne meinen Hals zerfetzen, Du mein Fleisch verschlingst und Deinen Durst an meinem verliebten Blut stillst.

Jetzt bin ich in Dir, jetzt bin ich auch Du, Geliebte, die Du mit mir gefüllt bist.

IX. Die Verabredung im Sheraton

»Ich hatte zwei Whiskys pur getrunken, um mich zu trauen, um mir Mut zu machen«, sagte Doña Lukrezia. »Bevor ich mich verkleidete, meine ich.«

»Bestimmt waren Sie ganz schön beschwipst, Señora«, amüsierte sich Justiniana. »Wo Sie doch so wenig vertragen.«

»Du warst doch dabei, du freches Ding«, sagte Doña Lukrezia vorwurfsvoll. »Ganz aufgeregt bei dem Gedanken, was passieren konnte. Du hast eingeschenkt, du hast mir geholfen, mich zu verkleiden, und nach Herzenslust gelacht, während ich mich in so eine verwandelte.«

»In eine von der gewissen Sorte«, echote die Hausangestellte, während sie ihr das Rouge auffrischte.

›Das ist die größte Torheit meines Lebens‹, dachte Doña Lukrezia. ›Größer als die Sache mit Fonchito, größer als meine Heirat mit dem verrückten Rigoberto. Wenn ich sie begehe, werde ich es bis zu meinem Lebensende bereuen.‹ Aber sie würde sie begehen. Die rote Perücke stand ihr perfekt – sie hatte sie in dem Geschäft probiert, in dem sie sie in Auftrag gegeben hatte –, und es sah aus, als würde ihr barockes Hochrelief aus Locken und Strähnen in Flammen stehen. Sie erkannte sich kaum wieder in dieser glutvollen Frau mit gebogenen künstlichen Wimpern und runden tropischen Ohrringen, mit hochrot geschminkten Lippen, die doppelt so groß waren wie die echten, mit den Schönheitsflecken und blauen

Augenringen einer *femme fatale*, Stil mexikanischer Kitschfilm der fünfziger Jahre.

»Donnerwetter, Donnerwetter, niemand würde sagen, daß Sie das sind.« Justiniana beobachtete sie erstaunt und hielt sich die Hand vor den Mund. »Ich weiß nicht, wem Sie ähnlich sehen, Señora.«

»Na, einer von dieser gewissen Sorte«, bekräftigte Doña Lukrezia.

Der Whisky hatte seine Wirkung getan. Die Unschlüssigkeit, die sie eben noch gehemmt hatte, war verflogen, und sie betrachtete jetzt neugierig und amüsiert ihre Verwandlung im Spiegel des Schlafzimmers. Justiniana, von wachsendem Staunen erfüllt, reichte ihr die Kleidungsstücke, die auf dem Bett bereitlagen: den Minirock, der sie so einzwängte, daß sie Mühe hatte, zu atmen; die schwarzen, in roten Strumpfbändern mit goldenen Verzierungen endenden Strümpfe; die farbige Bluse, die ihre Brüste bis zur Spitze der Brustwarze sehen ließ. Sie half ihr auch, die silbrigen Stöckelschuhe anzuziehen. Sie trat zurück, betrachtete sie von oben bis unten und von unten bis oben und rief abermals verblüfft aus:

»Das sind nicht Sie, Señora, das ist eine andere, eine andere. Wollen Sie wirklich so ausgehen?«

»Natürlich«, nickte Doña Lukrezia. »Wenn ich bis morgen nicht wieder da bin, rufst du die Polizei.«

Und ohne noch länger zu warten, nahm sie ein Taxi am Taxistand Virgen del Pilar und befahl dem Fahrer bestimmt: »Zum Hotel Sheraton.« Vorgestern, gestern und heute vormittag, während sie ihre Kleidung vorbereitete, hatte sie Zweifel gehabt. Sie hatte sich gesagt, daß sie nicht hingehen, sich nicht zu einer solchen Posse hergeben würde, zu etwas, das bestimmt ein grausamer Scherz war; aber jetzt im Taxi fühlte sie sich völlig sicher und entschlossen, das Abenteuer bis zum Ende durchzustehen. Was auch geschehen mochte. Sie schaute auf die Uhr. Die Anweisungen sagten, zwischen halb zwölf und zwölf Uhr abends, und es war erst elf, sie würde zu früh kommen. Gelassen, fern von sich selbst dank des Alkohols, fragte sie sich, während das Taxi auf dem halbleeren Zanjón in Richtung Zentrum fuhr, was sie tun würde, wenn im Sheraton jemand sie trotz ihrer Verkleidung erkennen würde. Sie würde den Augenschein leugnen und mit Diskantstimme und mit der zuckersüßen, gespreizten Betonung der Frauen dieser Sorte sagen: »Lukrezia? Ich heiße Aida. Wir sind uns ähnlich? Irgendeine entfernte Verwandte vielleicht.« Sie würde mit absoluter Dreistigkeit lügen. Ihre Angst war völlig verflogen. ›Du bist entzückt, einen Abend lang die Nutte zu spielen‹, dachte sie, zufrieden mit sich selbst. Sie bemerkte, daß der Fahrer ständig den Blick hob, um sie durch den Rückspiegel zu beobachten.

Bevor sie das Sheraton betrat, setzte sie sich die dunkle Brille mit der links und rechts in Zacken endenden Fassung aus Perlmutt auf, die sie am Nachmittag in einem kleinen Laden in der Calle de la Paz gekauft hatte. Sie hatte sie wegen ihrer vulgären Geschmacklosigkeit ausgewählt und weil sie durch ihre Größe wie eine Maske wirkte. Sie durchquerte die Eingangshalle mit raschem Schritt, in Richtung Bar, in der Furcht, einer der livrierten Portiers, die ihr beleidigend hinterherstarrten, könnte sich ihr nähern und sie fragen, wer sie war, was sie suchte, oder sie ohne Fragen ihrer auffallenden Erscheinung wegen hinauswerfen. Aber niemand näherte sich ihr. Sie stieg ohne Eile die Stufen zur Bar hinauf. Das Halbdunkel gab ihr die Sicherheit zurück, die sie im starken Licht des Eingangs fast verloren hätte, dieser Halle, über der sich bedrückend der rechteckige, gefängnisgleiche Wolkenkratzer des Hotels mit seinen Stockwerken, Mauern, Gängen, Balustraden und Schlafzimmern auftürmte. Im Zwielicht, zwischen kleinen Rauchwolken, bemerkte sie, daß nur wenige Tische besetzt waren. Aus den Lautsprechern erklang italienische Musik mit einem prähistorischen Sänger – Domenico Modugno –, die sie an einen weit zurückliegenden Film mit Claudia Cardinale und Vittorio Gassman erinnerte. Verschwommene Gestalten zeichneten sich an der Bar ab, vor dem gelblichbläulichen Hintergrund der Gläser und der aufgereihten Flaschen. Von einem Tisch stiegen schrille Stimmen auf, in denen sich Betrunkenheit ankündigte.

Mit neuer Tatkraft, voll Vertrauen in ihre Fähigkeit, mit jedem unerwarteten Ereignis fertig zu werden, durchquerte sie das Lokal und nahm Besitz von einem dieser hohen Hocker an der Bar. Der Spiegel vor ihr zeigte eine Vogelscheuche, die ihr nicht etwa Widerwillen oder Spott, sondern Zärtlichkeit einflößte. Ihre Überraschung war grenzenlos, als sie hörte, wie der Barkeeper, ein kleiner *cholo* mit glattem, pomadisiertem Haar in einem Jackett, das ihm zu groß war, und mit einer kleinen Fliege, die ihn zu ersticken drohte, sie plump duzte:

»Du bestellst was oder du ziehst ab.«

Sie wollte schon eine Szene machen, aber sie überlegte es sich anders und sagte sich, daß diese Unverschämtheit den Erfolg ihrer Verkleidung bewies. Dann bestellte sie, wobei sie zum ersten Mal ihre neue gezierte, zuckersüße Stimme ausprobierte:

»Einen Black Label mit Eis, wenn Sie so gut sind.«

Der Mann starrte sie an, zweifelnd, abwägend, ob ihre Worte ernst gemeint waren. Er entschied sich dafür, »mit Eis, jawohl« zu murmeln, während er sich entfernte. Sie dachte, daß ihre Maskerade komplett gewesen wäre, wenn sie ihr noch eine Zigarettenspitze hinzugefügt hätte. Dann hätte sie extralange Mentholzigaretten der Marke Kool verlangt und Rauchringe zur Decke hinaufgeblasen, deren Sternchen ihr zublinzelten.

Der Barkeeper brachte ihr den Whisky mit der Rechnung, und sie protestierte auch nicht gegen diesen Mißtrauensbeweis; sie bezahlte, ohne ihm ein Trinkgeld zu geben. Sie hatte kaum den ersten Schluck genommen, als sich jemand neben sie setzte. Ein leichter Schauer überlief sie. Es wurde Ernst mit dem Spiel. Doch nein, es war kein Mann, sondern eine junge Frau in Hosen und einem dunklen Polohemd mit Rollkragen, ohne Ärmel. Sie hatte glattes Haar, das sie offen trug, und das freche, leicht verworfene Gesicht der Mädchen von Schiele.

»Hallo.« Die kleine, nach Miraflores klingende Stimme kam ihr bekannt vor. »Wir kennen uns, nicht wahr?«

»Ich glaube nicht«, antwortete Doña Lukrezia.

»Ich dachte, entschuldige«, sagte das Mädchen.

388

»Um ehrlich zu sein, ich habe ein furchtbar schlechtes Gedächtnis. Kommst du oft her?«

»Ab und zu«, sagte Doña Lukrezia zögernd. Kannte sie sie?

»Das Sheraton ist nicht mehr so sicher wie früher«, beklagte sich das Mädchen. Sie zündete eine Zigarette an und stieß eine Rauchwolke aus, die eine Weile brauchte, bis sie sich auflöste. »Am Freitag war Razzia hier, hat man mir erzählt.«

Doña Lukrezia stellte sich vor, wie sie in den Polizeiwagen gestoßen, zur Präfektur gebracht, als Prostituierte registriert wurde.

»Du bestellst was oder du ziehst ab«, sagte der Barkeeper zu ihrer Nachbarin, während er ihr mit erhobenem Zeigefinger drohte.

»Ach, geh zum Teufel, du stinkender *cholo*«, sagte das Mädchen, ohne ihn eines Blickes zu würdigen.

»Du immer mit deinen unanständigen Ausdrücken, Adelita«, lächelte der Barkeeper und zeigte ein Gebiß, das, Doña Lukrezia war sicher, grünlich von Zahnstein war. »Nur so weiter. Fühl dich wie zu Hause. Nütz es nur aus, daß ich eine Schwäche für dich habe.«

In diesem Augenblick erkannnte Doña Lukrezia sie. Adelita, natürlich! Die Tochter von Esthercita! So was, so was, niemand Geringeres als die Tochter dieser Betschwester von Esther.

»Die Tochter der Señora Esthercita?« Justiniana knickte in der Taille ein und brach in lautes Lachen aus. »Adelita? Das junge Fräulein Adelita? Die Tochter der Patin von Fonchito? Auf Kundenfang im Sheraton? Das schlucke ich nicht, Señora. Nicht mal mit Coca-Cola oder mit Champagner schluck ich das.«

»Niemand anderes, und du weißt nicht, wie«, versicherte ihr Doña Lukrezia. »Völlig ungeniert. Warf mit derben Ausdrücken um sich und bewegte sich wie der Fisch im Wasser dort in der Bar. Wie die erfahrenste Dirne von ganz Lima.«

»Und sie hat Sie nicht wiedererkannt?«

»Zum Glück nicht. Aber du hast noch gar nichts gehört. Wir unterhielten uns, als plötzlich, ich weiß nicht woher, der Typ bei uns aufkreuzte. Adelita kannte ihn anscheinend.«

Er war groß, kräftig, ein bißchen dick, ein bißchen betrunken, ein bißchen all das, was man braucht, um sich tollkühn zu fühlen und sich herrisch aufzuführen. Er trug einen Anzug und eine glänzende Krawatte mit Romben und Zickzackstreifen und schnaufte wie ein Blasebalg. Er mußte um die Fünfzig sein. Er stellte sich zwischen beide, legte die Arme um sie und sagte zur Begrüßung, wie er es mit zwei uralten Freundinnen getan hätte:

»Kommt ihr mit in meine Suite? Es gibt was Gutes zu trinken und *something for the nose*. Außerdem Dollarregen für Mädchen, die sich gut betragen.«

Doña Lukrezia schwindelte. Der Atem des Mannes traf ihr Gesicht. Er war so nah, daß er sie mit einer kleinen Bewegung hätte küssen können.

»Bist du allein, Süßer?« fragte das Mädchen kokett.

»Wozu soll denn noch einer gut sein.« Der Mann leckte sich die Lippen und faßte an die Tasche, in der er vermutlich seine Brieftasche trug. »Hundert grüne pro Kopf, okay? Ich zahle im voraus.«

»Wenn du keine Zehn- oder Fünfzigdollarscheine hast, dann lieber Sol«, sagte Adelita sofort. »Die Hunderter sind immer falsch.«

»Okay, okay, ich habe Fünfziger«, versprach der Mann. »Also los, Mädels.«

»Ich warte auf jemanden«, entschuldigte sich Doña Lukrezia. »Tut mir leid.«

»Kann der nicht warten?« fragte der Mann.

»Es geht nicht, wirklich.«

»Wenn du willst, gehen wir beide rauf«, schaltete sich Adelita ein, während sie sich bei ihm einhängte. »Ich werde dich gut behandeln, mein Jungchen.«

Aber der Mann wies sie enttäuscht ab:

»Du allein gilt nicht. Heute abend belohne ich mich. Meine Gäule haben drei Rennen und das Doppel gewonnen. Soll ich euch was erzählen? Ich werde mir einen Wunsch erfüllen, der seit Tagen in mir rumort. Soll ich euch sagen, welchen?« Er schaute erst die eine, dann die andere an, sehr ernst, während er seinen Hemdkragen lockerte, und fuhr dann hastig fort, ohne ihre Zustimmung abzuwarten: »Die eine aufspießen, während ich die andere vernasche. Beide im Spiegel sehen, wie sie sich betatschen und abknutschen, während sie auf dem Thron sitzen. Und dieser Thron werde ich sein.«

›Der Spiegel von Egon Schiele‹, dachte Señora Lukrezia. Sie fühlte sich weniger von der Vulgarität des Mannes abgestoßen als vom seelenlosen Glanz seiner Pupillen, während er seinen Wunsch beschrieb.

»Du wirst das Schielen kriegen, wenn du soviel auf einmal siehst, mein Junge«, lachte Adelita und versetzte ihm einen gespielten Fausthieb.

»Das ist meine Phantasie. Und dank meiner Gäule werde ich sie heute abend verwirklichen«, sagte der Mann stolz, zum Abschied. »Schade, daß du beschäftigt bist, kleiner Clown, du gefällst mir, trotz deiner grellen Farben. Tschau, Mädchen.«

Als er sich zwischen den Tischen verlor – in der Bar waren mehr Leute als vorher, der Rauch hatte sich verdichtet, das Geräusch der Unterhaltungen war lauter geworden, und die Musik, die aus den Lautsprechern kam, war jetzt ein Merengue-Stück von Juan Luis Guerra –, beugte Adelita sich mit betrübtem Gesicht zu ihr:

»Stimmt das mit der Verabredung? Das war ein Bombengeschäft mit diesem Typen. Was er von den Pferden erzählt hat, ist gelogen. Der ist ein Drogenboß, jeder kennt ihn. Und er kommt sofort, mit hundert pro Stunde. Vorzeitiger Samenerguß, heißt das. So rasch, daß er es oft nicht mal schafft, anzufangen. Das war das reinste Geschenk, Mädchen.«

Doña Lukrezia versuchte, ein wissendes Lächeln anzudeuten, was ihr nicht recht gelang. Wie konnte die Tochter von Esther solche Sachen sagen? Die Tochter einer so hochnäsigen, reichen, eingebildeten, eleganten, katholischen Dame? Esthercita, die Patin von Fonchito. Das Mädchen fuhr mit seinem ungenierten Geplauder fort, dem Doña Lukrezia verblüfft folgte:

»Schön dumm, sich die Gelegenheit durch die Lappen gehen zu lassen, in einer halben Stunde, in fünfzehn Minuten hundert Dollar zu verdienen. Für mich wär das eine feine Sache, mit dir raufzugehen und diesen Typen zu bearbeiten, das schwör ich dir. Es wär Spitze gewesen und im Nu zu Ende. Ich weiß nicht, wie es bei dir ist, aber was mich stört, sind die Pärchen. Der brave Ehemann, der zuschaut, während du seine brave Frau aufgeilst. Ich hasse sie, Schwester! Die dumme Ziege stirbt ja immer vor Scham. Das Gekicher, das Getue, man muß ihr was zu trinken geben, mit ihr rummachen. Himmel, mir wird sogar übel davon, ich sag dir. Und vor allem, wenn sie anfangen zu heulen und die große Reue sie ankommt. Ich könnte sie umbringen, das schwör ich dir. Das dauert halbe und ganze Stunden mit diesen blöden Tanten. Sie wollen, sie wollen nicht, und du verlierst ein Heidengeld wegen ihnen. Ich hab keine Geduld mehr, Schwester. Ist dir das nicht passiert?«

»Wem wohl nicht«, fühlte Doña Lukrezia sich verpflichtet zu sagen, wobei es sie Mühe kostete, jedes Wort aus ihrem Mund herauszubringen. »Ein paarmal.«

»Aber schlimmer noch die beiden Spezis, das Gespann, die Kumpels, findest du nicht?« seufzte Adelita. Ihre Stimme hatte sich verändert, und Doña Lukrezia dachte, sie müsse etwas Schreckliches erlebt haben, mit Sadisten, Verrückten oder Monstren. »Wie männlich sie sich fühlen, wenn sie zu zweit sind. Und dann fangen sie an, sämtlichen Quatsch zu verlangen. Die Blasmusik, das Sandwich, die kleine Nummer. Warum bittest du nicht lieber deine Mama, deinen Papa darum? Ich weiß nicht, wie du das siehst, Schwester, aber was mich betrifft, die kleine Nummer, nicht im Traum. Es gefällt mir nicht. Es ekelt mich an. Und außerdem tut's mir weh. Also mach ich's nicht mal für zweihundert Dollar. Und du?«

»Ich genauso«, brachte Doña Lukrezia hervor. »Ekel und Wehtun, genau wie bei dir. Und die kleine Nummer nicht für zweihundert, nicht für tausend.«

»Na ja, für tausend, wer weiß«, lachte das Mädchen. »Siehst du? Wir sind uns ähnlich. Schön, da ist deine Verabredung, glaube ich. Mal sehen, ob wir das nächste Mal den Job für diesen Hirnlosen mit den Gäulen machen. Tschau und viel Spaß.«

Sie rückte zur Seite und überließ ihren Platz der schlanken Gestalt, die sich näherte. Im schwachen Licht des Raums sah Doña Lukrezia, daß er jung war, eher helles Haar und kindliche Gesichtszüge hatte, die eine entfernte Ähnlichkeit aufwiesen mit, ja, mit wem? Mit Fonchito! Ein zehn Jahre älterer Fonchito, dessen Blick härter und dessen Körper größer und schmaler geworden war. Er war mit einem eleganten blauen Anzug bekleidet und trug ein rosafarbenes Taschentuch von der gleichen Farbe wie die Krawatte in der Brusttasche.

»Der Erfinder des Wortes Individualismus war Alexis de Tocqueville«, sagte er zur Begrüßung, mit einer leicht schrillen Stimme. »Richtig oder falsch?«

»Richtig.« Doña Lukrezia brach kalter Schweiß aus. Was würde jetzt passieren? Entschlossen, bis zum Ende zu gehen, fügte sie hinzu: »Ich bin Aldonza, die Andalusierin aus Rom. Hure, Sternendeuterin und Kupplerin, zu Befehl.«

»Das einzige, was ich verstehe, ist Hure«, fiel Justiniana ihr ins Wort, der ganz schwindlig war von dem, was sie hörte. »War das im Ernst gesagt? Mußten Sie nicht lachen? Entschuldigen Sie die Unterbrechung, Señora.«

»Folge mir«, sagte der Neuankömmling ohne jede Spur von Humor. Er bewegte sich wie ein Automat.

Doña Lukrezia glitt vom Barhocker herunter und erahnte den bösen Blick des Barkeepers, als er sie gehen sah. Sie folgte dem jungen blonden Mann, der, die rauchige Luft zerteilend, rasch zwischen den dicht besetzten Tischen hindurch dem Ausgang der Bar zustrebte. Dann ging er über den Gang auf die Fahrstühle zu. Doña Lukrezia sah, daß er auf den 24. Stock drückte, und ihr Herz tat einen Sprung, als sie die Leere im Magen spürte infolge der Geschwindigkeit, mit der sie hinauffuhren. Eine Tür ging auf, kaum daß sie auf den Gang hinausgetreten waren. Sie befanden sich im Empfangszimmer einer riesigen Suite: hinter dem großen Fenster erstreckte sich zu ihren Füßen ein Lichtermeer mit dunklen Flecken und Nebelbänken.

»Du kannst die Perücke abnehmen und dich im Bad ausziehen.« Der junge Mann wies auf ein Zimmer, auf einer Seite des Vorraums. Aber Doña Lukrezia vermochte nicht einen Schritt zu tun, fasziniert wie sie war von diesem jugendlichen Gesicht mit dem stählernen Blick und dem zerzausten Haar – sie hatte es für blond gehalten, und es war hell, ins Dunkle spielend –, das sie vor sich hatte, modelliert vom Lichtkegel einer Lampe. Wie war das möglich? Er sah aus wie er, in Person.

»Egon Schiele?« unterbrach sie Justiniana. »Der Maler, von dem Fonchito besessen ist? Dieser freche Kerl, der seine Modelle malte, während sie schamlose Dinge trieben?«

»Warum, glaubst du wohl, wäre ich sonst so baff gewesen? Genau der.«

»Ich weiß, daß ich ihm ähnlich sehe«, erklärte ihr der junge Mann im gleichen ernsten, zweckbestimmten, mechanischen Ton, mit dem er sich von Anfang an an sie gewandt hatte. »Ist es das, was dich so verwirrt? Schön, ich sehe ihm ähnlich. Na und? Oder glaubst du, ich bin der wiederauferstandene Egon Schiele? So dumm wirst du doch nicht sein, oder?«

»Die Ähnlichkeit hat mir einfach die Sprache verschlagen«, gab Doña Lukrezia zu, während sie ihn aufmerksam betrachtete. »Es ist nicht nur das Gesicht. Auch der lange, ausgemergelte Körper. Die großen Hände. Und wie du mit deinen Fingern spielst und dabei den Daumen verbirgst. Genau, ganz genau wie auf allen Fotografien von Egon Schiele. Wie ist das möglich?«

»Verlieren wir keine Zeit«, sagte der junge Mann kalt und mit einer Geste, die Verdruß ausdrückte. »Nimm dir diese widerliche Perücke und diese fürchterlichen Ohrringe und Ketten ab. Ich erwarte dich im Schlafzimmer. Komm nackt.«

Sein Gesicht hatte etwas Herausforderndes und Verletzbares. Er wirkte, dachte Doña Lukrezia, wie ein ungezogenes, geniales Kind, das trotz aller Streiche und Frechheiten, Kühnheiten und Leichtfertigkeiten dringend seine Mutter brauchte. Dachte sie an Egon Schiele oder an Fonchito? Doña Lukrezia war völlig sicher, daß der junge Mann vorwegnahm, wie Rigobertos Sohn in einigen Jahren sein würde.

›Jetzt beginnt das Schwierigste‹, sagte sie sich. Sie hatte die Gewißheit, daß der junge Mann, der Fonchito und Egon Schiele glich, die Tür zweimal abgeschlossen hatte und daß sie, selbst wenn sie es wünschte, nicht mehr aus der Suite entkommen könnte. Sie würde den Rest der Nacht hierbleiben müssen. Außer der Angst, die sich ihrer bemächtigt hatte, empfand sie Neugier und sogar einen Anflug von Erregung. Sich diesem schlanken jungen Mann mit dem kalten, leicht grausamen Gesichtsausdruck hinzugeben wäre, als würde sie mit einem jungen-fast-männlichen-Fonchito oder mit einem verjüngten und verschönten Rigoberto, einem jungen-fast-kind-lichen-Rigoberto ins Bett gehen. Sie mußte lächeln über den Einfall. Im Badezimmerspiegel blickte ihr ein entspanntes, fast heiteres Gesicht entgegen. Es kostete sie Mühe, sich auszuziehen. Sie fühlte, daß ihre Hände steif waren, als hätten sie Schneebälle geformt. Ohne die absurde Perücke, befreit von dem Minirock, der sie eingezwängt hatte, atmete sie auf. Sie behielt den Slip an und den winzigen Büstenhalter aus schwarzer Spitze, und bevor sie hinausging, löste und ordnete sie ihr Haar – sie hatte es mit einem Netz zusammengehalten – und blieb dann einen Augen-blick in der Tür stehen. Wieder die Panik. ›Es kann sein, daß ich hier nicht lebend rauskomme.‹ Aber nicht einmal diese Befürchtung bewirkte, daß sie be-reute, hergekommen zu sein und diese schauerliche Posse aufzuführen, um Rigoberto (oder Fonchito?) zu Gefallen zu sein. Als sie in den Vorraum hinaus-trat, stellte sie fest, daß der junge Mann alle Lichter des Zimmers gelöscht hatte, außer einer kleinen Lampe in einer fernen Ecke. Hinter dem riesigen Fen-ster blinkten weit unten Tausende von Leuchtkäfern an einem umgekehrten Himmel. Lima sah aus, als habe es sich als große Stadt verkleidet; die Dunkelheit tilgte seine Lumpen, seinen Schmutz und sogar seinen Gestank. Eine sanfte Musik von Harfen, Koloraturklängen, Geigen füllte das Halbdunkel. Während sie auf die Tür zuging, die der junge Mann ihr gezeigt hatte, noch immer furchtsam, spürte sie eine weitere Welle der Erregung, die ihre Brustwarzen steif werden ließ. (›Was Rigoberto so liebt.‹) Sie glitt lautlos über den Teppich und klopfte an die Tür. Sie war angelehnt und öffnete sich, ohne zu knarren.

»Die von vorher waren schon da?« rief Justiniana aus, noch ungläubiger als zuvor. »Wie ist denn das möglich. Die beiden von vorher? Adelita, die Tochter der Señora Esther?«

»Und der Typ mit den Pferden, der Drogenboß oder was auch immer«, bestätigte Doña Lukrezia. »Ja, da waren sie. Beide. Im Bett.«

»Und nackt, klar.« Justiniana hob die Hand vor den Mund und kicherte, während sie schamlos die Augen verdrehte. »Und warteten auf Sie, Señora.«

Das Zimmer wirkte größer, als es in einem Hotel üblich war, selbst in einer Luxus-Suite, aber Doña Lukrezia konnte seine Ausmaße nicht genau erkennen, weil nur die Lampe auf einem der Nachttischchen brannte und der Lichtkreis, gerötet durch den skorpionfarbenen Lampenschirm, mit aller Deutlichkeit nur das Paar erhellte, das miteinander verschlungen auf der pechschwarzen, dunkelorange gefleckten Decke des Doppelbetts lag. Der Rest des Zimmers war in Dunkel getaucht.

»Komm rein, Herzchen«, begrüßte sie der Mann, mit einer Hand wedelnd, ohne aufzuhören, Adelita abzuküssen, auf der er halb lag. »Trink was. Auf dem

Tisch steht Champagner. Und in der silbernen Tabaksdose ist Koks.«

Trotz der Überraschung, Adelita und den Kerl mit den Pferderennen dort vorzufinden, hatte sie den jungen schlanken Mann mit dem grausamen Mund nicht vergessen. War er verschwunden? Beobachtete er sie aus dem Dunkel?

»Hallo, Schwester.« Das freche Gesicht Adelitas tauchte über der Schulter des Typs auf. »Wie schön, daß du dir deine Verabredung vom Hals geschafft hast. Beeil dich, komm. Ist dir nicht kalt? Hier ist es schön warm.«

Ihre Angst verflog völlig. Sie ging zum Tisch und goß sich ein Glas Champagner ein aus einer Flasche, die in einem Eiskübel stand. Und wenn sie auch eine Linie Koks nahm? Während sie im Halbdunkel in kleinen Schlucken trank, dachte sie: ›Das ist Magie oder Hexerei. Ein Wunder kann es nicht sein.‹ Der Mann war dicker, als er bekleidet gewirkt hatte; sein Körper, weißlich und mit Leberflecken, hatte Speckrollen um den Bauch, haarlose Hinterbacken und sehr kurze Beine mit kleinen dunklen Haarbüscheln. Adelita hingegen war noch schlanker, als sie geglaubt hatte; ein langer, brauner Körper, eine sehr schmale Taille mit hervorspringenden Hüftknochen. Sie ließ sich küssen und umarmen, und auch sie umarmte den Drogenboß mit den Rennpferden, aber obwohl ihre Bewegungen Leidenschaft vorspiegelten, bemerkte Doña Lukrezia, daß sie ihn nicht küßte und seinem Mund auswich.

»Komm, komm, ich halt es schon fast nicht mehr aus«, bat der Mann plötzlich heftig. »Meine Phantasie, meine Phantasie. Jetzt oder nie, Mädchen!«

Obwohl die Erregung, die sie eben noch empfunden hatte, verschwunden war und sie eher leichten Ekel verspürte, gehorchte Doña Lukrezia, nachdem sie das Glas ausgetrunken hatte. Als sie auf das Bett zuging, sah sie abermals durch das Fenster, weit unten und auch oben, auf den Höhen, wo die ferne Kordillere begann, das Archipel der Lichter. Sie setzte sich auf eine Ecke des Bettes, ohne Angst, aber verwirrt und von immer größerem Ekel erfüllt. Eine Hand faßte sie am Arm, zog sie heran und zwang sie, sich unter einen kleinen, schwammigen Körper zu legen. Sie gab nach, ließ es mit sich geschehen, gedemütigt, demoralisiert, enttäuscht. Sie wiederholte bei sich, wie ein Automat: ›Du wirst nicht weinen, Lukrezia, du wirst nicht weinen.‹ Der Mann umfing sie mit seinem linken Arm und Adelita mit seinem rechten, sein Kopf pendelte von der einen zur anderen, und sein Mund küßte sie auf den Hals, auf die Ohren und suchte ihren Mund. Doña Lukrezia sah ganz nah das Gesicht Adelitas, gerötet, das Haar zerzaust, und in ihren Augen ein Zeichen der Komplizenschaft, spöttisch und zynisch, das sie aufzumuntern suchte. Seine Lippen und Zähne preßten sich auf ihre, zwangen sie, den Mund zu öffnen. Seine Zunge glitt wie eine Natter in ihn hinein.

»Dich möchte ich aufspießen«, hörte sie ihn flehen, während er ihre Brüste liebkoste und sich in sie verbiß. »Setz dich drauf, setz dich drauf, rasch, ich komme schon.«

Da sie zögerte, half Adelita ihr, sich auf ihn zu setzen, und sie hockte sich ebenfalls auf ihn, indem sie ein Bein über ihn schob und sich so zurechtrückte, daß sein Mund in Höhe ihres depilierten Geschlechts war, an dem Doña Lukrezia gerade nur eine spärlich behaarte dünne Linie gewahrte. In diesem Augenblick fühlte sie den Stoß. War dieses kleine, halbsteife Ding, das sich Sekunden zuvor an ihren Beinen gerieben hatte, so gewachsen, als es in sie eindrang? Jetzt war es ein Sporn, ein Rammsporn, der sie hoch hob, sie durchbohrte und wie mit Urgewalt zerriß.

»Küßt euch, küßt euch«, wimmerte der mit den Gäulen. »Ich seh euch nicht richtig, verdammt noch mal. Uns fehlt ein Spiegel.«

Schweißnaß vom Kopf bis zu den Füßen, benommen, stöhnend, ohne die Augen zu öffnen, streckte sie die Arme aus und suchte das Gesicht Adelitas, aber als sie die schmalen Lippen fand, preßte das Mädchen sie zwar gegen ihre, hielt sie jedoch geschlossen. Sie öffneten sich nicht, als sie mit ihrer Zunge Druck auf sie ausübte. Und in diesem Augenblick sah sie durch ihre Wimpern und die kleinen Schweißtropfen hindurch, die von ihrer Stirn herunterrollten, den verschwundenen jungen Mann mit den stählernen Augen, oben, nah an der Decke, auf einer Leiter balancierend. Halbverborgen von etwas, das wie ein lackierter Fächerschirm mit chinesischen Schriftzeichen aussah, die kleinen Ohren halb aufgestellt, die Augen glühend, der grausame Mund gekräuselt, zeichnete er sie, zeichnete er sie alle, wie rasend, mit einem langen Kohlestift auf ein schneeweißes Stück Karton. In der Tat, er sah aus wie ein Raubvogel, wie er hoch oben auf der Klappleiter hockte und sie beobachtete, ihr Maß nahm, sie mit langen, energischen Strichen aufs Papier bannte, während seine kleinen wilden, lebhaften Augen vom Blatt zum Bett, vom Bett zum Blatt sprangen, ohne irgend etwas anderem Aufmerksamkeit zu schenken, gleichgültig den Lichtern Limas gegenüber, die sich zu Füßen des Fensters ausbreiteten, und gegenüber seiner eigenen Rute, die die Knöpfe gesprengt, sich ihren Weg aus der Hose heraus gebahnt hatte und sich dehnte und wuchs wie ein Ballon, der mit Luft gefüllt wurde. Eine fliegende Schlange, wiegte sie sich jetzt über ihr und betrachtete sie mit ihrem großen Zyklopenauge. Es überraschte sie nicht, und es machte ihr auch nichts aus. Sie ritt, überglücklich, trunken, dankbar, abgefüllt, und dachte bald an Fonchito, bald an Rigoberto.

»Warum hüpfst du noch, siehst du nicht, daß ich gekommen bin?« sagte der Mann mit den Pferden weinerlich. Im Halbdunkel wirkte sein Gesicht aschfarben. Er verzog sein Gesicht wie ein unartiges Kind. »Verdammtes Pech, immer passiert mir das. Wenn es schön wird, komme ich. Ich kann's nicht aushalten. Es ist einfach nicht möglich. Ich war beim Spezialisten, und der hat mir Schlammbäder verordnet. Ein Mist. Ich bekam Magenschmerzen und mußte mich übergeben. Massagen. Noch so ein Mist. Ich war bei einem Heiler in La Victoria, der hat mich in einen Bottich mit Kräutern gesteckt, die nach Kacke stanken. Was hat es genützt? Nichts. Jetzt komm ich noch schneller als früher. Warum dieses Scheißpech, verdammt noch mal?«

Ein Seufzer entfuhr ihm, und er schluchzte.

»Wein doch nicht, mein Junge, hast du denn nicht deinen Willen gekriegt?« tröstete ihn Adelita, während sie ihr Bein wieder über den Kopf des Flenners schwang und sich an seiner Seite ausstreckte.

Anscheinend sah keiner der beiden Egon Schiele oder seinen Doppelgänger, der ein paar Meter über ihnen auf der Leiter balancierte und, um das Gleichgewicht zu bewahren und nicht zu fallen, sich dieser riesigen Rute bediente, die sich sanft über dem Bett wiegte und im spärlichen Licht ihre zarten rosigen Falten und die heiteren Adern des Rückens zur Schau stellte. Und bestimmt hörten sie ihn auch nicht. Sie ja, ganz deutlich. Er wiederholte zwischen den Zähnen, wie ein Mantra, schrill und kriegerisch: »Ich bin der schüchternste der Schüchternen. Ich bin göttlich.«

»Ruh dich aus, Schwester, was machst du da, die Vorstellung ist zu Ende«, sagte Adelita freundlich zu ihr.

»Sie sollen nicht gehen, eher schlägst du sie. Laß sie nicht gehen. Schlag sie, schlag sie feste, beide!«

Es war Fonchito, natürlich. Nein, nicht der Maler, der auf seine Aufgabe konzentriert war, sie zu skizzieren. Es war der Junge, ihr Stiefsohn, Rigobertos Sohn. War er auch da? Ja. Wo? Irgendwo, verborgen von den Schatten des Zimmers der Wunder. Still, eingeschüchtert, verschreckt, nicht mehr erregt, die Brüste mit ihren Händen bedeckend, schaute Doña Lukrezia nach rechts, blickte suchend nach links. Und schließlich fand sie die beiden, widergespiegelt in einem großen Bodenspiegel, in dem sie sich auch selbst sah, wiederholt, wie ein Modell von Egon Schiele. Das Zwielicht löste sie nicht auf; vielmehr fiel es auf Vater und Sohn – jener beobachtete sie mit freundlichem Wohlwollen, dieser übererregt, das engelhafte kleine Gesicht hochrot, weil er so oft »schlag sie« gerufen hatte –, die dicht nebeneinander auf einem Sofa saßen, das wie eine Loge über der Bühne des Bettes wirkte.

»Soll das heißen, daß auch der Señor und Fonchito dort auftauchten?« sagte Justiniana unwillig, offen enttäuscht. »Das glaubt doch nun wirklich keiner.«

»Sie saßen da und schauten uns zu«, nickte Doña Lukrezia. »Rigoberto sehr förmlich, verständnisvoll und tolerant. Und der Kleine nicht zu bremsen, mit den gleichen Teufeleien wie immer.«

»Ich weiß nicht, wie es mit Ihnen ist, Señora«, sagte Justiniana plötzlich, Doña Lukrezias Erzählung unterbrechend, während sie aufstand. »Aber ich brauche sofort eine schöne kalte Dusche. Damit ich nicht noch eine Nacht schlaflos und mit Hitzewallungen verbringen muß. Ich habe diese Unterhaltungen mit Ihnen sehr gern. Aber sie machen mich halb verrückt, sie elektrisieren mich. Wenn Sie es mir nicht glauben, dann fassen Sie mich hier an, Sie werden sehen, was für einen Schlag Sie bekommen werden.«

DER SCHLEIM DES WURMS

Obwohl ich nur zu gut weiß, daß Sie ein notwendiges Übel sind, ohne das das Leben in der Gemeinschaft nicht lebbar wäre, muß ich Ihnen sagen, daß Sie alles repräsentieren, was ich verabscheue, in der Gesellschaft und in mir selbst. Denn seit mindestens einem Vierteljahrhundert bin ich von Montag bis Freitag und von acht Uhr morgens bis sechs Uhr abends sowie bei einer Reihe sklavischer Tätigkeiten (Empfänge, Seminare, Einweihungen, Kongresse), denen ich mich nicht entziehen kann, ohne mein Überleben zu gefährden, ebenfalls eine Art Bürokrat, wenn ich auch nicht im öffentlichen Bereich arbeite, sondern im privaten. Aber wie bei Ihnen und durch Ihre Schuld sind in diesen fünfundzwanzig Jahren meine Energie, meine Zeit und mein Talent (ich hatte eins) zum Großteil in die Formalitäten, Verhandlungen, Anträge, Gesuche und Rechtsvorgänge geflossen, die Sie erfunden haben, um das Gehalt zu rechtfertigen, das Sie verdienen, und den Schreibtisch, an dem Sie Ihr Sitzfleisch mästen, wobei Sie mir kaum mehr als ein paar Brosamen Freiheit gelassen haben, um Initiativen zu ergreifen und eine Arbeit zu leisten, die es verdient, schöpferisch genannt zu werden. Ich weiß, daß Versicherungswesen (mein Berufszweig) und Kreativität so weit voneinander entfernt sind wie die Planeten Saturn und Pluto in der Welt der Sterne, aber diese Entfernung wäre nicht so schwindelerregend, wenn Sie, reglementaristische Hydra, Formalitätenwurm, König des Stempelpapiers, sie nicht zu einem Abgrund gemacht hätten. Denn selbst in der wüstenhaften Einöde der Versicherung und Rückversicherung könnte die Phantasie des Menschen tätig werden und ihr geistige Anregung, ja sogar Lust abgewinnen, wenn Sie, gefangen im dichten Netz erstickender Vorschriften – die den Zweck haben, der aufgeblähten Bürokratie, die die öffentlichen Behörden bis zum Platzen gefüllt hat, den Charakter der Notwendigkeit zu verleihen und eine Myriade von Alibis und Rechtfertigungen für ihre Erpressungen, Schmiergelder, Ämterkäufe und Diebstähle zu schaffen –, wenn Sie, sage ich, die Arbeit einer Versicherungsgesellschaft nicht in eine abstumpfende Routine verwandelt hätten, die jenen komplizierten, emsigen Maschinen von Jean Tinguely gleicht, die Ketten, Laufräder, Schienen, Schaufeln, Greifer und Kolben bewegen, um am Ende ein Pingpongbällchen zu gebären. (Sie wissen nicht, wer Tinguely ist, warum sollten Sie auch, obwohl ich sicher bin, daß Sie, sollte der Zufall Sie mit den Werken dieses Bildhauers in Berührung bringen – einer der wenigen zeitgenössischen Künstler, die mich verstehen –, bereits sämtliche Vorkehrungen getroffen hätten, um die grausamen Sarkasmen, mit denen sie Sie attackieren, nicht zu begreifen, indem Sie sie schlicht banalisieren.)

Wenn ich Ihnen erzähle, daß ich in dieser Versicherungsgesellschaft auf einem unbedeutenden kleinen Posten in der Rechtsabteilung begonnen habe, als ich gerade meine Approbation als Anwalt erhalten hatte, und daß ich in diesen fünfundzwanzig Jahren in der Hierarchie nach oben gestiegen bin, um schließlich den Sessel des Geschäftsführers einzunehmen, Mitglied des Vorstands und Besitzer eines ordentlichen Aktienpakets des Unternehmens zu sein, werden Sie mir sagen, ich hätte mich doch unter solchen Bedingungen über nichts zu beklagen und ich sei undankbar. Lebe ich etwa nicht gut? Gehöre ich nicht zum winzigkleinen Bruchteil der peruanischen Gesellschaft, der ein eigenes Haus, ein Auto sowie die Möglichkeit hat, ein- oder zweimal im Jahr in Europa oder in den Vereinigten Staaten Urlaub zu machen, mit gewissen Bequemlichkeiten zu leben und eine Sicherheit zu genießen, die undenkbar und nicht einmal im Traum vorstellbar sind für vier Fünftel unserer Landsleute? All das ist wahr. Wahr ist auch, daß ich dank dieses beruflichen Erfolges (so nennen Sie das doch, nicht wahr?) in der Lage war, mein Arbeitszimmer mit Büchern, Reproduktionen und Gemälden zu füllen, die mich gegen die herrschende Dummheit und Geschmacklosigkeit abschotten (das heißt, gegen alles, was Sie repräsentieren), eine Enklave der Freiheit und der Phantasie zu schaffen, in der ich mich jeden Tag, oder besser gesagt, jede Nacht von der dicken Kruste abstumpfender Konventionen, elender Routine, kastrierender und herdenhafter Tätigkeiten entgiften konnte, die Sie künstlich erzeugen und von denen Sie sich ernähren, und zu leben, wirklich zu leben, ich selbst zu sein, indem ich den Engeln und Teufeln, die mich bewohnen, die vergitterten Türen öffne, hinter denen sie sich – durch Ihre, ja Ihre Schuld – den Rest des Tages verbergen müssen.

Sie werden mir auch sagen: »Wenn Sie den Bürotag, die Briefe und die Policen, die Rechtsgutachten und die Protokolle, die Reklamationen, Genehmigungen und Anfechtungen so sehr hassen, warum hatten Sie dann nicht den Mut, all dies abzuschütteln und das wahre Leben, das Ihrer Phantasie und Ihrer Wünsche, nicht nur in den Nächten, sondern auch an den Vormittagen, Mittagen und Nachmittagen zu leben? Warum traten Sie mehr als die Hälfte Ihres Lebens an die bürokratische Bestie ab, die Sie zusammen mit Ihren Engeln und Teufeln ebenfalls versklavt?« Die Frage ist zulässig – ich habe sie mir oft gestellt –, aber auch meine Antwort: »Weil die Welt der Phantasie, der Lust, der freien Wünsche, mein einziges geliebtes Vaterland, Mangel, Not, wirtschaftliche Engpässe, Schuldenlast und Armut nicht heil überstanden hätte. Träume und Wünsche kann man nicht essen. Mein Leben wäre armselig gewesen, eine Karikatur seiner selbst.« Ich bin kein Held, kein großer Künstler, kein Genie, ich hätte mich also nicht mit der Hoffnung eines »Werkes« trösten können, das mich vielleicht überleben würde. Mein Streben und meine Talente gehen nicht über die Fähigkeit hinaus – darin bin ich Ihnen überlegen, hat Ihr Schmarotzerstatus doch Ihr ethisches und ästhetisches Unterscheidungsvermögen völlig verkümmern lassen –, im Dickicht der mich umgebenden Möglichkeiten zu erkennen, was ich liebe und was ich hasse, was mein Leben verschönert und was es häßlich macht und mit Dummheit beschmutzt, was mich begeistert und was mich deprimiert, was mir Lust ver schafft und was mir Leid verschafft. Um schlicht in der Lage zu sein, ständig zwischen diesen widersprüchlichen Optionen zu unterscheiden, brauche ich die wirtschaftliche Ruhe, die mir meine von bürokratischen Formalitäten beschmutzte berufliche Tätigkeit verschafft, dieses giftige Miasma, das Sie absondern wie der Wurm den Schleim und das zur Luft geworden ist, die alle Welt einatmet. Die Phantasien und die Wünsche – zumindest die meinen – benötigen ein Mindestmaß an Ruhe und Sicherheit, um sich zu entfalten. Andernfalls würden sie vom Fleisch fallen und sterben. Wenn Sie daraus den Schluß ziehen wollen, daß meine Engel und Teufel hoffnungslos bürgerlich sind, dann ist dies die reine Wahrheit.

Ich erwähnte zuvor das Wort *Parasit*, und Sie werden sich gefragt haben, ob ich, ein Anwalt, der seit fünfundzwanzig Jahren die Rechtswissenschaft – nahrhaftestes Nahrungsmittel der Bürokratie und Hauptlieferantin von Bürokraten – auf den Spezialbereich des Versicherungswesens anwendet, ein Recht hat, dieses Wort irgend jemandem gegenüber in verächtlichem Sinne zu gebrauchen. Ja, das habe ich, aber nur, weil ich es auch für mich selbst benutze, für meine bürokratische Hälfte. In der Tat und zu allem Übel war das legale Parasitentum meine erste Spezialisierung, der Schlüssel, der mir die Türen der Versicherungsgesellschaft La Perricholi öffnete – ja, das ist der lächerliche Name, unter dem sie im Land bekannt ist – und mir die ersten Beförderungen verschaffte. Wie sollte jemand, der schon in seiner ersten Jura Vorlesung begriff, daß die sogenannte Legalität in großen Teilen ein dichter Urwald ist, in dem die Experten in undurchsichtigen Manövern, Intrigen, formalistischen Tricks und Haarspaltereien immer ihren Schnitt machen, nicht der einfallsreichste Verwirrer und Entwirrer juristischer Argumente sein? Daß dieser Beruf nichts zu tun hat mit Wahrheit und Gerechtigkeit, sondern ausschließlich mit der Herstellung unanfechtbaren äußeren Scheins, mit Spitzfindigkeiten und unentwirrbaren Lügengespinsten? Es stimmt, es handelt sich um eine im wesentlichen parasitäre Tätigkeit, die ich mit der Effizienz praktiziert habe, die erforderlich war, um zur Spitze aufzusteigen, aber ohne mir jemals etwas vorzumachen, im vollen Bewußtsein, ein Furunkel zu sein, das sich von der Wehrlosigkeit, Verletzbarkeit und Ohnmacht der anderen ernährt. Im Unterschied zu Ihnen strebe ich nicht danach, eine »Säule der Gesellschaft« zu sein (vergeblich, Sie auf das gleichnamige Bild von George Grosz zu verweisen: Sie kennen diesen Maler nicht, oder, schlimmer noch, Sie kennen ihn nur durch die prachtvollen expressionistischen Hinterteile, die er malte, nicht durch die tödlichen Karikaturen Ihrer Kollegen im Deutschland der Weimarer Republik): ich weiß, was ich bin und was ich tue, und ich verachte diesen Teil meiner selbst genauso oder mehr als das, was ich an Ihnen verachte. Mein Erfolg als Jurist ist eine Folge der Feststellung, daß das Recht eine amoralische Methode ist, die dem Zyniker dient, der sie am besten beherrscht, und meiner ebenfalls frühen Erkenntnis, daß in unserem Land (in allen Ländern?) das Rechtssystem ein Spinnengewebe aus Widersprüchen ist, in dem man jedem Gesetz und jeder Bestimmung mit Gesetzeskraft ein anderes oder andere entgegensetzen kann, die es einschränken und aufheben. Deshalb verletzen wir hier alle ständig irgendein Gesetz und vergehen uns in irgendeiner Weise gegen die rechtliche Ordnung (in Wirklichkeit das rechtliche Chaos). Dank dieses Labyrinths können Sie sich in schwindelerregendem Tempo unterteilen, vervielfachen, reproduzieren und fortzeugen. Und dank dieser Situation leben wir Anwälte, und einige – mea culpa – bringen es dabei zum Wohlstand.

Aber obwohl mein Leben eine Tantalusqual, ein täglicher moralischer Kampf zwischen dem bürokratischen Ballast meiner Existenz und den geheimen Engeln und Teufeln meines Seins war, haben Sie mich nicht besiegt. Es ist mir stets gelungen, dem, was ich von Montag bis Freitag von acht Uhr morgens bis sechs Uhr abends tat, ironisch genug zu begegnen, um diese Tätigkeit zu verachten und mich dafür zu verachten, so daß die übrigen Stunden mich entschädigen und erlösen, mir einen Ausgleich verschaffen und mich vermenschlichen konnten (was in meinem Fall immer bedeutet, daß sie mich von der Masse oder der Herde entfernten). Ich stelle mir den Stachel vor, der in Ihnen bohrt, die gereizte Neugier, mit der Sie sich fragen: »Was ist das, was er in den Nächten treibt, was ihn immun gegen mich macht, ihn davor bewahrt, das zu sein, was ich bin?« Wollen Sie es wissen? Jetzt, da ich allein bin – getrennt von meiner Frau, meine ich –, lese ich, betrachte meine Bilder, gehe meine Hefte durch und füttere sie mit Briefen wie diesem, aber vor allem phantasiere ich, träume ich, erschaffe ich eine bessere Wirklichkeit frei von den Schlacken und Wucherungen – von Ihnen und Ihrem Schleim –, welche die existierende so schrecklich und schäbig machen, daß der Wunsch nach einer anderen in uns entsteht. (Ich spreche im Plural und bereue es; es wird sich nicht wiederholen.) In dieser anderen Wirklichkeit existieren Sie nicht. In ihr existieren nur die Frau, die ich liebe und immer lieben werde – die abwesende Lukrezia –, mein Sohn Alfonso und einige unbeständige, vergängliche Statisten, die wie Irrlichter auftauchen und so lange bleiben, wie sie mir nützlich sind. Nur in dieser Welt, in dieser Gesellschaft existiere ich, weil sie mir Lust und Glück verschafft.

Diese kleinen Splitter Glück wären indes nicht möglich ohne die gewaltige Frustration, die trockene Langeweile und die erschöpfende Routine meines wirklichen Lebens. Mit anderen Worten: ohne ein von Ihnen unmenschlich gemachtes Leben, ohne das, was Sie von allen Räderwerken Ihrer Macht aus gegen mich anzetteln und abzetteln. Verstehen Sie jetzt, warum ich Sie zu Beginn ein *notwendiges Übel* nannte? Sie, Herr des Klischees und des Gemeinplatzes, glaubten, ich hätte Sie so bezeichnet, weil ich der Meinung bin, daß eine Gesellschaft funktionieren, über Ordnung, Legalität, Dienstleistungen, Obrigkeit verfügen muß, um nicht im Chaos zu versinken. Und Sie glaubten, dieser Regulator, dieser Durchhauer des gordischen Knotens, dieser rettende Mechanismus, dieser Organisator des Ameisenhaufens seien Sie, der Notwendige. Nein, mein furchtbarer Freund. Ohne Sie würde die Gesellschaft um einiges besser funktionieren, als sie heute funktioniert. Aber wenn Sie nicht da wären, um die menschliche Freiheit zu erniedrigen, zu vergiften und zu beschneiden, dann würde ich sie nicht so sehr schätzen, würde meine Phantasie keine solchen Höhenflüge unternehmen, wären meine Wünsche nicht so heftig, denn all dies entsteht als Rebellion gegen Sie, als Reaktion eines freien, sensiblen Wesens gegen den, der die Verneinung der Sensibilität und des freien Willens ist. So stellt sich also heraus, man staune, auf welchen Umwegen, daß ohne Sie mein Leben leerer wäre, mein Wünschen vulgärer und ich weniger frei und sensibel.

Ich weiß, daß Sie das auch nicht verstehen werden, aber was macht das schon, wenn Ihre stumpfen Lurchaugen sich nie auf diesen Brief heften werden.

Ich verfluche Sie und ich danke Ihnen, Bürokrat.

Schweißgebadet, ohne ganz den schmalen Grenzbereich zu verlassen, wo Traum und Wachsein ineinander übergehen, sah Don Rigoberto noch immer, wie Rosaura, mit Jackett und Krawatte, seinen Anweisungen folgte: sie näherte sich der Bar und neigte sich über die nackten Schultern der auffälligen Mulattin, die ihr Avancen gemacht hatte, seitdem sie diesen Animierklub betreten hatten.

Sie waren in der Stadt Mexiko, nicht wahr? Ja, nach einer Woche in Acapulco, zu einem Zwischenstop auf ihrer Rückreise nach Lima, am Ende dieser kurzen Ferien. Don Rigoberto hatte die Idee gehabt, Doña Lukrezia als Mann zu verkleiden und mit ihr in ein Nuttenlokal zu gehen. Rosaura-Lukrezia flüsterte etwas mit ihr, immer wieder lächelnd – Don Rigoberto sah, wie sie voll Bestimmtheit den nackten Arm der Mulattin drückte, die sie mit wachen, listigen Augen anschaute –, und schließlich forderte sie sie zum Tanzen auf. Es wurde ein Mambo gespielt, natürlich von Pérez Prado – *El ruletero* –, und was auf der schmalen, verrauchten, gedrängt vollen Tanzfläche geschah, über deren Schattengestalten immer wieder ein bunter Scheinwerfer hinwegstrich, fand Don Rigobertos Billigung: Rosaura-Lukrezia spielte ihre Rolle ziemlich gut. Sie wirkte nicht fremd in dieser Männerkleidung, nicht anders mit dieser Bubikopf-Frisur, nicht verlegen gegenüber ihrer Partnerin in den Augenblicken, da sie, der Tanzfiguren überdrüssig, einander umschlangen. Don Rigoberto, in zunehmend fieberhaftem Zustand, voll Bewunderung und Dankbarkeit für seine Frau, mußte den Hals verdrehen, um sie zwischen so vielen fremden Köpfen und Schultern nicht aus den Augen zu verlieren. Als die mißtönende – aber zaghafte – kleine Band vom Mambo zum Bolero überging – *Dos almas*, was ihn an Leo Marini erinnerte –, fühlte er, daß die Götter auf seiner Seite waren. Er sah, daß Rosaura, seinen geheimen Wunsch erfüllend, sogleich die Mulattin an sich zog und ihr beide Arme um die Taille legte, womit sie sie zwang, die eigenen Arme ihr um den Hals zu legen. Obwohl er es im Zwielicht nicht so genau sehen konnte, war er sicher, daß seine angebetete kleine Frau, der falsche Mann, begonnen hatte, langsam den Hals der Mulattin zu küssen und zu beknabbern, an deren Bauch und Brüsten sie sich rieb wie ein gestandener, von der Erregung aufgestachelter Mann.

Er war jetzt wach, ohne den geringsten Zweifel, aber obwohl all seine Sinne angespannt waren, befanden sich die Mulattin und Rosaura-Lukrezia noch immer da, eng umschlungen inmitten dieses nächtlichen Bordellpublikums, in diesem schrillen, schauerlichen Lokal voller bunt wie Papageien angemalter Frauen, tropischer Hinterteile und einer männlichen Kundschaft aus Typen mit schlaffen Schnurrbärten, Pausbacken und Marihuanablicken – bereit, beim geringsten Anlaß die Pistole zu ziehen und sich gegenseitig über den Haufen zu schießen? ›Dieser Ausflug in die Niederungen des mexikanischen Nachtlebens kann Rosaura und mich das Leben kosten‹, dachte er mit einem wohligen Schauer. Er sah schon die Überschriften der Schundpresse vor sich: »Doppelmord: Geschäftsmann und Transvestiten-Ehefrau in mexikanischem Bordell umgebracht«; »Der Köder war eine Mulattin«; »Das Laster war ihr Verderben«; »Ehepaar aus Limas feiner Gesellschaft in mexikanischer Unterwelt ermordet«; »Weißer Abschaum: blutiger Zoll für ihre Exzesse«. Ihm entfuhr ein kleines gurgelndes Lachen, wie ein Rülpser: ›Wenn sie uns umgebracht haben, was macht dann der Skandal unseren Würmern aus.‹

Er kehrte in das bewußte Lokal zurück, und dort tanzten noch immer die Mulattin und Rosaura, der falsche Mann. Jetzt befummelten sie sich zu seinem Glück schon ganz schamlos und küßten sich auch auf den Mund. Doch wie: hatten Prostituierte denn nicht etwas dagegen, ihren Kunden die Lippen darzubieten? Schon, aber gab es ein Hindernis, das Rosaura-Lukrezia nicht überwinden konnte? Wie hatte sie es fertiggebracht, daß die große Mulattin die dicken, tiefroten Lippen ihres Riesenmundes öffnete und den zarten Besuch ihrer Schlangenzunge empfing? Hatte sie ihr vielleicht Geld angeboten? Hatte sie sie womöglich erregt? Wie auch immer, es zählte nur, daß die sanfte, weiche, fast flüssige Zunge dort war, im Mund der Mulattin, ihn mit Speichel füllte und selbst den Speichel dieser üppigen Frau aufnahm, den er sich dickflüssig und wohlschmeckend vorstellte.

In diesem Augenblick lenkte ihn die Frage ab: warum Rosaura? Rosaura war ebenfalls ein Frauenname. Wenn es darum ging, sie ganz und gar zu tarnen, so wie sie ihren Körper mit Hilfe der Männerkleidung getarnt hatte, dann hieße sie besser Carlos, Juan, Pedro, Nicanor. Warum Rosaura? Fast ohne es zu gewahren, war er aus dem Bett gestiegen, hatte sich Morgenmantel und Hausschuhe angezogen und sich in sein Arbeitszimmer begeben. Er brauchte nicht auf die Uhr zu sehen, um zu wissen, daß das Licht des Morgengrauens bald im Dunkel auftauchen würden, als stiege es aus dem Meer. Kannte er eine Rosaura aus Fleisch und Blut? Er suchte und war kategorisch: keine. Dann war es also eine imaginäre Rosaura, die aus der vergessenen Seite eines Romans oder aus irgendeiner Zeichnung, einem Ölgemälde, einer Graphik, an die er sich ebenfalls nicht erinnern konnte, in seinen Traum geraten war und sich heute nacht Lukrezias bemächtigt hatte, mit ihr verschmolzen war. Jedenfalls war der künstliche Name da, er klebte an Lukrezia wie dieser Männeranzug, den sie an diesem Nachmittag unter Gekicher und Geflüster in einem Geschäft der Zona Rosa gekauft hatten, nachdem er Lukrezia gefragt hatte, ob sie bereit wäre, seine Phantasie Wirklichkeit werden zu lassen, und sie – ›wie immer, wie immer‹ – ja gesagt hatte. Jetzt war Rosaura ein Name, der genauso wirklich war wie dieses Pärchen, das zu tanzen aufgehört hatte und Arm in Arm – die Mulattin und Lukrezia waren fast gleich groß – auf den Tisch zukam. Er stand auf, um sie zu empfangen, und hielt der Mulattin höflich die Hand hin:

»Hallo, hallo, sehr angenehm, nimm Platz.«

»Ich sterbe vor Durst«, sagte die Mulattin, sich mit beiden Händen Luft zufächelnd. »Bestellen wir was?«

»Was du willst, Herzchen«, sagte Rosaura-Lukrezia sofort, während sie ihr Kinn streichelte und einen Kellner herbeiwinkte. »Komm, bestell du.«

»Eine Flasche Champagner«, befahl die Mulattin mit triumphierendem Lächeln. »Heißt du wirklich Rigoberto? Oder ist das dein Spitzname?«

»So heiße ich. Ein etwas merkwürdiger Name, nicht?«

»Sehr merkwürdig«, nickte die Mulattin und schaute ihn an, als hätte sie statt Augen zwei glühende Kohlestücke im runden Gesicht. »Na ja, wenigstens ist er originell. Du bist auch ziemlich originell, ehrlich gesagt. Weißt du was? Noch nie habe ich solche Ohren und eine solche Nase gesehen. Die sind ja riesig, mein Gott! Darf ich sie anfassen? Erlaubst du es mir?«

Die Bitte der Mulattin – sie war groß und kurvenreich, hatte feurige Augen, einen langen Hals, starke Schultern und eine glatte Haut, die durch das kanariengelbe, tief ausgeschnittene Kleid besonders betont wurde – verschlug Don Rigoberto die Sprache; er brachte es nicht einmal zuwege, mit einem Scherz auf dieses, wie es schien, ganz ernste Ansinnen zu reagieren. Lukrezia-Rosaura kam ihm zu Hilfe:

»Noch nicht, Herzchen«, sagte sie zu der Mulattin und zupfte sie am Ohrläppchen. »Wenn wir allein sind, im Zimmer, kannst du bei ihm alles anfassen, was du willst.«

»Wir drei werden allein in einem Zimmer sein?« sagte die Mulattin lachend und verdrehte dabei die Augen mit den künstlichen, seidigen Wimpern. »Danke für die Information. Und was mach ich allein mit euch zwei beiden, ihr Engelchen? Ich hab nichts übrig für ungerade Zahlen. Tut mir leid. Ich kann eine Freundin rufen, dann sind wir zwei Paare. Ich allein mit zweien, nicht im Traum.«

Aber als der Kellner die Flasche mit dem Getränk gebracht hatte, das er Champagner nannte und das ein süßlicher Schaumwein mit Anklängen an Terpentin und Kampfer war, schien die Mulattin (sie behauptete, sie hieße Estrella) sich mit der Vorstellung anzufreunden, den Rest der Nacht mit dem ungleichen Paar zu verbringen; sie machte Scherze, lachte laut und verteilte freundliche Püffe zwischen Don Rigoberto und Rosaura-Lukrezia. Ab und zu kam von ihr wie ein Refrain eine spöttische Bemerkung über »die Ohren und die Nase des Herrn«, und die Faszination, mit der sie sie betrachtete, war von einer geheimnisvollen Begierde durchdrungen.

»Mit solchen Ohren muß man mehr hören als normale Menschen«, sagte sie. »Und mit einer solchen Nase riechen, was die meisten Männer nicht riechen.«

›Wahrscheinlich‹, dachte Don Rigoberto. Und wenn es wahr wäre? Wenn er dank der großzügigen Form dieser beiden Organe mehr hörte und besser röche als seine Artgenossen? Ihm behagte die komische Wendung nicht, die die Geschichte allmählich nahm – sein Begehren, eben noch geschürt, verebbte, und es gelang ihm nicht, es wieder zu beleben, denn Estrellas Scherzen wegen wandte sich seine Aufmerksamkeit von Lukrezia-Rosaura und der Mulattin ab, um sich auf die unverhältnismäßige Größe seiner auditiven und nasalen Anhängsel zu konzentrieren. Er versuchte, Etappen zu überspringen, und ging rasch hinweg über die Verhandlung mit Estrella, die so lange dauerte, bis jene Flasche angeblichen Champagners geleert war, über die Formalitäten, damit die Mulattin den Nachtklub verlassen konnte – er mußte einen Bon für einen Fünfzig-Dollar-Schein eintauschen –, über das hustende, schlotternde Taxi, über die Anmeldung in dem schmierigen Hotel – *Zum Siebten Himmel*, stand in roten und blauen Leuchtbuchstaben auf seiner Fassade – und über die Verhandlung mit dem schielenden, sich in der Nase bohrenden Mann an der Rezeption, damit er sie in ein einziges Zimmer ließ. Seine Furcht zu besänftigen, die Polizei könne eine Razzia veranstalten und dem Etablissement wegen Vermietung eines Zimmers an ein Trio eine Strafe auferlegen, kostete Don Rigoberto weitere fünfzig Dollar.

In dem Augenblick, da sie die Schwelle des Zimmers überschritten und unter dem schwachen Licht der Lampe das Doppelbett mit der bläulichen Bettdecke erschien und daneben ein Waschgestell, eine Schüssel voll Wasser, ein Handtuch, eine Rolle Klopapier und ein schartiger Nachttopf – der Schieler war gerade gegangen, nachdem er ihnen den Schlüssel ausgehändigt hatte –, erinnerte sich Don Rigoberto: Natürlich! Rosaura! Estrella! Er schlug sich an die Stirn, erleichtert. Aber ja! Diese Namen stammten aus jener Madrider Aufführung von *Das Leben ein Traum*, von Calderón de la Barca. Und wieder einmal spürte er, wie auf dem Grund seines Herzens, einer Quelle mit klarem Wasser gleich, ein zartes Gefühl der Dankbarkeit gegenüber diesen Tiefen der Erinnerung hervorquoll, aus denen unerschöpflich Überraschungen, Bilder, Phantasien, Anregungen aufstiegen, um den Träumen, mit denen er sich vor der Einsamkeit, vor Lukrezias Abwesenheit schützte, Gestalt, Bühne und Handlung zu geben.

»Ziehen wir uns aus, Estrella«, sagte Rosaura, die aufstand und sich wieder hinsetzte. »Du wirst die Überraschung deines Lebens erleben, mach dich also auf was gefaßt.«

»Ich zieh mir das Kleid nicht aus, wenn ich vorher nicht die Nase und die Ohren von deinem Freund anfassen darf«, erwiderte Estrella sehr ernst. »Ich weiß nicht, warum, aber ich vergeh schier vor Lust, sie anzufassen.«

Diesmal wurde Don Rigoberto nicht wütend, sondern fühlte sich eher geschmeichelt.

Es war eine Vorstellung gewesen, die Doña Lukrezia und er in einem Madrider Theater gesehen hatten, auf ihrer ersten Reise nach Europa, wenige Monate nach ihrer Heirat, eine so antiquierte Aufführung von *Das Leben ein Traum*, daß sogar unverhülltes Lachen im Dunkel des Parketts zu hören gewesen war. Der dürre, lange Schauspieler, der den Prinzen Segismundo spielte, war so schlecht, seine Stimme so schwülstig, er wirkte so erdrückt von der Rolle, daß der Zuschauer – ›schön, dieser Zuschauer‹, schwächte Don Rigoberto ab – sich geneigt fühlte, Wohlwollen für seinen grausamen, abergläubischen Vater, den König Basilio, zu empfinden, weil er ihn seine ganze Kindheit und Jugend wie ein wildes Tier in jenem einsamen Turm angekettet hatte, aus Furcht, die Katastrophen, die die Sterne und seine mathematische Wissenschaft vorhergesagt hatten, könnten eintreffen, wenn dieser Sohn den Thron bestiege. Alles war armselig, grauslich und plump gewesen in dieser Aufführung. Und doch erinnerte Don Rigoberto sich ganz deutlich, daß der Auftritt der jungen Rosaura in

Männerkleidung in der ersten Szene und später mit gegürtetem Schwert, bereit, in die Schlacht zu ziehen, ihn tief berührt hatte. Jetzt war er sicher, daß er seitdem mehrmals von der Versuchung heimgesucht worden war, Lukrezia zur Stunde der Liebe einmal mit Stiefeln, Federhut und Kriegerrock zu sehen. Das Leben ein Traum! Obwohl die Vorstellung entsetzlich gewesen war, greulich der Regisseur und schlimmer noch die Schauspieler, hatte nicht nur diese kleine Schauspielerin in seiner Erinnerung fortgelebt und oft seine Sinne entflammt. Auch irgend etwas in dem Stück hatte ihn neugierig gemacht, denn – die Erinnerung war eindeutig – er fühlte sich veranlaßt, es kurze Zeit später zu lesen. Zu dieser Lektüre dürfte es ein paar Notizen geben. Don Rigoberto, auf allen vieren auf dem Teppich des Arbeitszimmers, durchblätterte und verwarf Heft für Heft. Das nicht, das nicht. Das mußte es sein. Das war das Jahr.

»Ich bin schon nackt, *papito*«, sagte die Mulattin Estrella. »Darf ich endlich deine Ohren und deine Nase anfassen? Laß dich nicht so bitten. Laß mich nicht so leiden, bestraf mich nicht so. Siehst du nicht, daß ich ganz scharf darauf bin? Tu mir diesen Gefallen, Schätzchen, und ich werde dich glücklich machen.«

Sie hatte einen vollen, üppigen, gutgeformten Körper, wenn auch etwas weich am Bauch, prachtvolle, kaum erschlaffte Brüste und an den Hüften renaissancehafte Speckröllchen. Sie schien nicht einmal zu bemerken, daß Rosaura-Lukrezia, die sich ebenfalls nackt ausgezogen und auf das Bett gelegt hatte, kein Mann war, sondern eine schöne, wohlkonturierte

Frau. Die Mulattin hatte nur Augen für ihn oder vielmehr für seine Ohren und seine Nase, die sie jetzt –
Don Rigoberto hatte sich auf den Rand des Bettes
gesetzt, um ihr den Vorgang zu erleichtern – begierig,
voll Ungestüm liebkoste. Ihre glühenden Finger rieben, drückten und zwickten wie verrückt zuerst seine
Ohren, dann seine Nase. Er schloß die Augen, angst-
erfüllt, denn er ahnte, daß die Finger an seiner Nase
sehr bald einen dieser allergischen Anfälle auslösen
würden, die nicht aufhörten, bevor sie – unzüchtige
Zahl – neunundsechzig Nieser erreicht hatten. Das
von Calderón de la Barca inspirierte mexikanische
Abenteuer würde in einer grotesken Sitzung nasaler
Inkontinenz enden.

Ja, da war es – Don Rigoberto näherte das Heft
dem Licht der Lampe: eine kleine Seite mit Zitaten
und Notizen, die er im Lauf der Lektüre unter dem
Titel *Das Leben ein Traum* (1638) gemacht hatte.

Die beiden ersten Zitate, die Monologen Segis-
mundos entstammten, wirkten auf ihn wie zwei Peit-
schenhiebe: »Was im Weg ist meinem Trachten / kann
ich nicht für Recht erachten.« Und das andere:
»Doch nun weiß ich, was ich bin: / ein Gemisch von
Mensch und Tier.« Gab es einen ursächlichen Zusammenhang zwischen den beiden Zitaten, die er
damals abgeschrieben hatte? War er ein Gemisch von
Mensch und Tier, weil er nichts für Recht erachten
konnte, was seinem Trachten im Weg war? Vielleicht.
Aber als er dieses Werk nach jener Reise gelesen hatte,
war er nicht der alte, müde, einsame und niederge-
schlagene Mann, der verzweifelt Zuflucht in den
Phantasien suchte, um nicht verrückt zu werden oder

sich umzubringen, in den er sich verwandelt hatte; er war ein glücklicher Fünfziger voller Lebenskraft, der in den Armen seiner zweiten, frischangetrauten Frau entdeckte, daß das Glück existierte, daß es möglich war, gemeinsam mit der Geliebten eine einzigartige Zitadelle zu bauen, die gegen die Dummheit, Häßlichkeit, Mittelmäßigkeit und Routine jener anderen abgeschottet war, worin er den Rest des Tages verbrachte. Warum hatte er das Bedürfnis verspürt, diese Notizen bei der Lektüre eines Werks niederzuschreiben, das sich zur damaligen Zeit nicht im geringsten auf seine persönliche Situation auswirkte? Oder vielleicht doch?

»Ich würde bei einem Mann mit solchen Ohren und solcher Nase den Kopf verlieren und seine Sklavin werden«, rief die Mulattin aus, während sie sich eine Pause gönnte. »Ich würde ihm in allen Launen zu Gefallen sein. Für ihn würde ich den Boden mit meiner Zunge aufwischen.«

Sie saß auf ihren Fersen, und ihr Gesicht war hochrot, schweißbedeckt, als hätte sie es über eine kochendheiße Suppe gehalten. Sie schien von Kopf bis Fuß zu vibrieren. Während sie sprach, fuhr sie genießerisch mit der Zunge über die feuchten Lippen, mit denen sie gerade endlos lange Don Rigobertos Hör- und Riechorgane abgeküßt, beknabbert, beschlabbert hatte. Dieser nutzte die Atempause, um Luft zu holen, zog sein Taschentuch heraus und trocknete sich die Ohren. Dann schneuzte er sich unter großem Getöse.

»Dieser Mann gehört mir, und ich leih ihn dir nur für heute nacht«, sagte Rosaura-Lukrezia bestimmt.

»Aber bist du denn der Besitzer dieser Wunderdinge?« fragte Estrella, ohne ihr die mindeste Aufmerksamkeit zu schenken. Ihre Hände bemächtigten sich des erschrockenen Gesichts von Don Rigoberto, und ihr wulstiger Mund bewegte sich erneut entschlossen auf seine Beute zu.

»Hast du es nicht mal gemerkt? Ich bin kein Mann, ich bin eine Frau«, protestierte Rosaura-Lukrezia, außer sich. »Sieh mich wenigstens an.«

Aber die Mulattin verschmähte sie mit einem leichten Schulterzucken und fuhr erhitzt mit ihrer Tätigkeit fort. Sie hatte in ihrem heißen Riesenmund das linke Ohr Don Rigobertos, und dieser, außerstande, sich zu beherrschen, brach plötzlich in hysterisches Lachen aus. Er war wirklich sehr nervös. Er hatte die böse Ahnung, daß Estrella jeden Augenblick von der Liebe zum Haß übergehen und ihm das Ohr mit einem Biß abbeißen könnte. ›Ohrlos wird Lukrezia mich nicht mehr lieben‹, dachte er traurig. Er gab einen tiefen, hohlen, trübsinnigen Seufzer von sich, ähnlich denen, die der Prinz Segismundo, langbärtig und angekettet, in seinem geheimen Turm von sich gab, während er den Himmel laut klagend fragte, welches Verbrechen er begangen hatte schon durch die Geburt?

›Diese Frage ist dumm‹, sagte Don Rigoberto bei sich. Schon immer hatte er den südamerikanischen Sport des Selbstmitleids verachtet, und so gesehen besaß dieser weinerliche Prinz von Calderón de la Barca (einem Jesuiten obendrein), der sich dem Publikum mit dem Seufzer »Ich Armer, weh! Wie bin ich zu beklagen!« vorstellte, nichts, was ihn hätte anziehen oder veranlassen können, sich mit ihm zu identifizieren. Warum hatten sich dann die Phantasiegestalten seines Traums für diese Geschichte die Namen von Rosaura und Estrella und die männliche Verkleidung dieser Gestalt aus *Das Leben ein Traum* ausgeliehen? Vielleicht, weil sein Leben seit Lukrezias Fortgang reiner Traum geworden war. Lebte er denn etwa in diesen düsteren, zähen Stunden, die er im Büro damit verbrachte, über Bilanzen, Policen, Rückversicherungen, Urteile, Investitionen zu reden? Den einzigen Ort voll Leben schenkte ihm die Nacht, wenn er einschlummerte und sich in seinem Bewußtsein die Tür der Träume auftat, wie es Segismundo in seinem trostlosen steinernen Turm, in diesem abgelegenen Wald, widerfahren sein mußte. Auch er hatte dort entdeckt, daß das wahre Leben, das reiche, prächtige Leben, das sich seinen Wünschen fügte und anpaßte, das eingebildete Leben war, das sein Geist und seine Wünsche – wach oder schlafend – absonderten, um ihn aus seiner Zelle herauszuholen und der erstickenden Monotonie seines Eingeschlossenseins zu entheben. Der unverhoffte Traum kam nicht von ungefähr: es gab eine Verwandtschaft, eine Ähnlichkeit zwischen den beiden elenden Träumern.

Don Rigoberto erinnerte sich an einen Witz mit Diminutiven, über den er und Lukrezia wie zwei kleine Kinder gelacht hatten, nur, weil er so dumm war: Ein Elefäntchen näherte sich einem Seechen, um zu trinken. Da biß es ein Krokodilchen und riß ihm das Rüsselchen ab. Das Elefäntchen ohne Näschen weinte und protestierte: »Du Scheißkerlchen von einem Spaßvögelchen!«

»Laß meine Nase los, ich geb dir, was du willst«, flehte er erschrocken mit näselnder Cantinflas-Stimme, denn Estrellas gefräßige kleine Zähne verstopften ihm die Atemwege. »Soviel Geld, wie du willst. Laß mich los, bitte!«

»Sei ruhig, mir kommt's gleich«, stammelte die Mulattin, während sie Don Rigobertos Nase losließ, um sie gleich wieder mit ihrer Doppelreihe gieriger Zähne zu packen.

Hippogryph, sie war in der Tat an Schnelle den Winden gleich, wie sie da von Kopf bis Fuß erbebte, während Don Rigoberto, von Panik erfaßt, aus dem Augenwinkel sah, daß Rosaura-Lukrezia, betrübt, verwirrt, halb aufgerichtet auf dem Bett, die Mulattin um die Taille gefaßt hatte und versuchte, sie sanft, ohne Gewalt von ihm wegzuziehen, sicher in der Furcht, Estrella könnte, wenn sie an ihr zerrte, zur Strafe die Nase ihres Ehemanns zwischen den Zähnen behalten. So verharrten sie eine ganze Weile, fügsam, ineinander verschlungen, während die Mulattin sich aufbäumte und stöhnte und hemmungslos Don Rigobertos Attribut abschleckte und dieser zwischen angstvollen Nebelschwaden das Monstrum von Bacon auftauchen sah, *Männerkopf*, ein erschütterndes Bild, das ihn lange Zeit verfolgt hatte, jetzt wußte er, weshalb: so würden ihn Estrellas Reißzähne zugerichtet haben, nach dem Biß. Was ihn mit Entsetzen erfüllte, war jedoch nicht sein verstümmeltes Gesicht, sondern eine Frage: Würde Lukrezia einen ohr- und nasenlosen Ehemann weiter lieben? Würde sie ihn verlassen?

Don Rigoberto las in seinem Heft das Fragment:

»Sage mir, indes die blinde
Nacht des Schlummers mich umschwebte,
welches Wunder ich erlebte,
daß ich nun mich hier befinde?«

Das sagt Segismundo, als er aus jenem künstlichen Schlaf erwacht, in den ihn (mit einem Gemisch aus Opium, Schlafmohn und Bilsenkraut) der König Basilio und der alte Clotaldo versetzt haben, die jene unwürdige Farce aufführen, ihn aus seinem Gefängnisturm an den Hof zu bringen, um ihn für eine kurze Zeit herrschen zu lassen, und ihn in dem Glauben wiegen, dieser Aufenthalt sei ebenfalls ein Traum. ›Was in deiner Phantasie geschah, während du schliefst, armer Prinz‹, dachte er, ›war, daß sie dich mit Drogen einschläferten und fertigmachten. Sie gaben dich eine kleine Weile deiner eigentlichen Bestimmung zurück und wiegten dich dabei im Glauben, du würdest träumen. Daraufhin nahmst du dir die Freiheiten, die man sich eben nimmt, wenn man sich der Straflosigkeit der Träume erfreut. Du ließest deinen Wünschen die Zügel schießen, warfst einen Mann den Balkon hinunter, hättest fast den alten Clotaldo, ja sogar den König Basilio getötet. So hatten sie den nötigen Vorwand – du warst gewalttätig, jähzornig, unwürdig –, dich wieder den Ketten und der Einsamkeit deines Turms zu überantworten.‹ Trotzdem beneidete er Segismundo. Wie der unglückliche Fürst, der von der Mathematik und den Sternen dazu verurteilt worden war, träumend zu leben, um nicht vor Eingesperrtsein und Einsamkeit zu sterben, war auch er das, was er im Heft notiert hatte: »lebendig tot«, »tot lebendig«. Aber anders als bei jenem Prinzen wird kein König Basilio, kein edler Clotaldo kommen, um ihn aus seiner Verlassenheit und Einsamkeit zu erlösen, und ihn mit Opium, Schlafmohn und Bilsenkraut einschläfern, um ihn dann in Lukrezias Armen aufwachen zu lassen. »Lukrezia, meine Lukrezia«, seufzte er und merkte gleich darauf, daß er weinte. Wie nah er am Wasser gebaut hatte in diesem letzten Jahr!

Estrella weinte auch ein bißchen, aber vor Freude und Glück. Nach dem letzten Röcheln, bei dem Don Rigoberto spürte, wie ein heftiger Stoß durch sämtliche Nervenstränge ihres Körpers ging, hatte sie den Mund geöffnet, die Nase losgelassen und sich rücklings auf das blau bedeckte Bett fallen lassen, mit einem entwaffnenden Ausruf: »Heilige Jungfrau, war das vielleicht schön!« Dann schlug sie dankbar das Kreuz, ohne jede blasphemische Absicht.

»Schön für dich, ja, aber mich hast du fast um meine Nase und meine Ohren gebracht, du Luder«, sagte Don Rigoberto.

Er war sicher, daß Estrellas Liebkosungen sein Gesicht so zugerichtet hatten wie das dieser Pflanzengestalt von Arcimboldo, die eine knorrige Mohrrübe zur Nase hatte. Mit einem wachsenden Gefühl von Demütigung sah er durch die Finger hindurch, mit denen er sich seine zerdrückte Nase rieb, daß Rosaura-Lukrezia, ohne eine Spur von Mitleid oder Sorge um ihn, neugierig die Mulattin betrachtete (die sich befriedigt auf dem Bett rekelte), während ein vergnügtes Lächeln in ihrem Gesicht spielte.

»Und das gefällt dir an den Männern, Estrella?« fragte sie.

Die Mulattin nickte.

»Das einzige, was mir gefällt«, keuchte sie hervor, einen dichten, pflanzlichen Hauch ausstoßend. »Alles andere können sie sich dort reinstecken, wo die Sonne nicht hinkommt. Im allgemeinen beherrsche ich mich ja und verberge es, wegen des Geredes. Aber heute abend habe ich mich gehen lassen. Ich habe nämlich noch nie so Ohren und so eine Nase wie bei deinem Mann gesehen. Bei euch habe ich mich getraut, *mamita*.«

Sie betrachtete Lukrezia mit Kennerblick von oben bis unten, und sie schien ihren Beifall zu finden. Sie streckte eine Hand aus und legte den Zeigefinger auf die linke Brustwarze von Rosaura-Lukrezia – Don Rigoberto meinte zu sehen, wie die kleine Craquelé-Knospe seiner Frau sich aufrichtete – und sagte lachend:

»Entdeckt, daß du eine Frau bist, habe ich, als wir in dem Nachtklub getanzt haben. Ich habe deine Brüste gespürt und gemerkt, daß du nicht wußtest, wie man führt. Ich habe dich geführt, nicht du mich.«

»Du hast dich aber gut verstellt, ich habe geglaubt, ich hätte dich getäuscht«, gratulierte ihr Doña Lukrezia.

Während er sich noch die liebkoste Nase und die schmerzenden Ohren rieb, fühlte Don Rigoberto, wie eine neue Welle der Bewunderung für seine Frau in ihm aufstieg. Wie wendig und anpassungsfähig sie sein konnte! Es war das erste Mal in ihrem Leben, daß Lukrezia solche Dinge tat – sich als Mann kleiden, in einem fremden Land in ein schäbiges Animierlokal gehen, mit einer Hure in einem elenden

Hotel absteigen –, und doch ließ sie nicht die geringste Verlegenheit, Verwirrung oder Verärgerung erkennen. Da war sie und plauderte vertraut mit der Halsnasenohrenmulattin, als wäre sie ihresgleichen, als gehörte sie zu ihrem Ambiente und ihrem Gewerbe. Sie wirkten wie zwei gute Kolleginnen, die in einer kleinen Pause ihres hektischen Arbeitstages Eindrücke austauschten. Und als wie schön, wie begehrenswert er sie empfand! Um den Anblick seiner Frau zu genießen, wie sie, im öligen Zwielicht, nackt mit Estrella das armselige Bettgestell mit der bläulichen Bettdecke teilte, schloß Don Rigoberto die Augen. Sie lag auf der Seite, das Gesicht in ihre linke Hand gestützt, mit einer lässigen Anmut, die von der köstlichen Gelöstheit ihrer Körperhaltung noch unterstrichen wurde. Ihre Haut wirkte sehr viel weißer in diesem spärlichen Licht, ihr kurzes Haar schwarzer, und das Haarbüschel des Schamhügels so dunkel, daß es bläulich schimmerte. Während sein Blick zärtlich den sanften Windungen ihrer Schenkel und ihres Rückens folgte, ihre Hinterbacken, Brüste und Schultern hinaufwanderte, vergaß Don Rigoberto allmählich seine schmerzenden Ohren, seine malträtierte Nase, und er vergaß auch Estrella und die elende Absteige, in der sie Zuflucht gesucht hatten, und die Stadt Mexiko: Lukrezias Körper hielt sein Bewußtsein besetzt und verdrängte, vertrieb jedes andere Bild, jeden Gedanken, jede Sorge.

Weder Rosaura-Lukrezia noch Estrella schienen zu bemerken – oder vielleicht bedeutete es ihnen nichts –, daß er sich nach und nach mechanisch Krawatte, Jakkett, Hemd, Schuhe, Strümpfe, Hose und Unterhose ausgezogen hatte, die er auf den abgeschabten grünlichen Linoleumboden fallen ließ. Nicht einmal dann, als er, zu Füßen des Bettes kniend, begann, die Beine seiner Frau zu streicheln und ehrfurchtsvoll zu küssen, schenkten sie ihm Beachtung. Sie waren noch immer in ihr trautes Gespräch, in ihre Klatschgeschichten vertieft, gleichgültig, als sähen sie ihn nicht, als wäre er das Phantom.

›Ich bin es‹, dachte er, während er die Augen aufschlug. Die Erregung war immer da, klopfte gegen seine Beine, doch ohne große Überzeugung jetzt, wie ein rostiger Glockenschwengel, der gegen die alte, durch Zeit und Routine mißtönende Glocke der kleinen, von den Gläubigen verlassenen Kirche schlägt, ohne die geringste Freude oder Entschlossenheit.

Und jetzt brachte ihm die Erinnerung das tiefe Unbehagen zurück, oder besser gesagt den schlechten Nachgeschmack, den er beim Ende des Werkes von Calderón de la Barca empfunden hatte – ein höfisches, dem Autoritätsprinzip und der unmoralischen Staatsräson in abscheulicher Weise huldigendes Ende. Da nämlich verurteilt der undankbare und gemeine frischgebackene König von Polen den Soldaten, der die Rebellion gegen König Basilio in Gang gesetzt hatte, dank deren der Prinz Segismundo auf den Thron von Polen gelangt, dazu, für den Rest seines Lebens in dem Turm zu verfaulen, in dem er selbst gelitten hatte, mit dem Argument – sein Heft gab die fürchterlichen Zeilen wieder –: »Des Verräters nicht bedarf's / nach vollendetem Verrate.«

›Grauenhafte Philosophie, widerwärtige Moral‹, sinnierte er, wobei er vorübergehend seine schöne nackte Frau vergaß, die er gleichwohl nach wie vor mechanisch streichelte. ›Der Prinz verzeiht Basilio und Clotaldo, seinen Unterdrückern und Folterern, und bestraft den tapferen Soldaten, der die Truppen gegen den ungerechten König aufwiegelte, Segismundo aus seiner Höhle befreite und ihn zum König machte, und er tut es deshalb, weil es in erster Linie den Gehorsam gegenüber der bestehenden Obrigkeit zu verteidigen und das Prinzip und die bloße Vorstellung der Rebellion gegen den König zu verurteilen gilt. Widerlich!‹

Verdiente es etwa ein Werk, das durch diese unmenschliche, freiheitsfeindliche Lehre vergiftet war, seine Träume zu bewohnen und zu nähren, seine Wünsche auszustatten? Und doch mußte es einen Grund geben, der bewirkt hatte, daß heute nacht seine Phantasiegestalten so kategorisch und ausschließlich von seinem Traum Besitz ergriffen hatten. Er sah ein weiteres Mal seine Hefte durch, auf der Suche nach einer Erklärung.

Der alte Clotaldo nannte die Pistole »Natter von Metall«, und die als Mann verkleidete Rosaura sagte sich: »Doch täuscht die Phantasie nicht meine Blicke / mit leerem Truggeflimmer, / so seh ich dort beim zweifelhaften Schimmer / der Dämmrung ein Gebäude.« Don Rigoberto schaute aufs Meer hinaus. Dort, in der Ferne, an der Linie des Horizonts, kündigte ein zweifelhafter Schimmer den neuen Tag an, jenes Licht, das jeden Morgen gewaltsam seine kleine Welt der Träume und Schattengestalten zerstörte, in der er glücklich war (glücklich? nein, in der er gerade nur etwas weniger unglücklich war), und ihn in die gefängnishafte Routine der fünf Wochentage zurückbrachte (Dusche, Frühstück, Büro, Mittagessen, Büro, Abendessen), in der ihm kaum eine Lücke blieb, durch die er heimlich seine Erfindungen passieren lassen konnte. Es gab ein paar kurze Verse, die mit einem Randvermerk versehen waren, der aus dem Wort »Lukrezia« und aus einem kleinen Hinweispfeil bestand: »... mischend / zu Dianas reichem Pompe / der Minerva Kriegesrüstung.« Die Jägerin und die Kriegerin, miteinander verschmolzen in seiner geliebten Lukrezia. Warum nicht. Aber das war es offensichtlich nicht, was die Geschichte des Prinzen Segismundo in die Tiefe seines Unterbewußtseins eingegraben und sie in seinen Phantasien der heutigen Nacht zum Leben erweckt hatte. Was war es dann?

»Denn unmöglich hält ein Traum / so viel Ding' in sich geschlossen«, sagte der Prinz erstaunt. ›Du bist ein Dummkopf‹, hielt Don Rigoberto ihm entgegen. ›In einem einzigen Traum hat das ganze Leben Platz.‹ Es bewegte ihn, daß Segismundo, als man ihn unter dem Einfluß der Droge von seinem Gefängnis in den Palast bringt, auf die Frage, was ihn bei seiner Rückkehr in die Welt am meisten beeindruckt habe, antwortet: »Erstaunen mir bereitet / hat nichts; ich war auf alles vorbereitet. / Doch müßt ich eines schauen / mit Staunen und Bewundrung, wärs der Frauen / namenloser Reiz.« ›Und dabei hast du nie Lukrezia gesehen‹, dachte er. Er sah sie jetzt, prachtvoll, übernatürlich, hingegossen auf jene blaue Bettdecke, leise schnurrend, während ihr zärtlicher Ehemann sie mit seinen Küssen in den Achselhöhlen kitzelte. Die höf-

liche Estrella war aufgestanden, hatte Don Rigoberto
ihren Platz neben Rosaura-Lukrezia auf dem Bett
überlassen und sich auf die Ecke gesetzt, die Don
Rigoberto zuvor eingenommen hatte, während sie
sich über seine Ohren und seine Nase hermachte. Sie
verharrte diskret, reglos, denn sie wollte sie nicht ab-
lenken, nicht unterbrechen, und beobachtete sie mit
freundlicher Neugier, während sie sich umarmten,
einander umschlangen und sich zu lieben begannen.

»Was ist Leben? Raserei!
Was ist Leben? Hohler Schaum,
ein Gedicht, ein Schatten kaum!
Wenig kann das Glück uns geben:
Denn ein Traum ist alles Leben
und die Träume selbst ein Traum.«

»Falsch«, sagte er mit lauter Stimme, auf den
Schreibtisch klopfend. Das Leben war kein Traum,
die Träume waren eine schwache Lüge, ein flüchtiger
Trug, der nur dazu diente, vorübergehend den Fru-
strationen und der Einsamkeit zu entfliehen und mit
schmerzlicher Bitterkeit um so deutlicher festzustellen, wie schön und substantiell das wahre Leben war,
jenes, das man aß, berührte und trank, so überlegen
und reich, verglichen mit dem Schein-Spiel, das Wünsche und Phantasie konspirativ aufführten. Von
Angst erfaßt – es war schon Tag, im Morgenlicht erschienen die graue Steilküste, das bleifarbene Meer,
die dicken Wolken, der schartige Bordstein, der le-
pröse Fahrdamm –, klammerte er sich verzweifelt an
den nackten Körper Lukrezia-Rosauras, um diese
letzten Sekunden auszunutzen, auf der Suche nach
einer unmöglichen Lust, im grotesken Vorgefühl, daß

er jeden Augenblick, womöglich mitten in der Ekstase, auf seinen Ohren die plötzlichen Hände der Mulattin spüren würde.

DIE VIPER UND DAS NEUNAUGE

Im Gedanken an Dich habe ich *Die vollkommene Ehefrau* von Fray Luis de León gelesen und in Anbetracht der Auffassung, die er von der Ehe vertrat, verstanden, warum jener feinsinnige Dichter dem Brautbett die Enthaltsamkeit und das Ordensgewand der Augustiner vorzog. Dennoch habe ich auf diesen in guter Prosa verfaßten und von unfreiwilliger Komik strotzenden Seiten dieses Zitat des glückseligen Basilius gefunden, das wie ein Handschuh paßt – rätst Du, auf welche elfenbeinerne Hand einer außergewöhnlichen Frau, vorbildlichen Gattin und heißersehnten Geliebten?

»Die Viper, ein gar wildes Tier unter den Schlangen, begibt sich hurtig zur Heirat mit dem Meer-Neunauge; bei ihrer Ankunft zischt sie, wie um zu bekunden, daß sie da ist, um es auf diese Weise zur ehelichen Umarmung aus dem Meer zu locken. Das Neunauge gehorcht und verbindet sich mit der giftigen Bestie ohne Furcht. Was will ich damit sagen? Was? Daß so rauh, so grausam von Gemüt ein Ehemann auch sein mag, die Frau ihn erdulden muß und niemals zulassen darf, daß die Eintracht zerbreche. Oh! Er ist ein Henker? Aber er ist dein Mann! Er ist ein Trunkenbold? Aber das eheliche Band hat ihn mit dir vereint. Ein rauher, ein mürrischer Kerl! Aber schon ein Glied von dir, und das wichtigste Glied. Und damit auch der Ehemann hört, was ihm gebührt: die Viper, voll Achtung für die Verbindung, die sie eingeht, begibt sich ihres Giftes, und du gibst nicht die unmenschliche Grausamkeit deines Wesens auf zu Ehren der Ehe? Das ist von Basilius.«

Fray Luis de León, Die vollkommene Ehefrau, Kap. III.

Stürze Dich in die eheliche Umarmung mit dieser Viper, geliebtes Neunauge.

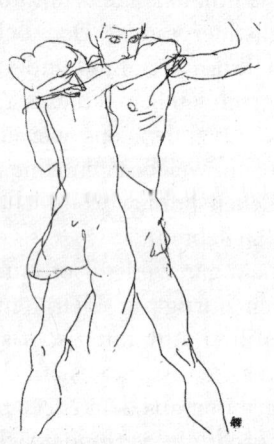

Epilog
Eine glückliche Familie

»Alles in allem war die Sache mit dem Picknick gar nicht so schlimm«, sagte Don Rigoberto mit einem breiten Lächeln. »Wir haben etwas daraus gelernt: zu Hause ist es besser als irgendwo sonst. Vor allem besser als auf dem Land.«

Doña Lukrezia und Fonchito applaudierten vergnügt diesen Worten, und auch Justiniana, die in diesem Augenblick die Sandwichs mit Huhn und mit Avocado, Ei und Tomate brachte, auf die das Mittagessen aufgrund des mißlungenen Picknicks zusammengeschrumpft war, stimmte in das Lachen ein.

»Jetzt weiß ich, was es heißt, positiv zu denken, mein süßer Gatte«, gratulierte ihm Doña Lukrezia. »Und sich in einer mißlichen Lage konstruktiv zu verhalten.«

»Gute Miene zum bösen Spiel zu machen«, schloß sich Fonchito an. »Bravo, Papa!«

»Heute kann eben nichts mein Glück trüben«, nickte Don Rigoberto, den Blick auf die Sandwichs gerichtet. »Schon gar nicht ein elendes Picknick. Nicht mal eine Atombombe würde mich aus der Ruhe bringen. Also, Prost.«

Er trank mit sichtlicher Zufriedenheit einen Schluck kaltes Bier und biß in ein Sandwich mit Huhn. Die Sonne von Chaclacayo hatte ihm die Stirn, das Gesicht und die Arme verbrannt, die gerötet waren vom Sonnenbrand. Er wirkte in der Tat höchst vergnügt und genoß das improvisierte Mittagessen. Er selbst hatte am Abend zuvor die Idee eines Picknicks in Chaclacayo gehabt, an diesem Sonntag, um dem Dunst und der Feuchtigkeit Limas zu entrinnen und sich im Kontakt mit der Natur, am Ufer des Flusses und im Kreis der Familie des schönen Wetters zu erfreuen. Doña Lukrezia hatte sich sehr gewundert über diesen Vorschlag, denn sie erinnerte sich an den heiligen Schrecken, den alles Ländliche ihm immer eingejagt hatte, aber sie willigte gern ein. Standen sie denn nicht am Anfang ihrer zweiten Flitterwochen? Es würde auch der Anfang neuer Gewohnheiten sein. Sie brachen an diesem Morgen zur vorgesehenen Stunde auf – um neun –, ausgerüstet mit einem guten Vorrat an Getränken und einem vollständigen, von der Köchin zubereiteten Mittagessen, das gefüllte Pfannkuchen einschloß, den Lieblingsnachtisch von Don Rigoberto.

Die Mißlichkeiten begannen mit der Überlandstraße, die derart voll war, daß sie nur ganz langsam vorankamen, wenn sie überhaupt vorankamen zwischen Lastwagen, Autobussen und allen möglichen klapprigen Fahrzeugen, die nicht nur die Straße verstopften und während langer Zeitspannen den Verkehr blockierten, sondern auch noch einen schwärzlichen Rauch und einen Gestank nach schlecht verbranntem Benzin aus den Auspuffrohren entließen, die Übelkeit erregten. Sie erreichten Chaclacayo nach Mittag, erschöpft und erhitzt.

Einen passenden Platz am Fluß zu finden stellte sich als mühseliger heraus als erwartet. Bevor sie die

Nebenstraße fanden, die sie ans Ufer des Rímac bringen sollte – hier nahm er sich im Unterschied zu Lima wie ein richtiger Fluß aus, breit, viel Wasser führend, mit Schaumkronen und hüpfenden Wellen dort, wo er gegen die Steine und Felsen plätscherte –, mußten sie um- und umfahren und landeten immer wieder auf der verdammten Landstraße. Als sie dank der Hilfe eines mitleidigen Ortsansässigen eine Abzweigung entdeckten, die sie zum Ufer brachte, wurden die Dinge nicht etwa besser, sondern nur noch schlimmer. Der Rímac diente an dieser Stelle als Müllhalde (auch als Urin- und Kotgrube) für die Einwohner, die allen nur vorstellbaren Abfall dort hingeworfen hatten – von Papier, leeren Dosen und Flaschen bis hin zu Essensresten, Exkrementen und toten Tieren –, so daß der Ort, abgesehen von dem deprimierenden Anblick, von unerträglichem Gestank verseucht war. Schwärme zudringlicher Fliegen zwangen sie, sich den Mund mit den Händen zuzuhalten. Nichts von dem schien in das Bild des idyllischen Ausflugs zu passen, wie Don Rigoberto es ausgemalt hatte. Dieser, mit unbeirrbarer Geduld und einem Kreuzfahreroptimismus gewappnet, über die seine Frau und sein Sohn sich nur wundern konnten, überredete seine Familie, angesichts der unheilvollen Umstände nicht zu verzagen. Sie suchten weiter.

Als es nach einer ganzen Weile so aussah, als kämen sie an einen gastfreundlicheren Ort – das heißt, ohne pestartigen Gestank und Müllberge –, war dieser bereits von unzähligen Familien besetzt, die, zum Teil unter breiten Sonnenschirmen, Nudeln mit rötlicher Soße aßen und aus tragbaren Radios und Kassettenrecordern in voller Lautstärke tropische Musik hörten. Der nun folgende Fehler ging ausschließlich auf das Konto Don Rigobertos, obwohl er dem legitimsten aller Wünsche entsprang: der Suche nach einem Mindestmaß an Privatheit, nach einiger Entfernung von der Menge der Nudelesser, für die es anscheinend unvorstellbar war, die Stadt ein paar Stunden zu verlassen, ohne den Lärm, das städtische Produkt schlechthin, mit sich zu nehmen. Don Rigoberto glaubte, die Lösung gefunden zu haben. Wie ein echter Pfadfinder schlug er vor, sie sollten sich die Schuhe ausziehen, die Hosen hochkrempeln und ein Stück durch den Fluß waten, bis zu etwas, das wie eine winzige Insel aus Sand, Felsbrocken und spärlichem Gestrüpp aussah, die wie durch ein Wunder nicht von der vielköpfigen sonntäglichen Gemeinschaft eingenommen worden war. Und das taten sie. Oder, besser gesagt, sie machten sich daran, mitsamt dem Essen und den Getränken, die die Köchin für die Landpartie vorbereitet hatte. Nur noch ein paar Meter von der idyllischen kleinen Insel entfernt, passierte es: Don Rigoberto – das Wasser reichte ihm nur bis zu den Knien, und bis dahin war das Ganze ohne Zwischenfälle abgelaufen – rutschte auf irgend etwas Knorpelartigem aus. Er kam in den frischen Wassern des Rímac zu sitzen, was, für sich genommen, nicht weiter tragisch gewesen wäre, bedachte man, wie heiß es war und wie sehr er schwitzte, wenn nicht gleichzeitig mit seinem Körper auch der Picknickkorb Schiffbruch erlitten hätte, der sich, um dem Unfall eine komische Note zu geben, in hohem

Schwung entleerte, bevor er im Flußbett landete, und kreuz und quer über das kabbelige Wasser, das sie bereits in Richtung Lima und Pazifik fortschwemmte, die pikante Fischmarinade, den Reis mit Ente und die gefüllten Pfannkuchen verteilte, ebenso wie die schöne Tischdecke und die rotweißkarierten Servietten, die Doña Lukrezia für das Picknick ausgewählt hatte.

»Lacht nur, tut euch keinen Zwang an, ich werde nicht böse«, sagte Don Rigoberto zu seiner Frau und seinem Sohn, die, während sie ihm beim Aufstehen halfen, groteske Grimassen schnitten und versuchten, nicht in schallendes Lachen auszubrechen. Auch die Leute am Ufer lachten, als sie ihn pitschnaß von Kopf bis Fuß sahen.

Entschlossen, Heldenmut an den Tag zu legen (zum ersten Mal in seinem Leben?), schlug Don Rigoberto vor, weiterzumachen und dazubleiben, mit dem Argument, daß die Sonne von Chaclacayo ihn im Nu trocknen würde. Doña Lukrezia war kategorisch. Das nun wirklich nicht, er konnte sich eine Lungenentzündung holen, sie würden nach Lima zurückfahren. Und das taten sie, geschlagen, wenn auch ohne sich der Verzweiflung hinzugeben. Und sie amüsierten sich liebevoll über den armen Don Rigoberto, der sich die Hose ausgezogen hatte und in der Unterhose am Steuer saß. Gegen fünf Uhr am Nachmittag kamen sie zu Hause in Barranco an. Während Don Rigoberto sich duschte und seine Kleidung wechselte, kümmerte Doña Lukrezia sich unter Mithilfe von Justiniana, die gerade von ihrem Wochenendausgang zurückgekehrt war – der Hausdiener und die Köchin würden erst am Abend zurückkommen –, um die Sandwichs mit Huhn und Avocado, Tomate und Ei, aus denen dieses späte, verunglückte Mittagessen bestand.

»Seit du dich mit meiner Stiefmutter versöhnt hast, bist du richtig lieb geworden, Papa.«

Don Rigoberto ließ das halb aufgegessene Sandwich sinken. Er überlegte.

»Sagst du das im Ernst?«

»Absolut im Ernst«, erwiderte der Junge, während er sich Doña Lukrezia zuwandte. »Stimmt das nicht, Stiefmutter? Schon seit zwei Tagen schimpft er nicht und beklagt sich über nichts, ist gutgelaunt und sagt die ganze Zeit nette Dinge. Ist das nicht lieb sein?«

»Wir sind ja auch erst seit zwei Tagen versöhnt«, lachte Doña Lukrezia. Aber dann wurde sie ernst und fügte mit einem zärtlichen Blick auf ihren Ehemann hinzu: »In Wirklichkeit war er schon immer herzensgut. Es hat ein bißchen gedauert, bis du es gemerkt hast, Fonchito.«

»Ich weiß nicht, ob es mir gefällt, wenn ihr mich so nennt«, reagierte Don Rigoberto schließlich mit grüblerischer Miene. »Alle lieben Menschen, die ich gekannt habe, waren ein bißchen dumm. So als wären sie gut, weil es ihnen an Phantasie und an Wünschen mangelte. Ich hoffe, ich werde nicht dümmer, als ich bin, nur weil ich froh bin.«

»Die Gefahr besteht nicht.« Señora Lukrezia näherte das Gesicht ihrem Mann und küßte ihn auf die Stirn. »Du bist alles mögliche, nur das nicht.«

Sie war sehr schön mit ihren von der Sonne Chaclacayos geröteten Wangen und dem leichten, geblümten Perkalkleid, das ihre Schultern und Arme frei ließ und ihr ein frisches, gesundes Aussehen gab. ›Wie schön sie ist, wie verjüngt‹, dachte Don Rigoberto, genußvoll den schlanken Hals seiner Frau und die anmutige Rundung eines ihrer Ohren betrachtend, um das sich eine einzelne Strähne ihres Haars ringelte, das im Nacken mit einem Band vom gleichen Gelb wie die Hanfschuhe des Ausflugs zusammengebunden war. Elf Jahre waren vergangen, und sie war jünger und attraktiver als an dem Tag, an dem er sie kennengelernt hatte. Und wo spiegelte sich diese Gesundheit, diese Schönheit, die den Lauf der Zeit in Frage stellte, am stärksten wider? ›In den Augen‹, antwortete er sich. Diese Augen, die die Farbe wechselten, von einem blassen Braun zu einem dunklen Grün, zu einem sanften Schwarz. Jetzt wirkten sie sehr hell unter den langen dunklen Wimpern und von einem fröhlichen, fast funkelnden Schimmer beseelt. Seine Frau, der Aufmerksamkeit nicht bewußt, deren Gegenstand sie war, sprach mit Appetit dem zweiten Sandwich mit Avocado, Tomate und Ei zu und trank ab und zu kleine Schlucke kalten Biers, die ihre Lippen befeuchteten. War es Glück, dieses Gefühl, das ihn erfüllte? Diese Bewunderung und Dankbarkeit, dieses Begehren, das er für Lukrezia empfand? Ja. Don Rigoberto wünschte sich mit all seinen Kräften, daß die Stunden bis zum Abend im Fluge vergingen. Dann wären sie wieder allein, und er würde seine anbetungswürdige Frau endlich, hier, in Fleisch und Blut in Armen halten.

»Der einzige Grund, warum ich mich manchmal Egon Schiele nicht so ähnlich fühle, ist, daß er das

Landleben mochte und ich überhaupt nicht«, sagte Fonchito, mit lauter Stimme einen Gedanken fortspinnend, den er im stillen vor einer Weile gefaßt hatte. »Darin bin ich nach dir geraten, Papa. Auch ich hab nichts dafür übrig, Bäume und Kühe anzuglotzen.«

»Deshalb ging bei dem Picknick auch alles drunter und drüber«, philosophierte Don Rigoberto. »Eine Rache der Natur an zwei Feinden. Was sagst du von Egon Schiele?«

»Daß das einzige, worin ich ihm nicht ähnlich bin, das mit dem Landleben ist, er mochte es und ich nicht«, erklärte Fonchito. »Diese Liebe zur Natur hat er teuer bezahlt. Man hat ihn verhaftet und einen Monat ins Gefängnis gesperrt, wo er fast den Verstand verloren hat. Wenn er in Wien geblieben wäre, wäre ihm das nie passiert.«

»Wie gut du Bescheid weißt über das Leben von Egon Schiele, Fonchito«, sagte Don Rigoberto überrascht.

»Du kannst dir nicht vorstellen, wie weit das geht«, unterbrach ihn Doña Lukrezia. »Er weiß alles, was der in seinen achtundzwanzig Lebensjahren getan, gesagt, geschrieben und erlebt hat. Er kennt alle seine Bilder, Zeichnungen und Druckgraphiken auswendig, mit Titeln und Daten. Und er glaubt sogar, in ihm sei Egon Schiele wiederauferstanden. Mich erschreckt das, glaub mir.«

Don Rigoberto lachte nicht. Er nickte, als würde er diese Information sorgfältig abwägen, aber in Wirklichkeit verhehlte er damit, daß sich plötzlich ein bohrendes Gefühl in sein Bewußtsein eingeschlichen hatte, eine dumme Neugier, die Mutter aller Laster. Wie hatte Lukrezia erfahren, daß Fonchito soviel über Egon Schiele wußte? ›Schiele!‹, dachte er. ›Verkorkste Variante des Expressionismus, den Oskar Kokoschka mit vollem Recht einen Pornographen nannte.‹ Er entdeckte, daß ein tiefer, ätzender, gallenbitterer Haß auf Egon Schiele ihn erfüllte. Gesegnet die Spanische Grippe, die ihn dahingerafft hatte. Woher wußte Lukrezia, daß Fonchito sich für diesen Schmierfinken hielt, diese Mißgeburt der letzten Wehen der österreichisch-ungarischen Monarchie, die, ebenfalls zum Glück, das Zeitliche gesegnet hatte? Das Schlimmste war, daß Doña Lukrezia, völlig ahnungslos, daß sie in den fauligen Wassern der Selbstbezichtigung versank, ihn weiter marterte:

»Ich freue mich, daß wir dieses Thema anschneiden, Rigoberto. Ich wollte schon lange mit dir darüber reden, ich hatte sogar daran gedacht, dir zu schreiben. Sie macht mir große Sorge, diese Fixierung des Jungen auf diesen Maler. Ja, Fonchito. Warum reden wir nicht alle drei darüber? Wer könnte dir besser raten als dein Vater? Das hab ich dir schon mehrmals gesagt. Nicht, daß ich deine Leidenschaft für Egon Schiele schlecht finde. Aber sie wird zur Obsession. Es macht dir doch nichts aus, daß wir drei darüber sprechen, nicht wahr?«

»Ich glaube, mein Papa fühlt sich nicht wohl, Stiefmutter«, sagte Fonchito nur, mit einer Arglosigkeit, die Don Rigoberto als zusätzlichen Affront auffaßte.

»Mein Gott, wie blaß du bist. Siehst du? Ich hab es dir gesagt, dieses Bad im Fluß ist dir schlecht bekommen.«

»Es ist nichts, es ist nichts«, beruhigte Don Rigoberto seine Frau mit einer dünnen, diffusen Stimme. »Ein zu großer Bissen, ich habe mich verschluckt. Ein Knöchelchen, glaube ich. Es ist vorbei, ich hab es schon runterbekommen. Mir geht's gut, mach dir keine Sorgen.«

»Aber du zitterst ja«, sagte Doña Lukrezia besorgt, während sie seine Stirn befühlte. »Du hast dich erkältet, natürlich. Sofort ein schön heißer Zitronenstrauchtee und zwei Aspirin. Ich mach ihn dir. Nein, keine Widerrede. Und ins Bett, ohne zu mucksen.«

Nicht einmal das Wort Bett heiterte Don Rigobertos Stimmung auf, die in wenigen Minuten von Lebensfreude und Begeisterung zu einer konfusen Niedergeschlagenheit übergegangen war. Er sah, daß Doña Lukrezia sich eilig in Richtung Küche entfernte. Da Fonchitos klarer Blick ihm Unbehagen bereitete, sagte er, um das Schweigen zu brechen:

»Schiele kam ins Gefängnis, weil er aufs Land gezogen war?«

»Nicht, weil er aufs Land gezogen war, wie kommst du denn darauf«, sagte sein Sohn laut auflachend. »Er wurde der Unmoral und der Verführung angeklagt. In einem kleinen Dorf namens Neulengbach. Das wäre ihm nie passiert, wenn er in Wien geblieben wäre.«

»Ach ja? Erzähl mal«, forderte Don Rigoberto ihn auf, dem bewußt war, daß er Zeit zu gewinnen versuchte, wenn er auch nicht wußte, wozu. Nach der glorreichen, sonnigen Herrlichkeit dieser beiden Tage machte sich in seinem Gemüt jetzt ein einziges Elend aus Regengüssen, Blitz und Donner breit. Um sich zu beruhigen, griff er auf ein Mittel zurück, das andere Male funktioniert hatte, und begann im Geist mythologische Gestalten aufzuzählen: Zyklopen, Sirenen, Laistrygonen, Lotophagen, Circen, Kalypsos. Bis dahin kam er.

Es war im Frühjahr 1912 geschehen, im April, genau gesagt, erklärte der Junge redselig. Egon und seine Geliebte Wally (ein Kosename, sie hieß Valerie Neuzil) lebten auf dem Land, in einem kleinen gemieteten Haus, in der Umgebung dieses schwer auszusprechenden Dorfes. Neulengbach. Egon pflegte das schöne Wetter auszunutzen und im Freien zu malen. Eines Nachmittags tauchte ein Mädchen auf und knüpfte ein Gespräch mit ihm an. Sie unterhielten sich, und es passierte weiter nichts. Das Mädchen kam mehrmals wieder. Bis sie in einer Gewitternacht völlig durchnäßt erschien und Wally und Egon verkündete, sie sei aus ihrem Elternhaus ausgerissen. Sie versuchten, sie zu überzeugen, das war nicht recht von dir, geh nach Hause zurück, aber sie, nein, nein, laßt mich wenigstens die Nacht bei euch verbringen. Sie willigten ein. Das Mädchen schlief bei Wally; Egon Schiele in einem anderen Zimmer. Am nächsten Tag . . ., aber Doña Lukrezias Rückkehr mit einer dampfenden Tasse Zitronenstrauchtee und zwei Aspirintabletten in der Hand unterbrach Fonchitos Erzählung, der Don Rigoberto im übrigen kaum zuhörte.

»Trink ihn ganz aus, so, schön heiß«, bemutterte Doña Lukrezia ihn. »Mit den beiden Aspirin. Und danach ins Bett, heia machen. Ich will nicht, daß du dich erkältest, mein Alterchen.«

Don Rigoberto spürte – seine großen Nüstern sogen den Gartenduft des Zitronenstrauchs ein –, daß die Lippen seiner Frau ein paar Sekunden lang auf dem schütteren Haar seines Kopfes verharrten.

»Ich erzähle ihm gerade die Geschichte von Egons Gefängnisaufenthalt, Stiefmutter«, erklärte Fonchito. »Ich habe sie dir so oft erzählt, daß es dich langweilen wird, sie noch einmal zu hören.«

»Nein, nein, überhaupt nicht, erzähl weiter«, ermunterte sie ihn. »Obwohl, es stimmt, daß ich sie schon auswendig kenne.«

»Wann hast du deiner Stiefmutter denn diese Geschichte erzählt?« entfuhr es Don Rigoberto mit gepreßter Stimme, während er auf den Zitronenstrauchtee blies. »Sie ist doch erst zwei Tage zu Hause, und ich habe sie Tag und Nacht mit Beschlag belegt.«

»Als ich sie bei ihr zu Hause am Olivar besuchen ging«, erwiderte der Junge mit seiner gewohnten kristallklaren Offenheit. »Hat sie dir das nicht erzählt?«

Don Rigoberto hatte das Gefühl, daß die Luft im Eßzimmer sich elektrisch auflud. Um seine Ehefrau nicht ansehen oder mit ihr sprechen zu müssen, nahm er einen heroischen Schluck des glühendheißen Zitronenstrauchtees, der ihm den Rachen und die Speiseröhre verbrannte. In seinen Eingeweiden brach die Hölle los.

»Ich hatte noch keine Zeit«, hörte er Doña Lukrezia murmeln. Er schaute sie an, und – Himmel! – sie war leichenblaß. »Aber ich wollte es ihm natürlich erzählen. War denn etwas Schlechtes an diesen Besuchen?«

»Was sollte schlecht daran sein«, bekräftigte Don Rigoberto und nahm einen weiteren Schluck der flüssigen, duftenden Hölle. »Ich finde das sehr gut, daß du zu deiner Stiefmutter gegangen bist und ihr von mir erzählt hast. Und diese Geschichte mit Schiele und seiner Geliebten? Du hast mittendrin aufgehört, ich möchte wissen, wie sie ausgeht.«

»Darf ich weitererzählen?« freute sich Fonchito.

Don Rigoberto hatte das Gefühl, als sei sein Rachen eine einzige Wunde, und er ahnte, daß seiner Frau, die stumm und versteinert neben ihm saß, wie rasend das Herz klopfte. Genau wie ihm.

Na ja, also . . . Am nächsten Tag brachten Egon und Wally das Mädchen im Zug nach Wien, wo die Großmutter der Kleinen lebte. Sie hatte ihnen versprochen, daß sie bei dieser Frau bleiben würde. Aber in der Stadt überlegte sie es sich anders und verbrachte die Nacht lieber mit Wally in einem Hotel. Am nächsten Morgen kehrten Egon und seine Geliebte mit dem Mädchen nach Neulengbach zurück, und dieses blieb noch zwei Tage bei ihnen. Am dritten Tag erschien der Vater. Er stellte Egon draußen zur Rede, wo er gerade malte. Außer sich vor Zorn, teilte er ihm mit, er habe ihn wegen Verführung bei der Polizei angezeigt, denn seine Tochter war minderjährig. Während Schiele versuchte, ihn zu beschwichtigen, und ihm erklärte, es sei nichts geschehen, griff im Haus das Mädchen, nachdem es seinen Vater entdeckt hatte, zu einer Schere und versuchte, sich die Pulsadern aufzuschneiden. Aber Wally, Egon und ihr Vater stürzten herbei und hinderten sie daran, und zwischen ihr und dem Mann kam es zu einer Klärung und zur Versöhnung. Sie gingen zusammen fort, und Wally und Egon glaubten, alles habe ein gutes Ende gefunden. Natürlich war es nicht so. Wenige Tage später kam die Polizei, um ihn zu verhaften.

Hörten sie seiner Erzählung zu? Anscheinend ja, denn sowohl Don Rigoberto als auch Doña Lukrezia verharrten reglos und schienen nicht nur die Fähigkeit, sich zu bewegen, sondern auch die zu atmen verloren zu haben. Sie hatten die Augen auf den Jungen geheftet und im Verlauf der ganzen Geschichte, die er ohne Unsicherheiten, mit den geschickten Pausen und der Emphase eines guten Erzählers vorgetragen hatte, nicht einmal geblinzelt. Aber was hatte es mit ihrer Blässe auf sich? Und mit diesen hochkonzentrierten, völlig hingegebenen Blicken? Bewegte sie sie so sehr, diese alte Geschichte des fernen Malers? Das waren die Fragen, die Don Rigoberto in Fonchitos großen, lebhaften Augen zu lesen meinte, die jetzt den einen und den anderen seelenruhig betrachteten, als erwarte er einen Kommentar. Machte er sich über sie beide lustig? Machte er sich über ihn lustig? Don Rigoberto hielt den Blick fest auf die klaren, durchsichtigen Augen seines Sohnes gerichtet, auf der Suche nach dem bösen Funkeln, jenem Aufblinken oder Aufleuchten, das seine Machenschaften, seine Strategie, seine Falschheit verraten würde. Er entdeckte nichts: nur den hellen, reinen Blick des lauteren Gewissens.

»Soll ich weitererzählen, oder langweilt es dich, Papa?«

Er schüttelte den Kopf und murmelte unter großer Anstrengung – sein Hals war trocken und rauh wie ein Stück Schmiergelpapier –: »Und was ist ihm im Gefängnis passiert?«

Man hatte ihn vierundzwanzig Tage hinter Gitter gesteckt, unter der Anklage der Unmoral und der Verführung. Verführung wegen der Sache mit dem Mädchen und Unmoral wegen einiger Aktbilder und Aktzeichnungen, die die Polizei bei ihm zu Hause gefunden hatte. Da sich erwies, daß er das Mädchen nicht berührt hatte, wurde er von der ersten Anklage freigesprochen. Aber nicht von der Anklage der Unmoral. Der Richter befand, daß Schiele eine Strafe verdiente, weil minderjährige Jungen und Mädchen ins Haus kamen, die die Aktbilder hatten sehen können. Was für eine Strafe? Das Verbrennen seiner unmoralischsten Zeichnung.

Im Gefängnis litt er unsäglich. Auf den Selbstporträts, die er in seinem Kerker malte, erschien er völlig abgemagert, mit Bart, eingefallenen Augen und einem leichenhaften Gesicht. Er führte ein Tagebuch, in das er schrieb (»Warte, warte, den Satz weiß ich auswendig«): »Ich, der ich von Natur aus eines der freiesten Wesen bin, fühle mich an ein Gesetz gebunden, das nicht das der Massen ist.« Er malte dreizehn Aquarelle, und dies bewahrte ihn davor, verrückt zu werden oder sich umzubringen: die Pritsche, die Tür, das Fenster und einen leuchtenden Apfel, einen von denen, die Wally ihm jeden Tag brachte. Sie stellte sich jeden Morgen an einen gut sichtbaren Punkt in der Nähe des Gefängnisses, und Egon konnte sie durch die Gitter seiner Zelle sehen. Denn Wally liebte ihn sehr; sie hatte sich großartig verhalten in diesem schrecklichen Monat und ihn unterstützt, so gut sie nur konnte. Er hingegen hat sie wohl nicht so sehr geliebt. Er malte sie, das wohl, er benutzte sie als Modell, aber nicht nur sie, viele andere auch, vor allem diese kleinen Mädchen, die er auf der Straße auflas und halbausgezogen um sich sein ließ, während er sie in allen möglichen Posen von der Höhe seiner Leiter herab malte. Kleine Mädchen und kleine Jungen waren seine Obsession. Er verzehrte sich nach ihnen und, na ja, scheinbar nicht nur, um sie zu malen, sie gefielen ihm wirklich, im guten und im schlechten Sinn des Wortes. Das sagten seine Biographen. Daß er nicht nur ein Künstler, sondern auch ein bißchen pervers war mit seiner Vorliebe für kleine Jungen und Mädchen . . .

»Schönschön, ich glaube, ich habe mich wirklich ein bißchen erkältet«, unterbrach ihn Don Rigoberto, während er so unvermittelt aufstand, daß die Serviette, die auf seinen Knien gelegen hatte, zu Boden fiel. »Ich folge besser deinem Rat, Lukrezia, und lege mich ins Bett. Nicht, daß ich noch eine meiner üblichen starken Erkältungen kriege.«

Er sprach, ohne seine Frau anzusehen, den Blick nur auf seinen Sohn gerichtet, der, als er ihn aufstehen sah, verstummte und eine besorgte Miene aufsetzte, als würde er ihm zu gerne helfen. Don Rigoberto schaute Lukrezia auch nicht an, als er in Richtung Treppe an ihr vorbeiging, trotz der heftigen Neugier, mit der er sich fragte, ob sie noch blaß war oder eher rot vor Empörung, vor Überraschung, vor Ungewißheit, vor Unruhe und sich wie er fragte, ob das, was der Junge gesagt und getan hatte, einer Machenschaft gehorchte oder ein Werk des intrigierenden, unglaublichen, frustrierenden und unseligen, glücksfeindlichen Zufalls war. Er merkte, daß er mit schlurfenden Schritten ging, wie ein alter, gebeugter Mann, und richtete sich auf. Er stieg die Treppen in lebhaftem Tempo hinauf, als wolle er beweisen (wem?), daß er noch immer ein tatkräftiger Mann in guter Form war.

Er zog sich nur die Schuhe aus, legte sich rücklings auf das Bett und schloß die Augen. Sein Körper glühte fiebrig. Er sah eine Symphonie aus blauen Punkten im Dunkel seiner Lider, und ihm war, als hörte er das kriegerische Summen der Wespen, das er am Vormittag während des gescheiterten Picknicks vernommen hatte. Kurze Zeit später sank er in Schlaf, wie unter der Wirkung eines starken Schlafmittels. Oder in Ohnmacht? Er träumte, er habe Mumps und Fonchito, ein Kind mit einer gealterten Stimme und dem Gebaren eines Spezialisten, warne ihn: »Vorsicht, Papa! Es handelt sich um einen Virus, der sich infiltriert, und wenn er es bis zu den Hoden schafft, wird er sie hart wie Tennisbälle machen, und man wird sie dir ausreißen müssen. Wie die Weisheitszähne!« Er wachte keuchend auf, schweißgebadet – Doña Lukrezia hatte eine Decke über ihn gelegt –, und stellte fest, daß es Abend geworden war. Es war dunkel, am Himmel standen keine Sterne, der Dunst löschte die Lichter des Uferdamms von Miraflores. Die Tür des Badezimmers ging auf, und inmitten des Lichtstrahls, der in das im Halbdunkel liegende Zimmer fiel, erschien Doña Lukrezia im Morgenmantel, bettfertig.

»Ist er ein Monstrum?« fragte Don Rigoberto sie angstvoll. »Begreift er, was er tut, was er sagt? Oder womöglich nicht? Ist er vielleicht nur ein ungezogenes Kind, dessen Streiche sich als monströs erweisen, ohne daß er es will?«

Seine Frau ließ sich auf das Fußende des Bettes fallen.

»Das frage ich mich jeden Tag, mehrmals jeden Tag«, sagte sie niedergeschlagen, mit einem Seufzer. »Ich glaube, er weiß es selbst nicht. Fühlst du dich besser? Du hast zwei Stunden geschlafen. Ich habe einen schön heißen Zitronensaft für dich gemacht, hier in der Thermosflasche. Soll ich dir ein Gläschen einschenken? Übrigens: ich habe nie vorgehabt, vor dir zu verbergen, daß Fonchito mich am Olivar besuchen kam. Ich habe bloß nicht daran gedacht, in diesen hektischen Tagen.«

»Natürlich«, sagte Don Rigoberto hastig, mit den Händen gestikulierend. »Reden wir nicht darüber, bitte.«

Er stand auf, murmelte, »es ist das erste Mal, daß ich außer der Zeit einschlafe«, und ging in sein Ankleidezimmer. Er zog sich aus; im Morgenmantel und in Hausschuhen schloß er sich im Badezimmer ein, um seine sorgfältigen Waschungen vor dem Schlafengehen vorzunehmen. Er fühlte sich tief bekümmert, verwirrt, mit einem Summen im Kopf, das eine starke Grippe anzukündigen schien. Er ließ lauwarmes Wasser in die Badewanne laufen und schüttete ein halbes Glas Badesalz hinein. Während sie sich füllte, reinigte er sich die Zähne mit der Zahnseide, dann bürstete er sie und säuberte mit einer kleinen Pinzette seine Ohren von den frisch nachgewachsenen Härchen. Wie lange war es her, daß er die

Gewohnheit aufgegeben hatte, einen Tag der Woche außer dem täglichen Bad der Spezialpflege eines jeden seiner Körperteile zu widmen? Seit der Trennung von Lukrezia. Ein Jahr, mehr oder weniger. Er würde diese heilsame wöchentliche Routine wiederaufnehmen: montags Ohren; dienstags Nase; mittwochs Füße; donnerstags Hände; freitags Mund und Zähne. Und so weiter. In der Badewanne liegend, fühlte er sich weniger verzagt. Er versuchte zu erraten, ob Lukrezia sich schon unter die Bettdecke gelegt hatte, welches Nachthemd sie trug, ob sie vielleicht nackt war?, und es gelang ihm, das ominöse Bild zeitweise aus seinem Kopf zu vertreiben: das Haus am Olivar von San Isidro, eine kindliche Gestalt, die vor der Tür stand, ein Finger, der auf die Klingel drückte. Man mußte endlich eine Entscheidung in bezug auf den Jungen treffen. Aber welche? Alle schienen ungeeignet oder unmöglich. Nachdem er die Badewanne verlassen und sich abgetrocknet hatte, rieb er sich mit Eau de toilette aus dem Geschäft *Floris* ein, in London, von wo ein befreundeter Kollege bei *Lloyd's* ihm in regelmäßigen Zeitabständen Seifen, Rasiercremes, Deodorants, Puder und Toilettenwasser schickte. Er zog sich einen frischen Seidenpyjama an und ließ seinen Morgenmantel im Ankleidezimmer hängen.

Doña Lukrezia lag bereits im Bett. Sie hatte die Lichter des Zimmers gelöscht, außer der Lampe auf ihrem Nachttisch. Draußen brandete das Meer heftig gegen die Steilküste von Barranco, und der Wind heulte klagend und unheilvoll. Er fühlte, wie sein Herz stark klopfte, während er zu seiner Frau unter die Bettdecke glitt. Ein zartes Aroma nach frischem

Gras, nach taunassen Blumen, nach Frühling drang ihm in die Nase und gelangte bis in sein Gehirn. So angespannt, daß er sich fast im Zustand der Levitation befand, konnte er, Millimeter von seinem linken Bein entfernt, den Oberschenkel seiner Frau spüren. Im spärlichen, indirekten Licht sah er, daß sie ein Nachthemd aus rosafarbener Seide mit zwei schmalen Schulterträgern und einer Spitzenborte trug, durch die er ihre Brüste erkennen konnte. Er seufzte auf, verwandelt. Das Begehren, drängend, befreiend, erfüllte jetzt seinen Körper, trat aus seinen Poren. Er fühlte sich schwindlig und trunken vom Duft seiner Frau.

In diesem Augenblick streckte Lukrezia, die ahnte, wie es um ihn bestellt war, die Hand aus, löschte das Licht der Nachttischlampe, wandte sich ihm mit der gleichen Bewegung zu und umarmte ihn. Ihm entfuhr ein Seufzer, als er Doña Lukrezias Körper spürte, den er begierig umarmte, an sich preßte, mit dem er seine Arme, seine Beine verschlang. Gleichzeitig küßte er ihren Hals, ihr Haar, zärtliche Worte flüsternd. Aber als er begonnen hatte, sich auszuziehen und seiner Frau das Nachthemd abzustreifen, ließ Doña Lukrezia einen Satz in sein Ohr gleiten, der die Wirkung einer kalten Dusche auf ihn hatte:

»Er kam vor sechs Monaten zu mir. Er erschien eines Nachmittags, ganz plötzlich, bei mir am Olivar. Und seitdem hat er mich ständig besucht, nach Schulschluß, nachdem er sich aus der Malakademie fortgestohlen hatte. Drei- oder sogar viermal in der Woche. Er trank Tee mit mir und blieb eine Stunde oder zwei. Ich weiß nicht, warum ich es dir gestern, vorgestern nicht erzählt habe. Ich wollte es tun. Ich schwör dir, daß ich es tun wollte.«

»Ich flehe dich an, Lukrezia. Du brauchst mir nichts zu erzählen. Bei allem, was dir heilig ist. Ich liebe dich.«

»Ich will es dir erzählen. Jetzt, genau jetzt.«

Sie hielt ihn noch immer in ihren Armen, und als ihr Mann ihren Mund suchte, öffnete sie ihn und küßte ihn ebenfalls voll Begierde. Sie half ihm aus dem Pyjama und zog sich mit seiner Hilfe das Nachthemd aus. Aber dann, während er begann, sie mit seinen Händen zu liebkosen, und mit seinen Lippen über ihr Haar, ihre Ohren, ihre Wangen und ihren Hals wanderte, sprach sie weiter:

»Ich habe nicht mit ihm geschlafen.«

»Ich will nichts wissen, mein Liebling. Müssen wir jetzt darüber reden?«

»Ja, jetzt. Ich habe nicht mit ihm geschlafen, aber, warte. Es war nicht mein Verdienst, es war seine Schuld. Wenn er mich darum gebeten hätte, wenn er die geringste Andeutung gemacht hätte, hätte ich mit ihm geschlafen. Von Herzen gern, Rigoberto. Viele Nachmittage war ich ganz krank davon, daß ich es nicht getan hatte. Du wirst mich doch nicht hassen? Ich muß dir die Wahrheit sagen.«

»Ich werde dich nie hassen. Ich liebe dich. Mein Herz, meine kleine Frau.«

Aber sie fiel ihm abermals ins Wort, mit einem weiteren Geständnis:

»Und die Wahrheit ist, wenn er dieses Haus nicht verläßt, wenn er weiter mit uns zusammenlebt, dann wird es wieder passieren. Es tut mir leid, Rigoberto.

Es ist besser, daß du es weißt. Ich kann mich nicht wehren gegen dieses Kind. Ich will nicht, daß es passiert, ich will nicht, daß du leidest, wie beim letzten Mal. Ich weiß, daß du gelitten hast, mein Liebster. Aber wozu soll ich dich belügen. Er hat eine Gabe, er hat etwas, ich weiß nicht, was. Wenn er es sich wieder in den Kopf setzt, werde ich es tun. Ich werde es nicht verhindern können. Auch wenn er unsere Ehe zerstört, dieses Mal für immer. Es tut mir leid, es tut mir schrecklich leid, aber das ist die Wahrheit. Rigoberto. Die harte Wahrheit.«

Seine Frau hatte zu weinen begonnen. Die letzten Reste seiner Erregung waren erloschen. Er umarmte sie bestürzt.

»Alles, was du mir sagst, weiß ich nur zu gut«, murmelte er, während er sie streichelte. »Was kann ich tun? Ist er denn nicht mein Sohn? Wohin soll ich ihn schicken? Zu wem? Er ist noch sehr jung. Glaubst du, ich habe nicht darüber nachgedacht? Wenn er größer ist, ja. Er soll wenigstens die Schule beenden. Sagt er nicht, daß er Maler werden will? Also gut. Dann soll er Kunst studieren. In den Vereinigten Staaten. In Europa. Dann soll er nach Wien gehen. Hat er denn nicht soviel für die Wiener Moderne übrig? Dann soll er auf die Akademie gehen, an der Schiele studiert hat, in die Stadt, in der Schiele gelebt hat und gestorben ist. Aber wie kann ich ihn jetzt, in seinem Alter, aus dem Haus schicken?«

Doña Lukrezia preßte sich an ihn, schlang ihre Beine um seine, versuchte, ihre Füße auf seine zu stützen.

»Ich will nicht, daß du ihn aus dem Haus schickst«, sagte sie leise. »Mir ist doch völlig klar, daß er noch ein Kind ist. Ich habe nie erraten können, ob er weiß, wie gefährlich er ist, welche Katastrophen er mit seiner Schönheit, mit seiner ausgebufften, halb schrecklichen Intelligenz heraufbeschwören kann. Ich sag dir das nur, weil es wahr ist. Mit ihm werden wir immer in Gefahr sein, Rigoberto. Wenn du nicht willst, daß es noch einmal passiert, mußt du mich kontrollieren, mich überwachen, mir hart zusetzen. Ich will nie wieder mit jemand anderem schlafen, nur mit dir, meinem herzliebsten Mann. Ich liebe dich so sehr, Rigoberto. Du weißt nicht, wie sehr du mir gefehlt hast, wie sehr ich dich vermißt habe.«

»Ich weiß, ich weiß, mein Liebling.«

Don Rigoberto drehte sie liebevoll auf den Rücken und legte sich auf sie. Jetzt schien das Verlangen auch von Doña Lukrezia Besitz zu ergreifen – auf ihren Wangen lagen keine Tränen mehr, ihr Körper war erhitzt und ihre Atmung beschleunigt –, und kaum fühlte sie ihn auf sich, öffnete sie ihre Beine und ließ ihn in sich eindringen. Don Rigoberto küßte sie lange, tief, mit geschlossenen Augen, im Zustand völliger Hingabe, abermals glücklich. Auf das vollkommenste ineinandergefügt, berührten und streiften sie sich vom Kopf bis zu den Füßen, gaben einander ihren Schweiß, wiegten sich langsam, im Gleichtakt, verlängerten ihre Lust.

»In Wirklichkeit hast du mit vielen Leuten geschlafen im Lauf dieses Jahres«, sagte er.

»Ach ja?« schnurrte sie, als spräche sie mit dem Bauch, von irgendeiner geheimen Drüse her. »Mit wie vielen? Mit wem? Wo?«

»Mit einem zoologischen Geliebten, der dich mit Katzen ins Bett gehen ließ« – »widerlich, widerlich«, protestierte seine Frau schwach. »Mit einer Jugendliebe, einem Wissenschaftler, der dich mit nach Paris und nach Venedig nahm und der sang, wenn es ihm kam . . .«

»Die Einzelheiten«, keuchte Doña Lukrezia, mit Mühe artikulierend. »Alle, bis zu den kleinsten. Was ich getan, was ich gegessen habe, was man mit mir getan hat.«

»Beinahe hätte dich der Einfaltspinsel von Fito Cebolla vergewaltigt, und Justiniana auch. Du hast sie vor seiner rasenden Wollust gerettet. Und am Ende hast du mit ihr geschlafen, in diesem Bett.«

»Mit Justiniana? In diesem Bett?« Doña Lukrezia lachte auf. »Wie das Leben so spielt. Fonchito war nämlich schuld, daß ich an einem Nachmittag einmal fast mit Justiniana geschlafen hätte, bei mir am Olivar. Das einzige Mal, daß mein Körper dich betrogen hat, Rigoberto. Meine Phantasie dagegen unzählige Male. So wie du mich.«

»Meine Phantasie hat dich nie betrogen. Aber, erzähl mir, erzähl mir«, sagte ihr Mann, während er das Wiegen, das Schaukeln beschleunigte.

»Ich später, erst du. Mit wem noch? Wie, wo?«

»Mit einem Zwillingsbruder, den ich erfunden habe, einem korsischen Bruder, bei einer Orgie. Mit einem kastrierten Motorradfahrer. Du warst eine Jura-Professorin in Virginia und hast einen treuherzigen Juristen verdorben. Du hast es mit der algerischen Botschafterin getrieben, während ihr ein Dampfbad nahmt. Deine Füße raubten einem französischen Fetischisten aus dem 18. Jahrhundert den Verstand. Am Vorabend unserer Versöhnung waren wir in einem Bordell in Mexiko, mit einer Mulattin, die mir ein Ohr abbiß.«

»Bring mich nicht zum Lachen, Dummer, nicht jetzt«, protestierte Doña Lukrezia. »Ich bring dich um, ich bring dich um, wenn du mich unterbrichst.«

»Ich komme auch. Kommen wir gemeinsam, ich liebe dich.«

Augenblicke später, besänftigt, er auf dem Rükken, sie an ihn geschmiegt und mit dem Kopf auf seiner Schulter, nahmen sie das Gespräch wieder auf. Draußen waren außer dem Rauschen des Meeres laute Schreie von kämpfenden oder brünstigen Katzen zu hören und vereinzeltes Hupen und Motorenlärm, die die Nacht aufstörten.

»Ich bin der glücklichste Mann der Welt«, sagte Don Rigoberto.

Sie drängte sich zärtlich an ihn.

»Wird es dauern? Werden wir es dauerhaft machen, das Glück?«

»Es kann nicht dauern«, sagte er sanft. »Jedes Glück ist vergänglich. Eine Ausnahme, ein Gegensatz. Aber wir müssen es von Zeit zu Zeit wiederbeleben, dürfen nicht zulassen, daß es erlischt. Müssen immer wieder auf die Flamme blasen.«

»Ich fange sofort an, meine Lungen zu trainieren«, rief Doña Lukrezia aus. »Ich werde einen Blasebalg aus ihnen machen. Und wenn es am Verlöschen ist, werde ich einen Windstoß loslassen, der es hochschlagen läßt, der es anschwellen läßt. Fffff! Fffff!«

Sie verharrten in schweigender Umarmung. Don

Rigoberto glaubte, daß seine Frau eingeschlafen war, so still lag sie da. Aber ihre Augen waren offen.

»Ich habe immer gewußt, daß wir uns versöhnen würden«, sagte er ihr ins Ohr. »Ich wünschte es, ich suchte es schon seit Monaten. Aber ich wußte nicht, wie ich es anstellen sollte. Und da begannen deine Briefe einzutreffen. Du hast meine Gedanken erraten, mein Liebling. Du bist besser als ich.«

Der Körper seiner Frau erstarrte. Aber dann entspannte er sich wieder.

»Eine geniale Idee, das mit den Briefen«, fuhr er fort. »Mit den anonymen Briefen, meine ich. Ein barocker Schachzug, eine glänzende Strategie. Zu erfinden, daß ich dir anonyme Briefe schickte, damit du einen Vorwand hattest und mir schreiben konntest. Immer wirst du mich überraschen, Lukrezia. Ich glaubte, ich würde dich kennen, aber nein. Nie hätte ich mir vorstellen können, daß dein hübscher Kopf diese Schachzüge, diese Ränke ausheckt. Was für ein gutes Ergebnis sie gehabt haben, nicht? Ein Glück für mich.«

Es folgte ein weiteres langes Schweigen; Don Rigoberto zählte die Herzschläge seiner Frau, die einen Kontrapunkt zu seinen bildeten und manchmal mit ihnen zusammenfielen.

»Ich würde gerne eine Reise mit dir machen«, sagte er einen Augenblick später, seinen Gedanken freien Lauf lassend, während er fühlte, wie ihn allmählich der Schlaf übermannte. »An einen weit entfernten, völlig exotischen Ort. Wo wir niemanden kennen und niemand uns kennt. Zum Beispiel nach Island. Vieleicht zum Jahresende. Ich kann mir eine

Woche, zehn Tage freinehmen. Würde dir das gefallen?«

»Ich würde lieber nach Wien fahren«, sagte sie mit etwas schwerfälliger Zunge – von der Müdigkeit? von der Trägheit, in der sie immer nach der Liebe versank? »Mir das Werk von Egon Schiele ansehen, die Orte besuchen, wo er gearbeitet hat. In diesen Monaten habe ich von nichts anderem reden gehört als von seinem Leben, seinen Bildern und seinen Zeichnungen. Ich bin schließlich neugierig geworden. Überrascht dich nicht die Faszination Fonchitos für diesen Maler? Dir hat Schiele nie besonders gefallen, soviel ich weiß. Woher hat er das dann?«

Er zuckte die Schultern. Er hatte nicht die geringste Vorstellung, woher sein Sohn diese Neigung haben mochte.

»Gut, dann fahren wir also im Dezember nach Wien«, sagte er. »Um die Schieles zu sehen und Mozart zu hören. Er hat mir nie gefallen, das stimmt; aber vielleicht beginnt er mir ja jetzt zu gefallen. Wenn er dir gefällt, gefällt er auch mir. Ich weiß nicht, woher Fonchito diese Begeisterung haben kann. Schläfst du? Und ich lass dich nicht und rede auf dich ein. Gute Nacht, mein Liebes.«

Sie murmelte »gute Nacht«. Dann drehte sie sich um und schmiegte ihren Rücken an die Brust ihres Mannes, der sich ebenfalls auf die Seite gedreht und seine Beine angewinkelt hatte, damit sie gleichsam auf seinen Knien sitzen konnte. So hatten sie die zehn Jahre vor ihrer Trennung geschlafen. Und so taten sie es wieder seit vorgestern. Don Rigoberto schob einen Arm über Lukrezias Schulter und ließ seine Hand auf einer ihrer Brüste ruhen, während er sie mit der anderen um die Taille faßte.

Die Katzen in der Nachbarschaft hatten aufgehört, zu kämpfen oder es miteinander zu treiben. Das letzte Hupen oder Motorengeräusch war schon vor einer Weile verstummt. Lau und von lauer Wärme erfüllt durch die Nähe dieser geliebten Formen, die mit seinen verschmolzen, war Don Rigoberto, als würde er, wie bewegt von einer freundlichen Trägheit, in ruhigen, weichen Wasser dahinsegeln, dahingleiten oder vielleicht durch den leeren Sternenraum den kalten Sternen zustreben. Wie viele Tage, wie viele Stunden noch würde dieses Gefühl der Fülle, der ruhigen Harmonie, des Einverständnisses mit dem Leben dauern, ohne zu zerbrechen? Wie eine Antwort auf seine stumme Frage hörte er Doña Lukrezia sagen:

»Wie viele anonyme Briefe hast du von mir bekommen, Rigoberto?«

»Zehn«, antwortete er, zusammenschreckend. »Ich habe gedacht, du schläfst. Warum fragst du?«

»Ich habe auch zehn anonyme Briefe von dir bekommen«, erwiderte sie, ohne sich zu rühren. »Das nennt man Liebe zur Symmetrie, nehme ich an.«

Jetzt war er es, der erstarrte.

»Zehn anonyme Briefe von mir? Ich habe dir nie geschrieben, nicht einen einzigen. Weder anonyme noch unterschriebene Briefe.«

»Ich weiß«, sagte sie, tief aufseufzend. »Du bist es, der nicht weiß. Du bist ahnungslos. Verstehst du jetzt? Ich habe dir auch keine anonymen Briefe geschickt. Nur einen normalen Brief. Aber ich wette, daß der, der einzige echte, dich nie erreicht hat.«

Sie lagen zwei, drei, fünf Sekunden da, ohne zu sprechen. Obwohl nur das Rauschen des Meeres zu hören war, glaubte Don Rigoberto, die Nacht habe sich mit wütenden Katern und brünstigen Katzen gefüllt.

»Du scherzt doch nicht, oder?« murmelte er schließlich, obwohl er ganz genau wußte, daß Doña Lukrezia in vollem Ernst mit ihm gesprochen hatte.

Sie antwortete nicht. Sie verharrte so still und reglos wie er, eine weitere Weile. Wie wenig es gedauert hatte, wie kurz es gewesen war, dieses betäubende Glück. Da war es wieder, Rigoberto, grausam und hart, das wirkliche Leben.

»Wenn es dich um den Schlaf gebracht hat wie mich«, schlug er schließlich vor, »könnten wir ja versuchen, es zu klären, so wie andere Schäfchen zählen. Besser jetzt, ein für allemal. Wenn du meinst, wenn du willst. Wenn es dir aber lieber ist, wir vergessen das Ganze, dann vergessen wir eben. Dann reden wir nicht weiter über diese anonymen Briefe.«

»Du weißt nur zu gut, daß wir sie nie vergessen werden, Rigoberto«, erklärte seine Frau mit einem Anflug von Überdruß. »Tun wir also, was wir am Ende ohnehin tun werden, wie wir beide ganz genau wissen.«

»Also gut«, sagte er, während er aufstand. »Lesen wir sie.«

Es war abgekühlt, und bevor sie ins Arbeitszimmer gingen, zogen sie sich ihre Morgenmäntel an. Doña Lukrezia nahm für die vermeintliche Erkältung ihres Mannes die warme Thermosflasche mit. Bevor sie sich die jeweiligen Briefe zeigten, nahmen sie ein paar

Schlückchen Zitronensaft aus demselben Glas. Don Rigoberto hatte seine anonymen Briefe im letzten seiner Hefte verwahrt, dessen Seiten noch ohne Notizen und Zusätze waren; Doña Lukrezia die ihren in einer Handmappe, die mit einem dunkelvioletten Bändchen zusammengebunden war. Sie stellten fest, daß die Umschläge die gleichen waren und auch das Papier; es waren Umschläge und Papierbögen, wie man sie für wenig Geld in den Kramläden erstehen konnte. Aber die Schrift war verschieden. Und der Brief von Doña Lukrezia, der einzige echte, war natürlich nicht unter den anderen.

»Es ist meine Schrift«, murmelte Don Rigoberto, der in diesem Augenblick überschritt, was er für die Grenze seiner Verwunderungsfähigkeit hielt, und sich noch etwas mehr wunderte. Er hatte den ersten Brief mit großer Sorgfalt durchgesehen, fast ohne auf den Inhalt zu achten, und sich nur auf die Schrift konzentriert. »Na ja, meine Handschrift ist ja auch ziemlich konventionell. Jeder kann sie nachahmen.«

»Vor allem ein junger Bursche, der sich der Malerei verschrieben hat, ein Künstler-Kind«, schloß Doña Lukrezia, während sie mit den angeblich von ihr verfaßten anonymen Briefen herumwedelte, die sie gerade durchgeblättert hatte. »Das hier dagegen ist nicht meine Schrift. Deshalb hat er dir den einzigen Brief, den ich dir geschrieben habe, nicht gegeben. Damit du ihn nicht mit denen hier vergleichst und den Betrug entdeckst.«

»Sie ist etwas ähnlich«, korrigierte Don Rigoberto sie; er hatte eine Lupe genommen und untersuchte sie wie ein Philatelist eine seltene Briefmarke. »Es ist jedenfalls eine sehr abgerundete, fein gezeichnete Schrift. Die Schrift einer Frau, die auf einer Nonnenschule war, wahrscheinlich im Sophianeum.«

»Und du kanntest meine Schrift nicht?«

»Nein, ich kannte sie nicht«, gab er zu. Das war die dritte Überraschung in dieser Nacht großer Überraschungen. »Jetzt wird es mir klar. Soviel ich mich erinnern kann, hast du mir noch nie einen Brief geschrieben.«

»Die hier habe ich dir auch nicht geschrieben.«

Dann verbrachten sie eine gute halbe Stunde damit, schweigend ihre jeweiligen Briefe zu lesen, oder vielmehr las jeder die andere, unbekannte Hälfte dieser Korrespondenz. Sie hatten sich nebeneinander auf das große Ledersofa mit Kissen gesetzt, unter die hohe Stehlampe, deren Schirm mit Zeichnungen eines australischen Stammes geschmückt war. Der weite Lichtkreis fiel auf beide. Ab und zu tranken sie kleine Schlucke lauwarmen Zitronensaft. Ab und zu entfuhr einem der beiden ein leises Lachen, aber der andere blickte nicht auf, um etwas zu fragen; ab und zu veränderte sich bei einem der Gesichtsausdruck vor Staunen, Zorn oder sentimentaler Schwäche, Zärtlichkeit, Nachsicht, vager Traurigkeit. Sie waren gleichzeitig mit der Lektüre fertig. Sie schauten sich aus dem Augenwinkel an, erschöpft, perplex, unschlüssig. Wo anfangen?

»Er hat sich hier zu schaffen gemacht«, sagte schließlich Don Rigoberto, während er auf seinen Schreibtisch, seine Regale wies. »Er hat in meinen Sachen gekramt, gelesen. Im Heiligsten, im Heimlichsten, was ich besitze, in diesen Heften. Die nicht einmal du kennst. Meine angeblichen Briefe an dich sind in Wirklichkeit meine. Auch wenn ich sie nicht geschrieben habe. Denn ich bin sicher: er hat alle Sätze aus meinen Heften abgeschrieben. Und daraus einen Salat gemacht. Mit Gedanken, Zitaten, Scherzen, Spielen, eigenen und fremden Überlegungen.«

»Deshalb glaubte ich, diese Spiele, diese Befehle stammten von dir«, sagte Doña Lukrezia. »Dagegen verstehe ich nicht, wie du glauben konntest, daß diese Briefe von mir waren.«

»Ich war ganz verrückt danach, etwas von dir zu erfahren, irgendein Lebenszeichen von dir zu erhalten. Schiffbrüchige klammern sich an das, was sich ihnen anbietet, ohne wählerisch zu sein.«

»Aber dieser ganze Kitsch? Diese Gespreiztheiten? Wirken die nicht eher wie von Corín Tellado?«

»Sie sind von Corín Tellado, jedenfalls zum Teil«, sagte Don Rigoberto, der sich erinnerte, Verbindungen herstellte. »Vor ein paar Wochen begannen ihre Romänchen hier im Hause aufzutauchen. Ich glaubte, sie gehörten dem Mädchen, der Köchin. Jetzt weiß ich, wem sie gehörten und wozu sie dienten.«

»Diesen Jungen bring ich um«, rief Doña Lukrezia aus. »Corín Tellado! Ich bring ihn um, ich schwör's dir.«

»Du lachst?« fragte er verwundert. »Findest du das komisch? Sollen wir ihm applaudieren, ihn belohnen?«

Sie lachte jetzt wirklich, anhaltender, offener als zuvor.

»Ehrlich gesagt, ich weiß nicht, wie ich das finde,

Rigoberto. Es ist bestimmt nicht zum Lachen. Ist es zum Weinen? Um böse zu sein? Na gut, werden wir eben böse, wenn es sein muß. Wirst du also das mit ihm morgen machen? Ihn ausschimpfen? Ihn bestrafen?«

Don Rigoberto zuckte die Schultern. Auch ihm war nach Lachen zumute. Und er fühlte sich dumm.

»Ich habe ihn nie bestraft und schon gar nicht geschlagen, ich wüßte gar nicht, wie ich das anstellen sollte«, gestand er leicht beschämt. »Deshalb wird er so geraten sein, wie er ist. Ehrlich gesagt, ich weiß nicht, was ich mit ihm tun soll. Ich habe den Verdacht, daß er immer gewinnen wird, was ich auch tue.«

»In diesem Fall haben auch wir etwas gewonnen.« Doña Lukrezia ließ sich gegen ihren Mann sinken, der ihr den Arm um die Schulter legte. »Wir haben uns versöhnt, nicht? Du hättest dich ohne diese anonymen Briefe vorher nie getraut, mich anzurufen, mich zum Tee in der *Tiendecita Blanca* einzuladen. Stimmt das nicht? Und ich wäre ohne diese anonymen Briefe auch nicht zu der Verabredung gegangen. Bestimmt nicht. Die Briefe haben den Weg geebnet. Wir können uns nicht beklagen; er hat uns geholfen, er hat uns ausgesöhnt. Denn du bereust doch nicht, daß wir uns versöhnt haben, Rigoberto, oder?«

Schließlich mußte auch er lachen. Er rieb seine Nase am Kopf seiner Frau und spürte, wie ihr Haar ihn an den Augen kitzelte.

»Nein, das werde ich nie bereuen«, sagte er. »Tja, nach so vielen Aufregungen haben wir uns das Recht auf Schlaf verdient. Es ist alles schön und gut, aber morgen muß ich ins Büro, liebe Gattin.«

Sie kehrten im Dunkeln ins Schlafzimmer zurück, an den Händen gefaßt. Sie wagte noch, einen Scherz zu machen:

»Werden wir Fonchito im Dezember mit nach Wien nehmen?«

War es wirklich ein Scherz? Don Rigoberto schob den bösen Gedanken sofort weg und sagte mit lauter Stimme:

»Trotz allem sind wir doch eine glückliche Familie, nicht wahr, Lukrezia?«

London, 19. Oktober 1996

Inhalt

Verführungen

»Ein Retter der Lust«, ein »Ritter der Erotik«, ein »verbaler Verführer« sei Mario Vargas Llosa, schwärmte die Kritik nach Erscheinen seines Romans *Die geheimen Aufzeichnungen des Don Rigoberto*. Es ist ein Meisterwerk über die Kunst der Verführung.

Diese hohe Kunst beherrschen auch der junge Matrose von Gibraltar, die schöne und kluge Mayla, die junge libanesische Reederin Wanda Bashur, die eine nüchterne Kapitänskajüte auf dem »Tramp Steamer« zum Nest ihrer Liebe macht, Josemar, der unwiderstehliche Frauenheld, die wunderbare Pinkie, Helene mit ihren hoffnungsvollen Ausflügen in die Männerwelt, Fonchito, der fast noch ein Kind ist und dessen Wünschen und Begehren keine Grenzen gesetzt sind, und die Amerikanerin Fran, die ihren deutschen Professor fast um den Verstand bringt.

Acht Bücher möchten Sie zum Lesen verführen, indem sie von Liebhabern, alles riskierenden Draufgängern, Melancholikern, Verliebten, von Gefühlen, Hoffnungen, Träumen und Leidenschaft erzählen – und von der einzigen positiven Katastrophe, die das Leben bereithält: der Liebe.

Marguerite Duras
Der Matrose von Gibraltar
Roman
st 3103. 360 Seiten

Am Strand liegt eine große Luxusyacht: die Yacht gehört Anna, einer schönen, reichen, jungen Frau, die die Meere bereist auf der Suche nach dem verlorenen Geliebten, dem Matrosen von Gibraltar. Das Schiff hatte ihn einst an Bord genommen, als er, wegen Raubmordes gesucht, aus der Fremdenlegion geflohen war. In Shanghai hatte er das Schiff verlassen, aber Anna gibt die Hoffnung nicht auf, ihn eines Tages wiederzufinden.

Bodo Kirchhoff
Infanta
Roman
st 3104. 502 Seiten

Schön und schöner, klug und klüger wird Mayla, die philippinische Küchenhilfe fünf langgedienter Missionare, die in Mindanao ihren Lebensabend verbringen. Dem jungen Deutschen aus Rom, den sie als Gast aufgenommen haben, werden sie zu Wegbereitern der Liebe, die unaufhaltsam ihren Lebensabend erschüttert. Aus den abgeklärten Greisen werden ruhelose Männer, aus dem, was spielerisch begann, ein Drama.

Álvaro Mutis
Die letzte Fahrt des Tramp Steamer
Roman
st 3105. 110 Seiten

Die junge libanesische Reederin Wanda Bashur hat sich
in den Kopf gesetzt, ein ererbtes Schiff von zweifelhafter Seetüchtigkeit auf eigenes Risiko als Tramp Steamer
zu betreiben, um so den Fesseln ihrer Familie zu entkommen. Der baskische Kapitän Jon Iturri ist bereit,
sich auf das Abenteuer einer ungewöhnlichen Ge-
schäftspartnerschaft einzulassen, noch bevor er von der
eigentümlichen Schönheit der jungen Frau überwältigt
wird. Von Zeit zu Zeit steigt sie unvermutet an Bord.
Die nüchterne Kapitänshütte wird zum Nest ihrer
Liebe. Er weiß, daß diese Liebe dauern wird, solange
der Tramp Steamer übers Meer vagabundieren kann.

Manuel Puig
Herzblut erwiderter Liebe
Roman
st 3106. 180 Seiten

Immer wieder kehren Josemars Gedanken zurück zu jenem Abend des großen Tanzfestes in seinem Heimat-
städtchen, an dem er sich vorgenommen hatte, die lang
umschwärmte Maria da Glória zu verführen. Damals
war seine große Zeit, er hatte ein Auto, war der gefei-
erte Star des lokalen Fußballclubs, der unwiderstehliche Frauenheld. Zurückblickend erzählt er eine Geschichte von Liebe, Sexualität und Sehnsucht.

F. Springer
Die Farbe des September
Roman
st 3107. 178 Seiten

Je länger Fergus Steyn zurückdenkt an die Zeit auf Java,
an die Kindertage voller Geheimnisse und Gerüche,
und vor allem an die wunderbare Pinkie mit ihrer
Geheimsprache und ihrem verblüffenden Mut, desto
unruhiger wird er. Was wohl aus ihr geworden ist? Wo
sie jetzt wohl ist? Zunächst widerstrebend, beschließt
er, sie zu suchen.

Marlene Streeruwitz
Verführungen.
3. Folge
Frauenjahre.
st 3188. 296 Seiten

Helene Gebhardt, 30 Jahre alt, zwei Kinder, lebt seit
zwei Jahren getrennt von ihrem Mann, einem Mathe-
matikdozenten, der sie wegen seiner Sekretärin verlassen hat. Zusehends wird ihr Alltag zu einem Existenz-
kampf, zu einer Folge von mal harten, mal banalen,
dann wieder von Hoffnung genährten Ausflügen in die
Welt der Männer, die am Ende nur ein Ergebnis haben:
Helene muß sich behaupten.

»Dieser Roman, den ich gerade verschlungen habe,
geht direkt unter die Haut und mitten ins Herz. Ins
Frauenherz jedenfalls ... Ein Meisterinnenwerk.«
Renate Möhrmann, EMMA

Mario Vargas Llosa
Die geheimen Aufzeichnungen
des Don Rigoberto
Roman
st 3109. 470 Seiten

Don Rigoberto hat seine junge Frau Lukrezia ver-
stoßen, aber in seinen nächtlichen Phantasien ist sie da,
schön und sinnlich wie eh und je. Sie wird inzwischen
von dem zehnjährigen Fonchito umworben, Don
Rigobertos Sohn. Er hält sich für die Reinkarnation des
österreichischen Malers Egon Schiele. Der wurde sei-
nerzeit als Pornograph geächtet. Folglich sind die Zusammenkünfte der beiden aufgeladen von lüsternen
Wünschen und unerhörten Verführungsritualen. Und
wo enden all die erotischen Verstrickungen?

Martin Walser
Brandung
Roman
st 3110. 320 Seiten

Als Helmut Halm aus Stuttgart einen Lehrauftrag an
der Washington University in Oakland, Kalifornien,
annimmt, wittert er seine Chance. Wegzukommen von
der krank machenden Routine des Alltags, raus und
weg in ein neues Leben, das ihm schon von weitem ent-
gegenbrandet. Und wie hätte er in diesem neuen Leben
Fran widerstehen können, der dreiunddreißig Jahre
jüngeren Studentin, die ihn mit jugendlicher Bedenken-
losigkeit verfolgt? Süchtig nach ihr, fällt er schließlich
dem »lächerlichsten Sachverhalt der Welt« zum Opfer:
ein Lehrer verliebt sich in eine Schülerin.